P. J. Tracy **Spiel unter Freunden** Roman

Deutsch von Teja Schwaner
Rowohlt Taschenbuch Verlag

Die Originalausgabe erschien im April 2003
unter dem Titel «Monkeewrench»
bei G. P. Putnam's Sons, a member of Penguin Putnam Inc., New York

2. Auflage August 2003

Deutsche Erstausgabe
Veröffentlicht im Rowohlt Taschenbuch Verlag GmbH,
Reinbek bei Hamburg, Juli 2003
Copyright © 2003 by Rowohlt Taschenbuch Verlag GmbH,
Reinbek bei Hamburg
«Monkeewrench» Copyright © 2003 by
Patricia Lambrecht and Traci Lambrecht
Redaktion Andreas Feßer
Satz Joanna PostScript bei KCS GmbH, Buchholz/Hamburg
Druck und Bindung Clausen & Bosse, Leck
Printed in Germany
ISBN 3 499 23388 6

Die Schreibweise entspricht den Regeln
der neuen Rechtschreibung.

TK

Kapitel 1

Der Brandy rettete ihm das Leben. Wie jeden Sonntagabend, wenn
Schwester Ignatius die Bürde auf sich nahm, für Father Newberry
eine «ordentliche Mahlzeit» zu kochen. Was in diesem Teil von Wisconsin im Klartext hieß: Hackfleisch, gegart in Dosensuppe.

Die Art der Zubereitung variierte je nach Laune der guten Schwester: manchmal als Klopse, manchmal als Hamburger und einmal
(ein unvergesslicher Anblick) als Hackröllchen, die auf beunruhi-
gende Weise abgehackten Penissen in einer Kasserolle ähnelten –
aber die Grundzutaten und die daraus resultierenden Magenbe-
schwerden waren immer die gleichen.

Father Newberry hatte schon vor langer Zeit die Erfahrung machen müssen, dass Säurehemmer da nichts mehr ausrichten konnten.
Nur der Brandy half und ließ ihn rasch in den Schlaf sinken, sodass
er glückselig die Zeit vergessen konnte, während sein Magen mit den
Dämonen focht, die Schwester Ignatius mit ihrer Freundlichkeit ent-
fesselt hatte.

An diesem Sonntagabend waren die Dämonen besonders zahl-
reich und grimmig gewesen. In einem Anfall von Gourmet-Wahn
hatte die Schwester den Hackbraten in Gott weiß wie vielen verschiedenen Sorten Dosensuppe gegart. Als er darum gebeten hatte, sie
möge ihm die Zutaten dieses gewagten kulinarischen Experiments
verraten, hatte sie gekichert wie ein Schulmädchen und die Lippen
mit einem imaginären Schlüssel verschlossen.

«Ah, ein Geheimrezept.» Er hatte ihr rosiges Gesicht angelächelt
und innerlich vor Angst gezittert, dass irgendwo in dem öligen
Ozean, in dem ihr Hackbraten ertrunken war, auch Venusmuscheln
lauerten.

Und so war es dazu gekommen, dass man das Saftglas ein noch nie
da gewesenes zweites Mal mit Brandy füllen musste, und Father
Newberry war in seinem Lehnstuhl vor dem Fernseher im Handumdrehen eingenickt. Als er seine Augen wieder aufschlug, herrschte

auf dem Bildschirm Schneegestöber, und die Uhr zeigte fünf Uhr morgens.

Der Priester ging zum Fenster, um die Lampe auszuschalten, und sah den reifbedeckten Wagen auf dem Parkplatz der Kirche. Er kannte ihn nur zu gut: ein Ford Falcon unbestimmbaren Alters, der an dem Krebsgeschwür Rostfraß langsam vor sich hin starb. Kein Wunder, dass in einem Bundesstaat, wo man die Straßen so freizügig salzte wie die Speisen, die braune Pest etliche in die Jahre gekom-mene Autos dahinraffte.

In einem Moment der Schwäche wünschte er, in sein Bett zurück-schleichen und so tun zu können, als hätte er den Wagen nie gese-hen. Der Wunsch blieb jedoch seine einzige Sünde, denn er befand sich bereits auf dem Weg zur Tür und zog seine Strickjacke über dem geschundenen Bauch fester zusammen, bevor er in die dunkle Kälte des Oktobermorgens hinaustrat.

Die Kirche war alt und in ihrer Schlichtheit fast schon protes-tantisch, denn die Katholiken im ländlichen Wisconsin betrachte-ten jede Art von Prunk mit tief sitzendem Argwohn. Die Heilige Jungfrau wirkte wie aus Plastik und besaß eine verdächtige Ähn-lichkeit mit der Schaufensterpuppe in der Auslage von Frieda's House of Fashion in der Main Street, und das einzige Bleiglasfenster war seltsamerweise an der Nordseite platziert, wo die Sonne seine Farben niemals funkeln lassen konnte in diesem Hort der Nüchtern-heit.

Ein freudloser Ort in einem freudlosen Pfarrbezirk in einem freudlosen Bundesstaat, dachte Father Newberry, der das Kalifornien seiner Jugend vermisste, die inzwischen fast vierzig Jahre zurücklag. Wieder einmal beschlich ihn die Vermutung, dass alle schlechten Pfarrer nach Wisconsin versetzt wurden.

John und Mary Kleinfeldt knieten in einer mittleren Kirchenbank, ihre Köpfe auf die gefalteten Hände gestützt und regungslos in jene fromme Hingabe versunken, die dem Father schon seit jeher beinahe zwanghaft erschien. Es war nicht ungewöhnlich für das alternde Ehepaar, die Kirche außerhalb der Messen und Andachten aufzusu-chen – manchmal glaube er, sie zögen die Einsamkeit der Gesell-schaft anderer Gemeindemitglieder vor, die sie als von der Sünde verdarb erachteten. Aber er konnte sich nicht entsinnen, dass sie jemals so früh aufgetaucht waren.

Die Situation ließ nicht an eine schnelle Rückkehr ins heimelige Pfarrhaus denken, auch wenn Father Newberry nicht die geringste Lust spürte, die Kleinfeldts zu fragen, welche Sorge sie heute herge-führt hatte. Denn die Antwort kannte er bereits.

Er seufzte und schritt langsam den Gang entlang, von Pflicht-gefühl und einem gütigen Herzen, wenn auch widerwillig, geleitet. «Guten Morgen, John. Guten Morgen, Mary», würde er sagen. «Was bekümmert euch denn heute?» Und dann würden sie ihm berichten, dass sie noch einen weiteren Homosexuellen in seiner Gemeinde entdeckt hatten – einen Mann, dessen Wimpern zu lang waren, oder eine Frau mit einer zu tiefen Stimme, denn derlei genügte ihnen be-reits als Beweis.

Es war nicht simple Homophobie; die Kleinfeldts führten einen fanatischen Feldzug gegen die «abstoßende und widernatürliche Be-leidigung unseres Herrgotts», und wenn Father Newberry sich ihre selbstgerechten Anklagen anhören musste, war er stets traurig und fühlte sich regelrecht beschmutzt.

O Gott, lass es bitte diesmal etwas anderes sein, betete er, als er sich der mittleren Kirchenbank näherte. Schließlich bin ich mit dem Hackbraten der guten Schwester Ignatius heute bereits genug ge-straft.

Und tatsächlich war es etwas anderes. Nicht die mutmaßliche Existenz von Homosexuellen in der Kirchengemeinde machte John und Mary Kleinfeldt an diesem Morgen das Leben schwer, sondern die unbestreitbare Existenz kleiner sauberer Einschusslöcher in ihren Hinterköpfen.

Kapitel 2

Es war nicht der erste Mord in Kingsford County, seit Sheriff Michael Halloran vor fünf Jahren der Stern angeheftet worden war. Man ver-teilte ein paar Tausend Menschen über den ländlichen Norden Wis-consins, bewaffne die Hälfte von ihnen mit Jagdgewehren und Aus-

beimessern, gebe hundert Bars in die Mischung, und prompt bringen sich einige der Leute gegenseitig um. So war es nun einmal.
Es kam nicht sehr häufig vor, und größtenteils waren die Tat-
umstände den Leuten in dieser Gegend wohl vertraut: Kneipenschlä-
gereien, häusliche Streitigkeiten und gelegentlich auch ein offensichtlich fingierter Jagdunfall, wie zum Beispiel bei Harry Patrowski,
der seine Mutter durchs Küchenfenster erschoss und später behauptete, er hätte sie mit einem Hirsch verwechselt.

Aber ein altes Ehepaar, niedergeschossen in einer Kirche? Das war
schon etwas anderes, etwas Sinnloses und Böses, ein Mord, der nicht
zu einer Kleinstadt passte, in der die Kinder auch nach Einbruch der
Dunkelheit noch auf der Straße spielten, niemand seine Türen ab-
schloss und die mit Mais beladenen Pferdewagen auf dem Weg zum
Futtersilo über die Main Street rumpelten. Himmel, die Hälfte der
Leute im County dachten an den Wal-Mart und nicht an Marihuana,
wenn sie hörten, dass die Kids sich eine Tüte drehten, und man
musste noch immer neunzig Meilen südöstlich nach Greenbay fahren, wenn man sich einen nicht jugendfreien Film ansehen wollte.

Dieser Mord sollte alles verändern.

Vier der fünf Streifenwagen aus der dritten Schicht standen bereits
auf dem Parkplatz von St. Luke, als Halloran um sechs Uhr morgens
eintraf.

Na toll, dachte er, jetzt hab ich nur noch einen Wagen auf der
Straße, und der muss über achthundert Quadratmeilen County kontrollieren. Er sah Doc Hansons hässlichen blauen Kombi, der von
zwei Streifenwagen eingekeilt war, und weiter hinten in einer Ecke
einen uralten Ford Falcon in einem Unheil kündenden Rechteck aus
gelbem Absperrband.

Deputy Bonar Carlson trat aus der Kirche und wartete auf der
obersten Stufe. Er zerrte an einem Gürtel, der sich keine Hoffnung
machen konnte, es je wieder hinauf zum Bauchnabel seines Trägers
zu schaffen.

«Bonar, wenn dein Halfter noch tiefer sackt, musst du dich irgendwann hinknien, um an deine Waffe zu kommen.»

«Und trotzdem würde ich sie immer noch schneller ziehen als
du», konterte Bonar grinsend, und das stimmte auch. «Mann, so

früh bist du ja echt fies drauf. Nur gut, dass du nicht die dritte
Schicht hast. Du würdest mir die Jungs vergraulen.»

«Dann erzähl mir bitte, dass du den Fall hier schon gelöst hast, damit ich nach Hause fahren und mich wieder ins Bett legen kann.»

«Wie ich's sehe, war's Father Newberry. Vierzig Jahre lang die
Beichte abnehmen und Weihrauch schnüffeln, da muss der Tag ja
kommen, an dem der arme Kerl ausrastet und zwei Leuten aus seiner
Gemeinde in den Hinterkopf schießt.»

«Ich werde ihm stecken, dass du das gesagt hast.»

Bonar stopfte seine dicken Hände in die Jackentaschen und atmete
schnaubend eine weiße Wolke aus. «Er hat nichts gehört, hat auch nichts gesehen. Ist nach dem Abendessen vorm Fernseher eingeschlafen und wusste nicht einmal, dass die Kleinfeldts
hier waren, bis er um fünf Uhr morgens aus dem Fenster sah und
ihren Wagen erkannte. Ging rüber, um nachzusehen, ob er helfen
konnte, fand die Leichen, wählte 911, Ende der Geschichte.»

«Nachbarn?»

«Arbeiten wir dran.»

«Und was hältst du von der Sache?»

Es war keine müßige Frage. Bonar mochte vielleicht aussehen und
reden und sich benehmen wie ein beliebiger Bauernbursche aus
Wisconsin, aber sein Kopf beherbergte ein paar beängstigende Sen-
soren. Er brauchte nur einen kurzen Blick auf den Tatort zu werfen
und konnte Details wahrnehmen, die kein Kriminaltechniker der
State Police mit all seinen Hightech-Apparaten jemals herausfinden
würde.

Halloran und Bonar hatten gleich nach dem Abschluss der Polizeiakademie einen einjährigen Einsatz in Milwaukee absolviert, bevor
sie eilig nach Hause zurückgekehrt waren, um in die Uniform der
County Police zu schlüpfen. Sie hatten in jener Stadt zu viel gesehen,
was sie noch immer zu vergessen suchten, aber sie hatten auch eine
ganze Menge gelernt.

Bonar saugte eine Zeit lang an der Innenseite seiner Wange, und
seine dichten Augenbrauen bewegten sich wie zwei Raupen. «Eigentlich sieht es aus wie ein Auftragsmord, aber das ergibt ungefähr
genauso viel Sinn wie die These, dass es der Padre war. Ich weiß

nicht. Mein Bauch sagt mir, es war ein Irrer, aber dafür sieht es wiederum zu sauber aus.« Er stieß die schwere Holztür auf.

Lebenslange Konditionierung sorgte dafür, dass Hallorans Hand
zuckte, als er an dem Weihwasserbecken vorüberging, aber es war
nur noch ein leichtes Zucken, eine letzte Erinnerung, die immer
mehr verblich.

Father Newberry saß auf einer der hinteren Bänke, bewegungslos,
winzig, alt. Halloran berührte seine Schulter, als er den Gang hin-
aufging, und spürte als Antwort den sanften Druck trockener Fingerspitzen auf seiner Hand.

Zwei Deputies spannten gelbes Band von Kirchenbank zu Kirchenbank, was wie eine gruselige Parodie des weißen Seidenbandes
wirkte, das bei Hochzeiten gespannt wird. Die anderen Polizisten
krochen auf allen vieren, um mit Taschenlampen den Fußboden ab-
zusuchen.

Doc Hanson kauerte seitlich in dem schmalen Spalt zwischen den
Kleinfeldts und der Bank vor ihnen. Seine Augen und Hände waren
ganz mit den Toten beschäftigt, die Lebenden kümmerten ihn nicht.
Niemand sprach. In der Kirche war es absolut still.

Halloran umkreiste langsam den Schauplatz des Verbrechens, ließ
den Eindruck auf sich wirken. Irgendetwas war falsch; irgendetwas
stimmte nicht an den Leichen. Die Antwort schwirrte am Rand seines Bewusstseins, nur ein wenig außerhalb seiner Reichweite.

»Anhand der Leichenstarre – mehr oder weniger vier Stunden«,
sagte Doc Hanson, ungefragt und ohne aufzusehen. »Ich werde die
Temperatur messen, sobald ich so weit bin, dass ich sie bewegen
kann. Harris, gib mir einen von deinen Beuteln, ich hab hier ein
Haar.«

Weit weg, dachte Halloran und räumte das Feld, ging den Kirchen-
gang zurück in Richtung Father Newberry. Wer immer das hier getan hatte, konnte inzwischen in New York sein, aber auch in Kalifornien … oder direkt nebenan.

«Also, sie wurden von allen gehasst?»

«Das hab ich nicht gesagt, Mikey.»

«Father, seien Sie mir nicht böse, aber würden Sie mich bitte nicht Mikey nennen, wenn ich im Dienst bin.»

«Tut mir Leid, ist mir so rausgerutscht.» Father Newberry lächelte den einzigen Mann auf dieser Welt an, von dem er wahrhaftig und ohne Vorbehalte sagen konnte, dass er ihn auf höchst menschliche Weise wie einen Sohn liebte. Michael Vincent Halloran war breitschultrig und grob und wirkte beeindruckend mit der Waffe an der Hüfte und dem Sheriffstern auf der Brust, aber der Pfarrer sah immer noch Mikey, den Ministranten, vor sich, dunkel und gefühlsbetont in diesem Land der Blonden und Banalen, den Jungen, der ihm in jenen Jahren vor der Pubertät gefolgt war, als sein Amt noch eine geradezu magnetische Anziehungskraft ausgeübt hatte.

«Okay, wer waren dann ihre Freunde?»

Der Pfarrer seufzte. «Sie hatten keine Freunde.»

«Sie sind nicht sehr hilfreich, Father.»

«Nein, vermutlich nicht.» Father Newberry betrachtete stirnrunzelnd das gelbe Plastikband um die Kirchenbänke vor ihm, in deren Zentrum sich John und Mary Kleinfeldt befanden. Doc Hanson kramte inzwischen in seinem Beutel, stieß dabei gegen John Kleinfeldts Leiche und packte sie an der Schulter, als sie umzukippen drohte. Father Newberry schloss die Augen.

Halloran versuchte es nochmal. «Sie sagten, die beiden versuchten, mehrere Mitglieder aus der Kirchengemeinde ausschließen zu lassen, weil sie meinten, es wären Homosexuelle. Ich brauche eine Liste dieser Leute.»

«Aber keiner von denen hat es ernst genommen. Ich weiß von keinem Einzigen, der sich wirklich aufgeregt hätte, denn die Anschuldigungen waren einfach zu absurd.»

«Also war keiner von denen wirklich schwul.»

Father Newberry zögerte abermals. «Soweit ich weiß, nein.»

«Trotzdem brauche ich eine Liste, Father. Haben Sie eine Akte über die Kleinfeldts? Verwandte und so weiter?»

«Im Kirchenbüro, aber Familienangehörige gab es keine.»

«Keine Kinder?»

13

Father Newberry sah auf seine Hände hinunter, auf die Knie seiner Hosen, die ihn als hauptamtlichen Bittsteller auswiesen, und er dachte, hier ist sie nun, die Grauzone; jener gefürchtete Ort, an dem die Verpflichtungen gegenüber den staatlichen Behörden und seinem seelsorgerischen Amt auf grässliche Weise aufeinander prallten. Er kramte in seinem Gedächtnis nach dem, was er sagen durfte, und tat beiseite, was nicht. «Ich glaube, sie hatten ein Kind, aber sie weigerten sich, von ihm zu erzählen. Oder von ihr. Ich weiß nicht ein- mal, ob es sich um einen Sohn oder um eine Tochter handelte.»

«Aber das Kind lebt noch?»

«Auch das weiß ich nicht. Tut mir Leid.»

«Kein Problem. Gibt es sonst noch etwas, was Sie mir über die beiden sagen könnten?»

Der Pfarrer runzelte die Stirn und hakte in Gedanken die jämmer- lich wenigen Bruchstücke ab, die er über die Kleinfelds wusste. «Sie waren im Ruhestand, klar, in ihrem Alter. Beide in den Siebzigern, wenn ich mich recht erinnere. Sehr fromm, aber eher in ihrem eige- nen Sinne als in dem Gottes, wie ich leider sagen muss. Und sehr einzelgängerisch. Ich denke, sie trauten keiner lebendigen Seele, mich eingeschlossen, und ich fand das immer sehr, sehr traurig. Aber ich nehme an, das ist kein ungewöhnlicher Charakterzug bei reichen Leuten.»

Halloran schaute skeptisch auf die recht schäbig gekleideten Lei- chen. «Viel Land, aber trotzdem knapp bei Kasse?»

Father Newberry schüttelte den Kopf. «Ihren Zehnten haben sie immer bezahlt. Jedes Jahr am 31. Dezember schickten sie einen Scheck und eine Erklärung ihres Buchhalters, um zu beweisen, dass es sich um exakt zehn Prozent handelte, als würde ich daran zweifeln.»

Halloran murmelte: «Seltsam.»

«Sie waren … ungewöhnliche Menschen.»

«Und wie reich waren sie?»

Der Pfarrer blickte auf, suchte und fand seine Erinnerung an der Kirchendecke. «Über sieben Millionen, glaube ich, aber das war ver- gangenes Jahr. Es dürfte inzwischen beträchtlich mehr sein.»

Hinter ihnen wurde die Kirchentür geöffnet und wieder geschlos- sen. Kalte Luft strömte durch den Mittelgang, gefolgt von Bonar. Er blieb neben Halloran stehen. «Von den Nachbarn haben wir nichts erfahren. Die Kriminaltechniker von der State Police rücken gerade an.» Aus zusammengekniffenen Augen musterte er Hallorans Gesicht. «Was ist? Hast du was?»

«Vielleicht ein Motiv. Der Father erzählte mir gerade, dass sie millionenschwer waren.»

Bonar warf einen Blick auf die Leichen. «Die doch nicht.»

«Es ist nicht unbedingt ein Motiv, Mike», warf der Pfarrer ein. «Es sei denn, du verdächtigst mich. Sie haben ihren gesamten Besitz der Kirche vermacht.»

Bonar stieß Halloran mit dem Ellbogen an. «Ich sagte doch, der Padre war's.»

Father Newberry hätte beinahe geschmunzelt, konnte sich aber gerade noch zurückhalten. «Diese Evangelien», murmelte er stattdessen.

Weiter vorn in der Kirche stand Doc Hanson abrupt auf. «Oh, verdammt.» Mit einem kurzen, schuldbewussten Blick auf Father Newberry fügte er hinzu: «Entschuldigung, Father. Mike, komm doch bitte mal her und sieh dir das an.»

Unter dem schwarzen Mantel, den Doc Hanson aufzuknöpfen begonnen hatte, war Mary Kleinfeldts ehemals weiße Bluse durchtränkt von rotbraunem Blut, das geronn. Der Geruch hing über dem Kirchengestühl.

«Wurde ihr auch in die Brust geschossen?», fragte Halloran.

Doc Hanson schüttelte den Kopf. «Höchstens mit einer Kanone. Das Einschussloch im Kopf sieht aus wie von einer .22er, und das hier ist zu viel Blut für eine Wunde dieses Kalibers.» Er knöpfte die durchweichte Bluse auf und öffnete sie. Die beiden Deputies, die zuschauten, wichen augenblicklich einen Schritt zurück.

«Grundgütiger Himmel», flüsterte einer von ihnen. «Hat sich da jemand an einer Do-it-yourself-Autopsie versucht?»

Mary Kleinfeldts Schlüpfer und ihr Büstenhalter waren in der Mitte durchtrennt und zu den Seiten hin abgestreift worden. Von blauen Venen durchzogene Haut, die nie die Sonne gesehen hatte, wurde nun sichtbar. Ein vertikaler Schnitt klaffte in ihrer Brust und ließ das Brustbein erkennen. Eine zweite Wunde verlief horizontal und war so tief, dass die untere Hälfte ihrer Brüste von innen nach außen gestülpt war.

Halloran konnte den Blick nicht von der alten Frau lösen. Eine Angst, die er noch nie verspürt hatte, kroch in ihm hoch. «Das da ist keine Amateur-Autopsie», sagte er leise. «Das ist ein Kreuz.»

Kapitel 3

Grace MacBride wohnte im Merriam-Park-Viertel von St. Paul, in einem Block hoher, schmaler Häuser, die sich noch an die Roaring Twenties erinnern konnten. Ihr Hinterhof war sehr klein, und der massive Holzzaun, der ihn umschloss, sehr hoch. Mitch sagte, man käme sich vor wie in einem Schuhkarton ohne Deckel, aber Mitch hatte eben ein Problem mit solchen kleinen, geschlossenen Räumen, in denen Grace sich geborgen fühlte.

Der Baum war der wahre Grund, warum sie das Haus gekauft hatte. Nach den Maßstäben von Mitch, der im Grünen wohnte, war es kein besonders großartiger Baum, denn er hatte einen dicken, ge-drungenen Stamm und knorrige Äste, die zur Seite wuchsen statt in die Höhe, gerade so als hätten sie die Last des Himmels zu tragen. Aber, bei Gott, es war eine Magnolie, und die waren selten in Min-nesota. Ein wahrer Schatz.

Mitch hatte nichts Eiligeres zu tun gehabt, als auf das beengte Grundstück hinzuweisen, die Feuerwache ganz in der Nähe, das fest-getrampelte Rechteck aus Sand, welches der Immobilienmakler als Hinterhof bezeichnet hatte; aber es war ihm damals nur darum ge-gangen, ihr den Hauskauf auszureden und sie stattdessen in die Sub-urbs von Minneapolis zu locken, denn dort wohnten er und Diane in einer Gegend, wo die ausgedehnten Rasenflächen so makellos ge-stutzt waren, dass sie aussahen, als würden sie um Hilfe schreien.

«Hier hast du so viel Platz», hatte er zu ihr gesagt, «so viel freie Fläche, dass du die Leute sehen kannst, die dich in einer Viertelstun-den besuchen kommen.»

Grace hatte nur gelächelt und geantwortet: «Dies Haus hat aber eine Magnolie.»

«Aber nicht mehr lange. Wenn es wirklich eine Magnolie ist, wird sie in einem Jahr eingegangen sein.»

Das war vor fünf Jahren gewesen, und Grace hatte nicht ein einziges Mal geglaubt, dass der Baum eingehen würde, wenngleich er Jahr für Jahr den Eindruck machte, Selbstmord begehen zu wollen. In jedem Herbst warf er sich kräuselnde Blätter in einem lärmenden Schauer ab, als habe er einfach nicht die Kraft, noch länger an ihnen festzuhalten. Aber in jedem Frühling schwollen die Knospenbüschel an und platzten, und in einem seltsamen Anfall von Optimismus winkten schon bald winzige grüne Finger einem nun wieder blauen Himmel zu. Der Baum war ein Überlebenskünstler, genau wie Grace. An diesem Morgen stand er schlaff in der trockenen Herbstluft und drohte schon beim nächsten Herzschlag alle Blätter abzuwerfen. Sie hatte einen Schlauch an den Stamm geführt und wässerte den Baum.

Sie und Charlie saßen auf den beiden schweren Holzsesseln gegenüber dem Baum, lauschten auf das Rieseln des Wassers und sahen einfach zu, wie der Morgen seinen Lauf nahm. Grace war wie eine Mumie in einen langen Bademantel gehüllt, Charlie war nackt.

«Du musst aufhören, immer an den Stamm zu pinkeln. Zu viel Ammoniak.» Kaum noch wahrnehmbare Spuren eines Südstaatenakzents gaben ihrer Stimme eine weiche Melodie, die jedoch von den spröden, kalten Kadenzen des Nordens verunstaltet wurde.

Charlie wandte den Kopf und beobachtete mit hingebungsvoller Aufmerksamkeit, wie Grace aus ihrer Tasse trank.

«Vergiss es. Er ist nicht koffeinfrei.»

Charlie seufzte tief und sah dann weg. Er war eine heillose Promenadenmischung, zusammengebastelt von einem blinden Dr. Frankenstein. Die Größe und Masse eines Schäferhundes, das grobe Fell eines Drahthaarterriers, die langen Schlappohren eines Jagdhundes und dazu der völlig unbehaarte Stummel eines Schwanzes, den irgendwer abgebissen haben musste, bevor sie Charlie kennen gelernt hatte. Charlie war auch ein Überlebenskünstler.

Grace bewegte sich auf dem Stuhl, spürte, wie die Waffe in der übergroßen Bademanteltasche verrutschte, und griff nach ihr, bevor sie gegen den Holzstuhl schlagen konnte.

18

Das Halfter ist kein modisches Zubehör. Es ist eine Notwendigkeit, die der Sicherheit dient. Tragen Sie daher Ihre Waffe stets in einem Halfter, wenn Sie sie bei sich haben, und niemals, wirklich niemals lose in der Tasche — hat der Kurs mich klar verstanden?

Nun ja, Grace hatte ihn sehr wohl verstanden, aber manchmal musste man sich auch mal auf ein kleines Risiko einlassen, weil ansonsten aus Vorsicht Paranoia wurde und schließlich das Leben beherrschen konnte. In ihrem Bademantel auf ihrem eigenen Hinterhof sitzen zu können gehörte zu den Dingen, die ihrer Ansicht nach ein gewisses Risiko wert waren. Aber natürlich nicht ohne Waffe — so dämlich war sie auch wieder nicht.

«Es war sehr nett hier mit dir, aber ich muss zur Arbeit.»

Charlie jaulte kurz und rutschte mit seinem Hintern auf dem Stuhl hin und her. Er wirkte dabei wie ein alter Mann in einem Pelzmantel.

«Bemüh dich nicht. Ich finde allein hinaus.»

Sie brauchte fünf Minuten, um sich anzuziehen. Jeans, T-Shirt, ein schwarzer Staubmantel aus Leinen, der allen Wetterunbilden trotzte, und natürlich die englischen Reitstiefel. Wer erfahren hatte, dass sie im ganzen Leben noch nie auf einem Pferd gesessen hatte, hielt es für eine Modelaune. Nur fünf Menschen auf der Welt wussten es besser.

Vielleicht auch sechs.

Auf der Fahrt zur Arbeit sah sie mehrere Streifenwagen am Rand des River Parkway stehen. Ein toter Jogger am Flussufer, dachte sie automatisch.

Es war eines jener außergewöhnlichen Jahre, in denen die Herbstfarben am Mississippi einem beinahe den Atem raubten. Das Laub des Sumachs flammte rot, der Ahorn glühte in überirdischen Tönen von Rosa und Orange, und die zarten Blätter der Espen schimmerten wie Goldlamé an einer Drag Queen.

Detective Leo Magozzi war noch bei der Fußstreife eingesetzt, als er die Farben das letzte Mal so intensiv erlebt hatte. Obwohl er damals so sehr mit sich selbst beschäftigt gewesen war, dass er sonst kaum etwas von seiner Umwelt wahrnahm — eine der Ursachen des Durcheinanders in seinem Leben. Trotzdem war ihm in jenem Herbst das Farbenspiel des Laubs nicht entgangen.

Aquarellfarben können das nicht wiedergeben, dachte er, als er den West River Boulevard entlangfuhr. Dafür brauchte man unbedingt Ölfarben.

Vor sich sah er die Blaulichter von mindestens acht Streifenwagen und dem Einsatzwagen der Kriminaltechniker vom Bureau of Criminal Apprehension. Bis jetzt noch kein TV-Übertragungswagen, Gott sei Dank, aber er hätte seine Pension verwettet, dass es nur noch Minuten dauern würde, bis die Presse auftauchte.

Ein junger Cop mit Babyface regelte den Verkehr und hielt dabei auch ein wachsames Auge auf ein Grüppchen Gaffer, das in der Morgenkälte bibberte und hoffte, vielleicht doch noch einen Blick auf das Unglück eines Mitmenschen erhaschen zu können. Magozzi war überrascht, dass es nicht mehr waren – in Minneapolis war Mord eigentlich immer eine Nachricht, die sich blitzschnell herumsprach, aber in diesem Viertel war es wirklich ein Riesenereignis.

Er fuhr langsam an den Randstein und zeigte Baby Cop seine Marke, der vergeblich versuchte, seinen Namen richtig auszusprechen.

«Guten Morgen, Detective ... Mago-zee?»

«Mago-tsee. Mit ts wie in Tsetsefliege.»

«Oh. Wie in was?»

«Vergessen Sie's. Ist Detective Rolseth schon da?»

«Rolseth ... etwas kleiner, helle Haare?»

«Hört sich gut an.» Magozzi musste Baby Cop Diplomatiepunkte zubilligen, weil er auf einige der deftigeren Ausdrücke verzichtet hatte, die er zur Beschreibung seines Partners immer wieder hörte, wie zum Beispiel «Wampe» und «Halbglatze». Der junge Bursche war vielleicht nicht das allerhellste Licht, aber zum Polizeichef reichte es möglicherweise doch noch.

Baby Cop zeigte mit dem Finger auf eine Reihe riesiger und teurer alter Häuser, die hinter ansteigenden manikürten Rasenflächen hoch über der Straße thronten. «Er ist mit ein paar von den Jungs auf Tür-zu-Tür-Vernehmung gegangen, bevor die Leute zur Arbeit fahren müssen.»

Magozzi nickte, stieg dann über das gelbe Absperrband und

schützen, der vom Fluss kam.

Die Kriminaltechniker vom BCA waren über einen Grasstreifen zwischen Boulevard und Flussufer ausgeschwärmt, markierten die Umgebung des Tatorts und schritten ein Raster aus Hilfslinien ab. Er grüßte die wenigen von ihnen, die er kannte, im Vorübergehen mit einem Kopfnicken und strebte dann auf den Uferrand zu, wo sich ein hoch gewachsener, schlaksiger Mann in einem olivgrünen Mantel über eine Leiche beugte. Obwohl er Magozzi den Rücken zukehrte, verriet das schwarze Haar die Identität des Mannes ebenso unzweifelhaft wie die hängenden Schultern, die um Entschuldigung für den extremen Körperwuchs zu betteln schienen.

«Anantanand Rambachan.» Magozzi ließ sich den Namen des Mannes immer wieder auf der Zunge zergehen. Es war, als vernaschte er einen Windbeutel.

Dr. Rambachan drehte sich um und hieß Magozzi mit einem strahlenden Lächeln am Tatort willkommen. «Detective! Ihr Hindi-Akzent klingt heute Morgen ganz ausgezeichnet!» Seine dunklen Augen mit den schweren Lidern funkelten schelmisch. «Und was sehe ich denn da? Sie sind ja so herausgeputzt! Sie sind bestimmt auf der Pirsch.»

«Äh?»

«Sie haben Gewicht verloren, der Tonus ihrer Muskeln ist ausgeprägter … was nur bedeuten kann, dass sie endlich ihres einsamen Lebens überdrüssig sind und jetzt die Gesellschaft des schönen Geschlechts suchen.»

«Nächsten Monat stehen in unserer Abteilung die Fitness-Prüfungen an.»

«Daran könnte es auch liegen.»

Magozzi hockte sich hin, um einen kurzen Blick auf die Leiche zu werfen. Das Opfer war jung, nicht viel älter als zwanzig, trug Jogginghosen aus Nylon und ein ausgewaschenes Sweatshirt. Sein regloses, wächsernes Gesicht schien ausdruckslos, und die offenen Augen waren vom Tod getrübt. «Sehen Sie hier?» Rambachan deutete auf ein kleines dunkles Loch gleich über der linken Augenbraue.

«Winziges Loch.» Er formulierte das Offensichtliche. Das tat er immer. «Sehr sauber. Entweder ausgezeichnete Treffsicherheit oder großes Glück für unseren Schützen. Großes Pech jedoch für unseren Freund hier.»

«…22er?»

«Oh ja. Höchstwahrscheinlich.»

Magozzi seufzte und blickte über den Fluss. Das Sonnenlicht war durch den niedrigen Wolkenschleier gebrochen und zauberte funkelnde Prismen in den eisigen Dunst, der aus dem Wasser aufstieg.

«Kalt heute Morgen.»

«Oh, oh! Ich habe kürzlich aus einem Buch, das mir meine Frau geschenkt hat, gelernt, dass die angemessene Erwiderung auf diese Aussage ‹Könnte schlimmer sein› lautet.»

Magozzi nahm den Klarsichtbeutel mit den Beweismitteln in die Hand und inspizierte den Führerschein, den er enthielt. «Ach ja? Und was für ein Buch ist das?»

Rambachans Stirn legte sich in Falten. «Ein Linguistik-Buch. Ich glaube, es trägt den Titel Sprachwendungen und ihr Bezug zum Alltag in Minnesota. Haben Sie schon mal davon gehört?»

Magozzi hätte fast gelächelt. «Sonst noch persönliche Gegenstände?»

«Nur der Führerschein und ein Zwanzig-Dollar-Schein. Aber da ist noch etwas anderes, etwas höchst Eigenartiges. Ich habe so etwas noch nie gesehen. Schauen Sie sich das mal an.» Rambachan schob seine von einem Handschuh geschützten Finger zwischen die Lippen des Leichnams und drückte die Kiefer auseinander.

Magozzi blinzelte und beugte sich vor. Dann roch er es. Er ging wieder in die Hocke zurück. «Verdammte Scheiße.»

Kapitel 4

Zu ungefähr derselben Zeit, als Detective Magozzi auf Tuchfühlung mit dem toten Jogger ging, bog Grace MacBride mit ihrem großen schwarzen Range Rover in die Washington Avenue und fuhr in Richtung Industriegebiet.

Schon von ihrem ersten Tag an hatte Grace Minneapolis für eine zimperliche Stadt gehalten, gleichsam eine Dame mit dem Drang nach Höherem, die ihre Röcke schürzte, um sie nur nicht mit dem Matsch der Prärie zu beschmutzen. Sie besaß natürlich auch ihre dunklen Seiten – die Huren und Freier, die Pornoläden, die Kids aus der Junior High School, die auf der Suche nach etwas Heroin oder Ecstasy durch die Gegend cruisten – aber man musste schon wirklich suchen, um diese Seiten der Stadt zu finden. Dass sie tatsächlich exis-tierten, schockierte die eingeschworen lutheranische Bevölkerung immer wieder aufs Neue und forderte sie zu Reaktionen heraus. Es handelte sich um eine der wenigen Städte im Land, dachte Grace, in denen die Selbstgerechten noch immer überzeugt waren, dass man den Abschaum durch einen Appell ans Schamgefühl der Erlösung zu-führen könne.

Washington Avenue, einst Heimstatt der Obdachlosen und Dealer, war schon lange wieder durch Strafpredigten gefügig gemacht wor-den. Alte Lagerhäuser trugen jetzt neue Fenster und mit Sandstrahl gereinigte Fassaden zur Schau; schäbige Imbisse waren aufgetakelt und in funkelnde Oasen der Nouvelle Cuisine verwandelt worden. Und nur die bösen Menschen, die ganz bösen Menschen – wie Grace MacBride –, rauchten auf der Straße.

Sie parkte vor einem kleinen Lagerhaus, dessen altes Mauerwerk gewollt pinkfarben schimmerte, stieg aus und blickte die Straße hin-unter.

Annie kam gerade um die Ecke und schickte ihr Lächeln voraus. Sie trug einen hellroten Wollumhang, der beim Gehen nach links und rechts umklappte. Grace fand, dass die Kapuze einen sehr hüb-schen Kontrast zu ihrem hennafarbenen Haar bildete. Sie trug es in diesem Jahr kurz, zu einem Bob wie in der Charleston-Zeit geschnit-ten, und über unnatürlich grünen Augen fielen ihr akkurat ausge-richtete Strähnen auf die Stirn.

«Du siehst aus wie das kleine Rotkäppchen.»

Annie lachte. «Ich bin aber das große Rotkäppchen, Sugar.» Ihr Tonfall gemahnte an Mississippi, war süß wie Zuckerrohrmelasse. «Du mögen?» Sie drehte sich in einem engen Kreis, ein prächtiges scharlachrotes Nilpferd bei einer Pirouette.

«Ich mögen. Wie war dein Wochenende?»

«Du weißt schon. Sex, Drogen, Rock 'n' Roll. Immer wieder dasselbe. Und wie war's bei dir?»

Grace schloss eine unscheinbare Tür auf, die keine Aufschrift trug, sondern nur einen relativ frischen Anstrich aufwies, den Annie verächtlich als versandhausgrün bezeichnete. «Hab ein bisschen gearbeitet.»

«Hm.» Annie ging durch die Tür in eine Garage zu ebener Erde, die bis auf ein nagelneues Mountainbike und eine mit Schlamm bespritzte Harley leer war. «Ein bisschen. Was verstehen wir darunter? Zehn, zwölf Stunden am Tag?»

«So ungefähr.»

Annie schnalzte mit der Zunge. «Du musst mehr leben, Honey. Du gehst niemals aus. Das ist nicht gesund.»

«Liegt mir aber nicht, Annie. Das weißt du doch.»

«Ich hab da einen sehr netten Typen kennen gelernt, mit dem ich dich zusammenbringen könnte ...»

«Letztes Mal, als du mich mit jemandem zusammengebracht hast, war es kein so großer Erfolg.»

Annie verdrehte die Augen. «Grace. Du hast ihn mit deiner Knarre bedroht. Er redet noch immer kein Wort mit mir.» Sie seufzte, während sie zum Lastenaufzug an der Wand gegenüber gingen. Das Klicken ihrer Absätze hallte in dem höhlenartigen Raum wider. «Wir könnten doch heute Abend nach der Arbeit durch die Clubs ziehen und zwei knackige Bauernjungs aufreißen. Dazu müsstest du aber zuerst eine Tüte über deinen hässlichen Kopf stülpen.» Mit einer Schlüsselkarte setzte sie das kehlige Grollen eines Räderwerks hoch über ihnen in Gang. Dann drehte sie sich um und unterzog Grace der obligatorischen Morgeninspektion. Ihre Miene war die einer genervten Mutter, die im Stillen das rätselhafte Outfit ihres rebellischen Kindes missbilligt.

Für Annie Belinsky war ein Tag ohne Pailletten kaum lebenswert und ein Tag ohne Make-up völlig undenkbar. Den Teint des schwarzhaarigen irischen Frauentyps zu haben und nichts damit anzufangen war zweifellos eine Todsünde. Sie streckte die Hand aus und hob eine Strähne der dicken schwarzen Locken von der Schulter ihrer

schwendung.»

Haar eine Perücke machen lassen. An dir ist es eh die pure Ver-
Wenn du mal stirbst, werde ich dich skalpieren und mir aus dem
mich völlig fertig, dass dies ausgerechnet auf deinem Kopf wächst.
Freundin, ließ sie aber sofort angewidert zurückfallen. «Es macht

«Hält mir aber den Kopf warm.» Grace schmunzelte.

«Das kommt mir alles so vorsintflutlich vor. He, tu dir das hier
mal rein.» Sie hob die Seitenteile ihres Capes und enthüllte Reihen
limonengrüner Wildlederfransen, die von den Knöcheln bis zum Hals
reichten. Das erklärte auch ihre neuen Kontaktlinsen. Annies Augen-
farbe war stets auf ihre Garderobe abgestimmt. «Die dicke Annie
wird heute ein paar Herzen brechen.»

«Du brichst die Herzen auch in Sackleinen.»

«Stimmt.» Sie seufzte und musterte die eingedellte Fahrstuhltür.
Die schiefe Schablonenzeichnung eines Affenkopfes grinste ihr hä-
misch entgegen. «Scheiße, wieso hat Roadrunner das hier bloß vermurkst? Er benutzt eine Reißschiene, um seine Socken im Wäsche-
schrank auszurichten, kann aber nicht mal so eine dämliche Schablonenzeichnung waagerecht anbringen.»

Grace betrachtete den Affen mit zur Seite geneigtem Kopf. «Ich
weiß gar nicht, warum er nicht einfach am Laserdrucker einen Auf-
kleber mit dem richtigen Logo gemacht hat. Das hier sieht doch ...»

«... bescheuert aus?»

«Genau. Bescheuert.»

Harley sah mehr nach einem Hell's Angel aus als jeder Hell's Angel,
den Grace je zu Gesicht bekommen hatte – riesengroß, massig, täto-
wiert, bärtig und furchteinflößend. Er wartete darauf, ihnen das
Fahrstuhlgitter hochheben zu können und hielt dabei einen Donut
zwischen den Zähnen. Eine Spur aus Puderzucker führte zurück über
die Dielenbretter des Lofts in der zweiten Etage. «Da kommen die
Englein geflogen.» Er grinste um den Donut herum, und kleine weiß
gepuderte Stückchen rieselten ihm auf die Brust.

«Kretin.» Annie drängte sich an ihm vorbei.

«He, ich hab euch das Gitter geöffnet, oder?»

Grace gab ihm einen mitleidigen Klaps auf die Wange und strebte auf das scheinbar heillos ungeordnete Labyrinth aus Arbeitstischen und Computern zu, das sich in der Mitte des ansonsten leeren Lofts befand. Sie hob die Hand, um Roadrunner zu begrüßen, eine Bohnenstange in einem gelben Trainingsanzug aus Lycra. Er machte in einer hinteren Ecke Yogaübungen.

«Grace, Annie, Gott sei Dank. Die Stimmen der Vernunft. Harley plädiert immer noch für ein Massaker.»

«Ich sag doch: Kretin», grummelte Annie, schleuderte die Aktentasche auf ihren Arbeitstisch und warf einen zornigen Blick auf die weiße Konditorschachtel, die auf Harleys feistem rechtem Unterarm ruhte. «Ich hab dir doch gesagt, du sollst den Scheiß nicht mehr mitbringen, Harley.» Sie starrte auf die Schachtel. «Hast du was mit Zitronencreme dabei?»

Er schob die Schachtel in ihre Richtung. «Hab ich das nicht immer?»

«Arsch.» Sie schnappte sich das mit Zitronencreme gefüllte Törtchen.

Harley nahm sich einen Donut, biss ab und sprach gleichzeitig. «Wisst ihr, ich hab lange darüber nachgedacht. Also, wie wir jetzt diesen letzten Typ umbringen. Das muss ein richtiges Massaker werden, findest du nicht auch, Grace?»

«Find ich nicht.» Sie hängte ihren Staubmantel auf einen Kleiderständer an ihrem Arbeitstisch. Die Waffe steckte jetzt vorschriftsmäßig im Halfter, das tief unter ihrem linken Arm hing. Die schwarzen Gurte waren über dem schwarzen T-Shirt nicht zu erkennen.

Harley ließ seine massige Gestalt auf ihren Stuhl fallen und strahlte sie an. «Du siehst heute Morgen absolut hinreißend aus. Total himmlisch. Madonnamäßig.»

«Wie welche Madonna?»

«Such's dir aus.»

«Keine Chance, mich einzuwickeln, Harley. Wir erledigen diesen Kerl genau wie die andern.»

«Keine Änderungen», stimmte Annie zu.

«Okay, das hatte ich erwartet. Ihr seid Frauen und von Natur aus zart besaitet, aber ihr denkt diese Angelegenheit nicht konsequent zu Ende. Dies ist der Kerl, der alles begonnen hat. Wenn er nicht gewesen wäre, hätten wir die übrigen nicht umbringen müssen. Wenn wir jemanden mit einem gewaltsamen Tod bestrafen, dann ihn.»

«Vielleicht wenn wir ihn zuerst umgebracht hätten», stieg Road-runner in die Diskussion ein, «aber das haben wir nicht getan. Um die Wahrheit zu sagen, ich habe die ganze Sache so satt, dass ich froh wäre, wenn wir überhaupt niemanden mehr umbringen müssten.»

«Hast du deinen verschissenen Verstand verloren?» fauchte Harley. «Wir müssen ihn umbringen.»

«Bah.»

«So richtig schrecklich. Vielleicht mit einer Kettensäge.» Annie sah ihn finster an. «Weißt du, was mir Angst macht, Har-ley? Dass du auf solche Sachen dermaßen abfährst.»

«He, was soll ich sagen? Ich liebe meine Arbeit.»

Grace stieß Harley an, damit er von ihrem Stuhl aufstand. Dann setzte sie sich. «Eine .22er-Kugel in den Kopf, genau wie bei allen anderen.»

«Kommt schon», beklagte sich Harley.

«Vergiss es», sagte Annie. «Du bist überstimmt.»

Harley warf die Hände in die Höhe. «Ihr seid eine Bande von Waschlappen.»

«Es muss Sinn machen, Harley. Wir müssen bei unserem Plan bleiben», sagte Grace.

«Mitch sollte auch noch was dazu sagen. Wo zum Teufel ist er eigentlich?»

«Auf dem Flughafen», erinnerte ihn Grace. «Und selbst wenn er mit dir stimmen würde, stünde es immer noch drei zu zwei.»

«Gottverdammte Waschlappen . . . » Er sah, wie Annie ihr Cape aus-zog, und das Beben der limonengrünen Fransen zog ihn ganz in sei-nen Bann. «Oh, Mann.» Er starrte sie mit großen Augen an und zupfte am Kragen seines T-Shirts. «Kaum zu glauben, was da wackelt. Das ist echt sexuelle Belästigung.»

«Sind wir durch? Kann ich loslegen?» Nachdem er seine Zehen ein letztes Mal berührt hatte, richtete sich Roadrunner auf. Es war, als würde sich ein Storch auseinander falten.

«Dann mach mal», sagte Grace zu ihm und sah zu, wie die absurd langen Beine und Arme des Mannes auf dem Weg zu seinem Computer ihren Rhythmus fanden. Direkt vor seiner Workstation befand sich ein Stützbalken, zwei Meter über dem Boden. Roadrunner muss-te den Kopf einziehen.

Kapitel 5

Sheriff Michael Halloran beobachtete Danny Peltier dabei, wie er seine Flinte Kaliber 12 aus der Halterung im Kofferraum des Streifen-wagens nahm und prüfte, ob sie geladen war.

«Verdammt nochmal, was machen Sie da, Danny?»

«Waffeninspektion, Sir.»

Danny hatte gerade erst die Polizeiakademie absolviert, und des-wegen kam einem die Bezeichnung «übereifrig» schnell in den Sinn, doch sie war mehr als unzulänglich. Mehr als ein Jahr lang pflegte er seine unbenutzte Waffe zwei- oder dreimal die Woche zu reinigen, polierte seine Polizeimarke und seine Stiefel allabendlich und sorgte für so scharfe Bügelfalten in seinen Uniformhosen, dass man damit Zitronen in Scheiben hätte schneiden können. Aber das würde sich irgendwann geben, und früh genug würde er dann aussehen wie alle anderen auch.

Halloran beobachtete ihn, trank kleine Schlucke viel zu heißen Kaffees aus einem Becher und versuchte, das Gefühl loszuwerden, dass er etwas vergaß.

«Sieht nicht so aus, als wäre diese Waffe in letzter Zeit abgefeuert worden, Sir.»

«Zuletzt, um die Menschenmenge beim Homecoming-Fest der High School im Zaum zu halten.»

Ruckartig drehte Danny den Kopf, um den Sheriff anzusehen. Als er sich schließlich zu einem Grinsen durchrang, breitete es sich all-mählich über sein ganzes Gesicht aus und setzte all seine Sommer-sprossen in Bewegung. «Sie sind ein Witzbold, Sheriff, oder irre ich mich?»

«Mag schon sein. Aber jetzt steig in den Wagen, Danny. Die Fahrt wird ziemlich lang.»

«Ja, Sir.»

An diesem Morgen standen auf dem Platz mehr als ein Dutzend
Streifenwagen, die ihre Auspuffgase in die Morgenkälte pusteten.
Höchst ungewöhnlich für ein County, das normalerweise nie mehr
als acht Streifenwagen auf den Straßen patrouillieren ließ. Die meis-
ten Deputies aus der dritten Schicht würden heute eine Doppel-
schicht schieben, um die Mitglieder von Father Newberrys
Gemeinde zu überprüfen, auf der Suche nach einem Anzeichen von
Wahnsinn in deren Blick.

Halloran fragte sich, wie er die Mittel für diese Überstunden aus
einem eh schon extrem knappen Etat abzweigen sollte, als Sharon
Mueller ärgerlich mit der Faust an sein Fenster trommelte.

Er blickte in ein von Kälte gerötetes Gesicht und zwei braune
Augen, die vor Zorn funkelten, und er fragte sich, was wohl heute
ihren Temperamentsausbruch ausgelöst haben mochte. Nicht dass er
sich deswegen graue Haare wachsen lassen. Die Vorstellung,
etwa mit stoischem Schweigen zu reagieren, war ihr total fremd. Sie
war aufbrausend, geradezu peinlich direkt und konnte mit ihrer
scharfen Zunge jeden gestandenen Mann in der Luft zerfetzen. Im
vergangenen Jahr hatte sie sich das braune Haar sehr kurz schneiden
lassen. An ihrem Arbeitsplatz nannte man sie den tollwütigen Troll.
Obwohl er es nicht einmal ansatzweise hätte erklären können, war
Sharon einer der vielen Gründe dafür, dass sich Halloran glücklich
pries, nicht mehr beichten zu müssen. Sollte er sie tatsächlich je angesehen haben, ohne dabei auf unreine Gedanken zu kommen, so
konnte er sich an diese Situation zumindest nicht mehr erinnern.
Als er das Fenster runterließ, raschelte sie mit einem Blatt Papier
vor seiner Nase und beugte sich ihm entgegen. Er roch Seife. «Simons hat mir fünfzehn Leute auf die Liste gesetzt, und die sind auch
noch in alle Himmelsrichtungen verteilt. Auf die Tour bleibt mir
kaum noch Zeit für die Vernehmungen, weil ich ständig durch die
Gegend fahren muss.»

«Guten Morgen, Sharon.»

«Jeder andere kriegt eine Gruppe von Leuten in einem eng begrenzten Bereich, was auch Sinn macht, aber mich schickt er in alle
vier Ecken des County. Frauenfeindlicher geht's doch wohl nicht.
Abgesehen davon, dass es mir missfällt, ist es einfach dämlich ...»

«Ich hab es so angeordnet.»

Das versetzte ihr einen leichten Dämpfer. «Was?»

«Sie sind meine beste Vernehmungsbeamtin. Deswegen habe ich Simons aufgetragen, Ihnen diejenigen zuzuteilen, die nach dem Wunsch der Kleinfeldts aus der Gemeinde ausgeschlossen werden sollen. Ich weiß, diese Leute wohnen weit verstreut, und das tut mir Leid, aber wenn es in diesem County jemanden gibt, der den geringsten Grund hätte, sich den Tod der Kleinfeldts zu wünschen, dann steht er auf Ihrer Liste.»

Sharon blinzelte. «Oh.»

«Können Sie damit leben?»

«Aber klar doch, Mike ...»

Danny war instinktiv vorsichtig, und erst als sie den Parkplatz verlassen hatten und sich auf der Landstraße befanden, stellte er seine Frage. Das war ein gutes Zeichen, dachte Halloran. Der Junge könnte einen guten Deputy abgeben, wenn man ihm Zeit ließ. «Im Ernst? Sharon Mueller ist Ihre beste Vernehmungsbeamtin?»

«Das ist sie. Hauptsächlich arbeitet sie im Kinderschutz, und wenn Sie es schaffen, eine Sechsjährige dazu zu bekommen, Ihnen zu erzählen, dass ihr Daddy jede Nacht zu ihr ins Bett klettert, dann können Sie auch einen Erwachsenen dazu kriegen, dass er Ihnen so gut wie alles erzählt.»

«Oh.» Eine einzige Silbe, und dann Schweigen.

«Manchmal ist der Job zum Kotzen, Danny.»

«Ja, seh ich auch so.»

Der Highway 29 verlief ungefähr fünf Meilen lang schnurgerade in der Ebene, bevor er am Rand des Staatsforsts auf einen Kamm hinaufführte, und genau an der Stelle setzte stets der Gegenwind ein. Nach Hallorans Einschätzung war dies, besonders um diese Jahreszeit, so ungefähr das hässlichste Stück Land im ganzen County: baumlos und flach, mit Getreidefeldern, die man niedergemäht hatte, bis nur noch tote braune Stoppeln blieben. So als sei ein riesenhaftes Wesen drüber hergefallen und hätte dem Erdboden alles Leben ausgesaugt. Er knüppelte den Streifenwagen auf siebzig Meilen und ließ den Blick nicht vom weißen Mittelstreifen.

«Wird früh Schnee geben», murmelte Danny, als lägen endlich
genügend Meilen hinter dem Thema Inzest, um wieder reden zu
können. Es war noch immer eine heikle Sache hierzulande, und weder der Medienrummel noch irgendeine Aufklärungskampagne
würden daran etwas ändern. Manche Leute weigerten sich einfach zu
glauben, dass derartige Dinge geschahen.

«Wie kommen Sie darauf?»

«Die Straßenmeisterei hätte schon vor zwei Wochen einen Schnee-
zaun entlang der Straße ziehen müssen. Weil das noch nicht geschehen ist, kann man hundertprozentig sicher sein, dass es zu einem
frühen Schneesturm kommt.»

«Das hat uns gerade noch gefehlt», sagte Halloran, und damit war
der Smalltalk beendet. «Sie wissen, wonach wir hier draußen suchen, Danny?»

«Ja, Sir. Nach Informationen.»

«Richtig. Alles, was etwas zu den Kleinfeldts sagt. Verzeich-
nisse ihrer Telefongespräche, Kreditkartenquittungen, offizielle Dokumente, dergleichen.» Er bremste bei Steiger's House of Cheese
and Video und bog nach rechts auf einen schmalen Kiesweg ab. «Je
mehr wir über die Opfer erfahren, desto besser können wir uns ausmalen, wer ihren Tod gewollt hat.»

Danny wickelte einen Streifen Kaugummi mit Fruchtgeschmack
aus, faltete ihn zweimal und schob ihn sich zwischen die Zähne.

«Tagebücher, Notizen ...»

«Die wären hilfreich.»

«... Terminkalender ...»

«Alles mögliche.» Irgendetwas, fügte er in Gedanken hinzu, weil er
das Gefühl hatte, absolut nicht weiterzukommen. «Die Gerichtsmediziner haben in der Kirche nichts Brauchbares gefunden, und Doc
Hanson sagt, die Leichen haben ihm nichts als Albträume beschert.»

«Aber wir haben doch eine Kugel, die uns weiterhilft, oder?»

«Die Kugel aus der Frau ist kaum verformt, aber es gab es beim
Computerabgleich keine Treffer, und deswegen kommen wir ohne
Waffe keinen Schritt weiter. Also haben wir im Augenblick keine
Zeugen und keine nennenswerten Beweismittel. Nur eins könnte
Licht auf diese Sache werfen.»

«Ein Motiv», sagte Danny, ohne zu zögern, und zum zweiten Mal an diesem Morgen musste Halloran schmunzeln. Der Junge machte sich immer besser.

Am Ende des Auffahrt zum Haus der Kleinfelds befand sich ein Tor. Das Vorhängeschloss blitzte im kalten Sonnenlicht, und schlagartig wurde ihm bewusst, was er vergessen hatte. «Verdammt, verdammt, verdammt.» Er schlug mit der Hand aufs Lenkrad.

«Sir?»

«Ich hab die Schlüssel vergessen.»

«Ein paar von den Jungs sagen, dass Sie sich bestens darauf verstehen, Schlösser zu knacken.»

Aber anscheinend war er doch nicht so gut. Am Ende nahm er fluchend den Bolzenschneider zu Hilfe.

Für Leute, die angeblich auf sieben Millionen saßen, war es kein sonderlich beeindruckendes Haus, sondern nur ein kastenförmiger zweistöckiger Bauernhof, der, soweit er es beurteilen konnte, unverändert geblieben war, seit die Tikalskys hier Rinder gezüchtet und Kinder aufgezogen hatten.

Halloran hatte zusammen mit Roman, ihrem jüngsten Sohn, die Calumet High School besucht, und am Tag nach dessen Schulabschluss hatten sie dem Maklerbüro Countryside Realty den Auftrag erteilt, das Haus zu verkaufen, und waren nach Arizona gezogen. Kluge Leute, dachte er, zog den Pelzkragen seiner Jacke hoch und spürte dennoch, wie die Kälte an seinem Hals hinaufkroch und das Nähen des Winters versprach. Nach Aussagen von Nancy Ann Kopetke bei Countryside hatten die Kleinfelds das Haus drei Monate später gekauft, und es hatte sie fast umgehauen, als die Käufer, ohne mit der Wimper zu zucken, den verlangten Preis zahlten. Die Vorstellung, dass ein Schlachtross wie Nancy Ann Kopetke von etwas umgehauen worden war, was nicht das Format eines Sumo-Ringers hatte, bescherte ihm das zweite und letzte Schmunzeln an diesem Morgen.

Mit Danny stieg er auf die vordere Veranda und schaute sich den kräftigen Riegel des schweren Schlosses an. Er fasste dennoch nach dem Knauf. Ziemlich blöd, klar. Man sicherte ja nicht seine Auffahrt mit einem Vorhängeschloss und ließ dann die Haustür offen.

«Soll ich's mal hinten versuchen, Sheriff?» Danny schien mit seinen blitzblanken Stiefeln zu scharren, so wild war er darauf, ins Haus zu gelangen, den alles entscheidenden Hinweis zu finden und damit den Fall zu lösen.

«Nur los. Ich werd mal versuchen, ob ich das hier knacken kann.» Leichter gesagt als getan, dachte er. Seine missmutigen Gedanken wollten so gar nicht zu den unerwartet fröhlichen Geräuschen pas-sen, die Danny machte, als er über einen knisternden Teppich aus trockenem Laub zur Rückseite des Hauses trabte. Halloran hatte bereits an dieser Art Verriegelung herumgespielt und wusste nur zu gut, dass sie seinem begrenzten Geschick weit überlegen war. Den-noch ging er in die Hocke und fummelte sicherheitshalber trotzdem an dem Schloss.

Kaum hatte er das Kreuz gesehen, das in Mary Kleinfelds Brust geschnitten worden war, hatte ihn das üble Gefühl beschlichen, dass dies wahrscheinlich eins jener Verbrechen war, die ihm noch bis ins hohe Alter Kopfzerbrechen machen würden. Von dem Moment an war nur noch die Frage geblieben, wie viel von seinem Etat und wie viele von seinen Hilfsmitteln und Einsatzkräften er aufwenden würde, bis die höchsten Beamten und der Polizeichef des County seinen Aktivitäten ein Ende machten. Wenn sich in diesem Haus keine Hinweise befanden, auf die große rote Pfeile zeigten, bestand nicht die geringste Aussicht, den Einsatz der gesamten Abteilung zu rechtfertigen.

Er gab die Hoffnung auf, das Schloss zu knacken, stemmte die Hände auf die Knie und spürte einen Muskelkrampf, der sich, wie er hätte schwören können, am Tag zuvor noch nicht bemerkbar ge-macht hatte. Er schlug dann einmal gegen die Tür, um ihr Gewicht abschätzen zu können, und runzelte die Stirn. Eins von diesen schweren Metallteilen, die man gewöhnlich nur in der Großstadt fand. Scharniere auf der Innenseite. Höchst eigenartig. Wenn Danny kein Wunder vollbrachte und einen Weg fand, an der Rückseite ins Haus zu kommen, würden sie eine Scheibe einschlagen müssen, denn er hatte keineswegs vor, ganz in die Stadt zurückzufahren, um die Schlüssel zu holen.

Er blickte über die Veranda auf die traditionellen Sprossenfenster und dachte dabei, dass sie wohl auch gut hundert Jahre alte Schreibnerarbeit zerstören müssten, was wirklich peinlich wäre. Er griff unter seine Jacke nach der Schachtel Pall Mall in der Hemdtasche. Die Zellophanhülle knisterte in der Stille.

Das Haus dämpfte das Donnern der Schrotflinte so gut, wie ein solches Geräusch gedämpft werden kann. Aber es war laut genug und kam so unerwartet, dass Halloran von der Tür zurücksprang. Sein Herz klopfte wie wild. Bevor er nachdenken konnte, setzte schon der Instinkt ein und ließ ihn in die Hocke gehen, seine Neun-Millimeter bereits gezogen. Hast du das gesehen, Bonar?, kam ihm der absurde Gedanke. Wenn das nicht schnell gezogen war?

Bevor dieser Gedanke noch zu Ende gedacht war, hatte er schon die Veranda und die Stufen hinter sich gelassen. Geduckt rannte er unterhalb der Fenster um das Haus herum zur Hinterseite. Er blieb stehen, die Schulter gegen die stählerne Verkleidung gepresst. Stumm und mit flachen Atemzügen rang er nach Luft und horchte so angestrengt hinaus, dass er die trockenen Maisstängel auf dem rückwärtigen Feld wispern hörte.

Verdammt nochmal, wo steckst du, Danny?

In dem Teil des Gartens hinter dem Haus, den er einsehen konnte, stand kein einziger Baum und wuchs auch sonst nichts. Einzig braunes und kurz gemähtes Gras erstreckte sich über gut hundert Meter bis zum Maisfeld. Er duckte sich, ließ den Kopf vorschnellen, damit er um die Ecke schauen konnte, und zog ihn dann rasch wieder zurück. Nichts. Kein Buschwerk, keine Bäume, keine Stelle, an der sich ein Schütze hätte verstecken können. Nur eine niedrige Estrichplattform an der Hintertür. Er presste sich dicht an die Hauswand und schlich hin.

Kurz darauf entdeckte er die ersten blutigen Fetzen von Danny Peltier, verteilt über den gesamten Vorraum. Er ging ein wenig weiter ins Haus hinein und fand dort, was sonst noch von dem jungen Polizisten übrig war. Er wünschte sich bei Gott, das wäre ihm erspart geblieben.

Bonar fand Halloran eine Stunde später auf dem Hinterhof der Kleinfeldts. Er hatte einen Küchenstuhl nach draußen geschleppt, auf dem
er jetzt saß, vornüber gebeugt und die gekreuzten Arme auf die
Oberschenkel gestützt. Er starrte auf das Haus.

Bonar ging in die Knie, um sich neben ihn zu hocken, und begann, vertrocknete Grashalme auszurupfen. «Wärmst dich ein bisschen auf», sagte er.

Halloran nickte: «Die Sonne tut gut.»

«Bist du okay?»

«Ich musste nur einen Augenblick da raus.»

«Verstehe.» Er streckte ihm einen Kugelschreiber entgegen, auf
den eine Packung Pall Mall gespießt war. «Hab die hier auf der
Veranda gefunden. Sind das deine, oder müssen wir Fingerabdrücke
nehmen lassen?»

Halloran tätschelte seine Brusttasche, griff nach der Packung und
schnippte eine Zigarette heraus. «Muss sie fallen gelassen haben, als
ich den Schuss hörte.» Er zündete sich die Zigarette an, inhalierte tief
und lehnte sich auf dem Stuhl zurück, wobei er den Rauch betont
langsam wieder ausblies. «Warst du jemals hier, als wir noch zur
High School gingen? Als das hier noch den Tikalskys gehörte?»

«Nee. Andere Schulbusroute.»

«Gab damals noch eine ganze Menge Bäume hier auf dem Hinterhof.»

«Ja?»

Halloran nickte. «Apfelbäume, ein paar Eichen, die größte Pappel,
die ich je gesehen habe, stand direkt hier, und ein riesiger alter Trak-
torreifen hing an einem Seil, das so dick war wie mein Arm.»

«Ah. Sturmschaden vielleicht. Hier draußen gab's doch vor sechs,
sieben Jahren diese schlimmen Sturmböen, weißt du noch?»

«Ja, kann schon sein.» Halloran dachte einen Moment darüber
nach. «Kann mir eigentlich nicht vorstellen, dass der Wind hier alles
so sauber weggerasiert haben soll. Vor lauter Sträuchern konnte man
kaum das Haus sehen. Es waren diese Dinger mit den herabhängen-
den Zweigen und den weißen Blüten …»

«Gelbbart, Gattungsname Spiräe.»

Halloran sah ihn an. «Woher weißt du das nun wieder?»

Bonar hatten einen vertrockneten Grashalm gefunden, der so lang war, dass er mit ihm zwischen den Zähnen stochern konnte. «Ich bin ein Mann mit großem, mannigfaltigem und größtenteils nutzlosem Wissen. Worauf willst du hinaus?»

«Sämtliche Verstecke sind weg. Man hat sie beseitigt.»

Bonar spuckte den Halm aus und sah sich um, Augenbrauen und Gehirnzellen in konzentrierter Anspannung. «Passt zu allem anderen, schätz ich. Hast du das Waffenlager da drin gesehen?»

«Teilweise.»

«Bis jetzt schon siebzehn, und das allein im Erdgeschoss. Weißt du, wie irre das ist? Ich meine, diese Leute waren alt. Kukident und Zweistärkenbrillen und die .44er Magnum in ein und derselben Schublade. Bücher und Zeitschriften für Survivalisten überall im ganzen verdammten Haus. Und die Vorrichtung, mit der sie die Schrotflinte in Anschlag gebracht haben? Das Ding ist technisch so raffiniert, dass sogar Harris mulmig wurde. Er lässt seine Jungs auf allen vieren kriechen, Zentimeter für Zentimeter, und nach weiteren Stolperfallen suchen. Die Leute litten unter schwerer Paranoia.»

«Vielleicht kommt das von dem vielen Geld.»

Bonar schüttelte den Kopf. «Glaub ich nicht.»

«Ich auch nicht.» Halloran machte noch einen Zug, schnippte die Zigarette weg und stand dann auf. «Die Sache ist nur, dass sie sämtliche Eingänge zu diesem Haus absolut einbruchssicher verriegelt hatten, aber die Hintertür, die ließen sie sperrangelweit offen.»

«Weil da die Schrotflinte aufgebaut war.»

«Genau. Sie müssen jemanden erwartet haben.»

«Oh, Mann, das wird 'ne harte Nuss.» Bonar schüttelte seinen mächtigen Schädel, richtete sich ächzend auf und schaute seinen alten Freund an. «Du siehst beschissen aus.»

Halloran sah wie hypnotisiert auf die Hintertür und die leere Trage, auf der Danny Peltier seine letzte Fahrt antreten sollte. «Ich hab die Schlüssel vergessen, Bonar.»

«Ich weiß.» Bonars Stimme klang dünn wie das Wispern der Maisstängel.

Kapitel 6

Mitchell Cross traf kurz vor Mittag am Lagerhaus ein, parkte seinen schwarzen Mercedes in der Tiefgarage und fuhr mit dem Lastenfahrstuhl hinauf in das Loft. Der Morgen war die reine Katastrophe gewesen.

In der Haltebucht beim Ankunftsterminal des Flughafens hatte er eine halbe Stunde auf Diane warten und mit den Polizisten Katz und Maus spielen müssen, die jedem Wagen, der länger als zwei Sekunden mit laufendem Motor am Bordstein stand, einen Strafzettel verpassten. Auf dem Rückweg hatte ihn Bob Greenberg dann auf dem Handy erwischt, war arrogant und selbstgerecht gewesen, was SKID betraf, und hatte schon fast rundherum damit gedroht, ihm den Schoolhouse-Games-Etat zu entziehen. Einzig der Lowry-Tunnel hatte ihn gerettet, weil er die Verbindung unterbrach, bevor Mitch aus der Haut fahren konnte.

Sie verbrachten fünfzehn Minuten in dem schwarzen Wurmloch, blockiert von Gott weiß was auf der anderen Tunnelseite. Stau aufgrund hohen Verkehrsaufkommens wurde es genannt. Mitch nannte es zu viele verdammte Leute in zu vielen verdammten Autos.

Dianes Nörgeln ging schon nach fünf Minuten in Gejammer über, und kaum hatte sie die Schrecken einer Kohlenmonoxydvergiftung heraufbeschworen, streckte sie tatsächlich den Kopf zum Fenster hinaus und pöbelte in Richtung eines Pick-ups voller Jäger in leuchtendem Orange, sie sollten gefälligst ihren Motor abstellen. Teufel auch. Manchmal kam es ihm vor, als sei die Frau von Todessehnsucht getrieben.

Er war so verärgert gewesen, dass er beim Haus nicht einmal ausgestiegen war, sondern sie nur abgesetzt hatte und davongefahren war. Er hatte im Rückspiegel noch einen letzten Blick auf sie geworfen, wie sie in der Einfahrt stand, beladen mit ihrem Gepäck. Verletzt und schwach hatte sie ausgesehen.

Über ihm rumpelte das Räderwerk des Fahrstuhls, und dann kam die Kabine mit einem Ruck zum Stillstand. Durch die Holzgitter blickte er in das Loft, stieß einen Seufzer der Erleichterung aus und dachte: Daheim.

«Hi, Mitch!»

Annie sah ihn als erste, aber auch nur deswegen, weil sie bei den Kaffeemaschinen stand und nicht an ihrem Computer saß. Alle anderen drängten sich um Roadrunners Monitor wie eine Hexenschar um den Kessel mit Giftgebräu.

«Komm schon da raus, Süßer. Du siehst aus wie Armani hinter Gittern.»

«Hi, Annie.» Er ging zu ihr an das Wandbord mit den vier Kaffeemaschinen und dem großen weißen Behälter für Backwaren.

«Verdammt, siehst du gut aus.» Die dicke Annie zog ihre sämtlichen Kinnfalten ein und bedachte ihn mit einem ihrer gedehnten und verführerischen Lächeln, mit Hilfe derer sie die meisten Männer vergessen ließ, dass sie mindestens hundert Pfund Übergewicht mit sich schleppte. «Hätte erwartet, dass du zu Hause geblieben wärst, um zu feiern. Diane muss doch auf Wolke sieben schweben.»

Mitch zuckte die Achseln. «Sie ist nur müde. Vielleicht köpfen wir aber heute Abend noch ein Fläschchen Champagner. Woran arbeiten die denn alle?» Er öffnete den Deckel des weißen Behälters und schaute hinein in der Hoffnung, etwas nicht absolut Tödliches zu finden, vielleicht einen Bagel.

«Mitch, alter Drecksack, komm her! Wir legen gerade den letzten Scheißkerl um, ob du's glaubst oder nicht», bellte Harley. «Sichern deinen Kindern ihre Ivy-League-Ausbildung.»

«Ich hab aber keine Kinder.»

«Weiß ich doch, aber ich bleib ein unverbesserlicher Optimist. Ich stell mir eben vor, dass du eines Tages doch nochmal einen hochkriegst. Himmel! Hast du für den Schlips etwa Geld bezahlt?»

Grace spürte Mitchs Hand auf der Schulter und sah auf die kleinen weißen Wolken auf blauem Untergrund. «Das ist eine Krawatte von Hermès, und die hab ich ihm letztes Jahr zu Weihnachten geschenkt.»

«Ihm hast du eine Hermès-Krawatte geschenkt, und ich hab nur einen lausigen Schlüsselring gekriegt?»

«Sie hat dir ein italienisches Stilett geschenkt, du Blödmann», sagte Annie.

Harley dachte einen Moment nach. «Oh ja, stimmt. Und welcher Geizhals hat mir den Schlüsselring geschenkt?»

Roadrunner lehnte sich entnervt auf seinem Stuhl zurück. «Wollt ihr Kinder euch nicht einen anderen Spielplatz suchen, damit ich das hier fertig machen kann?»

«Ist das jetzt wirklich der Letzte?», fragte Mitch.

Grace nickte. «Die große Nummer Zwei-Null. Und wir haben bisher über dreihundert Hits auf der Test-Site im Internet. Über die Hälfte der Leute haben das Spiel vorbestellt.»

«Das reicht uns aber nicht als Ausgleich für den Verlust des Schoolhouse-Etats. Greenberg hat heute Morgen angerufen.»

«Was hat er diesmal für ein Problem?», fragte Harley.

«Es mag dir vielleicht komisch vorkommen, aber er findet, dass die Firma, die seine Software für Kinder entwickelt, kein Spiel über Serienkiller wie SKID produzieren sollte.»

«Es ist kein Spiel über Serienkiller», rief Grace ihm ins Gedächtnis. «Es ist ein Spiel darüber, wie man Serienkiller erwischt.»

«Grace, das verdammte Ding heißt doch Serial Killer.»

«Serial Killer Detective», korrigierte ihn ein vierstimmiger Chor. «Offenbar vermag er den Unterschied nicht zu sehen. Ebenso wenig wie ich, ehrlich gesagt.»

Harley packte Mitch am Arm. «Greenberg und du, ihr habt viel zu lange Papierkriege geführt. Komm schon, Partner. Ich will dir das Ding hier vorführen. Es ist nämlich tierisch brillant geworden.» Er rollte einen weiteren Stuhl vor einen Arbeitstisch, der aussah, als hätte eine Horde Vandalen darauf gewütet. «Setz dich hin, Kumpel.» Er schob Stapel von Schnellheftern, Ausdrucken und Biker-Zeitschriften beiseite, sodass vier surrende Festplatten und ein 21-Zoll-Monitor sichtbar wurden.

Mitch sträubte sich, aber wenn Harley wollte, dass man sich einen Stuhl nahm, dann setzte man sich auch. «Ich hab das doch schon gesehen —»

«Du hast die Textdateien gesehen, aber nicht das Spiel», sagte Annie. «Scheiße, dir gehören zwanzig Prozent von diesem Ding, und du hast es noch nicht einmal gespielt.»

«Ich will es auch gar nicht spielen. Ich habe dagegen gestimmt, erinnert ihr euch? Meiner Ansicht nach ist das alles eine kranke Idee.»

«Aber nur, weil du es nicht schnallst», fuhr Grace ihn an. «Du hast es noch nie geschnallt.»

Die Bemerkung schmerzte, aber Mitch hielt sich zurück und sagte nichts.

«Na ja, jetzt wird er es schnallen.» Harleys große Finger tanzten verblüffend behände über die Tasten. Für einen kurzen Augenblick wurde der Monitor schwarz, erwachte aber gleich darauf wieder zum Leben. Übergroße schattierte Blockbuchstaben nahmen Gestalt an und schienen dann geradezu aus dem Bildschirm zu springen:

MONKEEWRENCH SOFTWARE DEVELOPMENT
Wirf einen SCHRAUBENSCHLÜSSEL ins Getriebe*

«Okay, okay!» Harley zitterte beinahe vor Aufregung, als der Bildschirm wieder schwarz wurde. «Tut euch das hier mal rein!»

Tausende funkelnder roter Pixel erschienen auf dem Bildschirm und gruppierten sich zu riesigen roten Lettern, die wie gekritzelt aussahen:

Ein Spiel gefällig?

«Gefällt dir die Schrift, oder was? Ist von mir – ich nenn sie meinen Serienkiller-Font.»

Mitch schüttelte es. «Großer Gott!»

«Okay, und jetzt folgt der richtig spannende Teil. Das Spiel beginnt. Als erstes sehen wir ein Digitalfoto vom Tatort.»

Mitch sah voller Abscheu zu, wie das Foto eines toten Joggers auf dem Bildschirm erschien. «Ach, du Scheiße! Musstet ihr denn echte Menschen nehmen? Ich dachte, ihr wolltet mit Animationen arbeiten!»

* Monkey Wrench bezeichnet einen verstellbaren Schraubenschlüssel, auch «Engländer» genannt. Der Begriff entstand aus einer Verballhornung von Moncky Wrench, nach dem Erfinder Charles Moncky, der dieses Werkzeug um 1858 entwickelte. «To throw a monkey wrench into the works» heißt, einen Vorgang abrupt zum Stillstand zu bringen, und entspricht in etwa einer Verstärkung der deutschen Wendung «Sand ins Getriebe streuen». (Anm. d. Übersetzers)

«Nein, so ist es besser. Viel realistischer. Sieht doch genau aus wie ein Polizeifoto, oder? Das hier ist eben Kunst.» Harley stieß mit einem seiner dicken Finger in Richtung Bildschirm. «Schau dir mal an, wie ich die Schatten von dem Baum benutzt habe, um den Raum zu strukturieren. Klasse, wie der Blick auf die Leiche gelenkt wird, oder?»

«Aber … Mann … Mann, mein Gott.» Mitch verzog das Gesicht und sah Roadrunner an. «Das bist du?»

Roadrunner lehnte sich weit genug auf seinem Stuhl zurück, um Harleys Monitor erkennen zu können. «Mein Gott, bin ich gut.» Er grinste. «Ich seh so richtig tot aus. He, Harley, geh mal weiter zum zweiten Mord.» Er zwinkerte Mitch zu. «Das ist eben erstklassige Darstellungskunst.»

«Scheiß auf Darstellungskunst», schnaubte Harley. «Jeder weiß doch, das wahre Genie bei dieser Sache ist der Fotograf.» Er vollführte jetzt seine Kunststücke mit der Maus und nickte Mitch begeistert zu. «Aber Roadrunner hat Recht. Nummer zwei ist ganz toll. Wahrscheinlich sogar der beste, auch wenn mir selbst leider kein Lob für den Einfall gebührt, so gerne ich es hätte. Auf diese Idee ist nämlich Grace gekommen.» Harley hämmerte auf ein paar Tasten, und ein neues Foto erschien.

Mitch beugte sich vor und betrachtete das Bild mit zusammengekniffenen Augen. Roadrunner — nun ja, Roadrunner, verkleidet als Prostituierte — war über die Flügel eines riesengroßen Engels aus Stein drapiert und sah mausetot aus. «Was, zum Teufel …?»

«Spitze, ne? Da hab ich wirklich einen unglaublichen Gegenlichteffekt hingekriegt …»

«Grotesk. Wo hast du das aufgenommen?»

«Lakewood-Friedhof.»

«Die Statue ist gigantisch. Wie soll denn jemand eine Leiche da hinaufhieven?»

Harley nickte zustimmend. «Gute Frage, Grasshopper. Eben das musst du rauskriegen, denn daraus ergibt sich ein Hinweis.»

Mitch neigte den Kopf zur Seite, inzwischen eher neugierig als abgestoßen und auch ein wenig entspannter. «Eigentlich gar nicht so schlecht. Ich hätte Blutrünstigeres erwartet.»

40

Harley strahlte. «Siehst du? Geschmackvoll, nicht wahr?»

«Da ist nur dieser winzige Blutfleck, dort … sieht aus, als sei sie erschossen worden.»

«Genau. Und wenn du den Fleck anklickst, kriegst du eine hübsche Großaufnahme von der verspritzten Hirnmasse geliefert, die …»

Mitch kniff die Augen zusammen. Harley versetzte ihm einen sanften Stoß gegen den Arm, sodass er beinahe vom Stuhl gefallen wäre. «War 'n Witz. Den Autopsiebericht kriegst du. Todesursache: eine einzige Kugel, Kaliber .22, direkt ins Gehirn. Und wenn du andere Körperteile anklickst, werden Infos über sonstige Sachen aufgerufen – Verletzungen, weil sie sich zur Wehr gesetzt hat, Spuren von Fesseln, Blutgruppe und Blutwerte, Zeitpunkt des Todes …»

«Was ist das da?» Mitch deutete auf einen schattenhaften Fleck auf dem Beton am Sockelfuß der Statue.

«Das ist ein Fußabdruck. Klick ihn an und du kriegst ein Auf-klappmenü mit den Ergebnissen der Polizei. Gummierte Sohle, Jog-gingschuhe, Reebok, Männergröße 11 …»

Mitch sah ihn interessiert an. «Hmm. Es handelt sich also vermut-lich um einen Mann …?»

«Oder um eine wirklich große Frau, oder um eine kleine Frau, die Männerschuhe trägt …»

«Völlig unmöglich, dass eine Frau der Täter ist. Eine Frau hätte niemals die Körperkraft, eine Leiche so weit nach oben zu hieven. Es muss sich um einen Mann handeln.»

«Vielleicht, vielleicht aber auch nicht. Das muss man eben heraus-finden.»

«Und was dann? Wie löst man das Problem?»

«In der Datenbank des Spiels gibt es eine Liste mit fünfhundert möglichen Verdächtigen. Darin sind ihre statistischen Daten ver-zeichnet und solche Sachen wie Beruf, Hobbys, Geburtsdatum, Adresse, Vorstrafenregister, dieser ganze Scheiß. An jedem Tatort fin-det man eine Menge Hinweise, aber manche davon sind nur sehr schwer zu entdecken, und nur bitter wenige erweisen sich letztlich als hilfreich, einige der Verdächtigen aus der Datenbank ausschließen zu können.»

«Wie das?»

«Es gibt Millionen Möglichkeiten. Wir haben diese Möglichkeit nicht eingesetzt, weil sie zu einfach ist, aber nehmen wir zum Bei-spiel an, es wurde ein Beweis gefunden, dass der Täter Rechtshänder ist. Dann könnte man alle Linkshänder von der Liste der Verdächti-gen streichen.»

«Oh-h-h.» Mitch zog die Augenbrauen hoch. «Ist ja cool.»

Grace und Annie sahen einander an und rollten mit ihren Stühlen ein bisschen dichter an Harleys Workstation, ohne einen Ton zu sa-gen. Mitch bekam nichts davon mit.

«Jedenfalls», fuhr Harley fort, «sind die Morde alle von demsel-ben Täter begangen worden, und deswegen kann man, je weiter man dem Spiel folgt, umso mehr Verdächtige ausschließen und er-fährt umso mehr über den Täter. Oder die Täterin. Das Profil unseres Mörders besitzt siebenundfünfzig Charakteristika. Identifiziere zwei davon, finde zusätzlich die richtigen Hinweise und eliminiere die richtigen Verdachtspersonen von der Liste – dann und auch nur dann führt dich das Programm vom ersten Mord zum zweiten.»

Mitch nickte. «Und dann liefert dir der zweite Mord ein paar wei-tere Hinweise zum Mörder, und du kannst weitere Verdächtige aus-schließen ...»

«Du sagst es. Langsam kapierst du.»

Mitch beugte sich weiter vor und deutete auf den Monitor. «Was ist denn das?»

«Musst es schon anklicken, Kumpel, wenn du's rausfinden willst.»

Mitchs rechter Zeigefinger verharrte über der Maus, als er hörte, wie Grace hinter ihm leise lachte und dann sagte: «Erwischt.»

Mitch riss die Hand von der Maus zurück und wirbelte auf seinem Stuhl herum. Sie waren alle versammelt: Grace, Annie, Roadrunner. Er konnte kaum glauben, dass sie so dicht hatten an ihn heranrücken können, ohne dass es ihm aufgefallen war. Und sie grinsten allesamt.

«Was?»

«Du spielst. Du spielst ja nun doch unser Game, Mitch», stichelte Roadrunner.

«Ich spiele nicht. Ich versuche nur, Zugang zu finden. Aber jetzt habe ich wirklich keine Zeit mehr dafür.»

Die anderen schauten zu, wie er leicht verdrießlich aufstand und auf die Wand aus Glasbausteinen zusteuerte, die sein Büro vom restlichen Loft trennte. Im letzten Augenblick drehte er sich noch um.

«Grace, hast du einen Moment Zeit?»

«Sicher.»

«Und – Harley?»

«Ja, Kumpel!»

«Ist das Ding auf meinem Computer?»

Harley grinste. «Ist es schon immer gewesen.»

Grace folgte Mitch in sein Büro und ließ sich auf den Besucherstuhl sinken. Sie beobachte ihn dabei, wie er sein Ankunftsritual durchzog.

Anzugjackett auf den Holzbügel, obersten Knopf schließen.

«Wie war Dianes Flug?»

«Lang.»

Anzugjackett in den Wandschrank, Wandschranktür schließen.

«Sie hat mich gestern Abend aus L.A. angerufen.»

«Hat sie mir erzählt. Eine halbe Stunde habt ihr geredet, sagte sie.»

Quer durchs Zimmer bis zum Arbeitstisch, Manschettenknöpfe lösen und in das Mittelfach der mittleren Schublade fallen lassen.

Grace lächelte in sich hinein. «Sie war lustig. Aufgekratzt. Immer noch high von der Ausstellung.»

«Sie hat ja auch einen Haufen Geld verdient. Hat gleich in der ersten Stunde oder so alle Bilder verkauft. Wieder einmal.»

«Sie ist unser Star. Weiß sie, dass wir mit dem Spiel diese Woche online gegangen sind?»

Ärmel links und rechts dreimal umkrempeln, dann hinsetzen.

«Das weiß sie. Wieso?»

«Mein ja nur. Sie hat es nämlich nicht erwähnt. Kam mir ein bisschen seltsam vor.»

Mitch stöhnte leise. «Keinem von uns bleibt zu diesem Zeitpunkt noch groß etwas zu sagen. Es ist jetzt da draußen. Zu spät, um es noch aufzuhalten.»

Reinigungstuch aus der Vakuumverpackung, Schreibtischplatte abwischen.

«Es ist nur ein Spiel, Mitch.»

«Wäre es abwegig, darauf hinzuweisen, dass Mord kein Spiel ist?» Grace atmete kurz und entnervt aus. «Das von dem Mann, der Time Warrior geschaffen hat.»

«Das war etwas anderes. Der Time Warrior ist ein Guter, der gegen das Böse kämpft ...»

«Dasselbe hier. Der gute Detective, der böse Serienkiller.»

«... und der Warrior benutzt einen Atomisierer. Kein Blut, keine Eingeweide ...»

«Aha, verstehe. Mord geht in Ordnung, solange es unblutig abgeht.»

«Nein, verdammt nochmal, es geht um mehr als das. Erstens mal führt der Time Warrior einen Krieg. Er ist Soldat.»

«So? Mord geht in Ordnung, solange es unblutig abgeht und solange man eine Uniform trägt und der Mord sich mit fadenscheinigem Patriotismus verbrämen lässt ...»

«Scheiße nochmal, Grace, fang nicht schon wieder damit an!»

«Du hast doch angefangen.»

«Das ist doch völlig daneben und damit ganz genau das, wo du hin wolltest. Mit einem esoterischen Argument vernebelst du die Realität. Mit Bob Greenbergs Argument, mein Gott nochmal. Ich will damit jedoch nicht sagen, dass da draußen nicht noch eine ganze Menge Bob Greenbergs sind, die denken werden, dass wir allesamt ein bisschen abgedreht sein müssen, um dergleichen auf den Markt zu bringen. Aber als er heute das ganze Konzept krank nannte, hatte ich nur einen Gedanken: Mein Freund, du ahnst ja noch nicht einmal die halbe Wahrheit.»

Grace tat so, als hätte er das nicht gesagt.

Er schob die Kappe eines seiner Stifte zwei Zentimeter nach rechts.

«Worum geht es also? Das habe ich mich gefragt, seit du mit der Idee gekommen bist. Um Katharsis? Um Macht?»

Sie tat so, als hätte er auch das nicht gesagt. Sie schlug die in Jeans gehüllten Beine übereinander und blickte an ihm vorbei auf die seitliche Wand. Eines von Dianes ersten Gemälden hing dort: eine ruhige abstrakte Komposition mit großen weißen Flächen. «Darf ich dich etwas fragen?»

Er gewährte ihr den Blick in seine Augen, und die verrieten alles.

«Was passiert, wenn du als erstes den Tisch abwischst?»

Zum ersten Mal an diesem Tag war sein Lächeln aufrichtig. «Armageddon.»

Sie erwiderte sein Lächeln, ein wenig boshaft nach seinem Dafürhalten. Aber er merkte es zu spät, um sich zu retten. Er hätte das mit der Katharsis nicht sagen sollen. Er hätte absolut nicht darauf anspielen sollen, und jetzt würde sie ihn dafür abstrafen.

«Niemand wird es herausfinden, Mitch.»

Er seufzte und entschloss sich gegen alle Ausflüchte. «Was herausfinden?»

«Das mit den Tanga-Badehosen.»

«Großer Gott, Grace, das hier hat damit nichts zu tun.»

«Komm schon, Mitch. Du bist doch beinahe in Ohnmacht gefallen, als du es in der Textdatei gelesen hast.»

«Ich war überrascht, das ist alles. Ich hatte seit Jahren nicht mehr daran gedacht.» Er schloss die Augen und schüttelte leicht den Kopf.

«Meine Güte. Ich kann nicht fassen, dass du's da eingearbeitet hast.»

Grace zuckte gut gelaunt mit den Achseln. «Ich brauchte einen Hint.»

«Aha. Und der einzige Hint, der dir eingefallen ist, war eben eine Halskette mit einem Anhänger, auf den ‹Tanga› graviert ist.»

«Du warst doch begeistert von der Halskette. Das Ganze sah doch genau aus wie eine Hundemarke, was ja auch perfekt zu deinen Grunge-Klamotten aus dem Army-Surplus passte, wenn ich das mal hinzufügen darf. Du hast gelacht, bis dir die Tränen kamen, als du es geöffnet hast, und dann hast du sie immer getragen.»

«Unter meiner Kleidung, wenn ich dich erinnern darf, damit niemand sie sah. Und da sie ein Geschenk war, musste ich sie ja tragen. Ich wollte dich nicht kränken. Wusstest du eigentlich, dass das verdammte Ding mir die Brust grün gefärbt hat?»

Seine Brust war tatsächlich grün geworden, und trotzdem wollte er die Halskette nicht abnehmen, denn sie war ja ein Geschenk von ihr.

«Ich dachte, es würde dir Spaß machen, sie im Spiel wieder zu entdecken.»

«Ach, wirklich? Schlimmer bin ich nie gedemütigt worden, und du dachtest, es würde mir Spaß machen, daran erinnert zu werden?»

Grace wirkte ausgesprochen fröhlich. «He, du warst ein absolutes Schmuckkästchen. Hast du die Bilder noch?»

«Nein, ich habe die Bilder nicht mehr, und würdest du bitte nicht so schreien? Kannst du dir eigentlich vorstellen, wie die Meute da draußen über mich herfallen würde, wenn herauskäme, dass ...»

«Dass du Tangas vorgeführt hast?»

«Das war eine einmalige Sache. Ich brauchte das Geld. Und es waren keine Tangas.»

«Sie waren aber winzig. Echt winzig.» Sie grinste und wartete nur darauf, dass die Schamröte seinen Hals hinaufkroch, dass seine Augen zu blinzeln begannen, und zwar so schnell, wie sie es immer taten, wenn sie ihn wegen irgendetwas verspottete. Aber er überraschte sie.

«Du wärmst das alles wieder auf, Grace», sagte er todernst. «Ich hätte niemals gedacht, dass dir je danach zumute sein würde.»

Und da war es an Grace zu blinzeln.

Kapitel 7

An diesem Abend sah Grace vom Herd aus zu, wie Charlie langsam auf den Küchenstuhl kletterte und dabei seine wuchtigen Pfoten ganz vorsichtig aufsetzte, damit der Stuhl nicht umkippte. Es hatte viel Zeit gekostet und ihm so manchen Sturz rücklings aufs Linoleum beschert, bei dem seine Pfoten arg gelitten hatten, bis er sich diesen Trick selbst beigebracht hatte. Mit Hundemaßstäben gemessen, fand Grace, war Charlie wahrscheinlich ein Genie.

Nachdem er alle viere auf der glatten hölzernen Sitzfläche platziert hatte, drehte er sich Zentimeter für Zentimeter um, bis sein Stummelschwanz die Rückenlehne streifte, und ließ sich dann mit einem hörbaren Seufzer nieder.

«Du bist ein geniales Tier.» Grace lächelte ihm zu. Charlie lächelte zurück und ließ dabei die Zunge aus dem Maul hängen.

Sie hatte keine Ahnung, warum dieser Hund darauf bestand, auf Stühlen zu sitzen, aber sie konnte Panik durchaus nachvollziehen, wenn sie deren Symptome sah, und gleich am ersten Abend, als sie

Charlie aus der Seitengasse, in der sie ihn gefunden hatte, mit zu sich nach Hause gebracht hatte, war der Hund in Panik verfallen, als sie versucht hatte, ihn daran zu hindern, auf ihre Möbel zu klettern. Aber er hatte sich nicht flach auf den Boden gelegt, den Kopf zwischen den Vorderpfoten, und herzzerreißend gewinselt. Nein, er hatte auf den Hinterbeinen regelrecht getanzt und so schrecklich geheult, als wimmelte es auf dem Boden von Untieren und sein Heil sei allein in einer gewissen Höhe zu finden.

Er war bereits ausgewachsen gewesen, aber offenbar von Hunger so geschwächt, dass sie ihm auf einen Stuhl hatte hinaufhelfen müssen. Dabei hatte sie instinktiv gehandelt und war erst später auf den Gedanken gekommen, dass der fremde Hund sie mit gefletschten Zähnen hätte angreifen können.

Aber das hatte Charlie nicht getan. Als er erst mal vor allen etwaigen Albträumen, die auf ihrem Fußboden lauerten, in Sicherheit gebracht worden war, hatte er nur noch leise gejault und ihr immer wieder das Gesicht geleckt. Anfangs hatte er Grace damit zum Lachen gebracht, dann hatte sie aber seltsamerweise weinen müssen.

«Und das war mehr, als sämtliche albernen Psychiater je bewirken konnten», eröffnete sie Charlie, als sei er am Gedankenspiel ihrer Erinnerung beteiligt. Er neigte den Kopf zur Seite, sah sie an und versetzte dann dem schweren Keramiknapf auf dem Tisch vor sich einen sanften Stoß, um sie in aller Höflichkeit darauf hinzuweisen, dass sich sein Abendessen bereits verspätet hatte.

Heute gab es Lammeintopf. Für Grace ohne untergemischtes Trockenfutter.

Nach dem Essen rollte Charlie sich auf die Couch, und Grace steuerte den lang gestreckten, schmalen Raum an, der zwischen Küche und Esszimmer eingezwängt war. Ursprünglich – zu Beginn des Jahrhunderts, als das Haus noch jung war – hatte er nach Aussagen des Maklers als Vorratskammer gedient.

Diesen Raum hatte Grace als ersten renoviert, hatte den Fußboden abgezogen und wieder versiegelt und im einzigen Fenster Buntglas in dunklen, fast undurchsichtigen Farben einsetzen lassen, sodass man die Gitterstäbe davor nicht mehr erkennen konnte und auch niemand hineinzusehen vermochte.

An einer der Wände war ein breites Bord in Tischhöhe angebracht, auf dem ihre Computer rund um die Uhr summten. Es blieb
kaum noch genug Platz für den Stuhl, auf dem Grace vor den Rech-
nern hin und her rollte.

»Hier drinnen kannst du unmöglich arbeiten.« Mitch war entsetzt
gewesen, als er den Raum zu Gesicht bekommen hatte. »Das ist doch
kein Büro, sondern ein Sarg.« Aber es war der einzige Ort auf der
Welt, an dem Grace sich beinahe sicher fühlte.

Sie ging zu dem großen IBM-Rechner, die mit allen Computern
im Büro vernetzt war. »Na, komm schon, komm schon.« Hastig bewegte sie ihre Maus, um den Computer aus seinem Ruhezustand zu
wecken, und wartete ungeduldig, die Finger über der Tastatur.

Sie hatte sich den ganzen Tag im Büro mit einer widerspenstigen
Befehlszeile für den letzten Mord abgemüht, und dann hatte sie
während des Abendessens die Lösung plötzlich vor Augen gehabt.
Sie konnte es gar nicht abwarten zu prüfen, ob es funktionierte.

Sie hörte die vertrauten gedämpften Geräusche, die eine Festplatte
macht, wenn sie sich durchcheckt, und dann das leise statische Knis-
tern, mit dem der Monitor zum Leben erwachte. Sie hatte sich ein
Digitalfoto von Charlie als Schreibtischhintergrund eingerichtet, das
ihn mit lang heraushängender Zunge und halb geschlossenen Augen
zeigte, als grinse er über ein von ihm wohl gehütetes Geheimnis. Das
Bild brachte sie immer wieder zum Schmunzeln.

Sie wollte die Funktionstaste drücken, mit der sie die Programm-
datei von Serial Killer Detective aufrufen konnte, aber kam nicht dazu,
sie zu berühren. Sie runzelte die Stirn, als der Bildschirm plötzlich
schwarz wurde, und sie erstarrte, als die in Rot gekritzelte Frage les-
bar wurde.

Ein Spiel gefällig?

Sie richtete sich auf und konnte den Blick nicht von den Wörtern auf
dem Monitor wenden, die eigentlich gar nicht dort stehen durften;
es sei denn, sie hätte die Spieldatei schon aufgerufen, und auch dann
erst nach dem Startscreen.

Ein Bug, dachte sie. Das kann nur ein Bug sein. Doch obwohl sie das wusste, spürte sie sekundenlang noch einmal, wie die alte Furcht ihr lähmend den Rücken emporkroch und dafür sorgte, dass sich ihr die Nackenhaare sträubten.

Die letzten zehn Jahre waren im Nu ausgelöscht, und eine jüngere Grace, die noch immer in ihren Gedanken lebendig war, saß zusammengekauert in dem dunklen Wandschrank, unkontrolliert zitternd, aber ganz, ganz still.

Kapitel 8

Behindert durch ihr enges Kleid, konnte Alena Vershovsky nur trippeln, und zudem stakste sie schwankend auf den höchsten Absätzen, die sie je getragen hatte. In der Totenstille an diesem Ort konnte sie sogar hören, wie sich die Pailletten aneinander rieben, ein schabendes Geräusch, wie es auch die Schuppenhaut einer Schlange verursachte, wenn sie über den Wüstensand glitt.

«Pailletten machen Geräusche», flüsterten ihre verzückt geöffneten Lippen.

«*Ja, das tun sie. Sind sie nicht wundervoll?*»

Alena nickte glücklich und hielt ihre Finger in die Höhe, um sie nochmals zu betrachten. Trotz der Dunkelheit konnte sie den roten Glanz des Lacks auf den langen künstlichen Fingernägeln erkennen, der den Eindruck aufkommen ließ, dass diese Hände gar nicht zu ihr gehörten.

Oh, wie sie das hier liebte! Noch niemals war sie so gekleidet gewesen, und das aus gutem Grund. Ihre Eltern hätten sie nämlich umgebracht. Aber dies hier war der erste Abend ihres Lebens fern von zu Hause; ein Abend, um über die Stränge zu schlagen und für einen Fremden, der ihr Leben verändern würde, Risiken einzugehen.

Sie war schon immer überzeugt gewesen, vom Schicksal ausgewählt zu werden und ihre Bestimmung nicht selbst suchen zu müssen wie normale Menschen. Sollten die einfältigen Mädchen sich doch mit der Dreieinigkeit der Langeweile begnügen – Schule, Ehe, Kinder. Alena war besser als sie, schöner als sie, und schon bald würde es alle Welt wissen.

Alena erschauderte, als ein Windstoß sie traf. Sie hoffte, das Kleid nicht ausziehen zu müssen — es bot zwar keinen großen Schutz vor der Kälte, aber es war zumindest besser als nichts. Zudem hoffte sie, dass es nicht zu irgendwelchen sexuellen Handlungen kommen würde. Sie hatte gehört, dass Fotografen manchmal versuchten, mit ihren Models Sex zu haben, bevor diese zu Stars wurden. Aber eigentlich war es auch egal, dachte sie. Sie hatte schon aus nichtigeren Gründen Sex gehabt.

«Los geht's.»

Alena hielt inne und blickte an der riesigen Skulptur empor. Im selben Augenblick verstand sie auch den Sinn des übertriebenen und grellen Make-ups, der Netzstrumpfhose und des offenherzigen Kleides. Sie konnte sich vorstellen, was der Fotograf als erste Aufnahme für ihr Portfolio im Sinn hatte: eine Hure, davongetragen auf den Flügeln eines Engels. Ein beeindruckendes Bild — ein faszinierendes Foto — und letztlich gar nicht so weit entfernt von der Wahrheit.

Es war schwierig, hinaufzuklettern, zumal sie auch noch Angst hatte, sich die Strümpfe am Stein zu zerreiben oder ihre nagelneuen Fingernägel zu zerkratzen, aber schließlich gelang es ihr, sich über einem der mächtigen Flügel in Positur zu legen. «Ist es so in Ordnung?»

«Beinahe perfekt. Ich klettere nur noch kurz hoch, um dein Haar nach hinten zu stecken. Es ist wunderschön, wusstest du das?»

Alena lächelte. Natürlich wusste sie es.

«Aber es verdeckt einen Teil deines Millionen-Dollar-Gesichts. Und das können wir doch keinesfalls zulassen.»

Die Finger berührten sanft ihre Wange, als sie die Haare hinters Ohr streiften. Einen Augenblick verweilten sie dort. «Du wirst sehr berühmt werden, Alena.»

Und obwohl es ihr ausschließlich ebendarum ging, verflüchtigten sich doch alle Gedanken an Ruhm augenblicklich, als Alena das kalte Metall spürte, das sich so gar nicht wie eine Haarspange anfühlte. Sie dachte an ihre Mutter und sah deren warmherziges und liebevolles Gesicht vor sich, als sie fühlte, wie der Engelsflügel unter ihr sich mit Macht bewegte und sie langsam in die Höhe hob.

Kapitel 9

Sheriff Michael Halloran schob seinen Stuhl vom Schreibtisch weg und rieb sich mit den Handballen die Augen. Als er sie wieder öffnete, sah er Sharon Mueller in seiner Bürotür stehen.

«Diese Funzel wird Ihnen noch die Augen ruinieren.» Sie nickte in Richtung der Lampe mit dem grünen Schirm, die auf seinem Schreibtisch stand.

«Das ist eine Leselampe. Ich hab gelesen.»

«Zum Lesen ist es hier drinnen zu dunkel.» Sie wollte nach dem Schalter an der Wand greifen, ließ aber die Hand sinken, als er den Kopf schüttelte. Sie trug ihre dicke Jacke, deren Kragen sie bis über die Ohren hochgeschlagen hatte, weil ihr Haar für diesen Job zu kurz war.

«Kommen Sie oder gehen Sie?», fragte Halloran. «Und sollten Sie gehen — was machen Sie eigentlich noch immer hier? Es ist fast Mitternacht.»

«Allerhand Zeug wegen der Kleinfeldts. Aber unbesorgt, ich werde keine Überstunden aufschreiben.»

«Ich bin unbesorgt, und Sie werden doch Überstunden aufschreiben.»

Sie kam ins Büro geschlendert und berührte einen Gegenstand nach dem anderen — Möbelstücke, Bücher, die Zugkordel der Jalousie vor dem großen Fenster, die Halloran niemals herunterließ. Er hatte eine Vielzahl von Frauen kennen gelernt, die sich genauso verhielten, wenn sie in den Lebensbereich eines anderen Menschen eindrangen. Als könnten sie durch Abtasten Informationen sammeln. Direkt vor seinem Schreibtisch blieb sie stehen. «Wie geht's Ihrer Hand?»

«Was meinen Sie?»

«Bonar sagte, Sie hätten heute Nachmittag bei den Kleinfeldts eine Wand mit der Faust traktiert.»

«Ich war wütend.» Wie jetzt auch. «Ich habe Sie gefragt, was Sie so spät hier noch tun.»

Sie sah ihn eine Minute lang an und setzte sich dann auf einen Stuhl vor seinem Schreibtisch. «Ich habe mir all die Verhöre von heute angesehen. Meine eigenen und auch die der anderen.»

«Hat Simons Ihnen das aufgetragen?»

«Nein, aber es musste gemacht werden.» Sie klatschte ihm einen dicken Schnellhefter auf den Schreibtisch. Mehrere Blatt Papier waren an dessen vordere Umschlagseite geheftet. «Die einzelnen Berichte sind da drinnen. Und das da ist die Liste aller Gemeinde-mitglieder, die sämtlich überprüft wurden bis auf einen Mann, der im Krankenhaus liegt, und ein Ehepaar, das seine Tochter in Nebraska besucht. Nirgends was Verdächtiges.»

«Sie haben mit allen Leuten gesprochen, die nach Meinung der Kleinfeldts exkommuniziert werden sollten?»

«Hab ich. Dreiundzwanzig insgesamt. Können Sie sich das vorstel-len? Wenn Sie's wissen wollen – vier von ihnen sind tatsächlich schwul.»

«Das haben die Ihnen erzählt?»

«Guter Gott, nein. Aber sie sind es.»

Halloran blickte auf die Liste und las Namen, die er schon sein Leben lang kannte. Sharon hatte die Namen derjenigen, die von den Kleinfeldts der Homosexualität bezichtigt worden waren, mit einem gelben Marker hervorgehoben. Als er sich bei der Überlegung er-tappte, wer davon wohl tatsächlich homosexuell sein möchte, legte er die Liste beiseite. «Keine Verdachtsmomente?»

Sharon zuckte die Achseln. «Eigentlich nicht. Na ja, viele von ihnen waren sauer, und einige haben sogar versucht, die Kleinfeldts mit deren eigenen Waffen zu schlagen – sie selbst exkommunizieren zu lassen, weil sie falsch Zeugnis abgelegt hätten oder so was. Aber wie sich herausstellt, vergeben einem die Katholiken, auch wenn man eines der Zehn Gebote gebrochen hat. Man kann trotzdem Papst-Freak bleiben und braucht seinen Vereinsausweis nicht abzu-geben. Aber wehe du praktizierst in deinen eigenen vier Wänden im Einverständnis mit einem anderen Erwachsenen eine spezielle sexu-elle Vorliebe, dann bist du sofort draußen. Schwachköpfe.» Ihr tiefer Seufzer klang entnervt. «Jedenfalls hat nach den ersten Denunzie-rungen kaum jemand mehr reagiert. So hielten die Kleinfeldts zum Beispiel Mrs. Wickers für lesbisch. Die Frau ist 83 Jahre alt und schon lange jenseits von gut und böse. Die weiß noch nicht mal, was ein Homosexueller ist. Ihre Kinder sind sauer deswegen – wie viele andere der dreiundzwanzig auch –, aber keiner von ihnen könnte je zum Mörder werden. Glauben Sie mir.»

«Tu ich ja.»

«Okay. Außerdem habe ich mich beim FBI und auch beim National Crime Information Center informiert. Im Augenblick sind wir landesweit die einzigen, die einen kreativen Bruskorbaufschlitzer vorzuweisen haben. Zumindest einen mit religiösem Hintergrund. In Omaha gibt es einen, der auf Brüste fixiert ist, aber er schneidet sie nur ab. Doch wenn wir von Genitalien sprechen oder von Gesichtern, dann hätten wir da eine große Auswahl . . .» Plötzlich presste sie die Lippen aufeinander und starrte angestrengt an seinem Kopf vorbei auf einen Punkt an der Wand. «Was da draußen alles abläuft, können Sie sich nicht vorstellen, Halloran.»

Sie sah ihn an, stand auf und setzte sich gleich darauf wieder. «Sie sehen schlecht aus. Sie sollten nach Hause fahren.»

«Das gilt auch für Sie. Also gute Nacht, Sharon.» Er zog einen Stapel Papiere in den Lichtschein und machte sich an die Lektüre.

«Möchten Sie darüber reden?»

«Über was?»

«Danny.»

«Um Gottes willen, nein.» Er las weiter.

«Ich aber.»

«Dann gehen Sie und tun es woanders.»

«Es war nicht Ihre Schuld, Mike.»

«Ich bin nicht einer von Ihren Missbrauchsfällen, Sharon, und ich habe es auch nicht nötig, mich von einer blutjungen Schmalspur-psychologin analysieren zu lassen. Also bitte, halten Sie sich raus.»

«Sie versteigen sich in dieses katholische ‹Mea culpa›-Ding. Und das ist dumm.»

«Fick dich doch, Sharon, verdammt nochmal.»

«Na ja, das könnte vielleicht helfen, aber ich glaub nicht, dass Sie schon so weit sind. Das F-Wort hab ich von Ihnen ja noch nie gehört.»

Halloran betrachtete diese nette junge Frau aus Wisconsin, deren Alltag darin bestand, sich mit dem sexuellen Missbrauch von Kindern zu beschäftigen, es aber dennoch nicht über sich brachte, das

F-Wort auszusprechen. «Machen Sie, dass Sie rauskommen», sagte er
erschöpft. «Fahren Sie nach Hause. Lassen Sie mich allein.»

Einen Moment lang saß sie stumm da und starrte nur die Papierstapel auf seinem Schreibtisch an. «Wonach suchen Sie?»

«Raus.»

«Kann mich nicht loseisen. Ich liebe es hier. Das sirrende Neonlicht, der Schweißgeruch in der Luft, die sexuellen Belästigungen –
davon krieg ich einfach nicht genug.»

Halloran schob seinen Stuhl etwas nach hinten und sah sie an.

«Verraten Sie mir, was ich tun muss, um Sie loszuwerden.»

«Was ist das da eigentlich alles?» Sie deutete mit einer Kopfbewegung auf die Papierstapel.

Halloran seufzte. «Zeug, das wir aus dem Büro mitgenommen haben, das die Kleinfelds bei sich zu Hause eingerichtet hatten. Hauptsächlich bezahlte Rechnungen, Quittungen, Belege und Steuerbescheide.»

«Das wär's?»

«Das wär's.»

«Kontoauszüge, Bankkorrespondenz …?»

Halloran schüttelte den Kopf. «Nichts. Sie haben alles bar bezahlt.
Ich hab heute Nachmittag, als wir im Haus nicht fündig wurden,
Verbindlichkeiten und Kreditwürdigkeit überprüfen lassen, aber
diese Leute tauchen landesweit in keiner einzigen Datenbank auf.»

«Das ist doch unmöglich.»

«Das hätte ich gestern auch behauptet, aber jetzt weiß ich nicht
mehr, welches Unterste ich noch nach oben kehren soll. Auch die
zentrale Kfz-Zulassungsstelle hat nichts, und das schmeckt mir überhaupt nicht. Denn das heißt, dass die Kleinfeldts die letzten zehn
Jahre ohne Führerschein in meinem County umhergefahren sind.»

Sharons Interesse war jetzt geweckt. Sie beugte sich vor und
schaute die Papiere auf seinem Schreibtisch aufmerksam an, wobei
sie versuchte, über Kopf zu lesen. «Die beiden haben sich richtig
versteckt.»

«Das haben sie.»

«Und wer auch immer es war, vor dem sie sich versteckten, der
hat sie allem Anschein nach gefunden.»

«Es sei denn, Sie halten es mit der Theorie von Commissioner Heimke, dass dahinter entweder ein Bandenkrieg steckt oder ein vagabundierender Irrer.»

«Das soll doch wohl ein Scherz sein?»

«Nein, mein Ernst.» Er blätterte durch einen Packen Papiere auf einem der Stapel: ein fünf Jahre alter Steuerbescheid. «Nun, wenn Sie verärgerte Gemeindemitglieder ausschließen, dann muss ich jemand anders finden, der diese Leute zumindest so gut kannte, dass er sie tot sehen wollte, und da gibt es in diesem County ganz sicher niemanden, auf den das zuträfe. Die beiden lebten nämlich wie die Einsiedler.»

«Also versuchen Sie, mit Hilfe der Steuerbescheide frühere Adressen herauszufinden.»

«So hatte ich es mir zumindest vorgestellt, aber die Bescheide reichen nur zehn Jahre zurück, genau so lange, wie sie hier gewohnt haben. Also habe ich bei den Steuerfritzen vom IRS angerufen, um frühere Adressen zu erfragen, aber die haben mich mit Geschwafel von wegen vertrauliche Information und spezielle Entbindung von der Schweigepflicht abgewimmelt. Als ich damit drohte, einen richterlichen Bescheid vorzulegen, hat mir der Wicht am anderen Ende nur viel Glück für den langen Weg durch alle Instanzen bis zum Bundesgerichtshof gewünscht und gesagt, wir würden uns dann in fünfzig Jahren wieder sprechen.»

«Schwachköpfe», murmelte Sharon und steuerte auf die Tür zu.

«Ich dachte, die Katholiken wären die Schwachköpfe.»

«Die Kategorie Schwachkopf hat Platz für alle. Entschuldigen Sie mich mal für einen Augenblick.»

«Wieso?» Er folgte ihr hinaus in das große Büro, blinzelte in die plötzliche Helligkeit und bemerkte zum ersten Mal das aufdringliche Sirren der Leuchtstoffröhren an der Decke. Sein Blick schweifte über all die leeren Schreibtische. «Wo sind denn Cleaton und Billings?»

«Unten.» Sharon nahm auf ihrem Stuhl Platz, griff sich das Telefon und tippte aus dem Kopf eine Nummer ein. «Melissa macht heute Abend Dienst in der Einsatzzentrale. Und wenn sie das tut, arbeitet hier oben niemand. Sind Sie noch nie zur dritten Schicht hier gewesen?»

«Nicht dass ich mich entsinnen könnte.» Halloran ließ sich am Schreibtisch neben Sharon auf Cleatons Stuhl sinken und rief sich die Erscheinung von Melissa Kemke vor Augen, die heute Abend die Einsätze koordinierte und eine Doppelgängerin von Marilyn Monroe hätte sein können. «Melissa wird aber doch nicht belästigt, oder?»

Sharon schnaubte verächtlich. «Wenn jemand sein Leben liebt, wird er sich hüten. Aber sie einfach anschauen, das mögen sie alle. Und Melissa findet es lustig.»

«Tatsächlich?»

«Natürlich.»

Natürlich? Was Frauen betraf, schien ihm etwas entgangen zu sein. Schon wieder. «Wen rufen Sie denn so spät noch an?»

«Einen, der niemals schläft ... Jimmy? Sharon. Hör mal, wir suchen nach den früheren Adressen der Kleinfeldts. Hast du von denen gehört? Na ja, eure Leute blocken ab. Irgend 'n Scheiß von wegen besondere Schweigepflichtenbindung ...» Stumm lauschte sie eine Weile, und dann sagte sie: «Das kannst du machen? Banzai!»

Sie legte auf und drehte ihren Stuhl mit Schwung herum, sodass sie Halloran direkt ins Gesicht blickte.

«Sie haben einen Maulwurf bei der Steuerfahndung?», fragte er.

Sie beachtete seine Frage nicht. «Anscheinend ist es erlaubt, unter bestimmten Bedingungen die eigene Adresse auf den Formularen wegzulassen. Zeugenschutz, psychopathische Verfolger und dergleichen. Dessen haben sich die Kleinfeldts wahrscheinlich bedient, und solche Adressen sind nicht zugänglich, nicht einmal unter Strafandrohung. Der IRS hält sie unter Verschluss. Unter den gegebenen Umständen, das heißt, weil sie tot sind und so weiter, könnten wir die Angaben vielleicht bekommen, wenn wir bereit sind, auf Bundesebene tausend Hürden zu nehmen, wie der Kerl Ihnen ja schon gesagt hat. Aber es könnte Monate dauern.»

«Mist.»

«Egal», er ruft zurück. Dürfte nicht lange dauern.»

Halloran sah sie verblüfft an. «Er wird die Adressen herausbekommen? Jetzt?»

«Klar doch.»

«Ist das nicht ungesetzlich?»

«Oh ja, aber Jimmy ist ein gewiefter Hacker. Er kann sich von seinem Computer zu Hause Zugriff auf die Datenbank verschaffen und es so aussehen lassen, als käme der Zugriff aus Timbuktu. Das kriegen die niemals raus. Außerdem ist er derjenige, den sie um Hilfe bitten, wenn jemand anders einen solchen Versuch startet.»

«Jimmy muss Ihnen eine ganze Menge schulden.»

Sharon zuckte mit den Achseln. «Könnte man sagen. Ich schlafe ab und zu mit ihm.»

Halloran saß da und gab sich alle Mühe, sein Erstaunen zu verbergen.

Sharon sagte: «Ein ziemlich überzeugendes Pokergesicht, Mike.»

«Danke, ich hab auch lange geübt.» Nette Frauen aus Wisconsin nahmen vielleicht das F-Wort nicht in den Mund, aber die Tätigkeit schien ihnen nicht fremd zu sein.

«Nur weil Sie wie ein Mönch leben, braucht der Rest der Welt es Ihnen doch nicht gleichzutun …» Das Telefon klingelte, und sie schnappte sich den Hörer. «Ja, Jimmy?» Sie hörte eine Weile zu und sagte dann: «Im Ernst? Wie viele? Ha. Okay. Danke. Nein, ich schulde dir gar nichts, du Volltrottel.» Sie legte auf und ging hinüber zum Faxgerät. «Er schickt eine Liste.»

Wie aufs Stichwort brummte das Gerät los und spuckte stockend eine Seite aus. Sharon neigte den Kopf und las die Zeilen mit. «Das waren wirklich ein paar komische Vögel», murmelte sie. «Kleinfeldt ist gar nicht ihr richtiger Name – damit geht's schon los.»

Halloran hob die Brauen und wartete.

«Sieht so aus, als hätten sie … meine Güte! … sie haben immer, wenn sie umgezogen sind, auch ihren Namen geändert. Und umgezogen sind diese Leute reichlich oft.» Sie reichte Halloran die erste Seite und las bereits die zweite, die sich aus dem Gerät krümmte. «Okay. Das hier sieht aus wie ihr erster gemeinsamer Steuerbescheid, vor fast vierzig Jahren in Atlanta. Damals waren sie die Bradfords. Hielten sich vier Jahre in Atlanta auf, zogen dann nach New York City, wo sie zwölf Jahre blieben, und danach tauchten sie als die Stanfords in Chicago auf … Hm. Nur neun Monate dort, und dann geht's wirklich von einem Ort zum andern.» Sie gab Halloran die zweite Seite und widmete sich der dritten. «Die Mauers in Dallas, die

Beamises in Denver, die Chitterings in Kalifornien, ein Jahr lang ohne Eintrag, vielleicht außer Landes, und dann kommen sie hier als die Kleinfeldts an.»

«Und hier blieben sie dann zehn Jahre lang.»

«Genau. Sie müssen es für einen sicheren Zufluchtsort gehalten haben.»

Halloran grunzte nur. «Eine Zeit lang.» Er nahm ihr die letzte Seite ab und richtete sich ein wenig auf, erfüllt von Tatendrang. «Das ist großartig, Sharon. Vielen Dank. Und jetzt gehen Sie heim und ruhen sich wenig aus.» Er warf einen Blick auf Cleatons Telefon, fragte sich kurz, ob er wohl Gummihandschuhe anziehen sollte, bevor er es berührte, und zog das Telefon über den Schreibtisch hinweg näher zu sich heran.

«Wen wollen Sie anrufen?»

«Die örtlichen Polizeidienststellen zu all diesen alten Adressen.»

Sie seufzte, streifte sich ihre Jacke ab und rückte ihr Schulterhalfter wieder zurecht. «Die Liste ist lang. Geben Sie mir die Hälfte ab.»

«Sie haben schon genug ...»

«Her damit.» Sie drohte ihm mit dem Finger.

«Sie werden sich noch Schwierigkeiten einbrocken, weil sie sich noch so spät allein mit mir hier aufhalten.»

«Kein Problem. Ich sag einfach, ich hab versucht, mich im Sheriff's Department von Kingsford County nach oben zu schlafen.»

«So weit werden Sie gar nicht gehen müssen. Heute Abend würde ich meinen Job sogar verschenken.»

Sharon lächelte. «Ich hab mir eigentlich was anderes versprochen als den Job.»

Halloran sah sie an, wie sie auf der Tastatur ihres eigenen Telefons eine Nummer eintippte, und dachte dabei, dass er die Frauen niemals verstehen würde.

Nachdem sie eine Stunde lang telefoniert und sich im ganzen Land aus dem Schlaf gerissene Justizbeamte zu Feinden gemacht hatten, kam für Halloran schließlich der Durchbruch.

«Chitterings? Scheiße, ja, an die erinnere ich mich.»

In dem Moment, als Halloran dem Detective in Kalifornien diesen Namen nannte, klang dessen Stimme plötzlich hellwach. Halloran sah ihn förmlich kerzengerade im Bett sitzen. Er bedeckte die Sprechmuschel mit der Hand und sagte zu Sharon: «Ich hab was.»

«Durch die verdammten Explosionen wäre auch noch die gesamte Nachbarschaft verwüstet worden, wenn die Häuser dort nicht so weit auseinander gestanden hätten», fuhr der Detective fort.

«Explosionen?»

«Genau. Es hatte wohl jemand alle Gasleitungen im Haus aufgedreht, sämtliche Pilotflammen gelöscht und dann alles abgefackelt. Ist mit einem Höllenlärm in die Luft geflogen und war schon bis auf die Grundmauern niedergebrannt, bevor die Feuerwehr überhaupt eintraf. Die Santa Anas in jener Nacht, müssen Sie wissen. Feuer regiert die Welt, wenn ein Santa-Ana-Wind weht.»

Halloran kritzelte wild auf der Rückseite eines Umschlags.

«Was war mit den Chitterings?»

«Also, da wird es seltsam», sagte der Detective. «Die hatten ein kleines Gästehaus draußen am Pool. Sagten, ohne einen plausiblen Grund nennen zu können, sie hätten in dieser Nacht dort geschlafen. Und das wäre alles, was ich Ihnen mitzuteilen hätte, wenn Sie mir nicht bald mal verraten, was für einen Fall Sie bearbeiten.»

«Doppelmord.»

«Machen Sie keinen Scheiß! Die Chitterings?»

«Ich denke schon. Nur dass sie sich hier bei uns Kleinfeldt nannten.»

«Ha. So was hätte ich mir fast denken können. Sie müssen wissen, dass ich ungefähr eine Woche an dem Fall gearbeitet habe, aber bevor ich so richtig loslegen konnte, waren sie einfach verschwunden. Paff! Und ob Sie's glauben oder nicht, die schickten mir noch eine Nachricht. Schickten mir eine verdammte Nachricht, schrieben, an dem Feuer seien sie nicht schuld, und kamen dann mit irgendwelchem Bullshit, sie hätten nur versucht, den Heißwasserboiler zu reparieren.»

«Hätte das nicht angehen können?»

«Quatsch, unmöglich. Die Jungs von der Brandaufklärung haben Brandbeschleuniger und Kerosin an fünf verschiedenen Stellen im Haus nachgewiesen, und wissen Sie, was die Chitterings sagten? Verschissene Kerosinlampen. Bullshit konnte ich dazu nur sagen, aber mein Chief schlägt die Hacken zusammen, weil wir wieder einen Fall als geklärt abhaken können, und deswegen verbietet er mir den Mund.»

«Ich höre Sie sehr gut», sagte Halloran.

«Die hat's also erwischt, was?»

«Sieht so aus.»

«Hören Sie. Hier bei uns auf dem Revier haben wir keine Akte, da nach Angaben der Geschädigten gar kein Verbrechen vorlag, aber ich selbst hab noch meine Notizen. Heb sie zu Hause auf. Ich fax Sie Ihnen gleich morgen früh rüber, wenn Sie mich wissen lassen, was Sie ausgraben.»

Halloran versprach es, gab ihm seine Faxnummer, legte auf und setzte dann Sharon ins Bild. Als er damit fertig war, lehnte sie sich zurück und pfiff leise. «Mann, das war vor zwölf Jahren, und hier hatten sie es noch immer eine Scheißangst. Das muss ja eine ganz verbissene Vendetta sein.»

Er presste die Handballen gegen die Augen und fürchtete, noch im Sitzen einzuschlafen, wenn er sich nicht bald bewegte. «Haben Sie auch was rausbekommen?»

«Null in Dallas. Chicago könnte vielleicht was sein. Der Diensthabende meinte sich erinnern zu können, dass es vor Jahren mal irgendwelchen Trouble wegen einer Familie Sandford — den Namen hatten sie ja dort benutzt — gegeben hatte, und zwar kurz bevor er zur Truppe kam. Sandford ist jedoch nicht gerade ein äußerst selte ner Name, und daher steckt vielleicht nichts dahinter. Er sagte, er würde morgen früh jemanden ins Archiv schicken, um Näheres über den Vorfall auszugraben.»

Sie gähnte und streckte die Arme in die Höhe, sodass Halloran von dem, was sich unter ihrem Uniformhemd verbarg, ein wenig mehr zu sehen bekam, als er vermutlich hätte sehen dürfen. «Ich bin er-schlagen.»

«Wenn ich mich recht erinnere, hab ich Ihnen schon vor längerer Zeit gesagt, dass Sie nach Hause fahren sollen.»

«Na ja, wenn ich mich recht erinnere, hab ich Ihnen dasselbe ge-raten.» Sie bedachte ihn mit einem Seitenblick. «Sie sehen nämlich schlimmer aus als ich.»

«War schon immer so.»

Sie lächelte leicht, stand auf, schlüpfte in ihre Jacke, griff hinein, um den Sitz des Schulterhalfters zu prüfen, und zog den Reißverschluss zu. «Ein gutes Gefühl, oder?»

«Was?»

«Das erste Date hinter sich zu haben.» Sie zog sich eine dunkle Strickmütze über den Kopf, wodurch ihre braune Ponyfrisur gegen die Stirn gepresst wurde. «Beim nächsten Mal können wir dann gleich ins Bett gehen.»

Nun war er wieder hellwach.

Kapitel 10

Der tote Jogger am Fluss war die Aufmachermeldung bei allen Radiostationen in Minneapolis gewesen – fast schon ein Wunder, wie Detective Leo Magozzi dachte, denn schließlich befand man sich ja mitten in der Football-Saison.

Auf Anordnung des Chief hatten er und sein Partner Gino Rolseth den ganzen Tag lang an diesem Fall gearbeitet und deswegen den Mord an einem weiblichen Hmong-Teenager aus der letzten Woche ans Ressort für Bandenkriminalität abgeschoben. Gino hatte das gar nicht gefallen. «Weißt du, wie sehr mich das ankotzt, Leo?», hatte er sich bitter beklagt, als sie aus dem Büro des Chief kamen. «Wir werden von einem Mord abgezogen und gleich auf einen anderen angesetzt, und erzähl mir bloß nicht, dass da nicht Politik dahinter steckt, wenn wir von dem Mord an einem Bandenmitglied der Hmongs abgezogen werden und uns dann – was für ein Zufall – mit dem Mord an einem netten weißen Jungen beschäftigen müssen, der sich mitten in seinem ersten Seminarjahr befand.»

Der nette weiße Junge hatte ein nettes weißes Elternpaar, dessen Leben er und Gino in den wenigen Sekunden zerstörten, als sie den Satz formulierten: «Es tut uns sehr Leid, Ihnen sagen zu müssen, dass Ihr Sohn tot ist.»

Nachdem sie die Fragen gestellt hatten, die sie stellen mussten, warteten sie so lange, bis Freunde der Eltern eingetroffen waren, um

62

ihren Platz in der plötzlichen Leere einzunehmen. Sie ließen zwei Menschen, die vor ihrer Ankunft noch Eltern gewesen waren, als emotionale Wracks mit toten Augen zurück. Die Mutter des Hmong-Mädchens hatte ganz genau so ausgesehen.

Mit Gino war danach nicht mehr viel anzufangen gewesen. Wenn es Jugendliche traf, tat er sich damit besonders schwer, und Leo schickte ihn früh nach Hause, damit er seine eigenen Kinder sehen und mit ihnen reden konnte, während er gleichzeitig bestimmt *Gott sei Dank, Gott sei Dank* dachte.

Magozzi hatte keine Kinder, mit denen er hätte sprechen können, und auch keinen Gott, um ihm zu danken. Also blieb er bis acht Uhr abends auf dem Revier, erledigte Anrufe, sichtete Verhörprotokolle und studierte den vorläufigen Bericht der Gerichtsmedizin, um Anhaltspunkte zu finden, die auf ein Motiv oder gar auf einen Verdächtigen im Fall des toten Joggers hinwiesen. Bis jetzt stand er mit leeren Händen da. Jonathan Blanchard war fast schon die Karikatur eines Musterschülers gewesen: ein exzellenter Student am Seminar, der sich sein Studium damit finanzierte, dass er zwanzig Stunden die Woche arbeitete – mittwochs und sonnabends machte er auch noch freiwillig Dienst in einem Obdachlosenasyl. Wenn er also nicht mit Drogen dealte oder von der Hintertür der Suppenküche aus Mafiagelder wusch, hatten sie ganz schlechte Karten.

Frustriert und in düsterer Stimmung hatte Magozzi schließlich für diesen Abend Schluss gemacht und sich in sein bescheidenes Fertighaus am Rande eines besseren Wohnviertels von Minneapolis begeben. Er machte sich das Abendessen in der Mikrowelle, ging seine Post durch und entschwand danach über eine wacklige Leiter im ersten Stock in sein Dachbodenstudio, um zu malen.

Vor der Scheidung hatte er in der Garage gemalt, wo er im Sommer Legionen von Mücken totschlagen musste und im Winter von einem Ring aus Heizlüftern umgeben war, deren Betrieb die Stromrechnung verdoppelte. An dem Tag, als Heather ausgezogen war und ihre Aversion gegen Terpentin und ihre allergischen Reaktionen auf alle Chemikalien mitgenommen hatte, die nicht von Lancôme stammten, hatte er seine Utensilien ins Haus geschleppt und im Wohnzimmer aufgebaut. Zwei Monate lang malte er dort, schon allein deswegen, weil er es endlich unbehelligt tun konnte. Erst als seine Frühstücksflocken nach Lösungsmittel schmeckten, schaffte er alles auf den Dachboden.

Tief durchatmend kletterte er durch die Luke in den Bodenraum und sog den angenehm beißenden Geruch von Terpentin und Ölfarben ein, der dort oben in der Luft hing. Das empfand er als wahre Aromatherapie.

Als er seine Pinsel gesäubert hatte und erschöpft ins Bett fiel, war es schon fast zwei Uhr morgens. Die herbstliche Landschaft bestand noch immer nur aus Farbblöcken und war nichts als ein heilloses Durcheinander, aber das würde sich schon geben, dachte er, als er einschlief.

Das Telefon am Bett weckte ihn kurz nach vier mit seinem schrillen Läuten. Für den Bruchteil einer Sekunde überlegte er, die Waffe zu ziehen und das Telefon für immer zum Schweigen zu bringen, aber dann verflüchtigte sich der Wunschtraum, und er griff nach dem Hörer. Dabei fragte er sich, ob wohl irgendwann in der Geschichte der Telekommunikation ein Anruf am frühen Morgen eine gute Nachricht gebracht hatte. Er bezweifelte das. Gute Nachrichten konnten stets warten, aber aus irgendeinem Grund galt das nicht für die schlechten. «Magozzi.»

«Schwing deinen Arsch rüber zum Lakewood-Friedhof», sagte Gino. «Diesmal haben wir einen echten Knaller. Die Jungs von der Spurensicherung sind schon unterwegs.»

«Scheiße.»

«Wie Recht du hast.»

Magozzi stöhnte, schlug seine Bettdecke zur Seite und krümmte sich zusammen, als ihn die kalte Luft traf. Mit diesem Schock wollte er seinen Körper dazu bringen, dass er wieder funktionierte. «Warum, zum Teufel, hörst du dich eigentlich so an, als wärst du schon stundenlang auf den Beinen?»

«Was denkst du denn? Ich bin schon die halbe Nacht mit dem Unfall auf.» Er sprach von seinem sechs Monate alten Sohn, einem überraschenden Nachzügler, und zwar nach dreizehn Jahre nach dem letzten Kind.

Magozzi seufzte inbrünstig und anhaltend. «Hast du Kaffee?»

«Ich hab Kaffee – meine anbetungswürdige Frau füllt in diesem Moment die Thermoskanne. Und nimm deinen Parka mit. Es ist scheißkalt.»

Eine halbe Stunde später standen Magozzi und Gino auf dem Lake-wood-Friedhof und betrachteten in stummem Entsetzen eine riesige Statue aus Stein, einen Engel, der seine mächtigen Schwingen ausge-breitet hatte. Ein totes Mädchen war auf einem der Flügel abgelegt worden. Die Arme hingen auf der einen Seite hinunter, die Beine auf der anderen, das Gesicht der Toten war durch einen Schleier blutver-schmierter blonder Haare zum Teil verdeckt. Das Mädchen trug ein rotes Kleid, Netzstrümpfe und hochhackige Schuhe.

Die Kriminaltechniker hatten auf hohen Aluminiumstativen glei-ßend helle Scheinwerfer installiert, um das schauerliche Tableau aus-zuleuchten, und die Wirkung besaß etwas Surreales. Magozzi ver-mochte das Gefühl nicht ganz abzuschütteln, an den Drehort eines David-Lynch-Films versetzt worden zu sein. Oder an den eines Hor-ror-B-Movies.

Er blickte hinüber auf eine Reihe zerfallener Grabsteine, deren Rückseite von den Jupiterlampen beleuchtet wurde, und sah die zar-ten Nebelschleier, die sich auf dem Boden kräuselten.

Er blinzelte ein paar Mal, um dieses Bild zu vertreiben. Dann wurde ihm klar, dass es sich um echten Nebel handelte und dass ja auf echten Friedhöfen manchmal echter Nebel genau so über den Boden kroch wie im Film.

Gino nahm einen kräftigen Schluck Kaffee. «Guter Gott, das hier sieht mir verdammt nach irgend so einer Sektenscheibe aus.»

Jimmy Grimm vom Team der Kriminaltechniker zog einen pein-lich genauen Kreis um den Sockel des Grabmonuments, hob winzige Beweisstücke mit der Pinzette auf und sammelte sie in kleinen Plas-tikbeuteln.

Anantanand stand abseits und wartete darauf, dass Jimmy seine Arbeit beendete. Bedrückt nickte er den Detectives zu. Nach Geplän-kel war ihm an diesem Morgen nicht zumute.

Magozzi blickte wieder hinauf zur Leiche. «Sie ist jung», sagte er leise. «Fast noch ein Kind.»

Auch Gino sah jetzt genauer hin. Nicht viel älter als Helen, dachte
er, verscheuchte den Gedanken aber sofort wieder. Seine vierzehn-
jährige Tochter gehörte nicht in den Teil seines Gedächtnisses, in
dem Bilder toter Mädchen umhergeisterten. «Guter Gott», flüsterte
er abermals.

Magozzi ging ein wenig dichter heran und untersuchte die trop-
fenförmigen dunklen Rückstände an der einen Körperseite des
Engels. «Wer hat sie gefunden?»

Dankbar für die Ablenkung wies Gino mit einem Kopfnicken auf
zwei aufgelöst wirkende Collegestudenten, die Jacken mit dem Logo
der University of Minnesota trugen. Ein Beamter in Uniform ver-
nahm den schlaksigen Blonden, während der kleinere dunkelhaarige
Bursche auf dem Boden kniete und würgte.

Magozzi schalzte mit der Zunge. Die beiden taten ihm aufrichtig
Leid. Wie viele Jahre würde es dauern, bis sie nicht mehr unter alb-
traumhaften Erinnerungen litten? Vielleicht würden sie dieses Erleb-
nis niemals vergessen können. «Gehen wir hinüber und reden mit
ihnen, damit die armen Kerle nach Hause gehen können.»

Als sie näher kamen, drehte sich der Polizist um und warf ihnen
einen dankbaren Blick zu. «Sie gehören Ihnen.» Er beugte sich zu
ihnen und flüsterte: «Darf ich Ihnen einen Rat geben? Sprechen Sie
mit dem blonden Burschen. Er heißt Jeff Rasmussen. Der andere ist
noch stockbesoffen, und wie Sie vielleicht bemerkt haben, kotzt er
sofort los, wenn man ihm eine Frage stellt.»

Gino wandte sich also Jeff Rasmussen zu, während Magozzi sich
im Hintergrund hielt und nur zusah. Manchmal verriet Körperspra-
che mehr als jedes gesprochene Wort.

Jeff bewegte seinen Kopf nervös auf und ab, als Gino sich vor-
stellte. Er hatte funkelnde blassblaue Augen, die rot gerädert waren
und immer wieder hektisch zur Statue hinüber schauten. Sein be-
klagenswerter Freund sah zu ihnen hinauf und versuchte ziemlich
erfolglos, einen klaren Blick zu bekommen.

«Möchten Sie uns erzählen, was hier geschehen ist, Jeff?»
Wieder bewegte Jeff den Kopf auf und ab. «Klar. Klar. Ja.» Sehr
nervös. Extrem angespannt. «Wir waren beim Eishockey ... und danach, da sind wir dann was trinken gegangen ... montags gibt's im

Chelsea's nämlich drei für einen. Da sind wir geblieben, bis die Bar dicht machte — wir waren leicht angeheitert, wenn Sie verstehen, was ich meine. Sind dann bei einem Freund mitgefahren, der noch ein Zwölferpack im Kofferraum hatte. Mit ihm sind wir durch die Gegend gefahren und haben ihm schließlich gesagt, er soll hier hal- ten. Er hat gekniffen, aber uns noch ein paar Bier dagelassen, und ... na ja ... » Er hielt inne, und sein Gesicht lief rot an. «Ist das etwa ein Vergehen?»

Gino nickte.

Jeff schien in sich zusammenzufallen. «O Gott, meine Eltern bringen mich um ... »

«Vergessen wir erst mal das unbefugte Betreten, Jeff. Wenigstens bist du ja nicht betrunken gefahren.»

«Nein, nein! Das würde ich nie tun, und ich hab ja nicht mal ein Auto ... »

Gino räusperte sich ungeduldig. «Erzähl einfach, was du gesehen hast, als ihr hier ankamt.»

Jeff musste schwer schlucken. «Also ... wir haben gar nichts gese- hen. Alles leer hier, wissen Sie. Ziemlich spät. Wir sind eine Weile umhergelaufen und haben den Engel gesucht, damit wir das Experi- ment versuchen konnten.»

«Welches Experiment?»

«Das Todesengel-Experiment.» Sein Blick wanderte zwischen den beiden Detectives hin und her. «Sie wissen schon ... ?»

Gino und Magozzi schüttelten beide den Kopf.

«Oh. Es gibt doch diese Legende. Es heißt, der Typ, der hier begraben liegt, war ein böser Priester oder so bei einem Satanskult. Er hat den Engel als Grabstein gekauft und seinen Anhängern erzählt, dass er ihn mit einem Fluch belegt hätte — wenn man die Hand des Engels festhielt und in sein Gesicht blickte, könnte man sehen, auf welche Weise man sterben würde.»

Magozzi drehte sich um und blickte auf die leeren steinernen Au- gen des Engels und anschließend auf den schlaffen Körper des toten Mädchens. Er fragte sich, ob es wohl auch dem Engel in die Augen geschaut haben mochte, bevor es starb.

«Na, jedenfalls», fuhr Jeff fort, «fanden wir schließlich den Engel. Zuerst dachten wir, es wäre ein Scherz, eine Puppe. Es war einfach zu abgefahren, ich mein, wir sind doch hier in Minneapolis, stimmt's? Und dann sahen wir das Blut und dann ... also, Kurt.»

Mit dem Daumen wies er in Richtung des Jungen, der sich immer wieder übergeben musste. «Kurt hat ein Handy, und da haben wir euch gerufen.»

«Das ist alles?»

Jeff schien einen Augenblick nachzudenken. «Ja. Alles.»

«Habt ihr irgendwas gesehen? Oder vielleicht gehört?»

«Nix. Nur einen Haufen Grabsteine. Sonst war niemand hier.»

Sein Blick wanderte wieder zu der Leiche.

«Also ihr beide wart ganz allein auf dem Friedhof, da seid ihr sicher?»

Jeff sah wieder Gino an, und plötzlich weiteten sich seine Augen in Panik. «Mein Gott, Sie glauben doch nicht ... oh, Scheiße, Sie glauben doch nicht etwa, dass wir das getan haben, oder?»

Gino zog eine Visitenkarte heraus und gab sie dem Jungen. «Wenn euch noch etwas einfällt, ruft diese Nummer an, okay?»

«Ja. Alles klar.»

Magozzi und Gino gingen stumm zur Statue zurück. Rambachan war inzwischen oben bei dem Mädchen, aber Jimmy Grimm kam ihnen entgegen. Sein rundes rotes Gesicht wirkte düster. «Absolut nichts gefunden, Jungs», sagte er bekümmert. «Ein, zwei Haare, wahrscheinlich aber vom Opfer, ein paar Plastikbeutel mit Proben aus der Umgebung, nur zur Sicherheit, obgleich sie höllisch verunreinigt sein dürften. Keine persönlichen Gegenstände. Rambachan sagt, es ist wieder eine .22er.»

«Davon sind verdammt zu viele auf den Straßen», knurrte Gino.

«Du sagst es.» Jimmy kaute auf der Unterlippe, während er eingehend den Schauplatz musterte. «Ist 'ne saubere Arbeit, Jungs. Sieht beinahe schon wie 'n Profijob aus, aber die Kleine ist aller Wahrscheinlichkeit eine Nutte, und wer gibt schon Geld für einen Auftragsmord an einer Nutte aus? Ist das Merkwürdigste, was ich in zwanzig Jahren Dienst gesehen habe, und ich hab alles gesehen. Können wir sie schon runterholen, Anant?»

Rambachan hockte auf dem Sockel und leuchtete mit einer extrem starken, bleistiftdicken Taschenlampe ins Gesicht des Mädchens, des-sen Kopf nach unten hing. «Einen Augenblick noch, Mr. Grimm.»

Jimmy schüttelte den Kopf. «Ein Jahr arbeite ich schon mit dem Kerl zusammen, und noch immer spricht er mich mit Mr. Grimm an. Bin doch kein Märchenonkel.»

«Vielleicht hat sie etwas gewusst. Und man hat sie als Warnung so auf der Statue in Positur gelegt», sagte Gino.

«Also, ich glaube, sie hat sich selbst so zurecht gelegt, bevor sie erschossen wurde», sagte Jimmy. «Was ja noch irrer ist. Beachten Sie die Blutspritzer. Es finden sich Tropfspuren auf der Seite der Statue und eine ganze Menge Blutflecken in Gänseblümchenform auf dem Sockel, der ‹Kronen›-Effekt. Lotrechter Aufprall, große Höhe, große Geschwindigkeit. Und das bedeutet», sie befand sich wahrscheinlich schon ganz oben auf der Statue, als sie erschossen wurde. Wäre sie woanders getötet worden und anschließend da hochgeschafft wor-den, müssten die Blutspritzer anders aussehen und wären auch nicht so gleichmäßig. O Gott, wie ich diesen Job hasse. Ich werde so früh wie möglich in den Ruhestand gehen und anfangen, mit Aktien zu handeln oder so was.»

«Wir sind alle nur Putzleute», murmelte Gino. «Beseitigen den Dreck, den andere hinterlassen haben.»

«Nicht umsonst nennt man mich ‹The Grimm Reaper›, den Sen-senmann», sagte Jimmy freudlos.

Kapitel 11

Mitch hatte Frühstück gemacht, was in seiner Ehe einer Buße durch sechs Ave Marias entsprach. Er hatte gerade begonnen, sein Werk auf Tellern zu drapieren, als er hörte, wie die Hintertür geöffnet und gleich darauf wieder geschlossen wurde.

«Was ist denn hier los?» Diane kam in einem Schwall frischer Luft in die Küche gerauscht. Ihre Wangen waren rosa vom morgend-lichen Lauf, und als sie die Gore-Tex-Kapuze zurückgeschoben hatte, sah man, dass ihr blonder Pferdeschwanz feucht war. Sie sah aus wie ein Model auf einer Anzeige für einen Fitness-Club.

69

Er lächelte ihr zu. «Buße.»

«Ich hab dich letzte Nacht nicht mal kommen gehört.»

«Ich habe im Arbeitszimmer geschlafen. Es war sehr spät, und ich wollte dich nicht wecken.»

«Hmm.» Sie trabte auf der Stelle, um sich langsam zu entspannen, und ihre Laufschuhe quietschten auf den Kacheln. «Hab ich noch genug Zeit, um zu duschen?»

«Tut mir Leid.»

Er trug die Teller durchs Esszimmer, das ihm eigentlich lieber gewesen wäre, hinaus auf die gläserne Sonnenterrasse, Dianes Lieblingsraum. Er war groß, wirkte aber viel kleiner durch den Dschungel aus Farnen, Palmen und blühenden Pflanzen, die sämtlich gesünder aussahen, als er sich fühlte. Die Luft war schwer und schwül und roch nach feuchter Erde. Mitch hasste den Geruch.

«Wie herrlich, Mitch.» Diane ließ sich an dem schmiedeeisernen Tisch nieder und bestaunte ihren Teller. Ein Spinatomelett in einer Blätterteigpastete, geeiste Birnen mit geriebenem Reggiano, eine einzelne gefächerte Erdbeere. «Du musst etwas wirklich Schreckliches angestellt haben. Haben wir danach etwa auch noch Sex?»

Er musste wohl völlig verdutzt ausgeschaut haben, denn sie lächelte leicht, als sie sich ein Stück Birne in den Mund schob und ihm ihre Tasse entgegenhielt. «Nur halb voll, bitte.»

«Wie geht es mit dem neuen Gemälde voran?»

«Nicht gut. Wenn ich heute kein Glück damit habe, ziehe ich es vielleicht von der Ausstellung zurück.»

«Oh, tut mir Leid.»

«Sei nicht albern. Ist doch nicht deine Schuld, oder? Und auf ein Bild mehr oder weniger kommt es der Galerie sowieso nicht an. Das hier schmeckt wirklich außergewöhnlich. Muskatnuss?»

«Richtig.» Er legte seine Gabel umgekehrt auf den Tellerrand, Signal für einen nicht existierenden Kellner. Er war überhaupt nicht hungrig. Und noch immer ein wenig aus der Fassung wegen ihrer Sexbemerkung.

«Welcher Käse es ist, kann ich nicht herausschmecken.»

«Es sind fünf verschiedene Sorten.»

Silber kratzte über Porzellan, als sie das letzte Stück ihres Omeletts verdüzte. «Du kannst das hier so gut. Du solltest dich wirklich outen und für deine Freunde kochen.»

Seine Tasse landete klappernd auf der Untertasse. «Warum tust du das nur?»

Sie blickte auf, die Unschuld in Person. «Was?»

«Sie als meine Freunde bezeichnen. Es sind unsere Freunde, nicht nur meine.»

«Oh. Hab ich das gesagt? Ich hab mir nichts dabei gedacht. Es liegt nur daran, dass du so viel mehr Zeit mit ihnen verbringst ...» Sie verstummte, und ihr Blick schweifte, bis er an seinem Teller hängen blieb. «Das da willst du doch nicht etwa umkommen lassen, oder?»

Er fixierte sie einen Moment und war fast so gereizt, dass er das Thema wieder aufgegriffen hätte. Wenn es nur nicht so verdammt heiß in diesem Raum gewesen wäre; so verdammt eng. Als sie ihm ins Gesicht blickte, verlor sie augenblicklich die Fassung. Mein Gott. Wie hatte er ausgeschaut? Was hatte sie da gesehen?

«Bitte schön», sagte er hastig. «Bedien dich nur. Ich hab während des Kochens zu viel genascht.» Er wäre am liebsten davongerannt, aus dem Raum, aus dem Haus, aber er zwang sich dazu, sitzen zu bleiben und zu lächeln, bis sich ihre Lippen zögernd bewegten, als wolle sie eine Antwort geben, und dann sah er stumm zu, wie sie beide Frühstücksportionen verputzte. Es war schon erstaunlich. Sie hatte einen fast schon furchterregenden Appetit und blieb dennoch stets perfekt in Form, ohne je ein Pfund zu- oder abzunehmen. *Nimm die Gelegenheit wahr. Biete ihr etwas an. So viel schuldest du ihr.*

«Ich versteh nicht, wie du das machst, Diane.» Er fügte als zusätzliches Bonbon noch ein Lächeln hinzu. «Wenn ich Annie erzählen würde, was du heute Morgen gegessen hast, würde sie dich umbringen.»

Als sie laut loslachte, bekam er fast Angst. Das war nämlich gar nicht ihre Art. «Vielleicht sollte Annie zu joggen anfangen. Das sollter ihr alle tun. Es ist ungesund, den ganzen Tag eingesperrt in dem Loft zu hocken und unentwegt vor diesen albernen Bildschirmen zu sitzen.»

«Wir gönnen uns doch gelegentlich Pausen. Roadrunner macht Fahrradtouren und seine Yogaübungen, Grace stemmt Gewichte ...»

«Tatsächlich? Das wusste ich ja gar nicht.»

«Vielleicht liegt es daran, dass du sie kaum mehr zu Gesicht bekommst.»

«Ich gebe mir Mühe, den Kontakt nicht abreißen zu lassen. Ich hab sie doch angerufen, kaum dass die Ausstellung in Los Angeles vorüber war, oder? Wir haben uns wunderbar unterhalten.»

«Also ruf sie öfter an. Komm zum Lunch in die Stadt. Das würde ihr sehr gefallen.»

«Du hast ja Recht. Genau das sollte ich tun, und zwar gleich nach der nächsten Ausstellung.» Sie trank ihren Kaffee in kleinen Schlucken und schlug die Zeitung auf, die er sauber zusammengefaltet links neben ihren Teller gelegt hatte. «Mhm. Gestern sind die Kurse gepurzelt.»

Mitch schob seinen Stuhl nach hinten. Zeit zu gehen.

«Ach, du meine Güte.»

«Was?»

«Solche Sachen muss ich nun wirklich nicht beim Frühstück lesen.»

«Was für Sachen?»

Angewidert reichte sie ihm die Zeitung. «Es gibt einfach keine guten Zeitungen mehr. Sie sind allesamt zu Boulevardblättern verkommen und berichten über jede erdenkliche Scheußlichkeit in allen Einzelheiten ...»

Vielleicht redete sie noch weiter, aber Mitch hörte sie nicht mehr. Er hatte den Artikel zu lesen begonnen, der ihr das Frühstück verdorben hatte. Seine Blicke wanderten hin und her, von Zeile zu Zeile, und verharrten dann mit einem Mal. Alles Blut wich aus seinem Gesicht.

«Das ist doch grässlich, oder?»

Verwirrt blinzelte er kurz in ihre Richtung, bevor er sich darauf besann, ihre Frage zu beantworten. Mit einem Kopfnicken sagte er:

«Ja, schrecklich.»

«Okay, ich geh duschen.» Sie schoss aus dem Stuhl hoch, aber verweilte noch lange genug, um ihm auf den Kopf zu küssen. «Vielen Dank fürs Frühstück, Liebling. Es war köstlich.»

Sorgfältig faltete Mitch die Zeitung wieder zusammen und fuhr

gen», murmelte er, aber Diane stand inzwischen schon unter der
Dusche.

Kapitel 12

Das höhlenähnliche Monkeewrench-Loft lag noch im Tiefschlaf wie
der größte Teil der Stadt. Die Sonne kroch zaghaft über den östlichen
Horizont, und ihr schwaches Licht hatte große Mühe, durch die
Fenster an der entfernten Wand in den Raum zu dringen.

Im dunklen Labyrinth der Arbeitstische in der Mitte des Raumes
erwachte sirrend ein Computer – ein blaues Fenster, das in der Düsternis hell und unheimlich glühte. Langsam, Buchstabe für Buchstabe, verschmolzen rote Pixel auf dem Monitor, und die Frage nahm
Gestalt an:

Ein Spiel gefällig?

Unten rumpelte der Frachtaufzug. Schließlich kam er keuchend am
Loft zum Stillstand. Roadrunner stieg aus, ging hinüber zum Compu-
termonitor, las die Frage und machte ein erstauntes Gesicht. Er
drückte auf einige Tasten, aber die Frage blieb auf dem Schirm, und
jetzt runzelte er wirklich die Stirn. Er tippte auf weitere Tasten, zuckte
dann nur die Achseln und steuerte auf die Kaffeemaschine zu.

Nachdem er die Kaffeemühle in Betrieb gesetzt hatte, blickte er zu
den Fenstern hinaus auf die erwachende Stadt. In der Ferne floss
träge der Mississippi, als übe er schon für den Winterschlaf unter
einer Eisdecke, und sogar die erste Welle von Pendlern bewegte sich
an diesem eisigen Morgen langsamer als sonst. In Minneapolis war
der Winter zu einer Geisteshaltung geworden und begann schon
lange vor dem ersten Schneegestöber.

Penibel maß er einen gestrichenen Löffel Kaffee nach dem anderen ab und leerte sie vorsichtig in den Filter. Er war so intensiv beschäftigt, dass er die massige Gestalt nicht bemerkte, die leise und
verstohlen im Schutz der Schatten auf ihn zuschlich.

«BIEP, BIEP!»

Roadrunner zuckte aufgeschreckt zusammen, und der gemahlene Kaffee flog in hohem Bogen durch die Luft. «Verdammt nochmal, Harley, das war Jamaican Blue!»

«Kopf hoch, Kleiner.» Harley ließ seine arg zerschlissene Biker-lederjacke von den Schultern rutschen und warf sie über die Rücken-lehne seines Stuhls.

Wütend kehrte Roadrunner mit hektischen Handbewegungen den Kaffee zusammen und hob ihn auf. «Wo hast du gesteckt? Ich dachte, hier ist niemand.»

«Ich war austreten. Und du solltest ein bisschen lockerer werden. Ist ja schon gruselig, was da für ein Ritual zwischen dir und der Kaffeemaschine abläuft. Kaum näherst du dich ihr auf weniger als anderthalb Meter, scheint dein Verstand auszusetzen. Das macht mir Sorgen.» Er warf einen Blick hinüber auf den Monitor. Die rote Frage leuchtete noch immer. «Arbeitest du an Graces Computer?»

Roadrunner blickte über die Schulter. «Seh ich aus wie ein Selbst-mörder? Er war an, als ich kam. Sieh doch mal nach. Ich jedenfalls konnte die Frage nicht löschen.»

Harley drückte mit seinen Wurstfingern auf einige Tasten, grunzte und gab dann mit einem Achselzucken auf. «Noch ein Bug.» Er blin-zelte verblüfft, als die Buchstaben abrupt verschwanden. «Jetzt ist es weg. Grace wird wohl von zu Hause Daten rübergeschickt haben. Und was meinst du, was passiert ist?»

«Dir ist der Pimmel abgefallen.»

«Du Arschloch hast dir die ganze Nacht um die Ohren gehauen, um dir das vorzustellen? Nein, hör mal. Ich hab heute Morgen die Site abgefragt. Fast sechshundert Hits, über fünfhundert Vorbestel-lungen für die CD-ROM. Manche bestellen gleich zwei oder drei Exemplare. Nicht mehr lange, und wir sind stinkreich.»

Eine Stunde später saßen Annie und Grace an ihren Workstations und hackten Kommandos in einer geheimnisvollen Programmier-sprache in die Tastatur. Das zwanzigste und letzte Mordszenario. Harley fütterte den Ghettoblaster auf dem Tresen mit einer CD, wäh-rend Roadrunner im Kreis um ihn herumging und mit einer Digital-kamera Schnappschüsse von seinem Gesicht machte.

«Scheiße, was machst du mit meiner Kamera?»

«Will nur mal sehen, wie du pixelmäßig aussiehst. Wir müssen uns heute um die Fotoaufnahmen kümmern, damit ich mich daranmachen kann, sie einzubauen.»

Harley schüttelte den Kopf. «Ich werd nicht wieder den Toten mimen.»

«Musst du aber. Ich bin es schon dreimal gewesen. Und wir brauchen einen Mann.»

Grace hob den Blick, als der Frachtaufzug aus der Parkgarage heraufgerumpelt kam. «Frag doch Mitch.»

Annie schnaubte. «Genau. Da müsste ihr ihn aber erst unter Drogen setzen. Was ist das eigentlich für 'ne Scheibenmusik?»

Grace hörte einen Moment aufmerksam zu und verzog dann das Gesicht. «ZZ Top, Harley, mach das aus.»

«ZZ Top waren eine wegweisende Band der achtziger Jahre, ihr Ignoranten.» Unter Graces strengem Blick gab er klein bei. «Schon gut, schon gut, aber bloß nichts Klassisches mehr. Bei dem Zeug schlaf ich nämlich ein.»

Harley gab sich mit instrumentalem Jazz zufrieden, ging zu seinem Arbeitstisch zurück und drehte seinen Stuhl mit solchem Schwung, dass er seine Schäftstiefel auf Roadrunners jungfräulichen Tisch pflanzen konnte. «Wisst ihr, was ich mit meinem Anteil am Geld machen werde?»

«Nimm erst mal deine Füße von meinem Tisch.»

«Ich werde mir ein hübsches kleines Häuschen auf den Cayman Islands kaufen. Oder vielleicht auch auf den Bahamas. Grasdach, nettes Stück Strand, große Hängematte unter Palmen. Und Girls in Tangas mit Riesentitten. Ihr seid alle herzlich eingeladen, mich da unten zu besuchen, wann immer ihr mögt. Mi casa, su casa.»

Grace verdrehte die Augen. «Ich kann's gar nicht erwarten.»

«Harley, wenn du deine Füße nicht sofort von meinem Tisch nimmst ...»

Harleys Zähne blitzten, als er Roadrunner angrinste. Dann schwang er seine Füße vom Tisch zurück auf den Boden. «Und du, Grace? Was willst du mit der Kohle machen?»

Sie hob die Schultern. «Ich weiß nicht. Ich besorg mir vielleicht einen Untergrundbunker in Idaho, bewaffne mich bis an die Zähne und hol mir eine Meute knackiger Rettungsschwimmer in Strings und mit riesigen ...«

Sie lachten alle, als das Fahrstuhlgitter nach oben in seine Verankerung glitt. Mitch betrat den Raum. Krampfhaft umklammerte er mit der rechten Hand eine Zeitung.

Grace winkte ihn zu sich. «Komm her, Mitch. Ein Lächeln für die Kamera. Bei unserer Nummer zwanzig musst du den Toten spielen ... mein Gott, was ist denn mit dir los?»

Alle sahen auf, und eine beklommene Stille breitete sich aus. Mitch sah nicht gut aus. Sein Gesicht war ungesund fahl, er trug ein Polohemd und Khakis statt eines Anzugs, und sein Haar war ungekämmt. Bei ihm wirkte das so irreal, als würde er nackt im Supermarkt einkaufen gehen.

Er legte Grace eine Zeitung auf den Tisch. «Hat jemand die Zeitung gelesen?»

«Nicht mehr seit '92», sagte Harley. «Was ist denn passiert?»

«Lest selbst.» Er deutete auf den Artikel und trat dann beiseite, weil sich die anderen an den Tisch drängten, um über Graces Schultern zu blicken.

Grace las laut vor: «Heute früh wurde die Leiche einer jungen Frau entdeckt ...» Sie hielt unvermittelt inne.

«O mein Gott», flüsterte Annie.

Stumm lasen sie alle einen Moment weiter und rührten sich nicht mehr, so schockiert waren sie. Harley blickte als erster zur Seite. «Verdammter Mist.» Mit ein paar Schritten war er an seinem Arbeitstisch und setzte sich ganz langsam. Annie und Roadrunner taten dasselbe, und schließlich saßen sie alle da, betrachteten ihre Hände oder ihren Monitor oder sonst etwas, nur nicht einander. Nur Mitch blieb stehen, der Hiob der Runde.

«Vielleicht ist es nur ein Zufall», sagte Roadrunner leise.

«Ja, genau», fauchte Annie. «Die Leute legen ja ständig tote Mädchen auf der Statue ab. Mein Gott, das darf doch nicht wahr sein.»

«Es heißt doch, sie befand sich auf der Statue, nicht auf der Spitze», versuchte Roadrunner verzweifelt einzuwenden. «Vielleicht wurde sie ja auf dem Sockel gefunden. Vielleicht handelt es sich um eine Drogensache, oder es hängt mit einem Bandenkrieg zusammen. Mann, wir haben doch keine Ahnung, was auf dem Friedhof abgeht. Es könnte doch alles mögliche sein ...»

«Roadrunner.» Harleys Stimme klang ungewohnt nachsichtig. «Wir müssen das klären. Wir müssen die Cops benachrichtigen. Und zwar auf der Stelle.»

«Und ihnen was erzählen?», fragte Mitch, den Blick auf Grace gerichtet. Sie starrte noch immer in die Zeitung. Ihre Miene war absolut ausdruckslos.

«Ich weiß nicht. Vielleicht gibt es da draußen ja einen Freak, dem eine unserer Mordszenen so gut gefallen hat, dass er beschlossen hat, sie in die Tat umzusetzen. Könnte doch sein.»

Roadrunners Blick wanderte zu seinem Monitor, wo die Anzahl der Hits auf der Site mit ihrem Spiel immer größer wurde.

«Wenn das stimmt, kann es nur einer unserer Spieler sein», sagte er. «Es muss einer von ihnen sein.»

Grace griff nach dem Telefon, ließ die Hand aber dann wieder sinken.

«Grace?», fragte Mitch leise. «Soll ich nicht lieber anrufen?»

Kapitel 13

Magozzi sah Gino zu, wie Gino sich aus einem Tupperware-Behälter Manicotti mit Wurstfüllung einverleibte. Als er eine Gabelladung an die Lippen hob, rutschte ein dicker klebriger Klumpen Knoblauchricotta aus dem Pastaröhrchen und bekleckerte sein weißes Hemd.

«Scheiße.» Gino machte sich mit einer Serviette an die Reinigung.

«Beim Essen kommst du mir immer vor wie ein Schaufelbagger», sagte Magozzi in freundlich neckendem Tonfall.

Gino ließ sich nicht reizen. «Ja? Du würdest nicht anders aussehen, wenn du Angelas hausgemachte Pasta zu essen bekämst.»

Magozzi lief das Wasser im Mund zusammen, bis er auf sein eigenes Lunch hinuntersah – eine gequetschte Banane, ein Apfel und ein platt gedrücktes Truthahnsandwich auf kalorienarmem Brot, das nach Hartfaserplatte schmeckte. Sein Magen grollte laut.

«Mann, den ganzen Weg hierher muss ich mir das schon anhören», sagte Gino mit vollem Mund. «Jetzt iss doch was. Möchtest du vielleicht von dem hier probieren?»

«Darf ich nicht.»

Gino wischte sich die Meeresfrüchtesoße von den grinsenden Lippen. «Weißt du, was dein Problem ist? Midlife-Crisis. Die Wechseljahre des Mannes. Der Mann erreicht die Hügelkuppe, die die Mitte seines Lebens markiert, und urplötzlich möchte er wieder auf die High School gehen. Also beginnt er eine Diät, fängt an zu joggen oder macht ähnlich dämlichen Scheiß, und ehe du dich versiehst, cruist er dann in einem verschissenen Miata durch die Gegend und baggert Minderjährige an.»

Magozzi blickte bedeutungsvoll auf die fünfzehn Kilo Übergewicht, die Gino um die Taille mitschleppte. «Na ja, wenn du nächsten Monat ins Krankenhaus kommst, um einen dreifachen Bypass gelegt zu kriegen, dann denk daran, was ich dir heute gesagt hab.»

Gino grinste und schmatzte mit den Lippen. «Mach dir bloß nicht die Mühe, mir Blumen zu schicken oder so. Spar lieber das Geld und gib es Angela, wenn ich abgekratzt bin.»

Gloria, eine schwarze Frau mit beträchtlichem Körperumfang, deren Lieblingsfarbe grelles Orange in allen Schattierungen war, kam auf Plateauabsätzen in den Raum gestöckelt und schwenkte eine Hand voll rosa Zettel mit Telefonnotizen. «Jungs, ihr schuldet mir 'ne ganze Menge für meinen Telefondienst, während ihr euch die Bäuche voll geschlagen habt.» Sie knallte den Stapel Zettel auf Magozzis Schreibtisch. «Nichts besonderes. Meistens Wirrköpfe oder Reporter. Und was die betrifft, gehen gerade sämtliche Fernsehsender und Zeitungen aus Minnesota und Wisconsin auf der Vordertreppe in Stellung. Chief Malcherson will wissen, wie da was durchgesickert sein kann.» Sie legte ein Exemplar der Star Tribune auf den Tisch. Auf dessen Titelseite prangte oben ein körniges Foto des toten Mädchens auf der Engelsstatue. Die Schlagzeile dazu lautete Engel des Todes?

«Teleobjektiv», sagte Magozzi. «Die Presseleute sind nicht durch die Absperrung gekommen, solange wir dort waren.»

«Egal», fuhr Gloria fort, «aber der Alte steht kurz vorm Herz-

infarkt und möchte euch sofort wegen einer Pressekonferenz sprechen.»

Malcherson war der extrem hypertonische Leiter der Special In-
vestigation Division des MPD, und Magozzi hegte den Verdacht, dass
er sich im Augenblick in seinem Büro eingeschlossen hatte und sich
eine Valiumspritze setzte.

Angewidert knallte Gino seine Gabel auf den Tisch. «Pressekonferenz? Wozu das denn? Damit wir uns vor die Kameras stellen und
sagen, dass wir einen Scheißdreck wissen?»

«Das ist Malchersons Job», sagte Gloria. «Nehmt ihm nicht den
Wind aus den Segeln. Die von der Vermisstenstelle haben zurückgerufen. Bei ihnen liegt nichts vor, was zu dem Mädchen passt, und
deswegen schickt Rambo-wie-zum-Teufel-heißt-er-noch? die Abdrücke zur Zentralkartei vom FBI.»

«Rambachan. Anantanand Rambachan. Er mag es nicht, wenn
man ihn Rambo nennt», sagte Magozzi.

«Was auch immer. Und auf Leitung zwei hast du einen Anruf,
Leo.»

«Ich bin noch beim Mittagessen.»

Sie blickte auf das erbarmungswürdige Häufchen Nahrung hinunter und schnaubte verächtlich. «Verstehe. Na, jedenfalls ist es eine
Frau, die sagt, sie wüsste etwas über den Statuenmord und würde
gern mit dem zuständigen Detective sprechen. Verlangt, mit dem zuständigen Detective zu sprechen, oder würde sonst jemandem verklagen. Mag auch sein, dass sie ‹jemanden erschießen› gesagt hat, so genau hab ich sie am Schluss nicht mehr verstanden.»

«Ist ja toll.» Magozzi griff zum Telefon.

Kaum war sie zur Tür des Lagerhauses hinausgetreten, fegte Grace
der kalte Wind entgegen. Sie zog die Schultern hoch und stellte auch
den Leinenkragen ihres Staubmantels auf. An den Widrigkeiten des
Wetters schien sie fast schon Gefallen zu finden. Noch etwas, was
man einer Welt entgegenhalten konnte, die ja nur eine Zeit lang vor-
gaukelte, einen Sinn zu ergeben, um dann sehr schnell wieder in
chaotischen Wahnwitz zu verfallen.
Sie sagte sich immer wieder, dass sie so schlecht nicht dran war.

Sie hatte niemals die Überzeugung aufgegeben, dass der Horror hinter jeder Ecke lauern konnte, dass das Wenden eines jeden Kalenderblatts eine weitere Katastrophe versprach, und wenn es dich an einem bestimmten Tag noch nicht erwischte, dann würde es dich garantiert am nächsten einholen. Das Geheimnis des Überlebens bestand darin, diese einfache Tatsache zu akzeptieren und sich entsprechend vorzubereiten.

Aber die anderen ... die anderen vermochten nicht so zu leben. Wie die meisten Menschen mussten sie unbedingt glauben, dass die Welt im Grunde ein Ort des Guten und das Böse nur auf Verirrung zurückzuführen war. Ansonsten wäre das Leben einfach zu schwierig zu ertragen. Und aus diesem Grunde, dachte sie, wurde über rig zu ertragen. Und aus diesem Grunde, dachte sie, wurde über zeugten Optimisten manchmal die Kehle durchgeschnitten.

Niemand aus der Gruppe war weniger geeignet als Grace, die Cops zu rufen und dann noch hier draußen auf sie zu warten. Ihr war das so klar wie allen anderen auch, und doch hätte sie nichts davon abbringen können. Es lag an ihrem Kontrollwahn, wie sie annahm. Sie musste alles bestimmen und im Griff haben. «Tu ihnen nur nicht weh, Liebes», hatte Annie ihr noch auf den Weg mitgegeben, und es war nicht nur ein Scherz gewesen.

Es war nicht so, dass Grace Cops hasste. Nicht wirklich. Sie verstand einfach nur besser als die meisten Menschen, dass Cops im Grunde nutzlos waren, eingeengt von Gesetzen und politischen Entscheidungen und der öffentlichen Meinung, sowie, leider allzu oft, von allgemeiner Dummheit. Sie würde ihnen nicht weh tun, aber sie würde auch keinen Kniefall vor ihnen machen.

«Kommt schon, kommt schon», murmelte sie ungeduldig, tippte mit den Schuhspitzen aufs Pflaster und hielt ringsherum Ausschau in den Mittagsverkehr. Ab und zu donnerte mal ein richtiger Lastwagen mit einer richtigen Ladung in einer Wolke von Dieselschwaden vorbei, weil er auf dem Weg zu einem der wenigen richtigen Lagerhäuser war, die am Ende des Blocks noch übrig geblieben waren. Größtenteils aber waren es Hondas und Toyotas, welche diesen Teil der Washington Avenue für sich beanspruchten. Sie nahm an, dass man irgendwann die Laster ganz und gar verbannen würde. Damit um Gottes willen bloß niemals der Radicchio eines Gastes in einem der

Straßencafés versucht würde, die hier überall wie Pilze aus dem Boden schossen.

Sie ging jetzt auf und ab, von der grünen Tür aus zwanzig Schritte nördlich und dann zwanzig Schritte zurück. So deutlich nahm sie sämtliche Einzelheiten der Umgebung wahr, dass allein die Menge der Informationen, die auf ihr Hirn einprasselten, Schmerzen verursachte. Sie merkte sich jedes Gesicht, das sie im Vorübergehen sah, registrierte jedes Auto und jeden Laster und sogar das plötzliche, wenn auch schwerfällige Auffliegen einer Taube, das an sich schon ein Alarmzeichen war. Sie hasste es, hier draußen zu sein. Es war für sie eine einzige Qual.

Als sie zum zehnten Mal die grüne Tür passierte, sah sie schließlich, wie zwei Blocks weiter unten ein Wagen vorsichtig um die Ecke bog: eine unauffällige braune Limousine, auf der förmlich in Riesenlettern ZIVILFAHRZEUG DER POLIZEI stand.

Magozzi lenkte den Wagen in die Washington und fuhr an ein paar nichts sagenden Lagerhäusern vorüber, die aussahen wie verblichene Bauklötze aus der Spielzeugkiste eines Riesen. Auf der Suche nach Hausnummern blinzelte Gino zum Fenster hinaus, aber die meisten Gebäude waren nicht nummeriert. «Hier braucht man ein Navigationssystem, um eine Adresse zu finden.»

«Sie hat gesagt, sie würde auf der Straße vor dem Haus auf uns warten.»

Gino deutete auf eine kleine Gruppe von Männern, die sich um einen Sattelschlepper versammelt hatten, der rückwärts an eine Laderampe herangefahren war. Aus seinem Auspuffrohr blies er weiße Wolken in die Luft. «Sieht sie aus wie jemand von der Lastwagenfahrergewerkschaft?»

«Am Telefon hat sie sich so angehört.»

«Meinst du, sie hat dich vielleicht auf den Arm genommen?»

Magozzi zuckte die Achseln. «Ich weiß nicht. Vielleicht. Schwer zu sagen.»

Gino bibberte ein wenig und stellte das Heizungsgebläse eine Stufe höher. «Mann, ist das kalt. Noch nicht mal Halloween, und schon haben wir verfluchte fünf Grad minus.»

Sie fuhren noch einen Block weiter und erspähten eine hoch ge-

wachsene Frau in einem schwarzen Staubmantel, die vor einer grünen Tür stand und an deren dunkler Mähne der Wind zerrte. In ihre
Richtung gewandt senkte sie das Kinn, was Magozzi für das Signal
hielt.

«Sieht nicht gerade aus wie eine von der Gewerkschaft», kommentierte Gino gut gelaunt. «Kein bisschen.»

Aber annähemdes Auftreten besaß sie sehr wohl. Magozzi erkannte es an ihrer Haltung, an dem kühl abschätzigen Blick aus
blauen Augen, der sie bereits in ihre Schranken wies, obwohl sie
noch hilflos angeschnallt im Wagen saßen. Gütiger Gott, wie er
schöne Frauen hasste.

Er fuhr an den Straßenrand, ließ den Schalthebel in Parkstellung
einrasten und sah ihr durch die staubige Windschutzscheibe in die
Augen. Knallhart, dachte er im ersten Moment, aber dann sah er etwas
genauer hin und entdeckte zu seinem Erstaunen noch etwas anderes.

Und voller Angst.

Das war also Grace MacBride. Genau so, wie er sie sich vorgestellt
hatte.

Grace hatte sie beide bereits auf ihren jeweiligen Typ festgelegt,
bevor sie aus dem Wagen gestiegen waren. Guter Cop, böser Cop.
Der große mit den flinken dunklen Augen war der böse Cop, bestimmt dieser Detective Magozzi, mit dem sie telefoniert hatte, und
die einzige Überraschung bestand darin, dass er so italienisch aussah, wie sein Name klang. Sein Partner war kleiner und breiter, sah
aber eigentlich zu sehr nach einem netten Kerl aus, als dass er einer
hätte sein können. Sie trugen beide das obligatorische schlecht
sitzende Sportsakko, um darunter das Pistolenhalfter zu verstecken,
aber Grace betrachtete die Hemden, die sie trugen, um sich ein
zusammenfassendes Bild von ihrer beider Leben zu machen.

Magozzi war ledig oder, bei seinem Alter, wohl eher geschieden.
Ende dreißig, vermutete sie. Jedenfalls ein allein stehender Mann,
der in der Tat glaubte, bügelfrei sei die Erlösung.

Sein Partner hatte eine hingebungsvolle Ehefrau, die ihn mit selbst
gekochtem Essen verwöhnte, das er wiederum benutzte, um das
Supermarkthemd zu dekorieren, das sie eigenhändig und sorgsam
gebügelt hatte: Die teure Seidenkrawatte mit dem Blumenmuster

verriet die Existenz einer modebewussten Teenager-Tochter, die zweifellos entsetzt darauf reagiert hätte, dass er die Krawatte zum Tweedanzug trug.

«Danke, dass Sie gekommen sind.» Sie behielt die Hände in den Manteltaschen und sah den beiden in die Augen. «Ich bin Grace MacBride.»

«Detective Magozzi ...»

«Ich weiß, Detective. Ich kenne Ihre Stimme ja vom Telefon.» Sie hätte beinahe gelächelt, als sie sah, dass sich seine Augen so gut wie unmerklich verengten. Cops wurden nicht gern unterbrochen. Besonders nicht von einer Frau.

«... und das ist mein Partner, Detective Rolseth.»

Der kleinere von beiden bedachte sie mit einem trügerisch harmlosen Lächeln, als er fragte: «Haben Sie die Lizenz, das Ding zu tragen?»

Überraschung, Überraschung, dachte sie. Der sieht so unbedarft aus, passt aber schwer auf. Eigentlich hätte er unter ihrem schweren Staubmantel niemals das Schulterhalfter entdecken dürfen. Es sei denn, er habe bewusst danach Ausschau gehalten.

«Oben in meiner Handtasche.»

«Ist das wahr?» Das Lächeln war wie eingefroren. «Tragen Sie die Waffe immer oder nur, wenn Sie mit zwei Polizisten verabredet sind?»

«Immer.»

«So. Würden Sie mir vielleicht das Kaliber verraten?»

Grace öffnete den Staubmantel und zeigte Gino die Sig Sauer. Für einen Sekundenbruchteil war der Blick des Detective nicht mehr hart, sondern fast schwärmerisch wie der eines Liebenden. Wer außer einem Cop wird schon sentimental beim Anblick einer Waffe, dachte sie.

«Eine Sig, hm? Beeindruckend. Neun Millimeter?»

«Stimmt genau. Keine .22er, Detective. Mit so einer ist doch das Mädchen auf dem Friedhof erschossen worden, oder?»

Man musste es ihnen lassen – keiner von beiden verzog eine Miene. Magozzi machte sogar auf ganz lässig, schob die Hände in die Jackettaschen und wandte den Blick von ihr ab. Er sah die Straße

hinunter, als sei es völlig unerheblich, dass sie das Kaliber der Mordwaffe kannte. «Sie sagten, Sie hätten gewisse Informationen zu dem
Mord.»

«Ich sagte, es könne sein. Sicher bin ich jedoch nicht.»

Seine rechte Augenbraue wanderte etwas nach oben. «Es könne
sein? Sie sind sich aber nicht sicher? Komisch. Am Telefon hörte es
sich so an, als stünde London in Flammen.»

Magozzi hätte schwören können, dass sich nicht ein einziger ihrer
Gesichtsmuskeln bewegte, und doch drückte ihre Miene von einer
Sekunde zur anderen Geringschätzung aus, als habe er sich sehr
schlecht benommen, wengleich sie etwas anderes auch gar nicht
erwartet hatte.

«Womit ich Ihnen vielleicht dienen könnte, wäre eine vertrauliche
und gesetzlich geschützte Information, Detective Magozzi, und
wenn sie nicht relevant ist, werde ich sie Ihnen gar nicht erst zeigen.»

Er musste sich die größte Mühe geben, nicht die Beherrschung zu
verlieren. «Tatsächlich. Und wann werden Sie entscheiden, ob sie
relevant ist?»

«Nicht ich. Sie werden es tun.» Sie zog einen Schlüsselring, an
dem jede Menge Plastikkarten baumelten, aus einer tiefen Tasche.
«Kommen Sie mit.» Im selben Moment drehte sie sich auch schon
um, schob eine grüne Plastikkarte in einen Schlitz neben der Tür und
ging dann voran.

Sie ging schnell, und ihre Stiefelabsätze klapperten laut auf dem
Zementboden, als sie auf dem Weg zum Fahrstuhl die Garage durchquerte. Gino beobachtete, wie ein schwarzer Staubmantel gegen
lange Beine schlug, die in Jeans steckten; Magozzi blickte sich um
und sah das Geld, das in diesem leeren Raum steckte. In dieser Stadt
zahlten die Leute ganz anständige Summen für sichere Parkplätze,
und hier unten befanden sich mindestens zwanzig nicht besetzte
Plätze.

Gino stieß ihn mit dem Ellbogen an und sagte leise: «Ich seh euch
beide im Kopf-an-Kopf-Rennen um den Titel Miss Mitmenschlich-
keit.»

«Halt's Maul, Gino.»

«He, nicht so verbissen. Meine Stimme hast du doch schon.» Sein Blick blieb an dem gestempelten Affenkopf hängen, als sie vor der Fahrstuhltür standen. Er lächelte überrascht und schaute Grace an.

«Sie sind Monkeewrench?»

Sie nickte.

«Ist ja stark. Meine Tochter liebt Ihre Spiele! Was die wohl sagt, wenn ich ihr erzähle, wo ich heute war?»

Jetzt schien sie fast zu lächeln. Magozzi rechnete damit, dass ihr Gesicht zersprang und in Scherben zu Boden fiel.

«Computerspiele für Kinder und Lernmittel-Software sind die Basis unseres Geschäfts», sagte sie, und Magozzi fragte sich stirnrunzelnd, was für einen Akzent sie haben mochte. Es hörte sich nach Ostküste an, und einige Konsonanten klangen weich. Aber ihre Redeweise hatte etwas von einem Sperrfeuer, als fehle ihr die Zeit, lange zu sprechen, und als müsse sie die Wörter so schnell wie möglich loswerden. «Aber wir haben an einem neuen Projekt gearbeitet ... und deswegen habe ich ja auch bei Ihnen angerufen.» Sie schob eine weitere Plastikkarte – diesmal eine blaue – in einen Schlitz, und die Türen des Fahrstuhls glitten zur Seite. Sie hob das schwere innere Gitter anscheinend mühelos mit nur einer Hand.

«Wir?», fragte Magozzi, als sie alle einstiegen.

«Ich habe vier Partner. Sie erwarten uns oben.»

Als der Aufzug zum Halten gekommen war, schob Grace das Gitter abermals nach oben, und vor ihnen öffnete sich ein helles, offener Loft, in das Streifen von Sonnenlicht fielen. In der Mitte des großen Raums standen Workstations, dicht gedrängt und ohne erkennbares System angeordnet. Dicke schwarze Elektrokabel schlängelten sich über den Holzfußboden. Drei Männer und eine schwergewichtige Frau, die allesamt etwas eingeschüchtert wirkten, sahen auf, als sie eintraten.

«Das hier sind meine Partner», sagte Grace, und Magozzi erwartete danach die leidige Vorstellerei. Das hatten Frauen schließlich so an sich, selbst wenn man sie verhaftete. Als sei man auf ein Täschchen Tee vorbeigekommen, stellten sie einem jede andere Person im Raum vor, während man die Handschellen zuschnappen ließ. Aber Grace MacBride überraschte ihn, denn sie eilte schnurstracks auf den

Arbeitstisch eines tätowierten Mannes mit Pferdeschwanz zu, der zur Catcherschar der Wide World of Wrestling hätte gehören können. Sie ignorierte den Mann, der aussah wie ein Doppelgänger von Ichabod Crane, jenem Polizisten, den Johnny Depp in *Sleepy Hollow* spielte, den Yuppie-Typen im Polohemd und die unglaublich dicke Frau, die nichtsdestotrotz Magozzis Herz ein wenig schneller schlagen ließ.

«Harley, wirf mal Maschine zwei an», forderte Grace den Muskelprotz mit Pferdeschwanz auf. «Meine Herren?»

Magozzi und Gino gesellten sich zu ihr hinter den Stuhl des Mannes. Sie hatten das Gefühl, sich an den Stamm eines Mammutbaums zu schmiegen. Die restlichen Personen im Raum hielten Distanz und schwiegen, was Magozzi nur recht war.

«Was kriegen wir denn zu sehen?» Er runzelte die Stirn und schaute über die massige Schulter des Mannes hinweg auf den Monitor.

«Nur Geduld», sagte sie, und im nächsten Moment füllte auch schon ein Foto den Bildschirm.

Magozzi und Gino beugten sich weiter vor und blickten argwöhnisch auf die Weitwinkelaufnahme vom Lakewood-Friedhof mit der Unbekannten, die erst an diesem Morgen auf der Engelsstatue erschossen aufgefunden worden war. Seltsam an dem Foto war, dass nirgends Cops zu sehen waren, keine Neugierigen, kein Absperrband ... nur die Leiche und die Statue.

«Wer hat diese Aufnahme gemacht?», fragte Gino.

«Das war ich.» Der Mann namens Harley rollte mit seinem Stuhl zur Seite, damit sie einen besseren Blick auf den Bildschirm hatten, aber keiner der beiden Cops brauchte diesen besseren Blick. Sondern sie machten beide einen Schritt rückwärts, ohne Harley aus den Augen zu lassen.

«Sieht so aus, als seien Sie früher dort angekommen als wir», sagte Gino bedächtsam.

«Hat der Tatort des Verbrechens von heute Morgen so ausgesehen?», fragte Grace MacBride.

Magozzi beachtete sie nicht. Es sah nicht aus wie der Tatort. Es war der Tatort. «Die Kids, die die Leiche gefunden haben, sagten, sie hät-

ten sie nicht verlassen, bevor die ersten alarmierten Beamten eintrafen», sagte er und sah dabei immer noch Harley an. «Sie hatten mit
einem Handy 911 angerufen. Was bedeutet, dass Sie vor allen anderen dort gewesen sein müssen ... ausgenommen möglicherweise
der Mörder.»

«Herrgott nochmal», fluchte Harley leise. «Ich bin aber nicht ihr
Mörder, und das da ist auch kein Tatort.»

«Wir waren dort, Sir.» Ginos Stimme klang unwirsch. «Und offenkundig Sie ebenfalls. Also, wann genau haben Sie dieses Foto gemacht?»

Harley warf die Arme in die Luft. «Mann, das weiß ich nicht.
Wann ist es gewesen, Roadrunner?»

Magozzis Kopf fuhr herum, als Ichabod Crane loslegte: «Vor zwei
Wochen. Na ja, ich kann mich nicht an das Datum entsinnen ... oh,
Moment mal. Es war Columbus Day, erinnerst du dich, Harley? Du
musstest mir noch einen Zwanziger leihen, weil die Banken geschlossen hatten —»

«Moment», unterbrach Magozzi. «Mal langsam.» Sie haben diese
Aufnahme vor zwei Wochen gemacht?»

«Das glaube ich nicht.» Gino betrachte nochmals das Bild und
schüttelte den Kopf.

«Wir waren alle dort», sagte die schwergewichtige Frau. «Vor
zwei Wochen. Alle außer Mitch.»

«Das stimmt», sagte Grace.

«Ich wollte da nicht mit hin», pflichtete ihr Yuppie der bei, «aber
ich erinnere mich noch, an welchem Abend es war ...»

«Also schön.» Magozzi atmete durch, sah von einem zum anderen
und ließ den Blick schließlich auf Grace ruhen. «Dann mal raus mit
der Geschichte.»

«Es handelt sich um ein gestelltes Foto.»

«Wie bitte?» Gino verlor die Fassung und suchte jetzt Streit.

«Es ist ein Spiel, Schätzchen.» Die dicke Frau stand von ihrem
Stuhl auf und wandelte zu einer Kaffeemaschine, umflattert von gut
zwanzig Metern pflaumenblauer Seide. Die beiden Detectives konnten
den Blick nicht von ihr lassen. «Serial Killer Detective, abgekürzt SKID.
Unser neues Computerspiel.»

«Perfekt», grummelte Gino. «Ein Spiel, in dem es um Serienkiller geht. Wie erhebend.»

«Schätzchen, wir bedienen nur den Markt, schaffen tun wir ihn nicht», konterte Annie schleppend. «Es ist ein Spiel wie Clue, nur mit mehr Toten, das ist alles. Jedenfalls bringt der Spieler den Mörder zur Strecke, indem er auf einer Reihe von Tatortfotos die richtigen Hinweise findet. Das da ist Mord Nummer zwei. Sehen Sie genauer hin. Dort oben auf dem Engel, das ist Roadrunner.»

Magozzi und Gino musterten die Bohnenstange im Lycra-Outfit und betrachteten dann wieder das Bild auf dem Monitor. Und beide sahen es gleichzeitig, erkannten die Details, die ihnen beim ersten Ansehen entgangen waren, weil sie so dicht am Gesamtbild gestanden hatten. Das rote Kleid, das lange blonde Haar, die Pfennigabsätze ... alles, wie es sein sollte. Aber ihre Unbekannte hatte winzige Hände mit rot lackierten Fingernägeln gehabt. Die Hände auf diesem Foto jedoch waren grob und sehnig, zweifellos die eines Mannes. Und die Füße ... die Füße waren riesig. Ebenso der ausgeprägte Adamsapfel.

Gino warf einen Blick auf Roadrunners Schuhe, Größe 46, und betrachtete dann dessen Hals. «Himmel auch», flüsterte er. «Er ist es.»

Magozzi starrte noch immer wie gebannt auf das Bild. Seine Gedanken rasten, sein Blutdruck stieg. Das verdammte Ding gehörte zu einem Spiel. Er musste sich zusammenreißen, um dem folgen zu können, was Grace MacBride erläuterte.

«... die meisten Mordszenarien in dem Spiel sind ziemlich normal. Aber Schauplatz und Vorgehensweise bei diesem Mord waren so einzigartig, dass das Risiko einer zufälligen Übereinstimmung nun ...»

«Astronomisch gering erschien», sagte Magozzi und drehte den Kopf, um sie anzusehen.

«Ja.»

Er blickte zu der dicken Frau. «Sie sagten, es sei ein neues Spiel.»

«Nagelneu. Es ist noch nicht mal auf dem Markt.»

«Also befinden sich die einzigen Personen, die das Foto gesehen haben, in diesem Raum.»

Harley schnaubte und wirbelte mit seinem Stuhl herum. «Meinen

Sie etwa, wir hätten Sie angerufen, wenn einer von uns der Mörder
wäre?»

«Vielleicht», entgegnete Magozzi emotionslos.

Grace MacBride ging hinüber an Roadrunners Tisch und legte ihm
die Hand auf die Schulter. «Wie viele?», fragte sie tonlos.

Roadrunner sah auf. «Fünfhundertsiebenundachtzig.» Er sah hinüber zu Gino und dann auch zu Magozzi. «Wir haben das Spiel vor
über einer Woche zum Testen auf unserer lokalen Website ins Netz
gestellt. Bis heute Morgen hatten wir auf dieser Site fünfhundertsiebenundachtzig Hits —»

«Was?», explodierte Gino. «Der Mist ist im Internet?!»

«Wir haben die Site schon vom Netz genommen!», verteidigte
sich Roadrunner. «Gleich nachdem wir heute Morgen die Zeitung
gelesen hatten.»

«Was bedeutet, dass außer uns nur fünfhundertsiebenundachtzig
Personen diese Fotos gesehen haben», warf Grace MacBride ein.

«Nur?!», schnauzte Gino.

Grace nahm ihn ins Visier. «Ich weiß gar nicht, worüber Sie sich
so aufregen. Vor ein paar Stunden hatten sie noch eine unbegrenzte
Anzahl von Verdächtigen. Wir haben das für sie eingeengt, und zwar
auf fünfhundertsiebenundachtzig.»

«Plus fünf», sagte Magozzi anzüglich und ließ den Blick von einem zum anderen schweifen, bis er an Grace MacBride haften blieb.
«Und wenn Sie nicht wissen, worüber sich Detective Rolseth so auf-
regt, dann haben Sie ganz offensichtlich nicht in Betracht gezogen,
dass ein sehr junges Mädchen noch leben könnte, wenn Sie dieses
Spiel nicht ins Netz gestellt hätten.» Er hielt einen Moment inne, um
die Worte wirken zu lassen, und merkte, dass seine Gedanken jäh ins
Stocken kamen, weil ihm auf einmal bewusst wurde, was Annie gesagt hatte. «Moment mal. Sie sagten, dies sei das zweite Foto. Was
für eins war das erste?»

Harley wandte sich wieder seiner Tastatur zu und tippte los. «Ich
ruf es auf, aber es ist bei weitem nicht so dramatisch wie Nummer
zwei. Hier ist es.» Wieder rollte er mit seinem Stuhl beiseite, damit
die Detectives bessere Sicht hatten. «Nummer eins. Nichts besonderes. Nur ein Jogger am Fluss.»

Magozzi hörte, wie Grace MacBride neben ihm den Atem anhielt, und fragte sich kurz, weswegen sie das wohl tat, aber im selben Augenblick wurde er auch schon von dem Foto auf Harleys Monitor abgelenkt.

Er und Gino betrachteten es lange, ohne sich die geringste Gefühlsregung anmerken zu lassen. Magozzi erinnerte sich an den gestrigen Morgen, als er Rambachan gegenüber an der Leiche des Joggers gekniet und zugesehen hatte, wie Finger in Latexhandschuhen den Mund des Toten unter Schwierigkeiten geöffnet hatten. Er wusste noch, wie er dann etwas gerochen hatte: eine Süßigkeit aus Kindertagen. «Was stimmt da nicht mit seinem Mund?», fragte er jetzt.

Harley antwortete selbstzufrieden. «Das ist ein Hinweis. Und den braucht man nur anzuklicken.» Er wollte nach der Maus greifen, aber Magozzis Worte ließen ihn erstarren.

«Sagen Sie bloß nicht, es ist ein Stück rote Lakritze.»

Harley drehte sich langsam um und sah ihn an. «Woher wissen Sie das?», fragte er, aber bevor er die Worte ausgesprochen hatte, hatte er schon begriffen. Sie alle wussten es, aber dem Typ im Anzug kam es darauf an, dass es laut ausgesprochen wurde.

«Es wurde ein Jogger ermordet?», fragte er kleinlaut.

Gino sagte: «Gestern Morgen. Sieht sich denn keiner von Ihnen die Nachrichten an?»

«Und er hatte ein Stück rote Lakritze im Mund», fügte Magozzi hinzu. «Und das wurde in den Nachrichten nicht erwähnt.»

Das Schweigen dauerte nur ein paar Sekunden. Bis ihnen allen die Realität des Geschehenen und die bedrückende Last dessen, was die Zukunft möglicherweise bringen würde, bewusst geworden waren.

«Guter Gott», flüsterte Annie schließlich. «Lieber Gott im Himmel. Er spielt das Spiel. Er ahmt sie alle nach.»

Magozzi schnürte es die Brust zusammen. «Wie viele sind alle?»

«Zwanzig», sagte Mitch tonlos, tastete sich hinter sich nach einem Stuhl und ließ sich darauf fallen. «Das Spiel hat zwanzig Levels.»

«Jesus, Maria und Joseph», flüsterte Gino.

Roadrunner schwenkte frustriert die Arme. «Nein, nein, nein, Sie verstehen nicht, wie es funktioniert! Ja, es gibt zwanzig Morde in diesem Spiel, aber noch ist niemand über Mord Nummer sieben hinausgekommen.»

«Woher wissen Sie das?», fragte Magozzi.

Roadrunner seufzte ungeduldig. «Weil ich die Dinger rund um
die Uhr überwache, deswegen. Man muss das Problem einer Ebene
gelöst haben, bevor man zum nächsten Level wechseln kann, und
keiner der Spieler auf unserer Site ist bis jetzt über Mord sieben hinausgekommen.»

«Ach, da bin ich ja beruhigt», sagte Gino. «Eben dachte ich noch,
Leichen würden demnächst die Straßen unserer Stadt pflastern. Und
nun stellt sich raus, es sind nur noch fünf, mit denen wir rechnen
müssen.»

Magozzi sehnte sich nach einem Stuhl. Vorzugsweise nach einem
verstellbaren Lehnstuhl, und vielleicht auch noch ein paar Bier dazu.
Aber auf jeden Fall nach einer Welt, in der die Menschen sich nicht
zum Spaß gegenseitig umbrachten. «Ich nehme an, Sie verfügen
über eine Art Anmeldeliste der Spieler, die Ihre Site besucht und getestet haben.»

«Sicher. Name, Adresse, Telefonnummer, E-Mail-Adresse.» Annie
löste sich vom Bord an der Wand und eilte raschend zum einzigen
Computer im ganzen Loft, der so aussah, als könne er von einem
menschlichen Wesen bedient werden. Der Arbeitstisch war aus poliertem Walnussholz und nicht im Geringsten zugemüllt. Einzig eine
Porzellanvase stand dort, in der Seidenblumen kunstvoll arrangiert
waren, die exakt so pflaumenblau waren wie ihr Kleid. Magozzi überlegte, ob sie wohl entsprechend ihrer Garderobe täglich die Blumen
austauschte. «Ich werde Ihnen eine Liste zeigen, auch wenn sie wohl
nicht von großem Nutzen sein dürfte.»

«Und wieso nicht?», fragte Gino, der inzwischen dicht an ihren
Arbeitstisch getreten war.

«Viele Eintragungen sind reine Erfindung.» Sie deutete auf einen
Namen, der auf dem Monitor erschienen war. Wie hypnotisiert
konnte Gino den Blick nicht von ihrem weiß lackierten Fingernagel
mit den pflaumenblauen Sprenkeln losreißen. «Sehen Sie sich den hier
an. Claude Balls, und wohnen tut er angeblich in der Wildcat's
Revenge Avenue.»

«Das ist doch uralt», kritisierte Roadrunner.

«Brauchst du mir nicht zu sagen. Die Menschen haben eben keine Phantasie mehr.»

Gino beugte sich über Annies Schulter, um besser sehen zu können. «Ihr Computer entdeckt solche Sachen nicht?»

Annies dralle rechte Schulter hob sich in einer derart sinnlichen Kreisbewegung, dass Gino beinahe einen Herzanfall bekam. «Irgendeine Art von Registrierung zu fordern, erwies sich schon vor langer Zeit als völlig sinnlose Übung. Die meisten Programme verlangen nur, dass bestimmte Felder ausgefüllt werden, und niemand überprüft mehrfach, ob die Eintragungen gültig sind. Und warum sollte man auch? Wollen Sie etwa potenziellen Käufern den Zugang zu Ihrer Site verwehren, nur weil die eine gewisse Diskretion gewahrt haben möchten?»

«Und es gibt also keine Möglichkeit, den wirklichen Namen von Claude Balls herauszufinden?»

Annie musste lächeln. «Das habe ich nicht gesagt. Theoretisch ist es ziemlich einfach. Man braucht die Spur nur von dem Punkt zurückzuverfolgen, an dem er sich auf der Site angemeldet hat, und muss sich dann die Mitgliederlisten seines Internet-Providers besorgen.»

Magozzi richtete die nächsten Worte an seine Schuhe, weil er die Monkeewrench-Partner nicht ansehen mochte. Wenn er ihnen sagte, was er von ihnen wollte, und dabei den leichtesten Anflug von Zögern im Gesicht eines von ihnen entdeckte, hätte er vielleicht seine Waffe gezogen und auf sie geschossen. Das hielt er durchaus für möglich. «Ich will eine Kopie der Registrierungsliste. Außerdem will ich Kopien sämtlicher Mordszenarien in Ihrem Spiel, insbesondere die gestellten Tatortfotos. Gibt es etwa ein Problem, diese Dinge ohne Gerichtsbeschluss von Ihnen zu erhalten?»

«Natürlich nicht», hörte er Grace MacBride sagen. Ihre Stimme bebte. Sie stand in makelloser Haltung da, aufgerichtet, bewegungslos, eine schöne, hoch gewachsene Frau mit einer Waffe unter der Achsel, und doch wirkte sie für einen kurzen Moment auf Magozzi absolut hilflos.

«Der Mann auf dem Riverboat», sagte sie zu Harley. «Druck es aus.» Und dann wandte sie sich an Magozzi. «Das ist der dritte Mord. Sie müssen dafür sorgen, dass es aufhört.»

Kapitel 14

Magozzi saß allein im Büro von Mitch Cross, den Telefonhörer zwischen Kinn und Schulter geklemmt. Seine Finger trommelten auf eine Tischplatte, die aussah, als sei sie steril genug, um eine Operation darauf durchzuführen.

Während die Warteschleife in seinem Ohr einen Song der Beatles zu Muzak verschandelte, versuchte er, im Raum ein Anzeichen dafür zu entdecken, dass hier tatsächlich ein Mensch arbeitete, fand aber keins. Nicht ein einziger Papierfetzen verunstaltete den Schreibtisch oder die Anrichte dahinter, auf der ein Computer stand, der neu und unbenutzt aussah. Er konnte sein Spiegelbild auf dem dunklen Bildschirm sehen, aber kein einziges Staubkorn.

Er zog die oberste Schublade ein paar Zentimeter weit auf und entdeckte gleichmäßig angespitzte und in Reih und Glied ausgerichtete Bleistifte sowie einen flachen Behälter mit Feuchtigkeitstüchern. Die Wände waren weiß und kahl bis auf ein einziges abstraktes Gemälde, das Magozzi nicht das Geringste sagte. Keine Farbe, kein Leben, nur einige schwarze Kleckse auf einem großen Stück vergeudeter Leinwand, die in ihm das kindliche Verlangen weckte, zu Buntstiften zu greifen und sich an Graffiti zu versuchen.

Ein Tatortfoto von Mord drei lag perfekt zentriert auf der Tischplatte vor ihm. Es war rein zufällig dort gelandet – er hatte es einfach auf gut Glück hingeworfen, als er sich setzte –, aber es behagte ihm nicht, dass dieses Foto sich scheinbar aus Harmoniebedürfnis der zwangsneurotisch gestalten Umgebung angepasst hatte. Er verschob es, bis es leicht verquer lag, und fühlte sich gleich viel besser.

Das dritte Foto zeigte eine Tatortszenerie, die die Ausgeburt der naiv fiesen Phantasie eines Teenagers hätte sein können: ein feister Mann mittleren Alters saß auf der Toilette, die Hosen um die Füße und ein Einschussloch in der Stirn. Magozzi nahm an, dass es sich wahrscheinlich um das Geistesprodukt des tätowierten Hünen handelte, dessen geistige Entwicklung, soweit er es beurteilen konnte, stark gehemmt sein musste.

Laut SKID-Spiel wurde das dritte Opfer während einer abendlichen Party-Flussfahrt auf der Toilette eines Raddampfers gefunden. Magozzi nahm an, dass es durchaus bessere Orte gab, um dem Mörder eine Falle zu stellen, aber auch dieser war ihm genehm.

Er war vor Jahren einmal auf einem dieser Raddampfer gewesen. In den Tagen, als Heather und er derlei noch gemeinsam unternahmen, hatten sie eine Dinner-Flussfahrt den St. Croix hinauf mitgemacht. Der Dampfer war viel größer gewesen, als er erwartet hatte – drei Decks und Sitzplätze für fünfhundert Passagiere –, und sonderlich romantisch war es auch nicht gewesen. Die Decks im Inneren waren sehr große separate Räume, in denen es keine Bereiche gab, in die man sich zurückziehen konnte, um romantischen – oder gar mörderischen – Neigungen zu frönen. Die Toiletten befanden sich außen, und ihre Zugänge waren für jeden zu überblicken. Wenn es sein musste, malte er sich aus, könnten sie einen dieser Dampfer mit zwölf Beamten überwachen, vier pro Deck. Doch er setzte seine Hoffnung auf einen besseren Plan: die Charterfahrt absagen, den Dampfer mit Cops in ihrer besten Zivilkleidung füllen und dann auf den Hundesohn warten.

Die Warteschleife wechselte von den Beatles zu Mancini, und Magozzi sah ungeduldig auf seine Armbanduhr. Es hatte fünf Minuten gedauert, herauszufinden, dass so spät im Jahr nur noch einige wenige Raddampfer den Fluss befuhren. Und dass nur einer von ihnen – die Nicollet – für eine Party an diesem Abend gechartert war. Die restlichen notwendigen Informationen zu bekommen dauerte inzwischen viel länger, als es eigentlich durfte.

Abrupt brach das Gedudel ab, und Mister Tiersval, der Präsident der Raddampfer-Reederei, war wieder in der Leitung. «Detective Magozzi?»

«Ich bin noch dran.»

«Tut mir Leid, dass es so lange gedauert hat. Wir haben hier, sagen wir mal … eine ziemlich delikate Situation.» Die Stimme des Mannes klang extrem angespannt. «Heute Abend ist der Dampfer für den Hochzeitsempfang der Hammonds gechartert.»

Magozzi brauchte eine Sekunde. «Foster Hammond?»

«Ja.»

«Ach, du liebe Zeit.»

Wenn es hochkarätigen Adel in Minneapolis gab, dann Foster und Char Hammond. Mit einem fast uneingeschränkten Schifffahrtsmonopol auf den Großen Seen hatte die Familie um die Jahrhundertwende das Geld scheffeln können. Wenn die Gerüchte zutrafen, gehörte ihnen inzwischen die halbe Innenstadt von Minneapolis, und sie besaßen mehr politischen Einfluss als alle Wähler im Bundesstaat zusammen.

«Es besteht nicht die geringste Chance, dass die Hammonds sich etwa damit einverstanden erklären könnten, den Empfang abzusagen, Detective. Er ist seit über einem Jahr geplant, und die Gästeliste liest sich wie das ‹Who's Who in Minnesota›. Ich hab mich bei unseren Anwälten erkundigt, ob ich vielleicht irgendetwas tun könnte. Aber ob Sie es glauben oder nicht, die Konsequenzen eines Vertragsbruchs, die sich bei spitzfindiger Auslegung der Gesetze ergeben, wiegen anscheinend sehr viel schwerer, als wenn auf einem unserer Schiffe ein Mensch ermordet würde.»

Das glaube Magozzi sofort.

«Würde ich mich weigern, den Vertrag mit den Hammonds einzuhalten, könnten sie mich durch Klagen in den Ruin treiben, und das würden sie gewiss auch tun. Wenn wir aber andererseits» — und jetzt schwang bitterer Sarkasmus in seiner Stimme mit — «die Passagiere über die mögliche Gefahr aufklären, sie sich aber dennoch entscheiden, an Bord zu gehen, sind wir vom Gesetz her nicht verantwortlich, sollte einer von ihnen ums Leben kommen.»

Magozzi nickte. Manchmal taugte das Gesetz eben einen Dreck.

«Könnte die Polizei sie nicht befehlen, die Charter abzusagen?»

Magozzi musste schmunzeln. «Nicht in unserem Land. Nicht ohne eine Notstandsverordnung durch den Gouverneur, und wir haben doch im Augenblick nichts als den Verdacht, dass etwas geschehen könnte, und keinen Beweis für eine reale und unmittelbare Gefährdung.»

«Vielleicht könnte Ihnen der Bürgermeister bei diesem Problem hilfreich sein. Er steht auf der Gästeliste.»

Magozzi bedeckte die Augen mit der Hand.

«Ich möchte, dass Sie wissen, Detective, wenn es nach mir ginge, würde ich den Dampfer aus dem Wasser holen lassen und mich einen Dreck um etwaige Prozesse scheren.»

«Ich glaube Ihnen, Mister Tierval.» Magozzi war immer wieder überrascht, auch in der obersten Führungsspitze von großen Firmen auf durch und durch anständige Menschen zu stoßen. Wahrschein- lich hatte er sich zu oft Erin Brockovich angesehen.

«Ich habe die Hammonds angerufen und ihnen kurz die Situation erläutert. Man erklärte sein Einverständnis, Sie anzuhören, wenn Sie innerhalb der nächsten dreißig Minuten dort drüben erscheinen. Brauchen Sie die Adresse?»

Die brauchte Magozzi nicht. In dieser Stadt wusste jeder, wer in der großen Backsteinvilla an der Lake of the Isles wohnte.

Er legte gerade den Hörer auf, als Gino hereinspaziert kam. Der sah um genau einen Donut dicker aus als vor zehn Minuten, als Ma- gozzi ihn im Loft bei denen anderen zurückgelassen hatte.

«Du hast mit ihnen das Brot gebrochen», beschuldigte Magozzi Gino und wies auf dessen Kinn.

Gino wischte mit der Hand über Furchen und Bartstoppeln, so- dass weißer Puderzucker auf den makellos sauberen Teppich von Mitch Cross rieselte. «Ich würde mit dem Leibhaftigen Brot brechen, wenn es sich um einen Donut mit Puderzucker handelte. Sie haben uns Kopien von dem Spiel gezogen und Informationen über jeden Spieler gegeben, der sich auf der Website angemeldet hat. Brauchte nicht zweimal danach zu fragen. General MacBride hatte die Drucker angeworfen, bevor ich den Mund aufmachen konnte, und jetzt ha- ben wir da draußen zwei Kartons randvoll mit Papier. Hast du denn einen Raddampfer gefunden?»

«Ja, aber ansonsten läuft alles schief. Ich erzähl's dir im Wagen.»

Als sich die Fahrstuhltür hinter den Detectives schloss, blickte Grace hinüber zu den Fenstern und konzentrierte sich auf die fahlen Recht- ecke aus Licht, die eine anämische Sonne auf den Boden malte. Sie war noch nicht bereit, ihren Freunden in die Augen zu sehen, noch nicht.

Ihretwegen starben Menschen. Wieder einmal.

Mitch ließ sich auf einen Stuhl neben ihr sinken. Er wollte sich nach außen gelassen geben, aber Hysterie umwaberte ihn wie eine giftige Aura. «Wir sind am Arsch», verkündete er schließlich.

Grace registrierte diesen Kommentar kaum, aber Annie bedachte ihn augenblicklich mit einem finsteren Blick. «Prima Einstellung, Mitch.»

Mitch hob den Blick, um sie anzusehen. «Was, glaubst du, wird mit Monkeewrench passieren, wenn das hier an die große Glocke kommt?»

Grace registrierte diese Bemerkung, drehte sich um und sah ihn an. «Was willst du damit sagen, Mitch?», fragte sie vorsichtig, denn sie wusste sehr genau, dass sie die Büchse der Pandora öffnete.

Mitch atmete dramatisch aus und raufte sich die Haare. «Ich will sagen, dass Greenberg schon stinksauer war, weil wir ein Game mit Serienkillern entwickelt haben. Wenn er zudem herausfindet, dass wir für eine Welle von Nachahmungsmorden verantwortlich sind, dann wird Schoolhouse einschließlich fünfzig Prozent des Umsatzes von Monkeewrench nur noch Erinnerung an eine glückliche Vergangenheit sein.»

Grace schreckte zurück und sah den alten Freund an wie einen unsympathischen Fremden. «Ich kann nicht glauben, dass du das jetzt wirklich gesagt hast.»

Mitch rieb sich das unrasierte Gesicht. «Was? Ich bin der einzige, der sich Sorgen macht? Ich spreche von der Zukunft unserer Firma, Grace. Hier geht es nicht um einen geringfügigen Rückschlag, sondern es ist eine Katastrophe.»

«Um Himmels willen, Mitch, da draußen sterben Menschen wegen unseres Spiels!»

«Das ich von Anfang an nicht entwickeln wollte, wenn du dich erinnerst.» Er hatte beinahe geschrien, aber dann sah er ihren Gesichtsausdruck und hätte sein Leben dafür gegeben, diese Worte zurücknehmen zu können.

Deine Schuld, Grace. Deine Schuld damals und deine Schuld auch jetzt wieder.

Kapitel 15

Magozzi fühlte sich wie Chicken Little in *Twilight Zone*. Er und Gino hatten soeben in einem Raum voller Menschen verkündet, dass der Himmel einstürzen werde, und diese Menschen saßen jetzt ungerührt da und lächelten herablassend, als würden sie ihm seine Beschränktheit nachsehen.

Sie hatten in einem Raum, dem nach Magozzis Schätzung höchstens ein Meter in der Länge fehlte, um als offizielles Basketballfeld dienen zu können, auf einer exquisiten Polsterbank Platz genommen. Char und Foster Hammond saßen ihnen direkt gegenüber. Sie sahen braun gebrannt, fit und gelassen aus. Flankiert wurden sie von den achtundzwanzig Gästen der Hochzeitsfeier sowie den Eltern des Bräutigams.

«Nun, Detectives, Sie dürfen uns glauben, dass wir Ihre Besorgnis durchaus zu schätzen wissen.» Foster Hammond bedachte sie mit einem einstudiert wohlwollenden Lächeln. Magozzi dachte ganz kurz, er würde ihm gleich noch den Kopf tätscheln und ihn loben, weil er ein so wohlmeinender, wenn auch irregeleiteter Beamter sei. «Aber ich möchte doch sehr bezweifeln, dass dieses … Individuum es wagen könnte, eine derartige Sache bei diesem speziellen Ereignis zu versuchen. Das wäre nämlich der blanke Wahnsinn.»

«Es handelt sich um einen psychopathischen Killer, Mr. Hammond», platzte Gino heraus. «Und zu deren Verhalten gehört nun mal blanker Irrsinn.»

Magozzi ließ den Blick durch den Raum schweifen, um vielleicht auf einem der Gesichter eine normale menschliche Reaktion zu entdecken. Nichts dergleichen. Kein einziges Wimpernzucken, als die Bezeichnung «psychopathischer Killer» fiel. Sogar Braut und Bräutigam wirkten kühl und reserviert, durch Erziehung und Geld abgeschirmt von so gewöhnlichen und hässlichen Dingen wie Mord.

Hammond reagierte mit vornehmem Achselzucken. «Daran hege ich nicht den geringsten Zweifel, Detective Rolseth, aber wenn er es nicht unbedingt darauf abgesehen hat, in Gewahrsam genommen zu werden, dürften wir ihn meiner Meinung nach heute Abend hier nicht zu Gesicht bekommen. Im Laufe der verflossenen Monate ist sehr viel über das heutige Ereignis berichtet worden, und – das muss

97

ich hinzufügen — zu unserem großen Missvergnügen werden die Medien zur Stelle sein. Natürlich nur peripher.»

Aber natürlich doch, dachte Magozzi. Damit um Gottes willen der Empfang nicht durch die Anwesenheit von Menschen beschmutzt würde, die für ihren Lebensunterhalt arbeiten mussten.

«Ich habe Monate dafür gebraucht, diese Teufel zu dem Einverständnis zu bewegen, auf Distanz zu bleiben. Die sind wahrlich der Fluch meines Lebens.» Hammond sprach lebhafter weiter: «Und was für eine geradezu sensationell ironische Wendung, die wir jetzt erleben! All die unerwünschte Publizität machte angesichts der Stellung einiger unserer Gäste die denkbar strengsten Sicherheitsvorkehrungen notwendig. Und Gott sei Dank haben wir dafür gesorgt.»

«Die Macht der Presse», sagte Gino, und niemand außer seinem Partner bemerkte seinen Sarkasmus.

Foster Hammond nahm affektiert einen Schluck aus seinem Kristallglas, und als er wieder aufblickte, war seine Miene todernst. «Es ist ja wirklich grässlich, welchen Lauf die Ereignisse genommen haben, Detective. Sinnlose und brutale Morde in unserer schönen Stadt.»

«Da haben Sie Recht, Sir», stimmte Magozzi zu. Er fragte sich, ob Hammond wohl meinte, es gebe noch andere Morde als sinnlose und brutale. «Darum sind wir hier. Wir wollen versuchen, einen weiteren Mord zu verhindern.»

Hammond nickte nachdrücklich. «Und ich bin sicher, dass Sie gute Arbeit leisten, weswegen ich ja auch seit jeher die Gesetzeshüter von Minneapolis mit großzügigen Spenden unterstütze. Und Sie werden mich bitte wissen lassen, wenn ich irgendetwas tun kann, um Ihnen behilflich zu sein.»

Irgendetwas, außer etwa den Hochzeitsempfang für meine Tochter abzusagen, war der unausgesprochene Vorbehalt. Menschen wie Foster Hammond und seine Familie hörten nur, was sie hören wollten, und waren zur Zusammenarbeit nur bereit, wenn es in ihren Terminkalender passte. Es wurde Zeit, den Speichellecker zu mimen, Komplimente zu ma`hen und Seine Majestät davon zu überzeugen, dass die Verhinderung dieses Mordes durchaus in seine Terminplanung passte. Alles andere wäre nur Zeitverschwendung.

Letztendlich kam man überein, ein bescheidenes Kontingent an Polizeibeamten an Bord zu postieren, vorausgesetzt, diese waren dem Anlass gemäß gekleidet. Hammond hatte sich sogar damit einverstanden erklärt, die Gäste nach der Trauungszeremonie und vor dem Betreten des Raddampfers deutlich zu warnen.

Magozzi hatte Tammy Hammond, die zukünftige Braut, beobachtet, als er von diesen Warnungen sprach, und in deren eiskalten blauen Augen eine gewisse perverse Erregung entdeckt.

Auf der gesamten Rückfahrt zur City Hall schüttelten Magozzi und Gino den Kopf. Sie versuchten zu verstehen, was im Herrenhaus der Hammonds geschehen war.

«Ich bin seit der neunten Klasse nicht mehr so abgekanzelt worden», sagte Gino.

«Und was war da?»

«Hab Sally Corcoran zum Schulball eingeladen, das beliebteste Mädchen der Abgangsklasse.»

«Das war dämlich», kommentierte Magozzi freundlich.

«Hammond macht mir eine Scheißangst, weißt du. Er erinnert mich an einen Mungo. Gerade wenn du meinst, du warst flink genug und hast ihn bei den Eiern, stellst du fest, dass er sich in deinen Nacken verbissen hat.»

«Sehr poetisch, Gino.»

«Danke. Ich schreib's mir ins Tagebuch», sagte er niedergeschlagen. «Mann, ich wollte immer glauben, dass solche Leute echt sind, zum wirklichen Leben gehören wie du und ich und Joe Schweinezüchter am Ende der Straße. Du sagst dir: Vergiss den Klatsch, die Gerüchte, die schlechte Presse ... Du kümmerst dich nicht darum, weil du möchtest, dass sie einfach nur ganz normale Leute sind.»

«Jeder würde das am liebsten glauben.»

«Und warum? Weil die nämlich bestimmen, was läuft, und du möchtest eben glauben, dass die Leute, die bestimmen, was läuft, dein Wohl im Auge haben.»

Magozzi hielt an einer roten Ampel und sah zu Gino. «Und du glaubst jetzt etwa, Foster Hammond hat nicht unser Wohl im Auge?»

Gino sah ihn verblüfft an und lachte dann laut los.

Kapitel 16

Der Raum war eine Art Geruchsmuseum, in dem hunderte Bespre-
chungen genau wie diese stattgefunden hatten. Fastfood, Schweiß
und der inzwischen verbotene Zigarettenrauch – all diese Gerüche
und noch mehr wurden abgesondert vom Putz der Wände und stie-
gen aus den uneben verzogenen Dielenbrettern auf.

Genau wie es sein muss, dachte Magozzi. Räume, in denen Cops
zusammenkommen, sollten nach schlechtem Essen und frustrierten
Männern und Frauen riechen. Außerdem nach durchgearbeiteten
Nächten und beschlissenen Fällen, denn Gerüche waren Erinnerungen, und ein Geruch, der sich nicht verflüchtigte, wurde zum Andenken. Manchmal zum einzigen, das vom Opfer eines Verbrechens
blieb.

Magozzi ließ den Blick über seine Zuhörer schweifen. Er thronte
vor ihnen an seinem Tisch. Patrol Sergeant Easton Freedman steckte
in einer frisch gebügelten Uniform, die maßgeschneidert war, um
seine 150 Kilo pechschwarzer Muskeln zu umfangen, die auf gute
zwei Meter Körpergröße verteilt waren. Der Rest der Leute – acht Detectives außer ihm und Gino – trug billige Hosen von der Stange und
dazu Sportsakkos. Niemand zog einen guten Anzug zur Arbeit an.
Man konnte doch nie wissen, worauf man vielleicht knien und wodurch man vielleicht robben musste.

Mit Chief Malcherson verhielt es sich anders. Der Schmutz, durch
den er sich manchmal gezwungenermaßen kämpfen musste, war
fast ausschließlich politischer Art und erforderte eine andere Art
Uniform: Designeranzüge und Seidenkrawatten und Hemden, die so
gnadenlos gestärkt waren, dass sie eine wunde Halskrause hinterließen. Das Dickicht weißblonden Haars auf seinem Kopf machte sich
gut vor der Kamera, sein Bluthundgesicht dafür umso weniger.

Er stand jetzt in einer vorderen Ecke, denn er hatte sich bewusst
von den Frauen und Männern unter seinem Befehl abgesondert.
Seine Miene war noch bekümmerter als sonst. Der Anzug des Tages
war schwarzgrau, zweireihig und eher passend für eine Beerdigung.
Es handelte sich nicht um ein eigens zusammengestelltes Sonderdezernat. Noch nicht jedenfalls. Sonderdezernate wurden auf lange
Sicht eingerichtet, und Magozzi betete darum, dass sich diese Sache

nicht dazu entwickeln würde. Was er jetzt brauchte, waren Einsatz-kräfte, und der Chief war durch die Morde beunruhigt genug, um sie ihm zu bewilligen. Oder vielleicht waren es auch die Medien, die er wirklich fürchtete. Als Magozzi jedenfalls die Monkeewrench-Verbindung zu den Morden dargelegt und Kopien der SKID-Tatortfotos herumgereicht hatte, waren auch alle anderen Anwesenden verstört.

Die Vorstellung von Mord als Computerspiel verursachte allgemein eine Gänsehaut.

«Irgendwelche Fragen?», sagte er.

Neun Köpfe hoben sich gleichzeitig. Das verblüffend synchronisierte Kopfhebe-Team.

«Das ist einfach unglaublich.»

Die anderen synchronisierten Köpfe wandten sich verblüfft Louise Washington zu, der Vorzeigepolizistin des Morddezernats. Halb hispanisch, halb schwarz, eine Frau und obendrein lesbisch erfüllte sie auf vielfache Weise die Minderheitskriterien. Dass sie zudem noch so verdammt gut in ihrem Job war, erschien allen als nebensächlich. Nur nicht den Cops, die mit ihr arbeiteten.

«Biep», meckerte Gino von seinem Platz neben der Tür. «Das war keine Frage.»

«Ist das nicht unglaublich?», korrigierte sich Louise. Das diente Chief Malcherson als Signal, sich in seiner Ecke in die Brust zu werfen und so zu tun, als ob er die Leitung übernähme.

«Dafür, diese Angelegenheit auf die leichte Schulter zu nehmen, gibt es weder Grund noch Entschuldigung. Zwei unschuldige junge Menschen sind tot, und auf den Straßen unserer Stadt treibt ein Psychopath sein Unwesen.»

Gino wischte sich mit der fleischigen Hand über den Mund, als die synchronisierten Köpfe sich senkten und vorgaben, die Fotos zu studieren, die vor ihnen auf den Tischen lagen. Den Chief trieben bestimmt allerbeste Absichten, aber er war schon sehr lange weg von der Straße und hatte den Hang, wie in einem alten Humphrey-Bogart-Film zu sprechen. Magozzi mischte sich ein, bevor jemand es vermasselte und laut loslachte.

«Okay, hört her. Wer immer der Täter sein mag, er hat in weniger als vierundzwanzig Stunden zwei Opfer gefunden, also können wir uns nicht die geringste Verschnaufpause leisten. Die ersten beiden Morde entsprechen beinahe haargenau dem Szenario aus dem Computerspiel, und er beging sie auch in der vorgegebenen Reihenfolge. Wenn dieser Typ also bei seinem Muster bleibt, wissen wir, wo der dritte Mord stattfinden soll. Wann es passieren wird, ist eine andere Frage. Möglicherweise heute Abend, vielleicht aber auch an diesem Wochenende. Haben alle das Foto Nummer drei?»

Es wurde mit Papier geraschelt, und dann rief eine Stimme von hinten: «He, der Kerl sitzt doch auf m Klo, oder?»

Magozzi blickte nach hinten, wo Johnny McLaren sich auf einem Stuhl in der letzten Reihe lümmelte. Er war der jüngste Detective in der Truppe; hellrotes Haar, sonniges Gemüt, massenhaft Spielschulden.

«Dir entgeht aber auch gar nichts, Johnny. Laut dem Spiel geschieht der dritte Mord während eines Fests auf einem Riverboat – einem Raddampfer, um es genau zu sagen. Normalerweise haben wir ein paar davon sowohl auf dem St. Croix als auch auf dem Mississippi, Lunch-, Dinner- und Party-Fahrten während der Hauptsaison, die Herbstlaub-Touren im Oktober – doch gerade diese Woche ist eine große Pause. Das einzige Schiff, das vor dem Wochenende fährt, ist die Nicollet. Und auf ihr findet heute Abend ein Hochzeitsempfang statt.»

«Dämliches Volk», murmelte Louise. «Die Temperatur sinkt heute Nacht weit unter Null. Aber nichts ist schicker als ein Parka überm Hochzeitskleid.»

«Zu dumm, dass wir die ganze Sache nicht abblasen können», sagte Patrol Sergeant Freedman, und man drehte sich nach ihm um. Der Schauspieler James Earl Jones mit seinem Bass schien in seinem Kehlkopf zu wohnen, und der Mann konnte keine zwei Wörter aussprechen, ohne die ungeteilte Aufmerksamkeit aller Personen in Hörweite auf sich zu ziehen.

«Gute Idee, Freedman», meldete sich Gino. «Ein Schwarzer, der sich für den Polizeistaat ausspricht. Man sollte demnächst mal mit der NAACP telefonieren und dafür sorgen, dass du für einen Image-Preis nominiert wirst.»

Freedman grinste ihn an. «He, ich bin hundertprozentig für den

Polizeistaat. Solange ich das alleinige Sagen habe.« Und dann zu Magozzi: »Habt ihr Jungs schon mit der Familie kurzgeschlossen?«

Magozzi nickte. »Ja, und da kommt die schlechte Nachricht: Die glückliche Braut ist Tammy Hammond.«

»Ach du Scheiße«, sagte Louise Washington. »Die Hammond-Hochzeit? Foster und Char Hammond?«

»Genau die. Und glaubt mir, diese Leute haben die gesamte ›A‹-Liste als Kurzwahl in ihrem Telefon gespeichert. Als Gino und ich bei ihnen eintrafen, hatte Chief Malcherson bereits Anrufe vom Bürgermeister, von vier Stadträten, vom Generalstaatsanwalt und von Senator Washburn erhalten.« Chief Malcherson bestätigte das mit einem resignierten Kopfnicken. »Die Botschaft war ziemlich deutlich. Unter keinen Umständen dürfen wir den Hochzeitsempfang der Hammonds stören.«

»Moment.« Hinten gestikulierte Tinker Lewis mit seinen muskulösen Armen. Er hatte traurige braune Augen und einen Haaransatz, der schon halbwegs nach Australien zurückgewichen war. Zehn Jahre bei der Mordkommission, und doch war er immer noch einer der sanftmütigsten Menschen, die Magozzi kannte. »Wir sollen also stillsitzen und mit ansehen, wie etwas passiert?«

»Die glauben nicht, dass etwas passieren wird«, sagte Magozzi, »und vielleicht haben sie damit Recht. Es gibt noch eine weitere Charterfahrt, und zwar am Samstagabend – irgend 'ne Party für leitende 3M-Angestellte, die in den Ruhestand gehen –, und wenn ich der Killer wäre, würde ich da zuschlagen. Kein Sicherheitsdienst, im Gegensatz zu heute Abend. Da ist nämlich Argo am Start.«

»Argo? Die Leute von Red Chilton?«

Magozzi nickte. Außer den Allerjüngsten hatten alle im Raum früher mit Red Chilton zusammengearbeitet, als er noch bei der Mordkommission gewesen war, billige Sportsakkos getragen und fünf Jahre alte Autos gefahren hatte wie alle anderen auch. Vor sieben Jahren war er in den Frühruhestand gegangen und hatte die Firma Argo Security gegründet. Er beschäftigte einige der besten ehemaligen Cops, trug mittlerweile italienische Anzüge und fuhr einen Porsche. »Es sind heute Abend jede Menge wichtige Leute eingeladen. Da

waren der Bürgermeister, dann zwei, drei Kongressabgeordnete,
einige Leute vom Film. Hammond hat Argo schon vor langer Zeit für
dieses Ereignis unter Vertrag genommen, und Red setzt so gut wie
alle seine Leute ein. Zwanzig von ihnen werden an Bord sein, allesamt bewaffnet. Es gibt Einlassschleusen, Metalldetektoren, die
ganze Palette. Hammond hat sich mit einer ‹geringen und sehr dis-
kreten Polizeipräsenz› einverstanden erklärt, aber das ist auch alles.
Unsere Show wird es jedenfalls nicht.»

Tinker murrte. «Und was setzen wir ein?»

«Zwei Kommandos und uniformierte Beamte auf dem Gelände,
sechs Leute als Gäste verkleidet an Bord. Gino hat mit Red gesprochen und ihn ins Bild gesetzt, damit seine Leute nicht unsere fertig
machen und umgekehrt.»

«Also verfügen wir über dreißig bewaffnete Männer und einen
Raddampfer», sagte Freedman. «Da könnten wir doch gleich Kurs
auf den Süden nehmen und uns Louisiana unter den Nagel reißen.»

Louise Washington schüttelte den Kopf. «Unser Junge wird ganz
bestimmt heute nicht auftauchen.»

«Vielleicht nicht. Wenn wir aber doch, ist dies die beste Chance, die
wir haben, den Kerl zu erwischen. Dies ist nämlich der einzige Mord
aus dem Computerspiel, der sich an einem relativ abgeschlossenen
Ort zuträgt. Der nächste zum Beispiel findet in der Mall of America
statt, und ich mag nicht einmal darüber nachdenken, wie wir dort
für Sicherheit sorgen sollen.»

«Freedman, du und McLaren führen das Einsatzkommando. Gino
wird euch den restlichen Einsatzplan geben, wenn wir hier fertig
sind. Der Empfang beginnt um sieben, und Red erwartet euch um
fünf am Anleger. Informiert euch genauestens über seine Sicherheitsvorkehrungen. Wenn ihr irgendwelche Mängel entdeckt, meldet euch wieder zurück, und wir werden schon einen Weg finden,
sie zu beheben. Noch Fragen?»

«Ja, ich hab eine Frage», sagte McLaren. «Erzählt eigentlich jemand den Leuten, die da heute mitfeiern, dass es vielleicht ein kleines Mordproblem geben könnte?»

«Aber ja doch.» Magozzi richtete den Blick auf die rückwärtige
Wand und erinnerte sich an das erregte Glitzern in Tammy Ham-

monds Augen.« »Hammond wird nach der Trauungszeremonie eine entsprechende Ansage machen, und Reds Leute tun dann dasselbe am Schiff für alle, die sich die Kirche gespart haben. Aber ich glaub nicht, dass sich jemand abhalten lassen wird, besonders nicht angesichts all der Sicherheitsvorkehrungen. Der Chief hat bereits die Polifritzen, die er kennt, angerufen, und sie kommen trotzdem alle. Was die restlichen Leute betrifft ... ich weiß nicht so recht ... aber ich hab so das Gefühl, sie genießen den Nervenkitzel.«

Louise zog eine Grimasse. »Reiche Leute sind echt schräg drauf.«

Magozzi warf einen Blick auf seine Armbanduhr und beeilte sich. »Das ist jedenfalls der Einsatz am und auf dem Boot. Währenddessen werden einige von den restlichen Leuten die Liste derjenigen abarbeiten, die sich auf der Testsite registriert haben, um das Killergame spielen zu können. Wir müssen die Angaben anhand amtlicher Dokumente überprüfen und dann aussieben, damit wir nicht an über fünfhundert Türen klopfen müssen. Bei manchen dürfte es sich um Scheinadressen handeln —«

»Bei der des Killers zum Beispiel«, schnaubte Louise.

»Vielleicht. Vielleicht aber auch nicht. Nicht vergessen, dieser Typ ist ein echter Gamer. Er will sein Spielchen spielen. Seinen wirklichen Namen und seine richtige Adresse auf die Liste setzen, uns in die Augen sehen, wenn wir zum Verhör auftauchen ... derlei Dinge bringen bestimmt im Spiel die wichtigsten und meisten Punkte, also fühlt den möglichen Kandidaten intensiv auf den Zahn. Ignoriert die alten Leute, Kinder unter zehn, Querschnittgelähmte ... alle anderen werden strengstens überprüft. Sobald wir die grobe Auswahl hinter uns haben, klappern wir die Adressen in der Stadt ab und schnappen uns die Leute.«

»Wir vergessen also alle, die nicht aus unserer Stadt sind?«, fragte Freedman.

Magozzi schüttelte den Kopf. »Keinesfalls. Irgendein Kerl aus Singapur könnte im Hyatt in der Innenstadt sitzen und mit seinem Laptop spielen. Diese Morde geschahen doch Knall auf Fall, in zwei Nächten hintereinander. Könnte durchaus ein Auswärtiger sein, der noch schnell sein Markenzeichen hinterlassen will, bevor er heimwärts aufbricht. Überprüft jeden Namen auf der Liste, und ich meine

jeden einzelnen. Ruft an, wen auch immer ihr anrufen müsst, wo
auch immer ihr anrufen müsst. Erledigt so viel wie möglich mit
Computer und Telefon. Wenn ihr auf einen möglichen Kandidaten
von außerhalb unseres Bundesstaates oder gar der USA stoßt, gebt
die Information an Gino weiter, und er wird die jeweiligen Behörden um Amtshilfe vor Ort ersuchen. Der Chief hat uns in dieser
Sache unbegrenzt Überstunden genehmigt, und daher sollte jeder,
der heute Abend eine Doppelschicht schieben möchte, mit Gino
sprechen, sobald wir hier durch sind. Er wird euch einteilen.»

«Was ist mit den Idioten, die dieses Spiel überhaupt erst veröffentlicht haben?», murrte Tinker Lewis.

«Die werden wir uns genau ansehen.» Magozzi sprang vom Tisch
und reichte ein einzelnes Blatt Papier an Tommy Espinoza, einen
schmächtigen und nervösen Mann in der ersten Reihe, der über seinem Jeanshemd ein Cordjackett trug. Er besaß den dunklen Teint seines lateinamerikanischen Vaters, die blauen Augen seiner schwedi-
schen Mutter und einen birnenförmigen Bauch, den er den knuspri-
gen Käsechips verdankte, die er massenweise vertilgte. Offiziell war
er Detective, aber auf Streife wurde er nie geschickt. Als Computergenie des Morddezernats war er an der Tastatur viel zu wertvoll, als
dass man sein Leben außerhalb des Gebäudes aufs Spiel gesetzt hätte.

«Das da sind die Angaben zu den fünf Partnern bei Monkeewrench, Tommy. Stell zu ihnen allen so schnell wie möglich Dossiers
her. Noch bevor du heute Abend gehst.»

«Denken Sie, einer von denen könnte in Frage kommen?»

«Mein Bauch sagt nein. Sie sind alle gleichberechtigte Partner, und
wenn dieses Game den Bach runter geht, haben sie einer wie der andere viel zu verlieren. Aber sie stehen auf der Liste. Jeder mit Zugang
zu dem Game steht auf der Liste, und wenn einer Zugang hatte, dann
ja wohl sie.»

«Haben Sie eine der Personen nach ihrem Alibi gefragt?», wollte
Louise wissen.

«Ja», sagte Gino. «Das haben wir nämlich damals bei unserem
Volkshochschulkurs ‹Wie werde ich Detective?› gelernt. Zur Zeit der
beiden Morde war jeder von ihnen allein. Cross ist als einziger verheiratet, aber seine Frau war in L.A., als es den Jogger erwischte, und

gestern war er bis spät abends allein im Büro, sodass sie in keinem der beiden Fälle zu seinen Gunsten aussagen kann.»

Espinoza schaute auf die fünf Namen und dann Magozzi an. «Das soll doch wohl ein Witz sein, oder? Roadrunner?»

«Der Name steht auf seinem Führerschein», warf Gino ein.

«Ohne Scheiß?»

«Ohne Scheiß.»

Espinoza schaute nochmals kopfschüttelnd auf die Namen. «Und Harley Davidson, erzählt mir bloß nicht, dass die solche Namen von Geburt an tragen.»

«Du wirst es uns erzählen, Tommy. Und übrigens, McLaren, Freedman, ihr habt Fotos dieser Computerfreaks in euren Unterlagen. Haltet also besonders nach ihnen Ausschau. Auf der Gästeliste stehen sie nicht, Gino?»

«Ich bin fertig.»

«Chief?» Er sah hinüber zu Chief Malcherson, der noch immer an genau derselben Stelle stand und sich wie stets größte Mühe gab, den overcoolen Boss zu mimen. Das nahm ihm jedoch niemand ab. Sein Gesicht war zu rot, und seine Augen schienen zu rotieren, während sein Körper wie erstarrt wirkte. Magozzi befürchtete, dass sein Chef spätestens in fünf Minuten einen Herzanfall bekam. «Möchten Sie noch etwas hinzufügen?»

«Nur, dass unten Scharen von Medienleuten lauern. Die sind ganz verrückt nach dieser Engel-Geschichte. Weichen Sie denen aus, wenn's geht, und verweisen Sie sie an mich, Magozzi oder Rolseth, wenn es nicht geht. Ich möchte heute Abend in den Nachrichten nicht ständig ‹Kein Kommentar, kein Kommentar› hören. Kommt nicht gut an.»

Kapitel 17

Man würde es mir niemals ansehen, dachte Wilbur Daniels, aber mein Herz sagt mir, dies ist der Mann, der ich schon immer gewesen bin. Ein wilder Mann. Einer, der Wagnisse eingeht. Ein Abenteurer, ein Hasardeur, was Sex betrifft, der alles mindestens einmal probieren muss, versessen darauf, den Kitzel des Bizarren, des Exotischen, fast schon des Perversen auszukosten, wenn nur jemand darum bitten würde.

Und endlich hatte es jemand getan.

Im Laufe der vergangenen zehn Minuten war Wilbur zu der Überzeugung gekommen, dass es tatsächlich einen Gott gab und dass dieser gelegentlich auf schmerbäuchige Männer mittleren Alters hinablächelte, deren Leben so farblos war wie die wenigen Haarsträhnen, die ihre ansonsten kahlen Schädel zierten.

Schmerzen gehörten dazu, natürlich. Seine schwachen Beine hatten die vergangenen zwanzig Jahre in dem winzigen Raum unter seinem Schreibtisch zugebracht und waren die Ansprüche dieser erniedrigenden Körperhaltung nicht gewohnt. Ein viel zu selten benutzter Quadriceps zwickte, zuckte und drohte zu verkrampfen, und dennoch wünschte er sich nicht, dass es aufhörte, und wollte sich auch nicht nur einen Zentimeter bewegen, um den Schmerz zu lindern, der doch seine sündige Lust nur noch zu steigern schien. *Wenn die Gang mich jetzt sehen könnte*, frohlockte er in Gedanken und stellte sich vor, wie diejenigen, die ihn zu kennen meinten, schockiert und angeekelt reagierten. Diese Phantasievorstellung gefiel ihm, und ein nicht gerade männliches Kichern sprudelte über seine Lippen. Augenblicklich entschuldigte er sich dafür und wurde umgehend darauf hingewiesen, dass man sich niemals dafür entschuldigen dürfe, Genuss zu empfinden, egal welch abgründiges Tun ihn hervorrief. O ja. O Gott, wie wahr.

Im nächsten Moment biss er sich in die Hand, um einen Schrei der Verzückung zu ersticken, und fragte sich flüchtig, auf welche Weise er wohl später die Wunde erklären sollte. Aber dann wurde er aufgefordert, eine neue, herrlich unanständige Haltung einzunehmen, und er vergaß seine Hand und den Krampf im Oberschenkel und überhaupt sein ganzes erbärmliches Leben, weil ein so intensives Gefühl ihn überwältigte, dass er nicht sicher war, ob sein Herz diese Erfahrung durchstehen könnte.

Als sie plötzlich da war, erschreckte ihn die Waffe nicht. Nun ja, okay, ein wenig tat sie es schon, aber das gehörte doch zum Spiel, oder? Steigerte nicht das Damoklesschwert die Freuden, die man dem Leben abgewann? Die gegenwärtige Freude jedenfalls wurde durch das Schwert des Todes nur exquisiter.

Als sich der Lauf in ultimativer Drohung gegen seine Schläfe presste, stieg im Einklang damit ein so erlesenes Lustgefühl in ihm auf, dass er zu explodieren meinte.

Und bis zu einem bestimmten Grad tat er es auch.

Patrol Sergeant Eaton Freedman zurrte sein Gürtelhalfter fest und schlüpfte dann in das Jacket seines Nadelstreifenanzugs, das zu eng gewesen war, als er vorher versucht hatte, die Waffe ins Schulter-halfter zu schieben. Nur einem Blinden konnte die Ausbuchtung ver-borgen bleiben, aber die meisten Leute, die Eaton Freedman sahen, nahmen ohnehin keine Einzelheiten wahr, sondern erblickten nur einen wahrhaft großen schwarzen Mann.

Detective Johnny McLaren klopfte an den Türrahmen von Freed-mans Büro. «Du bist schon genug, Freedman, wir müssen jetzt los ... ooh. Scharf.»

Freedman warf einen kritischen Blick auf McLarens kastanien-braunen Polyesterblazer. «Hast du den bei Goodwill billig geschos-sen?»

McLaren wirkte ungehalten. «Genau. Fünf Dollar.»

«Man erwartet von uns, dass wir wie Hochzeitsgäste gekleidet sind.»

«He, den Blazer hier hab ich schon zu meiner eigenen Hochzeit getragen.»

«Das erklärt die schnelle Scheidung. Außerdem beißt er sich mit deiner Haarfarbe.»

«Tolles Team sind wir. Wir werden niemandem auffallen, ganz bestimmt nicht. Ein großer schwarzer Footballkoloss und ein karo-tenköpfiger Ire. Was hat sich Magozzi nur dabei gedacht, uns beide zusammen loszuschicken?»

Freedmans Lachen grollte wie Donner. «Das weißt du nicht?»

«Weil wir die clebersten und besten Typen der Truppe sind?»

«Wie wär's damit: Wir brauchen nur zehn Minuten nach Hause und kommen daher schneller an unsere guten Klamotten?»

Jetzt tat McLaren geknickt.

«Und wir sind obendrein die cleversten und besten Typen der ganzen Truppe», fügte Freedman hinzu.

«Hab ich mir doch gedacht. Also los! Wenn du dich noch schnie-ker machst, lässt der Bräutigam noch die Braut sitzen und will dich heiraten.»

Als Freedman und McLaren eine halbe Stunde später langsam auf das Eingangstor zur Nicollet zufuhren, tauchten plötzlich zwei Rie-senbabys in schwarzen Anzügen aus dem Nichts auf und flankierten links und rechts die Autotüren. Freedman drehte sein Fenster runter und sah zu einem halslosen Kerl mit blankem Schädel auf. «Berg, du Wahnsinnsknabe, wo ist denn bloß dein Haar geblieben, Mann?»

Der Typ verzog keine Miene. «Vor lauter Leidenschaft haben die Frauen mir ständig die Haare ausgerissen, also hab ich sie mir ab-rasiert. Und jetzt komm da raus, Freedman, damit ich deinen fetten schwarzen Arsch abtasten kann.»

«Davon träumst du aber nur, du schwedischer Fischkopp.» Freed-man grinste und flüsterte McLaren hörbar zu: «Vor einiger Zeit hab ich den Kerl hier nach Hennepin auf Fußstreife geschickt. Der war schon gleich hinter mir her, als er mich gesehen hat. Wollte gerade wegen se-xu-el-ler Belästigung Beschwerde einlegen, als dieser Red Chilton auftauchte und ihn für seinen Sicherheitsdienst weg-schnappte.»

Berg beugte sich hinunter, und sein Kopf füllte fast die gesamte Fensteröffnung aus. Er sah McLaren skeptisch an und sagte: «Ich ver-steh das nicht mit euch neuen Cops. Ihr seht alle so klein aus.»

«Ja, aber dafür haben wir größere Knarren», sagte McLaren und tippte zur Begrüßung mit dem Finger an die Stirn. «Johnny McLa-ren.»

«He, Fritz, komm doch mal hier rum und begrüße Patrol Sergeant Eaton Freedman und Johnny McLaren.»

Der zweite Hüne beugte sich hinunter, um in den Wagen zu se-hen, nickte einmal und verzog sich wieder.

«Is ja ʼne echte Quasselstrippe», polterte Freedman.

«War ein Dutzend Jahre bei Alcohol, Tobacco and Firearms», sagte Berg. «Und ihr wisst ja, dass die ATF-Jungs sich nicht besonders gut auf die Kunst der Konversation verstehen. Ich werd mein Bestes tun, dass er euch nicht aus Versehen umlegt.»

«Das war nett.» McLarens Blick folgte dem Mann, der argwöhnisch um den Wagen stapfte. Wahrscheinlich suchte er Bomben, biologische Waffen oder geschmuggelte Zigaretten. «Mann, der sieht aber garstig aus.»

«Deswegen haben wir ihn ja auch hier vorne postiert», sagte Berg. «So fühlen sich unsere Kunden absolut sicher. Der Typ hat aber auch seine Schwachstellen. Er züchtet Cockerspaniels.»

«Die Welpen verspeist er wahrscheinlich zum Frühstück.»

Berg lachte und gab jemandem im Wachhäuschen am Tor ein Handzeichen. Knapp zwanzig Quadratmeter Maschenzauntüren wurden aufgeklinkt und öffneten sich dann mit einem Summen. «Red ist an Bord und erwartet euch. Schwer was los heute Abend, was?»

«Könnte schlimmer werden», kommentierte Freedman. «Ist dies der einzige Zugang?»

«Für Fahrzeuge ja. Wir checken hier, ob die Leute auf der Gästeliste stehen, und dann überprüfen wir sie mit dem Metalldetektor, bevor wir sie durchlassen.» Er zeigte das Gerät.

«Der Bürgermeister wird sich freuen», sagte McLaren.

«Den nehm ich mir persönlich vor. Hab ihn schon immer für 'n krummen Hund gehalten. War schön, dich mal wieder zu sehen, Freedman.»

«Geht mir genauso, Anton.»

McLaren wartete, bis sie durchs Tor auf den Parkplatz gefahren waren, bevor er flüsterte: «Anton?»

«Vergiss es.»

Die Nicollet lag am Kai und war ungefähr zehnmal größer als alles, was McLaren erwartet hatte. Drei Decks strahlten weiß vor dunkelgrauen Wolken, die aufzureißen begannen. Sie würden bei Einbruch der Nacht ganz verschwunden sein, hatte der Wetterbericht angesagt, und bei klarem Himmel würden die Temperaturen fallen. Verdammt ungemütliche Nacht, um auf einem Raddampfer zu feiern.

«Ist jetzt schon höllisch kalt», schimpfte Freedman, als sie ausgestiegen waren. Er ging schneller. «Da ist Red. Hast du ihn schon kennen gelernt?»

«Nee.» McLaren sah sich den Mann an, der ihnen über den Park-platz entgegenkam. Er hatte einen grobschlächtigen Kerl erwartet, typisch Minnesota, aber Chilton sah eher aus wie Clark Gable zu sei-ner besten Zeit, einschließlich des kleinen dunklen Oberlippenbärt-chens und des Eine-Million-Dollar-Lächelns.

«Siehst gut aus, Red.» Freedman erwiderte das Lächeln und schüt-telte ihm die Hand. «Johnny McLaren, darf ich dir den Dummkopf vorstellen, der den ehrenwerten Dienst an der Öffentlichkeit für ein paar schlappe Hunderttausend im Jahr an den Nagel gehängt hat.»

«Es ist mir stets eine Ehre, einen Mann kennen zu lernen, der mit Verstand gesegnet ist», sagte Johnny freundlich und schüttelte Chil-tons Hand. «Besonders seit man mich mit einem Kerl wie Freedman zusammengespannt hat.»

Red lachte herzlich. «Freut mich, Sie kennen zu lernen, Johnny. Ihr habt ja wohl schon einen Eindruck bekommen, wie wir hier ab-gesichert haben, oder?»

«Streng», sagte Freedman.

Red nickte. «Stimmt, aber da wird ja nur der Fahrzeugverkehr kontrolliert.» Mit einer ausholenden Armbewegung deutete er auf den Parkplatz, der an diverse Grundstücke am Flussufer angrenzte und zu dem man daher ungehindert Zufahrt hatte. «Da könnte jeder reinmarschieren, und deshalb findet die entscheidende Sicherheits-kontrolle an den beiden Gangways statt. An jeder von ihnen stehen vier meiner Männer, und alle Leute werden nochmals mit dem Detektor gecheckt. Niemand wird mit Hardware an Bord gelassen, es sei denn, er hat eine von diesen hier.» Er gab Freedman und McLa-ren Anstecknadeln mit dem Argo-Logo. «Mit wie viel Mann seid ihr dabei?»

«Wir haben zwei Streifenwagen und Uniformierte auf dem Platz. An Bord nur sechs Mann in Zivil, außer uns beiden», sagte Freed-man.

Red kramte in seiner Tasche und holte weitere sechs Ansteck-nadeln hervor, die er Freedman gab. «Den Dampfer haben wir schon überprüft. Ich nehme aber an, ihr wollt selbst noch einen Rundgang machen.»

«Richtig.»

«Okay. Wir können dann gemeinsam die Mannschaft, die Kellner und den Catering Service durchchecken; die müssten jetzt jeden Moment eintreffen, und es sind eine ganze Menge, plus die Musikertruppe, irgendwelche Arschlöcher, die sich Whipped Nipples schimpfen.»

«Echt?», fragte McLaren. «Die Whipped Nipples?»

Freedman sah ihn entgeistert an. «Macht mir Angst, dass du die kennst.»

«Was denkst du denn? Die sind einfach irre. Fast nur Streicher. Cello, Bass, Geigen, Zimbal und diverse andere Instrumente, die du noch nie gesehen hast, aus Ländern, von denen du noch nie gehört hast. Das wird dir gefallen, Freedman.»

«Es wird mir nicht gefallen, weil mir bereits ihr Name nicht ge-fällt.»

Red grinste. «Foster Hammond ging's nicht anders. Er hat sogar was auf die Gage draufgelegt, damit sie ihren Namen nirgends pla-katieren oder auch nur ansagen.»

Freedman reagierte mit einem Wohin-ist-es-mit-dieser-Welt-nur-gekommen-Kopfschütteln. «Kann mir nicht erklären, warum je-mand sich einen solchen Namen zulegt.»

«Einer von meinen Jungs hat mir gesagt, dass sie 'ne Bande von Schwulen sind — wirklich wahr. Damit dürft ihr ruhig hausieren gehen.»

McLaren drohte ihm mit dem Finger. «Das wäre aber politisch nicht korrekt.»

Red grinste ihn an. «Ihnen entgeht aber auch nichts, Johnny.»

«Heute schon das zweite Mal, dass mir jemand das sagt.»

«Dann muss es ja wohl stimmen, und wir befinden uns in guten Händen. Also, an Bord gibt es drei Klos, das heißt eigentlich sechs. Auf jedem Deck jeweils für Damen und Herren. Rolseth hat gesagt, ihr wollt, dass eure Leute die überwachen, aber ich postiere in jedem dieser Bereiche einen meiner Männer zur Unterstützung. Wenn euch noch was einfällt, lasst es mich wissen.»

Freedman nickte. «Danke, Red. Bin froh über die gute Zusam-menarbeit.»

«Zum Teufel mit der Zusammenarbeit. Wenn jemand auf diesem

Kahn umgepustet wird, kann es nicht schaden, sich die Verantwortung dafür mit der Polizei zu teilen. Warum kommt ihr zwei nicht an Bord, und ich stell euch Kapitän Magnusson vor? Eine Nummer für sich, der Typ. Er wird die kleine Führung mit euch machen, und danach können wir bei Tee und Petit Fours unsere Pläne für heute Abend besprechen.»

«Mir wär Scotch lieber», sagte Johnny.

«Ja, das gilt doch wohl für uns alle, oder? Dieser Einsatz beschert mir schon seit einem halben Jahr Albträume in Gestalt von Foster Hammond. Hätte nicht gedacht, dass es noch schlimmer werden könnte. Was für ein Irrtum. Und für unsere Mühe serviert man uns Tee und Petit Fours. Ist natürlich 'ne rein freiwillige Geschichte, so eine Art Bonus ...»

«Es war also dein Ernst, das mit dem Tee und den Petit Fours?», fragte Freedman ungläubig.

Red schüttelte traurig den Kopf. «Wenn es um Speisen geht, mache ich nie Scherze. Haltet euch an die rosa Teile – die sind mit Erdbeercreme gefüllt. Und jetzt mal unter uns dreien: Glaubt ihr wirklich, dass der Scheißkerl heute Abend hier auftauchen wird?»

Freedman zuckte mit den Achseln. «Wenn er's tut, ernten wir sämtliche Lorbeeren.»

«Sechzig-vierzig. Ich hab mir gerade ein Haus in Boca Raton gekauft und könnte ein bisschen Zubrot gut gebrauchen. Die Grundsteuer bringt mich noch um.»

Kapitän Magnusson stand auf dem Vorderdeck und musste hilflos mit ansehen, wie sein Dampfer von einer Horde bewaffneter Männer in Anzügen geentert wurde. Er war ein alter Mann mit sommersprossigen und von Wind und Wetter gegerbten Wangen. Kleine Büschel rötlich grauen Haars kräuselten sich unter seiner Mütze hervor. «Den hat man wohl schon allein seines Aussehens wegen für den Job hier ausgesucht», sinnierte McLaren laut.

«Könnte man fast glauben», stimmte Red zu.

«He, McLaren, noch so ein Rotschopf. Ist wohl 'n Verwandter von dir», wollte Freedman seinen Partner aufziehen.

«Völlig unmöglich. Der stammt von den Wikingern ab, das sieht man an seiner Wampe.»

Freedman warf einen bedeutungsvollen Blick auf McLarens Bauch.

«Du bist jetzt also ein Wikinger?»

«Das hier ist keine Wampe. Das ist ein Guinnessbauch, Freedman. Eine Wampe bekommt man von zu viel verdammtem Lutefisk.»

«Von Lutefisk bekommt niemand eine Wampe. Der ist doch das reinste Brechmittel.»

«Schon mal probiert?»

«Bin ich des Teufels? Aber meine Schwiegermutter setzt die Dinger jedes verdammte Weihnachten an. Und dann stinkt das ganze Haus wie 'ne drei Tage alte Leiche.» Er ließ einen lang anhaltenden leisen Pfiff hören, als sie die Gangway betraten. «Hübscher Dampfer.»

«In der Tat», sagte Red und winkte dem Kapitän zu. «Haben wir Erlaubnis, an Bord zu kommen, Kapitän?»

Magnusson rang sich ein Lächeln ab. «Aye!»

«Wie setzt man eigentlich das Rad in Bewegung?», fragte McLaren.

«Das machen Eichhörnchen.»

«Gut. Dann kann ich ja die kleinen Mistviecher, die bei mir auf dem Dachboden die Isolierung durchnagen, losschicken, sich endlich einen richtigen Job zu besorgen.»

Kapitel 18

Roadrunner hielt den Blick ein, zwei Meter nach vorn auf den Asphalt gerichtet, stets auf der Hut vor einem neuen Riss im Teerbelag, in dem die schmalen Rennreifen seines Fahrrads sich verfangen und ihn nach links in den Verkehr katapultieren konnten.

Er spürte den brennenden Schmerz in seinen Oberschenkeln und Waden, weil es am Fluss stark bergauf ging, aber noch reichten ihm die Schmerzen nicht. Er hätte die Strecke zweimal, vielleicht auch drei- oder viermal zurücklegen sollen, bis der Schmerz voll entfacht war, die Welt sich orangerot färbte und alle Geräusche in seinem Kopf abrupt und wunderbarerweise verstummten.

«Pass doch auf, wo du hinfährst, Arschloch!»

Er war etwas über die gelbe Linie hinausgeraten, welche die Fahr-
radspur vom restlichen Verkehr trennte, und hatte sich bis auf Zentimeter dem blitzend schwarzen Lack eines nagelneuen Mercedes ge-
nähert. Langsam wandte er den Kopf zur Seite und richtete den Blick
seiner hellen Augen auf das rote Gesicht des Mannes am Steuer. Er
strampelte neben der Limousine her und ließ den Mann nicht mehr
aus den Augen, während Fahrrad und Wagen mit einer Geschwindigkeit von fast vierzig Kilometern die Stunde Seite an Seite die
Washington Avenue hinunterfuhren.

Ein Anflug von Unsicherheit breitete sich auf dem zornigen
Gesicht des Mannes aus und brachte die kleinen Tränensäcke unter
seinen Augen zum Vibrieren. Er ließ den Kopf ruckartig nach vorn
schnellen, blickte danach zur Seite auf Roadrunner und abermals jäh
nach vorn. «Irrer Dreckskerl», fluchte er, ließ das Fenster auf der Bei-
fahrerseite elektrisch nach oben fahren und gab Gas, um Roadrunner
davonzufahren.

Der trat nur kräftiger in die Pedale und war sofort wieder gleich
auf. Mit ausdruckloser Miene fixierte er den Mann, als sie bei Grün
die Portland Avenue überquerten. Er schaltete in den ersten Gang zurück, um das Treten zu erschweren, und hätte beinahe gelächelt, als
dadurch die Schmerzen in seinen Oberschenkeln aufloderten und er
sah, wie die Unsicherheit in der Miene des Mannes zu Angst wurde.

*Hör auf, mich anzustarren, du abgemagerter Freak, hast du mich gehört? Hör
auf, mich anzustarren, oder es wird dir gleich Leid tun, das schwör ich …*

Die Stimme in seinem Kopf war so laut und so deutlich, dass sie
die Jahre zwischen damals und heute ausradierte und sich Roadrunners Augen schlossen, damit sie nicht mehr sahen, wie der Hammer
heruntersauste, wieder und wieder.

Als er sie wieder aufschlug, war der Mercedes schon lange fort, und
er stand an einer roten Ampel, das Fahrrad zwischen den Beinen. Er
blickte nach unten auf gekrümmte und knotige Finger, die aussahen
wie nachlässig hingeworfene Mikadostäbchen. «Ist ja gut.» Sein Flüstern wurde vom Verkehrslärm verschluckt, von Pfiffen und den mah-
lenden Schaltgeräuschen eines Stadtbusses. «Ist ja gut jetzt.»

Er bog nach rechts ab und fuhr in Richtung der Hennepin Avenue
Bridge. Unter deren Beton und Stahl sah er den herbstlichen Missis-

sippi träge nach Süden fließen. Hier wirkte das Wasser grau, was Roadrunner eigenartig vorkam, denn es war vorher noch so blau gewesen. Aber klar, das war ja flussabwärts am Anleger des Raddampfers gewesen, und vielleicht waren da auch noch keine Wolken aufgezogen — er konnte sich nicht erinnern.

Es war schon fast sechs, als Grace den Range Rover in die kurze Auffahrt lenkte und dicht vor dem Garagentor zum Stehen brachte. Nur noch weniger als eine Stunde Tageslicht und keine Zeit mehr, um mit Charlie den täglichen Lauf zum Park am nächsten Häuserblock zu machen. Sie fragte sich, wie sie ihm das erklären sollte.

Sie tippte den Code in den kleinen Sender auf der Sonnenblende und schaute zu, wie sich das mit Stahl verkleidete Garagentor hob. Im Inneren der kleinen Garage schaltete sich eine Reihe Deckenlampen automatisch an und erleuchtete den Raum. Das Licht warf keine Schatten, und es gab auch keine Verstecke.

«Würde erheblich billiger werden, wenn ich die Stromschiene für die Lampen auf einem dieser Querbalken verlegen könnte, Ms. Sie da oben unterm First anzubringen wird eine Heidenarbeit.»

Dummkopf. Hatte nicht daran gedacht, dass der Raum über den Querbalken dunkel bleiben würde, wenn man die Lampen unter den Querbalken anbrachte, und dass da oben jemand kauern könnte, versteckt und sprungbereit.

Sie hatte sehr an sich gehalten, um ihm nicht auf den Kopf zuzusagen, was für ein Idiot er war. Stattdessen hatte sie nur gelächelt und ihn höflich gebeten, sich mit der Garage zu beeilen. Bevor sie einziehen könne, habe er noch jede Menge andere Elektroarbeiten zu erledigen.

Als der Range Rover sicher in der Garage stand und sich die Tür hinter ihr geschlossen hatte, drückte sie eine weitere Taste auf der Sonnenblende und schaltete damit das Flutlicht aus. Es gab nur ein Fenster in dem kleinen Gebäude — ein schmales neben der Seitentür, das einen Streifen verblassendes Lichts hereinließ. Ansonsten herrschte beinahe absolute Dunkelheit.

Die Waffe zu ziehen, bevor sie aus dem Wagen stieg, war für Grace schon so zur Routine geworden, dass sie keinen Gedanken darauf verschwendete. Während der fünf Jahre, die sie bereits in dem Haus wohnte, hatte sie nicht ein einziges Mal die Garage verlassen, ohne ihre Neun-Millimeter in der rechten Hand zu halten, an den Körper gepresst aus Rücksicht auf Nachbarn, die wohl kaum Verständnis für ihre Bewaffnung aufgebracht hätten.

Sie gelangte an die Seitentür, blickte zum schmalen Fenster hinaus auf ein Stück Hof zwischen Garage und Haus, drückte dann sechs Zahlen auf der kleinen Tastatur direkt neben der Tür und hörte gleich darauf, wie sich der schwere Riegel mit einem lauten Geräusch löste. Sie trat ein und blieb kurz stehen, hielt den Atem an, lauschte und sah sich um. Alle ihre Sinne waren darauf gerichtet, Ungewöhnliches zu entdecken. Sie hörte, wie ein vorbeifahrendes Auto trockene Blätter auf der Straße aufwirbelte; den wummernden Bass einer Stereoanlage irgendwo weiter unten an der Straße; das leise Zwitschern der Spatzen, die sich langsam zur Nachtruhe begaben. Nichts Ungewöhnliches. Kein falscher Ton.

Als sie schließlich beruhigt war, zog sie die kleine Tür hinter sich zu und hörte den leisen Piepton, mit dem die Alarmanlage anzeigte, dass sie aktiviert war. Neunzehn schnelle Schritte auf einem schmalen Betonpfad, der von der Garage zur Eingangstür führte, die Augen überall, die Handfläche feucht auf dem geriffelten Griff der Neun-Millimeter, und dann war sie angelangt, schob die rote Karte in den Schlitz, öffnete die schwere Vordertür, trat ein und schloss die Tür hastig hinter sich. Sie hatte die Luft angehalten und atmete endlich aus, als Charlie ihr entgegenkam, den Bauch auf dem Boden, den Kopf unterwürfig gesenkt. Mit dem Stummel, den er gewiss noch als Schwanz in Erinnerung hatte, versuchte er wedelnd den Boden zu wischen.

«Mein Alter.» Sie lächelte und schob die Waffe ins Halfter, bevor sie sich hinkniete, um das drahthaarige Wunderwesen in die Arme zu nehmen. «Tut mir Leid, dass ich so spät bin.»

Zur Strafe leckte er ihr hemmungslos das Gesicht und raste anschließend den kurzen Flur hinunter zur Küche. Dann hörte man kurz, wie seine Krallen auf dem Linoleum nach Halt suchten, und gleich darauf kehrte Charlie in gestrecktem Galopp zurück, die Leine im Maul.

«Tut mir Leid, Kumpel. Wir haben nicht genug Zeit.»

Charlie sah sie an, öffnete langsam das Maul und ließ die Leine zu Boden fallen.

«Es wird auch bald dunkel», erklärte sie ihm.

Der Hund reagierte mit der deprimiertesten Miene, die er aufzusetzen vermochte.

Zischend sog Grace zwischen den Zähnen Luft ein. «Keine Spaziergänge im Dunkeln. Unsere Abmachung, das weißt du doch.»

Der abgenagte Schwanzstummel bewegte sich schnell hin und her.

«Nee, nee. Kann ich nicht machen. Sorry. Tut mir wirklich Leid.»

Er bettelte niemals. Er winselte niemals. Er blickte niemals fragend, denn all das hatte man Charlie mit Schlägen ausgetrieben, bevor er zu ihr gekommen war. Er ließ sich jetzt einfach auf dem Orientläufer zusammensacken und legte den Kopf auf die Vorderpfoten, wobei er mit der Schnauze die scheinbar nutzlose Leine anstupste. Grace ertrug es nicht mehr.

«Du bist ein durchtriebenes Schlitzohr.»

Der Stummelschwanz bewegte sich, fast unmerklich.

«Wir müssten aber den ganzen Weg nach da unten rennen.»

Schon hatte sich der Hund aufgesetzt.

«Und wir können auch nicht lange unterwegs sein.»

Charlie öffnete das Maul zu einem ans Herz gehenden Lächeln, und seine Zunge fiel heraus.

Grace beugte sich vor, um die Leine an seinem schweren Halsband zu befestigen, und spürte dabei das erwartungsvolle Zittern des Hundes unter ihren Fingerspitzen. Aber mehr als das: Es bewegten sich auch die selten benutzten Gesichtsmuskeln, die ihre Mundwinkel nach oben zogen. «Wir bringen einander zum Lächeln, stimmt's, Junge?»

Ein wahres Wunder. Für sie beide.

Die kurze Strecke zum kleinen Park legten sie im Laufschritt zurück, wobei die Schöße von Graces Staubmantel im selben Rhythmus flatterten wie Charlies Ohren. Ihre Stiefelabsätze klapperten auf den Betonplatten des Gehsteigs.

Der letzte schwache Schein der untergehenden Sonne flackerte zwischen den dicht aneinander stehenden Häusern, und das storternde Flimmern wie bei einem alten Stummfilm irritierte Graces Sicht.

In der Nachbarschaft kehrte mit Einsetzen der Kälte und der Stunde des Abendessens Ruhe ein. Nur zwei Autos begegneten ihnen auf dem Weg: ein dunkelblauer 93er Ford Tempo mit einer jungen Frau am Steuer, Kennzeichen 907 Michael-David-Charlie; und ein roter 99er Chevy Blazer, zwei Insassen, Kennzeichen 415 Tango-Foxtrot-Zulu.

Das sind nur ganz normale Leute, sagte sich Grace. Durchschnittsbürger, die nach einem Arbeitstag auf dem Heimweg sind, und wenn sie bei ihrem Anblick ein wenig abbremsten, wenn sie ein wenig zu lange aus dem Fenster schauten, dann bestimmt nur, weil sie es nicht gewohnt waren, jemanden zu sehen, der mit seinem Hund im Laufschritt Gassi ging.

Dennoch sah sie den Autos nach, bis deren Rücklichter unten an der Straße verschwunden waren. Die Kennzeichen jedoch würde sie tagelang, wenn nicht länger, in ihrem phänomenalen Gedächtnis speichern. Dagegen konnte sie nichts machen.

Als Park konnte man es kaum bezeichnen: ein kleines Quadrat kurz gemähten Rasens, einige wenige Roteichen, an deren kahlen Zweigen noch das eine oder andere gekräuselte Blatt hing, eine rostige Schaukel, zwei reichlich verwitterte Wippen und eine Sandkiste, die eher von den Katzen aus der Nachbarschaft benutzt wurde als von Kindern. Charlie liebte es hier. Grace ertrug es, weil es sich um einen relativ offenen Ort mit freier Sicht in jede Richtung handelte und weil sich dort fast nie jemand aufhielt.

Von der Leine befreit, rannte Charlie zum ersten Baum, hob das Bein und setzte seine Marke, bevor er zum nächsten raste. Er suchte jeden Baum mindestens zweimal heim, bevor er mit hängender Zunge zu Grace zurückgetrottet kam, die bei den Wippen wartete, den Rücken fest an den kräftigen Stamm der größten Eiche gepresst, die Augen ebenso in Bewegung, wie es die Beine des Hundes gewesen waren.

«Alles erledigt?», fragte sie ihn.

Er schien verblüfft zu sein, dass ihm eine derart alberne Frage gestellt wurde, und schoss auf der Stelle los, um seine Baumrunde aufs

Neue zu beginnen. Das Scharren seiner Pfoten im Laub war das einzige direkte Geräusch, das die atemlose Stille der Dämmerung in
dieser ruhigen Wohngegend durchbrach. Wahrscheinlich existierte
Leben in den kleinen Häusern an den Straßen, die den Park umsäum-
ten, aber von außen war das nicht festzustellen. Höfe und Gärten waren leer, Fenster waren geschlossen, die Großstadtbären hatten sich
in ihren Höhlen verkrochen.

Sie zuckte zusammen, als ein paar Häuser weiter plötzlich eine Tür
zugeschlagen wurde, entspannte sich aber wieder, als sie eine Gestalt, die nur ein Kind sein konnte, über die Straße laufen und den
Park auf der anderen Seite betreten sah. Der Junge verschwand hinter einem dicken Baumstamm, und Grace hielt ihn für einen neun-
oder zehnjährigen Bengel, der sich aus dem Haus geschlichen hatte,
um eine zu rauchen.

Charlie hatte jedoch einen schlimmeren Verdacht und war in Win-
deseile an ihrer Seite, presste sich gegen ihre Beine und vergrub
seine feuchte Nase in ihrer kalten Hand. Plötzliche Geräusche oder
plötzliche Bewegungen konnte er nicht leiden, es sei denn, er selbst
verursachte sie.

»Mein kleiner Held«, flüsterte sie ihm zu und streichelte dabei
seinen knöchernen Kopf. »Ganz ruhig. Ist doch nur ein Junge.« Sie
wollte gerade die Leine an Charlies Halsband befestigen, um nach
Hause zu laufen, als die Tür abermals zuschlug. Sie riss den Kopf in
die Höhe und sah, dass drei weitere Gestalten die Straße überquerten
und hinter der ersten herliefen. Sie waren massiger, offenbar ältere
Jungen, und irgendwas stimmte mit ihnen nicht: Sie bewegten sich
verstohlen und schienen sich anzuschleichen wie Raubtiere. Deswegen verhielt sich Grace ganz still und aufmerksam.

»Verdammt, du kleiner Wichser, diesmal machen wir dich fertig!«
Der wütende Ruf von der anderen Seite des Parks ließ den ver-
schreckten Hund niederkauern, bis er mit dem Bauch den Boden berührte, und seine Pfoten zerfurchten die Erde, als er sich zwischen
Graces Beinen und dem Stamm der Eiche vorrobbte.

Diese kleinen Halunken, dachte Grace, die sofort auf die Knie gesunken war, den zitternden Hund streichelte und ihn flüsternd beru-
higte. »Ist ja alles okay, Junge. Ist ja schon gut. Das sind doch nur

Kinder. Etwas laute Kinder. Aber die werden dir nichts tun. Das würde ich niemals zulassen. Dir wird niemals mehr jemand wehtun. Hast du mich gehört, Charlie?»

Seine heiße Zunge schleckte über ihre Wange, und der Speichel schien in der kalten Luft sofort zu gefrieren. Der Hund zitterte noch immer. Grace hörte nicht auf, ihn zu streicheln, und befestigte die Leine. Dabei sah sie zu, wie die drei älteren Burschen auf der entfernten Seite des Parks umherstrichen. Schon nach wenigen Augenblicken hatten sie den ersten Jungen gefunden und zerrten ihn hinter dem Baum hervor.

«Nei-ein ...»

Ein einzelnes verzweifeltes Wort: die Stimme eines Kindes, in der die Angst eines Erwachsenen mitschwang, abrupt zum Verstummen gebracht durch das dumpfe Geräusch, das entsteht, wenn eine geballte Faust auf einen weichen Körperteil trifft. Grace stand langsam auf, und ihre Augen verengten sich, als sie versuchte, die Rauferei genauer zu erkennen, die sich in knapp fünfzig Meter Entfernung abspielte.

Zwei der älteren Jungen hielten die Arme des Kleinen fest, während ein dritter hin und her tänzelte wie ein Boxer und ihm in den Magen schlug. Vielleicht hatte der kleine Kerl es ja provoziert; das konnte sie nicht wissen. Aber hier wurden die grundlegenden Fairnessregeln verletzt, und so was hasste Grace.

«Bleib hier», befahl sie Charlie – eine völlig unnötige Aufforderung, da das Tier noch immer platt auf dem Boden lag wie ein zum Pfannkuchen gewordener Hund. Sie befahl es eigentlich auch nur, um seinen Stolz nicht zu verletzen.

Es herrschte nicht mehr genug Tageslicht, um die Gestalt im langen schwarzen Mantel sichtbar zu machen, die mit großen Schritten den Park durchquerte. Aber auch wenn es noch etwas heller gewesen wäre, hätten die drei älteren Jungen wahrscheinlich nicht bemerkt, dass sie sich näherte. Zu sehr waren sie damit beschäftigt, den kleineren Jungen zu verprügeln. Eben noch hatten sie sich scheinbar allein und unbeobachtet gefühlt, und plötzlich hörten sie eine ruhige und beherrschte Stimme, die ihnen aus nächster Entfernung «Stopp!» zurief.

Aufgeschreckt wirbelte der Bursche, der die Schläge verteilte, auf den Ballen herum, richtete sich auf und sah sie an. Er war vielleicht vierzehn, höchstens aber fünfzehn Jahre alt, hatte strähniges blondes Haar, ein schmales, boshaftes Gesicht und Akneausbrüche, die verrieten, dass er mitten in der Pubertät war.

Gewaltiger Überschuss an Testosteron, dachte Grace und warf einen kurzen Blick auf seine beiden Kumpane, die ihm so ähnlich sahen, dass die drei hätten Brüder sein können. Sie trugen allesamt mit vielen Taschen bestückte, extrem weite Hosen von der Sorte, die um der Mode willen weit unter die Gürtellinie zu rutschen hatte, und dazu billige Oberhemden, die ihnen bis zu den Knien hingen. Skandinavische Möchtegern-Gangsta. Mit zu dünner Kleidung, um darunter eine Waffe zu verbergen.

Der Kleine, den sie an den Armen festhielten, trug als einziger eine Jacke, und Grace vermutete, dass er dieses Kleidungsstück nie wiedersehen würde, wenn er es erst einmal ausgezogen hatte. Derartige Lammfelljacken bekam man nicht im KMart und wohl nicht einmal bei Wilson's Leather. Allem Anschein nach klaute das Bürschchen nur bei den besten Adressen. Der Bengel war so schwarz, wie die anderen weiß waren, und das überraschte sie. In dieser Stadt gingen die beiden Rassen einander aus dem Weg, im Frieden wie im Krieg.

Nach dem letzten Schlag in den Unterleib stand der Kleine vornüber gebeugt, und als er den Kopf hob, blickte sie in das Babygesicht eines kleinen Jungen, der eher auf einer Schaukel hätte sitzen sollen, als Opfer einer Prügelei zu sein. Er heulte Rotz und Wasser, reckte aber sein schmales Kinn trotzig in die Höhe, ohne auch nur einen Ton von sich zu geben.

«Scheiße, wer bist du denn?» Wohl um sie einzuschüchtern, musterte der Schläger sie von unten bis oben mit einem geringschätzigen Blick aus schmalen, fast farblosen Augen.

Grace seufzte. Es war ein langer Tag gewesen, und sie war zu müde, um sich mit dem hier lange abzugeben. «Lasst den Jungen los.»

«Aber klar doch, machen wir ja. Irgendwann. Und du mach dich besser schnell davon, blöde Schlampe, sonst geht es dir genauso.»

Die Brüder zwei und drei rissen gleichzeitig an den Armen des schwarzen Jungen, als seien sie von einem einzigen Hirn gesteuert.

Und dazu stimmten sie synchron eine wohlmeinende Aufforderung an: «Fick sie!»

«Scheiße, ja. He, Mann, vielleicht sollten wir sie echt ficken.»

Nervöses Kichern.

«Yeah, erteilen wir der weißen Schlampe eine Lektion.»

Die weiße Schlampe. Grace schüttelte den Kopf, entschied sich aber, die drei nicht darauf hinzuweisen, dass sie auch weiß waren. Ich werde langsam alt, dachte sie. Ich kapier die Beleidigungen junger Leute nicht mehr.

Der Schläger zog die Schultern hoch und senkte den Kopf. Unter zusammengekniffenen Augenbrauen sah er zu ihr auf. «Wirst du gern gefickt, Lady? Magst du es lieber in den Arsch? Ist das dein Problem? Dein Alter besorgt es dir nicht in den Arsch, wie du es gerne hast, also kommst du zu uns, damit wir dich von hinten nageln?»

Solange sie nicht bewaffnet waren, würden sie noch ein, zwei Jahre brauchen, bis sie wirklich gefährlich wurden. Natürlich konnte es sein, dass sie Messer hatten, und darauf war sie gefasst, aber sie glaubte es nicht. Kerle wie diese hätten ihre Messer ansonsten schon lange gezogen.

«Ich hab gesagt, ihr sollt den Jungen loslassen», wiederholte Grace.

Er machte einen Schritt auf sie zu, blieb dann aber stehen. Er blinzelte, da es ja fast dunkel war, und es flackerte etwas in seinen Augen auf, als er sie richtig angeschaut hatte. «Oh, yeah, darum bist du hergekommen, stimmt's? Gut, ich sag dir was. Du gehst runter auf die Knie und lutschst mir mein Ding. Dann überleg ich's mir vielleicht.»

Wahrscheinlich zeugte es von schlechtem Benehmen, in dieser Situation zu lächeln, aber Grace konnte nicht anders. «Du bist ein fieser kleiner Wichser, hm?»

«Soll'n das heißen, ‹klein›?», fauchte er sie an. Da musste Grace laut loslachen. Schon komisch, was manche Leute in Wut versetzen konnte.

Er machte einen weiteren schnellen Schritt in ihre Richtung und wollte den Arm heben, schrie aber dann laut auf, weil ein schmerzhafter Blitzstrahl von seiner rechten Handwurzel aus in seine Finger fuhr.

Grace ließ die Hand wieder auf Hüfthöhe sinken und sah ungerührt zu, wie der Möchtegernboxer rückwärts taumelte und sich an
die Schulter packte. Im verzweifelten Bemühen, nicht in Tränen aus-
zubrechen, hatte sich sein Gesicht verzerrt. «Zum Teufel! Was solle
denn der Scheiß? Wer bist du? Lass mich ja zufrieden!»

Grace schmollte. «Was? Keine romantischen Anwandlungen
mehr?»

«Miese Nutte. Was hast du dämliche Fotze mit mir gemacht, dass
ich meinen Scheißarm nicht mehr bewegen kann?»

«Was hat sie gemacht, Frank? Was hat sie denn gemacht?»

«Ich zeig's euch.» Sie ging auf die beiden anderen zu, die über
den Kopf des schwarzen Jungen hinweg warnende Blicke austausch-
ten, seine Arme losließen und dann hastig zurückwichen.

«Dein Arsch ist so gut wie erledigt, Dreckstück!», zischte einer in
ihre Richtung. Obwohl sie eilig den Rückzug angetreten hatten,
wollte er doch noch einmal auftrumpfen. «Du bist eine mausetote
Scheißhutte.»

«Mm-hm...»

Sie verfolgte die drei nicht wirklich, sondern ging nur in norma-
lem Schritttempo hinter ihnen her und blieb schließlich stehen, als
sie an den Bordstein kam. Sie sagte sich, es seien doch noch Kinder,
und Kindern dürfe man keine Angst einjagen.

Sie sah, dass die drei in einem baufälligen Haus auf der anderen
Straßenseite verschwanden, und sagte dann laut: «Schleich dich ja
nicht von hinten an.» Sie drehte sich um und erblickte das schwarze
Bürschchen, das kaum einen Meter entfernt mitten in der Bewegung
erstarrte.

«Du solltest mich doch nicht hören.» Geknickt.

«Hab ich aber.»

Seine volle Unterlippe schob sich trotzig vor. «Niemand hört
mich. Ich bin der schwarze Schatten. Ich bin so leise wie die Nacht.
Ich bin der Beste.»

«Du bist gut», gab Grace zu. «Aber ich bin besser.» Sie machte
sich auf den Weg zurück zu dem Baum, an dem sie Charlie zurückgelassen hatte. Am linken Tennisschuh des Kleinen, der neben ihr
trottete, schlappte eine lose Sohle. «Du hättest dir auch ein neues

Paar Turnschuhe stibitzen sollen, als du die Jacke hast mitgehen lassen. Die kaputte Sohle hat dich verraten.»

«Die Jacke gehört mir.»

«Na klar.»

«Gutes Leder hält lange. Turnschuhe tun das nicht. Die hab ich
wirklich gemopst. Zeig mir doch mal, was du mit Frank gemacht
hast, hm?»

Sie machte größere Schritte. «Mach, dass du nach Hause kommst,
Junge.»

«Genau. Ich und die blonden Brüder allein zu Haus, nachdem sie
deinetwegen als Schlappschwänze dastehen? Kommt nicht in Frage.
Ich warte, bis Helen kommt.»

Grace blieb stehen, atmete durch und sah dann auf ihn hinunter.
«Du wohnst mit den Kids zusammen?»

Er deutete mit dem Kopf auf das Haus, das Fies, Fieser und Am
Fiesesten geschluckt hatte. «Pflegemutter.» Er zuckte die Achsel.

Eine von Graces Augenbrauen kletterte in die Höhe. «Und das
ohne Rassentrennung?»

«Melden sich nicht genug Schwarze. Hörst denn keine Nachrichten? Manchmal haben die Brothers Glück, und manchmal geht's zu
wie in Little Rock.»

«Was weißt denn du von Little Rock?»

«Hab darüber gelesen.»

«So? Wie alt bist du eigentlich?»

«Neun. Aber schon fast zehn.»

Und dann bald hundert, dachte Grace, und ging wieder los. Es
war jetzt fast ganz dunkel, und sie wollte so schnell wie möglich
nach Hause. Doch der Bengel war nicht abzuschütteln.

«Wohin willst du denn eigentlich?», fragte sie ihn, ohne ihre
Schritte zu verlangsamen.

«Geh nur spazieren.»

«Diese Helen, ist das eure Pflegemutter?»

«Ja.»

«Und magst du sie?»

«Ist okay. Wenn sie zu Hause ist, hält sie die anderen drei wenigstens davon ab, mich umzubringen.»

«Und wo ist sie jetzt?»

«Bei der Arbeit. Kommt um halb acht zurück.»

Grace sah bereits, dass Charlie seine Nase hinter dem Baumstamm hervorstreckte. «Dann hast du ja noch ungefähr eine halbe Stunde, um spazieren zu gehen.»

«Ungefähr. Hé, ist das 'n Hund?»

Graces Arm schnellte vor, um den Jungen zurückzuhalten. «Er ist schrecklich ängstlich.»

«Oh.» Der Junge kniete sich hin und streckte einen Arm aus, die rosa Handfläche nach oben. «Komm' er, Junge, komm' er.»

Charlie legte den Kopf flach auf die Erde und versuchte, sich davonzumachen.

«Mann, was ist denn mit dem passiert?»

Der Junge legte den Kopf auf die Seite und musterte den Hund aufmerksam. «Ist ja echt traurig.»

Grace sah ihn aus dem Augenwinkel an und überlegte: Jemand, der in der Lage war, sich in das Leiden eines Tieres hineinzuversetzen, konnte eigentlich kein völlig hoffnungsloser Fall sein.

Sie machte eine kleine Handbewegung, über die Charlie lange nachzudenken schien, bevor er sich schließlich erhob und vorsichtig auf sie zukam, den Kopf in unterwürfiger Angst gesenkt.

«Wow», flüsterte der Junge und rührte sich nicht. «Er hat Todesangst, aber er kommt trotzdem. Du bist ein klasse Alpha-Hund.»

«Woher hast du denn das schon wieder?»

«Ich lese, hab ich doch gesagt.»

«Neunjährige haben eigentlich nicht zu lesen. Sie sitzen vor Videospielen voller Gewalt und ballern sich den Verstand weg.»

Die Zähne des Jungen leuchteten in der Dunkelheit unwirklich weiß. «Ich bin eben ein Rebell.»

«Das glaub ich dir.» Sie sah zu, wie Charlie Zentimeter für Zentimeter näherrobbte, weil sein Vertrauen in Grace letztlich im Kampf gegen die Furcht vor Fremden die Oberhand gewann. «Komm schon, Charlie, ist alles in Ordnung.»

Aber Charlie wollte nichts davon wissen. Er hielt abrupt inne und setzte sich auf. Seine sorgenvollen Blicke wanderten hin und her zwi-

schen der Frau, die für ihn Sicherheit verkörperte, und dem offenbar
furchterregenden Gesicht eines kleinen Jungen.

«Ich schätze, näher kommt er …», hob sie an, aber bevor sie den
Satz beenden konnte, lag der Junge schon rücklings auf dem Boden.

«Was machst du denn da?»

«Ich biete ihm meinen Bauch an», flüsterte er zu ihr hinauf. «Pose
der totalen Unterwerfung. Absolut nicht bedrohlich.»

«Aha.»

«Der Typ, der nach Alaska gegangen ist, um mit den Wölfen zu
leben? Der hat gesagt, dass fremde Wölfe das machen müssen, wenn
sie vom Rudel aufgenommen werden wollen. Wieso trägst du eine
Knarre?»

Grace seufzte und blickte die dunkle Straße hinunter. Anscheinend ließ sie erheblich nach: An ein und demselben Tag hatten
sowohl ein fetter Cop als auch ein kleiner Junge bemerkt, dass sie bewaffnet war. Als sie sich wieder umdrehte, stand Charlie über dem
Jungen und wusch dessen Gesicht mit seiner langen feuchten Zunge.
Sein Hinterteil bewegte sich rasend schnell hin und her.

«He, Charlie, bist ein guter Junge, du», kicherte der Junge und
wand sich jetzt, um der gnadenlosen Zunge zu entgehen. «Der alte
Wolfsmann, der wusste wirklich, wovon er sprach, was?»

Grace kreuzte die Arme und sah zu. Irgendwie missfiel ihr der Anblick. Charlie ließ jetzt gar nicht mehr von dem Jungen ab, leckte,
winselte, wedelte völlig außer sich mit dem Stummelschwanz und
machte sich rundherum zum Narren. Jede Würde war verloren gegangen. Und schlimmer noch: Sie ließ sich dadurch ablenken. Ein
Auto schien aus dem Nichts aufzutauchen und fuhr langsam am Park
vorüber. Sie hatte es noch nicht einmal kommen hören.

«Charlie!» Leichte Panik in der Stimme, als sie das Auto
vorbeifuhr und dann in die Auffahrt zum baufälligen Haus bog. Eine
Frau stieg aus und hob eine Tüte mit Lebensmitteln vom Rücksitz.
Grace tat einen Stoßseufzer. «Zeit, nach Hause zu gehen.»

Mit klar zu erkennender Unlust bewegte sich Charlie in ihre Richtung. Der Junge stand auf und strich einige trockene Blätter von seiner Hose. «Haben doch nur gespielt. So ein Hund braucht einen
Freund. Wenn du möchtest, könnte ich manchmal nach der Schule

vorbeikommen und ihm Gesellschaft leisten, bis du wieder nach Hause kommst.»

«Nein danke.» Grace zeigte mit dem Kinn auf sein Haus. «Deine Rettung ist soeben eingetroffen.»

Der Junge warf einen Blick hinüber auf den Wagen, und als er sich umdrehte, waren Grace und Charlie schon weitergegangen. «Moment mal! Du hast mir noch nicht gezeigt, wie du das mit Frank gemacht hast!»

Grace schüttelte den Kopf, ohne sich umzudrehen.

«Lady, bitte. Sei nicht so herzlos! Mit so was könnte ich doch meinen kleinen schwarzen Arsch retten, verstehst du?», rief er hinter ihr her.

Sie ging einfach weiter.

«Das Schlimme an manchen Leuten ist, dass sie nie begreifen, was es bedeutet, immer nur Angst zu haben!» Inzwischen wütend – und enttäuscht.

Das ließ sie stehen bleiben. Sie atmete ein, langsam wieder aus, drehte sich um und ging zurück. Er wich keine Handbreit, und das Weiß seiner Augäpfel leuchtete, als er zu ihr aufschaute. Trotzig, aber gleichzeitig auch tränenfeucht.

«Hör mal, Bürschchen ...»

«Jackson heiß ich.»

Sie ließ die Zunge an der Innenseite ihrer linken Wange entlang wandern und überlegte. «Für den Griff, den ich bei Frank angewendet habe, bist du noch nicht groß genug, verstehst du? Aber ich könnte dir was anderes zeigen ...»

Kapitel 19

Freedman und McLaren arbeiteten gründlich. Sie machten einen Rundgang zusammen mit Kapitän Magnusson und danach einen weiteren nur zu zweit. Die Toiletten auf den drei Decks überprüften sie besonders genau, aber auch die Bereiche, in denen Speisen und Getränke bereitgestellt wurden. Ja, sie untersuchten sogar Kapitän Magnussons winzige Kabine, in der sich ein Buch, ein Lehnstuhl und eine Ersatzuniform befanden, die an einem Haken an der Wand hing.

«Viel Platz haben Sie ja hier nicht», hatte Freedman zu ihm gesagt, als er mit großer Mühe seine massige Gestalt durch die Kabinentür zwängte.

«Mehr brauche ich ja nicht», hatte der Kapitän erwidert und dabei gezwinkert. «Meine bessere Hälfte, die braucht ein Wohnzimmer, ein Esszimmer, Gästezimmer für die Familie, eine Frühstücksnische, Zimmer über Zimmer, Gott weiß warum. Aber ich persönlich? Wenn man mir einen Stuhl, ein Buch und vielleicht noch einen kleinen Fernseher gibt, fühle ich mich wie im Paradies. Ich hab schon oft gedacht, wenn die Männer tatsächlich die Welt regierten, wie die Frauen ja immer behaupten, dann hätten die Häuser nicht mehr als zehn Quadratmeter, und in den Suburbs wäre viel mehr Platz.»

Als Mannschaft und Catering-Service um sechs Uhr eintrafen, hatten Freedman und McLaren Streifenwagen und uniformierte Beamte auf dem Platz postiert, um Chiltons Leute bei der Kontrolle der eintreffenden Gäste zu unterstützen, und die sechs Beamten in Zivil waren instruiert und an Bord eingeteilt.

Um halb sieben machten Freedman und McLaren an der Bar des Salons auf dem Zwischendeck Halt, bevor sie sich wieder in die Kälte hinauswagten. Sie bestellten bei dem jungen Mann, der emsig Gläser polierte, zwei Flaschen Mineralwasser und leerten sie, während sie zuschauten, wie das Servicepersonal letzte Arrangements an den Tischen traf, die mit weißen Decken geschmückt und mit Kristallgläsern, Silberbestecken und frischen Blumen überladen waren. Eine dunkel gekleidete hektische Frau mit Hakennase folgte ihnen auf dem Fuß und verschob gelegentlich überpenibel ein Glas oder ein silbernes Messer um einen Zentimeter nach rechts oder links.

«Wir sind fertig», sagte McLaren.

«Fertiger geht's gar nicht», stimmte Freedman zu. Er registrierte die beiden Beamten in Zivil, die bei den Toiletten standen, und folgte mit seinem Blick dann drei von Chiltons Männern, die wie Raubtiere im Käfig am Rand des Salons entlangtigerten. «Dieser dämliche Dampfer ist fast 'n Feldlager.»

«Zu viel Trara», sagte McLaren. «Er wird heute Abend hier nicht auftauchen.»

«Bestimmt nicht. Und das heißt, wir müssen alles am Samstag nochmal durchziehen.»

«Ich hab Gopher-Tickets für Samstag. Die spielen gegen Wiscon-sin.»

Freedman schaute mitfühlend.

Als die Gäste eintrafen, postierten sie sich jeweils an einer der beiden Gangways, beobachteten Chiltons Leute bei der Überprüfung und schauten sich jede einzelne Person, die an Bord kam, äußerst genau an. Kolossale Zeitverschwendung, dachte Freedman, den es im Wollsakko fröstelte, während er die Parade der reichen und noch reicheren Leute des Bundesstaates abnahm, die an einer Phalanx bewaffneter Männer mit Metalldetektoren vorbeimarschierten, als täten sie das jeden Tag. Vielleicht taten sie es ja. Wie sollte er das wissen?

Als der Dampfer schließlich ablegte und sich auf den Fluss hinaus-bewegte, begannen er und McLaren mit den Runden, die sie festge-legt hatten, von Deck zu Deck, abwechselnd einmal außen und dann innen. Trotz der Kälte stellte Freedman nach einigen Runden fest, dass es ihm draußen mehr behagte als drinnen. Man schicke einen schwarzen Zwei-Meter-Mann in einem billigen Anzug auf einen Dampfer mit einer Horde Weiber aus den «Fortune 500», dann wird es nicht lange dauern, bis irgendeine hirnlose Braut, die mehr als sein Jahresgehalt am Hals baumeln hat, ihn anweist, die Wasser-karaffe nachzufüllen. Das geschah viermal während der ersten Vier-telstunde, und seine Geduld war inzwischen so erschöpft wie sein Selbstwertgefühl angekratzt.

«He, Freedman.» McLaren kam aus der Tür des Zwischendeck-salons, als er hineinsteuerte. «Ich wollte dich gerade holen ... Was ist denn los mit dir?»

«Die Leute bestellen ständig Drinks bei mir – das ist mit mir los.»

«Arschlöcher. Scheiße, vergiss sie einfach.» Er zog Freedman nach drinnen und schlängelte sich mit ihm zwischen den Tischen hin-durch zur Tanzfläche. Die Whipped Nipples befanden sich auf die-sem Deck und spielten gerade etwas, das nach einem klassischen

Walzer mit Salsa-Beat klang. Es hätte Freedman vielleicht gefallen, wenn nicht der dämliche Name der Band gewesen wäre.

«Mit dir tanze ich nicht, McLaren. Du hast zu kurze Beine.»

«Entspann dich, Freedman. Ich bring dich doch nur zur Futterkrippe. Hammond hat hinten in der Küche speziell für uns Sicherheitsleute ein Buffet aufbauen lassen.»

«Ja?»

«Ja. Keine Bratwurst drauf, sondern nur Kaviar und Hummer und so'n Scheiß, aber ist gar nicht schlecht.»

Kapitän Magnusson machte seine obligatorischen Runden durch die Salons, lächelte, beantwortete Fragen, war ganz der Kapitän. Freedman fragte sich, wer wohl den Dampfer steuerte. «Alles zu Ihrer Zufriedenheit, Detectives?», fragte er, als sie an ihm vorbeikamen.

«Alles tadellos», salutierte McLaren und blickte auf einen feuchten rosa Fleck auf dem Kragen des Kapitäns.

«Rosa Champagner», gestand der alte Mann und betupfte den Fleck mit einem schneeweißen Taschentuch. «Ich hatte einen unglücklichen Zusammenstoß mit einer reizenden jungen Frau und einem randvollen Glas.»

«So ein Pech aber auch.»

«Würde ich gar nicht sagen. Es war eher ein erhebendes Gefühl, denn sie traf mich mit dem Bug. Frontal.» Der alte Mann konnte noch ziemlich frivol grinsen. «Jetzt bin ich gerade auf dem Weg, das Hemd hier in ein Waschbecken mit kaltem Wasser zu tauchen und mir ein anderes anzuziehen. Bis später dann, meine Herren.»

Freedman und McLaren sahen ihm nach, wie er zur vorderen Tür des Salons ging, und setzten dann an der Tanzfläche vorbei ihren Gang ans Buffet fort.

Gleichzeitig blieben sie stehen.

«McLaren?»

«Ja?»

«Die Toiletten sind doch hinten.»

«Stimmt.»

«Er ist nach vorn gegangen.»

«Genau. Zu seiner Kabine.»

«Und wo will er sein Hemd einweichen?»

McLaren schloss die Augen und sah die winzige Kabine mit dem einen Stuhl, dem Buch und der schmalen Wandschranktür vor sich – aber die Ersatzuniform hing an einem Haken an der Wand, und warum hätte er sie dort aufhängen sollen, wenn er doch einen Wandschrank besaß. «Scheiße», hauchte er, und dann bewegten sich beide, so schnell sie konnten, ohne richtig loszurennen, schlängelten sich nochmals zwischen den Tischen hindurch und ließen an der Tür eine Schar kichernder Braunjungfern erschreckt auseinander stieben. Dann nach draußen in die bittere Kälte, nach rechts, und sie fingen beide zu rennen an, der kleine Ire und der große Schwarze, um so schnell wie möglich die Kabine des Kapitäns zu erreichen.

Tommy Espinozas Schicht war schon seit drei Stunden zu Ende, aber er saß noch immer an seinem Arbeitstisch, schlürfte kalten Kaffee und hämmerte Befehle in die Tastatur des Computers. Nach elf Stunden am Monitor brannten ihm die Augen, aber dagegen hatte Gott ja Visine-Tropfen geschaffen.

Er griff in die orangefarbene Kürbislaterne aus Plastik, die ihn von der Ecke seines Tisches her angrinste, und fischte einen Mini-Snickers heraus. «Na, komm schon, komm ...» Er fuhr sich mit der Hand durch das schwarze Haar. Er wartete darauf, dass sein Computer endlich mit ihm redete. Und das tat er schließlich auch – indem er einen schrillen Warnton von sich gab.

«Mist», reagierte Espinoza, und schon tanzten seine Finger wieder über die Tastatur.

«Hast du was für mich, Tommy?» Magozzi stand in der Tür, eine leicht lädierte Ledertasche über der Schulter.

Tommy ließ den Monitor nicht aus den Augen, sondern winkte Magozzi nur heran. «Sieh dir das hier mal an, Leo. Ich bin da bei diesen Monkeewrench-Typen auf was echt Abgefahrenes gestoßen.»

Als Freedman und McLaren schließlich in die Kabine von Kapitän Magnusson stürzten, hatte der alte Mann bereits die Schiebetür zu seinem Privatklo beiseite geschoben und taumelte wieder rückwärts. Der Lehnstuhl erwischte ihn in den Kniekehlen, und Magnusson

plumpste rücklings auf das Möbel. Er hatte die Augen weit aufgerissen und atmete in kurzen Stößen. McLaren kümmerte sich um ihn,
während Freedman einen ersten Blick in die Toilette warf.

Kleiner wäre es nicht möglich gewesen, und alles war aufs Mini-
malmaß reduziert, wie es nun mal auf allen Schiffen ist. Ein winziges
Handwaschbecken aus rostfreiem Stahl, ein Miniaturspiegel, eine
Duschkabine, in die sich Freedman kaum hätte quetschen können.
Nur der Toilettensitz war normal groß, ebenso wie der Mann, der
darauf saß. Er trug einen Anzug, aber war von der Taille abwärts
nackt. Die Hosen häuften sich zerknüllt um seine Füße, die feisten
weißen Knie waren weit gespreizt, die Hemdzipfel baumelten zwischen schlaffen Oberschenkeln. Sein Kopf lehnte an der rückwärtigen Wand, als ruhe sich der Mann nur aus. Aber diesmal hatte der
Täter keine saubere Arbeit geleistet. Vom Einschussloch auf der Stirn
des Mannes hatten Rinnsale von Blut ihren Weg links und rechts der
Nase bis in die Mundwinkel gefunden, wo sie die Fältchen füllten,
bevor sie den Hals hinuntergesickert waren und den Kragen seines
weißen Hemdes rot gefärbt hatten.

Freedman hatte genügend Opfer von Schussverletzungen gesehen,
um zu wissen, dass dieser Mann nicht sofort gestorben war. Ihm
mussten einige Herzschläge geblieben sein, um noch all das Blut aus
dem relativ kleinen Loch in der Stirn zu pumpen.

Er trat zur Seite, damit McLaren einen Blick durch die schmale
Türöffnung werfen konnte.

«Heilige Scheiße!», stieß McLaren geschockt aus. «das glaub ich
nicht, Kapitän! Wann waren Sie zum letzten Mal auf dem Klo?»

Kapitän Magnusson sah von seinem Stuhl auf. Er blinzelte hektisch. «Du liebe Zeit. Ähm. gestern, glaub ich. Nein, Moment. Gestern sind wir doch gar nicht gefahren. Also wohl vorgestern.»

Freedman und McLaren wandten sich wieder dem Toten zu.

«Das Blut ist getrocknet», kommentierte Freedman. «Ist also nicht
während unserer Wache passiert.»

«Was bedeutet, dass er sich hier drinnen befunden haben muss,
als wir vorhin die Kabine überprüft haben.»

Freedman großer Kopf bewegte sich bedeutungsvoll auf und nieder. «Noch schlimmer.»

Magozzi und Espinoza saßen total entgeistert vor dem Monitor.

«Einfach unglaublich», sagte Tommy. «Ich hab in meinem ganzen Leben noch keine Firewalls wie diese gesehen.»

«Und du kannst nichts über die rauskriegen, die dahinter stecken?»

«Was die letzten zehn Jahre betrifft, kann ich dir alles verschaffen, was du willst. Steuerrückzahlungen, Arztberichte, Vermögenserklärungen, Mann, ich könnte dir fast sagen, wann die aufs Scheißhaus gegangen sind. Aber davor – nada.» Tommy warf sich auf seinem Stuhl zurück. «Keine Aufzeichnungen über Jobs, keine über Schulbesuche oder Studium, ja nicht einmal Geburtsurkunden. Praktisch hat bis vor zehn Jahren keiner dieser Leute existiert.»

«Das ist doch unmöglich.»

«Anscheinend nicht. Auf Anhieb würde ich mal die Vermutung wagen, dass die Leute sich einfach gelöscht haben.»

«Das kann man machen?»

Tommy zuckte mit den Achseln, schnappte sich einen Kartoffelchip aus der offenen Tüte auf seinem Arbeitstisch, stopfte ihn in den Mund und redete trotzdem weiter. «Theoretisch auf jeden Fall. Fast alles ist inzwischen computerisiert. Und wenn es in einem Computer gespeichert ist, kann es auch gelöscht werden. Aber so leicht, wie es sich anhört, ist es auch nicht. Der Durchschnittshacker kann sich nicht einfach mit seinem Laptop und einem Sechserpack hinsetzen und die eigene Lebensgeschichte löschen. Man muss schon ein verdammtes Ass sein, um durch manche dieser Firewalls durchzukommen, besonders diejenigen, die von den FBI-Leuten eingerichtet worden sind, zum Beispiel für den IRS und die SSA. Ich kann dir nur sagen, das hier ist kaum zu glauben.»

Magozzi knurrte mürrisch. «Zeugenschutz?»

«Ausgeschlossen. So gut sind die FBI-Jungs nicht. Deren Spuren kann ich noch im Schlaf verfolgen. Wenn das hier die Arbeit von Monkeewrench ist, sollte der Zeugenschutz die anheuern.»

Magozzi kratzte sich die einen Tag alten Bartstoppeln am Kinn. Er sann über die neue Wendung des Falls nach. «Also haben die ihre Namen geändert und neue Identitäten angenommen.»

Tommy schob sich einen weiteren Chip zwischen die Zähne und redete wieder mit vollem Mund. «Klingt einleuchtend. Wie sonst

kommt man an so Namen wie Harley Davidson und Roadrunner?
Die Preisfrage lautet: Warum sollten fünf ganz normale Personen
sich die Mühe machen, ihre Vergangenheit vollständig auszulö-
schen?»

Magozzi brauchte gar nicht lange nachzudenken. «Kriminelle Aktivitäten.»

«Hab ich auch gedacht. Vielleicht sind sie als Verdächtige besser,
als du vermutet hast.»

Jetzt griff Magozzi nach einem Kartoffelchip. Bevor ihm überhaupt bewusst wurde, was er da tat, war der Fettmacher schon in seinem Mund. Gott, schmeckte das gut. «Fünf Serienkiller, die im Team
zusammenarbeiten? Mann, so viel Glück sollten wir haben. Von dem
Geld für die Filmrechte könnten wir ganz Japan aufkaufen.»

«Ja. Die sind wahrscheinlich nur Bankräuber gewesen oder inter-
nationale Terroristen. Vor zehn Jahren sahen sie dann die Computer-
revolution kommen und waren überzeugt, dass mit Software mehr
Geld zu machen ist.»

«So wird's wohl sein.» Magozzi rieb sich die Augen, weil er
dachte, damit die Kopfschmerzen vertreiben zu können, die sich
hinter ihnen zusammenbrauten. «Stecken wir jetzt also in einer Sackgasse?»

«Nicht unbedingt.» Tommy bewegte den Kopf im Kreis, um die
Verspannungen zu lösen. «Es gibt da immer noch ein paar Sachen,
die ich versuchen will, und auch wenn nichts dabei rauskommt, ist
doch die Computerisierung bis jetzt nicht total, bei weitem nicht. Es
gibt da immer noch eine ganze Menge Spuren auf Papier, die man
finden kann, wenn man alt genug ist, um sich zu erinnern, wo man
suchen muss. Es dauert eben nur wirklich lange, wenn man es auf
die altmodische Weise macht. Möchtest du, dass ich dranbleibe?»

«Worauf du dich verlassen kannst.» Magozzi zeigte den bösen
Kartoffelchips die kalte Schulter und steuerte auf die Tür zu. «Übrigens, wie steht es eigentlich mit deren Finanzen? Sind sie geliefert,
wenn dies Spiel nicht auf den Markt kommt?»

Tommy sah ihn an, als sei er nicht ganz bei Trost. «Soll das ein
Witz sein? Die Firma hat letztes Jahr über zehn Millionen gemacht,
und es war nicht das erste Mal. Niedrig geschätztes Nettovermögen

eines jeden Partners» — er zog ein einzelnes Blatt Papier unter der Tüte mit den Chips hervor — «dürfte vier Millionen betragen. Nehmen wir zum Beispiel Annie Belinsky. Die Dame hat einen unglaublichen Etat für Kleidung.»

Magozzi sah ihn entgeistert an. «Die sind also reich?»

«Na ja …» Ein Handy klingelte, und Tommy wühlte in den Bergen von Ausdrucken auf seinem Tisch. «Verdammt, wo hab ich das Ding bloß hingelegt?»

«Ist meins», sagte Magozzi und zog sein Handy aus der Jackentasche. «Mach mir Ausdrucke von allem, was du rausbekommst, okay, Tommy? Und wo du gerade dabei bist, sieh mal, was du über einen Waffenschein von Grace MacBride ausgräbst.» Er klappte sein Handy auf. «Magozzi.»

Tommy sah zu, wie Magozzi gebannt der Stimme am anderen Ende lauschte. Plötzlich wurde er kreidebleich, und in der nächsten Sekunde rannte er schon zur Tür hinaus.

Kapitel 20

Der Stadt Calumet in Wisconsin war kaum noch Aufmerksamkeit von den Medien geschenkt worden, seit Elton Gerber 1993 auf dem Weg zum Großen Kürbiswettbewerb einen 328-Kilo-Kürbis von der Ladefläche seines Pick-ups verloren hatte. Aber schon damals war den Medien die wahre Tragweite dieser Geschichte entgangen.

Die Fernsehnachrichten berichteten mit ironischem Unterton darüber, da außer dem Kürbis ja niemand zu Schaden gekommen war, und nicht ein einziger Reporter entdeckte den Zusammenhang zwischen einem zerschmetterten Kürbis und der Tatsache, dass sich Elton vierzehn Tage später eine Kugel durch den Mund ins Hirn jagte. In jenem Jahr hatte der Hauptpreis 15 000 Dollar betragen, gerade genug, um die Wucherrate zu zahlen, die für Eltons Farm fällig war. Und es bestand nicht der geringste Zweifel, dass er gewonnen hätte. Sein härtester Konkurrent hatte nur kümmerliche 265 Kilo Kürbisgewicht aufzuweisen.

Nicht gerade eine Geschichte, der man mit Ironie begegnen sollte,

dachte Sheriff Mike Halloran. Eher schon eine amerikanische Tragödie, aber ebendas entging den Medien. Und diesmal verhielt es sich
nicht anders.

Das Knattern von Rotoren irgendwo draußen drang kaum in sein
Bewusstsein. Er hatte sich inzwischen an die Hubschrauber der
Nachrichtenleute gewöhnt; hatte sich daran gewöhnt, dass die Vans
mit den Satellitenschüsseln auf dem Dach in den Straßen seiner Stadt
patrouillierten und man jede Person anhielt, die trauernd oder ver-
ängstigt genug aussah, um ein paar sendefähige O-Töne abzuson-
dern; hatte sich sogar schon an das zeternde Geräusch der Reporter
auf der Vordertreppe des Gebäudes gewöhnt, das stets anschwoll,
wenn ein Deputy draußen auftauchte, um zu seinem Streifenwagen
zu gelangen.

Laut Autopsiebericht waren John und Mary Kleinfeldt am Montagmorgen zwischen Mitternacht und ein Uhr gestorben. Weniger
als acht Stunden später war ihr Tod der Aufmacher bei sämtlichen
TV-Kanälen in Wisconsin, und austauschbare Moderatoren berichteten aufgeregt über die Kleinstadttragödie, bei der «... ein gottes-
fürchtiges älteres Ehepaar während des Gebets in der Kirche brutal
ermordet wurde».

Die blutigen Kreuze, die man ihnen in die Brust geschnitten hatte,
wurden nicht erwähnt – Halloran war es gelungen, diese grausige
Einzelheit unter Verschluss zu halten –, aber auch ohne sie konnte
kein Reporter dieser Geschichte widerstehen, und das Publikum war
fasziniert. Der Gedanke, dass jemand ältere Leute erschoss, war bereits schlimm genug. Fand das Verbrechen zudem in der vermeint-
lichen Zufluchtsstätte Kirche statt, gesellte sich Empörung zum Entsetzen und zudem vielleicht auch ein wenig Angst. Schlechte Nachrichten, gute Einschaltquoten.

Deputy Danny Peltier war erst knapp eine halbe Stunde tot, da
wurde diese Nachricht auch schon als Eilmeldung über den Äther
geschickt. Halloran stand noch immer über der furchtbar zugerich-
teten Leiche, konnte trotz aller Mühe die Sommersprossen des jungen Burschen nicht mehr erkennen und weinte wie ein kleines Mädchen. Bis zum Sonnenuntergang am Montag hatten Zeitungsreporter
und TV-Nachrichtenteams die Einwohnerzahl von Calumet um min-

destens einhundert Personen vergrößert, und jetzt, einen vollen Tag
später, waren sie allesamt noch immer da.

Aber auch ihnen entging die wirkliche Geschichte, ihnen allen;
ihnen entging die Tragödie hinter der Tragödie, das Verbrechen hinter dem Verbrechen. Keiner von ihnen erfuhr, dass Danny Peltier,
sommersprossig, unverbraucht und herzerfrischend unschuldig,
ums Leben gekommen war, weil Sheriff Michael Halloran den
Schlüssel zur Vordertür der Kleinfelds vergessen hatte.

«Mike?»

Bevor er aufschaute, löschte er aus dem Gesicht jeglichen Gefühls-
ausdruck und schaute gefasst in Richtung der Tür, wo Bonar stand.

«Hallo, Bonar.»

Sein alter Freund trat näher und warf ihm einen finsteren Blick zu.

«Du siehst beschissen aus, Buddy.»

«Danke.» Halloran schob einen der sich gefährlich zur Seite nei-
genden Aktenberge auf seinem Schreibtisch beiseite, zog eine Zigarette aus der Tasche und steckte sie an.

Bonar setzte sich und wedelte den Rauch weg, der über den Tisch
hinweg in seine Richtung zog. «Ich nehme Sie wegen Rauchens in
einem öffentlichen Gebäude fest, haben Sie gehört?»

Halloran nickte nur und nahm noch einen tiefen Zug. Seit Jahren
hatte er nicht mehr im Büro geraucht, und er konnte sich auch nicht
erinnern, wann ihm eine Zigarette zum letzten Mal so gut ge-
schmeckt hatte. Ein Genuss, der durch die Gesetzeswidrigkeit der Tat
noch gesteigert wurde. Kein Wunder, dass die Menschen Verbrechen
begingen. «Ich feiere. Ich hab den Fall gelöst.»

Bonar betrachtete ihn von oben bis unten, registrierte, dass die
Uniform aussah, als habe Halloran darin geschlafen, und dass die
Ringe unter den Augen des Sheriffs fast schon so dunkel waren wie
dessen Haar. «Du siehst jedenfalls nicht so aus, als würdest du feiern.
Außerdem ist das eh Blödsinn. Ich hab den Fall gelöst. Der Junge
war's. Das hab ich dir von Anfang an gesagt.»

«Hast du nicht. Du hast gesagt, dass es Father Newberry war.»

«Das war doch nur Wunschdenken und außerdem, als ich noch
nicht wusste, dass sich die Kleinfelds tatsächlich fortgepflanzt hatten. Gleich als ich das von dir hörte, hab ich den Jungen verdächtigt,

und das weißt du auch. Gefiel mir ganz und gar nicht, den Padre zu streichen. Der passte nämlich perfekt. Kreuze in die Brust geritzt, ein fettes Erbe für die Kirche ... den alten Priester musste man als Hauptverdächtigen einfach lieben.» Er beugte sich vor und stocherte in dem Wust von Papier auf Hallorans Schreibtisch. «Hast du hier irgendwas Essbares?»

«Nee.»

Bonar seufzte betrübt und lehnte sich zurück. Die Finger verschränkte er über dem schwellenden Bauch. Sein braunes Uniformhemd kläffte zwischen den Knöpfen, die sich mit letzter Kraft hielten, als ginge es um ihr Leben. «Und nun sind also die Engel vom Himmel herabgestiegen und haben dir geflüstert, dass der Junge es getan hat, lange nachdem ich dir gesagt hatte, dass es der Junge war, worauf ich hinweisen möchte. Deine Erkenntnis, mein Freund, ist jedoch völlig nutzlos. Wir wissen doch weder, wer oder wo der Junge ist, noch wie er aussieht, wie alt er ist ...»

Halloran lächelte. Das hier tat gut. Mit Bonar über den Fall zu sprechen, sich ausschließlich darauf zu konzentrieren und nur darauf – eine gerade Linie, der er folgen konnte, so lange es ging. «Der Junge wurde in Atlanta geboren. Vor einunddreißig Jahren.»

«Ach ja? Du hattest also noch eine Vision? Erzähl.»

«Steuererklärungen. Die ersten, die wir hatten, waren über dreißig Jahre alt, stammten von damals, als die Kleinfeldts noch die Bradfords waren. Und auch noch nicht reich. Frisch verheiratet wahrscheinlich, noch am Anfang, so tief auf der Einkommensleiter, dass sie Arztkosten absetzen konnten. Und zwar sehr hohe für jene Zeit, in ihrem vierten Jahr in Atlanta. Hab mir gedacht, dass es Entbindungskosten gewesen sein könnten.»

Bonars Interesse war geweckt, und er kam ein wenig hoch. «Deswegen hab ich im County-Archiv da unten angerufen und mich nach Baby Bradfords in jenem Jahr erkundigt. Bingo: Den Eltern Martin und Emily Bradford wurde am 23. Oktober 1969 ein Baby Bradford geboren.»

Bonar schien den Atem anzuhalten. «Moment. Die Kleinfeldts wurden am 23. Oktober ermordet.»

Halloran nickte grimmig. «Happy Birthday, Baby.»

«Verdammt. Geburtsdatum, Todesdatum. Der Junge war es wirklich.»

Halloran nahm einen letzten Zug und ließ die Zigarette in eine leere Coladose fallen. «Schade, dass du nicht unser Bezirksstaatsanwalt bist. Der Typ ist leider ein ganz scharfer. Will Fingerabdrücke sehen, Zeugen hören, du weißt schon, vor Gericht verwendbare Beweise, wie wir sie eben nicht haben. Der Junge hat noch nicht mal geerbt.»

Bonar schüttelte den Kopf. «Macht nichts. Keiner schneidet die Körper seiner Eltern auf, nur weil er Geld will. Den muss was anderes geritten haben, und es wird uns garantiert nicht gefallen, wenn wir darauf stoßen.» Er blies die Wangen auf, seufzte tief und stemmte sich mühsam aus dem Stuhl. Dann ging er ans Fenster. Helmut Kruegers Farm lag auf der anderen Straßenseite, und er schaute zu, wie eine lange Reihe Schwarzbunter von der Weide in den Stall trottete, um gemolken zu werden. Dabei ging ihm durch den Kopf, dass er lieber hätte Bauer werden sollen. Kühe brachten wohl kaum je ihre Eltern um. «Hast du den Namen des Jungen schon durch den Computer gejagt?»

«Da gibt es ein Problem. Kein Name auf der Geburtsurkunde.»

«Hä?»

«Die Frau im Amt sagte mir, das wäre damals gar nicht so ungewöhnlich gewesen. Urkunde wurden aufs Datum ausgestellt, und manche Eltern haben sich eben noch nicht für einen Namen entschieden. Und wenn sie den Namen später nicht melden, dann bleibt eben ein leeres Feld auf der Urkunde. Aber das Krankenhaus war angegeben, und dort hat man mir den Namen des Hausarztes gegeben.»

«Schon mit ihm gesprochen?», fragte Bonar.

Halloran schüttelte den Kopf.

«Sag bloß nicht, er ist tot.»

«Lebendig und beim Golf. Sein Frau hat gesagt, sie richtet ihm aus, er möge heute Abend zurückrufen.»

Bonar nickte und sah wieder zum Fenster hinaus. «Also geht es voran.»

«Kann sein. Wollen wir nicht was essen, bevor der Doc zurück-

ruft? Ich hab seiner Frau meine Handynummer gegeben, damit wir
hier abbauen können.»

Bonar drehte sich um, und seine massige Silhouette hinderte die
letzten Strahlen Tageslicht, durchs Fenster ins Büro zu fallen. «Wir
treffen uns bei dir. Ich muss erst noch einkaufen.»

«Wir könnten doch in eine Bar gehen.»

«Heute ist der vierundzwanzigste, Mike.»

«Ich weiß …» Halloran verstummte abrupt. «Oh, Scheiße, Bonar.
Ich hab's völlig vergessen. Tut mir Leid, Mann, wirklich.»

«Schon gut.» Bonar besaß ein trauriges und gleichzeitig albernes
Grinsen, das alles verzieh. «Wir haben langsam zu viele Tote im
Oktober, findest du nicht auch?»

«Wohl wahr.»

Die Tote hättest du nun wirklich nicht vergessen dürfen, sagte sich
Halloran eine halbe Stunde später, als er in seine Einfahrt bog. Er
blieb einen Augenblick im Wagen sitzen, kostete seine Schuldge-
fühle voll aus und hätte sich fast gewünscht, er wäre noch gläubig,
damit er zur Beichte gehen könnte, um sich die Absolution erteilen
zu lassen.

Eigentlich war Bonar Junggeselle, aber genau genommen musste
man ihn als Witwer bezeichnen, und zwar seit Oktober 1987, als
seine High-School-Freundin bei einem Schneesturm von der Straße
abgekommen war und die Schnauze des Pick-ups ihres Vaters in
Haggertys Sumpf gesetzt hatte. Fast ein Meter Schnee war in den fol-
genden 48 Stunden gefallen, aber die Straße bei Haggertys Land war
nur sehr wenig befahren, und es dauerte schließlich ganze vier Tage,
bis jemand mit dem Schneepflug bei der Unglücksstelle angekommen war und die gefrorenen, nicht sonderlich ansehnlichen sterb-
lichen Überreste von Ellen Hendricks entdeckt hatte.

Sie war nicht sofort gestorben, und das machte die Sache besonders schlimm, denn sie hatte die Zeit genutzt, einen Brief an Bonar
zu schreiben, der den gesamten freien Rand der Standard-Oil-Stra-
ßenkarte von Wisconsin ausfüllte. Sie hatte Schmerzen gehabt und
gefroren, aber aus ihren Zeilen sprach nicht die geringste Angst,
denn sie war sich absolut sicher gewesen, dass Bonar sie finden

würde. Sie schrieb von der bevorstehenden Hochzeit, von den drei Kindern, die sie haben würden, von dem zweitürigen Thunderbird, den Bonar unbedingt gegen ein anderes Auto eintauschen musste, weil er nicht genügend Platz für die Kinder bot. Und am Schluss, als die Bleistiftzeilen immer ungelenker wurden, tadelte sie ihn in aller Liebe, dass er so lange brauchte.

Sie schrieb jene letzten Worte am 24. Oktober, und seither hatten Halloran und Bonar alljährlich diesen Abend gemeinsam verbracht, hatten gegessen, getrunken und nicht über Dinge gesprochen, die hätten anders sein können. Diese Tradition war im Laufe der Zeit eher ein Teil ihrer Freundschaft geworden, als dass sie etwa nur dem bewussten Andenken an ein junges Mädchen gegolten hätte, das vor langer Zeit gestorben war. Doch auf eine Weise, die sie nie zu hinterfragen suchten, war das Datum wichtig geblieben. Er hätte es niemals vergessen dürfen.

»Na ja, die verdammten Schlüssel hättest du auch niemals vergessen dürfen«, sagte er laut und schlug mit der Handkante so lange aufs Lenkrad, bis er den Schmerz nicht mehr ertragen konnte.

Hundert Jahre alte Ulmen warfen ihre Schatten auf das Stück Land, das ihm von der Farm seines Urgroßvaters noch geblieben war. Er hatte das Haus, den Hof und den Garten instand gehalten, aber das alte Gebäude im holländischen Kolonialstil wirkte wie umzingelt von diesem neuen Siedlungsgebiet mit den kitschigen Kletterrosen und den Split-Level-Häusern. Das Haus war für einen Mann allein viel zu groß, aber vier Generationen der Hallorans waren darin aufgewachsen, und er konnte sich nicht überwinden, es zu verkaufen.

Er stieg aus dem Wagen und ging über den Rasen zur Eingangstür. Dabei raffte er den Kragen seiner Jacke enger zusammen, denn seit er vor kurzem das Sheriffbüro verlassen hatte, war der Wind stärker geworden, und trockene Blätter tanzten um seine Stiefel und wirbelten fort – wahrscheinlich nach Florida, wenn sie schlau waren. Man konnte den bevorstehenden Winter beinahe schon riechen. Und wie sich Halloran jetzt erinnerte, hatte sein junger Deputy Danny am Tag zuvor auch frühe Schneefälle vorausgesagt, als sie gemeinsam zu einem Einsatz gefahren waren, der Danny den Tod bringen sollte.

Er betrat den kleinen Vorflur und hörte seine von Schnee bedeck-ten Kinderstiefel auf dem Boden poltern, und dann ertönte die Stimme seiner Mutter, die inzwischen bereits seit zehn Jahren ver-stummt war. Sie ermahnte ihn, die Tür hinter sich zu schließen, was er sich denn dächte? Ob er etwa vorhabe, Wald und Wiesen zu hei-zen? In einer Trotzreaktion, die zehn Jahre zu spät kam, ließ er die Tür für Bonar einen Spalt weit offen und fragte sich, warum sich die meisten seiner Erinnerungen auf die Winterzeit bezogen, als habe er dreiunddreißig Jahre an einem Ort ohne andere Jahreszeiten gelebt.

Er hängte seine schwere Jacke in den vorderen Wandschrank und legte sein Klemmhalfter und die Waffe oben auf das Bord.

«Wie dämlich kann man nur sein?», hatte Bonar gefragt, als er das zum ersten Mal miterlebte. «Angenommen, ich bin ein Einbrecher im Drogenrausch, okay? Und du, was machst du? Du lässt deine Knarre gleich hier vorne im Schrank liegen, damit ich sie schon beim Reingehen finde und dir eine Kugel in den Wanst verpasse, sobald du in Unterhosen die Treppe runtergewankt kommst.»

Aber Emma Halloran hätte niemals erlaubt, dass man Waffen über den Vorflur hinaus in ihr Haus trug. Das galt sowohl für die fünfzig Jahre alte Winchester ihres Mannes als auch für die Neun-Millime-ter-Dienstwaffe ihres Sohnes. Zehn Jahre war sie jetzt schon unter der Erde, aber Halloran konnte es immer noch nicht über sich brin-gen, an dem Wandschrank vorüberzugehen, ohne seine Waffe abzu-legen.

Im Kühlschrank stand eine Flasche Dewar's, was laut Bonar einer strafbaren Handlung gleichkam, aber Halloran trank seinen Whisky eben gern kalt.

Zwei Gläser, in denen sich früher Traubengelee befunden hatte, füllte er großzügig und nippte an einem davon, während er nach-schaute, was der Kühlschrank ansonsten zu bieten hatte. Er schob einen Stapel Tiefkühlgerichte beiseite und wurde fündig: ein recht-eckiges Paket, in Schlachterpapier und mit Maurerlitze bedeckt.

«Liebling, ich bin zu Hause!», rief Bonar von der Eingangstür, die er laut hinter sich zuschlug. Er kam durch den Flur in die Küche ge-trampelt und stellte zwei Einkaufstüten auf dem Frühstückstresen ab.

Halloran beäugte voller Skepsis das Grünzeug, das oben heraus-
schaute.

«Du hast mir Blumen mitgebracht?»

«Das ist Römersalat, Blödmann. Hast du Anchovis?»

«Bist du irre?»

«Dachte ich mir's doch.» Bonar machte sich ans Auspacken.
«Aber keine Angst. Ich hab die Anchovis, ich hab Knoblauch, ich hab
eine große Hand voll schlaffer grüner Bohnen, die erst mal wieder-
belebt werden müssen ...»

«Und ich hab Ralph.»

Bonar sog deutlich hörbar Luft ein und sah ihn an. Ralph war der
letzte Angus aus der Zucht von Albert Swenson gewesen, bevor dieser seinen Hof verkauft und nach Arizona gezogen war. Sie hatten
gemeinsam den jungen Stier gekauft und ihn in den letzten beiden
Monaten seines Lebens mit Mais und Bier gepäppelt. «Ich dachte,
wir hätten ihm schon letztes Mal den Garaus gemacht.»

Halloran deutete mit einem Kopfnicken auf das weiße Paket im
Ausguss und reichte dann Bonar einen Dewar's im Marmeladenglas.
«Das Lendenstück hab ich aufgehoben.»

«Gelobt sei der Herr.» Bonar stieß mit Halloran an, kippte seinen
Whisky runter und verzog das Gesicht. «Mann, wie oft muss ich es
dir noch sagen? Die Kälte mindert den Geschmack. Du darfst das
Zeug nicht in den Kühlschrank stellen, und außerdem sollte man einen solchen Whisky verdammt niemals aus alten Marmeladengläsern
trinken, die mit Comicfiguren verziert sind. Wer ist denn das hier?
Der Marsmensch?»

Halloran betrachtete die dunkle Gestalt auf dem Glas seines Freundes genauer. Im Laufe der Jahre war viel Farbe abgeschabt, aber ein
Teil des Helms war noch zu erkennen. «Verdammt. Ich wollte doch
den Marsmenschen.»

Bonar schnaubte nur verächtlich, während er sich nachschenkte,
und dann verrieb er eine Knoblauchzehe in einem Holznapf, den
Halloran eigentlich immer für eine Obstschale gehalten hatte. «Ver-
strahl Ralph ungefähr drei Minuten lang in der Mikrowelle, damit er
auftaut, heiz den Backofen so stark vor, wie es geht, und reich mir
die gusseiserne Bratpfanne.»

«Ich dachte, wir werfen das Fleisch draußen auf den Grill.»

«Da hast du ganz falsch gedacht. Wir werden Ralph bei größt-möglicher Hitze anbraten und ihn dann in den Backofen schieben. Danach gebe ich Wein in die Pfanne, schmelze 'n paar Morcheln dazu, mach uns eine super Soße und voilà!»

Halloran kramte in der Besteckschublade nach Steakmessern. «Das soll doch wohl ein Witz sein, oder?»

«Klar, war nur ein Witz. Hast du schon mal versucht, in Jerrys Supermarkt Morcheln zu kaufen?»

«In der guten alten Zeit hättest du das Stück Fleisch auf einen Stock gespießt und vor eine Lötlampe gehalten. Ich wünschte, du würdest aufhören, dir ständig den Koch-Kanal anzusehen.»

«Kann einfach nicht anders. Die Typen sind die Clowns des ein-undzwanzigsten Jahrhundert. Wie Gallagher ohne die Wasserme-lone, erinnerst du dich?»

«Der Typ mit dem Holzhammer.»

«Genau der. Mein Gott, hab ich den geliebt. Ist er schon tot?»

Halloran leerte sein Glas und schenkte sich nach. «Wahrschein-lich. Alle anderen sind es jedenfalls.»

Bonar blieb einen Moment stumm und fing dann zu lachen an. Langsam wirkte der Dewar's.

Als Hallorans Handy schließlich klingelte, war Ralph nur noch blutige Erinnerung auf angeschlagenen weißen Tellern, und die Kü-che sah aus wie ein Trümmerfeld. «Jetzt geht's los», sagte er, klappte sein Handy auf und wünschte sich nur, weniger getrunken zu haben. Er versuchte, sich an all die Fragen zu erinnern, die er dem Arzt hatte stellen wollen. «Hallo?»

Die Stimme eines gebildeten Mannes mit einem trägen Südstaa-tenakzent drang an sein Ohr. «Einen schönen guten Abend. Dr. Le-Roux am Apparat, Sheriff Michael Halloran wollte mich sprechen.»

Einen schönen guten Abend. Ach du liebe Zeit, gab es tatsächlich Men-schen, die so sprachen? Er wusste nicht genau, woran es lag — viel-leicht am Akzent —, aber wann immer Halloran mit jemandem aus den Südstaaten sprach, kam er sich vor wie ein Lackel vom Lande, ein Bauernsohn, was er ja war; aber auch wie ein ungebildeter Blö-dian, der er ja nicht war.

«Hier spricht Mike Halloran, danke für Ihren Rückruf, Dr. LeRoux.
Wenn Sie auflegen, Sir, rufe ich sie umgehend auf meine Kosten zurück.»

«Wie Sie wollen.» Im selben Moment klickte es auch schon.

Halloran klappte das Handy zu und ging zum Telefon an der
Wand.

«Und, wie hört er sich an?», fragte Bonar.

«Wie Colonel Sanders auf hochnäsig. Hallo, Dr. LeRoux. Hier ist
wieder Mike Halloran. Ich bin der Sheriff von Kingsford County hier
oben in Wisconsin, und ich bin auf der Suche nach den Erben von
Patienten, die sie vor Jahren behandelt haben —»

«Martin und Emily Bradford», unterbrach der Süden den Norden.

«Meine Frau hat es mir schon ausgerichtet.»

«Es ist schon mehr als dreißig Jahre her, Doktor. Erinnern Sie sich
an die beiden?»

«Als stünden sie vor mir.»

Halloran wartete einen Moment, ob LeRoux freiwillig mit weiteren Informationen dienen würde, aber in der Leitung blieb es
stumm. «Ihr Gedächtnis ist sehr beeindruckend, Sir. Sie müssen doch
seitdem Hunderte von Patienten gehabt haben —»

«Über meine Patienten spreche ich nicht, Sheriff, egal wie lange
ich sie schon nicht mehr behandelt habe. Als Gesetzeshüter sollten
Sie das eigentlich wissen.»

«Die Bradfords sind Anfang der Woche verstorben, Doktor. Daher
ist die Schweigepflicht nicht mehr geboten. Ich kann Ihnen gern
Kopien der Sterbeurkunden faxen, aber ich hatte gehofft, dass Sie
meinem Wort Glauben schenken und wir dadurch Zeit sparen.»

Der Seufzer des Arztes hatte eine lange Reise hinter sich. «Was genau müssen Sie denn wissen, Sheriff?»

«Soweit wir wissen, gab es da ein Kind.»

«Ja.» Ein neuer Tonfall in der Stimme des Arztes. Trauer? Reue?

«Wir versuchen, ebendieses Kind ausfindig zu machen.» Halloran
sah kurz zu Bonar hinüber und schaltete dann den Lautsprecher ein.

«Tut mir Leid, aber da kann ich Ihnen nicht helfen, Sheriff.» Die
schleppende Stimme des Arztes erfüllte jetzt die Küche. «Ich habe
das Kind zur Welt gebracht, habe es und Mrs. Bradford auch nach

der Geburt behandelt. Aber ich habe die beiden nie wieder gesehen. Oder je von ihnen gehört.»

Enttäuscht ließ Halloran die Schultern sinken. «Doktor, wir stecken hier in einer Sackgasse. Die Geburtsurkunde in Ihrem County blieb unvollständig. Kein Name und kein Geschlecht. Wir wissen also nicht einmal, ob es ein Junge oder ein Mädchen war.»

«Das weiß ich ebenso wenig.»

Halloran blieb die Sprache weg. «Entschuldigung, Sir?»

«Das Kind war ein Hermaphrodit, Sheriff. Und sollte sich niemand gefunden haben, der zum Wohl der bedauernswerten Kreatur eingegriffen hat, möchte ich bezweifeln, dass er oder sie bis heute sein Geschlecht kennt. Ich habe damals versucht, gleich nach der Geburt hier unten die Fürsorge einzuschalten, und ich habe immer den Verdacht gehegt, dass diese wohlmeinende Absicht letztlich dafür verantwortlich war, dass die Bradfords so Hals über Kopf aus Atlanta verschwunden sind.»

«Hermaphrodit», wiederholte Halloran wie erstarrt und tauschte einen Blick mit Bonar aus, der ähnlich ungläubig dreinschaute.

Dr. LeRoux seufzte ungeduldig. «Volkstümlich Zwitter genannt, aber wissenschaftlich genau: zweigeschlechtlich. Es existieren physische Manifestationen innerhalb bestimmter Parameter. Beim Baby der Bradfords waren Hoden und Penis teilweise eingewachsen, aber nichtsdestoweniger vollständig. Die vaginale Konfiguration war vorhanden, aber deformiert, und ob die Eierstöcke funktionstüchtig waren, blieb ungewiss.»

«Mein Gott.»

Der Doktor hatte sich für sein Thema erwärmt und fuhr fort. «Es handelt um eine relativ seltene Laune der Natur – statistische Daten hab ich nicht aus dem Handgelenk parat –, aber nicht einmal vor so langer Zeit hätte damit eine lebenslange Tragödie verbunden sein müssen. Wenn die Genitalien und die inneren Organe beider Geschlechter vorhanden sind, wie es bei dem Baby der Bradfords war, dann wählen die Eltern das Geschlecht ihres Kindes ganz einfach entsprechend der physischen Lebensfähigkeit der Organe aus. Der anschließende chirurgische Eingriff zur Realisierung der Geschlechtswahl ist in der Tat unkompliziert.»

«Und für welches Geschlecht haben sich die Bradfords entschieden?», fragte Halloran, und der Doktor reagierte unmittelbar und erbost.

«Sie wählten die Hölle auf Erden für ihr Kind, und ich kann nur hoffen, dass sie deswegen jetzt selbst in der Hölle braten.»

«Ich verstehe nicht.»

«Diese ... Leute», sprudelte es aus ihm heraus, «nannten ihr eigenes Kind – und ich zittere hier, denn ich werde die Formulierung, die sie benutzten, niemals vergessen – ‹eine Beleidigung im Angesicht Gottes. Ein Gräuel.› Sie glaubten, seine Geburt sei die göttliche Strafe für irgendeine eingebildete Sünde, und jede Einmischung würde diese Sünde real werden lassen, und ...» Er hielt inne und holte hörbar Luft. «Auf jeden Fall haben diese Eltern während der kurzen Zeit unter meiner ärztlichen Obhut für ihr Kind weder einen Namen ausgesucht noch das Geschlecht bestimmt, und ich kann Ihnen nur sagen, Sheriff, noch nach all diesen Jahren werde ich von Albträumen heimgesucht, in denen ich mir ausmalen muss, wie das Leben des Kindes wohl verlaufen sein mag. Können Sie sich das vorstellen? Diese Leute wollten ihrem Kind noch nicht einmal einen Namen geben ...»

Aus dem Hintergrund redete jemand hartnäckig auf den Arzt ein, wahrscheinlich seine Frau, aber Halloran konnte nicht verstehen, was sie sagte. «Stimmt etwas nicht, Doktor?» Er hörte ein sarkastisches Lachen.

«Kammerflimmern, hoher Blutdruck, ein leichter Herzklappenfehler. In meinem Alter hat man so seine Wehwehchen, Sheriff, und meine Frau macht sich wegen jedes einzelnen ihre Sorgen. Aber sagen Sie mir doch bitte noch eins, bevor wir diese Unterhaltung beenden.»

«Was immer ich kann, Doktor.»

«In meinem Teil unseres Landes fällt es normalerweise nicht in den Zuständigkeitsbereich der Polizei, nach Erben zu fahnden. Es geht doch wohl auch um ein Verbrechen, wenn ich mich nicht irre?»

Halloran sah Bonar an, und der nickte. «Mord.»

«Tatsächlich.»

«Die Bradfords – die sich Kleinfeldts nannten, solange sie hier

wohnten – wurden am frühen Montagmorgen ermordet.« Und weil
der Doktor letztlich so entgegenkommend gewesen war und weitaus
menschlicher, als er erwartet hatte, eröffnete Halloran ihm, was er
wohl am liebsten hören wollte. »Sie wurden während des Gebets in
ihrer Kirche erschossen.«

»Ach.« Es war eher ein Atemhauch als ein Wort, und irgendwie
klang darin Befriedigung mit. »Verstehe. Danke Ihnen, Sheriff Halloran. Seien Sie für diese Information herzlich bedankt.«

Über den Lautsprecher hörte man laut und deutlich, dass aufgelegt wurde.

Halloran ging hinüber an den Tisch und setzte sich zu Bonar. Eine
Zeit lang sprach keiner von beiden ein Wort. Dann lehnte sich Bonar
auf seinem Stuhl zurück und lockerte den Gürtel vorm Bauch. »Ich
hab eine Idee«, sagte er. »Was meinst du, wenn wir diesen Fall einfach abschieben und sagen, die Kleinfeldts seien eines natürlichen
Todes gestorben.«

Kapitel 21

Magozzi war noch niemals auf einem Kriegsschauplatz gewesen,
nahm aber an, so schlimm wie an diesem Ort könne es dort nicht
aussehen, denn sonst würde ganz bestimmt nie jemand bleiben, um
einen Kampf auszufechten.

Die Zufahrtsstraße zum Anleger des Raddampfers war verstopft
von Unfallwagen und Vans der Fernsehsender sowie von einer er-
staunlichen Anzahl Four-Wheel-Drives und schicker Limousinen,
von denen einige mit offenen Türen und laufenden Motoren anscheinend einfach abgestellt worden waren. Hubschrauber der
Nachrichtensender schwebten über dem Schauplatz und suchten ihn
mit großen beweglichen Scheinwerfern ab, wobei ihre Rotoren die
kalte Nachtluft mit jenem rhythmischen Knattern peitschten, das
man nur zu gut aus Sendungen vom Kriegsfilm kennt.
Überall drängten sich Menschen: uniformierte Polizisten, Zivilbe-
amte, Kriminaltechniker sowie eine ganze Menge gestresst wirken-
der Zivilisten, von denen es wimmelte. Die dreistesten von ihnen

brachen durch die Büsche zu beiden Seiten des Kontrollpunktes für Fahrzeuge, um zur Anlegestelle zu gelangen.

Magozzi manövrierte den alten Ford durch dieses Labyrinth aus Menschen und Fahrzeugen, bis er vor dem kleinen Holzhäuschen hielt, das von Chiltons Männern errichtet worden war. Durch die Windschutzscheibe sah er, wie uniformierte Polizisten zusammen mit Chiltons Männern vergeblich versuchten, Schaulustige und Medienleute vom Parkplatz fernzuhalten. Die Sperren hatten zwar verhindert, dass die Nachrichtenleute mit ihren Autos einfach auf den Platz fahren konnten, aber Reporter und Kameraleute mit Handgeräten waren überall. Sie brüllten in ihre Mikrofone, um einander in Live-Berichten zu übertönen, mit denen ihre TV-Stationen das normale Programm unterbrachen.

Schon unter normalen Umständen hätte nur eine Invasion der Marsmenschen den Hochzeitsempfang der Hammonds als Aufmachermeldung in den Zehn-Uhr-Nachrichten verdrängen können. Mit einem Mord als Beigabe war eine Topquote garantiert. Magozzi nahm an, dass in ihrem nachrichtensüchtigen Bundesstaat bestimmt achtzig Prozent der Bevölkerung in diesem Moment das Spektakel live miterlebten. Und zu diesen achtzig Prozent zählte wahrscheinlich auch der Killer.

Ein Mann im Smoking mit dem Gesicht eines Auftragsmörders klopfte an die Fensterscheibe. Magozzi erkannte eine Argo-Anstecknadel, die ein Loch ins Revers seines Tausend-Dollar-Anzugs gestochen hatte. Er drehte die Scheibe runter, zeigte seine Dienstmarke und deutete dann mit dem Daumen über die Schulter nach hinten.

«Wer gehört denn zu all den Autos?»

«Verwandte, Freunde, was weiß ich», sagte der Mann missmutig. «Auf dem Kahn da hat doch jeder zum Handy gegriffen, kaum dass die Leiche entdeckt worden war. Der große Lexus da drüben?»

«Ja, hab ich gesehen.»

«Kam angefahren wie ein Panzer, hat einen unserer Jungs am Knie erwischt, als er ihn anhalten wollte. Mutter von irgendeinem Jugendlichen auf der Party, und wir hätten sie erschießen müssen, um sie am Durchkommen zu hindern.»

«Red lässt euch niemanden erschießen?»

Der Typ brachte tatsächlich ein Grinsen fertig, aber dadurch wirkte sein Gesicht auch nicht menschenfreundlicher. Er sah immer noch aus wie ein Auftragskiller.

Magozzi parkte zwischen zwei Streifenwagen und schloss seinen Wagen ab. In zwanzig Meter Entfernung spuckte der Raddampfer ab und zu einen bereits verhörten Partygast aus, einen Leckerbissen für die Piranhas von der Presse. Verstört davon, dass ihre Party eine solche Wendung genommen hatte, und geblendet von den Scheinwerfen der Kameras, wirkten die Reichen und Mächtigen schwach und trotz ihrer Designerroben und Smokings überraschend verletzlich. Die meisten standen da wie begossene Pudel und ließen das Gewitter laut gebrüllter Fragen auf sich niederprasseln, aber eine ältere, mit Juwelen behängte Frau, die Magozzi bekannt vorkam, ließ sich ein solches Benehmen nicht bieten. Als die besonders penetrante Reporterin von Channel 10 ihr zu nahe kam, stieß die Frau sie so energisch von sich, dass sie auf dem aufdringlichen kleinen Arsch landete.

Magozzi erkannte schließlich in der Frau die Mutter des Bräutigams wieder. «Recht so, Lady», pflichtete er ihr flüsternd und mit einem boshaften Lächeln bei, voller Freude darüber, dass endlich jemand getan hatte, wonach ihm schon seit Jahren war.

Er war kaum zwei Schritte von seinem Wagen entfernt, als der Mob frische Beute witterte und über ihn herfiel. Er hob eine Hand, um seine Augen vor dem gleißenden Licht eines guten Dutzend Kameras zu schützen, und verzog das Gesicht wegen des plötzlichen Geschreis. Es waren zu viele Fragen, um sie in eine Ordnung zu bringen, und er wollte sich schon unter Zuhilfenahme seiner Ellbogen durch die Reportermeute boxen – ohne Rücksicht auf die schon lange bestehende Politik seiner Dienststelle, der Presse stets bereitwillig Auskunft zu geben –, als die Blondine von Channel 10 auf ihn losstürmte und dabei ihr Mikro wie ein Schwert nach rechts und links schwang, um sich eine Bresche zu schlagen.

Sie sah zu gut aus und war zu ehrgeizig für einen Job als Studiomoderatorin, und mit ihrer Sensationsgier passte sie nicht recht in die eher faden und für ein junges Publikum konzipierten Nachrichtensendungen von Channel 10. Magozzi vermutete, dass sie noch vor

Jahresende auf einen anderen TV-Markt wechseln würde, und was ihn betraf, konnte das gar nicht schnell genug geschehen. Sie war rüde, aggressiv, hatte den ärgerlichen Hang, Zitate in einen falschen Zusammenhang zu stellen, und außerdem war es ihr noch nicht ein einziges Mal gelungen, seinen Namen richtig auszusprechen.

«Detective Ma-go-zee?», kreischte sie so laut, dass die anderen Reporter vor Schreck verstummten.

Magozzi bemerkte diverse missbilligende Blicke in der Menge. In der Regel benahmen sich die Medienleute von Minnesota bemerkenswert gut. Sie redeten zwar alle gleichzeitig, sie stellten dumme und taktlose Fragen — *Was haben Sie empfunden, als Sie erfuhren, dass Ihr sechsjähriger Sohn von seinem Bruder erschossen worden war?* —, und manchmal, wie jetzt zum Beispiel, wurden sie laut. Jedoch nie übermäßig laut. Er hatte sich immer gefragt, ob es vielleicht ein stillschweigendes Übereinkommen in Bezug auf ein maximales Dezibelmaß gab, damit kein Reporter je die Grenze von wissbegierig zu unverschämt übertrat. Wenn es diese Übereinkunft tatsächlich gab, hatte die Blondine sie soeben missachtet.

«Was bellten Sie bitte?», fragte er und registrierte mit Genugtuung das zornige Blitzen ihrer Augen, als belustigtes Kichern in der Menschenmenge hörbar wurde.

«Detective Ma-go-zee ...», hob sie von neuem an.

«Ich heiße Magozzi. Ma-go-tse.»

«Verstehe. Kristin Keller, Channel-10-Nachrichten. Detective, können Sie bestätigen, dass der Mann, der heute Abend auf der Nicollet erschossen wurde, zum Zeitpunkt des Mordes gerade die Toilette benutzte?»

Taktlose Kuh, dachte Magozzi. Und definitiv nicht von hier. Ein Minnesotan, der etwas auf sich hielt, spielte niemals in aller Öffentlichkeit auf Körperfunktionen an, egal wie verklausuliert.

«Ich bin gerade erst hier eingetroffen, Ms. Keller. Ich kann zu diesem Zeitpunkt nicht das Geringste bestätigen. Entschuldigen Sie mich.» Er bahnte sich den Weg durch die Menge zur Gangway und hätte schwören können, ihren heißen Atem im Nacken zu spüren.

«Handelt es sich um einen weiteren Monkeewrench-Mord?», rief sie hinter ihm her.

Ach du Scheiße. Er blieb stehen und sah sich um. Sie lächelte hinter-hältig.

«Wie wir erfahren haben, war der Mord, der gestern Abend auf dem Lakewood-Friedhof geschah, identisch mit einem Mord aus einem Computerspiel von Monkeewrench, einer lokalen Software-firma. Können Sie dazu einen Kommentar abgeben, Detective?»

«Zu diesem Zeitpunkt nicht.»

Hawkins von der *St. Paul Pioneer Press* ergriff das Wort: «Kommen Sie, Leo. Den ganzen Tag über erreichten uns Anrufe wegen des Friedhofsmordes, und zwar von Leuten, die das Spiel im Netz spiel-ten. Sie alle sagten, der Mord sei haargenau gleich, und jetzt hören wir, dass diese Tat hier einem anderen Verbrechen im selben Spiel entsprechen könnte.»

«Wir haben dieselben Anrufe bekommen», sagte Magozzi.

«Also ist sich die Polizei einer Verbindung zwischen diesen Mor-den und dem Computerspiel bewusst?»

«Wir haben einige Ähnlichkeiten festgestellt, und wir werden das untersuchen.»

«In dem Spiel gibt es zwanzig Morde ...», rief Kristin Keller, und in dem Moment näherte sich der Helikopter ihres Senders und über-tönte sie mit seinem Lärm. «Verschwindet mit eurem Scheißding!», hörte Magozzi sie kreischen, als er hastig durch die Menge zur Gang-way eilte.

McLaren erwartete ihn auf dem Hauptdeck. «Jetzt kocht die Scheiße bald über, was?», sagte er trocken.

«Ja, und wir kriegen mehr als nur ein paar Spritzer ab.»

Es hatte dazu eines Mordes bedurft, aber jemand hatte Foster Ham-mond tatsächlich einmal die Show gestohlen, und er war darüber nicht besonders glücklich. Die Möglichkeit, dass es beim Hochzeits-empfang seiner Tochter zu einem Mord kommen könnte, mochte er vielleicht als kleinen Nervenkitzel angesehen haben, aber als die Polizei die Party gestürmt und aufgelöst hatte, war ihm jeglicher Spaß vergangen.

Das gesellschaftliche Ereignis des Jahres war jetzt zum Schauplatz eines Verbrechens geworden, die Braut war untröstlich. Speisen im

Wert von fünfundzwanzigtausend Dollar würden in einem Obdach-losenasyl in der Stadt verteilt werden, und Hammonds illustre Gäste waren in einen Salon an Bord gepfercht worden, um verhört zu wer-den «wie gemeine Verbrecher». So hatte sich Hammond gegenüber Magozzi ereifert.

Magozzi klopfte sich noch immer selbst auf die Schulter, weil er während Hammonds Tirade die Zunge im Zaum gehalten hatte, aber als der Scheißkerl anfing, über polizeiliche Inkompetenz zu wettern, hatte er sich verabschiedet, bevor er noch etwas wirklich Unstatthaf-tes sagte, wie zum Beispiel «Ich hab Sie doch gewarnt, Sie dämliches und arrogantes Arschloch».

Jetzt befand er sich fünfzig Meter entfernt von dem kontrollierten Chaos, das auf der Nicollet herrschte, starrte in das tintenschwarze Wasser des Mississippi und fragte sich, wie sie verdammt nochmal ein Wesen fassen sollten, das in einer Cyberwelt lebte und in dieser realen Welt mordete.

Er blickte hinaus über den Fluss und sah eine Million Verstecke zwischen den vielen Bäumen, im Unterholz, in den Spalten der zerklüfteten Felsen und in den undurchdringlichen Schatten. Der Dreckskerl könnte sich in diesem Augenblick durchaus irgendwo dort versteckt halten, ihn beobachten und sich ins Fäustchen lachen.

Aber das glaubte Magozzi nicht.

Mit einem tiefen Seufzer warf er einen letzten Blick aufs Wasser und machte sich dann auf den Weg zu der Barriere aus Streifen-wagen, die aufgereiht Seite an Seite auf dem Parkplatz standen. Die blauen und roten Lichter blitzten noch immer in kurzen Intervallen auf und badeten die Nicollet in das Licht eines zuckenden Regen-bogens aus Blut und blauen Flecken.

Gino hatte sich endlich aus dem Tumult auf dem Dampfer weg-schleichen können und duckte sich unter dem flatternden Absperr-band hindurch, um zu ihm zu gelangen. Für eine Temperatur von fünf Grad minus war er übertrieben angezogen: gesteppter Daunen-parka, mit Pelz gefütterte Mütze und dicke Schneemobilhandschuhe, die noch bei 50 Grad unter Null wärmen würden. Zwei Kriminal-techniker folgten ihm mit einer Trage, auf der ein schwarzer Beutel mit Reißverschluss lag.

«Hast du vor, nachher noch auf eine Antarktisexpedition zu gehen?», fragte Magozzi.

Gino bedachte ihn mit einem bösen Blick. «Ich bin es leid, mir die
Eier abzufrieren. Wir haben doch erst Oktober, verflucht nochmal.
Wo ist bloß der gute alte Altweibersommer geblieben? Ich schwör's
euch, ich zieh in den Süden. Ich hasse diesen Scheißstaat. Nächste
Woche stehen die Halloween-Gören in Skianzügen vor der Tür, und
jedes Mal, wenn du die Tür aufmachst, hast du wieder hundert Dollar Heizkosten verschwendet —»

Magozzi unterbrach eine Schimpfkanonade, die bis zum nächsten
Frühling hätte dauern können. «Und was haben wir?»

Ginos Stoßseufzer kam von ganzem Herzen und ließ die Luft um
seinen Kopf herum zu weißen Wölkchen gefrieren. «Immer dasselbe, immer dasselbe. Ein höllischer Albtraum. Was willst du zuerst
hören, Gerüchte oder Fakten?»

«Die Gerüchte. Die Wahrheit tut zu sehr weh.»

«Also schön: Der Bürgermeister hat sich das Kreuz verrenkt, als er
sich zu tief bückte, um Hammond in den Arsch zu kriechen — mit
der Entschuldigung, ob du's verdammt glaubst oder nicht, dafür, ein
solches Tohuwabohu verursacht zu haben. Dämlicher Mistkerl.»

«Welcher von beiden?»

Gino setzte ein fieses Grinsen auf. «Gute Frage. Jedenfalls hat sich
der Bürgermeister dann schon sehr bald von besagtem Rückenleiden
wieder erholt, um gegenüber seinem wichtigsten Wahlkampfmäzen
noch rechtzeitig das Gesicht zu wahren, indem er frei heraus McLaren und Freedman dafür tadelte, dass sie – ich zitiere – diese grässliche Tat nicht verhindert haben.»

«Das ist doch nicht dein Ernst, oder?»

«Und ob er das ist. Gottverdammtes Politikerarschloch. Unsere
Jungs haben sich aber gut gehalten. Standen einfach nur da und haben es über sich ergehen lassen.»

«Himmel auch. Erinnere mich, ihnen ein paar Stunden gutzu-
schreiben und Gefahrenzulage zu geben, sobald wir den Arbeitsein-
satz für die Sache hier abrechnen.»

«Ich finde, Tapferkeitsmedaillen wären angemessener.»

Magozzi sah auf und erkannte Red Chilton und zwei von dessen

Leuten, die gemeinsam den Dampfer verließen. Sogar Red, den normalerweise nichts aus der Fassung bringen konnte, sah ziemlich mitgenommen aus. Magozzi hätte nicht einmal für alles Gold in Fort Knox mit dem Mann tauschen wollen. «Wie schlägt sich Red?» Ich hab ihn gar nicht gesehen, als ich an Bord war.»

«Du kennst doch Red. Meister der Détentepolitik. Ich finde ja, dass er als Sicherheitsmann sein Talent verschwendet. Er sollte lieber Diplomat werden.»

«Irgend 'ne Ahnung, wen man für das hier verantwortlich machen wird? Ich mein, wenn es sich rumspricht, werden die Leute sich fragen, wieso dreißig bewaffnete Profis vor Ort, die auch noch vorgewarnt waren, das hier nicht haben verhindern können.»

«Da kommt jetzt die gute Nachricht. Anant sagt, das Opfer ist wahrscheinlich schon stundenlang tot gewesen, nämlich lange bevor hier jemand auftauchte. Kapitän Magnusson hat sein Privatklo bei der Besichtigungstour mit keinem Wort erwähnt. Das winzige Ding mit einer von diesen Falttüren aus Plastik – alle haben gedacht, es ist ein Wandschrank. Natürlich ist Unwissenheit keine Entschuldigung – sowohl Argo wie unsere Jungs waren auf Inspektionsrunden, bevor der erste Gast eintraf. Aber Red schiebt die Schuld nicht auf andere, und wir tun es auch nicht. Wir drücken alle nur die Daumen und hoffen, dass es im Eifer des Gefechts untergeht, wenn du verstehst, was ich meine.»

Magozzi nickte. «Was hast du sonst noch erfahren?»

«Sicher weiß ich nur, dass Hammonds Anwälte die ganze Nacht damit verbringen werden, so ungefähr zweiundfünfzig Klagen vorzubereiten. Würde mich gar nicht überraschen, wenn Hammond die Erbberechtigten des Toten auf Schmerzensgeld wegen seelischer Grausamkeit verklagen würde, weil der die Frechheit besessen hat, sich umbringen zu lassen. Aber natürlich kommt er mit nichts durch, denn Hammond wurde vorgewarnt und hat sich nicht darum gekümmert.»

Magozzi grinste. «Also wird Hammond damit rechnen müssen, selbst verklagt zu werden.»

Gino zwinkerte ihm zu. «Sagen wir mal, er wird auf jeden Fall herausfinden, wer seine wahren Freunde sind. Wenn er denn welche hat. Scheiße, vielleicht verklag ich ihn sogar auf Schadenersatz – ich hab gerade Helen bei ihren Hausarbeiten für Geschichte geholfen, als der Anruf kam. Was ist, wenn sie morgen die Arbeit verhaut? Das wird sie so aus der Bahn werfen, dass ihre Leistungen in den ande-ren Fächern auch nachlassen und dass sie von keinem College ange-nommen wird – wir reden also von ganz erheblicher Minderung des erhofften Lebensstandards. Aber politische Manöver und Schaden-ersatzprozesse beiseite – hier kommt der Knüller, direkt vom Grimm Reaper und deinem Hindu-Kumpel. Dieselbe Scheibe wie vorher –, meine Worte, nicht ihre – Geschoss vom Kaliber .22 in den Kopf. Mit einem neuen Aspekt. Der Typ hat eine frische Bisswunde an der Hand. Wahrscheinlich erst Minuten vor dem Tod zugefügt.»

«Ist ja toll. Unser Mann entwickelt Phantasie.»

«Ja, das fand ich auch. Und war schon begeistert, dachte, viel-leicht kriegen wir DNS, einen Gebissabdruck, den wir mit anderen vergleichen können, so was eben, und dann sagt mir Anant, er glaubt, das Opfer hat sich selbst gebissen.»

«Was?»

«Ja. Der Typ hat einen ziemlich heftigen Überbiss und dazu schiefe Eckzähne. Der Abgleich stimmt.»

«Möchtest du mir vielleicht auch erklären, warum das Opfer sich selbst gebissen hat?»

«He, es ist spät, ich bin müde, und in das Problem werd ich mich nicht mehr reinschaffen. Rambachan reimt uns mit Sicherheit was zusammen. Das schafft er doch immer.»

Magozzi sah seinem Partner über die Schulter und erblickte die hoch gewachsene, schlaksige und unverkennbare Gestalt des Ge-richtsmediziners. Gesenkten Kopfes und mit flatterndem Rockschö-ßen schritt er auf dem Außendeck des Raddampfers auf und ab, un-zweifelhaft auf der Suche nach Hinweisen, deren Existenz Magozzi kaum erahnen konnte. Als er einen Blick des Mannes auffing, winkte er ihn zu sich herunter. Rambachan hob einen Finger und mar-schierte von neuem los. Magozzi wandte seine Aufmerksamkeit wie-der Gino zu. «Wie gehen denn die Vernehmungen voran?»

Gino schnaubte zornig und stieß mit den Spitzen seiner langschäf-tigen Stiefel Eis vom Asphalt. «Langsam. Die Leute sind panisch aus-

einander gestoben wie die aufgescheuchten Hühner, als sie die Streifenwagen gesehen haben.» Er sah gereizt zu den aufblitzenden
Lichtbalken auf den Autos. «Kann nicht mal jemand die verdammten
Dinger abstellen?», schimpfte er einfach so in die Gegend. «Es hat allein eine halbe Stunde gedauert, die Leute zu zählen. Über dreihundert Gäste. Und jeder einzelne davon hasst mich inzwischen.»

«Da hast ja wohl einen neuen Rekord aufgestellt, was? Sich in nur
einer Nacht dreihundert Leute zu Feinden zu machen?»

«Du weißt doch genau, was ich diesen Menschen antun musste,
oder? Ich mein, die sind piekfein angezogen und haben nichts anderes im Sinn, als zu feiern und eine Hochzeitsparty zu genießen,
stimmt's? Und ich muss mit einem verfluchten Polaroid durch die
Gegend laufen, auf dem eine Leiche mit einem Loch im Kopf zu sehen ist. Könnte ja sein, dass es sich um den Begleiter eines weiblichen
Gasts handelt oder um den Vater von einem Gast oder sonst was.
Möchtest du dich vielleicht mal mit Statistik beschäftigen? Was meinst
du, wie viele dieser Leute das Kotzen kriegen, wenn sie bei einem
Hochzeitsempfang das Bild einer blutigen Leiche ansehen müssen?»

«Mein Gott, Gino ...»

«Dreizehn. Dreizehn haben auf der Stelle gekotzt. Der verdammte
Dampfer stinkt wie eine Ausnüchterungszelle am Sonntagmorgen.
Und die, die nicht kotzen mussten, wurden hysterisch. Wir hätten
Valium in Pappbechern austeilen sollen. ‹Hier bitte, nehmen Sie eine
Pille, und dann schauen Sie sich die Leiche an.› Mann, mir tat sogar
die Braut Leid, und die war die einzige, die ich heute Nachmittag
wirklich gern auf den Rücken gelegt hätte. Aber die ist ja fast noch
ein Kind. Klar, ein Mord bei deinem Hochzeitsempfang klingt nach
Agatha Christie, wenn du in dem Alter bist, aber wenn man dir die
Leiche tatsächlich zeigt, wenn auch nur auf einem Foto, ist das was
völlig anderes. Da steht sie ganz in weißem Satin und Spitze, hat
diese kleinen Perlendinger im Haar, und dann komm ich, der Freund
und Helfer, und verlange von ihr, dass sie sich am Tag ihrer Hochzeit
eine Leiche ansieht. Ich kann dir sagen, es hat selbst mir den Magen
umgedreht, weil ich eine Scheißangst hatte, er könnte zu einem der
Gäste gehören, verstehst du?»

Magozzi nickte. «Tat er aber nicht.»

«Nein. Keiner hatte ihn je gesehen. Im Grunde haben wir also gar nichts. Keine Abwehrverletzungen, keine Patronenhülse und bisher auch keine Spur, mit der wir ohne Laborbefund etwas anfangen könnten. Nur ein Typ im Anzug ohne Brieftasche, genau wie im Computerspiel.»

«Bleibt uns also nichts übrig, als das Opfer möglichst schnell durch seine Fingerabdrücke oder eine Vermisstenanzeige zu identifizieren.»

«Vielleicht finden unsere Jungs ja auch bei der Suche in der Umgebung seine Brieftasche in einem Müllcontainer, wer weiß?»

Auf der Suche nach seinen Handschuhen, die er zu Hause auf dem Bord im Flur vergessen hatte, schob Magozzi die Hände tiefer in die Taschen. «Wir brauchen den Zeitpunkt des Todes, um eventuelle Alibis der Monkeewrench-Leute zu prüfen.»

«Zwischen zwei und vier ist das, was wir bis jetzt haben. Und ich hab die Truppe der Computerfreaks angerufen, während du auf dem Weg hierher warst, und zwar gleich nachdem du mir am Telefon erzählt hattest, dass sie allesamt vor zehn Jahren aus dem Nichts aufgetaucht sind. Und das ist doch wohl irgendwie überwitzig.»

«Das ist aberwitzig.»

«Jedenfalls hab ich mit allen gesprochen bis auf MacBride, und stell dir vor: Sie sind samt und sonders früh gegangen, sie sind alle allein nach Hause gefahren und dort geblieben. Keiner von denen hat ein wasserdichtes Alibi, es sei denn MacBride kann eins vorweisen, wenn wir sie aufgestöbert haben.»

«Was hast du ihnen erzählt?»

«Null hab ich ihnen erzählt. Hab sie nur gefragt, wo sie zwischen zwei und vier waren, und ihnen eröffnet, dass wir sie zu einer offiziellen Aussage auf dem Revier erwarten. Morgen Vormittag um zehn Uhr. Hab das kleine Spektakel hier gar nicht erwähnt, aber wenn einer von denen einen Fernseher besitzt, ist es wohl eh egal.» Gino nickte ihm zu. «Und weißt du was, Kumpel? Wir müssen ihnen die Daumenschrauben anlegen, bis einer aufgibt und gesteht, sonst sind wir am Arsch. Bis jetzt schlägt dieser Kerl einmal pro Tag zu, und wo der nächste Mord im Computerspiel stattfindet, weißt du ja.»

Magozzi schloss die Augen, als er erinnert wurde. Der vierte Mord im Computerspiel sollte im Shopping-Center Mall of America statt-finden, und die Logistik für die Überwachung einer derartig großen Örtlichkeit war ein Albtraum für jeden Cop, gar nicht zu sprechen von der öffentlichen Kritik, die es hageln würde, wenn Minnesotas größte Touristenattraktion zum Schauplatz eines Mordes werden sollte. «Ich weiß nicht. Mein Gefühl sagt nein. Es ist keiner vom Monkeewrench-Team.»

Gino zog einen Fausthandschuh aus, der größer war als ein Schoß-hund, und kramte in einer der vielen Taschen seines Parkas. «Wa-rum? Etwa, weil die uns gerufen haben? War doch nicht das erste Mal, dass ein Verbrecher sein Verbrechen meldet. Die Psychos finden das geil, weißt du doch. Vielleicht will aber auch nur einer von ihnen die anderen fertig machen. Die kennen alle das Spiel, und jetzt hast du mir auch erzählt, dass sie diese Keine-Vergangenheit-Geschichte durchgezogen haben. Wenn du mich fragst, laufen da einfach zu viele abstruse Sachen bei den Typen.»

Magozzi folgte mit Blicken der Schatzsuche in den Parkataschen.

«Hört sich ja beinahe so an, als würdest du wollen, dass es einer von ihnen ist.»

«Scheiße, ja, und ob ich das möchte. Es ist entweder einer von de-nen oder ein anonymer Gamer von der Liste mit den Registrierun-gen, und als ich das letzte Mal bei Louise nachgefragt hab, hatten sie erst hundert von den über fünfhundert durchgecheckt. Sie sagte, es sei praktisch unmöglich. Jedes Mal wenn sie auf ein Alarmsignal tref-fen, das sie veranlasst, intensiver nachhaken zu wollen – eine falsche Adresse, Rechnungsadressen, die nicht mit den Heimadressen über-einstimmen und dergleichen –, sind ihnen die Hände gebunden. Uns allen sind die Hände gebunden. Keiner der Internet-Provider gibt ohne richterliche Anordnung Informationen über Kunden heraus, und im Moment besteht unser einziger hinreichender Verdacht darin, dass wir vermuten, unser Kerl könnte auf der Liste stehen. Er könnte die Hälfte der Einwohner unserer Stadt umbringen, bevor man uns das gesetzliche Okay gibt, auf solche Weise die Privatsphäre zu verletzen.»

«Da sehne ich ja fast nach der guten alten Zeit unter J. Ed-gar.»

«Hast verdammt Recht», sagte Gino deprimiert.

Magozzi bewegte die Zehen in den Schuhen und meinte, mindestens die Hälfte von ihnen noch spüren zu können. «Monkeewrench könnte das wahrscheinlich ohne richterliche Anordnung hinkriegen.»

Gino unterbrach die Untersuchung seiner Parkataschen und fragte verblüfft: «Bist du irre?»

«Wenn sie es hinkriegen, alle ihre eigenen Daten zu löschen, dann dürften sie es auch fertig bringen, uns ohne richterliche Anordnung und ohne Spuren zu hinterlassen das zu beschaffen, was wir brauchen. Uns läuft die Zeit davon, Gino. Wir brauchen Informationen.»

«klasse. Also krallen wir uns den Kerl, kommen aber mit unseren unzulässigen Beweisen vor Gericht nicht durch, und er geht frei aus.»

«Wenn wir mit der Hilfe von Monkeewrench eine brauchbare Spur finden, brauchen wir die unzulässigen Beweise gar nicht, um ihn krallen. Wir finden bestimmt was anderes, womit wir ihn festnageln können.»

Gino stöhnte. «Mag ja sein. Aber Zivilpersonen und zudem auch noch mögliche Täter als Helfer zu benutzen, um Verdächtige in einem Fall von mehrfachem Mord auszusieben? Da könnten wir gleich eine Hellseherin anheuern.»

Magozzi schüttelte den Kopf. «Ich seh nicht, dass uns eine andere Wahl bleibt. Was legale Maßnahmen betrifft, führt im Moment jede mögliche Spur in eine Sackgasse. Es bleibt also nichts anderes übrig, als diese Sackgassen daraufhin zu überprüfen, von wo sie ihren Ausgang genommen haben. Monkeewrench kann das bewerkstelligen, wir nicht. Auch wenn wir Tommy dazu bekommen, einen geschworenen Eid und diverse Gesetze zu brechen, bleibt er doch allein und ist der einzige im ganzen Morddezernat, der vielleicht die Chance hätte, die Spur zu den anonymen Spielern zurückzuverfolgen. Aber das dauert alles zu lange —»

«Und uns bleibt keine Zeit, ich weiß, ich weiß.» Gino sah ihn eine Weile nachdenklich an und setzte dann die Suche in seinen Parkataschen fort. «Wenn einer der Partner der Killer ist, wird er oder sie einen Teufel tun, uns dabei zu helfen, ihm oder ihr auf die Spur zu

kommen. Wir würden nie wissen, ob wir deren Informationen
trauen können oder nicht. Hast du das auch bedacht?»

Magozzi nickte missgestimmt. «Hab ich. Aber ich werde die Leute
trotzdem bitten. Was haben wir zu verlieren?»

«Wenn die uns auf eine falsche Fährte locken, verlieren wir erst
recht Zeit.»

«Nicht mehr als jetzt, wo wir doch nur mit dem Kopf gegen die
Wand rennen ... jetzt sag doch mal, wonach du eigentlich die ganze
Zeit suchst!»

«Nach denen hier!» Mit einem triumphierenden Grinsen zog
Gino eine Plastiktüte aus der letzten Tasche, in der er gewühlt hatte,
und ließ sie vor Magozzis Nase baumeln. «Die Erlösung. Das Nir-
wana. Der einzige Trost, der über alles Schlimme im Leben hinweg
hilft.» Er öffnete den Beutel, und gleich darauf war die Luft um sie
herum vom Duft selbst gebackener Schokoladenkekse erfüllt.

Magozzi nahm einen an und biss hinein. «Ich liebe Angela», sagte
er kauend.

«Werd ich ihr ausrichten.» Gino kaute fröhlich. «Kann nur hoffen, dass sie deswegen nicht auf 'n Horror komme.» Er blickte hinüber zu einigen Paaren, die den Dampfer verließen. «Ich schätze, ich
sollte mich mal wieder da drüben sehen lassen. Auf jeden Fall dafür
sorgen, dass McLaren nicht die Telefonnummern sämtlicher Braut-
jungfern einsackt.»

«Vielleicht haben wir ja Glück», sagte Magozzi. «Vielleicht hat ja
einer der Gäste zufällig einen tätowierten Muskelprotz auf einer Harley gesehen oder eine Sexbombe mit hundert Kilo Lebendgewicht.»

Gino schnaubte abfällig. «Wir sind hier in Minnesota. Die Hälfte
aller Frauen hier schleppt hundert mit sich rum.»

«Ja, aber davon ist keine so sexy.»

«Schade eigentlich. Wie heißt sie noch? Annie wie?»

«Belinsky. Aber bei dem, was du zu Hause hast, sollte sie dich
nicht interessieren.»

Gino schmunzelte. «Noch bin ich ja nicht tot.» Er zupfte am Kragen seines Parka. «Verdammt kalt hier draußen. Und da kommt der
Doc.»

Rambachan verließ überaus vorsichtig den Raddampfer und

wandte dabei keine Sekunde lang den Blick von der soliden und fast einen Meter breiten Gangway, die ihm anscheinend wie eine Seilbrücke über den Grand Canyon vorkam. Magozzi beobachtete, dass er den Presseleuten aus dem Weg ging und auf Gino und ihn zukam.

Seine normalerweise so fröhliche Miene wirkte angespannt und müde, und er taumelte sogar ein wenig.

«Guten Abend, Detectives.» Rambachan machte eine höfliche Verbeugung. Magozzi hätte schwören können, dass sich der Teint des Arztes verfärbt hätte.

«Dr. Rambachan. Ich habe den Eindruck, dass sie für Schiffe und Dampfer nicht viel übrig haben.»

Er lächelte kläglich und zeigte dabei weniger Zähne als gewöhnlich. «Ausgezeichnete Spürnase. Ja, da haben Sie Recht. Ich habe eine schon krankhafte Furcht vor Wasserfahrzeugen, und wenn ich an Bord muss, wird mir stets übel.»

Magozzi staunte darüber, dass ein Mann, der seine Arbeitstage mit verwesenden Leichnamen verbrachte, tatsächlich auf einem festgemachten Dampfer seekrank werden konnte. «Tut mir Leid, dass ich Ihnen unentwegt den Feierabend ruiniere, Doc.»

«Die Ruchlosen finden keinen Frieden.» Rambachan versuchte ein freches Lächeln und war offensichtlich hoch erfreut, dass er die Gelegenheit hatte, ein Zitat aus der Bibel zu benutzen. «Aber machen Sie sich keine Sorgen. Ich habe bereits meine gute Frau angerufen, um ihr zu sagen, dass es sehr spät werden dürfte. Diese Morde scheinen zur schlechten Angewohnheit einer Person zu werden, und ich würde gern noch heute Nacht die Autopsie zu Ende bringen. Vielleicht können meine Ergebnisse ja ein neues Licht auf Ihre Untersuchung werfen.»

Magozzi hätte ihn am liebsten geküsst. «Wir stehen in Ihrer Schuld, Doktor. Vielen Dank.»

«Mein Job, Detective. Ich werde Sie sofort anrufen, sobald ich etwas zu berichten habe.» Er wandte sich an Gino und neigte leicht den Kopf. «Es war mir eine Ehre, heute mit Ihnen arbeiten zu dürfen, Detective Rolseth. Sie waren sehr rücksichtsvoll gegenüber den Gästen, wenngleich Sie doch eine unangenehme Pflicht zu erfüllen hatten.»

Gino, der es nicht gewohnt war, je von irgendeiner Seite mit Komplimenten bedacht zu werden, errötete und tönte dann: «Na ja, ich hätte gut darauf verzichten können. War nicht gerade 'ne Mahlzeit aus der Pfanne.»

Rambachan strahlte und sah Magozzi an. «Keine Mahlzeit aus der Pfanne. Meinen Sie, das steht auch im Buch?»

Magozzi unterdrückte ein Schmunzeln und schüttelte den Kopf. «Wahrscheinlich nicht.»

«Würden Sie es mir dann ein andermal erklären?»

«Mit Vergnügen.»

«Ausgezeichnet. Dann Ihnen beiden einen guten Abend.»

Gino wartete, bis der Inder außer Hörweite war, und grinste breit, als er sich Magozzi zuwandte. «Was läuft da zwischen euch beiden? So was wie eine intime Männerfreundschaft? Ich versteh kaum ein Wort, das der Kerl sagt, und ihr beide macht Konversation wie zwei englische Lords beim Fünf-Uhr-Tee.»

Magozzi zuckte mit den Achseln. «Ich weiß auch nicht. Er ist einfach so ... höflich. Und auch so naiv. Eine angenehme Kombination. Er glaubt zum Beispiel, mit *Sprachwendungen und ihr Bezug zum Alltagsleben* in Minnesota könne er sein Englisch trainieren.»

Gino lachte laut los. «Ich hoffe, du hast ihn aufgeklärt.»

«Bis jetzt noch nicht ...» Magozzis Handy zwitscherte, und er nestelte es aus seiner Jackentasche. «Verdammt. Moment mal, Gino ...»

Dann bellte er: «Magozzi!»

Er blieb lange Zeit stumm, und Gino hätte schwören können, dass er den Anflug eines Lächelns bemerkte.

«Echt wahr? Hast du auch eine Adresse für mich?» Er grub ein Stück Papier aus der Tasche und kritzelte Zahlen und einen Straßennamen darauf. «Seltsame Adresse für eine Multimillionärin. Spitzenarbeit, Tommy. Jetzt mach, dass du nach Hause kommst, und ruh dich aus. Morgen in aller Frühe brauche ich dich wieder.» Mit Schwung klappte er das Handy zu.

«Gute Nachrichten?», fragte Gino.

«Grace MacBride, oder wer immer sie sein mag, hat sechs Handfeuerwaffen unter ihrem Namen registriert. Darunter eine .22er.»

Gino nickte zustimmend «Sie war es.»

«Ich werd mal da hinfahren und hoffen, dass ich sie zu Hause erwische. Dann soll sie mir sagen, wo sie zwischen zwei und vier war, und ich seh mir ihre Waffe ganz genau an. Schließlich bitte ich sie dann, uns bei der Liste mit den Registrierungen zu helfen.»

«Hübscher Schachzug. Könnten Sie uns vielleicht helfen, den Mörder zu finden, es sei denn, Sie sind selbst die Mörderin, und sollte das tatsächlich der Fall sein, dürfte ich mir dann mal eben Ihre Waffe anschauen?»

«Hast du einen besseren Vorschlag?»

«Ja, ich hab eine Idee. Ich mach mich so weit von diesem Fall weg, wie es nur geht. Jimmy und ich haben uns über diese Tageshandel-Geschichte unterhalten. Das könnten wir nämlich übers Internet auch von Montana aus machen.»

Kapitel 22

Magozzi fuhr mit hohem Tempo und Blaulicht durch Seitenstraßen und nahm dann die 94 East nach St. Paul. Der Freeway war um diese Zeit fast leer — zu spät für die normalen Berufstätigen, noch unterwegs zu sein, zu früh für die Clubgänger, sich auf den Heimweg zu machen —, und deswegen beschleunigte er das Zivilfahrzeug auf der äußersten linken Spur bis über neunzig Meilen die Stunde. Wie gerne hätte er einen der neuen Grand Ams gefahren, die dem MPH genehmigt worden waren, und nicht diesen supertollen zwei Jahre alten Ford.

Aber warum hatte er es eigentlich so eilig? Er wusste verdammt gut, dass Grace MacBride keine Mörderin war, und sollte sie es wider Erwarten doch sein, würde sie ganz gewiss nicht mit rauchender Pistole und von Blut besudelt durch ihr Haus spazieren und dazu ein schuldbewusstes Gesicht machen. Dass eine ..22er auf ihren Namen registriert war, hatte so gut wie gar nichts zu bedeuten — gerade diese Waffe war in ihrer Stadt so verbreitet wie Schlaglöcher auf den Straßen —, aber es bot ihm doch den Vorwand, bei der Dame vorbeizuschauen. Etwaige weitere Gründe für seinen Besuch näher zu überprüfen erschien ihm im Moment nicht angebracht.

«Alibi. Die Liste mit den Registrierungen.» Er sprach es laut aus, als seien seine Absichten durch einen fadenscheinigen Vorwand glaubhafter zu machen. Seine übermäßige Geschwindigkeit war leichter zu rechtfertigen. Die kaputte Heizung war auf mysteriöse Weise bei fünfundachtzig Meilen die Stunde schlagartig wieder zum Leben erwacht, und seit er das Revier verlassen hatte, war ihm zum ersten Mal warm.

Er verlangsamte an der Cretin-Vandalia-Ausfahrt die Geschwindigkeit und schaltete auch das Blaulicht aus. Als er die wenigen Blocks bis zur Groveland Avenue hinter sich hatte, war die Innentemperatur des Wagens um zehn Grad gefallen, und das Plastiklenkrad fühlte sich eiskalt an.

Sogar mitten in dieser Wohngegend waren trotz der Kälte einige Leute auf der Straße. Eine Gruppe von ungefähr zwölfjährigen Schulkindern, die eigentlich schon hätten im Bett liegen müssen; ein Paar mit einem Langhaardackel, dessen Bauch so dicht über dem Boden hing, dass man hätte annehmen können, er sei beinamputiert; ein unverdrossener Jogger, der sich die Illusion bewahrte, es handele sich um eine gesunde Freizeitbeschäftigung, des Abends an finsteren Seitengassen und dunklen Hauseingängen vorbeizulaufen. Sie allesamt trugen jedoch Handschuhe, sogar die Kinder, denn sie waren wohl klüger als er.

Er legte eine Hand zwischen die Knie, damit sie warm wurde, und lenkte mit der anderen. Dabei träumte er von seinen Handschuhen, die es daheim auf dem Bord im Flur gemütlich hatten.

Das Haus von Grace MacBride war so bescheiden wie alle anderen in dieser ruhigen Arbeitergegend, und in Anbetracht ihres Vermögens schien es etwas eigenartig, dass sie hier lebte. Wieso wohnte eine Multimillionärin in einem winzigen einstöckigen Haus mit separater Garage? Noch ein Widerspruch für seine Sammlung von Ungereimtheiten.

Er parkte auf der gegenüber liegenden Seite der Straße und beobachtete eine Weile das Haus. Im Auto war es so kalt, dass ihm der Atem gefror. Undurchsichtige Rouleaus verwehrten hinter allen Fenstern den Einblick, und einzig ein extra starker Scheinwerfer tauchte den winzigen und nicht gestalteten Vordergarten in Flutlicht.

Keine schmückenden Blumenbeete, keine Ziersträucher, keine deko-
rative oder einladende persönliche Note – nur Betonplatten auf dem
Weg zu einer schweren fensterlosen Tür.

Er stellte den Motor ab und kletterte aus dem Wagen, nicht ohne
den Kragen seiner Jacke aufzustellen. Der dünne Trench aus Mikrofa-
sern, der im August noch als modischer Glücksgriff erschienen war,
erwies sich jetzt als geradezu lachhaft untauglich. Aber wie jeder anständige Bürger Minnesotas mit Ausnahme von Gino Onio holte auch er
erst kurz vorm Tod durch Unterkühlung seinen Daunenparka hervor,
als könne man durch leichtere Kleidung das Wetter ermuntern, sich
entsprechend anzupassen.

Er überquerte die verlassene Straße und folgte dem pfeilgeraden
Weg zum dreistufigen Treppenabsatz. Auf der obersten Stufe verharrte er und sah sich die Tür genauer an. Das letzte Mal hatte er eine
mit Stahl verkleidete Tür im Frühling gesehen, als er in einem vor-
städtischen Rauschgiftlabor einen Mordfall untersuchte. Eine kost-
spielige Verteidigungsmaßnahme für Drogendealer, Mafiamitglieder
und krankhafte Paranoiker. Für eine misshandelte Frau, die sich vor
einem irren Exmann oder Freund verstecken musste, mochte eine
solche Verbarrikadierung vielleicht sinnvoll sein, solange sie das dafür nötige Geld besaß, und es war nicht das erste Mal, dass ihm für
die vorliegende Situation ein solches Szenario in den Kopf kam.

Als er sie zum ersten Mal sah, hatte er nämlich die Angst in ihren
Augen wahrgenommen und augenblicklich gedacht: Opfer von
Misshandlungen. Dieser Gedanke hatte sich jedoch schnell wieder
verflüchtigt. Das Problem war die Opfermentalität. Davon besaß sie
nämlich nicht die geringste Spur. Ängstlich, ja; handlungsunfähig,
nein. Sie mochte ihr Haus vielleicht mit einer Stahltür sichern und
sich mit einer Sig Sauer bewaffnen, aber ebendas waren die Handlungen einer Person, die die Initiative ergreift, die sich darauf vorbereitet, einer Gefahr zu begegnen und nicht vor ihr davonzulaufen.
Außerdem hätte die Theorie von Misshandlungen doch nur den
individuellen Identitätswechsel von MacBride erklärt – und nicht
dasselbe Verhalten bei den anderen fünf.

Er schüttelte den Kopf, um Gedanken zu vertreiben, die sowieso
zu nichts führten, bemerkte den kleinen grauen Plastikkasten einer

Gegensprechanlage am Türrahmen und las auf einer Fußmatte aus
Gummi ausgerechnet das Wort «Willkommen». Er fragte sich, ob es
sich dabei um Grace MacBrides ganz eigenen Humor handelte.

Als er auf die Matte trat, hört er über seinem Kopf ganz deutlich
ein elektronisches Surren. Schnell hatte er die Quelle des Geräusches
ausgemacht — eine Überwachungskamera, die im Dachvorsprung
hervorragend getarnt angebracht war und ihr stets wachsames Auge
jetzt auf ihn richtete und die Schärfeinstellung vornahm.

Er kniete sich hin und hob eine Ecke der Fußmatte an. Eine kleine
Platte, die in den Beton der obersten Stufe eingelassen war, wurde
sichtbar. Offenbar reagierte sie auf Druck und war mit der Kamera
verbunden. Außerdem löste sie wahrscheinlich auch irgendwo im
Haus Alarm aus.

Eine wohl krankhafte Paranoia zeigte von neuem ihr hässliches
Gesicht, und das war äußerst beunruhigend. Womit ließen sich derartige Sicherheitsvorkehrungen rechtfertigen? Wenn nicht sexuelle
Übergriffe, was dann? Industriespionage? Das konnte er sich nicht
vorstellen. Wie er gerade erst heute Abend von Espinoza erfahren
hatte, brauchte man seine eigenen vier Wände nicht zu verlassen,
wenn man sich zum Ziel gesetzt hatte, in einer Welt, in der durch das
World Wide Web alles unauflösbar miteinander verknüpft war, zu
lügen, zu betrügen oder zu stehlen.

Er drückte auf den Knopf der Sprechanlage und wartete. Sein Atem
gefror zu weißen Wölkchen. Länger als eine Minute herrschte Totenstille, dann waren metallische Geräusche zu hören — drei Riegel wurden nacheinander beiseite geschoben.

Die Stahltür ging auf, und Grace MacBride stand vor ihm. Ihr blas-
ses Gesicht war leicht gerötet und feucht. Sie trug ausgebeulte Trai-
ningshosen und ein übergroßes T-Shirt. Ihr Haar hatte sie zu einem
Pferdeschwanz gebunden. Sie hätte beinahe verletzlich gewirkt,
wäre da nicht das Knöchelhalfter mitsamt der Derringer gewesen.

«Es ist elf Uhr abends, Detective Magozzi.» Ihre Stimme war tonlos. Aber sie schien auch nicht sonderlich überrascht zu sein, dass er
vor ihrer Tür stand.

«Für die späte Stunde möchte ich mich entschuldigen, Ms. Mac-
Bride. Störe ich Sie bei etwas?»

«Bei meinem Fitnesstraining.»

Er deutete auf ihr Knöchelhalfter. «Sind Sie beim Fitnesstraining immer bewaffnet?»

«Nicht nur dabei, sondern wirklich immer, Detective, und das habe ich Ihnen doch bereits gesagt. Was wollen Sie also?»

Die geborene Gastgeberin, dachte Magozzi sarkastisch. «Ich möchte mir Ihre .22er ansehen.»

«Haben Sie einen Gerichtsbeschluss?» Ihr Tonfall blieb unbeteiligt, ihr Blick fest. Ein Pluspunkt für MacBride – sie war entweder unschuldig oder verhaltensgestört.

Magozzi seufzte und fühlte sich plötzlich erschöpft. «Nein, ich habe keinen Beschluss, aber ich kann einen bekommen. Ich bleib einfach hier auf dieser Druckplatte stehen und lass dort drinnen die Alarmsirene, oder was immer das ist, heulen, bis mein Partner mir einen bringt.»

«Stehe ich unter Verdacht?»

«Jeder ist verdächtig. Gibt es irgendeinen Grund, warum Sie mir die Waffe nicht zeigen wollen?»

«Weil wir nicht in einem Polizeistaat leben, Detective Magozzi.» Verdammt, konnte die patzig sein. Völlig unmöglich, dass je eine Beziehung zu jemandem gehabt hatte, der sie misshandelte. So wie sie sich auffuhrte, hätte einer von der Sorte sie schon gleich am ersten Abend umgebracht.

«Ms. MacBride, da draußen werden Menschen ermordet, und Sie vergeuden meine Zeit.»

Die leichte Rötung ihrer Wangen, die noch vom Trainingsstammte, wich einer Zornesröte. Er hatte einen Nerv getroffen. «Sie sind es, der Zeit vergeudet, indem Sie bei Personen ermitteln, die das Verbrechen gemeldet haben, statt dass sie den Killer suchen!»

Er blieb standhaft und ließ sich nicht darauf ein. Er stand in der Kälte da und hoffte nur, dass sie nicht mitbekam, wie sehr er unter dem dünnen Mantel zitterte. Zudem wartete er nur darauf, dass sie ihm die Tür vor der Nase zuschlug. Doch sie überraschte ihn.

«Ach, verdammt, was soll's? Kommen Sie rein und machen Sie die Tür zu. Aber rühren Sie sich dann nicht vom Fleck. Keine Bewegung.»

Er trat hastig ein, schloss die Tür und sah sich um. «Keine Netz-hautabtastung?»

Sie funkelte ihn an. «Wovon reden Sie denn da?»

Magozzi zuckte mit den Achseln. «Sie haben hier ein ziemlich ernst zu nehmendes Sicherheitssystem.»

«Ich bin auch eine ziemlich ernst zu nehmende Frau», reagierte sie schnippisch, drehte sich um und stolzierte den langen düsteren Flur entlang. Als sie hinter einer Schwingtür aus Eichenholz ver-schwand, ging er ein paar Schritte weiter hinein. Dabei hielt er nach Anzeichen Ausschau, dass hier tatsächlich jemand wohnte, aber die Eingangsraum und der anschließende Flur waren leer und wirkten so unpersönlich wie das Äußere des Hauses.

Links eine Treppe, rechts zwei geschlossene Türen – Wohnzim-mer und was? Arbeitskemenate? Dazwischen nichts als ein glänzen-der Fußboden aus Ahorn und eierschalenfarbene Wände. Sollte Grace MacBride eine Persönlichkeit besitzen, was er zu bezweifeln begann, waren hier nicht die geringsten Hinweise auf deren Merk-male zu entdecken.

Er hörte zornige Schritte, und die Schwingtür wurde mit einem Ruck wieder aufgestoßen. Grace sah ihn von der Schwelle her un-gnädig an. «Wenn Sie die Waffe sehen wollen, dann müssen Sie schon zum Waffenschrank mitkommen.»

«Schön. Sogar noch besser.»

Die Miene, die sie aufsetzte, als er auf sie zuging, konnte Magozzi nur als Ausdruck höchster Missbilligung interpretieren. Wenn es ihr darum ging, dass er sich wie ein stümperhafter Eindringling fühlte, war ihr kein Erfolg beschieden. Er reagierte nur gereizt.

«Sogar Sie müssten doch wissen, wie lächerlich das hier ist, Detective.»

Das mit dem «sogar Sie» ließ er ihr durchgehen. Verhaltensregel 101 für Detectives: Reagieren Sie niemals auf Beleidigungen durch Zivilpersonen.

«Und wieso?»

«Meinen Sie etwa, ich würde eine unter meinem Namen regis-trierte Waffe benutzen, um Menschen zu ermorden? Und glauben Sie etwa, die Waffe sei von mir nicht gereinigt worden, wenn ich sie gestern benutzt hätte, um das arme Mädchen zu erschießen?»

Der Mord auf dem Raddampfer wurde nicht erwähnt, wie Magozzi feststellte. Entweder wusste sie wirklich nichts davon, oder sie
tat nur so. «Natürlich hätten Sie die Waffe gereinigt. Etwas anderes
hätte ich von Ihnen auch nicht erwartet, Ms. MacBride. Aber die
Arbeit eines Detective besteht zum großen Teil aus dem mühseligen
Zusammentragen von Informationen und dem Schreiben von Berichten. Ich möchte hier nur konstatieren, dass Sie eine Waffe dessel-
ben Kalibers besitzen, wie sie auch der Mörder benutzte. Darüber
hinaus möchte ich festhalten, dass ich besagte Waffe mit Ihrer
Erlaubnis untersuchen dürfte und keinen Beweis dafür fand, dass
sie kürzlich benutzt wurde.»

«Sie gehen auf Nummer Sicher.»

«Absolut. Und das wird zum ersten Mal nicht so sein, wenn ein
Mörder eine mit Blut befleckte Waffe zurücklässt, mit der er eben
noch geschossen hat und die in einen Bogen Papier eingewickelt ist,
auf dem steht ‹Ich bin die Mordwaffe›.»

Sie drückte die Schwingtür auf und winkte ihn in eine rein zweck-
mäßig ausgestattete Küche, die mit blitzenden Kacheln getäfelt war
und ein auf Hochglanz gewienertes Waschbecken aufwies. Teure
Töpfe und Pfannen hingen an einem Gestell über der Arbeitsplatte
aus schwarzem Granit, die von Gerätschaften umgeben war, die nur
jemand besaß, der das Kochen ernst nahm.

Auf niedriger Flamme stand ein Topf mit Deckel, und darin bro-
delte etwas, das appetitlich nach Knoblauch und Wein roch. Aus
eigentlich unerfindlichen Gründen konnte er sich nicht vorstellen,
dass Grace MacBride etwas auch nur entfernt Hausfrauliches tat, aber
ganz offensichtlich besaß sie auch eine sanftere Seite, wenngleich sie
sich allergrößte Mühe gab, diese zu verbergen.

Er machte sich gar nicht erst die Mühe, darüber nachzudenken,
warum sie wohl um elf Uhr abends kochen mochte, denn er unter-
stellte ohnehin, dass alles, was sie tat, ein wenig außergewöhnlich
sein musste. «Sie haben einen Hund?», fragte er.

Grace sah ihn irritiert an. «Ach ja. Oh. Der Wassernapf. Detektivi-
sche Spitzenleistung.»

Magozzi beachtete den Kommentar nicht. «Und wo ist er?»

«Er versteckt sich. Er hat nämlich Angst vor Fremden.»

«Hmm. Hat er wohl bei Ihnen abgeguckt?»

Sie sah ihn wieder leicht gereizt an und führte ihn dann unter einem gewölbten Türrahmen hindurch ins Wohnzimmer, das sich seltsamerweise nicht im vorderen Bereich des Hauses befand, sondern hinten. Dieses Zimmer bildete den totalen Gegenpol zum Rest des Hauses – es war überraschend warm und möbliert mit gepolsterten Ohrensesseln und einem großen Ledersofa, das diverse farbenfrohe Daumenkissen zierten. Auf einem gläsernen Couchtisch lagen Stapel von Computerzeitschriften und eine Menge Lehrbücher zu verschiedenen Programmiersprachen. Ein Weidenkorb mit Zierkür-bissen stand in der Ecke neben einer Vase mit getrockneten Blumen. Ein weiteres Zeichen ihrer sanfteren Seite.

Besondere Aufmerksamkeit schenkte er den Gemälden an den Wänden – ohne Ausnahme Originale und insgesamt eine eklektische Sammlung abstrakter Schwarzweißkompositionen, die von demsel-ben Künstler stammen mussten, von dem auch das Gemälde im Büro von Cross war. Dazu hingen noch zwei Landschaftsaquarelle im Wohnzimmer.

Sie kniete sich vor ein sehr schönes Mahagonischränkchen und schob einen Schlüssel ins Schloss. Das Innere war dick mit rotem Samt ausgepolstert und beherbergte das höchst beachtliche Mac-Bride-Waffenarsenal. Sie ergriff eine .22er Ruger am Lauf und reichte sie ihm.

Er untersuchte die Pistole, zog den Schlitten zurück und sah nach, ob sie geladen war. Leer. Nichts in der Kammer. Sie war von einem leicht glänzenden Ölfilm bedeckt, ansonsten aber makellos sauber wie das Waschbecken in der Küche.

«Ich vermute, dass Sie mir die Waffe nicht überlassen wollen ...»

Sie atmete scharf aus.

«Das verstehe ich als ein Nein.» Er gab ihr die Pistole zurück und deutete auf die anderen Waffen. «Hübsche Sammlung.»

Sie blieb stumm.

«Vor was haben Sie denn eigentlich so viel Angst?»

«Steuern, Krebs, wie alle anderen auch.»

«Waffen sind da nicht besonders wirkungsvoll. Ebenso wenig Stahltüren.»

Weiterhin stumm.

«Und wohl auch nicht das Löschen der eigenen Vergangenheit.»

In ihren Augen flackerte es ein wenig.

«Möchten Sie mir etwas dazu sagen?»

«Wozu?»

«Dazu, auf welchem Planeten Sie und Ihre Freunde zu Hause waren, bevor Sie vor zehn Jahren hier bei uns auftauchten.»

Sie blickte ausweichend zur Seite, die Lippen fest aufeinander gepresst. Bemüht, ihre Wut hinunterzuschlucken, wie er annahm.

«Und wie viel Zeit haben Sie vergeudet, diesen Ermittlungsweg einzuschlagen?»

Er zuckte die Achsel. «Nicht viel.» Es war ein recht kurzer Weg. Ich hab im Büro ein Computergenie, das sich beim Versuch, durch Ihre Firewalls zu kommen, so die Haare gerauft hat, dass kaum mehr welche übrig sind. Inzwischen ist er jedoch Ihr größter Fan und meint, Sie alle sollten Ihre Arbeit für den Zeugenschutz einsetzen.» Er achtete auf ihre Reaktionen, aber sie zuckte nicht einmal mit der Wimper. «Sollten Sie sich bereits im Schutzprogramm befinden, würde es uns allen eine Menge Probleme ersparen, wenn Sie es mir sagten.»

Sie ignorierte ihn, legte die Ruger zurück, schloss den Waffenschrank ab, stand auf und verschränkte die Arme über der Brust.

«War es das? Wenn ja, würde ich gern mit meinem Training weitermachen.»

Magozzi sah sich eines der Aquarelle näher an, eine großstädtische Straßenszene mit Menschen, die alle gleich glücklich wirkten. Es handelte sich um ein bemerkenswert detailliertes Bild und stammte seiner Einschätzung nach wohl von einem jungen Künstler, der die Stilrichtungen der großen Meister vermischte, solange er selbst noch seinen eigenen Stil suchte. Das ungezwungen gesellige Motiv des Bildes schien so gar nicht in ein Haus zu passen, das wie eine Festung wirkte und einer Frau gehörte, die ganz bestimmt ohne Lachmuskeln geboren worden war. Er fragte sich, was sie wohl veranlasst haben mochte, gerade dieses Aquarell zu kaufen. «Unsere Leute haben an der Liste mit den Registrierungen gearbeitet, die wir von Ihnen bekommen haben.»

«Und?»

«Und es ist langwierig.»

«Natürlich ist es langwierig. Und dumm dazu.»

«Wie bitte?»

«Die Liste wird Ihnen nicht im Geringsten weiterhelfen, und das wissen Sie auch. Nicht einmal der dämlichste Killer würde Namen, Adresse und Telefonnummer hinterlassen, damit Ihre uniformierten Beamten an seine Tür klopfen, und der hier ist ganz und gar nicht dämlich ...»

Er öffnete den Mund, um etwas zu erwidern, war aber nicht schnell genug.

«... und bleiben Sie mir vom Hals mit irgendwelchem Schmonzes von wegen Befolgung der Vorschriften. Die Einhaltung der geheiligten Vorschriften hat nur zur Folge, dass die Arbeit der Cops ständig ins Stocken gerät. Zeit, Mittel und Energien werden vergeudet, die weitaus besser eingesetzt wären, wenn man diesem Kerl eine Falle stellen würde. Er ist nämlich in Fahrt, und wenn er wieder zuschlägt, geht das Opfer auf Ihr Konto, denn Sie hatten die Möglichkeit, ihm Einhalt zu gebieten, wenn Sie nicht so verdammt erpicht darauf gewesen wären, Namen auf einer Liste abzuhaken und meine 22er zu überprüfen ...»

«Wir haben diesem Kerl eine Falle gestellt», fauchte Magozzi, der mit einem Mal fürchterlich wütend auf diese seltsame, geheimniskrämerische und paranoide Frau ohne Vergangenheit war, die ihn belehren wollte, wie er seine Arbeit zu tun hatte; fürchterlich wütend, dass dieser Fall zunehmend außer Kontrolle geriet und sich die Leichen stapelten wie Klafterholz; fürchterlich wütend über ihren Mangel an Respekt und ihre Weigerung, mit ihm zu kooperieren, und ganz fürchterlich wütend schließlich, weil er das Gefühl nicht loswurde, etwas ganz Nahegelegendes an diesem Fall zu übersehen.

«Heute Abend gab es einen Hochzeitsempfang für Tammy Hammond auf der Nicollet. Nicht nur wir hatten zehn Leute vor Ort, sondern Argo Security hatte weitere zwanzig im Einsatz, und der verdammte Ort war besser gesichert als das Weiße Haus. Und denken Sie mal: Wir kamen trotzdem zu spät.» Solange sie seine zornigen Worte erst registrieren musste, starrte sie ihn an, aber gleich darauf bemerkte er, dass die selbstgerechte Empörung aus ihren Zügen

wich und sich in ihren blauen Augen nur noch eine Untergangsstimmung spiegelte, die sie bis ins Mark getroffen hatte. Mein Gott, so
ist ihr wirklich zumute, dachte er. Es ist absolut unmöglich, eine derartige
Gefühlsregung vorzutäuschen.

«Um Himmels willen», flüsterte sie. Und jetzt hörte er ihre wahre
Stimme und sah ihr wahres Gesicht. Sekundenlang überfiel ihn ein
bisher ungekanntes Schuldbewusstsein, so als habe er sie persönlich
im Stich gelassen.

Im nächsten Moment war die Untergangsstimmung verflogen,
und an ihre Stelle trat eine weitaus schlimmere Wut, als er sie spürte,
und dazu Hass, der sich direkt gegen ihn richtete. «Ihr Idioten.» Ihre
Stimme war leise und klang gefasst, und sie ließ die Worte nachwirken, damit er auch wusste, dass es ihr Ernst war. «Sie kamen zu spät?
Wir haben Ihnen gesagt, dass es geschehen würde. Wir haben ihnen
sogar gesagt, wo. Und jetzt musste jemand sterben, weil Sie zu spät
gekommen sind?»

Er merkte, dass er instinktiv in die Defensive ging, und wusste
auch, dass es falsch war. Aber er konnte nichts dagegen tun. «Wir
waren noch immer damit beschäftigt, sämtliche Hebel in Bewegung
zu setzen, um den Dampfer überhaupt betreten zu dürfen, als dieser
Mann ermordet wurde. Vielleicht hätten Sie uns etwas früher rufen
sollen, um uns zu informieren, dass einer von Ihren psychisch kran-
ken Spielern Ihr Computerspiel als Anleitung für eine Mordserie
benutzt. Wir waren nicht zu spät. Sie waren es.»

Meine Güte, er hörte sich an wie ein Schuljunge, der in der Hoffnung, die Schuld jemand anderem anhängen zu können, alle Verantwortung von sich wies. Diese Erkenntnis machte ihn nur noch
wütender.

«Wo waren Sie zwischen zwei und vier?»

Ihr Blick wurde hart und kalt, und das Blau ihrer Augen schien zu
gefrieren. «Bei der Arbeit. Allein. Keine Zeugen, kein Alibi. Alle
anderen gingen nämlich schon mittags. Wollen Sie mich jetzt festnehmen, Detective? Damit Sie leichter darüber hinwegkommen, so
kläglich versagt zu haben?»

Hier war wirklich alles auf den Kopf gestellt. Cops und Zeugen –
wenn sie denn nicht mehr als nur eine Zeugin war – sollten eigent-

lich auf derselben Seite stehen, aber diese Frau hatte ihren Groll gegen Cops schon lange entwickelt, bevor er sie kennen gelernt hatte.
Er war eben nur ihre momentane Zielscheibe.

Er rollte die Schultern, um die völlig verkrampften Muskeln zu
lockern. «Ich wünsche mir nichts als ein wenig Zusammenarbeit.
Wir müssen nämlich ganz dringend die Liste mit den Registrierungen reduzieren, die richtigen Namen und Adressen für all die Pseud-
onyme herausfinden, und wir haben leider nicht die Zeit ...»

«Dabei legal vorzugehen?»

Magozzi sagte nichts.

«Klären wir doch mal, ob ich unsere Situation richtig verstehe. Sie
platzen hier spät am Abend herein, verletzen so gut wie alle meine
Bürgerrechte, ja beschuldigen mich im Grunde gar des Mordes –
und dann bitten Sie mich, Ihnen zu helfen?»

Magozzi war so klug, noch immer den Mund zu halten.

«Sie sind das Hinterletzte, Detective.»

«Vielen Dank.»

«Verschwinden Sie auf der Stelle aus meinem Haus!»

Sein Handy zwitscherte, als er durch die Küche ging. Er grub es
aus der Tasche, klappte es auf und knurrte ungnädig seinen Namen.

«Fehlt dir was, mein Süßer?», hauchte ihm Gino ins Ohr.

«Ja, die Aktienkurse sind im Keller, Indien und Pakistan haben die
Bombe, und die Heizung im Auto ist immer noch kaputt.»

«Bist du bei MacBride?»

«Ja.»

«Wenn das Telefon nicht vor lauter Läuten von der Gabel gefallen
ist, muss sie wohl die Klingel abgestellt haben. Sag ihr, dass wir sie
morgen sprechen wollen. Ihre Freunde haben wir eh bestellt, und
warum dann nicht alles auf einmal erledigen? Hast du irgendwas
Interessantes erfahren?»

«Nichts bis auf meine eigene Unzulänglichkeit.»

Gino lachte. «Bis morgen dann.»

Magozzi wollte das Handy schon wieder in die Tasche stecken,
spürte aber ein leichtes Schuldgefühl und legte es stattdessen auf den
Küchentresen, nachdem er es verstohlen an seiner Jacke abgewischt
hatte. Er drehte sich um und sah MacBride in die Augen. Sie stand

unter dem gewölbten Türrahmen am Eingang zum Wohnzimmer und hielt die Arme in geradezu klassischer Abwehrhaltung über der Brust verschränkt. «Ihre Freunde kommen alle morgen früh um zehn aufs Revier, um offizielle Aussagen zu machen. Sie konnte man leider nicht erreichen.»

Ihr Kopf bewegte sich so gut wie unmerklich. «Ich hatte die Klingel abgestellt.»

«Hat man sich gedacht. Können Sie kommen?»

«Aber sicher, warum denn nicht? Vergeuden wir zusammen doch noch mehr Zeit, oder was meinen Sie? Geben wir dem Kerl die Chance, noch mehr Unschuldige zu ermorden, bevor Sie sich entschließen, ihm das Handwerk zu legen. Was haben Sie in Bezug auf die Mall of America vor?»

«Ich bespreche aktuelle Polizeimaßnahmen niemals mit Zivilpersonen.»

«Erst recht wohl nicht mit Verdächtigen.»

Magozzi sah sie lange an, drehte sich um und ging dann mit großen Schritten den Flur entlang bis zur Vordertür. Er öffnete sie mit Schwung und erschrak.

Ein schwarzer Junge stand auf dem Treppenabsatz, die nicht existenten Schultern unter einer richtig guten Lederjacke hochgezogen. «Ich hätte gern die Dame des Hauses gesprochen», sagte er zu Magozzi. Dabei trat er von einem Fuß auf den anderen, jederzeit bereit, das Weite zu suchen.

Er hörte zwar nicht, dass Grace hinter ihn trat, spürte sie aber.

«Jackson! Was machst du denn hier?»

Man sah, dass der Junge sich ein wenig entspannte. «Alles in Ordnung bei Ihnen?»

Grace nickte. «Sicher, alles in Ordnung.»

«Oh. Gut. Ich hatte auch nur gesehen, dass diese Schrotkarre hier vorgefahren kam und der Kerl ausstieg, und dann ...» Ein argwöhnischer Blick wanderte von Magozzis Brust zu dessen Gesicht. «Er ist nämlich bewaffnet, wissen Sie.»

«Schon in Ordnung. Dazu ist er berechtigt, denn er ist ein Cop.»

«Ach so. Na ja, ich wollte nur mal nachsehen, wissen Sie? Er kam mir irgendwie komisch vor.»

«Du hast ein gutes Gespür, Jackson. Danke, dass du aufgepasst hast.»

Der kleine Junge warf noch einen Blick auf Magozzi, kam offenbar zu der Überzeugung, dass keine Gefahr von ihm drohte, hüpfte vom Treppenabsatz und verschwand über den Weg.

«Was hatte das zu bedeuten? Haben Sie Kinder aus der Nachbarschaft angestellt, Ihr Haus zu bewachen?»

Grace sah ihn ausdruckslos an. «Nein, er ist mein Komplize bei all den Morden.»

Er hörte auf dem Weg, wie die Riegel einer nach dem anderen einrasteten, überquerte die Straße, stieg in seinen Wagen, startete die Motor und blieb lange genug ruhig sitzen, um keinen Argwohn zu erwecken. Dann stieg er aus, ging wieder hinauf an die Tür und drückte wieder auf den Knopf der Gegensprechanlage.

Diesmal ließ sie ihn länger warten, und zwar absichtlich, wie er annahm. Doch schließlich wurde die Tür geöffnet, und Grace Mac-Bride sah ihn aufgebracht an. «Dass ich Ihnen nicht beim ersten Mal die Tür vor der Nase zugeschlagen habe, bedeutet nicht, dass ich es jetzt ebenso wenig tun werde.»

«Das dürfen Sie aber nicht.»

«Tatsächlich? Und weswegen nicht?»

«Deswegen nicht.» Er zeigte auf die Matte unter seinen Füßen.

«Dort steht doch ‹Willkommen›.»

Ihre Mundwinkel zuckten, als könne sie es schaffen, ein Lächeln über sich zu bringen. Doch sie behielt sich bewundernswert unter Kontrolle, wie er fand. «Was wollen Sie denn noch, Detective?»

«Ich glaube, ich hab mein Handy in der Küche vergessen.»

«Ach, du meine Güte.» Ihr dunkler Pferdeschwanz wippte, man hörte ihre lauten Schritte auf dem Flur, und dann war sie auch schon wieder zurück. Sein Handy hielt sie auf Armeslänge von sich gestreckt, als hätte es eine ansteckende Krankheit.

«Tut mir Leid. Aber vielen Dank.»

Die Tür knallte laut hinter ihm zu, aber das störte ihn nicht. Er trug das Handy an der Antenne, und im Auto ließ er es in einen der Plastikbeutel für Beweismittel gleiten, den er von einem Stapel im Handschuhfach genommen hatte.

Charlie wartete schon auf der anderen Seite der eichenen Schwingtür auf Grace, und sein Stummelschwanz bewegte sich aufgeregt hin und her. «Alles okay, Charlie», versicherte sie ihm. «Der große böse Detective ist fort.»

Damit schien Charlie zufrieden gestellt, und er trottete zurück zu seinem Hundeteppich auf dem Sofa, um sein abendliches Nickerchen fortzusetzen, das Magozzi so grob unterbrochen hatte.

Grace rührte in dem Topf mit Bœuf Bourguignon, das auf dem Herd köchelte, legte den Löffel zur Seite und verschränkte die Hände, damit sie nicht so zitterten. Sie fühlten sich außerdem auch noch kalt an.

Sie ging durch sämtliche Räume zu ebener Erde, schaltete überall das Licht an und versuchte die Dunkelheit zu verscheuchen, die ihr die Luft raubte. Der Bengel wurde zum Problem. Sie hätte ihm im Park nicht beistehen dürfen. Jetzt wollte er sich revanchieren, indem er in der Nähe blieb und sie im Auge behielt. Aber das konnte sie nicht dulden, denn es war verdammt zu gefährlich.

Ein heller Glockenton ließ sie innehalten, als sie an der Bürotür vorbeikam. Der Computer meldete das Eintreffen einer E-Mail. Wahrscheinlich von einem ihrer Partner oder gar von allen, dachte sie und fragte sich, ob sie wohl ebenfalls einen Anruf von den Cops bekommen hatte.

Sie betrat das Büro, bewegte ihre Maus, um den Monitor zu aktivieren, und klickte auf ihre Mailbox. Eine neue Nachricht. Sie klickte sie an und rief die Absenderzeile auf. Da stand: VOM KILLER. Übermittelt von einem jener Megaserver, die allen Interessierten kostenlosen E-Mail-Service boten.

Sie starrte lange, lange auf den Monitor, bereit, jederzeit das Feld «Neue Mail lesen» anklicken zu können.

Sie wusste nicht genau, ob eine Minute oder eine Stunde verstrichen war, bevor sie schließlich die Nachricht öffnete. Fast schon unheimlich langsam fügten sich vertraute rote Pixel auf dem Monitor zusammen. Es war die zweite Oberfläche von SKID, auf der es eigentlich heißen sollte: «Ein Spiel gefällig?»

Nur lautete dieser Text ein wenig anders, und er war auch niemals in SKID programmiert worden.

Du spielst ja nicht mit.

Grace begann zu zittern, und es wurde so schlimm, dass sie es kaum schaffte, Harleys Telefonnummer herauszusuchen.

Kapitel 23

Am Mittwoch um fünf Uhr morgens läutete das Telefon an Michael Hallorans Bett und wollte nicht wieder aufhören. Er streckte eine Hand unter der Decke hinaus und spürte sogleich, wie sich Gänsehaut auf seinem Arm ausbreitete. Blind wanderte seine Hand auf der Suche nach dem Telefon über den Nachttisch und warf dabei sowohl den Wecker als auch das Wasserglas um. Das brachte auch seinen Kopf unter dem Daunenkopfkissen zum Vorschein. Es war so kalt im Schlafzimmer, dass ihm die Haare wehtaten.

«Hallo?», krächzte er in den Hörer und vergaß dabei, dass er sich eigentlich immer mit seinem Titel melden sollte. Doch im Moment war ihm der nicht gegenwärtig – Sheriff oder so ähnlich.

«Mikey, bist du es?»

Nur eine Person auf der Welt würde ihn Mikey nennen. «Father Newberry», stöhnte er.

«Es ist fünf Uhr, Mikey. Zeit aufzustehen, wenn du es zur Sechs-Uhr-Messe schaffen willst.»

Den Hörer noch am Ohr, schloss er die Augen und schlief auf der Stelle wieder ein.

«MIKEY!»

Das riss ihn sofort wieder aus dem Schlaf. «Rufen Sie alle Leute in der Stadt an, um sie rechtzeitig zur Messe zu wecken?», brachte er heraus.

«Nur dich.»

«Ich komme doch gar nicht mehr zur Messe, Father, haben Sie das vergessen? Was sind Sie bloß für ein sadistischer alter Furz. Weswegen wecken Sie mich bloß?»

«Gott ist die beste Medizin gegen Brummschädel, glaub mir.»

Halloran stöhnte nochmals und schwor sich, in eine Großstadt umzuziehen, in der nicht jeder über alle seine Aktivitäten minutiös Bescheid wusste. «Wie kommen Sie darauf, dass ich einen Brummschädel haben könnte?»

«Weil das Auto des protestantischen Ketzers die halbe Nacht in deiner Auffahrt stand ...»

«Und woher wissen Sie das?»

«... was ja wohl bedeutet, dass ihr beide euch die Nacht um die Ohren geschlagen und dabei Scotch getrunken habt, und jetzt ist dein Kopf so schwer, dass du ihn kaum vom Kissen heben kannst.»

«Was Sie nicht alles wissen. Ich weiß nämlich nicht einmal, wo mein Kissen ist.» Er sah sich auf dem Bett nach dem desertierten Kissen um, die Augen zu Schlitzen zusammengekniffen. Aber dennoch erkannte er nichts. «Außerdem bin ich blind.»

«Es ist dunkel. Mach das Licht an, setz dich auf und hör mir zu.»

«Das sind zu viele Anweisungen auf einmal.»

«Aber du hast doch Bonar letzte Nacht nicht selbst nach Hause fahren lassen, oder?»

Halloran stöberte in seinem benebelten Kopf nach Erinnerungen an die vergangene Nacht. Sie hatten sich Ralph bis zum letzten Bissen einverleibt, er hatte den Arzt in Atlanta angerufen, und danach hatten sie richtig zugeschlagen ...

Mike fand endlich den Schalter an seiner Lampe und hätte beinahe aufgeschrien, als das Licht anging. Jetzt war er wirklich erblindet.

«Natürlich nicht. Wir haben noch eine Pyjamaparty gefeiert.»

«Ist ja allerliebst. Also hör mal, Mikey, wie lange willst du noch diese alberne Bewachung der Kirche beibehalten? Seit Montag lässt du jetzt schon einen Deputy auf dem Platz parken.»

«Reine Vorsichtsmaßnahme.»

«Ist aber schlecht fürs Geschäft.»

Mike wollte schlucken, aber er hatte das Gefühl, als steckte ihm ein Haarklumpen in der Kehle. Er hoffte inständig, nicht die letzte Nacht irgendwo eine Katze gefunden und deren Fell geleckt zu haben.

«Und darum rufen Sie mich morgens um fünf Uhr an? Um mir zu sagen, dass ich Ihrem Profit schade?»

«Nein, wie ich schon gesagt habe, wollte ich dich nur zur Messe einladen.»

«Ich komme aber nicht. Wiedersehen.»

«Ich habe nämlich was gefunden.»

Halloran hob den Hörer wieder ans Ohr. «Was haben Sie da eben gesagt?»

«Es war in einem der Gesangbuchständer, zwei Kirchenbänke hinter der Stelle, wo die Kleinfeldts gesessen haben. Steckte in einem der Gesangbücher, genauer gesagt in dem Spalt zwischen Buchdeckel und Bindung, der entsteht, wenn der Klebstoff alt wird, trocknet und sich dann verzieht – verstehst du, was ich meine? Ich hätte es nie gefunden, wenn mir das Buch nicht aus der Hand gefallen wäre, und deswegen solltest du wahrscheinlich deine Männer, die so intensiv gesucht haben, nicht gleich feuern ...»

Halloran war jetzt hellwach. «*Was* denn? Was haben Sie gefunden, Father?»

«Oh, habe ich das noch gar nicht erwähnt? Na ja, es handelt sich um eine Patronenhülse, wenn ich mich nicht irre, und da es schon ewig her ist, dass wir Schießübungen in der Kirche veranstaltet haben, dachte ich mir, die Hülse könnte vielleicht mit den Morden zu tun haben.»

«Sie haben sie doch nicht angefasst, oder?»

«Das wäre mir im Traum nicht eingefallen», reagierte Father Newberry gekränkt, denn er war wie jeder andere Amerikaner mit Fernseher stolz darauf, Experte zu sein, was Polizeimethoden betraf. «Sie liegt auf dem Fußboden noch an der Stelle, wo sie hingefallen ist, aber natürlich treffen die Gläubigen innerhalb der nächsten Stunde ein, und ich nehme an, dabei wird sie durch die Gegend getreten werden ...»

Halloran nahm die Beine noch unter der Bettdecke in die Hand – zumindest bildlich gesprochen. In Wirklichkeit jedoch schlurfte er übertrieben zögerlich über den Fußboden des Schlafzimmers, darauf bedacht, nur nicht seinen Kopf abrupt zu bewegen. «Lassen Sie niemanden in die Nähe der Hülse, Father. Ich bin so schnell bei Ihnen, wie ich kann.»

Das alte Schlitzohr grinste so sehr, dass Mike es aus seinen Worten heraushörte. «Gut. Dann kommst du ja noch pünktlich zur Messe.»

Bonar verließ gerade das Bad, als Mike in die Richtung schlurfte.

Er war bereits angezogen und rasiert, und er sah widerlich munter aus. «Die Dusche gehört jetzt ganz dir allein, Kumpel, und Kaffee ist aufgesetzt. Mann, siehst du grausam aus. Du solltest vielleicht weniger trinken.»

Halloran spähte angestrengt aus verquollenen Augen. «Wer sind Sie denn?»

Bonar lachte. «Im Vergleich zu dir eine liebreizende Erscheinung, mein Freund. Wer hat denn zu dieser gottlosen Stunde angerufen?»

«Ein gottloser Pfarrer», murmelte Halloran und sagte dann, ein wenig besserer Laune: «Er hat in der Kirche eine Patronenhülse gefunden. Hat sie nicht angerührt. Und da du ja schon aufgestanden und sogar angezogen bist ...»

«Schon auf dem Weg. Ich seh dich dann später im Büro.»

Halloran grinste, als er unter die Dusche trat. Die Messe würde doch auf ihn verzichten müssen.

Kapitel 24

Grace stand in ihrem Wohnzimmer und blickte schmunzelnd auf die drei nur undeutlich zu erkennenden, aber laut schnarchenden Gestalten auf dem Fußboden. Das von Fell bedeckte Häufchen spürte die Gegenwart seines Frauchens und sah von der Bettstatt auf, die es sich mit Hilfe von Harleys Bein improvisiert hatte. Harley vermochte anscheinend die Albträume, die auf Fußbodenhöhe lauerten, allein dadurch zu bannen, dass er sich auf den Boden legte. Schon fühlte sich Charlie sicher. Grace konnte sich sehr gut in ihn hineinversetzen.

Harley gestern Abend noch anzurufen war ein Reflex gewesen, aber zudem auch ein vollkommen rationales Gegenmittel zu der schrecklichen Angst, die Grace verspürt hatte. Sie hätte irgendeinen von ihnen anrufen können; seine Nummer war ihr nur zufällig als erste eingefallen. Und dann hatte Harley Roadrunner angerufen, weil er der beste Hacker von allen war. Und danach hatte er Annie angerufen, «weil sie mich sonst kastriert hätte, und ich hab meine Eier doch inzwischen so lieb gewonnen». Sie waren allesamt ange-

rausch, ohne viele Fragen zu stellen, und hatten sich zusammenge-
tan, um gemeinsam in die Schlacht gegen einen unbekannten Feind
zu ziehen. Sie hatten sozusagen mit ihren Planwagen einen Kreis
geschlossen, dachte Grace.

«Charlie», flüsterte sie und tätschelte ihn einladend. Charlie rap-
pelte sich auf und folgte ihr dicht auf den Fersen, als sie leise in die
Küche schlich. Sie ging in die Hocke und streichelte seinen Kopf,
tastete in der dunklen Speisekammer nach dem Beutel mit seinem
Trockenfutter und dem jamaikanischen Blue-Mountain-Kaffee, den
sie für Roadrunner immer im Haus hatte. «Guter Junge», sagte sie.
«Alles in Ordnung. Ich bin doch nicht eifersüchtig.»

Charlies Stummelschwanz reagierte mit hektischem Zucken.

Grace fand zwar das Trockenfutter, doch ihre blinde Suche nach
dem Kaffee blieb erfolglos, bis sie einen Wandschalter betätigte und
das gedämpfte Oberlicht anging. Sie hoffte, dass Harley und Roadrunner dadurch nicht geweckt wurden. Nachdem die frühmorgend-
liche Düsternis vertrieben war, fand sie sofort den Kaffee und nahm
auch die Reihe leerer Bordeaux-Flaschen auf dem Küchentresen
wahr. Das Pulsieren leichter Kopfschmerzen, die sie eigentlich schon
vergessen hatte, meldete sich wieder, und daher fügte sie ihrer Mor-
gendosis an Vitaminen zwei Aspirin hinzu.

Als sie die Kaffeemaschine mit stillem Wasser aus dem Kühlschrank füllte, bewegte sich die größere der beiden Gestalten auf
dem Boden, und sie hörte Harleys noch verschlafene Reibeisen-
stimme krächzen: «Hoffentlich machst du Kaffee.»

«Eine Riesenmenge und extra stark», flüsterte Grace.

Harley stöhnte und drehte sich noch einmal um. Die Decke zog er
sich über den Kopf.

Über sich hörte Grace den Holzfußboden des Gästezimmers knarren. Wenige Minuten später tauchte Annie auch schon auf der
Treppe auf, makellos geschminkt und todschick in einem orangefarbenen Wollkostüm mit skandalös kurzem Rock. Über den Fingern
ihrer einen Hand hing ein Paar High-Heels im selben angedunkelten
Kürbis-Farbton; mit der anderen zog sie eine Schleppe aus schwarzem Chiffon, abgesetzt mit Marabufedern und geschmückt von fun-
kelnd schwarzen Pailletten. Wenn Halloween seine eigene Botschaf-

terin hätte wählen können, wäre Annie Belinsky zweifellos dazu er-
nannt worden.

Grace reckte beide Daumen in die Höhe. «Sehr festlich.»

Sie kicherten und umarmten sich, während Charlie sich zwischen sie drängte, um Annies Hand eine Zungenwäsche zu verabreichen. Annie kniete sich hin und zauste das Fell des Hundes. «He, Charlie, du hast dich mitten in der Nacht davongeschlichen, gemeiner Kerl. Weißt du eigentlich, wie sehr du ein Mädel damit kränkst?»

Zur Entschuldigung schleckte Charlie begeistert ihren Hals und machte sich dann über sein Frühstück her, eine weitaus wichtigere Tätigkeit.

«Ein Kavalier ist dein Köter wirklich nicht, Grace. He, schlafen die beiden Säcke immer noch?», fragte sie und linste ins Wohnzimmer. Grace nickte und legte einen Finger auf die Lippen. Dann zuckte sie zusammen, als Annie hinterlistig grinste und lauthals kommandierte: «Aus den Federn, ihr Penner!»

Eine kurze Pause, dann brüllte Harley zurück: «Annie, du nervst!» Statt bei Harleys lautem Gebrüll in Deckung zu rennen und sich in einer Ecke zu verkriechen, hob Charlie nur den Kopf und bellte fröhlich. Grace musste immer wieder staunen, dass ihr Hund, der doch unter krankhafter Angst vor Gott und der Welt litt, sich in Gesellschaft dieser Menschen so aufgehoben fühlte, dass ihn nicht einmal ihr lautes Geschrei störte.

Roadrunner schreckte völlig verstört hoch. «Was? Was?»

«Nur ein Albtraum, Roadrunner», krächzte Harley. «Schlaf weiter.»

Annie wieselte um Grace herum, drehte den Dimmer an der Küchenwand bis zum Anschlag hoch und bombardierte das angrenzende Wohnzimmer mit grellem Lichtschein.

Unter seiner Decke kam Harley zum Vorschein wie ein Wal, der zum Luftholen die Wasseroberfläche durchbricht. «Du bist eine blöde Gans», knurrte er und zerrte an seinem völlig zerzausten Pferdeschwanz. Seine Laune besserte sich schlagartig, als er ihre Aufmachung bemerkte. Demonstrativ musterte er sie von oben bis unten. «Was stellst du denn da? Den großen Kürbis am Himmelszelt?»

Annie machte einen Buckel wie Quasimodo und krallte mit langen

Fingernägeln in die Luft. «Ich bin die Hexe aus deinem schlimmsten Halloween-Albtraum.»

«Nein, die war lange nicht so sexy wie du.»

«Ach, du meine Güte. Aber komm jetzt hoch. Es ist bereits sechs. Frühstückszeit. Sagt dir das was, Schlauberger?»

Harley neigte den Kopf und schenkte Annie ein hingerissenes Lächeln. «Es bedeutet, dass ich alles Schlimme, was ich je über dich gesagt habe, auf der Stelle zurücknehme.»

Charlie tollte jetzt ins Wohnzimmer wie ein übergroßer Welpe, um reihum alle Gesichter zu schlecken. Harley ließ sich auf den Rücken fallen und ergab sich den Liebesbeteuerungen des Hundes.

«Hilfe! Hilfe! Ich werde von einem Mopp angegriffen!»

«Du verletzt seine Gefühle», sagte Grace und sah mit Vergnügen, wie der begeisterte Hund über sein nächstes Opfer herfiel.

Roadrunner nahm Charlie in die Arme und kratzte ihm kräftig den Rücken. «Wollen wir zusammen joggen, Kumpel?»

Charlie setzte sich. Die Zunge hing ihm aus dem Maul.

«Hä? Was meinst du?»

Der Hund bellte zur Antwort und trottete zur Tür.

Roadrunner gähnte und stand auf. Wenn nicht die widerspenstige Locke an seinem Hinterkopf gewesen wäre, hätte er beinahe ausgeschlafen gewirkt. «Ist es okay, wenn ich mit ihm laufe?»

«Aber klar doch.»

Mit verdrossener Miene blickte Harley von einem zum anderen. «Was ist denn blöd in euch gefahren? Warum sind alle hellwach und so verdammt gut gelaunt?»

«Vielleicht deswegen, weil keiner von uns gestern Abend ganz allein zwei Flaschen Wein geleert hat», kommentierte Annie bissig.

«Zu Ihrer Information, Fräulein Pharisäerin, es handelte sich nicht um Wein, sondern um Bordeaux. Und bei zweihundert Dollar die Flasche musste ich zu Ende bringen, was eure unzivilisierten Gaumen nicht schaffen konnten. Man öffnet keine Flasche 89er Lynch-Bages», gönnt sich ein Glas und kippt den Rest dann weg.» Er griff in seine Gesäßtasche und zog eine Geldbörse an einer Kette heraus. «Roadrunner, besorg mir doch auf dem Rückweg bei Mell-O Glaze einen Karton von diesen Apfelbeignets.»

Roadrunner hob abwehrend die Hand. «Die geb ich aus.»

Harleys Augenbrauen sprangen in die Höhe. «Du gibst was aus? Geht etwa die Welt unter?»

«Die Welt geht erst unter, wenn du aufhörst, dich wie ein Arsch-loch zu benehmen. Ich seh euch dann in einer halben Stunde.»

Grace nahm die Sachen fürs Frühstück aus dem Kühlschrank. «Harley, leg dich doch oben im Gästezimmer noch ein bisschen hin. Wir rufen dich dann zum Frühstück.»

Harley stand auf und reckte sich. «Nee, nee, ist schon okay. Gib mir einen Karton Orangensaft und zehn Aspirin, dann ist alles klar.»

Grace hob den Krug mit Orangensaft in die Höhe. «Komm und hol dir was.»

Harley kam in die Küche marschiert, nahm ihr den Krug ab und stellte ihn auf den Frühstückstresen. Dann packte er sie an den Schul-tern und drehte sie zu sich. «Du musst wissen, dass ich nicht die geringste Angst vor Cholesterin habe.»

Grace feixte. «Trifft sich gut, denn ich war gestern erst einkaufen. Es gib Schinken, Speck, Eier, Würstchen, Kartoffeln, Käse ...»

«Ich bin gestorben und im Schlaraffenland wieder aufgewacht.» Er tat es so, als müsse er vor Begeisterung in Ohnmacht fallen, aber steuerte dann geradewegs auf die Kaffeemaschine zu.

Annie stand jetzt mit aufgerollten Ärmeln und einem Messer in der Hand über einen riesigen Schinken gebeugt. «Das hier erinnert mich an die Zeiten auf dem College», sagte sie gut gelaunt und sä-belte die erste Scheibe ab. «Wisst ihr noch, wie wir oft nach einer langen Nacht bei einem von uns gepennt haben? Am nächsten Mor-gen sind wir dann über den Kühlschrank hergefallen und haben uns aus den Resten was gezaubert.»

Grace machte sich daran, Eier in eine Keramikschüssel zu schla-gen. «Mein Gott, wir haben uns damals ziemlich eklige Sachen rein-gezogen, oder?»

Harley griff sich drei Becher aus dem Küchenschrank und lauerte ungeduldig an der Kaffeemaschine. «Welcher völlig abgedrehte Mensch hat damals das Lo-Mein-Omelett mit Ziegenkäse gemacht? Wisst ihr noch? Mein Gott, schmeckte das fies.»

«Mitch», sagte Grace. «Er war der einzige ambitionierte Feinschmecker in unserer Truppe.»

«Fehlgeleitete Feinschmecker!», korrigierte Harley. «Obwohl ich ja
zugeben muss, dass er inzwischen allerhand dazugelernt hat. Und
mal ehrlich, ich finde, dass seine kulinarischen Fähigkeiten bei Diane
verschwendet sind. Die isst doch sowieso nur ungeschältes Vogel-
futter und makrobiotische Grünkernbratlinge und solchen Mist.»
Harley schenkte Kaffee ein und gab eine großzügige Portion Sahne
und Zucker dazu. «Wo wir gerade von dem alten Jungen reden ... der ist
bestimmt schon im Büro und hat ganz für sich allein einen Nervenzusammenbruch. Ich ruf ihn lieber mal an und sag, was los ist.»

«Lad ihn doch hierher zu einem Lo-Mein-Omelett ein», sagte
Grace.

Harley ging ins Arbeitszimmer, um Mitch anzurufen, während
Annie sich daran machte, Knack-und-Back-Brötchen zu backen, und
Grace den Tisch deckte. Als Harley fünf Minuten später wiederkam,
schüttelte er den Kopf.

«Was?», fragten Annie und Grace wie aus einem Mund.

«Schlechte Nachrichten, Kinder. Die Verbindung von Monkeewrench mit den Morden ist aufgeflogen, und Mitch ist durchgedreht. Wir sind in allen Nachrichten.»

Grace seufzte. «Das musste ja irgendwann passieren.»

«Nur eine Frage der Zeit», sagte Annie und klatschte dabei den
Teig von einer Hand auf die andere. «Jeder, der das Spiel mal gespielt
und gestern die Zeitung gelesen hat, brauchte doch nur zwei und
zwei zusammenzuzählen, so wie wir.»

Harley schenkte sich Kaffee nach. «Ja, ich weiß, aber Mitch nimmt
es nicht so gelassen. Heute Morgen haben ihn schon fünf Kunden
angerufen und ihre Etats gekündigt. Im Augenblick beißt er sich in
den Zahlen fest, und er sagt, es sieht nicht besonders gut aus.»

«Hast du ihm von der E-Mail erzählt?», fragte Annie.

«Wollte ich ja und war gerade dabei, aber der arme Kerl war ohnehin schon völlig aufgelöst, und wenn ich es ihm erzählt hätte, dann
hätte ich ihm auch sagen müssen, dass wir die ganze Nacht hier zusammen waren und nicht einfach nur zu einem improvisierten Frühstück zusammengekommen sind, und dann hätte er sich prompt aus-

geschlossen gefühlt, weil ihn niemand angerufen hat ··· ihr wisst schon. Also dachte ich, wir sollten es ihm persönlich erzählen. An unserem Frühstück wird er jedenfalls nicht teilnehmen.» Harley schaute Annie über die Schulter dabei zu, wie sie kleine runde Teigscheiben ausstach. «Nicht schlecht, denn auf der Habenseite bedeutet das mehr Brötchen für mich.»

Annie gab ihm einen Klaps mit der mehligen Hand.

Eine halbe Stunde später saßen sie alle um den winzigen Küchentisch und verdrückten ein enormes Quantum an Schinken, Speck, Kartoffeln und Gemüseomeletts sowie Annies legendäre Knack-und-Back-Brötchen.

Roadrunner ächzte und schob seinen leeren Teller von sich. «Ich kann euch sagen, das hier ist tausendmal besser als mein Joggermüsli.»

Harley tat verblüfft. «Das ist dein einziger Kommentar? Besser als Joggermüsli? Mann, Roadrunner, das hier ist das Schlaraffenland.» Mit einem Achselzucken entschuldigte er Annie und Grace gegenüber Roadrunners Ignoranz. «Perlen vor die Säue, ihr wisst schon.»

Roadrunner sah auf seine Armbanduhr. «Ich möchte ja nicht ungemütlich werden, aber wir sollen schon in ein paar Stunden zur Vernehmung bei den Cops auflaufen. Sprechen wir über die E-Mail. Hält jemand von euch sie für echt, oder tun wir sie als einen dummen Streich ab?»

«Sag du es uns», meldete sich Grace. «Du hast ja schließlich die Nacht damit verbracht, sie zurückzuverfolgen.»

Roadrunner zuckte die Achsel. «Ich bin nicht einmal durch die erste Firewall gekommen. Wer es auch sein mag, er hat ziemlich gute Arbeit geleistet. Aber ich werd's weiter versuchen.»

Harley griff zur Kaffeekanne und schenkte ihnen nach. «Wahrscheinlich irgendein abgedrehter kleiner Cyberfreak, der auf seine anonymen fünfzehn Minuten Ruhm scharf ist. Laut Mitch ist die Sache ein gefundenes Fressen für die Medien, besonders wegen der Hammond-Hochzeit. Also sieht auch dieser Typ seine große Chance, in die Annalen einzugehen. Er spielt den Psychopathen, dabei geht ihm einer ab, und für ihn ist es nicht mehr als ein Heidenspaß. Fast schon so geil, als wäre er wirklich dabei gewesen. Außerdem hat er

Zeitungsausschnitte für sein Erinnerungsalbum, kann seinen Enkelkindern was vorweisen.»

Annie reagierte sarkastisch. «Wie nett. He, Kinder, seht mal, euer Opachen war so ein richtig krankes Arschloch, ist das nicht toll?»

«Massenhaft Irre da draußen», sagte Harley. «Ich möchte nur wissen, warum er die E-Mail nur an Grace geschickt hat. Warum nicht an die Adresse von Monkeewrench? Oder an einen von uns?»

Grace sagte: «Überleg doch mal. Wenn du so ein Wahnsinniger wärst und jemandem Angst machen wolltest, welche E-Mail-Adresse würdest du dir aussuchen? Doch wohl nicht Harley-Davidson, wahrscheinlich auch nicht Roadrunner und definitiv nicht Ballbuster.»

Annie warf einen unschuldigen Blick zur Decke.

«Nein, du würdest sie an mich schicken. GraceM. Das klingt ungefährlich.»

«Okay, dann wär ich ein schlimmer Psychofall», gestand Harley. «Vielleicht stammt die E-Mail vom Killer, vielleicht stammt sie aber auch von irgendeinem harmlosen ausgeflippten Gamer. Wir gehen auf Nummer Sicher und tun so, als käme sie wirklich vom Killer. Das bringt uns auf ein neues Thema.»

«Was?», fragte Annie und schlug Harley auf die Hand, als er nach einem weiteren Brötchen greifen wollte. «Das ist meins, Freundchen.»

Harley überließ das letzte Brötchen der Bäckerin. «Na ja, findet denn keiner, dass diese ganze Sache ein ziemlich erstaunlicher Zufall ist? Ich meine, wie stehen die Chancen, dass so was denselben fünf Menschen zweimal im Leben passiert?»

Roadrunner runzelte die Stirn und knüllte seine Serviette. «Da komm ich auf die Idee, loszugehen und mir ein Lotterielos zu kaufen.»

«Eben das mein ich ja.»

«Das hier ist völlig anders», sagte Annie entschieden. «Nur irgendein Arschloch, das unser Game spielt.»

«Hatte ich ja eigentlich auch gedacht», sagte Harley. «Wie wir alle. Aber nach dieser E-Mail wurde es etwas persönlicher, und das brachte mich zum Nachdenken.» Er zögerte und sah Grace an. «Und wenn es tatsächlich er ist?»

Graces Gesicht war völlig versteinert. Im Laufe der Jahre hatte sie sich diese Miene immer überzeugender angeeignet, aber am Tisch ließ sich niemand davon täuschen.

Roadrunner sah sie an, sah, was sich in ihrem Inneren abspielte, und schüttelte heftig den Kopf. «Niemals. Er hätte keine Chance, uns zu finden, nicht in einer Million Jahren. Dafür haben wir gesorgt. Dies ist nur der ganz einfache Fall eines mordlustigen Wahnsinnigen, der sich an ein Konzept hängt, weil es ihn aufgeilt, und es dann zum Äußersten treibt. Er ist ein Gamer, und dies hier ist das ultimative Game.»

«Kann ich nur hoffen, Buddy», sagte Harley, und einen Augenblick lang waren alle so still, dass der Ton, der im Arbeitszimmer von Grace eine neue E-Mail ankündigte, wie eine Explosion klang.

«Oh, mein Gott.» Grace schloss die Augen.

Roadrunner stand ohne ein weiteres Wort auf und ging ins Arbeitszimmer hinüber. Als er zurückkehrte, war er um einiges blasser. «Eine neue E-Mail ist angekommen», sagte er mit bebender Stimme. «Ich weiß nicht, ob sie vom Killer stammt, aber ich glaube, das ist nicht schwer herauszubekommen bei den vielen Einzelheiten, die drin stehen.»

Kapitel 25

Als der Wecker am Mittwochmorgen um sieben Uhr klingelte, kam es Magozzi so vor, als habe er höchstens zwei Stunden geschlafen. Wenn man es überhaupt Schlaf nennen konnte. Die meiste Zeit hatte er sich im Halbschlaf gewälzt und die Laken zu einem Knäuel an seinen Füßen zerknüllt. Und hätte er sich vor dem Schlafengehen nicht den doppelten Scotch gegönnt, wäre es um seine Nachtruhe noch viel schlechter bestellt gewesen.

Aber trotz der geballten Betäubung durch Single Malt und Erschöpfung hatte sein Gehirn auf Hochtouren gearbeitet und ihn mit einer Sturzflut aus wieder an die Oberfläche geschwemmten Daten, Gedanken und makabren Phantasien gequält, die in gruseligen schwarzweißen Trugbildern stockend lebendig wurden. Grace Mac-

Bride erfreute sich ständiger Gastauftritte in dem Theaterstück, das sich in seinem Kopf abspielte. Doch er sah eigentlich nie wirklich ihr Gesicht, sondern ahnte nur im Grenzbereich seines Bewusstseins ihre Gegenwart, wo sie verharrte wie ein böser Geist.

Er war am vergangenen Abend zum Raddampfer zurückgekehrt, nachdem er ihr Haus verlassen hatte. Nachdem er und Gino dort alles erledigt hatten, waren sie in südlicher Richtung zur Mall of America aufgebrochen, eine Stunde lang auf den leeren Parkdecks umhergefahren und anschließend ins Büro zurückgefahren, um die Dienstpläne zu erfüllen.

Wie er es sah, hatten sie keinen einzigen Freund mehr im Department. Sie hatten weit nach Mitternacht noch über hundert Männer angerufen, um die Situation auf die Reihe zu bekommen, und da-nach hatten sie auch noch den Chief angerufen, der ganz bestimmt den Bürgermeister und den Gouverneur und Gott weiß wie viele noch angerufen hatte. Vielleicht hatte es irgendwo in den Vororten noch ein weiteres wichtiges Mitglied der Gemeinde gegeben, dessen Telefon letzte Nacht nicht geklingelt hatte, aber das konnte Magozzi nicht glauben.

Noch immer wie benommen duschte er und zog sich an, um nach unten zu gehen, wo das Thermometer vor dem Küchenfenster mi-nus zehn Grad anzeigte. Er sah zweimal hin, um sich nicht zu irren, hängte sein Anzugjackett über einen Küchenstuhl, stopfte seine Kra-watte zwischen zwei Knöpfe seines Hemds und machte sich daran, das erste große Frühstück anzurichten, das er sich nach Monaten endlich mal wieder gönnte. Bei dieser Kälte, sagte ihm sein Verstand, wäre Müsli gleichbedeutend mit Selbstmord. Was er brauchte, wa-ren Kalorien.

Er legte Speck in eine Pfanne, füllte eine weitere mit einer töd-lichen Mischung aus Eiern und Sahne und versenkte zwei Scheiben Brot im Toaster.

Lange Nächte und kalte Vormittage ließen ihn immer wieder Heather vermissen. Na ja, an und für sich nicht Heather, sondern was er wirklich vermisste, war das Ideal von Ehe. Jemand, zu dem man heim kam, ein zweiter warmer Körper im Haus, ein verständnis-volles Ohr, das stillschweigende Einverständnis unter Gefährten.

«Dann besorg dir doch einen Hund», hatte sie eines Abends gesagt, nachdem sie ihm das Telefon aus der Hand geschlagen hatte,
das ihn wieder einmal zum Dienst rief. Und danach hatte sie ihm die
wirklich erstaunliche Anzahl der Männer gebeichtet, denen sie im
vorangegangenen Jahr nackt begegnet war.

Er hatte schlimme Monate voller Selbstzweifel verbracht. Hatte
sich verflucht und um eine Ehe getrauert, die eigentlich nie bestanden hatte, hatte gelitten unter der Beleidigung seines Erbes und auch
seines Machismo — welcher heißblütige Italiener hätte noch mit sich
selbst leben können, nachdem er von einer vermeindlich kühlen
Schwedin abserviert worden war?

Er versuchte, Heather als Schuldige zu sehen, aber letztendlich
nahm er es hin, wie es war, und wurde zur Karikatur seiner selbst:
ein zorniger, grüblerischer Italiener.

Familie und Freunde machten sich Sorgen und versuchten, auf
ihre jeweils individuell ineffektive Weise hilfreich zu sein. Seine
Mutter sagte ihm, das sei die Strafe dafür, dass er kein nettes italienisches Mädchen geheiratet habe; Gino sagte, er habe schon immer
seine Zweifel gehabt, denn schließlich sei sie ja Anwältin. Aber überraschenderweise war es schließlich Anant Rambachan, der ihm gezeigt hatte, wie er loslassen konnte.

Vor sechs Monaten hatten sie sich über die Leiche eines jungen
Mädchens gebeugt, das Heroin mehr als das Leben geliebt hatte. Und
aus heiterem Himmel hatte Anant, inzwischen in der Hocke, gesagt:
«Es war, meiner Meinung nach, durchaus ein eher riskanter Unternehmen, Detective, eine Frau zu heiraten, deren Name Grashalm
ist.»

Magozzi hatte eine Weile gebraucht, seinen Worten zu folgen und
zu begreifen, dass er von Heather, also Heidekraut, sprach, und es
hatte ihm einen Stich versetzt. Die ganze verdammte Stadt wusste,
dass ihm Hörner aufgesetzt worden waren.

«Sie hat sich knicken lassen.» Der indische Leichenbeschauer ließ
ein weißes Lächeln im dunkelhäutigen Gesicht aufblitzen und
spreizte die langen Finger so gelassen, als habe Magozzi ihm eröffnet, soeben seine Mittagsmahlzeit beendet zu haben und nicht seine
Ehe. «Es liegt in der Natur des Grases, geknickt zu werden, oder?»

Anant glaubte an die Gottgegebenheit der Dinge und ließ sich zudem, zumindest aus jüdisch-christlicher Sicht, beinahe übermäßig
von Symbolen beeinflussen, aber mit diesen Wörtern und durch die
Art, wie er sie gebrauchte, traf er absolut ins Schwarze.

Magozzi hatte danach tief Luft geholt, zum ersten Mal seit Jahres-
frist, wie es ihm vorkam, und von dem Augenblick an war alles anders geworden. Die Cops meinten, er hätte wohl eine Frau fürs Bett
gefunden und sei mit ihr auch da gelandet; seine Mutter war überzeugt, dass er wieder zur Messe ging. Er hatte zwar erwogen, ihr zu
erzählen, dass ein Hindu ihm zur Erleuchtung verholfen hatte, aber
er fürchtete um ihr schwaches Herz.

Beim Frühstück verfolgte er, wie die morgendlichen Nachrichtensendungen ihr Bestes taten, der Bevölkerung eine Heidenangst zu
machen. Die Morde waren nicht nur die zentralen Nachrichten, sondern so gut wie die einzigen.

Es bestürzte ihn, wie viele Einzelheiten unerschrockene Reporter
bereits herausbekommen hatten. Sie wussten von dem Spiel, sie hatten alle drei Morde verknüpft und – am allerschlimmsten – kannten
bereits die Profile der beiden nächsten Opfer: Mord vier: eine Frau,
die in der Mall of America einkaufte; Mord fünf: ein Kunstlehrer.

«Wie wir aus gut unterrichteten Quellen erfahren haben, kommt
es in dem Game von Monkeewrench zu zwanzig Morden», dräute
der Moderator in einer der morgendlichen Nachrichtensendungen.
Er war jung, neu und sah aus wie eine Ken-Puppe. Magozzi kannte
ihn nicht. «Weswegen wir uns wohl die Frage stellen müssen, ob
nicht weitere siebzehn Opfer irgendwo unter uns in dieser Stadt
leben und in aller Unschuld ihr Leben führen, ohne im Geringsten
zu ahnen, dass sie sich bereits im Visier eines psychopathischen
Killers befinden?»

«Herrgott nochmal.» Magozzi schaltete den Ton aus und langte
nach dem Telefon. Gerade als er den Hörer nahm, gab es noch ein
Läuten von sich, das aber abbrach.

«Ich hab die letzte Stunde ununterbrochen dein Handy angerufen», sagte Gino ohne jede Vorrede.

«Das haben wir doch letzte Nacht im Labor abgegeben, weißt du
nicht mehr?»

«Ach ja. Hab ich vergessen. Scheiße, bei mir arbeiten nur drei Gehirnzellen. Hast du die Nachrichten gesehen?»

«Eben gerade. Channel 10 ist im Spiel schon bei Opfer Nummer fünf.»

«So weit sind sie alle. Auch die Zeitungen. Sieht so aus, als wäre aber keiner der Gamer, die angerufen haben, über den fünften Mord hinausgekommen.»

Magozzi streckte den Arm aus, um nach einem Stück Speck zu greifen, das ihm vom Teller gefallen war. «Und du, willst du arbeiten, oder möchtest du einkaufen gehen?»

«Einkaufen?»

«Im Shopping-Center dürfte es heute leer sein.»

«Sehr witzig. Was kaust du da eigentlich?»

«Tierisches Fett. Speck.»

Gino verstummte ganz kurz. «Das war's dann wohl. Die Welt kann untergehen.»

Es war fast acht Uhr, als Magozzi an der City Hall vorbeikam und sich um ein Haar entschloss, umzukehren und auf dem schnellsten Wege wieder nach Hause zu fahren.

Vans mit Satellitenschüsseln säumten zu beiden Seiten die Straße, und nur die Hälfte davon war aus ihrer Stadt. Er sah Duluth, Milwaukee, sogar Chicago, und eine Menge billiger Mietwagen, was nur bedeuten konnte, dass auch die freien Sensationsreporter massenhaft aufgekreuzt waren.

Ein paar von den Reportern hatten sich vor dem Gebäude in Positur gestellt, um ihre Kommentare zu sprechen, und auf dem Gehsteig wanden sich scheinbar chaotisch die Kabelstränge. Der Fall sollte zweifellos in den Abendnachrichten der Networks groß herausgebracht werden, und dann würden die Mitglieder des Stadtrats zwar Krach schlagen, aber sich auch in die Hosen machen wegen des Schadens, den diese Geschichte dem Messe- und Kongressgewerbe von Minneapolis zufügen würde.

Er fuhr um den Block und parkte in der Auffahrt, wo zivile Angestellte und Sekretärinnen an diesem Tag größte Schwierigkeiten haben würden, noch einen freien Platz für ihre Wagen zu finden, denn all die feigen Detectives hatten es vorgezogen, durch die Hintertür ins Gebäude zu schlüpfen. Ginos Volvo stand dort, ebenso Langers nagelneuer Dodge Ram Pick-up, und Tommy Espinoza hatte sogar seinen heiß geliebten 41er Chevy so zwischen die anderen Wagen gequetscht, dass er extrem gefährdet war, wenn andere Autotüren in seiner Nähe unachtsam geöffnet wurden.

Gino wartete gleich hinter der Tür auf ihn, hatte noch seinen Mantel an und schlürfte Kaffee aus einem Becher mit der Aufschrift Beste Oma der Welt. Auf seiner rechten Wange waren einige Quadratzentimeter Bartstoppeln dem Rasierer entgangen, und lila Tränensäcke verunzierten seine Augen.

«Mann, du hast aber lange gebraucht. Jetzt komm aber!» Er packte Magozzi am Ellbogen und dirigierte ihn am Fahrstuhl vorbei den Flur entlang.

«Wir müssen doch nach oben. Die Besprechung fängt in zehn Minuten an.»

«Ich weiß, ich weiß, aber wir machen vorher noch einen Zwischenstopp.»

«Wo?», fragte Magozzi.

«Im Schreibpool.»

«Wir haben einen Schreibpool?»

Gino schob ihn durch den Eingang zu einem Großraumbüro voller Computer-Arbeitsplätze. «Aber erwähn bloß dieses Wort nicht. Die Mädels können es überhaupt nicht leiden, und wenn sie stinkig sind, gibt es keinen Kaffee. Und nenn sie auch niemals ‹Mädels›.»

«Ist aber niemand hier.»

«Die sind im Kaffeeraum.»

«Darf ich Kaffeeraum sagen?»

Gino schnaubte ungnädig. «Ich hasse es, wenn du nicht genug Schlaf kriegst. Dann reagierst du absolut bekämmert.»

«Ich reagiere vielleicht bekämmert, aber du bist total aufgedreht. Wie viel Kaffee hast du schon getrunken?»

«Nicht genug.» Er führte ihn zu einer Tür an der rückwärtigen Wand und streckte den Kopf um die Ecke. «Hier ist er, meine Damen, wie versprochen. Detective Leo Magozzi, der Primary bei diesen Mordfällen.» Er zerrte Magozzi in den winzigen Raum, in dem

198

sich ein halbes Dutzend Frauen diverser Formen und Altersgruppen drängte. Sie begrüßten ihn lächelnd.

«Guten Morgen, Detective Magozzi», flöteten sie wie Erstklässler einer Konfessionsschule, wenn der Herr Pfarrer zu Besuch kommt.

«Guten Morgen, die Damen.» Er rang sich ein freundliches Lächeln ab und fragte sich, was um Himmels willen er hier eigentlich zu suchen hatte. Außerdem überlegte er, ob man erwachsene Frauen überhaupt noch so anreden durfte. In dem kleinen Raum war es heiß, und es roch wie bei Starbucks, nur besser.

Eine zierliche Frau um die fünfzig drückte ihm einen warmen Kaffeebecher in die Hand. «Bitte schön, Detective Magozzi.» Sie lächelte zu ihm hinauf. «Und wenn Sie nachgeschenkt haben möchten, brauchen Sie sich nur zu melden. Detective Rolseth hat uns berichtet, dass ihr Jungs euch die ganze Nacht um die Ohren geschlagen habt, um diese grässlichen Morde aufzuklären, und wir möchten, dass Sie wissen, wie sehr wir alle Ihren Einsatz und Ihre anstrengende Arbeit zu schätzen wissen.»

«Äh, danke.» Magozzi lächelte unsicher. Bisher hatte ihm noch nie jemand dafür gedankt, dass er seine Arbeit tat, und es machte ihn etwas verlegen. Weil er nicht wusste, was er sonst tun sollte, trank er einen Schluck aus seinem Becher. «Oh, mein Gott.»

Grinsend wippte Gino auf den Fersen vor und zurück. «Ist doch unglaublich, oder? Sie machen ihn in dem Ding da.» Er deutete mit einem kurzen Finger auf die altmodische Glaskanne, die auf einer Kochplatte stand und in der der Kaffee aufgebrüht wurde. «Ich kann dir sagen, es ist eine fast vergessene Kunst. Kam heute Morgen hier rein, immer der Nase nach, und fand diesen Schatz. Nur weil ich den Zirkus vorne meiden wollte, hab ich die Damen hier unten entdeckt. Haben Sie ganz herzlichen Dank, meine Damen.»

Als sie beide wieder gingen, begleitete sie ein gemeinschaftliches «Danke schön» von den Frauen am Tisch.

«War doch super, oder?», fragte Gino, als sie sich auf ihrem Weg nach draußen zwischen den unbesetzten Arbeitsplätzen hindurchschlängelten. Auf jedem Schreibtisch standen gerahmte Fotos, Grünpflanzen und Schnickschnack, wie ihn alle Menschen mit einem richtigen Zuhause an ihren Arbeitsplatz mitbrachten. «Die finden

199

uns heiß. Kein schlechter Beginn für einen Tag, der in ungefähr drei Sekunden total im Arsch sein wird.»

«Was ist ein Primary?», fragte ihn Magozzi.

«Die sehen sich alle diese englische Krimiserie auf PBS an — du weißt schon, der weibliche Bulle, der all die Typen rumkomman- diert. Da drüben nennen sie den leitenden Detective eben Primary.»

«Bei uns gibt es aber weder ‹leitende› Detectives noch einen Pri- mary oder sonst was.»

«He, ich hab doch nur versucht, für dich einen Kaffee abzustau- ben. Ich komm ja allein mit meinem Charme weiter, aber du, hab ich gedacht, könntest gut einen Titel gebrauchen.»

Chief Malcherson erwartete sie oben auf dem Flur, und wenn man wissen wollte, wie schlimm die Dinge standen, brauchte man sich den Mann nur anzusehen. Jede Strähne seines dichten weißen Haars lag an der für sie bestimmten Stelle, sein blassblaues Hemd war lei- chenstarr gestärkt, sein langes Gesicht war frisch rasiert und strahlte Gelassenheit aus. Aber sein Anzugjackett war nicht zugeknöpft: ein wahrhaft katastrophales Zeichen.

«Morgen, Chief», sagten Magozzi und Gino unisono.

«Habt ihr zwei die Zeitungen gelesen und ferngesehen?»

Beide Detectives nickten.

«Die Presseleute haben mich lebendig gefressen, als ich angekom- men bin. Haben mich durchgekaut, ausgespuckt und sind dann rumgetrampelt auf dem, was noch übrig war.»

«So sehen Sie auch aus, Sir», sagte Magozzi und entlockte dem Chief damit ein winziges Lächeln, eines der extrem wenigen, die er in der nächsten Zeit zu sehen bekommen würde.

«Sie haben sich tatsächlich das Spießrutenlaufen an der Vordertür angetan?», fragte Gino ungläubig.

«Einige von uns müssen durch die Vordertür kommen, Rolseth. Sonst könnten die Leute denken, dass wir diesen Fall nicht im Griff haben; dass wir keinen Verdächtigen haben; dass wir nicht die ge- ringste Ahnung haben, wer für diese Morde verantwortlich ist und wie wir unsere Bürger schützen können. Und dass wir Angst haben, uns der Presse zu stellen.» Er blickte von einem Detective zum ande- ren. «Die wollen von uns wissen, ob wir die Mall dicht machen, ob wir die Schulen schließen werden, ob wir jeden Lehrer und jede Lehrerin in der Stadt von bewaffneten Leuten schützen lassen. Und in erster Linie wollen sie die Opferprofile der anderen Morde im Computerspiel, denn wir ‹stehen in der Verantwortung, die Öffent-lichkeit zu warnen›.»

Er seufzte tief und schob beide Hände in die Hosentaschen. Das war jetzt höchst beunruhigend, denn der Anzug war ein wahres Kunstwerk aus einem Gemisch allerbester Wollsorten, und Magozzi hätte ein Jahresgehalt darauf verwettet, dass diese Taschen noch nie zuvor die Hände des Chief gespürt hatten.

«Monkeewrench hat das Spiel gestern Morgen aus dem Netz ge-nommen, und zwar gleich nachdem sie von dem Friedhofsmord er-fuhren», rief ihm Gino ins Gedächtnis. «Niemand – außer den Leu-ten, die an diesem Fall arbeiten, und den Pfeifen von Monkeewrench – hat über den siebten Mord hinaus noch ein weiteres Szenario gese-hen. Daher ist die Sache mit den siebzehn weiteren Opfern, die der Mörder bereits im Visier hat, nichts als Sensationsmacherei.»

«Und ich bin sicher, dass die Öffentlichkeit genauso erleichtert sein wird wie wir, wenn sie erfährt, dass nur noch vier Menschen sterben werden und nicht siebzehn», bemerkte Malcherson voller Sarkasmus. Er seufzte abermals und blickte den Flur hinunter in Richtung des Raums des Sonderdezernats. «Wir müssen einige Ent-scheidungen fällen, und zwar schnell.»

«Welche zum Beispiel?»

«Zum Beispiel die, ob wir die Mall of America dicht machen.»

«Jesus», flüsterte Gino. «Auch wenn das keine blöde Idee wäre, hätten wir doch gar nicht die Befugnis, es zu tun, oder?»

«Laut Justizminister haben wir sie. Unmittelbare Gefährdung der Öffentlichkeit, irgend so was. Und nebenbei bemerkt, Rolseth, bevor Sie Ihre Ansichten außerhalb dieses Flurs äußern, sollten Sie wissen, dass viele der Leute, mit denen ich gesprochen habe, es gar nicht für ‹blöd› halten, die Mall zu schließen, um ein Menschenleben zu ret-ten. Und zu diesen Leuten gehören auch einige Mitglieder des Sonderdezernats.»

Gino verdrehte die Augen. «Verdammt, so einfach ist es aber nicht. Die denken einfach nicht weit genug ...»

Malcherson hob die Hand und unterbrach ihn. «Ich weiß das, und Sie wissen das, aber Sie werden niemanden sonst überzeugen, indem Sie unverblümt behaupten, seine Idee sei blöd.»

Mit einem Seufzer nickte Gino.

«Wie steht man seitens der Mall dazu?», fragte Magozzi.

Diesmal war nichts Humorvolles hinter Malchersons Lächeln. «Niemand will sich hierbei die Finger verbrennen. Weder das Management des Shopping-Centers noch der Bürgermeister von Bloomington oder gar der Gouverneur. Die Entscheidung wird allein uns überlassen.»

Gino schnaubte verächtlich. «Niemand will dafür unter Beschuss geraten, dass er die Mall hat schließen lassen, und niemand will am Ende mit der Verantwortung dastehen, wenn wir sie offen lassen und dann jemand dort abgeknallt wird.»

«So ist es.»

«Also bleibt es so oder so an uns hängen. Wir können nur verlieren, und wieder einmal werden die Cops die Bösen sein. Die übliche Sauerei.»

Malcherson sah auf seine Armbanduhr. «Wir haben genau eine Stunde, um uns zu entscheiden. Wenn wir das Shopping-Center offen lassen, habe ich die verbindliche Zusage von der Highway Patrol und von so gut wie jedem Sheriffbüro im Bundesstaat, uns mit zusätzlichen Beamten auszuhelfen.»

«Und für wie lange?», fragte Magozzi.

«So lange, wie sie können.»

«Also nicht lange.»

«Wahrscheinlich nicht.» Er atmete betont langsam aus und blickte zu Boden. «Außerdem hab ich zwei FBI-Leute bei mir im Büro.»

«Scheiße», sagte Gino.

«Im Moment machen sie noch ein Angebot. Zusätzliche Leute, wenn wir sie benötigen, was ja durchaus sein könnte, und deswegen sollten wir gut nachdenken, bevor wir ablehnen. Außerdem Hilfe bei der Profilerstellung.»

«Profilerstellung?», fragte Magozzi. «Das ist doch völliger Blödsinn. Von diesem Kerl lässt sich kein Profil erstellen. Er ist kein Sexualverbrecher, er hält sich nicht an einen bestimmten Opfertyp, und die dürften es verdammt schwer haben, den Beweis zu erbringen, dass es sich überhaupt um eine Serie von Morden handelt, denn außer dem Kaliber der Waffe gibt es keine forensischen Indizien. Das FBI hat überhaupt nichts anzubieten. Die wollen nur mitmischen.»

«Wenn es mit dem Internet zu tun hat, ist es eine Bundesangelegenheit, und die Jungs sind dabei. Genau genommen haben wir keinen stichhaltigen Beweis für die Internet-Verbindung, sondern nur Mutmaßungen. Deswegen halten sie sich momentan noch zurück. Aber politisch betrachtet wäre es vielleicht gar keine so schlechte Idee, sie mit an Bord zu haben. Kann doch nicht schaden, die Schuld ein bisschen zu verteilen.»

Magozzi hätte am liebsten darauf hingewiesen, dass es in diesem Fall darum ging, einen Mörder zu schnappen, und nicht darum, Verantwortung und mögliche Schuld zu verteilen. Doch das sparte er sich, denn in seiner Position musste der Chief mit beiden Bällen jonglieren. «Können wir das aufschieben?»

Malcherson nickte. «Genau das hab ich denen gesagt.»

Ginos Handy fiepte in der Manteltasche. «Ja, Rolseth.» Er hörte zu, die Augenbrauen ein wenig in die Höhe gezogen. «Verstehe.» Er klappte das Handy wieder zusammen und schob es zurück in die Manteltasche. «Die Partner von Monkeewrench sind eben zur Vordertür reinmarschiert. Alle fünf auf einmal.»

Magozzi runzelte die Stirn. «Du hast ihnen doch gesagt, sie sollen um zehn hier erscheinen, stimmt's?»

«Stimmt. Die sind ja kaum zu bändigen.»

Magozzi zuckte mit den Achseln. «Lass sie warten.»

Kapitel 26

Da der größte Teil der Leute bei der Besprechung des Sonderdezernats war, hatte Gloria den Raum des Morddezernats ganz für sich allein, es sei denn, man zählte Roger Delaney mit, was sie jedoch nicht tat. Er war ein kleiner, aber umso großspurigerer Mistkerl mit zurückgekämmtem schwarzem Haar, schlechten Zähnen und dem Hang zum Betatschen aller weiblichen Hintern. Das hätte ihn beinahe das Leben gekostet, als er zum ersten und einzigen Mal Hand an ihren hübschen schwarzen Arsch gelegt hatte. Er hackte hinten in einer Ecke mit zwei Fingern auf seine Tastatur ein, während Gloria über den Empfangstresen und die Telefone wachte.

Wegen der Monkeewrench-Morde hatte sie bereits mehr als ein Dutzend Anrufe bekommen. Möchtegernzeugen, die den Mörder im Traum gesehen hatten oder mit Sicherheit wussten, dass ihr Schwager, ihr Chef oder der Pizzabote die Verbrechen begangen hatten. Sie trug alles sorgfältig in ihre Wachkladde ein, als sei es von Wert, denn sie wusste sehr wohl, dass die Psychopathen, die so abgedreht waren, dass sie Leute umbrachten, manchmal auch abgedreht genug waren, die Cops anzurufen und darüber zu plaudern.

Zwischen den Anrufen war es so still, dass sie sehr genau das zögerliche Klappern von Rogers Tastatur und zudem das sporadische Tröpfeln des Wassers in einer Kaffeemaschine hörte, die seit Monaten nicht mehr sauber gemacht worden war.

Normalerweise herrschte im Morddezernat hektisches Treiben. Detectives, deren Fälle mangels neuer Spuren zeitweilig zu den Akten gelegt und denen noch keine neuen zugeteilt worden waren, halfen beim Rauschgiftdezernat, bei den Sexualverbrechen oder der Bandenkriminalität aus, wenn die Leute auf den Straßen eine Zeit lang genug Menschenverstand bewiesen, einander nicht umzubringen. Die Ruhe machte Gloria jedenfalls nervös. Ebenso wie der Wachhabende, der sämtliche Medienleute unten zusammengepfercht hielt, und das an einem Tag, an dem sie sich fürs Fernsehen extra aufgebrettert hatte: Die stattliche Schönheit ihres schwarzen Körpers war in eine Kombination aus Kaftan und Sari gewickelt, deren braune und orange Farbtöne Afrika heraufbeschworen, obwohl sie das Kleidungsstück im KMart erstanden hatte. Ihre wilde schwarze Mähne hatte sie mit einem passenden Schal gebändigt, und obendrein hatte sie sich zehn neue Fingernägel gegönnt, deren Halbmonde auf mahagonifarbenem Emaillelack golden glitzerten. Sie wusste ganz genau, dass die TV-Leute über sie herfallen würden, denn sie waren allesamt so dämlich, auf alles zu fliegen, was sie für ethnisch hielten, obwohl sie doch nicht den geringsten Schimmer hatten. Doch zuerst musste sie denen unter die Augen kommen.

Sie trommelte mit den langen Nägeln auf die Tischplatte, während sie sich einen Vorwand auszudenken versuchte, mal schnell hinunter in den Presseraum zu stolzieren. Da hörte sie Stimmen auf dem Flur und spitzte die Ohren. Inzwischen war sie so begierig auf eine Ab-lenkung, dass sie sogar mit einem heruntergekommenen Wirrkopf vorlieb genommen hätte, der mit einem brandheißem Tipp zum JFK-Attentat kam.

Die erste Person, die zur Tür hereinkam, war weiß und schlank und so angespannt, dass sie erst einmal eine Urinprobe verlangt hätte, wenn die Frau ihr nicht offen in die Augen gesehen und sie mit einem Kopfnicken gegrüßt hätte. «Guten Morgen. Ich bin Grace MacBride. Wir sind hier, um die Detectives Magozzi und Rolseth zu treffen.»

«Tut mir Leid, aber die Detectives sind gerade in einer Bespre-chung ...» Die Worte erstarben ihr auf den Lippen, als die Begleiter der Frau nacheinander eintraten. Der geschärfte Blick ihrer braunen Augen schweifte über einen Kerl, der einen hellgelben Lycra-Eintei-ler trug und so lang und dünn war, dass man ihn beim Stabhoch-sprung als Stab hätte einsetzen können, zu einem bärtigen Koloss von Mann in schwarzem Leder und mit Pferdeschwanz, von dem zu einem blassen, mit einem todschicken Anzug bekleideten Typen, der aussah, als sei er Geschäftsführer von irgendwas, und ganz zum Schluss eine wunderbar dicke Frau mit blitzenden Augen, die anmu-tiger stolzierte als Gloria zu ihrer besten Zeit und von Kopf bis Fuß in Glorias Lieblingsfarbe schimmerte – in Orange. Unglaublich! Eine weiße Frau mit Geschmack.

«Wir sind die Eigentümer von Monkeewrench», lenkte Grace MacBride Glorias Aufmerksamkeit wieder auf sich. «Wir wurden für heute Morgen vorgeladen.»

Gloria musterte die Zirkustruppe kurz und skeptisch. Sie fragte sich, was in aller Welt diese so verschiedenartigen Menschen wohl zusammengebracht haben mochte. «Richtig. Sie stehen auch in mei-nem Buch, aber erst für zehn. Sie sind also fast zwei Stunden zu früh. Machen Sie es sich dort drüben doch so lange bequem –»

«Nein, die Zeit haben wir nicht.» MacBrides Erwiderung kam so schnell und war so brüsk, dass Gloria sekundenlang sprachlos war.

«Wie bitte?»

«Wir müssen sofort mit den Detectives reden. Bitte rufen Sie sie.»

Also, das war ja wohl die Höhe. Die Wortwahl mochte ja zivilisiert sein, aber der Befehlston war unerträglich. Gloria konnte es absolut nicht leiden, herumkommandiert zu werden, und besonders nicht von so einer dürren weißen Braut, die sich für was Besseres hielt. Sie stand auf und stützte sich mit steifen Armen auf ihrem Tisch ab, um die eigene Größe zur Einschüchterung einzusetzen.

«Hören Sie, Honey, wenn Sie meinen, ich spaziere in eine Bespre-chung und sag denen, sorry, ich muss Sie jetzt hier unterbrechen, denn eine gewisse Ms. Grace MacBride will Sie unbedingt sprechen, dann haben Sie sich in Ihren manikürten Finger geschnitten. Mag ja sein, dass Sie in Ihrem Monkeewrench-Büro das Sagen haben, aber in diesem Büro hier verhalten Sie sich, wie es den Detectives passt, und nicht anders herum. Also setzen Sie sich am besten, denn die Wartezeit könnte sehr lang werden.»

Grace MacBride lächelte sie nur an.

An diesem Tag stand am Kopfende des Lagebesprechungsraums des Sonderdezernats eine große Tafel, an die man Autopsiefotos der drei Opfer geheftet hatte, Fotos von den Tatorten und Vergrößerungen der speziell für das Computerspiel gestellten Fotos. Der Tisch war seitlich weggeschoben worden.

Als Magozzi, Gino und der Chief eintraten, saßen alle wie gebannt da und betrachteten die Fotos.

Eigenartig, dachte Magozzi. Wenn sie Autopsiefotos zu Gesicht bekamen, wandten die meisten Leute den Blick so schnell wie mög-lich wieder ab. Cops aus dem Morddezernat – gute Cops aus dem Morddezernat – schauten sich die Fotos der toten Opfer immer lange Zeit an, registrierten Einzelheiten, die den überlebenden Familien-mitgliedern fast immer verborgen blieben, und gingen damit un-willkürlich eine enge Verbindung mit Menschen ein, die sie zu de-ren Lebzeiten nicht gekannt hatten. Sie gaben den Toten ein stum-mes Versprechen.

In gewisser Weise war das wohl ein wenig makaber, aber anderer-seits war es fast schon eine Art Liebesdienst. Jeder, der sagte, man

müsse seine Gefühle abschalten, wenn man beim Morddezernat sein
wollte, irrte sich gewaltig.

«Also schön, alle mal herhören.» Magozzi legte einen dicken Stapel gehefteter Infozettel auf den Tisch im vorderen Bereich des Besprechungsraums und setzte sich dann auf dessen Kante. «Frisch aus
dem Kopierer. Könnte sein, dass wir heute ein Stück weiter gekommen sind, und zwar dank Dr. Rambachan, der die ganze Nacht lang
das Opfer vom Raddampfer untersucht hat. An dieser Stelle möchte
ich mich bei allen bedanken, die bereit waren, Überstunden zu leisten. Ich werde euch einen schnellen Abriss geben, aber wenn ihr
euch später etwas leichte Lektüre gönnen möchtet, findet ihr den
Autopsiebericht bei den Infozetteln.»

Hier und da wurde gelacht, aber es waren auch diverse mürrische
Töne zu hören, als die Angehörigen des Sonderdezernats, das offiziell noch gar kein Sonderdezernat war, sich wie Schlafwandler
in einer Schlange aufreihten, um das neue Material in Empfang zu
nehmen. Die meisten von ihnen hatten am vergangenen Tag eine
Doppelschicht abgerissen, und Magozzi fragte sich, ob derjenige,
der daran Schuld hatte, wohl auf ähnliche Weise litt, oder ob die
verrückt spielenden chemischen Botenstoffe in seinem Hirn ihn nur
noch mehr aufputschten.

Er trank den letzten Schluck von dem exzellenten Kaffee, den die
Frauen im Parterre gekocht hatten, und fuhr dann fort: «Opfer
Nummer drei ist Wilbur Daniels.»

«Er hieß Wilbur?», fragte Johnny McLaren. Er und Patrol Sergeant
Freedman saßen an diesem Morgen nebeneinander, wohl zusammengeschweißt durch das, was sie mit Sicherheit als persönliches
Versagen beim gestrigen Hochzeitsfest auf dem Raddampfer ansahen. Sie sahen völlig erledigt aus.

Magozzi sah sie nacheinander an und versuchte es dann mit aufmunternder Lobhudelei. «Ihr zwei habt gestern auf dem Dampfer
gute Arbeit geleistet.»

«Richtig», ließ Freedman sarkastisch seinen tiefsten Bass vernehmen. «Operation gelungen, Patient tot.»

«Er war schon lange tot, bevor ihr dort aufgetaucht seid», erinnerte ihn Magozzi und sagte sich, dass sie zum Seelenklempner des

Departments gehen mussten, wenn sie noch mehr Streicheleinheiten brauchten. Im Augenblick hatte er dafür keine Zeit. «Wilbur Daniels, zweiundvierzig Jahre alt, identifiziert durch Fingerabdrücke aus einer kurzen Dienstzeit während der achtziger Jahre bei der Army. War nie verheiratet, und wir suchen noch immer nach Verwandten. Er ist ... war ... bei Devon Office Supplies in Washington sechs Jahre lang im Marketingbereich angestellt, und unten wartet sein Chef wie auf heißen Kohlen darauf, endlich vernommen zu werden. Wollen Sie da ran, Louise?»

«Und ob.»

«Beachten Sie, dass Dr. Rambachan Spermaspuren in der Unterhose des Toten gefunden hat und der Überzeugung ist, dass Wilbur Daniels noch kurz vor seinem Tod ejakulierte. Er hat sich zudem selbst in die Hand gebissen, wahrscheinlich in einer Art Rausch, und so ist allem Anschein nach ein sexuelles Element im Spiel. Ob es jedoch mit dem Mörder zusammenhängt oder nicht, können wir im Augenblick noch nicht sagen.»

«Also hat er sich auf dem Klo vielleicht nur einen runtergeholt und sich dabei eine kleine Überraschung in Form einer Kugel in den Kopf eingehandelt», brachte Louise vor.

«Schon möglich. Oder vielleicht hat der Killer ihn auch mit der Aussicht auf ein kleines Nachmittagsvergnügen dorthin gelockt.»

«Wenn unser Täter ein Mann ist, macht das Daniels zur Schwuchtel», konstatierte Louise unverblümt.

«Nicht gerade politisch korrekt ausgedrückt, Louise», warf Gino ein.

Sie schüttelte empört den Kopf. «Ich darf ja wohl noch Schwuchtel sagen.» Sie wandte sich wieder an Magozzi. «Wenn er also schwul war, was denken Sie? Vielleicht eine Serie von Verbrechen aus Leidenschaft?»

«Das lässt sich noch nicht sagen», antwortete Magozzi. «Bis jetzt haben wir keine Informationen über die junge Frau auf dem Engel, und dafür, dass der Jogger etwa homosexuell war, gibt es nicht das geringste Anzeichen. Dass es jedoch bei Wilbur Daniels der Fall gewesen sein könnte, müssen wir eventuell als Möglichkeit im Kopf behalten, wenn wir zu rekonstruieren versuchen, was er gemacht hat, bevor er den Raddampfer betrat. Und das bringt uns zur Seite drei des Autopsieberichts. Mageninhalt.»

«Hilfe, ich hab noch nicht gefrühstückt», stöhnte Detective Peterson. Er war kürzlich aus St. Paul hierher versetzt worden, spindeldürr und so leichenblass, dass Magozzi annahm, ihm sei seit Jahren kein Stück Fleisch mehr über die Lippen gekommen.

«Okay, es befanden sich Bier und acht zum größten Teil unverdaute Mini-Corndogs im Magen des Opfers. Genau diese Art von Mini-Corndogs wird in Steamboat Parker's Grill unten am Fluss und sonst nirgends in der Gegend serviert. Weniger als eine Stunde bevor man ihn auf dem Dampfer erschossen hat, ist er dort gewesen. McLaren, du kreuzt dort mit seinem Foto auf, sobald sie das Lokal öffnen. Vielleicht erinnert sich jemand an ihn oder, besser noch, an einen etwaigen Begleiter. Wenn, dann stehen die Chancen gut, dass der unser Killer ist, und wir können für die Medien ein Phantombild anfertigen lassen.»

Aaron Langer kam in schwarzem Mantel und mit Lederhandschuhen forschen Schritts von draußen herein. Seine Augen waren lila gerändert, und er schwenkte ein Blatt Papier. «Tut mir Leid, dass ich so spät komme, aber wir haben gerade eine mögliche Identität für die junge Frau vom Friedhof gefunden. Damit sollten wir arbeiten können.»

«Ausgezeichnet. Erzählen Sie uns, was Sie haben.»

Langer streifte sich die Handschuhe ab, stellte sich in Rednerpositur und sprach in den Raum. «Die Vermisstenstelle bekam gestern einen Anruf von den Mounties. Ein Ehepaar aus Toronto meldete seine achtzehnjährige Tochter als vermisst, nachdem diese einen Greyhound-Bus nach Denver über Minneapolis bestiegen hatte. Der Bus machte vorgestern Abend Zwischenstation am Busbahnhof in der Innenstadt.»

«Am Abend des Friedhofmordes», warf Magozzi ein.

«Genau. Der Name der jungen Frau ist Alena Vershovsky. Zusammen mit ihren Eltern wanderte sie vor fünf Jahren aus Kiew ein. Ihre Eltern sind beide Programmierer, was an und für sich kaum etwas bedeutet — schließlich besteht die Hälfte aller russischen Einwanderer aus Programmierern. Aber man sollte es doch nicht ganz außer

Acht lassen. Ein Freund der Familie wollte sie jedenfalls gestern abholen, aber sie befand sich nicht im Bus. Wir haben soeben eine
Übereinstimmung mit zahnärztlichen Befunden bestätigen lassen.
Ich hab zwei Leute zum Busbahnhof geschickt, und wir können nur
beten, dass uns jemand eine Beschreibung des Scheißkerls liefert.»

Es folgte langes Schweigen. Bis jetzt hatte man Langer noch nie
fluchen gehört.

«Besteht die Möglichkeit, dass sie lesbisch war?»

«Ziemlich unwahrscheinlich. Wie es scheint, ist sie sehr häufig
mit verschiedenen Männern ausgegangen. Aber wer weiß? Jeder
könnte doch mal zweigleisig fahren. Wieso?»

«Eine Möglichkeit, die den Toten auf dem Raddampfer betrifft.
Wir hoffen auf Gemeinsamkeiten.»

Langer zuckte mit den Achseln. «Bis jetzt kein Treffer dieser Art.»

«Okay, lassen wir das für den Augenblick. Einige von uns klappern
also Busbahnhof und Steamboat ab, um jemanden zu finden, der
sich an beiden Orten aufgehalten hat, und ein anderes Team arbeitet
noch immer die Liste der registrierten Gamer durch ...»

«Über die Liste werden wir nie weiterkommen», beklagte sich
Louise Washington. «Ich habe eine Extraschicht eingelegt und an ihr
gearbeitet. Nur fünf Gamer habe ich als unverdächtig ausschließen
können.»

Magozzi nickte verdrießlich. «Ich weiß, es geht nur langsam
voran, aber wir müssen da weitermachen. Freedman? Wie läuft es
mit den Befragungen von Tür zu Tür?»

«Tagsüber? Langsamer als im Schneckentempo. Die meisten
Leute, die sich mit ihren offiziellen Adressen für das Spiel haben
registrieren lassen, sind anscheinend auch ganz normal berufstätig,
denn bei denen ist tagsüber niemand zu Hause. Wir werden jetzt
also an viele Türen erst nach Einbruch der Dunkelheit klopfen können. Obendrein hast du mir ja eine Menge meiner Leute fürs Shopping-Center abgezogen.»

«Ich weiß. Aber es ging nicht anders.»

«Wird eigentlich unsere Anwesenheit auf der Straße beeinträch-
tigt?», wollte Chief Malcherson von Freedman wissen.

«Die Streifen sind nur schwach besetzt, Sir.»

«Wie schwach?»

«Na ja, ich würde nicht wollen, dass es noch schwächer wird.»

Magozzi nickte. «Okay. Wir besorgen uns Leute von der Highway Patrol und vom County, damit sie uns helfen. Du kannst sie dort einsetzen, wo Lücken zu füllen sind. Gino, würdest du uns jetzt bitte über die Gegebenheiten im Shopping-Center informieren?»

«Okay, mach ich.» Gino stieß sich von der Wand neben der Tür ab und schaffte es tatsächlich, halbwegs aufrecht zu stehen. «Mord Nummer vier im Computerspiel, Leute, wird in der Mall of America inszeniert.»

Alle blätterten in ihrem Infomaterial, um das vierte Mordszenario zu finden.

«Im Parkhaus, stimmt's?», fragte Louise Washington.

«Genau. Und weil dieser Dreckskerl anscheinend alle vierundzwanzig Stunden zuschlägt, müssen wir wohl damit rechnen, dass es heute passiert. Auf einem der Parkdecks, in einem Auto, keine spezielle Marke, kein spezielles Modell. Beim Raddampfer sind wir einen Tag zu spät gekommen und konnten auch danach nichts mehr ausrichten. Den Fehler dürfen wir nicht nochmal machen. Also haben Magozzi und ich uns den Laden gestern Abend mal angesehen, haben Dienstpläne zusammengestellt und dafür gesorgt, dass unsere Leute schon um vier Uhr morgens an Ort und Stelle positiert waren. Wir haben zwei Beamte auf jeder Ebene, und das Management des Shopping-Centers hat all seine Sicherheitsleute und sein Wachpersonal zum Dienst beordert, wodurch wir auf jedem Deck noch mindestens ein zusätzliches Augenpaar zum Einsatz bringen. Außerdem hat man die Anzahl der Monitore für die Überwachungskameras verdoppelt.»

«Ist also alles abgedeckt», sagte Sergeant Freedman.

Gino schnaubte leise. «Nicht annähernd. Dort gibt es Parkbereiche auf vier oder fünf verschiedenen Ebenen und Platz für tausende Autos. Auch wenn wir alle aufbieten, die zur Polizeitruppe gehören, hätten wir nicht annähernd genug Leute, um einen Ort wie den so genau unter Beobachtung zu halten, wie es nötig wäre.»

«Habt ihr heute Morgen die Nachrichten gesehen?», fragte Louise. «Jeder in der Stadt weiß inzwischen, dass das nächste Opfer

«Dein Wort in Gottes Ohr», sagte Gino. «Aber ich glaub nicht daran. Du weißt doch, wie es läuft. Keiner kommt auf die Idee, dass jemand sein soll, der in der Mall einkauft. Niemand wird sich heute dorthin wagen.»

es ausgerechnet ihn erwischt. Immer trifft es jemand anderen. Die Leute hören sich die Nachrichten an und verhalten sich vorsichtig – werfen einen Blick auf den Rücksitz, bevor sie ins Auto steigen, gehen vielleicht zusammen mit einem Freund einkaufen statt allein –, aber in den Nachrichten wird auch über unsere Präsenz vor Ort berichtet, wohlgemerkt, und das hat zur Folge, dass sich viele Leute sicherer fühlen, als sie sollten, und trotzdem die Mall besuchen. Über hunderttausend Menschen tauchen da jeden Tag auf, und wenn die Hälfte von ihnen beschließt, zu Hause zu bleiben, bleiben immer noch fünfzigtausend, unter denen der Killer sein Opfer aussuchen kann.»

Einen Moment herrschte Schweigen, und dann wiederholte Sergeant Freedman den Vorschlag, den er am Tag zuvor auch schon präsentiert hatte: «Den ganzen Laden einfach dicht machen.»

«Genau, Mann, ja», stimmte Johnny McLaren sofort zu. «Da gibt's doch wohl keine Diskussion, oder? Den Laden dicht machen – keine Kunden bedeutet keine Kunden, die ermordet werden können. Was spricht dagegen?»

Gino schüttelte den Kopf. «Ich sag dir, was dagegen spricht. Was wollt ihr denn machen? Den Laden bis in alle Ewigkeit schließen? Was erstens illegal wäre und zweitens die Wirtschaft des gesamten Bundesstaates ins Trudeln bringen könnte, und dann drittens: Was soll den Kerl denn hindern, einfach zu warten, bis wir das Shopping-Center wieder öffnen?»

«Also machen wir es so lange dicht, bis wir ihn geschnappt haben», schlug Freedman vor.

Magozzi sagte besonnen: «Bis jetzt besteht unsere einzige Möglichkeit, den Typen zu schnappen, darin, alle Orte zu überwachen, von denen wir wissen, dass er dort zuschlagen will. Wenn wir die Mall schließen, ist die Chance vertan.»

«Und was ist, wenn er durch die Lappen geht?» McLaren blieb standhaft. «Du hast selbst gesagt, dass wir keine Möglichkeit

haben, die Parkdecks lückenlos zu überwachen. Und wenn er uns
dann tatsächlich entwischt? Und wenn jemand stirbt, weil wir das
verdammte Shopping-Center nicht geschlossen haben?»

«Was wäre, wenn wir es für ein paar Tage schließen?», fragte Langer. «Wir könnten alle unsere Leute zur Tür-zu-Tür-Befragung wegen der Registrierungsliste einsetzen und ihn auf die Weise schnappen, aber vielleicht haben wir auch Glück bei Steamboat Parker's
oder im Busbahnhof. Kann ja sein, dass ihn jemand gesehen
hat ...»

«Kann aber auch sein, dass nicht», sagte Magozzi. «Und vielleicht
steht er ja auch gar nicht auf dieser Liste. Vielleicht hat er sich durch
eine Hintertür Zugang zu dem Spiel verschafft, die nicht einmal die
Leute von Monkeewrench finden. Was dann?»

Chief Malcherson stand so abrupt auf, dass er beinahe seinen Stuhl
umgestoßen hätte. «Wäre das möglich?»

Magozzi zuckte mit den Achseln. «Alles ist möglich. Die Freaks bei
Monkeewrench bestritten das zwar und sagen, dass sich niemand je
in ihre Site hacken könnte, aber wenn Sie sich erinnern, haben das
auch die Jungs von der CIA gesagt, bevor dieser dreizehnjährige
Hacker ihre Geheimdateien runtergeladen hat.»

Aus Malchersons gerötetem Gesicht schien alle Farbe zu weichen.
«Sie sagten, kein Spieler sei über Mord Nummer sieben hinausgekommen», flüsterte er.

«Wenn er sich einen Backdoor-Zugang verschafft hat, kennt er
aber alle zwanzig.»

«Guter Gott.» Malcherson sank in seinen Stuhl zurück.

«Zumindest haben wir es hier mit einem konkreten Schauplatz zu
tun», warf Gino ein. «Danach wird es viel schlimmer. Das nächste
Mordopfer ist ein Lehrer im Klassenzimmer. Wissen Sie, wie viele
Lehrer es allein in den Twin Cities gibt? Was sollen wir da tun? Sämtliche Schulen überwachen, ein Cop pro Schule? Wir haben im ganzen verdammten Land nicht genügend Cops, um eine solche Aufgabe zu leisten. Und dann möchte ich euch sagen, wenn wir tatsächlich die Mall of America schließen lassen, um eine Person zu retten,
die dort einkaufen wollte, dann müssen wir wohl verdammt nochmal auch sämtliche Schulen im Bundesstaat schließen, um einen

Lehrer zu retten. Gar nicht zu reden davon, dass dem Erstklässler Johnny Soundso unbedingt die traumatische Erfahrung erspart bleiben sollte, Zeuge zu werden, wie die Hirnmasse seines Lehrers auf die Wandtafel spritzt ...»

«Gino ...», versuchte Magozzi zu unterbrechen, aber Gino war in Fahrt und vergaß alles um sich herum. Seine Stimme wurde höher und höher, lauter und lauter, seine Fäuste waren geballt, sein Gesicht hochrot.

«... jedenfalls gibt es da irgend so einen verschissenen Irren, der die ganze Stadt lahm legt, denn nach dem Lehrer haben wir den Techniker aus der Notaufnahme, und was machen wir dann? Stoppen wir alle Krankenwagen? Ihnen ist doch wohl klar, was passieren würde, wenn die alle in den Garagen blieben ...?»

Ein lautes Klopfen an der Tür hinter ihm schreckte Gino aus seiner Tirade, und Magozzi vermutete, wenn sein Partner in diesem Moment keinen Herzschlag bekam, würde er wohl niemals einen bekommen. Er sah Gloria durch die Scheibe spähen, um sich zu überzeugen, dass alles in Ordnung war, bevor sie die Tür öffnete und eintrat. Gino blickte in ihr dunkles Gesicht, als hätte er sie am liebsten auf der Stelle umgebracht.

«Diese Leute von Monkeewrench sind unten», sagte sie, «und machen schwer Rabatz.»

Gino ranzte sie an: «Dann stopf ihnen das Maul, Gloria. Wir haben hier zu tun.»

«Okay, aber ich denke, ihr solltet wissen, dass diese Gracia Patricia ...»

«MacBride?»

«Genau die. Das kleine schwarzhaarige Frettchen. Jedenfalls steht die jetzt vor der Tür vom Presseraum. Und sagt, sie gibt euch fünf Minuten, bevor sie reinmarschiert und redet.»

«Worüber?», wollte Gino wissen.

Gloria hob eine mächtige Schulter und setzte dadurch auf eine fast schon unanständige Weise die mächtigen braunen und orangefarbenen Stoffbahnen in Bewegung, die ihren Körper bedeckten.

«Darüber, wie diese Comic-Cops – und jetzt zitiere ich sie, wie ihr hoffentlich versteht; also ich sag es nicht, sondern sie hat es gesagt –

hier oben auf ihren Ärschen sitzen und sich nicht um die Leute scheren, mit denen sich der Mörder in Verbindung gesetzt hat.»

Magozzi hielt die Luft an. Wie alle anderen auch. «*Was?*»

«Das hat sie gesagt, aber mehr hat sie auch nicht gesagt. Wollte nicht mit mir reden. Nur mit euch beiden.»

«Bring sie hier rauf», knurrte Gino.

«Alles klar. Leo? Gino? Ein persönliches Wort auf dem Flur.» Damit rauschte sie zur Tür hinaus.

«Päff sie weg, wenn du welche hast», sagte Magozzi und sprang von der Tischkante. Dabei entnahm er Chief Malchersons entgeistertem Gesichtsausdruck die Frage, ob tatsächlich jemand die Frechheit besaß, in einem Regierungsgebäude zu rauchen.

Er und Gino folgten Gloria hinaus auf den Flur und schlossen die Tür hinter sich.

«Wollen Sie mir sagen, wessen Fingerabdrücke auf diesem Ding hier waren, Leo?» Sie tastete in den Falten ihres voluminösen Kleides, fand Magozzis Handy und reichte es ihm.

«Nein.»

«Na ja, welchen Felsbrocken auch immer Sie angehoben haben, der Drache ist jedenfalls wach geworden. Wir haben einen Treffer bei den Abdrücken, aber das FBI hält sich bedeckt. Kein Name, kein gar nichts. Nancy drüben in Latents wollte sich bei ihnen einschmeicheln, aber sie haben ihr nicht mehr verraten, als sie sie nicht verraten dürften und an einer offenen Akte arbeiteten. Aber jetzt kommt das Interessante. Sie wissen doch von diesen Schlipsträgern im Büro des Chief? So ungefähr drei Millisekunden nachdem ich den Anruf bekam, schlichen sie schon betont lässig um meinen Schreibtisch herum und sagten: ‹Also so was, diese Fingerabdrücke, die Detective Magozzi gestern Abend durch unser automatisches Identifikationssystem geschickt hat? Na ja, jetzt haben wir tatsächlich den Namen vertieft, der auf der Karte stand. Würden Sie uns den vielleicht nochmal sagen?› Sie hielt inne, um angemessen entrüstet zu schauen. «Als würde ich auf so was reinfallen. Selbst wenn ich etwas gewusst hätte, von mir hätten sie kein Sterbenswörtchen gehört. Aber ich weiß ja leider gar nichts», fügte sie spitz hinzu. Gloria hasste es, nicht im Bilde zu sein.

Magozzi sah Gino an. «Was meinst du?»

«Es wird immer seltsamer.»

«Okay, Gloria, Sie machen denen Folgendes. Sie sagen denen, dass wir die Akte unbedingt sehen müssen. Sie sollen sie also faxen, und wir kommen dann runter, um sie uns anzusehen, sobald wir hier oben fertig sind.»

«Das machen die nie. Die halten doch die Akte unter Verschluss, wie ich Ihnen schon sagte.»

«Ich weiß. Sagen Sie es ihnen trotzdem.»

«Und wenn sie sich weigern?»

«Fick sie», sagte Gino.

Gloria funkelte ihn erbost an. «Das müssen Sie selbst machen. Ich hab höhere Ansprüche.» Sie drehte sich um und klapperte den Flur entlang.

Langer und Peterson wollten gerade gehen, als Gino und Magozzi wieder den Raum betraten.

«Wir müssen in einer Stunde die anderen in der Mall ablösen», erklärte Langer.

«Nur noch eine Minute», sagte Magozzi. «Ich möchte noch, dass ihr euch die Monkeewrench-Leuten anschaut.»

«Okay.» Gut gelaunt setzte sich Langer wieder. «Ich werf ein Auge auf die Tussi, die alle Cops hasst und immer 'ne Knarre dabei hat. MacBride, richtig?»

«Richtig.»

«Mann, das wird 'ne Show.» Louise ging zur Kaffeemaschine und füllte sich einen Becher. «Schießerei im Besprechungsraum des Sonderdezernats.»

«Ich hab einen Uniformierten vor der Tür postiert. Und an einem meiner Männer kommt niemand vorbei, der eine Waffe trägt.» Freedman warf Louise einen finsteren Blick zu, als sie an seinem Stuhl vorbeikam.

Sie schmunzelte und tätschelte seinen mächtigen Kopf. «Das weiß ich doch, Honey. War nur ein Witz.»

«Habt ihr das alle gesehen?» Freedman schaute seine Kollegen an. «Sie hat mich Honey genannt und auch noch meinen Kopf getät-schelt. Das ist sexuelle Belästigung.»

«Davon träumst du nur, Baby.»

«Jetzt sagt sie sogar Baby zu mir. Das muss ich mir doch wohl nicht ...»

Magozzi sah zu und kam sich ein wenig vor wie ein Grundschullehrer, der vor einer Klasse von albernen und aufmüpfigen Schülern steht, die sich nicht mehr bändigen lassen. Und das ging auch in Ordnung. In diesem Job war es gang und gäbe, nicht nur Mord, sondern ebenso auch Unfug im Kopf zu haben. Vielleicht war es sogar erforderlich.

Gino trat neben ihn und musste grinsen, als Louise einen Donut über Freedmans Kopf schüttelte, sodass der weiße Puderzucker auf ihn hinabrieselte. «Comic-Cops», kommentierte er.

«Du sagst es.»

«Wollt ihr, dass MacBride und ihre Mannschaft reinkommen und das hier mitkriegen?»

Magozzi zuckte mit den Achseln. «Mit gefangen, mit gehangen.»

«Magozzi?» Chief Malcherson stand vor der Tafel mit den Fotos der Opfer. «Nur mal aus reiner Neugier: Wer war denn in dem Spiel der Mörder?»

Magozzi war demonstrativ damit beschäftigt, seine Krawatte zurechtzurücken. «Der Polizeichef, Sir.»

Kapitel 27

Als die gesamte Crew von Monkeewrench im Gänsemarsch hereinkam, schien die Raumtemperatur gleich um ungefähr zehn Grad zu fallen. Magozzi war nicht sicher, ob der menschliche Eisberg, der die Truppe anführte, daran Schuld war oder die kollektive Feindseligkeit in einem Zimmer voller Cops, die sich in die Defensive gedrängt fühlten.

Sie trug denselben Leinenmantel und ebenfalls die hohen englischen Reitstiefel, die sie am vergangenen Tag im Loft von Monkeewrench getragen hatte. Alles schwarz, einschließlich ihrer Jeans und des T-Shirts, das sie unter dem Staubmantel trug. Er war inzwischen überzeugt, dass diese Frau ihre Aufmachung nicht als modische Aussage betrachtete, sondern wohl eher als eine Art Uniform, deren Funktion er aber noch nicht durchschaut hatte. Jeans und T-Shirt ordnete er unter Bequemlichkeit ein, der Mantel diente wohl dazu, ihre Waffe zu verbergen, aber die Stiefel blieben ihm ein Rätsel. Sie waren aus jenem dicken und steifen Leder gefertigt, das kaum nachgibt. Sie waren fürs Reiten gedacht, nicht fürs Gehen, und man konnte sich des Eindrucks nicht erwehren, dass die Füße darin heiß sein und höllisch wehtun mussten.

Der Staubmantel schlug beim Gehen auf, wodurch das leere Halfter sichtbar wurde. Fast alle Blicke waren darauf gerichtet, denn nichts macht Cops nervöser als ein bewaffneter Zivilist.

Ihr Haar schwang mit, als sie sich drehte, um den Raum ins Auge zu fassen, so dunkel und locker, wie ihr Blick kühl und fest war, und während der Cop in Magozzi fast zornig auf die Arroganz ihres Auftretens reagierte, war der Künstler in ihm einmal mehr wie erschlagen von ihrer physischen Schönheit, die einfach deswegen verblüffte, weil sie so selten war.

Aber nichts von alledem milderte ihre nervende Zickigkeit auch nur um ein Iota.

Er bedachte sie mit einem knappen Nicken, das sie genauso knapp erwiderte. Darüber hinaus sah sie ihn aber so durchdringend an, dass es beinahe wie eine Kampfansage wirkte. Er hatte jedoch nicht die geringste Ahnung, wem sie den Kampf ansagen wollte. Seiner Kompetenz? Seiner Kleidung? Seiner Existenz auf diesem Planeten? Vielleicht ja allem zugleich. Aber im Augenblick stand ihm der Sinn gar nicht nach kleinlichem Kräftemessen; ihn interessierte ausschließlich, was sie zu sagen hatte.

Magozzi beobachtete, wie der Ausdruck auf den Gesichtern seiner Detectives von Verärgerung in Neugier umschlug, als sich an der Tür eine Gruppe aus höchst bizarren Gestalten bildete: Grace MacBride in ihrer Fuchsjäger/Revolverheld-Kluft; der alles überragende Roadrunner, der in grellgelbem Lycra einem Bleistift beunruhigend ähnlich sah; der stämmige, in Leder gekleidete Harley Davidson mit Pferdeschwanz und Bart; die dicke Annie Belinsky in einem unmöglichen orangefarbenen Gewand, aber in ihrer Ausstrahlung so sexy, wie es kein Playmate im Playboy auch nur annähernd hätte sein kön-

nen; und schließlich Mitch Cross, der in seiner unauffälligen Kleidung neben den anderen definitiv exzentrisch aussah. Er passte für
Magozzi immer noch nicht so recht ins Bild. Im Augenblick hatte er
sich von den anderen abgesondert, sah verwirrt aus und machte den
Eindruck, kurz vor dem Kollaps zu stehen.

Cross und Chief Malcherson hatten eine Menge gemeinsam, wie
ihm jetzt klar wurde – bis zu den teuren Anzügen und dem
hohen Blutdruck. Vielleicht sollten sie sich für später auf ein Bier
und ein paar Xanax verabreden.

Gino betrachtete die Gruppe in ungläubigem Staunen wie ein
Veteran aus dem Zweiten Weltkrieg, den man unversehens zum
Woodstock-Festival geschafft hat, und suchte dann, auf Distanz
bedacht, wieder Schutz an der Wand.

Magozzi vergeudete keine Zeit mit höflichen Vorreden. «Ms. Mac-
Bride, unsere Aufmerksamkeit und unsere Neugier sind ganz auf Sie
gerichtet.»

Auch Grace schenkte sich jedes Geplänkel. Sie trat einen Schritt vor
und präsentierte ihre Information so schroff und emotionslos, wie
ihre Computer die Daten ausspuckten. «Ich erhielt gestern Abend
eine E-Mail mit der Betreffzeile ‹Vom Killer›.»

Von den Detectives war vereinzelt amüsiertes Tuscheln zu hören.
MacBride wartete, bis es wieder still wurde. «Die Nachricht selbst
war weitaus kreativer, eine clevere Modifikation der Grafik auf der
Startseite des Computerspiels.» Sie sah Magozzi an. «Haben alle vor
Augen, wie die Seite eigentlich auszusehen hat?»

Magozzi nickte. «Kopien gehören zum Infomaterial. ‹Ein Spiel
gefällig?›, stimmt's?»

«Genau.» Sie wandte sich wieder den Personen im Raum zu. «Der
Absender hat die Grafik manipuliert, sodass es jetzt heißt: ‹Du spielst
ja nicht mit.›»

Magozzi spürte, wie es ihm kalt den Rücken hinunterlief. Patrol
Sergeant Freedman tat diese Information beinahe augenblicklich mit
einem Bassgrummeln ab.

«Von solchen Reaktionen werden Sie bestimmt eine Million kriegen, nachdem die Medien die Verbindung zu Monkeewrench hinaus-
posaunt haben. Da will Sie nur jemand an der Nase herumführen.»

Grace nickte dem großen schwarzen Cop zu. «Das dachten wir gestern Abend auch noch. Aber heute Morgen kam eine weitere Nachricht.» Sie atmete tief ein und fast lautlos wieder aus. Magozzi nahm an, dass sich auf diese Weise bei Grace MacBride eine akute Nervenkrise anzeigte. «Die lautete: ‹Wilbur biss sich in die Hand. Geschmackssache. Bist du jetzt zum Spiel bereit?›»

Niemand bewegte sich. Niemand zuckte auch nur mit der Wimper.

Grace sah von einem Gesicht zum anderen. «Na? Hieß er so? Der tote Mann auf dem Raddampfer?»

Gino stieß sich von der Wand ab. «Ja, so hieß er. Und der Presse ist der Name nicht mitgeteilt worden. Auch über die Bisswunde wurde niemand informiert. Und das ist höchstinteressant. Denn es sieht so aus, als würden Sie und ihre Leute Informationen besitzen, die eigentlich nur der Mordschütze haben dürfte.»

Grace nickte ausdruckslos. «Dann besteht kein Zweifel mehr. Die E-Mails stammen vom Mörder.»

«Oder einer von Ihnen ist der Mörder», reagierte Gino prompt.

«Da schickt man sich selbst E-Mails, spielt sein Spiel mit den dämlichen Cops ... so könnte man es auch sehen.»

Ein verärgertes Raunen kam im Monkeewrench-Team auf. Grace warf ihnen einen schnellen Blick zu, und sie verstummten.

«Haben Sie Kopien von den E-Mails?», fragte Magozzi.

Sie schüttelte den Kopf. «Die waren programmiert, sich nach einmaligem Öffnen selbst zu löschen.»

«Wie praktisch», sagte Gino. «Keine Möglichkeit, sie zum Absender zurückzuverfolgen. Keine Möglichkeit nachzuweisen, dass Sie sie nicht an sich selbst verschickt haben.»

Grace sah ihn gefasst und ausdauernd an, aber ihrer leicht bebenden Stimme war Verärgerung anzuhören. «Sie sind ein typischer Cop, Detective Rolseth, mit dem für Cops typischen Tunnelblick.»

Gino stieß einen dramatisch übertriebenen Seufzer aus und blickte an die Decke.

«Sie haben bereits beschlossen, dass einer von uns schuldig ist, und diese Meinung wollen Sie anscheinend nicht revidieren. Das sollten Sie jedoch tun. Denn wenn Sie sich irren – und davon dürfen

Sie ausgehen –, wird dort draußen jemand weiter morden, während Sie Zeit und Energie damit vergeuden, gegen uns zu ermitteln.»

Gino wollte schon loswettern, aber mit erhobenem Finger gebot Chief Malcherson ihm Einhalt. «Ich bin Chief Malcherson, Ms. Mac-Bride, und ich kann Ihnen versichern, dass wir bis jetzt noch in jede Richtung ermitteln und über keinen konkreten Verdacht verfügen.»

Diesmal kam das belustigte Raunen von den Monkeewrench-Leuten, die meinten, es besser zu wissen.

«Spielen wir doch mal kurz durch, wie Sie sich die Sache zusammenreimen», schlug Magozzi vor. «Der Killer nimmt also Kontakt mit Ihnen auf, und er stachelt Sie sogar an. Er will, dass Sie das Spiel spielen. Und was, zum Teufel, verspricht er sich davon?»

Grace zuckte mit den Achseln. «Das wissen wir auch nicht. Vermutlich möchte er aber, dass wir ihn zu finden versuchen. Sich zu verstecken macht doch nur Spaß, wenn man auch gesucht wird. Und ebendas haben wir getan. Die E-Mails selbst mögen verschwunden sein, nicht aber die Log-Datei. Wir haben die ganze Nacht damit verbracht, der ersten Botschaft nachzuspüren. Zwar konnten wir sie bis zu einem bestimmten Ausgangsort verfolgen, aber wir glauben, dass es sich um die falsche Adresse handelt. Der Absender muss im Umgang mit Computern recht versiert sein, und wir sind übereinstimmend der Meinung, dass er uns buchstäblich eine Cyberkarte gezeichnet hat, die uns an den falschen Ort führen soll, wenngleich die Nachricht aller Wahrscheinlichkeit nach von irgendwo ganz in der Nähe verschickt wurde.»

Tommy Espinoza stand auf und stellte eine Reihe technischer Fragen, für Magozzi ein unverständliches Kauderwelsch. MacBride und ihr Clan zeigten sich stark beeindruckt von Tommys Kenntnissen, und nach fünf Minuten Frage-Antwort-Spiel verloren sich die Computerfreaks vollends in Fachsimpelei.

Es war Gino, der sie schließlich unterbrach, ohne zu verhehlen, wie gereizt er war. «Also, ich bin ja überglücklich, dass euch die Liebe auf den ersten Blick erwischt hat, aber könnte man das kleine Freudenfest vielleicht so lange aufschieben, bis dem Rest von uns mitgeteilt wurde, von wo denn nun die E-Mail gekommen sein könnte?»

Magozzi nickte zustimmend. «Tommy, sobald wir hier fertig sind, kannst du die Herrschaften in einen Verhörraum mitnehmen und dich dort umfassend über die Computer-Perspektive dieser Morde aufklären lassen.»

Tommy rang sich ein gequältes Lächeln ab. «Sorry, Leo, sorry, Gino.»

«Die Nachrichten kamen von einer privaten katholischen Lehranstalt in upstate New York», sagte Grace.

«Saint Peter's School of the Holy Cross, Cardiff, New York», fügte Roadrunner hinzu.

Sämtliche Anwesenden verstummten.

«Wir hoffen, dass diese Adresse für Sie und Ihre Ermittlungen irgendeine Bedeutung hat, denn wir wissen nicht das Geringste damit anzufangen.» Grace griff tief in die Tasche ihres Staubmantels, holte ein zusammengefaltetes Stück Papier hervor und gab es an Magozzi weiter. «Hier ist die Telefonnummer der Schule. Sie werden unseren Mann zwar dort nicht finden, aber es könnte ja ein Fingerzeig sein, ob nun absichtlich oder nicht.»

Magozzi faltete das Stück Notizblockpapier auseinander und betrachtete die präzise und wie konstruiert wirkende Handschrift, die nur von Grace MacBride stammen konnte. «Wir überprüfen das.»

«Wie Sie sich erinnern», machte sich Louise bemerkbar, «war das erste Opfer ein Klosterschüler. Vielleicht hat er dort studiert.»

«Vielleicht», sagte Magozzi. «Oder vielleicht finden wir ja auch heraus, dass ein Name zu jemandem auf der Registrierungsliste passt.» Das war eine derart gewagte Vermutung, dass er beinahe selbst laut gelacht hätte, aber er fürchtete, damit der Arbeitsmoral zu schaden. Zumindest dem geringen Rest, der von ihr noch geblieben war. Die Dinge stellten sich niemals derart einfach dar.

«Wenn er fortfährt, Kontakt mit uns aufzunehmen», sagte Grace weiter, «steigen die Chancen, die Spur zu seiner tatsächlichen Speicheradresse zurückzuverfolgen. Die meisten Hacker machen den Fehler, aus lauter Arroganz überzeugt zu sein, dass niemand das Spiel besser beherrscht als sie und dass niemand die Chance hat, sie zu erwischen. Also hacken sie sich öfter, als sie sollten, immer wieder in dieselben Sites, fordern das Schicksal heraus, hinterlassen winzige

Cyberfußabdrücke, bis schließlich jemand diese Spuren findet und ihnen folgt. Es ist dabei völlig egal, wie gut man ist, denn es gibt immer – immer – einen Besseren.» Sie sah Roadrunner an, der beifällig nickte, und dann Tommy, der sie anlächelte.

Mit Serienmördern war es dasselbe, dachte Magozzi. Sie fingen irgendwann an, sich für unbesiegbar zu halten, nachdem sie ja buchstäblich mit Mord davongekommen waren. Sie wurden arrogant, reagierten leicht gelangweilt, riskierten mehr, hinterließen immer öfter Hinweise. Viele Serienmörder waren deswegen überführt worden.

Grace seufzte. «Sie haben in dieser Angelegenheit unsere volle Unterstützung, was sich von selbst versteht.» Es war ein ehrlich gemeintes Angebot, aber ihr Tonfall verriet, wie sehr ihr die Kooperation mit dem Feind widerstrebte. «Wir betrachten Detective Espinoza als Schnittstelle, was die technischen Aspekte betrifft, und wir werden so lange, bis wir eine neue Nachricht erhalten, mit unseren Anstrengungen fortfahren, die gegenwärtige Nachricht zu ihrem wahren Ursprung zurückzuverfolgen.»

«Und Sie werden uns über jede neue Nachricht informieren, die Ihnen zugeht», sagte Gino. Es handelte sich um einen Befehl, nicht um eine Frage.

«Selbstverständlich.»

«Wenn Sie eine E-Mail um vier Uhr morgens erhalten, will ich um eine Minute nach vier angerufen werden. Können wir Ihre E-Mail an Tommy weiterleiten lassen, sodass er sofortigen Zugang zu allen Nachrichten bekommt, die Sie eventuell erhalten?»

Grace nickte Tommy zu. «Wir lassen uns etwas einfallen. Wir richten einen Online-Link ein. Ich werde Ihnen mein Passwort geben.»

«Einen Moment mal», unterbrach Magozzi. «Ihr Passwort? Wollen Sie damit sagen, dass diese E-Mails an Sie persönlich geschickt wurden?»

Grace MacBride zögerte nur den Bruchteil einer Sekunde. «Ja.»

«Nicht an die Firma?»

«Unter der Firmenadresse speziell adressiert an meine persönliche Mailbox.»

Louise Washington sog zwischen den Zähnen Luft ein. «Wow! Sollten Sie vielleicht Feinde haben, Ms. MacBride?»

«Außerhalb dieses Raums? Nein, das glaube ich nicht.»

Ihre Leute, sogar Mitch Cross, schmunzelten. Dasselbe taten aber auch einige der Detectives.

Chief Malcherson bedachte sie mit einem politisch korrekten Lächeln. «Sie haben in diesem Raum keine Feinde, Ms. MacBride. Sie haben keine Feinde im Department. Wenn unsere Befragung ein wenig schroff zu sein scheint, dann liegt es nur daran, dass wir bei diesem Fall sehr großem Druck ausgesetzt sind. Ich bin sicher, Sie werden das verstehen.»

«Und wie sehr ich das verstehe. Gestern wurde die Polizei darüber informiert, dass auf einem Raddampfer ein Mord verübt werden sollte. Keine besonders weitläufige Örtlichkeit, um sie zu überwachen, und dennoch waren Sie nicht in der Lage, dem Mörder eine Falle zu stellen oder einem unschuldigen Mann das Leben zu retten. Ich kann mir daher sehr gut vorstellen, dass nach einem so ungeheuerlichen Versagen ein ziemlicher Druck auf Ihrem Department lastet.»

Jetzt hatte sie Feinde in diesem Raum, dachte Magozzi. Einen Moment lang blieben alle stumm, und sämtliche Blicke waren hasserfüllt auf Grace MacBride gerichtet. Wie zu ahnen war, konterte Gino als Erster.

«Na ja, wenn Sie schon Strafpunkte verteilen, sollten Sie aber auch einige davon für sich selbst aufheben. Wenn wir weiterhin so tun, als sei keiner von Ihnen der Mörder, dann muss es ja wohl da draußen jemanden geben, der diesem bescheuerten Spiel, das Sie sich ausgedacht haben, folgt wie einer gottverdammten Anleitung zum Morden. Mir ist es völlig egal, womit Sie es zu rechtfertigen versuchen, damit Sie nachts schlafen können. Tatsache ist jedenfalls, dass wir innerhalb von zwei Tagen drei Leichen einsammeln mussten, die es nicht hätte geben müssen, wenn Sie und Ihre Mannschaft nicht wären.»

«Nicht ‹und Ihre Mannschaft›, Detective Rolseth», sagte Grace gefasst. «Ich allein. Das Spiel war meine Idee.»

Wenn sie Reue empfand, konnte Magozzi das nicht heraushören. Aber was sie als nächstes sagte, klang schon beinahe flehentlich.

«Haben Sie die Mall of America schließen lassen?» Ihr Blick schoss von Gesicht zu Gesicht, aber niemand antwortete. Sie sah Chief Malcherson an. «Sie müssen sie schließen. Unbedingt.»

Viele der Detectives rutschten auf ihren Stühlen hin und her, denn sie mochten sich ein wenig unbehaglich fühlen, die Position der Cop-Hasserin einzunehmen.

«Die Wahl stand uns nicht frei», sagte der Chief, und es war nicht zu übersehen, dass auch er sich unbehaglich fühlte.

«Aber das haben Sie doch schon einmal getan», bedrängte ihn Grace. «Als Sie meinten, der entflohene Sträfling hielte sich in der Mall verborgen, haben Sie doch alle evakuiert und die Mall innerhalb von Minuten geschlossen.»

Chief Malcherson seufzte. «Es war nicht so, dass wir etwa nur meinten, er hielte sich in der Mall auf. Die Polizisten, die ihn verfolgten, sahen mit eigenen Augen, wie er im Parkhaus verschwand. Er stellte eine ganz klare und unmittelbare Bedrohung dar. Das ist eine kaum vergleichbare Situation.»

Langer stand unvermittelt auf. «Wo wir gerade von der Mall sprechen ...»

Im Stillen pries Magozzi ihn und deutete dann mit dem Daumen auf die Tür. «Genau. Du und Peterson, ihr macht euch auf den Weg. McLaren, du nimmst dir Steamboat Parker's vor. Louise, wenn du mit Daniels Boss fertig bist, setz dich mit dem Team in Verbindung, das den Busbahnhof überwacht. Der Rest kümmert sich um die Liste mit den Registrierungen. Meldet euch bei Freedman. Der macht die Einteilungen für die Besuche.»

«Detective?» Der schlaksige Roadrunner trat einen Schritt vor und wedelte mit einem Stapel Papiere. «Wir haben ein wenig auf der Registrierungsliste aufgeräumt. Könnte Ihnen vielleicht hilfreich sein.»

Magozzi sah Grace an, die seinen Blick kühl erwiderte. Perfekt, dachte er, ich besorge mir in aller Heimlichkeit ihre Fingerabdrücke, und sie leistet die Hilfe, um die ich gebeten habe. «Leute, das hier ist Roadrunner. Was meinen Sie damit, Sie hätten aufgeräumt?»

«Na ja ... wissen Sie ...» Seine knochigen Schultern zuckten nervös. «Wir haben eben dafür gesorgt, dass es für jeden, der sich eingetragen hat, jetzt auch eine offizielle Adresse gibt.»

«Für jeden?», fragte Gino verblüfft. «Für über fünfhundertund-achtzig Leute?»

«Nun … ja …» Jetzt bewegten sich sämtliche Körperteile von Roadrunner gleichzeitig. Seine Blicke wanderten von links nach rechts und zurück, sein Mund verzog sich zu einem schuldbewuss-ten Grinsen, sein Kopf nickte auf und ab, und seine Schultern hoben und senkten sich: Pinocchio, bewegt von einem besessenen Puppen-spieler. «Wir bekamen eine Menge Vorbestellungen von Leuten, die sich registrieren ließen. Wahrhaftig eine Menge. Fast vierhundert. Wir verglichen die Mailing-Adressen mit Kreditkartendaten und checkten diese Adressen auch gegen … ähm … andere Quellen …»

Magozzi unterdrückte ein Schmunzeln. Er fragte sich, wie viele Datenbanken der Regierung in der vergangenen Nacht wohl ge-knackt worden waren, aber es scherte ihn absolut nicht. «Und was ist mit den getürkten Namen und Adressen? Claude Balls und der-gleichen?»

«Wir haben alle gefunden», sagte Grace MacBride ungeduldig. «Es gab keine komplizierten Pfade, und nichts deutet darauf hin, dass jemand auf der Liste ernsthafte Anstrengungen unternommen hat, seine Identität zu verschleiern. Manche waren wohl Kids, die ihren Spaß haben wollten, und bei vielen handelt es sich wahr-scheinlich um ganz normale Leute, die ihre Privatsphäre schützen und nicht auf irgendwelche Mailinglisten geraten wollen. Aber kei-ner der Leute, die ihre Namen auf die Liste gesetzt haben, verfügt auch nur annähernd über die Computerkenntnisse, mit denen wir es zu tun bekamen, als wir die E-Mails zurückverfolgen wollten. Wir glauben nicht, dass sich der Killer auf der Liste befindet, aber wenn Sie darauf bestehen wollen, alle zu überprüfen, verfügen Sie jetzt über den Namen und die offizielle Adresse von jedem Einzelnen.»

Magozzi nahm die Listen von Roadrunner entgegen und sah sie sich an. «Gut. Das dürfte helfen. Aber wenn er nicht drauf ist …»

«Dann hat er durch eine Backdoor Zugang zu unserer Site gefun-den.» Sie sprach das Fazit aus, das er zog. «Und das bedeutet, er hat das ganze Spiel.»

Chief Malcherson schloss nur die Augen.

Zehn Minuten später saß Magozzi an seinem Schreibtisch und telefo-
nierte mit St. Peter's. Man hatte ihn auf eine Warteschleife gelegt,
und eine blechern klingende Orgelfuge quälte sein Ohr.

Gino kam mit zwei großen weißen Tüten vom Feinkosladen. Es
roch köstlich, als er ein extragroßes Roastbeefsandwich und einen
großen Kaffee vor seinen Partner auf den Tisch stellte. «Du siehst
stinksauer aus, Leo.»

«Irgend so eine Nonne hat mich erst mal abgehängt. Ist doch aber
ein bisschen früh für ein Mittagessen, oder?»

Gino sah auf seine Uhr. «Niemals. Ist doch schon halb zehn.» Er
setzte sich an seinen Schreibtisch und griff zu einem dreifachen
Clubsandwich mit Putenbrust.

Magozzi stellte das Telefon auf Lautsprecher um, und die Musik
plärrte in ihrer ganzen Low-Fidelity-Herrlichkeit. Gino sah fassungs-
los aufs Telefon. «Mein Gott, so was gehört echt verboten.»

«Letztendlich verwursten sie alles zu Muzak. Sogar Bach. Irgendwas aus der Mall gehört?»

«Im Westen nichts Neues», murmelte Gino mit vollem Mund.

Die Orgelmusik hörte abrupt auf, und eine dünne, ältliche Frauen-
stimme meldete sich. «Hallo?»

Magozzi schnappte sich den Hörer und stellte sich der Äbtissin
von St. Peter's vor.

Nach fünf Minuten war Magozzi vollends überzeugt, dass St. Peter's nichts als eine Sackgasse war. Ja, die Schule besaß Computer,
nein, die Schüler hatten keinen freien Zugang zu diesen Computern,
ja, einige Schüler besaßen ihre eigenen Computer, aber als er erwähnte, dass er in einem Mordfall in Minneapolis ermittelte, lachte
sie ihn schlichtweg aus.

«Ihren Verdächtigen werden Sie hier nicht finden, Detective.
Schon vor Jahren haben wir aufgehört, ältere Schüler anzunehmen –
unsere ältesten Schüler besuchen die fünfte Klasse.»

Und natürlich waren sämtliche Angestellten von St. Peter's, ehe-
malige wie gegenwärtige, entweder Nonnen oder Priester und passten absolut nicht zum Profil eines umherreisenden wahnsinnigen
Mörders. Aber die Äbtissin blieb kooperativ und geduldig. Zudem
wirkte sie lieb und nett, obwohl Magozzi dem nicht so recht trauen

mochte. Erfahrungen aus der Kindheit hatten ihn nämlich gelehrt, auch einer noch so lieben und netten Äbtissin niemals zu trauen. Er wusste ganz einfach, dass unter den schwarzen Falten ihrer Tracht ein großes Holzlineal lauerte.

Zum Ende des Gesprächs hatte er sie mit seinem Charme so beeindruckt, dass sie Mitleid empfand. Mit einem von Herzen kommenden «Gott segne Sie» verband sie ihn weiter zu Schwester Mary Margaret im Archiv.

Als dann schließlich sein Gespräch mit Schwester Mary Margaret auch beendet war, hatte Gino inzwischen fast sein ganzes Sandwich und ein halbes Stück Schokoladentorte vertilgt. «Was gibt's also Neues aus New York?»

«Nicht viel. Und wahrscheinlich hoffnungslos, obwohl die Archivarin Computerfanatikerin ist und jede noch so geringe Information der letzten dreißig Jahre digitalisiert und online gespeichert hat.»

«Verdächtig?»

«Höchst unwahrscheinlich. Es handelt sich um eine sechzigjährige Nonne im Rollstuhl.»

«Und was sollte dann dieser Schmus von einer ‹sexy› Stimme, den ich mitgehört hab? Ich weiß, dass du schon seit einer ganzen Weile Single bist, aber nicht einmal du würdest so tief sinken, eine in die Jahre gekommene und behinderte Nonne zu verführen.»

Magozzi grinste. «Sie hörte sich an wie Lauren Bacall, und das hab ich ihr nur gesagt. Danach hat sie mir ihr Passwort gegeben, sodass wir zu sämtlichen ihrer Daten Zugang haben.»

«Toll. Und was machen wir jetzt? Drucken wir eine Liste aller Schüler aus, die je dort eingeschrieben waren, und prüfen, ob wir eine Entsprechung auf der Registrierungsliste finden, oder was?»

«Ich schätze schon. Wer weiß, wozu es gut ist? Wie macht sich denn Tommy mit der Monkeewrench-Truppe?»

«Sind allesamt in der Sardinenbüchse, die er Büro nennt, und überschlagen sich vor Eifer. Ich hab ein paar Mal meinen Kopf zur Tür reingestreckt, konnte aber sein ständiges ‹Mann, das ist ja echt cool› nicht mehr hören. Wendehals und Speichellecker in einer Person, das ist er. Willst du die Leute immer noch verhören?»

«Aber ja.» Magozzi packte sein Sandwich aus und verteilte Meer-

rettich aus einem kleinen Plastiksäckchen auf dem geradezu obszön
großen Haufen Putenfleisch. Das war es dann wohl mit der Diät. Er
hatte gerade einmal abgebissen, als Chief Malcherson neben ihm
auftauchte.

«Das FBI hat das Gebäude verlassen», sagte er.

Beinahe hätte Gino einen großen Bissen Putenbrust ausgespuckt.
Chief Malcherson scherzte nie – absolut nie –, aber der jetzt war
nicht schlecht.

«He, Chief, Sie sind ein lustiger Vogel.»

«Was soll das heißen. Was war denn so lustig?»

Gino und Magozzi wechselten Blicke und setzten sofort Pokerge-
sichter auf. «Nichts, Sir. Die Schlipse sind also weg. Hoffentlich sind
sie nicht wütend abgezogen.»

Malcherson ging um den Tisch herum, weil er Magozzi direkt in
die Augen sehen wollte. «Wessen Fingerabdrücke haben Sie gestern
Abend an das automatische Identifikationssystem weitergegeben?»

«Das würde ich lieber noch nicht sagen.»

Malchersons weiße Brauen sprangen die halbe Stirn hinauf. «Sagen Sie das bitte nochmal.»

Magozzi holte Luft. «Chief, ich versuche nicht, Sie im Unklaren zu
lassen, aber wenn ich es Ihnen sage, dann müssen Sie es denen sagen, und ich bin nicht so sicher, ob das jetzt schon eine so gute Idee
wäre. Ich muss Sie bitten, mir in dieser Sache noch ein wenig länger
einfach zu vertrauen.»

Malcherson sah ihn ausgiebig an, und langsam rutschten seine
Brauen wieder auf ihren gewohnten Platz. «Sie haben gesagt, sie
würden nicht einmal darüber diskutieren, ob sie uns einen Blick in
die Akte gestatten, wessen auch immer es sein mag, solange wir
ihnen nicht einen Namen zu den Fingerabdrücken geben.»

Magozzi zuckte die Achseln. «Die geben uns die Akte nicht, was
immer wir auch tun.»

«Wahrscheinlich nicht. Können Sie trotzdem weiterkommen?»

«Wir versuchen es. Sobald ich etwas habe, lasse ich Sie umgehend wissen.»

Nachdem Malcherson gegangen war, beugte sich Gino über seinen Schreibtisch und sagte ganz ruhig: «Mir ist nicht besonders

«Das werden wir jetzt gleich herausfinden.»

Kapitel 28

Die Straßen von Calumet waren vereist und leer, als Halloran zur Arbeit fuhr. Vor zwei Stunden war Bonar zur Kirche aufgebrochen, um die Patronenhülse zu holen, die Father Newberry gefunden hatte.

In der Nacht zuvor hatte die Kälte ein Rekordtief erreicht, und Halloween würde gewiss darunter leiden. Zur Dekoration bestimmte Maisstängel, deren vertrocknete Blätter der Wind zerfranst hatte, drängten sich um Laternenpfähle in den Vorgärten, und auf beinahe jeder vorderen Veranda sackte ein ausgehöhlter Kürbis in sich zusammen, als sei die Luft aus ihm herausgelassen worden.

Die Straßen vorm Revier waren ungewohnt vereinsamt ohne die vielen Vans der Medien, die wie Diebe in der Nacht verschwunden waren, da sich in der Stadt volle vierundzwanzig Stunden lang kein weiterer grässlicher Mord zugetragen hatte.

Gottverdammte Aasgeier, dachte er, die Presseleute verfluchend, aber gleich darauf verfluchte er auch schon die Kälte, als er aus seinem Wagen stieg, und schließlich die eigene Blödheit, weil es bei jedem Schritt zum Büro gnadenlos in seinem Kopf hämmerte. Er schwor sich, niemals je wieder so viel zu trinken, was er jedes Mal tat, wenn er zu viel getrunken hatte.

Schließlich saß er an seinem Schreibtisch, die dritte Tasse Kaffee schwappte in seinem angegriffenen Magen, und er setzte seine Zweitunterschrift auf die Gehaltsschecks, von denen ein ganzer Stapel wartete. Schließlich ließ er Sharon Mueller von der Streifenfahrt ins Revier rufen. Die nächste Stunde verbrachte er mit Warten auf sie, allein mit seinem Kater und dem Internet.

Als sie hereingerauscht kam, roch sie nach frischer Luft und Seife, was nicht so recht zum Gerassel der Handschellen an ihrem Gürtel und der großen Waffe zu passen schien, die sie unter der Achsel trug. Sie streifte sich den Hut vom Kopf, wodurch sich die statische Spannung in ihrem kurzen Haar entlud. Eine Menge Strähnen standen erwartungsvoll aufrecht.

«Schließen Sie die Tür.»

«Das hör ich gerne.» Sie setzte sich vor seinen Schreibtisch und blickte ihn erwartungsvoll an. «Job oder privat?»

«Job natürlich.»

«Wenn es privat wäre, sollte ich besser auch die Jalousie schließen.»

Halloran blinzelte ihr zu, wenn auch in Zeitlupe, denn selbst das Blinzeln tat an diesem Morgen weh. «Es gab da gestern Abend eine gewisse Entwicklung in der Kleinfeldt-Sache.»

«Ich weiß. Ich hab Bonar draußen getroffen, und er hat mich ins Bild gesetzt. Was brauchen Sie denn jetzt? Hintergrundinformationen über Zwitter von einer blutjungen Schmalspurpsychologin?»

Halloran seufzte und fragte sich, wieso Frauen sich eigentlich an alle Dummheiten erinnerten, die einem mal rausgerutscht waren, und dann auch noch wörtlich. «Ich glaube, für den dummen Scherz hab ich mich bereits entschuldigt.»

«So? Kann mich nicht erinnern.»

Sie blieb ihm ein Rätsel. Sie hatte ständig etwas an ihm auszusetzen, das war ihm klar. Aber dabei schmunzelte sie auch, und das passte genauso wenig zusammen wie nach Seife zu riechen und gleichzeitig auszusehen wie eine Amazone. Er neigte den Kopf, als könne die veränderte Perspektive ihm zu mehr Einsicht verhelfen, aber seine Kopfschmerzen rutschten nur zur anderen Schläfe und straften ihn für die idiotische Idee. «Möchten Sie an dieser Sache arbeiten oder nicht?»

«Ich möchte.»

«Also schön. Die Kleinfeldts – damals die Bradfords – wohnten vier Jahre lang in Atlanta. Nach der Geburt dieses Kindes ...»

«Sie hören sich schon genauso an wie Bonar. Jeden anderen unter zwanzig nennen Sie Kid. Hier reden Sie aber Sie von ‹dieses Kind›, als wäre er, sie oder es das Christuskind oder so was. Also, was ist jetzt?»

«Ohne das korrekte Pronomen erleiden wir also Schiffbruch?»

«Seien Sie bitte nicht schlappisch. Die Sache ist ernst.»

Halloran starrte sie an und wartete darauf, dass sein Hirn zu ihrem aufschloss. Er war jedoch nicht überrascht, als das nicht geschah. Kid, Kind ... was machte das schon? «Ich versuche, Sie mit einer wichtigen Aufgabe zu betrauen, und Sie betreiben semantische Haarspaltereien. Wäre es Ihnen vielleicht möglich, dreißig Sekunden lang zu schweigen, damit ich Ihnen erläutern kann, was ich von Ihnen möchte?»

Sie sah ihn stumm an.

«Wäre es möglich?»

Sie sah ihn weiterhin nur an und sagte keinen Ton. Dann verstand er. Sie schwieg still. Gott, war die Frau eine Nervensäge!

«Okay. Zurück nach Atlanta. Also, irgendwann nach der Geburt ihres Kindes ...»

Einer ihrer Mundwinkel zuckte ein wenig.

«... ziehen die Kleinfelds nach New York City und bleiben dort zwölf Jahre. Es musste ja in die Schule, richtig?» Er schob einen fetten Stapel frisch ausgedruckter Seiten auf ihre Seite des Schreibtisches. «Dies hier ist eine Liste aller anerkannten Schulen der Stadt, öffentliche wie private. Finden Sie die richtige.»

Er lehnte sich zurück und wartete auf den Temperamentsausbruch, der zweifellos kommen musste. Er hatte keine Ahnung, wie viele Schulen es waren – ganz sicher aber hunderte. Denn er wusste sehr wohl, dass der Drucker mehr als eine halbe Stunde gebraucht hatte, um sie alle auszudrucken. «Werden eine Menge Anrufe. Holen Sie sich ein paar Aushilfskräfte, aber wenn jemand fündig wird, dann möchte ich, dass Sie mit der Schulverwaltung sprechen und nicht eine von den Aushilfen.»

Sie blätterte in den Seiten und sah damit seltsam gefasst aus für jemanden, der jeden Moment explodieren müsste. «Ich werde keine Aushilfen brauchen», sagte sie wie geistesabwesend und überflog die letzten paar Seiten, während sie vom Stuhl aufstand und zur Tür ging. «Leider haben Sie hier nicht die richtige Liste.»

«Was meinen Sie damit – nicht die richtige Liste? Das da sind sämtliche Schulen.»

Sie winkte ab. «Lassen Sie nur. Ich kümmere mich darum.»

Bonar kam herein, als sie hinausging. Mike kam es vor, als hätte
man eine Drehtür eingebaut.

«Ich wünschte, sie hätte sich nicht die Haare abgeschnitten»,
sagte Bonar.

«Wieso?»

Er ließ sich in den Stuhl sinken, aus dem Sharon gerade aufgestanden war. «Ich weiß auch nicht. Mit den kurzen Haaren macht sie
einem noch mehr Angst. Hast du ihr die Schulen aufgedrückt?»

Halloran nickte. «Über fünfzig Seiten. Ausbüffeln hat sie abgelehnt.
Meint, sie schafft das auch allein.»

«Das ist doch verrückt.»

«Ich weiß. Ich geb ihr eine Stunde, bis sie zurückkommt und um
Hilfe bettelt.»

Bonar lächelte, aber machte gleich darauf auch wieder ein ernstes
Gesicht. «Keine Fingerabdrücke auf der Hülse.»

«Hab ich mir gedacht.»

«Und du hast dem Padre das Herz gebrochen. Ich wäre ja gern zur
Messe geblieben, um ihm einen Gefallen zu tun, aber er hat mich
immer nur Ketzer genannt.»

«Damit wollte er dich nur bekehren.»

«Raffinierter Versuch.» Er hob seinen Bauch mit dem Unterarm,
als handelte es sich um ein großes Tier, das er durch die Gegend
schleppte. Dann leckte er sich den Zeigefinger und blätterte durch
sein Notizbuch. «Die Jungs haben gestern noch ein paar Sachen klären können. Am Sonntag gab es auf keinem Flugplatz im Radius von
hundert Meilen eine Charter, weder rein noch raus. Bei keinem der
lokalen Motels gab es auffällige Gäste. Meistens Ehepaare, ein paar
Jäger, aber die scheiden alle aus. Ich nehme an, wer immer es war,
kam hergefahren, beging die Tat und fuhr dann gleich wieder weg.
Und daher haben wir wohl keine Chance herauszufinden, woher sie
kamen und wohin sie gefahren sind. Ich hab mir sämtliche Verkehrs-
delikte angeschaut, die es übers Wochenende im County gegeben
hat, unsere und auch die von der Highway Patrol; einfach nur auf die

abwegige Chance hin, dass jemand einen Raser mit wirrem Blick und blutbesudelter Kleidung angehalten hat. Nichts. Ich hab die Strafmandate beiseite getan, bei denen außer dem Fahrer niemand sonst im Auto war, falls wir später etwas finden, was wir gegenchecken wollen, aber ich muss dir sagen, ich hab das Gefühl, dass wir hier nichts als heiße Luft fabrizieren.»

«Entschuldigung?» Sharon klopfte leicht an den Türrahmen und trat dann sofort ein.

«Haben Sie es sich anders überlegt, was die Aushilfen betrifft?» Sie schleifte einen Stuhl aus der Ecke neben den von Bonar. «Die Aushilfen ...? Oh nein, natürlich nicht.» Sie setzte sich und zog ein kleines Notizbuch aus der Brusttasche. «Ich hab die Schule von dem Kid gefunden.»

Halloran warf einen Blick auf seine Armbanduhr und sah dann Sharon ungläubig an. «Auf der Liste standen hunderte Schulen, und Sie wollen die richtige innerhalb von einer Viertelstunde gefunden haben?»

«Nein, ich habe dazu nur ungefähr fünf Minuten gebraucht. Die restliche Zeit habe ich mit den dortigen Leuten telefoniert.» Bonar und Halloran bekamen beide kaum mehr den Mund zu. Sie zuckte die Achseln, wirkte sogar ein wenig verlegen. «Ich hab eben Glück gehabt.»

«Glück?» Bonars dicke Brauen schnellten in die Höhe. «Glück nennen Sie das? Heiliger Strohsack, ich bitte Sie, Lady, streichen Sie mir über den Kopf, damit ich losgehen und mir ein Lotterielos kaufen kann.»

Sharon kicherte verhalten, und Halloran stellte fest, dass er zum ersten Mal so liebenswerte Töne von ihr hörte. Ebenso sympathisch wie attraktiv. «Ich sagte Ihnen doch, dass Sie mir die falsche Liste gegeben haben, Mike, und da hab ich mir eben selbst eine Liste zusammengestellt ... Die alte wollen Sie doch nicht zurück, oder? Die wog ja fast eine Tonne. Ich hab sie auf den Müll geworfen.»

Halloran schüttelte langsam den Kopf und gab sich alle Mühe, nicht hoffnungslos dämlich auszusehen.

«Nachdem Bonar mir von diesen Hölleneltern erzählt hatte, stellte ich mir jedenfalls vor, dass sie ihr Kind bestimmt nicht in ihrer Nähe haben wollten, und da gab es nur eins: Internat. Ein katholisches, ganz klar, weil sie doch solche religiösen Freaks waren, und dazu so weit von New York City entfernt wie nur möglich, aber innerhalb der Staatsgrenzen, damit sie immer noch die staatlichen Zuschüsse bekamen und obendrein steuerliche Vergünstigungen. Und ob Sie es glauben oder nicht, von solchen Internaten gibt es gar nicht so viele.»

Sie hielt inne, um Luft zu holen, und klappte ihr eigenes kleines Notizbuch auf. «Und dann hatte ich eben Glück. Ja, es war eine kurze Liste, aber schon der zweite Anruf war ein Volltreffer.» Sie ließ das Büchlein auf Hallorans Schreibtisch fallen und drehte es um, als hielte sie es für möglich, dass er tatsächlich ihre Schrift entziffern konnte.

«Ist das Steno?»

Sie sah ihn erbost an und beugte sich vor, um in das Buch zu schauen. «Nein, das ist kein Steno. Das ist doch eine absolut leserliche Handschrift, oder?» Sie tippte mit dem Finger auf das Gekritzel. «Saint Peter's School of the Holy Cross in Cardiff. Das ist eine Klein- stadt in der Region Finger Lakes. Die Äbtissin ist seit den sechziger Jahren dort, und kaum hatte ich die Bradfords erwähnt, wusste sie schon ganz genau, wovon ich sprach. Erinnerte sich an das Kind, weil es während der zwölf Jahre, die es dort verbrachte, nicht ein einziges Mal von seinen Eltern besucht wurde.» Sie verstummte und sah die beiden Männer an. Danach sprach sie leiser weiter. «Nicht ein einziges Mal.»

«Guter Gott», stammelte Bonar, und dann blieben alle drei einen Moment lang stumm.

«Erzählen Sie weiter», bat Halloran schließlich. «Haben Sie ein passendes Pronomen herausgefunden?»

Sharon nickte gedankenverloren und sah dabei aus dem Fenster. «Er. Ein kleiner Junge namens Brian. Fünf Jahre alt, als sie ihn einfach zurückließen.»

Halloran wartete ab, bis sie ihre Emotionen wieder im Griff hatte, und er wusste genau, dass es nicht lange dauern würde. Man könne es sich nicht leisten, in Mitgefühl zu versinken, wenn man mit miss- handelten Kindern arbeite, hatte sie ihm einmal erklärt. Das lähmte

und machte jede effektive Ermittlungsarbeit unmöglich. Zwei Sekunden später blickte sie ihn wieder an, und ihre braunen Augen
waren wach und konzentriert. Er dachte, dass sie ihm anders vielleicht besser gefiel.

«Wusste man in der Schule, dass er Zwitter war?», fragte er.

«Nicht von den Bradfords, aber man fand es natürlich schon bald
heraus, nämlich bei der ersten Untersuchung. ‹Eine Verirrung der
Natur›, so nannte es die Äbtissin euphemistisch, diese alte Kuh ...
Entschuldigung. Ich vergesse immer wieder, dass Sie ja katholisch
sind.»

«Verziehen.»

«Wie auch immer. Da er als Junge vorgestellt wurde, als sie ihn
dort einfach abluden, wurde er jedenfalls auch als Junge behandelt,
und soweit die Äbtissin wusste, kannten nur einige wenige Nonnen
und der Arzt die Wahrheit.»

«Was, gab es in der Schule etwa Einzelduschen? Private Badezim-
mer?», fragte Bonar.

Sharon lächelte etwas kläglich. «Zwitter lassen gewöhnlich in Gesellschaft ihrer Altersgenossen nicht die Hosen runter, besonders
nicht, wenn die zweigeschlechtliche Ausprägung so offensichtlich ist
wie anscheinend in diesem Fall.» Sie nahm ihr Notizbuch wieder zur
Hand und blätterte darin. «Seine Eltern tauchten nie wieder auf, riefen auch nicht einmal an. Bezahlten das gesamte Schulgeld an dem
Tag, als sie ihn ablieferten. Was Brian betrifft, so war er verständ-
licherweise ein Einzelgänger und dazu sehr intelligent. Mit sechzehn
machte er sein High-School-Diplom, und danach verschwand er.
Zwei Jahre später wurde man in Saint Peter's dann um eine Abschrift
des Diploms gebeten, aber sonst sahen sie ihn nie wieder und hörten auch nichts.»

Halloran stieß einen Seufzer aus und lehnte sich zurück. «Wohin
hat man die Abschrift geschickt?»

Sharon lächelte ein wenig. «University of Georgia, Atlanta. Interessant, nicht wahr? Geradewegs zurück an den Ort, wo er geboren
wurde, aber die Äbtissin sagte noch etwas anderes, was mich mehr
interessiert.» Sie hielt inne, absichtlich, wie Halloran vermutete, wie
ein Kind mit einem Geheimnis.

«Möchten Sie, dass ich sie anflehe?»

«Auf den Knien.»

Bonar lachte. «Kommen Sie schon, was haben Sie?»

Sharon atmete tief durch und biss in den sauren Apfel. «Die Äbtissin sagte, in all den Jahren, die sie Leiterin der Schule war, habe sie nicht einmal einen Anruf von einer polizeilichen Dienststelle bekommen, und an diesem Morgen seien es seltsamerweise gleich zwei.»

Halloran sah sie stirnrunzelnd an. «Sie und wer sonst noch?»

«Das Police Department von Minneapolis.»

«Hat sie auch gesagt, was die wollten?»

«Irgendetwas mit Computern und einer E-Mail-Adresse, aber mehr wollte sie mir nicht sagen. Diese verdammten Nonnen sind doch ganz scharf auf jede Art von Schweigepflicht. Sie hat gesagt, wir müssten schon in Minneapolis nachfragen, wenn wir mehr wissen wollten.» Sie riss ein Blatt aus ihrem Notizbuch und reichte es Halloran. «Hier sind Name und Nummer von dem, der angerufen hat. Vielleicht hat es damit nichts auf sich, aber ein irrer Zufall ist es doch wohl, oder? Mir ist das absolut nicht geheuer.»

«Detective … wie soll der heißen? Ich kann das nicht lesen.»

«Magozzi. Detective Leo Magozzi.»

«Und wofür steht das ‹M› dahinter?»

Sharon lächelte. «Morddezernat.»

Kapitel 29

Magozzi beschloss, die Partner von Monkeewrench im Raum der Spezialeinheit zu befragen. Psychologen hätten ihm gesagt, dass er damit einen schweren Fehler beging. Der Raum war zu groß und zu offen. Eine klaustrophobische Umgebung könnte von großem Vorteil sein, wenn man einer widerspenstigen Person Informationen brauchte. Nach ein paar Stunden in einem der winzigen Verhörräume im Parterre waren die meisten Leute bereit, alles zu erzählen, nur um wieder herauszukommen.

Aber Magozzi standen keine paar Stunden zur Verfügung, um diese Leute zu zermürben. Wenn er es schon mit psychologischer

Kriegsführung versuchen wollte, musste er schweres Geschütz auf-
fahren. Bevor die Computerfreaks von Monkeewrench hereinkamen,
stellte er die Stühle in einer geraden Linie nebeneinander auf – nicht
im Halbkreis wie im Kindergarten, denn keiner sollte sich zu sicher
fühlen. Und er stellte auch weder Tische noch Schreibtische bereit,
hinter denen man sich teilweise hätte verstecken können. Sollten
sie doch schutzlos und verletzbar dasitzen, ohne ein Hindernis
zwischen ihnen und der Tafel mit den großen Hochglanzfotos der
Toten, die auf sie hinabsahen.

Er nahm den gewohnten Platz ein, mit einer Hüfte an seinen Tisch
gelehnt, ganz der freundliche Lehrer vor seiner Klasse. Aber er hatte
die Stühle sehr dicht vor seinem Tisch aufgestellt, kaum einen Meter
weit weg. Damit würde er bereits in ihre individuelle Schutzzone
eindringen, und allein schon das dürfte ihnen wenig behagen.

Gino führte sie herein, schloss die Tür und lehnte sich dagegen.
Die Arme verschränkte er über der Brust.

«Bitte nehmen Sie Platz.» Magozzi deutete auf die pfeilgerade
Stuhlreihe und sah mit stummer Genugtuung, wie sie sich instinktiv
seinen albernen Versuchen psychologischer Manipulation widersetz-
ten. Ohne auch nur einen Moment zu zögern und ebenfalls ohne
auch nur ein Wort zu wechseln, schoben sie alle ihre Stühle um mindestens einen Meter nach hinten und gruppierten sie im nicht
genehmigten Halbkreis: Grace MacBride in der Mitte, die anderen
fächerförmig links und rechts, um sie zu schützen. Er fragte sich,
ob sie wohl merkten, wie offensichtlich das war.

Wenigstens betrachteten sie die Fotos, und zwar alle. Der zwan-
zigjährige Seminarstudent, dem das Joggen zu einer tödlichen Freizeitbeschäftigung geworden war und dessen jugendliche Gesichts-
züge noch so heiter und gelassen wirkten, wie sie es wohl auch zu
Lebzeiten gewesen waren; Wilbur Daniels, dessen breites und
schwammiges Gesicht auf dem Autopsietisch trügerisch unschuldig
aussah, und schließlich, ganz besonders beunruhigend, das sieb-
zehnjährige russische Mädchen, das herzzerreißend kindlich aussah,
nachdem alles Make-up entfernt worden war. Rambachan hatte das
höchst liebevoll und mit größter Sorgfalt getan, bevor die Mutter
gekommen war, um ihre Tochter noch ein letztes Mal zu sehen.

Grace MacBride betrachtete jeweils für eine geraume Weile stumm ein Bild nach dem anderen, als würde sie sich dazu zwingen, ja als schuldete sie es ihnen. Die anderen liehen über einen schnellen Blick über die Tafel schweifen. Ein Masochist befand sich wohl nicht unter ihnen. Außer Roadrunner vielleicht.

Auch die Fotos von den realen Tatorten hatte man auf der Tafel angebracht, furchteinflößende Duplikate der Tatortfotos im Computerspiel, und Roadrunner konnte seinen Blick nicht von der jungen Frau auf dem steinernen Engel abwenden, denn zweifellos erinnerte er sich daran, wie er an jenem Abend ebendieselbe Position eingenommen und dadurch gleichsam das Szenenbild für die Mordtat gestaltet hatte. «Mein Gott, mein Gott», sprach er in sich hinein und sah dann weg.

Annie Belinsky warf Magozzi einen von Hass erfüllten Blick zu. «Billiges Manöver, Detective.»

Er gab sich nicht einmal Mühe, den Unschuldigen zu spielen. «Sie haben die Bilder vorhin gar nicht bemerkt?»

«Klar haben wir sie bemerkt.» Sie schürzte zornig die orangefarbenen Lippen. «Aber sie haben uns nicht direkt angestarrt.»

«Möchten Sie vielleicht, dass ich die Tafel umdrehe, damit Sie die Fotos nicht länger sehen müssen?»

Harley Davidson bewegte seinen massigen Körper, und dabei quietschte seine Ledermontur. «Ich persönlich möchte nur, dass Sie verdammt nochmal sagen, was Sie zu sagen haben, damit wir uns hier abseilen können, um uns wieder an die Arbeit zu machen, diesen Kerl aufzuspüren.»

Magozzi hob die Augenbrauen. «Gut. Ziehen wir also alle an einem Strick.» Er sah einen nach dem anderen an, und zwar in aller Ruhe, sodass das Schweigen andauerte und sie hineinlesen konnten, was sie wollten. Es war totenstill im Raum. «Ich werde Ihnen den Fall erläutern, wie wir ihn sehen, und danach werden Sie sich entscheiden müssen, ob Sie unsere Fragen beantworten wollen oder nicht. Mit der Entscheidung werden Sie dann leben müssen.»

«Was, keine Daumenschrauben?», fragte Mitch Cross sarkastisch. «Daumenschrauben benutzen wir schon lange nicht mehr, Arschloch», schnaubte Gino von der Tür her und bestätigte damit endgül-

den würden. «Die wirken nicht schnell genug.»

Magozzi sah wärmend zu ihm hinüber und wandte sich dann wieder den anderen zu. «Die Sache ist, Sie sind alle zu sehr in diesen Fall
verstrickt, und je länger es dauert, desto mehr Alarmglocken läuten.
Anfangs dachten wir noch, es sei eine einfache Geschichte. Dass es da
draußen vielleicht einen Irren gab, der Ihr Game spielte und seinen
Spaß daran hatte, es in die Realität umzusetzen. Dann stellten wir
fest, dass keiner von Ihnen derjenige ist, der zu sein er vorgibt, und
dass es irgendwas in Ihrer Vergangenheit gibt, das Sie verbergen. Wir
wissen nicht, ob Sie Kriminelle auf der Flucht oder Opfer im Versteck sind oder gar beides. Vielleicht werden Sie unter Ihrer wahren
Identität landesweit steckbrieflich gesucht. Vielleicht haben Sie sich
mit der Mafia angelegt, wir wissen es nicht.

Und heute erzählen Sie uns, dass Sie Nachrichten von dem Killer
erhalten. Es mag ja sein, dass Sie alle nicht an eine Verbindung zwischen dem glauben, was heute passiert, und dem, was verdammt
nochmal vor über zehn Jahren passiert ist, als Sie im Untergrund verschwinden mussten, aber objektiv betrachtet stecken Sie alle, und
ganz besonders Ms. MacBride, so tief in dieser Sache, dass man
schon blind sein müsste, um es nicht zu erkennen.»

Roadrunner sah nervös zu seinen Freunden hinüber. Annie Belinsky, die neben ihm saß, legte entweder beruhigend oder warnend
ihre mollige Hand auf seinen Arm. Er atmete viel lauter, als man es
von einem so spindeldürren Mann erwartet hätte.

«Wir wissen jedoch», fuhr Magozzi fort, «dass Ms. MacBride in
einer Festung mit einem Waffenarsenal wohnt, das für eine kleine
Armee reichen würde, und jetzt habe ich zudem erfahren, dass es in
einer noch offenen FBI-Ermittlung eine Akte über sie gibt, die unter
Verschluss gehalten wird.»

Die Gruppe hielt gleichsam kollektiv den Atem an, als sei sie ein
einziger Organismus. «Scheiße, wie haben Sie denn das rausge-
kriegt?», verlangte Harley zu wissen.

Grace starrte Magozzi an. Ihre blauen Augen wirkten kalt und ausdruckslos, da sie wohl die Akrobatik verbergen sollten, die ihre Gehirnzellen gerade vollbrachten. Einen Moment später presste sie die

Lippen aufeinander. «Mist. Das Handy. Sie haben meine Fingerabdrücke überprüfen lassen.»

Magozzi nickte. «Das FBI hatte sie gespeichert, und bis jetzt verweigert man uns die Auskunft, weswegen das geschah. Also, ich habe nicht die geringste Ahnung, ob Sie in deren Fall eine Verdächtige oder ein Opfer waren, aber langsam fängt die ganze Sache an zu sinken. Sie sind gerade auf der Liste der Verdächtigen wie eine Rakete aufgestiegen, und je länger Sie Informationen zurückhalten, die uns nützlich sein könnten, desto höher rücken Sie auf dieser Liste.»

Mitch schoss derartig abrupt von seinem Stuhl hoch, dass es sogar seine Freunde überraschte. Aber Gino war von der Tür aus bereits drei Schritte auf ihn zugeeilt, ohne dass jemand es mitbekommen hatte. Derart schnell zu reagieren hatte er sich in jahrelanger Auseinandersetzung mit unberechenbaren Kriminellen angeeignet, deren plötzliche Bewegungen nie etwas Gutes bedeuteten. «Wir können Ihnen nichts sagen!», rief er, und Magozzi registrierte seine Wortwahl: Können, nicht wollen.

Gino blieb stehen, wo er war, immer noch auf der Hut. «Wieso nicht?»

Für einen Mann besaß Mitch geradezu zierliche Nasenlöcher, doch sie blähten sich sichtbar auf, als er jetzt angestrengt atmete. «Weil Graces Leben dadurch aufs Spiel gesetzt werden könnte, deswegen!» Er blinzelte plötzlich, wohl verwirrt vom Klang seiner eigenen lauten Stimme.

«Setz dich wieder, Mitch», sagte Grace MacBride beruhigend. «Bitte.»

Alle drehten sich ihr zu. Sie schienen überrascht zu sein, dass Grace überhaupt etwas gesagt hatte. Mitch zögerte, nahm dann aber langsam wieder Platz. Er wirkte wie ein geprügelter Hund.

«Grace, tu es nicht», mahnte Annie sanft. «Es ist nicht notwendig. Das hier ist eine total andere Sache. Was damals geschah, hat nichts mit dem zu tun, was jetzt geschieht.»

«Vielleicht hoffen Sie ja auch nur, dass es sich so verhält», warf Magozzi leise ein.

«Nein, verdammt.» Harley Davidson sah ihn direkt an und schüttelte dabei den Kopf so ungestüm, dass sein Pferdeschwanz hin und her wedelte. «Es ist nicht das Risiko wert.»

«Das finde ich auch», murmelte Roadrunner in Richtung Fußboden, und Magozzi vermutete, dass dies die trotzigste Reaktion war, zu der dieser ganz offensichtlich schüchterne Mann fähig war.

Grace MacBride holte tief Luft und wollte sprechen.

«Grace!», zischte Annie, bevor sie etwas sagen konnte. «Das sind Cops, um Himmels willen! Willst du etwa Cops trauen?»

«So viel zum Mythos vom Freund und Helfer», sagte Gino sarkastisch, und schon fiel Annie über ihn her.

«Cops – Cops wie Sie – hätten Grace fast das Leben gekostet!»

Magozzi und Gino sahen einander kurz an, sagten aber nichts. An einer Stelle hatte sich ein Riss in der Wand aufgetan, und sie wussten beide, dass ihnen nichts anderes übrig blieb, als abzuwarten.

«Sie haben meine Fingerabdrücke», sagte Grace MacBride. «Jetzt ist es eh nur eine Frage der Zeit.» Sie saß kerzengerade auf ihrem Stuhl, die Hände entspannt auf dem Schoß, einen Ellbogen leicht seitlich abgespreizt, um das leere Schulterhalfter auszugleichen. «Vor zehn Jahren waren wir alle Studenten im letzten Studienjahr an der University of Georgia in Atlanta.»

«Verdammte Scheiße.» Harley schloss die Augen und schüttelte traurig den Kopf. Die restlichen Mitglieder der Monkeewrench-Crew schienen auf ihren Stühlen zusammenzusacken, als sei ihnen etwas Unwiederbringliches entglitten.

«Fünf Menschen wurden in jenem Herbst auf dem Campus ermordet», fuhr Grace in brutal monotonem Tonfall fort, ohne Magozzis Gesicht aus den Augen zu lassen.

«Guter Gott», murmelte Gino unwillkürlich. «Ich kann mich erinnern. Sie waren dabei?»

«Aber ja.»

Magozzi nickte, darauf bedacht, das Atmen nicht zu vergessen. Er hatte nicht genau gewusst, warum diese Leute in den Untergrund gegangen waren, aber mit einem derartigen Albtraum hatte er nie gerechnet. Er entsann sich an die Morde und den Feuersturm an Publicity, der darauf gefolgt war. «Das ist also der Fall, der in der FBI-Akte unter Verschluss gehalten wird?»

«Richtig.»

«Und welchen Sinn sollte das haben? Warum sollte man die Akte unter Verschluss halten? Wochenlang wurde doch in den Nachrichten fast über nichts anderes berichtet . . .»

«Aber nicht über alles», sagte Annie trocken. «Es gab bestimmte Einzelheiten, die der Öffentlichkeit nie zugänglich gemacht wurden. Nicht einmal die Polizei von Atlanta erfuhr alles, und das FBI möchte es dabei belassen.»

Magozzi äußerte sich nicht dazu. Sicher, es war durchaus möglich, dass das FBI eine Akte unter Verschluss hielt, um Fehler zu vertuschen, aber es war auch möglich, dass es geschah, um Beweismittel oder Zeugen zu schützen. «Okay.» Er sah Grace an. Sie war blass, offensichtlich angespannt, und sie blickte starr geradeaus. «Ich nehme an, Sie zählten zu den Verdächtigen oder waren zumindest mit den Opfern bekannt.»

Grace sprach so emotionslos, als würde sie eine Einkaufsliste vorlesen. «Kathy Martin, Daniella Farcell, meine Mitbewohnerinnen. Professor Marian Amburson, meine Betreuerin und Kunstlehrerin. Johnny Bricker. Ich war eine Zeit lang mit Johnny ausgegangen, und wir blieben auch weiter eng befreundet, nachdem wir uns getrennt hatten.» Sie sah ihn zwar noch an, sagte aber nichts mehr.

«Das waren vier», gab Magozzi ihr einen sanften Anstoß, und sie reagierte mit einem kaum wahrnehmbaren Nicken.

«Weil ich zu allen Opfern eine so enge Verbindung hatte, kamen die Polizei in Atlanta und das FBI nach dem vierten Mord zu der Überzeugung, ich sei das, was sie ein indirektes Opfer nannten. Dass wer immer die Morde beging, mich zu strafen versuchte, indem er Menschen auslöschte, an denen mir etwas lag, Menschen, auf die ich mich stützte. Also erfand man eine neue Freundin für mich, um den Killer in die Falle zu locken: Libbie Herold. FBI. Sie hatte zwei Jahre zuvor die Akademie verlassen und war sehr gut. Sehr professionell. An ihrem vierten Tag als meine Zimmergenossin brachte er sie ebenfalls um.»

Magozzi behielt den Blickkontakt mit ihr bei, denn sie schien es so zu wollen. Alle anderen sahen auf die Füße oder den Boden oder die eigenen Hände, wo man typischerweise hinsah, wenn man sich von dem abgrenzen wollte, was um einen herum geschah. Nach einer höflichen Anstandspause – wenn man so wollte – fragte er sie: «Was ist mit dieser jetzigen Gruppe? Waren Sie damals auch schon befreundet?»

Sie nickte, die Lippen zu einem wissenden Lächeln gewölbt, das mit guter Laune nichts zu tun hatte. «Mehr als das. Wir waren wie eine Familie. Und das sind wir noch immer. Und ja, das FBI hat uns alle überprüft ...»

«Gnadenlos unter die Lupe genommen», korrigierte Harley. Sein Gesicht war gerötet und sein Tonfall harsch und verbittert. «Und glauben Sie bloß nicht, uns entgeht, was Sie jetzt denken. Die Cops und die Feds haben uns auf dieselbe Schiene geschoben. Entweder ermordete Grace ihre Freunde, oder wahrscheinlicher noch, weil wir alle verschont geblieben waren, musste es einer von uns sein. Brach ihnen das Herz, als sie uns nichts anhängen konnten, oder hätte es zumindest getan, wenn die Drecksäcke ein Herz gehabt hätten.»

Zum ersten Mal bemerkte Magozzi in Harley Davidson den Mann, dem er nicht gern in einer dunklen Gasse begegnet wäre. Er war nicht einfach nur verbittert, sondern in ihm tobte eine Wut, die im Laufe all dieser Jahre kein bisschen abgekühlt war. Er hatte dasselbe auch bei Grace MacBride bemerkt, ja, ein wenig davon eigentlich bei allen, und das machte ihn nervös. Sie misstrauten nicht nur jeder Autorität, sondern sie hassten sie. Er fragte sich, ob wohl einer von ihnen oder sie alle wahnsinnig genug waren, um zu morden. Harley sah ganz bestimmt so aus, als sei er es. Den Kopf hielt er gesenkt, die Hände lagen, zu Fäusten geballt, auf den Oberschenkeln.

Der Koloss atmete einige Male tief durch und fasste sich wieder. «Jedenfalls wollte das FBI es mit einem weiteren Lockvogel versuchen, aber Grace wollte das Spiel nicht mehr mitmachen und abwarten, ob der Killer sich auch den Rest von uns schnappen würde. Also verschwanden wir.» Mit einer ruckartigen Kopfbewegung deutete er auf Roadrunner. «Der Kerl da ist das Genie, das es fertig brachte. Hat uns alle total ausgelöscht. Soweit wir wissen, tappten die Feds noch immer im dunkeln, bis ihnen Graces Fingerabdrücke geschickt haben; und ich hoffe inständig, Detective, dass Ihnen dafür die Eier langsam und schmerzhaft verfaulen, bis sie schließlich abfallen.»

Magozzi musste lächeln. «Die Abdrücke haben beim FBI Interesse geweckt, das stimmt, und jetzt verstehe ich auch, warum. Man hat nie jemanden verhaftet, oder? Und Ms. MacBride war die einzige Verbindung —»

«Sie haben sie als Köder benutzt.» Auch Mitch Cross war erbost, aber seine Wut war kälter als die von Davidson. Und deswegen irgendwie auch beunruhigender.

«Ihnen haben wir es jetzt zu verdanken»», sagte Harley, «dass die wissen, wo wir sind. Sie kennen jetzt Graces neue Identität, und der Killer braucht sich nur Zugang zu ihren Unterlagen zu verschaffen —»

«Wir haben im Zusammenhang mit den Abdrücken keinen Namen rausgegeben»», unterbrach Magozzi, sodass Harleys Mund beim letzten Wort offen stehen blieb. «Die einzigen, die wissen, dass die Abdrücke Ms. MacBride gehören, befinden sich in diesem Raum, und wir hätten nicht die geringsten Schwierigkeiten, es dabei zu belassen.»

Harley schloss den Mund, doch alle sahen Magozzi weiterhin argwöhnisch an.

«Okay, Moment mal.» Gino ging zum Tisch an der Stirnseite und setzte sich dahinter. Mit gerunzelter Stirn betrachtete er intensiv die malträtierte Holzfläche. «Wollen Sie mir erzählen, dass Sie ganz einfach alles hinter sich gelassen haben? Drei oder mehr Jahre am College, Freunde, Familien ...»

«Wir haben keine Familien.» Roadrunner sah ihn tadelnd an, als müsse er das doch eigentlich wissen. «Deswegen sind wir doch überhaupt zusammengekommen. In den Ferien fuhren alle anderen nach Hause, und wir blieben übrig, so ziemlich die einzigen, die in der Cafeteria aßen. Eines Tages setzten wir uns alle an einen Tisch. Nannten uns Club der Waisen.» Er schmunzelte bei der Erinnerung, die zu Magozzis Erstaunen anscheinend angenehm war.

Mitch Cross gab sich wieder überlegen, nachdem sämtliche Geheimnisse gelüftet waren und es nichts mehr gab, dessentwegen man sich aufplustern musste. «Jetzt haben Sie also alles erfahren.

Sind Sie nun zufrieden, Magozzi?» Er benutzte den Nachnamen wie eine Waffe.

«Nicht ganz. Wenn Ms. MacBride in Atlanta nie das Ziel war, sondern die Menschen, die ihr am meisten bedeuten, nämlich Sie, auf der Todesliste des Killers wahrscheinlich viel höher stehen – warum ist sie diejenige, die eine Waffe trägt und sozusagen in einem Tresor wohnt?»

Die fünf tauschten verlegene Blicke aus.

«Na ja.» Roadrunner kratzte an seinem linken Ohrläppchen. «Wir haben uns alle ziemlich gut abgesichert, und dazu ...»

«... tragen wir alle Waffen.» Mitch zuckte mit den Achseln. «Was Ihnen der Desk Sergeant bestätigen wird, sobald er keine Maussperre mehr hat.»

Harley gluckste vor Lachen. «Er war ziemlich überrascht, als wir unsere Waffen abgegeben haben.»

«Sie alle tragen Waffen?»

«Immer», sagte Harley lakonisch. «Genau wie Grace. Ihre Knarre ist nur ein bisschen größer, das ist alles, und etwas auffälliger.»

«Jesus Christus!» Gino erschauerte ein wenig, als er sich erinnerte, wie sie zum ersten Mal das Büro von Monkeewrench betreten hatten, ohne zu ahnen, dass sie in ein Feldlager geraten waren.

«Waffenscheine haben Sie alle?»

Mitch knurrte unwirsch. «Halten Sie uns für bescheuert? Glauben Sie, wir würden Ihnen von unseren Waffen erzählen, wenn wir keine Erlaubnis hätten?»

«Ich werde Ihnen sagen, was ich glaube», sagte Magozzi ganz ruhig und sah dabei einen nach dem anderen an. «Offenbar leben Sie alle unter strengsten Sicherheitsvorkehrungen und tragen Waffen, weil jeder Einzelne von Ihnen während der vergangenen zehn Jahre ständig aus Angst über die Schulter geblickt hat, vom Killer aufgespürt worden zu sein. Und jetzt, da es den Anschein hat, als sei das eventuell geschehen, sagt ein jeder von Ihnen, aber nein, da gibt es nicht die geringsten Verbindungen, nein, nein, es kann sich unmöglich um denselben Kerl handeln. Sie meinten, Cops hätten den Tunnelblick? Nun, da kann ich nur sagen, was diese Sehstörung betrifft, können wir Cops mit Ihnen absolut nicht mithalten.»

Roadrunners Stirn war zerfurcht, und er biss sich auf die Unterlippe. «Aber es könnte doch ein Geisteskranker sein, der einfach unser
Game spielt. Unmöglich wäre das nicht. Wissen Sie, wie viele Serienmörder zu jedem beliebigen Zeitpunkt in diesem Land ihr Unwesen treiben?»

«Zufällig weiß ich das sehr wohl. Mehr als zweihundert. Und ja,
möglich ist es. Alles ist möglich. Aber es wäre doch ein höllischer
Zufall, und deswegen werden wir der Sache auf den Grund gehen.
Dazu müssen wir aber zuerst noch viel mehr darüber erfahren, was
sich in Atlanta zugetragen hat.»

Annie Belinskys extrem panischer Blick traf ihn. Eine Bewegung
auf ihrem Schoß fiel ihm ins Auge, und als er unauffällig hinsah,
bemerkte er, dass sie beinahe unmerklich einen Finger hin und her
bewegte, um ihn zu ermahnen, nicht mehr weiter zu bohren. Die
Bewegung ihres Fingers hätte ihn nicht innehalten lassen, aber
das unverhüllte Flehen in ihren Augen tat es.

Er zögerte, blickte aber Belinsky weiter unvermittelt in die Augen.

«Wir werden uns dann später mit Ihnen in Verbindung setzen.»

Sie klimperte kurz mit den langen Wimpern und stand dann von
ihrem Stuhl auf. «Wir sind hier also fertig?»

«Fürs Erste», erwiderte Magozzi. «Bevor Sie gehen, möchte ich
von ihnen allen die Telefonnummern, auch die vom Handy, wenn
Sie eins benutzen. Schreiben Sie die Nummern auf und geben Sie sie
Gloria. Und ich will wissen, wo Sie sich aufhalten, heute tagsüber,
heute Abend, morgen.»

Er und Gino sahen stumm zu, wie die fünf im Gänsemarsch den
Raum verließen. Dann stand Gino auf, schloss die Tür und wandte
sich an seinen Partner. «Ich gebe dir etwa fünf Sekunden, um mir zu
erklären, warum du die Typen hast gehen lassen, und dann weitere
fünf, um unten anzurufen und sie festzuhalten zu lassen, bevor sie aus
dem Gebäude marschieren.»

«Das sollte ich deiner Meinung nach tun?»

«Und ob du das tun solltest! Und ich sag dir auch, warum. A:
Mich kümmert es nicht, dass die Feds ihnen in Georgia nichts anhängen konnten – einer von ihnen war damals der Killer und ist jetzt
auch der Killer, denn alles andere ergibt keinen Sinn. Und B: Besag-

ter Killer wird zu seiner Knarre greifen und in der Mall jemandem das Licht ausblasen, wenn wir ihn nicht vorher wegsperren.»

«Wir können Sie nicht festhalten, und sie sind alle smart genug, um das ebenfalls zu wissen.»

«Wir könnten sie aber anderthalb Tage lang beim Transport irgendwie verlieren, zumindest so lange, bis wir das FBI gezwungen haben, uns ein paar ehrliche Antworten zu geben. Und danach will ich mit den Leuten hier vor Ort sprechen, die einer Truppe von Ausgeflippten wie denen Waffenscheine ausgestellt haben. Scheiße, die erlauben uns doch kaum, Waffen zu tragen.»

«Wir werden uns zuerst noch ein paar Informationen verschaffen.»

«Oh ja? Und von wo?»

«Von Annie Belinsky. Die wird nämlich gleich wieder hier aufkreuzen.»

Als Gino den Mund öffnete, um etwas zu sagen, ging hinter ihm die Tür auf. Er drehte sich um und konnte nur staunend zusehen, wie Annie Belinsky in einer Wolke aus Orange hereinstürmte.

«Versuchst du, mit der offenen Klappe fliegen zu fangen, mein Süßer?» Sie legte einen langen orangefarbenen Fingernagel unter Ginos Kinn und schloss ihm den Mund. Dann schlenderte sie zu Magozzi hinüber und sah ihm direkt ins Gesicht. «Danke», sagte sie.

«Gern geschehen. Aber es war eine Gnadenfrist zu bestimmten Bedingungen.»

«Ich kenne die Regeln.»

«Tut mir wirklich Leid, dass ich auch noch lebe.» Gino maulte.

«Wie, zum Teufel, konntest du wissen, dass sie wiederkommen würde? Wovon, zum Teufel, sprecht ihr eigentlich? Habt ihr zwei vielleicht so ein übersinnliches Ding am Laufen, oder was?»

Annie griff sich ihre Tasche, die sie unter den Stuhl gestellt hatte, und hielt sie an einem Finger in die Höhe. «Deswegen wusste er, dass ich wiederkommen würde, und was die übersinnliche Verbindung betrifft, na ja, da kann ich nur sagen» — sie lächelte Magozzi an und sprach dann noch gedehnter weiter —, «Ihr Freund hier hat atemberaubende Augen. Ist Ihnen das etwa noch nicht aufgefallen?»

«Aber klar doch», antwortete Gino. «Jeden Tag sitze ich ihm

zu haben.»

«Kann ich verstehen. Seine Augen sind beredter als tausend Worte, und so trafen wir auch unsere Übereinkunft.» Sie zwinkerte lasziv und gurrte dann: «Er hat mich nicht enttäuscht, und jetzt werde ich ihn dafür großzügig belohnen.»

Gino blinzelte unwillkürlich und entschied sich dann, auf einen Kommentar zu verzichten.

Annie seufzte kurz und wurde dann ernst, wobei ihr schleppender Akzent in dem Maße abnahm, wie sich ihr Sprechtempo beschleunigte. «Mir bleiben ungefähr fünf Minuten, bis einer von ihnen auf die Idee kommt, dass man mich vielleicht in die Ausnüchterungszelle komplimentiert hat oder so, und dann zurückrennt, um mich zu retten. Also sagen Sie mir, was Sie über Atlanta wissen wollen.»

«Ich möchte wissen, was ich Ms. MacBride nicht fragen sollte.»

«Verstehe.» Sie holte Luft und atmete langsam aus. «So gut wie alles. Erst einmal waren die Morde in Atlanta völlig verschieden von dem, was hier vorgeht, und unter anderem deswegen glauben wir nicht, dass es sich um ein und denselben Killer handelt. Ich brauche Ihnen ja wohl nicht zu sagen, wie selten es vorkommt, dass ein Serienmörder seine Mordmethode ändert, und noch seltener wechselt er die Mordwaffe.»

«Es könnte aber dennoch sein.»

«Ja, natürlich könnte es sein», sagte sie ungeduldig, «aber es geschieht höchst selten, wie ich schon sagte. Besonders wenn dabei eine Art Ritual im Spiel ist, wie es in Atlanta der Fall zu sein schien. Die Bestie benutzte einen X-Acto-Cutter.»

«Ich kann mich nicht erinnern, davon gelesen zu haben», wandte Gino ein.

«Eins von den Dingen, die von den Cops zurückgehalten wurden. Er hat ihnen zuerst die Achillessehnen durchtrennt, damit sie nicht mehr entkommen konnten ...»

Mein Gott, dachte Magozzi und fühlte Übelkeit in sich aufsteigen. *Also deswegen trägt sie immer diese Stiefel.*

«... und dann hat er den Frauen die Oberschenkelarterien zerfetzt. Sie sind verblutet, und es hat eine ganze Weile gedauert.»

«Mein Gott.» Gino wurde deutlich bleicher.

«Grace hat Kathy und Daniella gefunden – ihre Mitbewohnerin-nen –, als sie eines Abends spät nach Hause kam. Sie verhielt sich sehr umsichtig und ist nicht hineingegangen. Sie hat nur die Tür ge-öffnet und das Licht angeschaltet. Dann ist sie wie der Teufel davon-gerannt. Aber es gab eine Menge Blut, und das hat sie ganz bestimmt gesehen.»

«Scheiße», murmelte Gino. «Da wäre ich glatt in der Gummizelle gelandet.»

Annie sah ihn an. «Sie musste eine harte Kindheit durchmachen. Das hat ihr Kraft gegeben. Aber das Valium hat auch nicht gerade ge-schadet. Der von der Schulverwaltung mit ihrem Fall betraute Psych-iater hat sie nämlich gleich auf Dauermedikation gesetzt.»

«Und warum hat sie nicht einfach ihre Sachen gepackt und ist weggegangen?», fragte Magozzi. «Das hätte ich getan.»

«Wohin hätte sie gehen sollen? Zurück in eines der Wohnheime, die jedes für sich ein eigener Albtraum waren? Wir waren die einzige wahre Familie, die ein jeder von uns hatte, und wir blieben zusam-men.» Sie sah stirnrunzelnd zur Seite. «Eine bessere Frage wäre, war-um der Rest von uns nur so dumm war, sie nicht auf der Stelle von dort wegzubringen, noch bevor die nächsten Morde geschahen. Wir haben uns seitdem immer wieder die schlimmsten Vorwürfe ge-macht, aber wer konnte denn ahnen, was noch passieren würde.» Sie holte wieder tief Luft und kramte in ihrer Handtasche nach Zigaret-ten und Feuerzeug. «Ich werde jetzt in einem Regierungsgebäude rauchen, Jungs. Wenn ihr mich davon abhalten wollt, müsst ihr mich schon zu Boden ringen.»

«Hört sich verlockend an», sagte Gino und reichte ihr einen Be-cher, um ihn als Aschenbecher zu benutzen.

«Danke.» Sie machte einen tiefen Zug, und schon bald roch es im Besprechungsraum wie zur guten alten Zeit. «Marian Amburson und Johnny Bricker wurden ein paar Tage später umgebracht, und das FBI fiel über uns her wie ein Schwarm Heuschrecken. Während wir anderen fast zwei Scheißtage lang in Verhörzimmern festgehalten wurden, hatten sie Grace für sich allein. Und dabei haben sie sich dann auch die Sache mit Libbie Herold als Köder ausgedacht.»

«Die FBI-Agentin.»

«Genau. Sie haben die beiden dann in einem kleinen abgelegenen Haus am Rande des Campus untergebracht, weit entfernt vom Be- trieb in den Wohnheimen. Leichter zu überwachen, sagten sie, leich- ter zu schützen. Grace hatte Todesangst. Sie war doch fast noch ein Kind, verstehen Sie? Und die wollten von ihr, dass sie den Köder für einen Killer spielte. Sie wollte es nicht. Sie wollte nur so schnell wie möglich weg, und ich glaube, wenn wir uns nur mit ihr hätten in Verbindung setzen können, dann hätten wir uns alle auf der Stelle davongemacht.»

«Was meinen Sie damit: Wenn sie nur mit ihr hätten in Ver- bindung setzen können?», fragte Gino.

Annie schürzte die Lippen und legte die Stirn in tiefe Falten. Sie schaute zum Fenster hinaus. «Auch nachdem sie den Rest von uns hatten gehen lassen, durften wir nicht zu ihr. Man sagte uns, sie be- fände sich in ‹Schutzhaft› und niemand dürfe sie besuchen. Und nie- mand dürfe mit ihr sprechen. Wir wussten nicht einmal, wo sie sich befand.» Die Erinnerung rief ein bitteres Lächeln hervor. «In Wahr- heit aber ging es ihnen natürlich darum, Grace zu isolieren und ihr die Bezugsstruktur zu nehmen, damit sie außer ihnen weder Halt noch Stütze hatte.»

Mein Gott, dachte Magozzi.

«Sie fingen dann an, Grace einzuhämmern, dass es auf ihr Konto ginge, wenn noch jemand ermordet würde, es sei denn sie würde ihnen helfen, den Killer zu schnappen. Es dauerte nicht lange, bis sie ihnen glaubte. Also sperrten sie Grace zusammen mit dieser gut be- waffneten Agentin in das kleine Haus. Sie müsse sich keine Sorgen machen, versicherten sie ihr, denn Libbie trüge ständig ein Mikro und draußen vor der Tür seien Leute postiert.» Sie hielt inne, schloss die Augen und holte tief Luft. «Aber jemand baute totale Scheiße, Megascheiße. Vielleicht funktionierte Libbies Mikro nicht, vielleicht hatten die Jungs, die das Haus bewachen sollten, zur falschen Zeit ihre Augen woanders, wer weiß schon, was wirklich passierte? Eines Morgens jedenfalls meldete sich Libbie nicht zur verabredeten Zeit, und als die Feds das Haus stürmten, fanden sie Libbies Leiche im Schlafzimmer. Sie lag in einer riesigen Blutlache, und man hatte ihr

beide Beine fast abgesägt. Grace entdeckten sie in einem Wandschrank, zusammengekauert in der äußersten Ecke. Sie hat die FBI-
Leute richtig schön zerkratzt, als sie sie rausholen wollten, aber sie
sagte nicht ein Wort. Schrie nicht, weinte nicht, nichts. Eine Woche
lang war sie in der Psychiatrie des Atlanta General. Dann nahmen wir
sie mit.»

Gino lehnte mit gesenktem Kopf neben der Tür an der Wand und
betrachtete den Fußboden. Magozzi sah zu, wie Annie sich irgendwie ziellos umsah, als hätte sie völlig den Faden verloren und hoffte,
ihn irgendwo in diesem großen Raum wieder ausfindig zu machen.
Schließlich zog sie ein letztes Mal an ihrer Zigarette und ließ die
Kippe in den Rest Kaffee fallen, der sich noch im Becher befand.
«Das jedenfalls ist in Atlanta geschehen.» Sie warf einen Seitenblick
auf Magozzi. «Wir sprechen nie darüber, zumindest nicht vor
Grace.»

Magozzi nickte. Er sah, wie sie den Riemen ihrer Handtasche über
die Schulter streifte und sich zur Tür aufmachte. Gino trat vor und
öffnete ihr.

Im letzten Moment drehte sie sich noch einmal um. «Ihr Compu-
tertyp, dieser Tommy Wie-heißt-er-noch?»

«Espinoza.»

Annie nickte. «Guter Mann. Bei dem Versuch, sich in die Datei zu
hacken, die beim FBI unter Verschluss ist, hat er alles richtig gemacht.»

«Wie kommen Sie darauf, dass er so was versucht hat?»

Es sah sexy aus, wie Annie die Schultern hob. «Er hat uns einen
Moment allein gelassen. Und machen Sie dem Jungen keinen Vor-
wurf. Er hat seine Computerdaten geschützt, bevor er ging, und dazu
ein höchst ausgeklügeltes System benutzt. Bis auf drei Leute weltweit
wären alle daran gescheitert.»

Magozzi lächelte eher kläglich. «Und Roadrunner ist einer von denen.»

«In der Tat. Doch es gibt – sollte Ihr Mann tatsächlich an die Daten kommen, was wohl höchst unwahrscheinlich bleibt – da ein,
zwei Dinge in der Akte, bei denen Sie vielleicht stutzen würden. Ist
also wohl besser, wenn ich Ihnen gleich reinen Wein einschenke.»

«Und zwar?»

«Eine weitere Sache, die vom FBI genutzt wurde, um Grace zur Kooperation zu bewegen. Andernfalls würden sie nämlich einen bereits auf Eis gelegten Fall wieder ganz neu aufrollen, der eine befreundete Person betraf. Der würde man leider ziemliche Probleme machen müssen.»

«Und der Fall betraf ...»

Annie strich sich mit der Zunge über die Lippen. «Im Jahr bevor ich an die Uni kam, hab ich einen Mann erstochen.» Sie sah Gino an, dessen Kinnlade wieder heruntergefallen war, und schenkte ihm ein Lächeln, das einen weniger kräftigen Mann umgeworfen hätte. «Die Fliegen, Süßer», erinnerte sie ihn mit einem sanften Klaps unters Kinn. Und dann war sie auch schon zur Tür hinausgeschwebt.

Grace erwartete sie am Fahrstuhl. Mit einer Schulter lehnte sie an der Wand und sah in ihrem langen schwarzen Staubmantel wie ein Model aus, das den Cowboy spielte. Zudem hatte sie dieses kaum wahrnehmbare wissende Lächeln aufgesetzt, bei dem Annie immer eine Gänsehaut bekam.

«Du hast dein Herz ausgeschüttet, oder, Annie?»

«Ich hab viel eher dein Herz ausgeschüttet, Darling. Aber meins auch ein bisschen.»

Grace stieß sich von der Wand ab und blickte zu Boden. Das schwarze Haar umrahmte ihr Gesicht wie ein Vorhang. «Wenn ich gemeint hätte, dass sie alles wissen müssten, hätte ich es ihnen erzählt. Ich kann inzwischen darüber sprechen. Ich kriege keinen Nervenzusammenbruch mehr.»

«Sie mussten tatsächlich alles wissen, allein schon damit sie ihre Spur weiter verfolgen und uns nicht im Nacken sitzen. Aber es gibt auf Gottes Erdboden keinen Grund dafür, dass du darüber hättest sprechen müssen. Weder zu ihnen noch zu sonst jemandem.» Annies Mund wurde zur schmalen Linie. Störrisch sagte sie: «Verdammt, Minneapolis fing gerade an, mir zu gefallen. Wenn dieser Tommy an die Akte rankommt, ist unsere Tarnung aufgeflogen, und wir werden abbauen müssen. Wieder ganz von vorn anfangen.»

Grace drückte auf den Fahrstuhlknopf und sah dabei auf die Anzeige über der Tür. »Wir haben getan, was wir konnten. Jetzt ist es ein Wartespiel.«

Kapitel 30

Nachdem Annie Belinsky gegangen war, saßen Magozzi und Gino fünf Minuten lang vor der Tafel mit den Fotos. Sie sprachen nicht, sondern verarbeiteten nur, was sie ihnen von Atlanta erzählt hatte.

»Was denkst du gerade?«, fragte Magozzi schließlich.

Gino knurrte. »Dass ich losgehen sollte, um einen FBI-Agenten abzuknallen. Nur um mich besser zu fühlen.«

»Da waren auch Cops im Spiel. Alles kannst du dem FBI nicht zur Last legen.«

»Weiß ich ja. Das macht es nur schlimmer.« Er drehte sich um und sah Magozzi an. »Aber damit ist MacBride noch lange nicht von der Liste der Verdächtigen gestrichen. Im Gegenteil, es macht sie sogar zu einem noch besseren Kandidaten. Es wäre doch der echte Kick für einen Killer, oder? Leg ein paar Leute um und sorg gleichzeitig dafür, dass alle Mitleid mit dir haben, weil sie dich für ein Opfer halten? Und da ist noch etwas anderes, was mir zu denken gibt. Wenn sie nicht die Mörderin ist, müsste sie da nicht eigentlich für den Rest ihres Lebens gaga sein, nachdem sie den ganzen Scheiß durchgemacht hat?«

»Offenbar ist sie das ja auch gewesen, zumindest eine Zeit lang.«

»Eine Woche. So lange könnte man das sogar im Kopfstand simulieren.«

Mit einem Stoßseufzer sagte Magozzi: »Sie war es nicht, Gino.«

»Bist du sicher, dass du nicht mit einem Körperteil unterhalb der Gürtellinie denkst?«

Magozzi lehnte sich zurück und rieb sich die Augen. »Ich bin gar nicht sicher, dass ich überhaupt noch denke. Machen wir uns an die Arbeit.«

Im hinteren Teil des Besprechungsraums der Spezialeinheit befand sich eine große alte Wandtafel, die seit Jahren nicht mehr benutzt worden war. Heutzutage war alles schicker. Man benutzte Magnettafeln, digitale Fotos, mit dem Computer generierte Vergleichsdiagramme, Wahrscheinlichkeitsdiagramme und Grafiken, angesichts deren Disney-Zeichner vor Neid erblasst wären. Doch Gino Rolseth und Leo Magozzi waren immer noch der Ansicht, dass es den Denkprozess förderte, wenn man wichtige Dinge handschriftlich festhielt.

Sie gingen also zur Tafel und fassten alles in Diagramme, atmeten den Geruch von Kreidestaub ein, rieben die Hände aneinander, wenn sie staubtrocken geworden waren.

«Okay», sagte Gino und trat einen Schritt zurück. «Ist doch wohl sonnenklar, oder? Vor ungefähr zehn Jahren gab es eine Mordserie an der University of Georgia, und die Leute von Monkeewrench stecken drin bis über beide Ohren. Jetzt haben wir eine Mordserie in Minneapolis, und rate mal, wer sich ebenfalls hier aufhält. Du weißt, wie gering die Wahrscheinlichkeit ist, dass ein Mensch zu Lebzeiten überhaupt einmal direkt von einer Mordserie betroffen ist? Und diese Leute haben sogar zweimal den Jackpot geknackt. Einer von ihnen war's. Daran besteht kein Zweifel.»

Magozzi blickte lange auf die Wandtafel. «Es ergibt aber immer noch keinen Sinn, dass einer von ihnen die eigene Firma ruinieren will.»

«Ich bitte dich.» Gino verdrehte die Augen. «Man muss ja wohl annehmen, dass jemand, der ein Mädchen herausputzt, es auf einer Friedhofsstatue drapiert und ihm dann in den Kopf schießt, nicht gerade im Fahrstuhl zur obersten Etage unterwegs sein kann. Außerdem haben sie allesamt so viel Geld gebunkert, dass es ein Leben lang reicht. Dann verlieren sie eben die Firma. Na und? Wohl unwahrscheinlich, dass sie von heute auf morgen obdachlos werden.»

Magozzi betrachtete die Liste der Mordopfer in Georgia, dann die von Minneapolis und auch die Linien, die alle Opfer mit den fünf Personen verbanden, die sich kürzlich noch in diesem Raum aufgehalten hatten. «Und das Motiv?»

«Scheiße, woher soll ich das wissen? Einem von ihnen gefällt die Richtung nicht, in die sich die Firma entwickelt – dieses neue Killerspiel führt sie doch meilenweit weg von den kleinen Zeichentrick-

spielereien, die sie vorher für das Kindergartenpublikum programmiert haben, oder ...?»

«Mitch Cross scheint das Spiel nicht besonders leiden zu können.
Du weißt doch, dass er sich sogar geweigert hat, zur Fotosession auf
den Friedhof zu kommen, oder?»

«Da hast du es doch.»

«Okay», sagte Magozzi. «Das Spiel verletzt also die Empfindungen
von Cross, und er ist der Ansicht, dass damit auch eine geschäftliche
Fehlentscheidung verbunden ist. Aber er wird übestimmt, rastet
deswegen aus und beschließt, die Firma, die er mit aufgebaut hat, zu
ruinieren, indem er einen Haufen Leute umbringt, die er noch nie
zu Gesicht bekommen hat. Leichte Überreaktion, findest du nicht?»

«Er ist nicht einfach nur ‹ausgerastet›. Der Typ ist ein Wahnsinniger. Ein Killer, der völlig die Kontrolle verloren hat. Immerhin hat
er doch schon in Georgia fünf Menschen kalt gemacht – erinnerst du
dich?»

«Und was für ein Motiv hatte er damals?»

Gino schürzte die Lippen und starrte auf die Wandtafel, als stünde
dort die Antwort. «Weiß ich auch nicht.»

«Und wenn er so völlig die Kontrolle verloren hat, wie kommt es
dann, dass zwischen den Mordserien zehn Jahre liegen?»

Gino zog an seiner Krawatte, reckte das Kinn in die Höhe. «Auch
das weiß ich nicht.»

«Nehmen wir jemand anders vor. Was ist mit der Belinsky?
Die hat uns doch gerade fröhlich verkündet, dass sie vor ihrem ersten Jahr auf dem College einen Mann erstochen hat. Was ist denn das
für 'ne Scheiße?»

«Versuch nur nicht, mir das Herz zu brechen, Leo. Nur weil ich
vorher MacBride ins Auge gefasst hatte, gehst du jetzt auf diese Frau
los.» Er trat einen Schritt von der Tafel zurück und kratzte sich den
Fleck Bartstoppeln, der ihm beim Rasieren entgangen war. «Ehrlich
gesagt mag ich Chauvischwein keine von beiden. Aber von Anfang
an hatte ich irgendwie im Kopf, dass es ein Mann sein muss. Was ist
denn mit den beiden anderen? Mutt und Jeff?»

«In dem, was Tommy aus den vergangenen zehn Jahren über sie
ausgegraben hat, ist nichts Ungewöhnliches zu finden. Außer viel-

leicht, dass Roadrunner zweimal die Woche zum Seelenklempner geht und Harley *Soldier of Fortune* abonniert hat.»

«*Soldier of Fortune*, hm? Ganz schön gruselig.»

«Er kriegt aber auch den *Architectural Digest*. Ist doch wohl noch gruseliger.» Magozzi ging an den Tisch auf der Stirnseite und brachte dann die Akte über die Partner bei Monkeewrench zurück, die Tommy Espinoza am Abend zuvor für ihn dagelassen hatte. «Ich hab das mal schnell überflogen, aber auf den ersten Blick war auch da nichts Besonderes. Der Leckerbissen ist jedoch, dass Harley Davidson anscheinend ein richtiger Lebemann ist. Zweitniedrigstes Netto-vermögen, nach Belinsky. Teurer Geschmack, Kunstmäzen, Wein-kenner ...»

«Du machst Witze.»

«Überzeug dich selbst. Schmeißt mit dem Geld um sich wie ein betrunkener Seemann auf Landgang. Hat Oldie-Motorräder im Wert von ungefähr fünf Millionen Dollar in der Garage seines bescheide-nen 1000-Quadratmeter-Hauses stehen, und was er fürs Essen und Trinken in Restaurants ausgibt, dürfte leicht für unsere beiden Ge-hälter reichen.»

«Ist ja widerlich.» Gino setzte sich und blätterte in dem ausge-druckten Dossier über Harley. «Ach, du Scheiße! Letzten Monat hun-dertundfünfzehntausend Dollar für Bordeaux-Termine? Was, zum Teufel, ist denn ein Bordeaux-Termin?»

«Dasselbe wie Mais als Terminware und Schweinefleisch als Ter-minware, nur eben Wein. Liest sich wie ein Drehbuch zur TV-Serie ‹Die Lebensart der Reichen und Schönen›, oder?»

Gino sah auf. «Abgehoben, okay. Aber nicht notwendigerweise auch belastend. Ich hatte schon gehofft, er hat an einem Fernkurs für Serienmörder teilgenommen oder so.»

Magozzi grinste. «Er hat bei Victoria's Secret ein Kreditkonto, das ihn ein paar Tausender im Jahr kostet.»

«Was?»

«Ja!»

«Trägt er die Reizwäsche selbst oder verschenkt er sie?»

«Das konnte Tommy nicht herausbekommen. Doch wenn man dazu noch die teuren Restaurantbesuche und die romantischen Wochenendausflüge nach Saint Bart's nimmt, ist wohl anzunehmen, dass Harley der Damenwelt zugetan ist.»

Gino blickte höchst niedergeschlagen drein. «So ein Mist. Und ich hätte den Kerl so gern gehasst. Aber wie kann man so einen hassen? Und was ist mit der Bleistiftfigur?»

Magozzi rückte einen Stuhl an Ginos Seite. «Lässt sich nicht viel aus den Dokumenten und Daten schließen, an die Tommy herangekommen ist. Nur diese Seelenklempner-Sache. Er besitzt ein dickes Investmentportfolio, an das er kaum je rangeht, und ein Haus auf Nicollet Island. Sein Finanzgebaren ist unergiebig. Außer für Fahrrad- und Computerzubehör und einige ziemlich großzügige Spenden für karitative Organisationen scheint er so gut wie gar nichts auszugeben.»

«Welche karitativen Organisationen?»

Magozzi zuckte mit den Achseln. «Obdachlosenheime, Frauenhäuser, Erziehungsanstalten für gefährdete Jugendliche, so was.»

«Die Art Institutionen, in denen er wahrscheinlich als Jugendlicher viel Zeit verbracht hat.»

«Wahrscheinlich.»

Gino seufzte und schloss den Aktendeckel. «Irgendwie ein armer Teufel, findest du nicht?»

«Ein armer Teufel mit Waffenschein und vier registrierten Waffen.»

«Nicht sonderlich bemerkenswert in dieser Truppe. Er ist aber dazu noch ein durchgeknallter Eigenbrötler, der aller Wahrscheinlichkeit nach eine schlimme Kindheit hatte, zurückgezogen lebt und in seine Waffen vernarrt ist. Das ist doch wohl klassisch, oder?»

Magozzi seufzte und fuhr sich mit der Hand durchs Haar. «Das klingt eigentlich nach der Hälfte aller Cops in unserer Truppe.» Er stand auf und ging an die Tafel zurück. «Die Wahrheit ist doch, wir könnten jeden der fünf nehmen und in irgendein Profil ‹psychopathischer Täter in spe› einpassen. Sie sind allesamt seltsame Leute, Gino.»

«Was du nicht sagst.»

«Aber es gibt nicht den geringsten handfesten Beweis dafür, dass einer von ihnen tatsächlich der Killer ist.» Magozzi ließ sein Kreide-

stück ein paar Mal zwischen den Händen hin und her tanzen und
zeichnete dann unter die Liste der Monkeewrench-Namen ein X in
einem Kreis.

«Das soll doch ein Kuss mit einer Umarmung sein, oder?», fragte
Gino.

«Das ist eine Alternative, die wir haben – Mister X. Irgendein Irrer,
der auf Grace fixiert ist, die Morde in Georgia begangen hat, unsere
Freunde aus den Augen verlor oder vielleicht wegen einer anderen
Sache ein paar Jahre sitzen musste. Er kommt raus, findet die Leute
und fängt wieder zu morden an.» Er neigte den Kopf zur Seite und
sah Gino herausfordernd an. «Es ist eine Möglichkeit. Wir müssen
sie in Betracht ziehen.»

«Zusammen mit der Möglichkeit, dass die beiden Mordserien
überhaupt nichts miteinander zu tun haben. Dass es sich nur um
einen anderen Psychopathen handelt, der auf das saudumme Computerspiel abfährt.» Er seufzte voller Widerwillen. «Also sind wir im
Grunde absolut nicht weitergekommen, sondern noch genau da, wo
wir angefangen haben.»

Magozzi nickte. «Ich würde sagen, das trifft den Nagel auf den
Kopf.» Er warf das Stück Kreide in die Schale und wischte sich den
weißen Staub von den Fingern. «Und ich sag dir noch was. Wir
müssen es irgendwie hinkriegen, diese Leute rund um die Uhr beschatten zu lassen.»

«Und wen sollen wir dafür einspannen – Boyscouts? Die Hälfte
aller Cops des Bundesstaates ist draußen in der Mall. Auf den Straßen
haben wir nur noch so wenig Leute, dass sogar ich schon an Bank-
raub gedacht habe.»

«Es muss aber sein. Monkeewrench steckt einfach zu tief drinnen.
Wenn es von ihnen keiner ist, dann ist es jemand, der mit einem von
ihnen oder allen noch eine Rechnung zu begleichen hat, und zwar
eine saftige. Du kannst deine Pension darauf verwetten, dass er jetzt,
nachdem er mit der Kontaktaufnahme begonnen hat, auch das Bedürfnis verspürt, näher heranzukommen. Nachzulesen im Lehrbuch
Profilerstellung für Anfänger. Mit den E-Mails wird er sich nicht lange
zufrieden geben.»

Gino strich mit einer Hand über sein schütteres Haupthaar. «Du

glaubst also, er wird schon bald versuchen, persönlich Kontakt aufzunehmen?»

«Ich denke, darauf kannst du bedenkenlos wetten.»

Detective Aaron Langer blieb bei einem dieser wuchtigen Betonpfei-
ler stehen, die das Parkdeck darüber stützten, und sah ihr zu, wie zwei
Frauen und vier Kinder aus einem alten Suburban kletterten. Er
folgte ihnen mit Blicken, bis sie den Fußgängerweg erreicht hatten,
der zu Macy's führte. Er fragte sich, was, um Himmels willen, heutzutage bloß mit den Menschen los war. Da warnt man sie, dass es in
der Mall of America wahrscheinlich zu einer Schießerei kommen
wird, und was tun sie? Sie bringen ihre Kinder mit. Gütiger Gott.

Er machte sich auf den Rückweg in Richtung Nordstrom's und
schaute sich ständig nach links und rechts um, weil er darauf bedacht
war, nichts zu übersehen. Es war kurz nach ein Uhr, und die Parkdecks waren fast voll. Am Morgen, beim Ankleiden für diesen Einsatz, hatte er sich vorgestellt, in riesigen leeren Betonhallen seine
Runden drehen zu müssen, und daher den warmen Perry-Ellis-Man-
tel angezogen, den seine Frau ihm zum Geburtstag geschenkt hatte.
Jetzt war das gute Stück aus schwarzer Wolle völlig verdreckt, weil
er sich immer wieder an Autos hatte vorbeidrücken müssen, die
eigentlich gar nicht da sein durften und die auch nicht da gewesen
wären, wenn ihre Besitzer auch nur über den geringsten Funken
Verstand verfügt hätten. Der einzige Pluspunkt bestand darin, dass
der Killer wahrscheinlich keinen Parkplatz finden würde.

Man hatte zwei Beamte in Uniform und jeweils vier Sicherheitsleute der Mall auf jeder Ebene der riesigen Parkdecks posiert. Zwanzig unauffällige Zivilfahrzeuge patrouillierten nonstop auf den Zu-
fahrtsrampen, und zehn Detectives zu Fuß koordinierten die Streifen.
Er war verantwortlich für die Ebenen P-4 bis P-7 im westlichen Teil,
eine Dienstanweisung, über die seine Frau höchst erfreut war, weil
er so nahe an Macy's sein würde. Das hatte ihn völlig fertig gemacht.
Da stellte er sich notgedrungen bei einer Mörderjagd in die Schuss-
linie, und ihr fiel nichts anderes ein, als dass er doch in einer Pause
mal schnell ins Kaufhaus gehen könne, um ihr ein Paar von den tollen Nylons zu kaufen, solange sie noch im Angebot waren. Er hatte

ihr gesagt, dass ihm dazu wahrscheinlich die Zeit fehlen würde, denn er müsse schließlich vor einem psychopathischen Killer auf der Hut sein und ihn am besten auch noch schnappen. Aber sie hatte nur die Augen verdreht und ihm gesagt, er solle doch nicht albern sein, denn ein Mörder würde doch niemals an dem Ort auftauchen, wo man ihn bereits erwartete.

Genau das, nahm er an, war zweifellos dieselbe Logik, an der sich heute auch all die anderen Kaufwütigen orientierten. Und wahrscheinlich hatten sie Recht damit.

Er ließ den Blick nach rechts über die Autoreihen schweifen und wäre beinahe mit einem Typen von Channel 10 zusammengestoßen, der eine Handkamera trug. Noch ein weiterer Grund für den Killer, lieber zu Hause zu bleiben. Die Medien waren auf den Parkdecks fast so stark vertreten wie die Gesetzeshüter. Bis jetzt war er schon sechsmal um ein Interview vor der Kamera gebeten worden. Immer wieder hatten die Fernsehreporter ihn bei seiner Arbeit unterbrochen und bis zur Weißglut gereizt.

«He! Pass auf, wo du hintrittst, Kumpel!», beschwerte sich der Kameramann.

Langer tippte auf die lederne Dienstmarke an seiner Brusttasche.

«Oh, Entschuldigung, Detective.» Die Kamera fing zu surren an. «Könnten Sie vielleicht ein paar Fragen beantworten, Detective.»

«Tut mir Leid, ich hab zu arbeiten.»

Der Kameramann trottete hinter ihm her, so penetrant, dass Langer immer ärgerlicher wurde. «Wie lange will die Polizei noch diese extrem gründliche Überwachung durchziehen, Detective? Und bleiben nicht andere Bereiche der Stadt ungeschützt, nur weil ein so großer Teil der Polizeikräfte für die Mall of America abgezogen wird?»

Langer blieb stehen und sah auf seine Schuhe hinunter, deren Sohlen für die Lauferei auf dem kalten Beton viel zu dünn waren. Dann blickte er direkt in die Kamera und grinste. Der Typ wollte ein Interview? Dann sollte er sein Scheißinterview kriegen. «Was ziehst du denn hier ab, Buddy. Willst wohl einen Mord live mitkriegen? Und ihn schön filmen wie in einem Snuff Movie, damit er dann in den 5-Uhr-Nachrichten den Kiddies präsentiert werden kann, hä?»

Die Kamera wurde abrupt abgeschaltet, und der Kameramann hob sie behutsam von der Schulter, bevor er Langer gekränkt ansah. «He, ich mach hier nur meine Arbeit.»

«Tatsächlich? Das könnte ich dir ja vielleicht abkaufen, wenn du hergekommen wärest, um nur den Trubel zu filmen, der hier herrscht, und dann wieder gegangen wärest, aber Tatsache ist doch, dass ihr alle schon so lange hier seid wie ich auch.» Er sah auf seine Uhr. «Das sind bis jetzt drei Stunden, also erzähl mir nichts davon, dass du nur deinen Job machst, wenn du letztlich doch nur darauf wartest, dass es eine heiße Story gibt. Was in diesem Fall bedeutet, du wartest darauf, endlich filmen zu können, wie einer deiner Zuschauerinnen der Kopf weggepustet wird. Und ich weiß zwar nicht, wie du dich dabei fühlst, aber ich weiß genau, dass du dich deswegen schämen solltest.»

Langer ging davon, entrüstet über die Medien, entrüstet über eine Gesellschaft, die solche Medien geschaffen hat, und am allermeisten entrüstet darüber, dass alles, was ihm so nahe ging.

«Langer?» Er aktivierte sein Funkgerät auf der Schulter und drehte den Kopf, um hineinzusprechen. «Was gibt's?»

«Wir haben dein Parkdeck unter Kontrolle, wenn du jetzt Mittagspause machen möchtest.»

«Wo seid ihr?»

«Dreh dich mal um.»

Das tat er und sah eines der ungekennzeichneten Polizeifahrzeuge, das zu ihm hinfuhr. Detective Peterson saß grinsend am Steuer. Er war als Springer eingeteilt worden, die bestimmte Sektoren kurzzeitig übernahmen, wenn die dafür verantwortlichen Beamten eine Pause machten. «Und, alles fit im Schritt, Alter?»

«Ganz und gar nicht, sondern bei dieser verdammten Kälte verschrumpelt und fast verschwunden.» Er stampfte mit den Füßen, um das Blut in Wallung zu bringen, und sah sich um. Es waren inzwischen mehr Leute zu Fuß unterwegs, wahrscheinlich Kunden, die morgens eingekauft hatten und nun zu ihren Autos eilten, um dem nachmittäglichen Stoßverkehr zu entgehen. «Es wird hektisch», sagte er. «Vielleicht warte ich lieber noch eine Weile, bis es sich beruhigt.»

«Es wird sich nicht beruhigen. Von jetzt an ist es nur hektisch,

hektisch, hektisch. Die Mittagsmeute haut ab, und wenn das vorbei ist, taucht die Nach-der-Schule-Meute hier auf, dann die Nach-der-Arbeit-Meute ...» Peterson fuhr auf einen Behindertenparkplatz und stieg aus dem Wagen. «Außerdem glaub ich, ich krieg das in den Griff. Schließlich bin ich ja auch Detective, genau wie du. Willst du meine Marke sehen?»

«Schon gut, schon gut.» Langer musste schmunzeln. «Aber du parkst auf einem Behindertenplatz.»

«Leck mich, Langer.» Petersons Augen checkten die gesamte Umgebung so konzentriert, dass Langer sich schon eher mit dem Gedanken anfreunden konnte, nach drinnen zu gehen, wo es warm war. «Ist es dir etwa nicht aufgefallen? Hier ist heute kein einziger Behinderter. Die sind die einzigen, die genug Grips haben, zu Hause zu bleiben.»

In dem Augenblick kam ein Rollstuhl den Fußgängerweg hinauf, der zu Nordstrom's führte, und strafte ihn Lügen.

Peterson starrte auf die traurige Miniprozession, als hätte sie ihr Erscheinen absichtlich so eingerichtet, dass er wie ein Blödian dastand. «Okay, ich nehm es zurück. Damit gibt es wohl doch niemanden in diesem Bundesstaat, der so viel Grips besitzt, heute von hier wegzubleiben. Unten im Camp Snoopy sind inzwischen mindestens fünf Millionen Kids, ahnst du das? Weißt du, woran es mich erinnert? An öffentliche Hinrichtungen. Hexenverbrennungen. An diesen Ort in Rom, wo alle hingelaufen sind, um zu erleben, wie die Gladiatoren einander umbrachten ...»

«Das Kolosseum», sagte Langer geistesabwesend und starrte die Person im Rollstuhl an, gefangen in der Zeitschleife, in die er sich manchmal selbstquälerisch zurückdachte. Die vom Alter gebeugte Frau war zum Schutz gegen die Kälte sorgfältig in Decken gehüllt, und sogar aus der Entfernung konnte er sehen, dass sie den für an Alzheimer erkrankte Menschen so typischen leeren Blick hatte. Ihn fröstelte trotz seines Mantels, denn beim Anblick der alten Frau sah er seine Mutter wieder vor sich, die im vergangenen Jahr an dieser Krankheit gestorben war.

«Genau, Kolosseum», wiederholte Peterson. «Ich hätte nicht gedacht, dass heute hier überhaupt jemand auftaucht, und jetzt melden die Mall-Betreiber, dass bereits alle Besucherrekorde gebrochen sind. Entweder sind diese Leute samt und sonders bescheuert oder einfach blutrünstig und vielleicht nur hergekommen, weil sie gehört haben, dass was Schreckliches passieren würde. Das find ich fast noch grunseliger als die Morde.»

«Minnesota, wie es leibt und lebt», murmelte Langer und riss sich endlich vom Anblick der Frau im Rollstuhl los. Er hasste sich bereits dafür, sie so angestarrt zu haben.

Unzählige Male war er nämlich selbst schon krankhaft neugierigen Blicke gewesen, wenn er seine Mutter in ihrem Roll-stuhl aus dem Pflegeheim geschoben und sich dabei in Gedanken auf die Schulter geklopft hatte, weil er ein so guter Sohn war, ein so pflichtbewusster Sohn, der seine Mutter in den Park ausführte oder ins Shopping-Center oder auch nur zu McDonald's an der Ecke, als wenn sie noch immer ein vollwertiger Mensch war. Er schob den Rollstuhl vor sich her, blickte dabei auf ihren Hinterkopf, der eigent-lich so aussah wie eh und je, und machte sich vor, dass es immer noch seine Mutter war, die darin steckte.

Aber Menschen, die sie von vorn sahen, wussten es besser, und deren Blicke drückten die schreckliche Wahrheit aus, dass der Kaiser neue Kleider trug – Entschuldigen Sie, Sir, aber könnte es sein, dass Ihre Mutter sabbert? Uriniert? Sich hier mitten bei McDonald's in die Hosen scheißt? Diese lärmenden, beredten und grausamen Blicke hatten den Schwächling in ihm geweckt, der er schon immer gewe-sen war, und dieser Schwächling hatte dann eine Million Gründe ge-funden, warum er seine Mutter heute nicht besuchen konnte, diese Woche nicht und auch diesen Monat nicht mehr, bis sie, einge-schrumpelt wie eine Erbse in der Schote, in jener Nacht starb, als die Pflegeschwester gerade anderweitig beschäftigt war.

«Langer? Alles okay?»

Mein Gott, Schluss jetzt. Sieh nicht mehr hin, Aaron Langer.

«Ja, alles klar.» Er drehte sich zu Peterson um und verblüffte den Mann mit dem kläglichen Lächeln, das er versuchte. «Nur müde. Und kalt ist mir.»

«Na, dann nichts wie rein mit dir, Mann. Gönn dir eine heiße Mahlzeit.»

«Genau. Danke.»

Wäre er auch nur halbwegs ein richtiger Mann gewesen oder auch nur halbwegs ein anständiger Mensch, wäre er hinübergegangen, um bei der ihm so vertrauten Anstrengung zu helfen, die unkoordinierte und teilnahmslose Ansammlung unbeseelter Körperteile ins Auto zu laden, zu der Alzheimer ein einst völlig gesundes menschliches Wesen degradiert hatte. Er hatte es Gott weiß oft genug getan, um zu wissen, wie man es am besten bewerkstelligte. Aber der Schwächling in ihm behielt doch die Oberhand, und jetzt, da es ihm endlich gelungen war, den Blick abzuwenden, erschien es ihm fast unmöglich, noch einmal zurückzuschauen. Nur ein schneller Blick, als er mit dem Rollstuhl auf gleicher Höhe war, der sich mehrere Autoreihen entfernt rechts von ihm befand. Nur ein schneller Blick aus dem Augenwinkel, um festzustellen, dass man auch ohne ihn der Aufgabe Herr geworden war.

Er trabte übers Parkdeck zum Eingang der Mall und legte dann die beträchtliche Entfernung zwischen Nordstrom's und Macy's sehr schnell zurück: ein Mann auf der Flucht vor den Schatten der Vergangenheit. Als er schließlich an der Schuhabteilung vorbei war, hatte er sich so weit beruhigt, dass er deutlich wahrnahm, wie sein Gedächtnis ihm sanft auf das aufmerksam machte, was er wirklich gesehen hatte, als er auf dem Parkdeck noch einen schnellen Blick aus dem Augenwinkel auf die Verladung des Rollstuhls geworfen hatte. Mitten im schnellen Schritt erstarrte er, ohne den Mann zu spüren, der ihm in den Rücken lief, und ohne dessen leisen Fluch zu hören.

«Mein Gott.» Er sagte es ganz leise, und es betraf auch nicht die Rempelei. Dann machte er kehrt und rannte den Weg zurück, den er gekommen war. Den Kopf zur Seite gedreht, gab er Peterson lautstark über Funk Instruktionen, und ihm war schrecklich übel, weil er jetzt wusste, dass die Person, die den Rollstuhl geschoben hatte, die alte Frau zwar in ein Auto verfrachtet hatte, *dann aber in den Wagen daneben eingestiegen und weggefahren war.*

Er versuchte sich einzureden, dass es bestimmt nichts Entscheidendes war, dass es sich nur um einen Pfleger gehandelt hatte, der so frustriert war, dass er sich endlich der Last entledigt hatte, die ihm zu schwer geworden war. Doch daran glaubte er selber nicht.

Langer rannte immer schneller, hatte größte Schwierigkeiten, den Menschen, die zum Einkaufen gekommen waren, auszuweichen; zum Teil deswegen, weil es so verdammt viele waren, zum Teil, weil ihm die Augen tränten und er deswegen kaum mehr sehen konnte. Oder vielleicht weinte er auch, weil Leute mit Alzheimer manchmal wie Tote aussahen und Leute, die tot waren, als hätten sie Alzheimer.

Kapitel 31

Am vergangenen Sonnabend war wieder auf Winterzeit umgestellt worden, und um halb sechs Uhr abends herrschte in Hallorans Büro jenes bedrückende Halbdunkel, das sich einstellt, wenn das Licht der Sonne schwächer wird wie eine alte Glühbirne, die langsam verglimmt, bevor sie völlig erlischt.

Er knipste die Tischlampe mit dem grünen Schirm an, denn auf das sterile Gleißen der Neonröhren an der Decke konnte er im Moment noch gut verzichten. Er hatte deren Summen nie bemerkt, bis Sharon es erwähnte. Seitdem ging es ihm ganz fürchterlich auf die Nerven, besonders zu einer Zeit wie dieser, wenn die Tagesschicht gegangen war und im ganzen Haus Stille herrschte.

Er merkte auf, als er Bonars Stimme im Bürovorraum hörte, und hob fragend die Brauen, als die massige Gestalt seines Freundes den Türrahmen ausfüllte. Offenbar hatte er unten bei den Umkleideräumen geduscht und sich umgezogen. Statt der Uniform trug er jetzt normale Freizeithosen mit akkurater Bügelfalte, einen Rollkragenpullover und darüber ein Sportsakko. Halloran konnte sein Old Spice quer durch den Raum riechen.

«Sehr hübsch siehst du aus.»

«Danke, ich bin schon verabredet.»

«Du führst Marjorie zum Abendessen aus?»

«Das war der ursprüngliche Plan.» Erbost warf er seinen Mantel auf die Couch. «Hat Minneapolis schon zurückgerufen?»

Halloran warf seinen Kugelschreiber auf die Tischplatte. «Nein, das arrogante Arschloch hat mich noch nicht zurückgerufen.»

Bonar schnalzte tadelnd. «Du musst eben ganz nett zu den großen
Polizisten aus der großen Stadt sein, sonst behalten sie alles für sich.»

«Verdammt, ich hab schon drei Nachrichten für den Kerl hinterlassen. Du kannst mir doch nicht erzählen, dass er in den vergangenen sechs Stunden keine fünf Minuten Zeit hatte, um zurückzuru-
fen.»

«Da wär ich mir nicht so sicher.» Bonar blickte hinüber zu dem
dunklen Bildschirm des Fernsehers in der Ecke. «Du hast keine Nachrichten gesehen, oder?»

«Nein, was denkst du? Ich hatte viel zu viel Spaß damit, einen Bericht für die Commissioners zu schreiben, die dringend verlangen,
dass wir den Mörder der Kleinfelds verhaften, vorzugsweise jemanden von ganz weit weg, der nicht das Geringste mit unserem County
zu tun hat. Ideal wäre wohl ein kolumbianischer Drogenboss auf der
Durchreise nach Bogotá.»

Bonars Lächeln wirkte nicht amüsiert. «Unten beim Einsatz hatten
sie den Fernseher laufen. Als ich raufkam, hab ich was mitgekriegt.
Der Detective hieß doch Magozzi, stimmt's?»

«Stimmt.»

«Also, das ist der Glückliche, der mit der Aufklärung dieser Morde
in Minneapolis betraut ist. Und dort hat es heute Nachmittag einen
weiteren Mord gegeben. Ausgerechnet in der Mall of America. Die
ganze Stadt steht Kopf.»

Halloran runzelte die Stirn. «Du meinst diese Sache mit dem
Computerspiel?»

Bonar nickte. «Und bevor du nun deinen Quantensprung machst
und so tust, als hättest du als erster daran gedacht, lass dir gesagt
sein, ich hab's schon erledigt. Sein Anruf in der Schule hatte etwas
mit Computern zu tun, und da die Chancen ziemlich gering sind,
dass er im Augenblick an etwas anderem arbeitet als an diesem Fall,
muss die Schule wohl irgendeine Verbindung mit den Computer-
spiel-Morden haben.»

Halloran saß kerzengerade auf seinem Stuhl. «Mein Gott!»

Bonar schob die Hände in die Hosentaschen und ging dann auf
und ab. «Die Morde in Minneapolis hatten also mit einer katholischen Schule in Upstate New York zu tun, und unsere Morde stehen

ebenfalls in einer Beziehung zu derselben Schule, zumindest dann, wenn es der junge Bursche war. Und da möchte man am liebsten glauben, dass zwischen unseren Morden und ihren eine Verbindung besteht, stimmt's?»

«Falsch. Ich möchte das absolut nicht gerne glauben.»

«Ich ebenso wenig. Und vielleicht ist es ja auch nicht so, denn er ist auf der Suche nach einer gegenwärtigen E-Mail-Adresse, und wir suchen einen Burschen, der dort gelebt hat, lange bevor es Computer überhaupt gab. Ich hab jedenfalls die ganze Zeit versucht, mir auszumalen, wie ein Computerspiel-Killer in Minneapolis mit dem Mord an einer Familie in Calumet zusammenzureimen wäre, und da gibt es nichts außer einem zufälligen Zusammentreffen, das einem besonders schlimme Kopfschmerzen bereitet.» Er seufzte und ließ sich langsam auf die Couch nieder, die Ellbogen auf die Knie gestützt, die Hände zwischen den Beinen baumelnd. «In dieser Geschichte beschleicht mich langsam Sharons böse Ahnung.»

Halloran ließ die Arme auf den Schreibtisch sinken und blickte konzentriert geradeaus. Er dachte angestrengt nach. Nach ein paar Minuten kam er zu der Überzeugung, dass es müßig war. Er brauchte mehr Informationen, aber er war sich nicht einmal sicher, ob ihm damit geholfen wäre.

«Ich muss Marjorie anrufen und absagen», sagte Bonar, der urplötzlich aufgestanden war.

«Und stattdessen was machen?»

Bonar sah ihn verdutzt an. «Weiß ich auch nicht. Darauf warten, dass Magozzi anruft, denk ich. Das hier macht mich noch irre.»

«Geh essen», sagte Halloran. «Nimm dein Handy mit, und wenn ich zu ihm durchgekommen bin, rufe ich dich an.»

Kapitel 32

Charlie war total verwirrt. Seine sonst so wohl geordnete Hundewelt stand auf dem Kopf. Ja, er saß auf dem Holzsessel neben seinem Frauchen. Das war normalerweise auch sein liebster Platz auf der Welt, aber die Tageszeit stimmte nicht, Frauchen trug ihre Im-

Holzsessel-Sitzen-Kleidung, und aus der langen Schlange unter dem Baum floss kein Wasser.

Er blieb tapfer, solange er es aushalten konnte, aber dann stieg er doch von seinem Stuhl, kraxelte auf ihren Schoß und leckte winselnd ihr Gesicht, denn er verlangte eine Erklärung.

Grace schloss ihn in die Arme und drückte ihren Kopf an seinen, tröstete ihn und wurde auch von ihm getröstet. «Ach, Charlie, jetzt hab ich noch einen Menschen umgebracht», flüsterte sie mit geschlossenen Augen.

Deine Schuld, Grace. Alles deine Schuld.

Die Nachricht vom Mord in der Mall war vor nicht ganz einer Stunde übers Internet verbreitet worden. Zu dem Zeitpunkt hatte sie allein im Loft gesessen und daran gearbeitet, die E-Mails zurückzuverfolgen. Die anderen waren schon vor geraumer Weile gegangen. Lange hatte sie dann ganz allein dagesessen, wie betäubt, und die Nachricht immer wieder gelesen.

Harley, Annie und Roadrunner hatten kurz darauf angerufen, weil sie sich Sorgen um sie machten, und auch Mitch hatte sich bald darauf aus dem Auto gemeldet. Er eilte von einem Kundengespräch zum anderen, verzweifelt bemüht, den Flächenbrand zu löschen, der die Firma zu vernichten drohte. Er hatte die Nachricht aus dem Radio. Grace versicherte ihnen allen, dass es ihr gut ging, obwohl sie doch unter der Last dieses neuen Schuldgefühls ins Wanken geriet, denn sie addierte sich zu der, die sie zehn Jahre lang mit sich geschleppt hatte.

Damals deine Schuld und jetzt wieder deine Schuld. Dein Spiel, deine Idee, deine Schuld.

Sie hatte auf der Stelle das Loft verlassen, weil sie unbedingt in dem Haus sein wollte, das aus Angst errichtet worden war, zusammen mit dem Hund, den Angst geprägt hatte, denn allein dort fühlte sie sich angemessen bestraft.

Kratzende Geräusche an der nördlichen Ecke des Zauns ließen Charlie die Ohren spitzen und ihre Hand sofort zum Schulterhalfter greifen. Fast hätte sie gelächelt, als sie sah, wie die Waffe in ihrer Hand auf das Geräusch zielte, denn ihr war gar nicht recht bewusst gewesen, dass sie noch so sehr am Leben hing, und insgeheim fragte sie sich, warum das wohl so war.

Zwei kleine schwarze Hände tauchten am oberen Rand des Zauns auf, gefolgt von einem kleinen schwarzen Gesicht. Dunkle Augen weiteten sich vor Schreck beim Anblick der Waffe. «Mann, Grace, bitte nicht schießen.»

Sie entspannte sich und schob die Sig wieder ins Halfter. «Was hast du denn hier verloren, Jackson?»

Er schwang ein Bein über den Zaun und ließ sich dann in ihren Garten rutschen. Danach kam er angeschlendert, als sei es so bei einem Besuch in der Nachbarschaft das Natürlichste auf der Welt, zuerst einen zweieinhalb Meter hohen Zaun zu überwinden. «Ich hab gesehen, wie du mit dem Auto gekommen bist. Du bist doch sonst nie so früh zu Hause. Dachte, da muss was passiert sein.» Er blieb direkt vor ihr stehen, tippte sich zur Begrüßung an die Stirn und machte dann ein besorgtes Gesicht. «Richtig gut siehst du nicht aus.»

«Ich fühl mich auch nicht gut.»

Das war wirklich seltsam. Ihren Partnern gegenüber, die sie seit Jahren kannten und liebten, hatte sie hemmungslos gelogen und gesagt, es ginge ihr gut. Aber bei diesem lässigen Bengel, dem sie nur zweimal begegnet war, hatte sich ihr verräterischer Mund zur reinen Wahrheit entschieden.

Jackson ließ sich im Schneidersitz auf das vertrocknende Gras nieder und bot Charlie die Hand. «Was ist passiert?»

«Es gab heute noch einen Mord.»

«Ja, in der Mall. Böser Juju-Zauber. Der Killer von Monkeewrench hat wieder zugeschlagen. Game-Opfer Nummer vier.»

Grace blickte an ihm vorbei, hinüber zu der Magnolie. Sie war bekümmert über die Art und Weise, wie er es gesagt hatte. Dass Mord für einen Neunjährigen eine so beiläufige Sache sein konnte. «Also, ich bin Monkeewrench.» Die Beichte bei einem Kinderpriester. «Ich habe das Spiel entworfen.»

Auf dem dunklen Gesicht des Jungen breitete sich langsam ein Lächeln aus. «Kein Scheiß? Mann, ist ja cool. Ich lieb das Spiel.»

In traurigem Erstaunen wandte sie sich ihm wieder zu. «Jackson. Vier Menschen sind gestorben, weil ich das Spiel entworfen habe.»

Er machte ein Furzgeräusch. Gott, sie beichtete dem Bengel eine Todsünde, und der antwortete mit einem Furz.

«Das ist doch Bullshit. Die sind tot, weil irgend so 'n Irrer sie erschossen hat. Na, komm her, Charlie!» Er tätschelte sein Bein, und
Charlie sprang ohne die geringste Entschuldigung von Graces Schoß,
um im Gras mit einem Jungen zu tollen, der ihr mit dem Wort
«Bullshit» die Absolution erteilt hatte.

Sie sah den beiden eine Weile beim Spielen zu und verlor sich in
der selbstverständlichen Ursprünglichkeit des Lebens, wie es außer
kleinen Jungen und Hunden nur wenigen anderen zuteil wird. Dann
nahm sie Jackson mit ins Haus und setzte ihn an den Esstisch. Während sie ein Abendessen zubereitete, fragte sie ihn nach seinem
Leben. Und er fragte sie nach dem ihren.

Es war bereits dunkel, als Charlie und sie Jackson zu Fuß nach
Hause begleiteten. Alle drei atmeten Frostwolken in die Luft, die
nach Sonnenuntergang vor Kälte knirschte.

«Ich will dir was geben.» Jackson griff unter sein T-Shirt, zerrte
eine Kette hervor und zog sie sich unter Schwierigkeiten über den
Kopf. Er hielt ein silbernes Kreuz in die Höhe, das im Schein der Stra-
ßenlaternen blitzte. «Weißt du, was das ist?»

«Sicher. Ein Kruzifix. Und woher hast du es?»

«Meine Mom hat es mir gegeben, als sie starb. Damit ich keine
Angst habe.»

Grace schloss unwillkürlich die Augen und ging dann in die Knie,
um ihm in die Augen zu sehen. «Deine Mom ist tot?»

«Yeah. Letztes Jahr. Krebs.» Er streifte ihr die Kette über den Kopf
und lächelte sie an, weiße Zähne in einer schwarzen Nacht. «Da. Jetzt
kann dir nichts Böses mehr passieren.»

Kapitel 33

Pandämonium, dachte Magozzi, der unentwegt hastenden und het-
zenden Leuten ausweichen musste, um an seinen Schreibtisch im
Morddezernat zu gelangen. Es gab einfach kein anderes Wort dafür.
Angehörige aller drei Arbeitsschichten waren zum Dienst erschienen, drängten sich um die Schreibtische, wetteiferten um Telefone
und Computer, ein Bienenschwarm aus Individuen, die jeweils nach

271

eigenem Gutdünken handelten, übereinander stolperten und sich nur laut schreiend verständigen konnten. Lieferanten stauten sich vor Glorias Empfangstresen und balancierten Pizzakartons und Behälter mit thailändischen, chinesischen und Gott weiß was sonst noch für exotischen Speisen, während Gloria lautstark schimpfte, die Leute sollten gefälligst kommen, ihr verdammtes Essen bezahlen und es von ihrem Tisch wegschaffen.

Undefinierbarer Krach von außerhalb des Raums verschlimmerte die allgemeine Verwirrung. Dicht gedrängt hatten die Medienleute den Flur übernommen, filmten unentwegt und riefen dem bedauernswerten Officer in Uniform, der an der Tür positiert war, ihre Fragen zu. Er hätte wohl besser seine Waffe abgeliefert, denn die Versuchung, den Tumult durch ein paar Schüsse zu beenden, musste groß sein. Es war nicht zu erwarten, dass die Aasgeier schon bald wieder abziehen würden.

Magozzi schaute auf den Fernseher in der Ecke, der ohne Ton lief, als betrachte er einen Stummfilm. Sie hatten inzwischen eine Verbindung zum Satelliten-Uplink und waren bei jedem Sender der Stadt live zu sehen.

Chief Malcherson hatte sich in sein Büro eingeschlossen, das Telefon schon fast mit seinem Ohr verwachsen, und sprach wahrscheinlich mit dem Bürgermeister und den Mitgliedern des Stadtrats oder vielleicht sogar mit dem Gouverneur. Er versuchte ganz bestimmt zu klären, was in der Mall of America schief gegangen war, wer die Schuld daran trug und was sie, verflucht nochmal, als nächstes tun sollten. Magozzi mochte sich gar nicht vorstellen, was der Chief sagte. Es gab keine Patentlösungen, und zum ersten Mal seit seinem Antrittsbesuch im Büro von Monkeewrench beschlich ihn der Gedanke, dass es womöglich überhaupt gar keine Lösung gab. Dieser Irre würde einfach weitermachen und ihnen eine Leiche nach der anderen servieren. Es gab verdammt nochmal nichts, was sie dagegen tun konnten.

Und zum zweiten Mal innerhalb von vierundzwanzig Stunden konnte keiner der Monkeewrench-Leute ein wasserdichtes Alibi vorweisen. Zum Zeitpunkt des Mords im Shopping-Center befanden sich Annie, Harley und Roadrunner angeblich jeweils allein bei sich zu Hause, Grace war im Loft gewesen, und Mitch hatte sich zwischen zwei Kundenbesuchen im Auto befunden. Keiner konnte auch nur einen einzigen Zeugen aufbieten. Langsam fing die Sache an zu stinken, wie selbst Magozzi fand – bei Leuten, die gewöhnlich zwölf von vierundzwanzig Stunden aufeinander hockten, konnte es doch irgendwie nicht mit rechten Dingen zugehen, dass jedes Mal, wenn sie nicht zusammen waren, prompt jemand ermordet wurde.

«He, Leo.» Patrol Sergeant Eaton Freedman saß hinter einem Schreibtisch, der im Verhältnis zu seiner Riesengestalt wie ein Möbelstück aus einer Puppenstube wirkte, und sah Magozzi betreten an. «Üble Stimmung heute.» Er hatte den ganzen Tag lang die Tür-zu-Tür-Vernehmungen der Leute auf der Registrierungsliste koordiniert und war als einziges Mitglied der Spezialeinheit nicht in der Mall dabei gewesen. «Hab gehört, dass es Langer schwer mitgenommen hat.»

«Er war ganz schön fertig. Wir haben ihn nach Hause geschickt. Peterson geht es auch nicht viel besser. Ist ebenfalls reichlich angeschlagen.» Sie sahen beide hinüber zu einem Schreibtisch ganz in der Ecke, wo Detective Peterson saß, den Kopf in den Händen vergraben.

Freedman schüttelte den großen Kopf. «Ich kapier's nicht. Die Frau war doch schon lange tot, als sie sie gesehen haben, stimmt's?»

«Ja. Wir haben einen möglichen Tatort in einem der Umkleideräume von Nordstrom's. Sieht so aus, als hätte er es dort getan und sie dann einfach im Rollstuhl rausgeschoben. Wegen dieses Mordes fühlen sie sich ja auch nicht schuldig, aber wenn es den nächsten Mord gibt, geht der irgendwie auch auf ihr Konto. Denken sie jedenfalls.»

Freedman nickte verständnisvoll. Inzwischen wussten alle im Department, dass Langer und Peterson den Mordschützen gesehen hatten und ganz dicht an ihm dran gewesen waren. Aber er war nicht nur entkommen, sondern auch keiner der beiden Detectives konnte ihn beschreiben. «Ist nicht ihre Schuld, es liegt an dieser verfluchten Kälte», sagte er wütend. «Man könnte auf der Straße die eigene Mutter umrennen, ohne sie zu erkennen.»

Und die vage Beschreibung seines Äußeren, die sowohl Peterson

als auch Langer noch an Ort und Stelle abgegeben hatten, schien dafür Beweis zu sein. Einer dieser langen bauschigen Daunenmäntel
mit pelzverzierter Kapuze, die dicke Strickmütze, ein Schal, der die
untere Gesichtshälfte verhüllte – typische Einheitstracht in Minnesota, wenn die Quecksilbersäule fiel und es zu stürmen begann, absolut nichts Verdächtiges dabei –, und die Person, die sich darunter
verbarg, hätte alles sein können, von Marilyn Monroe bis zu Fran-
kensteins Monster.

«Aber darum geht es doch nicht!», hatte Langer ihn in der Mall
angeschrien. Er weigerte sich, mit einer derartigen Entschuldigung
von einer Schuld freigesprochen zu werden. «Sie verstehen mich
nicht! Ich hab nicht einen Blick auf die Person verschwendet, die den
Rollstuhl schob! Aber man hat man mich doch dazu ausgebildet,
dass ich genau beobachte! Ich muss einfach alles sehen! Und alles,
was ich gesehen hab, war die Frau in ihrem Rollstuhl!» Inzwischen
zitterte er am ganzen Körper, ganz sicher vor Kälte, aber zusätzlich
auch gequält von einem ganz persönlichen Dämon, den Magozzi
noch nicht einschätzen konnte.

Peterson hatte so ziemlich dasselbe gesagt, aber wo Langer sich
Hals über Kopf in das erstbeste Büßergewand gehüllt hatte, wollte
sich Peterson nur selbst unentwegt in den Hintern treten.

«He, Leo.»

Bei der sanften Berührung seiner Schulter drehte er sich um und
wurde mit einem Hauch von Glorias Parfüm belohnt. Ein Duft,
leicht, blumig, teuer und auf jeden Fall der beste, der sich ihm an
diesem Tag geboten hatte. Wie wunderbar es doch war, Frauen um
sich zu haben.

«Rambo hat angerufen», meldete sie und drückte ihm einen Stapel rosa Telefonzettel in die Hand. «Ihr habt eine Kugel vom Opfer
in der Mall, gut zu gebrauchen, jede Menge Züge. Er arbeitet noch
an der Toten, dachte aber, ihr wollet gleich informiert werden. Und
dieser Sheriff aus Wisconsin ruft schon den ganzen Tag lang an. Der
Kerl macht mich noch wahnsinnig.»

«Was will er denn eigentlich?»

«Keine Ahnung. Er will keine Nachricht hinterlassen, und erzählen tut er mir auch nicht die Bohne.»

«Ich kümmere mich darum.» Magozzi seufzte und wandte sich wieder Freedman zu. Der arbeitete an einem Stapel Computerausdrucke, auf denen Namen und Adressen Reihe für Reihe mit gelbem Marker unterlegt waren. «Ist das die Liste der Registrierungen?»

Freedman nickte verdrossen. «Auch wenn die Namen und Adressen richtig sind, wird es Tage, wenn nicht gar Wochen dauern, bis wir an so viele Türen geklopft haben. Und jetzt ist auch noch mein halbes Team zur Mall abkommandiert. Außerdem hab ich immer wieder im Ohr, was diese MacBride gesagt hat, dass er nämlich vielleicht gar nicht auf der Liste steht. Und dann frag ich mich, ob wir nicht auf der Stelle treten und unsere Energien unnütz vergeuden.»

«Da bist du nicht der einzige.» Magozzi drückte mit dem Finger auf die senkrechte Sorgenfalte zwischen seinen Augenbrauen. Sie schien tief eingemeißelt zu sein. «Hast du noch immer Leute da draußen?»

«Zwanzig Teams zu je zwei Leuten, die rund um die Uhr arbeiten. Wir schlafen nie.»

«Macht so weiter.» Magozzi klopfte auf eine Schulter, die hart wie ein Fels war, und schleppte sich dann hinüber zu seinem Schreibtisch. Wie ein alter Mann ließ er sich langsam auf seinen Stuhl sinken und saß dann eine Weile einfach nur so da, das Hirn im Leerlauf.

Gino hatte sich bereits am Tisch ihm gegenüber niedergelassen und schrie in den Telefonhörer. Einen Finger hatte er im anderen Ohr, um den Lärm der Umgebung abzuhalten. «Ich weiß nicht, wann ich nach Hause komme, und deswegen möchte ich eins wissen: Was hast du jetzt gerade an?», brüllte er, und Magozzi musste schmunzeln.

So war Gino eben. Was auch immer geschah, wenn er sich bei Angela meldete, waren die beiden die einzigen Menschen auf der Welt, und es ging ganz allein um sie beide. Magozzi beneidete ihn so sehr, dass es schmerzte.

Kapitel 34

Sheriff Halloran erreichte Detective Leo Magozzi schließlich um acht Uhr abends, und er wurde letztlich nur deswegen durchgestellt, weil er einer extrem abwiegelnden Sekretärin, die zehnmal rigoroser war als Sharon, damit gedroht hatte, sie wegen Behinderung der Justiz zu belangen.

«Das ist doch absoluter Bullshit!», hatte sie ihm erwidert. «Stimmt, aber ich weiß mir nicht anders zu helfen.»

Aus irgendeinem Grund brachte sie das zum Lachen, und jetzt hatte er endlich den gesuchten Mann am Telefon. Der klang ehrlich zerknirscht und ehrlich erschöpft. «Sorry, Sheriff … Halloran, nicht wahr?»

«Richtig. Aus Kingsford County, Wisconsin.»

«Tut mir Leid, dass ich nicht zurückrufen konnte, Sheriff. Aber hier ist heute der Teufel los.»

«Mall of America. Ich hab's in den Nachrichten gehört, und will versuchen, es kurz zu machen …»

«Moment mal, Kingsford County. Oh, Mann, Mist, es tut mir sehr Leid. Sie haben doch diese Woche einen Mann verloren, oder?»

«Deputy Daniel Peltier», sagte Halloran und fügte dann hinzu, warum auch immer: «Danny.»

«Ich möchte Ihnen versichern, dass wir alle hier überaus bestürzt waren, als wir davon gehört haben. Eine fürchterliche Sache, auf diese Weise einen Mann zu verlieren.»

«Eine fürchterliche Sache, überhaupt einen Mann zu verlieren.»

«Da bin ich Ihrer Meinung. Und hören Sie, ich kann es kaum glauben, dass der Chief Sie nicht angerufen hat, aber ich weiß, dass wir einen Wagen zur Beerdigung schicken …»

«Ich habe einen Anruf von Ihrem Chief bekommen, und wir wissen das zu schätzen. Aber deswegen rufe ich nicht an.»

«Aha?»

«Die Sache ist, ich bekam Ihren Namen von der Äbtissin der Saint Peter's School in New York.»

Der Detective blieb so lange stumm, dass Halloran Bruchstücke eines halben Dutzend erregter Unterhaltungen im Hintergrund hören konnte.

«Detective Magozzi, sind Sie noch da?»

«Ja. Sorry. Sie haben mich irgendwie auf dem falschen Fuß erwischt. Und ich dachte gerade darüber nach, wieso das wohl so ist. Darf ich Sie fragen, warum Sie heute mit jemandem bei Saint Peter's gesprochen haben?»

Halloran atmete tief ein und ganz langsam wieder aus, so wie auf dem Schießstand kurz vorm Abdrücken. «Wir hatten an dem Tag, als Deputy Peltier ums Leben kam, hier auch einen Doppelmord.»

«Ja, das alte Ehepaar in der Kirche. Davon hab ich gelesen. Einen Augenblick, bitte.» Er deckte das Mikrofon im Hörer mit der Hand ab und hob die Stimme: «Leute, könnt ihr bitte etwas leiser sein?» Soweit Halloran es mitbekam, sank der Lautstärkepegel kaum. «Entschuldigung, Sheriff. Wie sagten Sie noch gleich?»

«Ich mach es ganz kurz, Detective. Die einzige Spur, die wir in dem Doppelmord aufnehmen konnten, führte uns direkt zu jener Schule. Als wir heute Morgen dort anriefen und erfuhren, dass Sie ebenfalls dort angerufen hatten ...»

Jemand auf der Minneapolis-Seite äußerte sich lauthals zu einer Pizzabestellung, und diesmal machte sich Magozzi nicht die Mühe, den Hörer abzudecken, sondern polterte los: «VERDAMMT, HAL-TET ENDLICH DIE SCHEISSKLAPPE!»

Urplötzlich herrschte totale Stille auf beiden Seiten der Verbindung.

«Entschuldigen Sie bitte meine Ausdrucksweise, Sheriff.»

Halloran grinste. «Kein Problem. Hört sich so an wie in jedem Film über Großstadtcops, den ich je gesehen habe.»

«Na ja, dann sind die aber ganz bestimmt nicht hier bei uns gedreht worden. Ich habe nämlich einen Chief, der mit Vorliebe darüber doziert, dass die Verarmung der englischen Sprache ein Indikator für den moralischen Niedergang unserer Zivilisation ist. Sie sind also der Meinung, dass der Mörder Verbindungen zu jener Schule hat?»

«Vielleicht. Es ist eine lange Geschichte.»

«Hören Sie, ich befinde mich in unserem Großraumbüro, und hier geht's heute Abend zu wie im Zoo. Ich suche mir einen ruhigeren Ort und rufe Sie dann zurück.»

«Es handelt sich eigentlich eher um einen Schuss ins Blaue, Detective. Uns liegt nichts Handfestes vor, das uns vermuten ließe, wir seien da auf etwas gestoßen, was auf irgendeine Weise mit den Morden zu tun haben muss. Das zufällige zeitliche Zusammentreffen der Anrufe gab uns jedoch zu denken.»

«Ich würde gern hören, was Sie vorliegen haben.»

«Ich erwarte dann Ihren Anruf.»

«Und, was war das jetzt?», fragte Gino, biss kräftig von einem Riesenstück Pepperonipizza ab und angelte einen herunterhängenden Faden Mozzarella mit der Zunge.

«Ich weiß auch nicht. Könnte auch nur ein komischer Zufall sein. Komm mit.» Magozzi stemmte sich von seinem Stuhl hoch und machte sich auf den Weg zwischen den vielen Schreibtischen hindurch in einen Verhörraum.

Gino blieb ihm auf den Fersen und hinterließ eine blutige Spur aus Tomatensoße. «Cops glauben nicht an Zufälle. Das weiß ich aus ‹Law & Order› im Fernsehen.»

«Dann muss es ja stimmen. Erinnerst du dich, dass ein altes Ehepaar Anfang der Woche in einer Kirche in Wisconsin ermordet wurde?»

«Aber klar. Ein Deputy wollte später ihr Haus betreten und ist in eine Selbstschussfalle gelaufen. Eine präparierte Schrotflinte hat ihn durchlöchert. Vielleicht irgendwelche Endzeitfanatiker oder so. Möchtest du kein Stück abhaben? Ist zwar nicht von Angela, aber auch nicht schlecht.»

«Nein danke. Das war der Sheriff von da drüben. Sagte, sie haben einen Verdächtigen bis zur Saint Peter's School zurückverfolgt.»

Gino blieb wie angewurzelt stehen. «Unser Saint Peter's?»

Gino schaute immer wieder in den kleinen Verhörraum, wo Magozzi mit Halloran sprach, und als der endlich aufgelegt hatte, machte Gino langsam den Eindruck, gleich die Wände hochgehen zu wollen.

Magozzi legte die Füße auf einen Stuhl und betrachtete selbstvergessen die malträtierten Wildlederkappen seiner schwarzen Hush Puppies. «Irre Geschichte, Gino.»

«Wie irre?»

«So irre, dass Sheriff Halloran noch heute Abend herfährt.»

«Und wer ist also der Verdächtige, den er zur Saint Peter's School zurückverfolgt hat?»

«Das Kind von dem alten Ehepaar. Anscheinend haben sie den Jungen einfach in der Schule in New York abgegeben, als er fünf war, und sind nie wiedergekommen. Das war vor sechsundzwanzig Jahren.»

Gino schloss die Tür zum Hauptraum des Morddezernats und stand eine Zeit lang einfach da. Er versuchte sich vorzustellen, was es für Eltern sein mussten, die ihr Kind einfach irgendwo zurückließen. Er hatte schon hundertmal mit dergleichen zu tun gehabt, so war es nicht, aber er konnte sich dennoch nicht daran gewöhnen.

Magozzi sah ihn an. «Das Kind war ein Zwitter, Gino.»

«Wa-was?»

Magozzi nickte. «Junge und Mädchen, beides gleichzeitig. Halloran hat mit dem Arzt gesprochen, der ihn — oder sie — entbunden hat, und der sagte, die Eltern seien wohl religiöse Spinner oder so gewesen, die sich vorstellen, das Kind sei eine Strafe Gottes oder so ’n ähnlicher Mist. Sie verweigerten die Operation, mit der das Kind eins von beidem hätte werden können. Gott weiß, wie seine ersten fünf Lebensjahre gewesen sein mögen. Schließlich haben sie ihn einfach bei Saint Peter’s abgeladen, zahlten zwölf Jahre Schulgeld im voraus und verschwanden.»

«Du redest immer wieder von einem ‹er›.»

«Er war wie ein Junge gekleidet, als er in der Schule ankam. Deswegen hat man ihn auch wie einen Jungen behandelt. Und man hat ihm einen Namen gegeben.»

Gino fragte verdutzt: «Was soll das heißen — man hat ihm einen Namen gegeben?»

Magozzi nahm einen Schreibblock vom Tisch und blätterte in seinen Notizen. Er machte ein grimmiges Gesicht. «Das Kind hatte keinen Vornamen, als es dort ankam. Die Äbtissin sagte einem von Hallorans Leuten, dass sie annahm, bis dahin hätte noch nie jemand auch nur einen Ton zu dem Kind gesagt — es konnte jedenfalls kaum sprechen. Sie nannten ihn jedenfalls Brian. Brian Bradford.»

Gino sah auf die rückwärtige Wand des spartanisch eingerichteten Raums mit dem einen schmalen Fenster. «Weißt du, was das Wunder an der Sache ist? Dass Sheriff Halloran sich überhaupt die Mühe macht, nach dem Mörder dieser Rabeneltern zu fahnden. Ich nehme an, er hat den Namen im Computer checken lassen.»

«Und kein Resultat bekommen. Nicht ein Hit für einen Brian Bradford mit seinem Geburtsdatum.»

Gino seufzte und rieb sich den Nacken.

«Also gut. Hallorans Mörder wächst also in diesem obskuren Internat in New York auf, und unser Mörder hinterlässt eine E-Mail-Spur zu ebenderselben Schule. Eine Chance von eins zu einer Million. Ein Zufall zu viel. Finden wir den Burschen und lassen wir ihn festnehmen.»

«Das ist gar nicht so einfach.»

«Scheiße, ich muss hellsehen können. Ich wusste, du würdest das sagen.»

«Er ist nämlich verschwunden, als er sechzehn war.»

«Darf doch nicht wahr sein.» Gino zog genervt einen Stuhl unter dem Tisch hervor und setzte sich. «Ist dir auch schon aufgefallen, dass jeder, der mit diesem Fall zu tun hat, plötzlich wie vom Erdboden verschluckt ist? Ich seh auch schon immer öfter in den Spiegel, um mich zu überzeugen, dass ich noch da bin.»

Magozzi blätterte eine Seite seines Notizblocks um. «Sieht so aus, als seien die Kleinfelds – das alte Ehepaar – schon seit langem vor jemandem auf der Flucht gewesen. Am längsten haben sie sich in New York aufgehalten – zehn Jahre –, aber der Sheriff hat herausgefunden, dass sie davor unter Gott weiß wie vielen verschiedenen Namen an Gott weiß wie vielen Orten im ganzen Land gewohnt haben. Diese Umzieherei ging so richtig erst los, als ihr Kid sein Abschlussdiplom bekam und Saint Peter's verließ. Von Stadt zu Stadt, von Bundesstaat zu Bundesstaat, und jedes Mal änderten sie ihren Namen.»

«Sie versteckten sich.»

«Genau. Sie blieben jeweils eine Weile an einem Ort, und dann geschah etwas. Ein Einbruch in ihre Wohnung in Chicago, sämtliche Kleidungsstücke zerschnitten, Kot an allen Wänden, aufgeschlitzte Möbel, sämtliches Geschirr zerdeppert – am nächsten Tag waren sie fort. Sie tauchen mit neuen Namen in Denver auf und bleiben ein paar Monate, bis ein Mietlaster, den die örtliche Polizei nicht identifizieren konnte, sie von hinten rammt und versucht, sie von einem Felsvorsprung zu stoßen. Sie verschwinden abermals. In Kalifornien sprengt dann jemand ihr Millionen-Dollar-Haus in die Luft. Das glückliche Paar kann sich freuen, dass es ins Gästehaus am Pool gezogen ist. Ohne das Geringste von den Hintergründen zu wissen, glaubte der Kollege vor Ort, der die Sache aufgenommen hat, sie wussten, dass etwas geschehen würde.»

«Mann, Mann.» Gino schüttelte den Kopf.

«Als nächstes treffen wir dann in Wisconsin auf die Kleinfeldts, und inzwischen müssen sie wohl gelernt haben, ihre Spuren sehr gut zu verwischen, denn es dauert zehn Jahre, bis sie von ihrem kleinen Schatten eingeholt werden, aber diesmal glauben sie, darauf gut vorbereitet zu sein.»

«Die Selbstschussanlage, die den Deputy erwischt hat.»

«Genau. Doch der Mordschütze erwischte sie stattdessen in der Kirche, dem einzigen Ort, an dem sie keine Fallen aufstellen konnten. Kaliber .22 in den Kopf, beide. Eine der Kugeln war nicht zu gebrauchen, denn sie war am Schädelknochen des Mannes so zusammengepresst, dass fast nichts mehr übrig war; aber die Kugel, die sie aus der Gattin geholt haben, die war in der Hirnmasse stecken geblieben. Und hat einige brauchbare Züge. Halloran bringt sie mit. Will sie niemandem anvertrauen, sondern findet, außer in seiner Jackentasche ist sie nirgends sicher.»

Gino spielte mit einem Stück Pizzakruste auf der Tischplatte. «Hat Halloran denn irgendwas Stichhaltiges? Etwas, weswegen er absolut sicher ist, dass deren Kind dahinter steckt?»

«Ein paar Dinge. Ich weiß aber nicht, ob man sie wirklich stichhaltig nennen kann. Die Kleinfeldts wurden am Geburtstag ihres Kindes ermordet, und das könnte wohl mehr sein als nur ein Zufall. Und dann hat Halloran bei seiner Truppe wohl so eine Art Superpsychologen, und der sagt, er findet überall Anzeichen dafür, dass tatsächlich eine persönliche Auseinandersetzung hinter allem steckt. Zum Beispiel der an den Wänden verschmierte Kot in der Wohnung in Chicago. Offenbar ist das ein klassisches Symptom einer Kind-

Eltern-Störung. Und dann gibt es noch etwas, was man den Medien verschwiegen hat.»

Magozzi schaute auf die Ansammlung schwarzer Kritzeleien auf dem Block, wo seine Notizen zu bedeutungslosen Querstrichen verkümmert waren. «Nachdem er sie in der Kirche erschossen hatte, öffnete er ihre Kleidung, schnitt ihnen tiefe Kreuze in die Brust – fast als ob er sie hätte häuten wollen, sagte der Leichenbeschauer – und zog sie wieder an.»

Gino fuhr mit der Zunge über die Lippen und schluckte. «Ja, das hört sich wirklich nach einem persönlichen Motiv an.»

«Es kommt sogar noch schlimmer. Die Kugel, die der Sheriff mitbringt, hat die alte Frau nicht sofort getötet. Mrs. Kleinfeldt lebte noch, als er sie aufgeschnitten hat.»

Gino kippelte mit dem Stuhl nach hinten und schloss die Augen. Man sah ihm jetzt sein Alter an. «Irgendwas außer der katholischen Schule, das unseren Mordschützen mit seinem Verbindung bringt?»

Magozzi nickte. «Und es wird dir bestimmt gefallen.»

«Prima, denn bis jetzt hat mir noch gar nichts gefallen.»

«Nachdem der Knabe den Abschluss in Saint Peter's gemacht und sich abgesetzt hatte, wurde die Schule von der University of Georgia, Atlanta, um eine Abschrift des Diploms gebeten.»

Ginos Stuhl landete mit einem Krachen auf den beiden vorderen Beinen. «Ach, du heilige Scheiße.»

«Dort war er geboren worden, Gino. In Atlanta. Sieht so aus, als sei Brian Bradford nach Hause zurückgekehrt.»

«Heilige Scheiße.»

«Das sagtest du schon.»

«Verdammt.»

«Endlich mal was Originelles.»

«Moment mal, warte.» Gino war aus dem Häuschen. Er sprang auf und umkreiste den zerkratzten Holztisch. Seine Stirn lag in tiefen Falten, und seine Gedanken rasten. «Er ist fünf, vor sechsundzwanzig Jahren – damit muss er sich zur selben Zeit auf dem Campus befunden haben, als die Morde geschehen ...»

«Und zur selben Zeit wie auch die Monkeewrench-Leute.»

«Von denen keiner ein Alibi für den Mord in der Mall oder den auf dem Raddampfer hat.» Gino sah ihn an. «Verdammt nochmal, Leo, wir müssen einen Weg finden, diese Leute hinter Gitter zu bringen.»

«Wenn dir eine Möglichkeit eingefallen ist, lass es mich wissen. Bis dahin müssen wir sie zumindest ständig beschatten.»

«Und wir müssen ihre wirklichen Namen herausfinden. Vielleicht ist ja einer von ihnen Bradford.»

Magozzi griff nach dem Telefon. «Ich erkundige mich mal bei Tommy, ob er inzwischen Zugang zu dieser FBI-Akte gefunden hat oder nicht . . .»

«Gib dir keine Mühe. Ich hab mit ihm gesprochen, als du am Telefon warst. Er rauft sich noch immer die Haare. Sagt, er sei nur einen Mausklick vom Zugang entfernt gewesen, als er frontal gegen eine neue Firewall rasselte, durch die er absolut nicht durchkommt.»

Magozzi zog die Stirn kraus. «Ist ja komisch. Mir hat er doch gesagt, er kann sich noch im Schlaf durch alle Sicherheitssysteme des FBI hacken.»

«Na ja, das meint er jetzt nicht mehr. Weißt du, was wir machen sollten? Sie alle nochmal kommen lassen, sie zwingen, die Hosen runterzulassen, und dann ihre Ausstattung checken, um zu sehen, ob einer beide Sorten davon hat.»

«Ich vermute, das dürfte illegal sein.»

«Vielleicht kriegen wir sie ja dazu, dass sie es freiwillig machen.»

Magozzi lachte. «Genau, das versuch mal. Ruf Annie Belinsky an und fordere sie auf, ihren Rock hochzuheben. Das möchte ich sehen.»

Gino schnaubte entrüstet. «Die doch nicht. Es ist im Leben nicht möglich, so sehr Frau zu sein wie sie und dann nebenbei auch was von einem Mann zu haben. Außerdem könnte sie keiner Fliege was zu Leide tun.»

«Bis auf den Kerl, den sie erstochen hat.»

«Der es meiner Meinung nach auch absolut verdient hatte», sagte Gino. Er setzte sich wieder, stützte die Ellbogen auf den Tisch und studierte seine Hände. «Weißt du eigentlich, dass diese Geschichte immer schlimmer wird? Jetzt wissen wir nicht einmal mehr, ob wir nach einer Frau suchen oder nach einem Mann.»

Magozzi warf seinen Kugelschreiber auf den Tisch und schob Gino das Telefon hin.

«Wen soll ich anrufen?»

«Das Police Department von Atlanta. Frag nach, ob sie im Zusammenhang mit den Morden auf dem Campus einen Brian Bradford in ihren Akten verzeichnet haben. Wenn nicht, bitte sie, die Studienzulassungen am Campus von Atlanta zu überprüfen. Wenn Bradford sich dort eingeschrieben hat, dann mit der Abschrift des Diploms von Saint Peter's. Auch wenn er später seinen Namen geändert haben sollte, müssten wir doch auf irgendeine Spur von ihm stoßen.»

Gino tippte mit seinem Wurstfinger auf die Zahlentasten. «Dort ist es schon fast zehn Uhr abends. Das Sekretariat der Universität ist doch schon seit Stunden geschlossen.»

«Die sind doch Cops. Sag ihnen, sie sollen jemanden finden, der das Sekretariat öffnen und unsere Anfrage beantworten kann.»

«Okay, aber ich mach das in deinem Namen.»

Chief Malcherson winkte Magozzi und Gino in sein Büro und bedeutete ihnen, die Tür hinter sich zu schließen und sich zu setzen. Magozzi fragte sich, ob die gesamte Besprechung etwa in Zeichensprache abgehandelt werden würde, und kam dann zu der Überzeugung, dass er selbst wie Chief Malcherson nach so vielen Stunden vor der Presse und am Telefon wahrscheinlich auch keine Lust zum Reden mehr gehabt hätte.

Sie brauchten volle zehn Minuten, um ihn in Fahrt zu bringen. Er hörte zu, ohne sie zu unterbrechen, rollte dabei seine Manschetten hinunter, knöpfte seinen Hemdkragen zu und richtete die Krawatte, um sich auf das Spießrutenlaufen vorzubereiten, zu dem ihn die Medienvertreter zwingen würden, wenn er das Gebäude verließ. Er gab sich Mühe, sein weißes Haar mit den Händen zu glätten, aber es war hoffnungslos. Zu viel Shampoo, dachte Magozzi.

«Also wird das Department in Atlanta seine Akten über die Morde auf dem Campus wieder hervorholen, aber bei dem Detective, mit dem ich gesprochen habe, klingelte absolut nichts, als er den Namen Brian Bradford hörte, und er war damals mit dem Fall betraut», schloss Magozzi. «Dennoch wird die Monkeewrench-Verbindung

durch diese Sache in Wisconsin definitiv einleuchtender. Die Com-
puter-Typen sind entweder Verdächtige oder Opfer, und in beiden
Fällen müssen wir sie alle fünf beschatten, und zwar rund um die
Uhr.»

«Da stimme ich zu.» Der Chief erhob sich und streifte seinen
Mantel von einem Holzbügel am Garderobenständer in der Ecke.
«Aber sie müssen von der bisherigen Diensteinteilung Leute abziehen. Wir haben Officer verschlissen wie nichts, und jetzt ist einfach
kein Nachschub mehr da.»

«Kommen Sie, Chief», beklagte sich Gino. «Alle, die wir haben,
sind bereits am Ende ihrer zweiten Doppelschicht in zwei Tagen.
Können wir denn nicht noch Leute von der Highway Patrol bekommen oder Aushilfskräfte von all den Sheriffdienststellen, die gestern
noch so heiß darauf waren mitzumischen?»

«Keine Chance. Alle lokalen Dienststellen setzen ihre Leute zu
Hause ein, ebenso wie die Highway Patrol des Distrikts, die versucht,
die Schulen zu überwachen.»

«Sogar außerhalb des Staates?», fragte Magozzi. «Das ist doch
lächerlich. Dieser Typ hat nicht einmal außerhalb der Stadtgrenzen
zugeschlagen.»

Malcherson schüttelte den Kopf. «Völlig egal. Die haben Wähler,
denen gegenüber sie verantwortlich sind, genau wie wir auch, und
deren Leute wollen die eigenen Officer im Einsatz sehen, nicht unsere.»

«Mein Gott.» Gino warf sich erbost gegen die Rückenlehne seines
Stuhls. «Das ist doch dämlich. Wenn er überhaupt zuschlägt, spricht
doch alles dafür, dass er es in einer Schule in Minneapolis tut, und
wie, zum Teufel, sollen wir alle diese Schulen überwachen?»

Es war ein Zeichen für Malchersons Abgespanntheit, dass er Gino
nicht sofort wegen dessen Wortwahl ins Gebet nahm. Er warf ihm
nur einen tadelnden Blick zu, zog achselzuckend seinen Mantel an
und knöpfte ihn zu. «Ich hatte gerade ein Telefongespräch mit dem
Gouverneur. Auf sein Geheiß werden morgen sämtliche Schulen der
Stadt ebenso wie die in den Randbezirken geschlossen sein. In den
Nachrichten um 22 Uhr wird es bekannt gegeben.»

Gino schüttelte den Kopf. «Ich wusste es. So läuft es also. Ein Psychopath regiert jetzt also die ganze verdammte Stadt, wie ich schon vorausgesagt habe, und von jetzt an geht es nur noch bergab. Morgen schließen wir die Schulen, übermorgen legen wir die Kranken- wagen still . . . »

«Was haben Sie denn anderes von ihm erwartet?» Malcherson wurde laut. «Jeden Tag wird unter unseren Augen jemand ermordet, und die meisten Menschen in unserem Bundesstaat sind der Mei- nung, dass die Polizei von Minneapolis verdammt nichts dagegen tun kann. Und zu diesen Menschen zählt leider auch der Gouver- neur!» Er sah sie beide kurz nacheinander an, senkte dann den Blick und atmete endlich aus. Der angehaltene Atem hatte sein Gesicht rot anlaufen lassen. «Tut mir Leid. Es ist nicht Ihre Schuld. Niemand hat die Schuld. Ich hab nur zu lange am Telefon gehangen.»

«Man hat Ihnen wohl ziemlich schlimm zugesetzt, was?», fragte Gino, und Malcherson reagierte mit einem leisen, humorlosen La- chen.

«Der Neue im Stadtrat — Wellburg oder wie immer er heißt — be- saß die Frechheit, anzurufen und mich zu fragen, warum ich eigent- lich nichts gegen die Morde unternähme, und da hatte man mich in- zwischen schon so durch den Wolf gedreht, dass ich nur antwortete: deswegen nicht, weil ich keine Lust hätte, etwas zu unternehmen. Ich kann mir vorstellen, dass auch das in den 22-Uhr-Nachrichten zu hören sein wird.»

Er seufzte und blickte in eine Ecke. Zweifellos fragte er sich, ob er wohl morgen nach der regulären Stadtratssitzung noch einen Job ha- ben würde. «Hören Sie, ich kann Ihnen nur raten, mit dem zu arbei- ten, was Sie haben. Ziehen Sie einige der Uniformierten von der Überprüfung der Registrierungsliste ab — sieht doch wohl so aus, als würde das sowieso zu nichts führen — und, Teufel auch, sperren Sie die Monkeewrench-Leute allesamt in einen Raum. Sie beide können sich dann als Wache an der Tür abwechseln.» Er hielt inne, um tief Luft zu holen. «Oder lassen Sie das FBI ran. Geben Sie denen einen Namen zu den Fingerabdrücken, und die werden sich überschlagen vor Freude, wenn sie jemanden überprüfen dürfen, den Sie vorschla- gen.»

Magozzi behagte das nicht. «Das will ich aber nicht, Sir.»

Malcherson blinzelte verblüfft. Magozzi sprach ihn nie mit «Sir» an. «Wenn sich eine Übereinstimmung mit der Kugel aus Wisconsin herausstellt, steckt das FBI doch morgen schon bis über beide Ohren in der Sache. Dann gehört der Fall nämlich sowieso denen.»

«Ich weiß.»

«Sie werden denen sämtliche Akten übergeben müssen. Noch den kleinsten Fetzen Papier.»

Magozzi nickte versonnen, und Malchersons Augen wurden schmal.

«Sie haben es doch nicht aufgeschrieben, oder? Sie werden denen niemals erzählen, wessen Abdrücke es waren. Und mir ebenso wenig. Moment. Ich will keine Antwort hören. Sonst müsste ich Sie suspendieren.» Er seufzte abermals, glättete sein Revers und nahm seine Aktentasche vom Schreibtisch. «Meine Herren, ich fahre nach Hause. Dann geh ich mit meinem Hund Gassi und trinke ein Schlückchen mit meiner Frau, oder vielleicht auch in anderer Reihenfolge. Es kommt ganz darauf an, wer überhaupt noch mit mir spricht. Gino, richten Sie bitte Angela meine besten Grüße aus.»

«Sie wird sich über Ihre Aufmerksamkeit sehr freuen, Chief.»

Malcherson blieb an der Tür noch einmal stehen, ein leichtes Lächeln auf den Lippen. «Ja, das wird sie wahrscheinlich wirklich tun. Sie ist so ein Mensch. Gott allein weiß, womit Sie diese Frau verdient haben, Rolseth. Ich nehme an, es kann nur in einem früheren Leben gewesen sein.» Er schloss die Tür leise hinter sich.

Nachdem er gegangen war, drehte sich Gino um und sah Magozzi an. «Wirst du dem Chief je erzählen, dass es MacBrides Abdrücke sind?»

Magozzi hob die Schultern.

«Hast du eine Ahnung, wie tief du in der Scheiße stecken wirst, wenn sich herausstellt, dass sie der Mordschütze ist?»

«MacBride ist es aber nicht, Gino.»

Gino rutschte so weit vor, bis sein Hintern die Stuhlkante erreicht hatte, lehnte den Kopf nach hinten und schloss die Augen. «Ich wünschte, ich könnte so positiv über sie denken wie du. Und was tun wir jetzt, mein Freund?»

«Was der Chief sagt, denke ich. Wir sorgen dafür, dass Freedman

ein paar Uniformierte aus dem Ärmel zaubert und sie von der dritten Schicht an einsetzt.»

Gino hob das Handgelenk und öffnete die Augen gerade weit
genug, um auf seine Armbanduhr zu linsen. «Bis zur dritten sind es
aber noch ein paar Stunden.»

«Ich weiß. Und ich denke, so lange übernehmen wir.»

«Wie bitte? Wir sind zu zweit, und die sind fünf.»

«Sie werden sich alle am selben Ort befinden. Erinnere dich, dass
sie ihren Terminplan bei Gloria hinterlassen haben. Und den hab ich
mir vorhin angesehen.»

«Dann musst aber du Angela anrufen. Die wird zetermordio
schreien.»

Magozzi schmunzelte. «Angela ist in ihrem ganzen Leben noch
nicht laut geworden.»

«Ja, du hast ja Recht. Aber sie wird quengeln. Und das hasse ich.»

Gino stemmte sich aus dem Stuhl hoch und reckte sich. «Und wohin
geht es jetzt?»

Magozzi grinste.

«Ach, du Scheiße. Jetzt kommt es ganz schlimm, oder?»

Kapitel 35

Halloran hatte gerade das Gespräch mit Detective Magozzi beendet
und wollte sich von seinem Stuhl erheben, als Sharon Mueller in sein
Büro schneite. Für einen Moment erstarrte er, schon halb aufgestanden, und dann ließ er sich wieder sinken. Sprachlos.

Offenbar gefiel ihr seine Reaktion, denn sie lächelte ihn an. «He,
danke schön, Halloran.»

«Sie tragen ein Kleid», stellte er fest. Nur für den Fall, dass sie
selbst es noch nicht bemerkt hatte.

Bisher hatte er sie immer nur in Uniform gesehen. Einfache
braune Hosen, braunes Hemd mit Krawatte, klobige Dienstschuhe
und natürlich die fünf Kilo Ausrüstung, die sie alle an ihren Gürteln
trugen. Ganz abgesehen von der Waffe. Die sie jetzt nicht trug.
Wahrscheinlich, weil sie wohl ihrer Meinung nach nicht zu dem

kleinen Roten passte, das hauteng war und oben sehr weit runter reichte und unten sehr weit hoch.

Sie raffte den kurzen Rock noch ein wenig höher, um ihn kilometerlange Beine ahnen zu lassen, und er wäre beinahe ohnmächtig geworden. «Und hohe Absätze.» Sie deutete auf die Schuhe, was nur gut war, denn er hatte es noch nicht bis so weit unten geschafft, und es wäre ihm womöglich auch nie gelungen.

Aus lauter Höflichkeit sah er ihr ins Gesicht und erkannte zu seiner Verblüffung ein wenig Make-up, das sie sonst nie trug und auch nicht brauchte: rauchgrauer Schatten auf den Lidern und ein leichter Glanz auf den Lippen, die dadurch schimmerten wie Rosenwasser. Es war einfach nicht fair, wie sie aus sinnlich übersinnlich machte.

«Bis jetzt habe ich Sie immer nur in Uniform gesehen», sagte er.

«Das hier ist eine Uniform. Meine Ausgehuniform. Wir haben ein Date.»

«Okay», sagte er spontan, aber dann fiel ihm etwas ein. «Ich kann aber leider nicht.»

Ihre dunklen Augen wurden etwas schmaler. «Warum nicht?»

«Ich muss doch böse Buben schnappen.»

Sie seufzte tief und ließ die Schultern ein wenig sinken, sodass sich ihre Brüste unter dem roten Stoff bewegten und er dringend auf seine Hände sehen musste. Die lagen auf der Tischplatte, die Finger leicht gekrümmt, faul und nichtsnutzig. Sie machten den Eindruck, absolut nicht hilfreich sein zu können.

«Ich weiß, dass Sie nicht schwul sind, Halloran ...»

«Um Himmels willen. Jetzt ist das Geheimnis also gelüftet.»

«... also was ist das Problem? Zwei Jahre, und Sie haben mich nie angemacht. Nicht ein einziges Mal.»

Er räusperte sich. «Es ist mir nicht erlaubt, untergeordnete Officer sexuell zu behelligen. So steht es in den Polizeivorschriften.»

«Das ist nicht witzig.»

«Ich wollte auch gar nicht witzig sein. So steht es tatsächlich in den Vorschriften.»

Sie presste die Lippen zusammen, und er wartete nur darauf, dass Rosenwasser auslief. Zu seiner Überraschung tat es das nicht. «Gut.»

Dann werde ich Sie behelligen. Verschwinden wir hier, damit ich
endlich damit anfangen kann.»

Er spürte, wie sich sein Mund zu jenem Ich-tu-ja-freiwillig-alles-
was-du-willst-Grinsen verzog, das Harrison Ford so gut drauf hatte.
Hier befand er sich in einem fast leeren Gebäude mit einer Frau im
roten Kleid, die er begehrte, seit sie vor zwei Jahren vor ihm gestanden und ihm ihre Bewerbung unter die Nase gehalten hatte. Und sie
verführte jetzt ihn. Mit Harrison Ford taten das die Frauen wahrscheinlich ständig. Kein Wunder, dass er dieses Grinsen perfekt beherrschte.

«Sie werden hier heute Abend sowieso keinen bösen Buben mehr
schnappen.»

Das Grinsen verschwand. Sie hatte sozusagen mit seinem Sheriffstern gewinkt. «Genau das ist es», seufzte er, stand auf und ordnete
Papiere, Schnellhefter und Fotos, die ausgebreitet auf dem Tisch
lagen. Er legte sie in den Karton, der inzwischen die Kleinfeldt-Akte
beherbergte. «Ich fahre heute Abend nach Minneapolis.»

Sie blieb einen Moment lang stumm, und er spürte die Verände-
rung in ihr wie ein plötzliches Abfallen des Luftdrucks. Von der verführerischen Frau zum nüchternen Deputy, hundert Prozent im
Dienst. «Was ist passiert?»

Er klemmte den Karton unter den Arm und zog seine Jacke von
der Stuhllehne. «Ich muss zuerst in die Asservatenkammer und mich
dann schnell auf den Weg machen. Die Fahrt wird lang.» Er knipste
das Licht aus, verschloss seine Bürotür und ging in Richtung Keller-
treppe. Sie blieb ihm dicht auf den Fersen.

«Es ist derselbe Kerl, stimmt's?», fragte sie ihn und musste auf ihren High Heels Dauerlauftempo einschlagen, um mitzuhalten. «Der
Monkeewrench-Killer ist unser Mann.»

«Der Monkeewrench-Killer? Wo haben Sie das gehört?»

«Das ist sein Name in den Medien. Und der ist auch unser Mann,
nicht wahr?»

«Kann sein. Die haben eine Kugel, Kaliber .22, von dem Mord
heute Nachmittag in der Mall of America. Darauf sind genügend
Züge, um sie mit der Kugel zu vergleichen, die wir aus Mrs. Kleinfeldt herausgeholt haben.»

Sie bombardierte ihn mit Fragen: Warum hatte die Polizei von Minneapolis im katholischen Internat angerufen? Wonach fahndeten sie? Ritzte der Killer auch dort drüben irgendwelche Ornamente in seine Opfer? Bekamen sie hilfreiche forensische Ergebnisse von den Tatorten? Und seltsamerweise: Wie hatte sich Detective Magozzi am Telefon angehört?

Er sagte ihr alles, was sie inzwischen hatten — was ja nicht besonders viel war —, einschließlich der Tatsache, dass Magozzi am Telefon wie ein durchaus netter Kerl klang, der wohl auch am Ende seiner Weisheit war.

«Ist doch absolut einleuchtend», sagte sie, als sie die gekachelten Stufen zum Kellergeschoss hinuntergingen.

«Was meinen Sie damit?»

Sie war aufgeregt, redete schnell, ging schnell, hatte ihn auf dem schmalen Flur überholt und strebte jetzt auf die Maschendrahttür am Ende zu. «Die Kleinfeldts waren seine ersten Opfer; zwei Menschen, die er unbedingt umbringen wollte. Das war eine persönliche Geschichte. Ergo die Kreuze auf der Brust.»

Halloran runzelte die Stirn bei dem Wort «ergo». Er konnte sich nicht entsinnen, es je von jemandem gehört zu haben.

«Diese Kennzeichnung hat er bei den nächsten Opfern nicht vorgenommen, denn sie bedeuten ihm nichts. Es ist keine persönliche Angelegenheit mehr. Es ist nur noch Theater.»

«Theater? Was für ein Theater?» Er schloss die Maschendrahttür auf und öffnete sie.

«Das reine Affentheater.» Sie rümpfte die Nase, als er über ihren Scherz nicht lachte. «Ich weiß auch nicht, was für ein Theater, aber er hat ein Ziel und will etwas ganz Bestimmtes erreichen.»

«In Minneapolis herrscht das Gefühl vor, dass er es zum Spaß tut. Das Game spielt, um alle zu besiegen.» Er setzte den Karton auf einem Tisch ab und tastete an der Wand nach dem Lichtschalter. Es flackerte, bis das weiße Neonlicht von der Decke reihenweise Metallregale sichtbar machte, auf denen Kartons mit Beweismaterial aus Fällen standen, die bis ins vorige Jahrhundert zurückreichten. In Kingsford County wurde nichts weggeworfen.

Sharon ging geradewegs zum nächsten Regal, zog einen Karton

heraus und sah sich das Etikett auf dem kleinen Plastikbeutel an, der darin lag. «Aber warum überhaupt das Computerspiel spielen? Wenn es ihm für den Kick schon reicht, mit Kopfschüssen zu morden, könnte er doch jeden beliebigen Menschen an jedem beliebigen Ort umbringen.» Verstehen Sie nicht?» Sie ging zu Halloran, steckte den kleinen Beutel in seine Brusttasche, schloss die Klappe und drückte mit der Hand dagegen. «Er hat sich sehr große Mühe gemacht, diesem Game möglichst genau zu folgen, und er geht auch sehr große Risiken ein. Wie zum Beispiel heute in der Mall. Er muss doch gewusst haben, dass es dort von Polizisten wimmelte, die alle auf ihn warten. Nicht gerade der ideale Auftrittsort für einen Mörder. Und trotzdem hat er dort zugeschlagen. Warum?»

Ihre Hand lag noch immer flach auf seine Brusttasche, und er überlegte, ob sie wohl sein Herz spürte, das für einen Mann, der ruhig dastand, viel zu schnell schlug. «Vielleicht möchte er ja uns Cops wie Versager aussehen lassen.»

«Könnte sein. Aber dann muss man sich doch fragen, was er wohl gegen Cops haben mag. Wie sieht seine Lebensgeschichte aus? Es gibt nämlich bestimmt einen Grund für all das, egal wie krank es uns anderen erscheinen mag. Wenn wir diesen Grund herausfinden, sind wir einen großen Schritt weiter.»

«Das haben Sie alles in Ihren Psychologievorlesungen gelernt?» Sie lächelte zu ihm auf. «Unter anderem. Können wir gehen?»

«Mm-hm.» Aber er rührte sich nicht, denn wenn er es tat, nahm sie bestimmt die Hand von seiner Brusttasche, und er fürchtete, dass ihm dann das Herz stehen blieb.

«Ich muss noch schnell bei mir zu Hause vorbei und meine Uniform anziehen.»

«Sie kommen nicht mit.»

«Natürlich tue ich das. Es ist schon spät, und die Fahrt dauert mindestens sechs, sieben Stunden. Sie könnten einschlafen und gegen einen Baum fahren.»

Er dachte einen Moment darüber nach. «Ich werde Bonar mitnehmen.»

Mit einem Ruck riss sie die Hand von seiner Brust, trat einen Schritt nach hinten und sah ihn mit vor Wut funkelnden Augen

an. «Also, das ist toll, Halloran. Vielen Dank auch. Ich hab genauso
hart an diesem Fall gearbeitet wie Bonar. Was gibt es also für ein Problem? Was ist? Angst, dass sich die Macho-Cops aus der Großstadt
über Sie lustig machen, wenn Sie mit einem weiblichen Deputy auftauchen?»

«Nein, Herrgott nochmal!» Halloran hatte sie an den Oberarmen
gepackt und an die Wand gedrückt, bevor sie wieder Atem holen
konnte. Ihr Gesicht war nur noch Zentimeter von seinem entfernt,
sodass er es nur verschwommen wahrnahm, und er presste seinen
Körper so stark an sie, dass er schon sehr bald alles spürte, was sich
unter dem kleinen roten Kleid verbarg. «Angst habe ich nur – seine
Lippen lagen auf ihren, als er sprach, und er hätte schwören können,
Rosenwasser zu schmecken – «davor, dass ich nie in Minneapolis
ankomme, wenn ich dich mitnehme.»

Er küsste sie lange – drei Sekunden oder auch Jahre –, und dann
bewegte und öffnete sich ihr Mund unter seinem. Er musste sich
links und rechts neben ihr an die Wand stützen, um sich überhaupt
aufrecht halten zu können.

Er rechnete sich aus, dass er nur zwei Möglichkeiten hatte: Entweder sie auf der Stelle vor der Wand in der Asservatenkammer von
Kingsford County zu nehmen, oder mitten in der Nacht quer durch
den Bundesstaat zu fahren, um einen Mörder zu jagen und seinen
Job nicht zu verlieren.

Er war gerade zu der Überzeugung gelangt, dass kein Mann auf
der Welt einen Job so dringend brauchte, als sie ihn von sich stieß.
Ihre Augen waren weit aufgerissen, und sie atmete durch den Mund.

«Verdammt, Mike, du erstickst mich ja!»

Schon war da wieder das selbstgefällige Harrison-Ford-Grinsen. Er
hätte eine Million Dollar dafür gegeben, jetzt wieder auf der High
School zu sein, um morgens im Umkleideraum den anderen Jungs
zu erzählen, dass er am Abend zuvor ein Mädchen so wild geküsst
hatte, dass es fast in Ohnmacht gefallen wäre.

«Du solltest lieber losfahren.»

Er drängte sich wieder gegen sie. «So eilig hab ich es gar nicht.»

Sie tauchte unter seinen Armen durch und eilte mit kleinen,
schnellen Tanzschritten zur Tür. Dabei wirbelte ihr Rock in die

Höhe, zeigte Knie und Schenkel und den Spitzenbesatz eines Nylon-strumpfs. «Ich auch nicht», sagte sie und sah ihm in die Augen.

«Und deswegen solltest du jetzt besser losfahren.»

Er war so perplex, dass sie von ihm abgelassen hatte und einfach davongegangen war, mit klappernden Absätzen den Flur entlang und die Treppe hinauf, dass er gar nicht auf den Gedanken kam, sie hätte es sich eigentlich zu leicht ausreden lassen, mit nach Minneapolis zu fahren.

Eine Stunde später fuhren Halloran und Bonar auf dem Highway 29 in westlicher Richtung, eine Thermoskanne zwischen sich, in den Getränkehaltern zwei Becher mit Marjories dampfendem Kaffee. Bonar saß während der ersten Etappe am Steuer und war offenbar entschlossen, sie mit Höchstgeschwindigkeit hinter sich zu bringen. Er hatte den Tempomat auf achtzig Meilen die Stunde eingestellt und das Blaulicht eingeschaltet.

«Hätte nie gedacht, dass du es mal so eilig haben könntest, in die Großstadt zu kommen.»

«Hab ich ja gar nicht. Ich hasse Großstädte. Smog, Verbrechen, Parkuhren – Großstädte sind für 'n Arsch. Aber ich will es schaffen, zum Eat 'n Run Truck Stop in Five Corners zu kommen, bevor die schließen. Das beste verdammte Roastbeef im Bratensaft, das es im ganzen Staat gibt.»

«Ich dachte, du und Marjorie habt schon im Hidden Haven gegessen.»

«Das ist doch schon Stunden her.»

«Man kann aber Roastbeef im Bratensaft nicht im Auto essen.»

«Ich kann Roastbeef im Bratensaft sogar am Stiel essen, aber ich hab eigentlich eher an dich gedacht. Sharon hat mir nämlich erzählt, dass du nicht zu Abend gegessen hast.»

«Wann hast du denn mit Sharon gesprochen?»

«Nachdem ich aus Marjories Bett gesprungen war und bevor ich zu mir gerast bin, um die Uniform anzuziehen.»

«Sie hat dich also angerufen? Wieso das denn?»

«Um mir zu raten, einen Stopp zu machen, um etwas zu essen. Ich finde, das Mädel solltest du heiraten.»

«Ich bin noch zur jung für eine Ehe.»

«Aber verdammt nochmal schon fast zu alt, um dich noch fort-pflanzen zu können.»

«Wir sind bisher noch nicht einmal miteinander ausgegangen.»

«Dann mal los.» Bonar wich den Überresten eines Waschbären auf der Straße aus. «Ich hab übrigens genau gehört, dass du ‹noch nicht› gesagt hast.»

Halloran ließ sich auf dem Sitz nach unten rutschen und schloss die Augen.

«Ich war heute Abend bei Dannys Familie, um mein Beileid aus-zudrücken.»

Halloran öffnete die Augen.

«Man hat mir gesagt, du warst heute Morgen schon dort. Hast sie zum Beerdigungsinstitut gefahren und ihnen geholfen, die Forma-litäten zu regeln.»

«Ich hatte ein bisschen Zeit.»

«Blödsinn. Du bist eben einfach ein netter Typ, Mike.»

Halloran schloss wieder die Augen. Also schön. Das war er, genau. Ein netter Typ. Half den trauernden Eltern eines jungen Mannes, für dessen Tod er verantwortlich war, dabei, ihn so würdevoll wie mög-lich unter die Erde zu bekommen. Was für guter Mensch er doch war.

«Sie haben gesagt, Montag wird er beerdigt.»

Halloran nickte. «Dannys Schwester ist noch irgendwo in Frank-reich. Vor Sonntag kann sie nicht zurück sein.»

«Ich glaub, ich war noch nie montags bei einer Beerdigung.»

«Ich wünschte bei Gott, diese müsste auch nicht stattfinden.»

Kapitel 36

Diane löste sich aus einer Schar von Bewunderern, als Grace, Harley, Roadrunner und Annie die Kunstgalerie betraten, und schwebte ihnen in einer Wolke weißer Seide entgegen.

Sie umarmte alle, fasste dann Grace an beiden Händen und trat lä-chelnd einen Schritt zurück. «Du hast dich ja richtig herausgeputzt.»

«Ganz allein für dich.» Grace lächelte zurück.

«Hä?» Harley sah stirnrunzelnd auf Grace: schwarze Jeans, die schon fast ihr Markenzeichen waren, T-Shirt und Staubmantel. «Wo-von redest du denn? Das ist doch ihre Alltagskluft.»

«Harley, du bist ein solcher Kretin», tadelte ihn Diane.

«Das sag ich ihm auch immer wieder», meldete sich Annie.

«Sie trägt das T-Shirt von Moschino», erläuterte Diane. «Und wenn das Alltagskluft sein soll, dann möchte ich wissen, was sie sonntags tragen soll.»

Harley beugte sich vor und musterte Graces T-Shirt. «Sieht für mich aus wie Fruit of the Loom.»

Diane schüttelte gespielt zornig den Kopf und blickte dann von ei-nem zum anderen. «Ihr hättet doch heute nicht zu kommen brau-chen. Ich weiß, was für schreckliche Dinge geschehen sind.»

«Honey, bist du denn noch zu retten? Haben wir je eine deiner Vernissagen versäumt?», fragte Annie. «Außerdem ist es genau das, was wir jetzt gebrauchen können.»

Roadrunner nickte. «Stimmt. Besonders nach der Sache heute in der Mall.»

Diane nahm seine Hand und drückte sie. «Vergesst das alles für ein paar Stunden. Und ich habe etwas, das euch vermutlich dabei helfen dürfte.» Sie hob die Hand, und ein livrierter Kellner kam mit einem Tablett Champagner herbei.

«Ich liebe diese Frau», sagte Harley, nahm ein Glas vom Tablett, leerte es in einem Zug und griff nach einem zweiten Glas. «Wo ist denn dein Mistkerl von Ehemann?»

Diane deutete in Richtung der Menge am Büffet. «Du kennst doch Mitch. Er macht, was er am besten kann. Als ich ging, verkaufte er gerade das teuerste Stück dieser Ausstellung irgendeinem armen Kerl, der sein letztes Bild bestimmt auf dem Flohmarkt erworben hat.» Sie seufzte und warf einen liebevollen Blick hinüber zu Mitch. «Jedenfalls lenkt ihn das ab. Und das braucht er.»

Sie wandte sich ihnen wieder zu und lächelte dabei bedauernd. «Ich muss mich jetzt wieder unter die Leute mischen, aber bleibt bitte, so lange ihr mögt. Esst, trinkt, seid fröhlich und geht erst, wenn ihr unbedingt müsst. Es bedeutet mir sehr viel, dass ihr alle heute Abend gekommen seid.»

Sie hielt Grace zurück, als die anderen schnurstracks aufs Büffet zusteuerten. «Wie wirst du damit fertig? Es muss doch für dich viel schlimmer sein als für sonst jemanden.»

Grace umarmte und drückte sie. «With a little help from my friends. So wie immer.»

Gino und Magozzi stellten ihren Wagen auf einem gebührenpflichtigen Parkplatz ab und gingen den letzten Block zu Fuß. In ihren wehenden Trenchcoats sahen sie aus wie Mafiosi in einem B-Movie. Die Acton-Schlesinger Gallery befand sich in der obersten Etage eines weiteren renovierten Lagerhauses, das dem von Monkeewrench sehr ähnelte und nur ein paar Blocks entfernt war. Ein Messingschild am Eingang des Gebäudes informierte die Besucher, dass hier einmal ein Textilunternehmen beheimatet gewesen war, das sich auf Männerunterwäsche spezialisiert hatte.

Gino war mürrisch und abweisend, als er und Magozzi die geräumige Eingangshalle im Parterre betraten. Zweifellos sah er voraus, wie herablassend und anmaßend die Snobs in der Galerie sie behandeln würden.

«Mit der Einstellung musst du dich nicht wundern, wenn du von oben herab behandelt wirst», ermahnte ihn Magozzi.

«Warte nur ab, Leo. Ich bin mit Angela schon bei solchen Veranstaltungen gewesen, und wenn du nicht leichenblass, ausgemergelt und von Kopf bis Fuß in Schwarz gekleidet bist, würdigen sie dich keines Blickes.»

«Auf die Weise wirst du nur deine Vorurteile bestätigen», seufzte Magozzi. «Ich jedenfalls bin gespannt, was das für eine Frau ist, die einen Neurotiker wie Cross geheiratet hat.»

Die Galerie war riesig und spartanisch ausgestattet. Die hellen Holzfußböden glänzten, und geschickt platzierte Strahler tauchten die gewölbte Decke mit ihren freigelegten Sparren in sanftes Licht. Abstrakte Kunstwerke hingen an stählernen Raumteilern, die so angeordnet waren, dass man sich in einem Labyrinth wähnte. Viele elegante Kunstliebhaber mit satter Langeweile im Blick suchten sich wie gut dressierte Ratten den Weg durch diesen Irrgarten und nippten dabei ihren rosé Champagner aus langstieligen Kristallgläsern.

Eine attraktive junge Frau ganz in Schwarz, wie es sich gehörte, begrüßte sie mit einem Tablett voller Champagnerflöten. Ihr Gesicht war von erfrischender Unschuld, obwohl sie großzügig weißen Puder aufgetragen hatte, und ihr Lächeln wirkte fast schüchtern, obwohl sie das mit ihren blutroten Lippen zu kaschieren versuchte. Man musste ihr hoch anrechnen, dass sie beim Anblick von Ginos und Magozzis zerknitterten Anzügen mit keiner Wimper zuckte. «Willkommen, die Herren. Dürfte ich Ihnen ein Glas Champagner anbieten?»

Magozzi und Gino sahen einander an. Die Aussicht auf ein alkoholisches Getränk war verführerisch.

«Billecart-Salmon», lockte sie.

«Ich nehme an, das ist wohl was Gutes, oder?», fragte Gino.

«Besser als gut. Französisch.»

Er wandte sich zu Magozzi. «Sind wir im Dienst?», flüsterte er.

Magozzi biss sich auf die Unterlippe. «In keiner offiziellen Mission, nein.»

Gino strahlte die junge Frau an und nahm ihr zwei Gläser ab. «Sie hat uns der Himmel geschickt. Danke, mein Engel.»

Ihr sprödes Lächeln verwandelte sich in ein Grinsen. Sie schien dankbar zu sein, zwei Kunstliebhaber getroffen zu haben, die keinen Schlaganfall bekommen würden, wenn sie mal aus der Rolle fallen sollte. «Gern geschehen. Sobald Ihre Gläser leer sind, bin ich wieder da.»

«Ich sag dir, so übel ist es hier gar nicht», sagte Gino, leckte sich die Lippen und musterte die Umgebung. «Der beste Champagner, den ich je getrunken habe, auch wenn er rosa ist.»

Magozzi fühlte, wie ihm die Wärme des kohlensäurehaltigen Alkohols ins Blut ging, und genoss diesen Zustand, der ihm irgendwie bekannt vorkam – ein- oder zweimal vor tausend Jahren hatte er ihn schon erlebt, und er nannte sich Entspannung. Er trank noch einen Schluck. «Ich denke, wir sollten mal die Runde machen.»

Gino leerte sein Glas. «Mir gefällt es hier am Rand. Bleiben wir hier und lassen uns vollaufen. Halloran kann dann übernehmen, wenn er ankommt.»

Sie genossen ihr Wunschdenken noch eine kleine Weile und

stürzten sich dann ins Getümmel. An der ersten Wand mit den Bildern von Diane Cross blieben sie stehen. Sie waren allesamt unverwechselbar in Schwarzweiß gehalten wie das abstrakte Bild im Büro von Mitch Cross und die Werke, die MacBrides Wohnzimmer zierten.

Mit einem Kopfnicken bekundete Magozzi sich selbst gegenüber Verständnis dafür, dass Ehe und Freundschaft die Präsentation solcher Bilder durchaus erklären könnten, so wie Eltern die Wachskreidezeichnung eines geliebten Kindes am Kühlschrank zur Schau stellen, aber völlig unerklärlich war ihm, dass diese renommierte Galerie einer so gefühllos kalten Malerei eine ganze Ausstellung widmen konnte.

Im Geiste entschuldigte er sich bei Vermeer und van Gogh, den Meistern in Licht und Farbe, dass man in der Welt von heute nicht mehr das Genie zu würdigen wusste, sondern nur noch der schicken Mode huldigte.

Die Monkeewrench-Truppe war im schwarzen Meer aus Modebeflissenen kaum zu übersehen. Grace MacBride und Harley Davidson, im Moment in ein Privatgespräch verwickelt, entsprachen am ehesten dem Erscheinungsbild der Mehrheit aller Galeriebesucher. Beide hätten als Kunstliebhaber oder eher noch Künstler durchgehen können, sie in ihrem langen schwarzen Staubmantel, er in genügend schwarzem Leder, um ein Rodeo auszustatten.

Annie stand ein paar Schritte abseits und erwehrte sich kokett der Flirtversuche eines attraktiven jungen Mannes in einem schick almodischen Smoking. Irgendwie hatte sie die Zeit und auch das passende Kleidungsstück gefunden, um sich wundersam in einen Schmetterling zu verwandeln, dessen Auftritt in durchsichtigem und von Hand bemaltem Chiffon halbwegs dem Anspruch der Veranstaltung entgegenkam. Magozzi erinnerte sich daran, was Espinoza über ihren Etat für Kleidung gesagt hatte, und das wolle er gern glauben.

Roadrunner, den offenbar die Überbeanspruchung seiner Sinne quälte, hing vor einer entfernten Wand herum, wie immer in Lycra, wenn auch diesmal dem Anlass entsprechend in Schwarz, und trat leicht genervt von einem Fuß auf den andern. Zum Gruß bewegte er die Finger einer Hand.

Mit ehrlich empfundener Sympathie schüttelte Gino den Kopf.

«Der arme Kerl kommt wir vor wie eine Antilope unter einem Rudel Löwen.»

«Wo ist denn Mitch?»

Gino hörte ihn nicht. «Annie ist die einzige, die so aussieht, als würde sie Spaß haben», seufzte er.

«Ich glaube, sie hat immer Spaß. Und Mitch – der fehlt als einziger.»

Gino riss sich von Annies Anblick los und deutete mit angewinkeltem Daumen auf einen weiß gedeckten Tisch, der mit Sushi und Blumengestecken beladen war. «Dort ist er doch.»

Jetzt sah Magozzi ihn auch. Er stand neben einer hoch gewachsenen blonden Frau in einem weißen Seidengewand. Es stand außer Frage, dass es sich um die Künstlerin handelte – bewundernde Fans umringten sie und wetteiferten darum, Gehör zu finden. Huldvoll widmete sie sich ihnen allen und schaffte es gleichzeitig auch noch, ihren Ehemann zu verhätscheln wie ein Schoßhündchen.

Das war also Diane Cross. Die Künstlerin, der Star und allem Anschein nach auch eine Ehefrau, die ganz vernarrt war in ihren Mann. Vielleicht nicht direkt eine atemberaubende Zehn auf der Skala, aber doch sehr attraktiv auf jene blühende und athletische Art, die im Mittelwesten als erstrebenswert gilt.

Die junge Frau, von der sie begrüßt worden waren, tauchte wie durch ein Wunder mit einer neuen Flasche Champagner auf. «Sehen Sie mich nicht so erstaunt an», sagte sie lachend und füllte ihre Gläser. «Ich hab Ihnen doch versprochen, dass ich komme, sobald Ihre Gläser leer sind.»

«Dann auf Ihr Wohl», sagte Gino. «Meinen Sie, Sie könnten auch meinem Freund nachschenken? Dem langen, dünnen Mann da drüben?»

«Sicher.» Sie entfernte sich in Roadrunners Richtung, und Gino zwinkerte Magozzi zu.

«Ich werd mich mal da rüber begeben und nachfragen, ob Superfreak Glück beim Aufspüren des E-Mail-Absenders gehabt hat.»

Roadrunner reagierte fast dankbar, als Gino sich ihm näherte. Dann aber verzog sich sein Gesicht, weil er sich wohl daran erinnerte, auf wessen Seite er zu stehen hatte. «Detective», sagte er arg-wöhnisch.

«Sie sehen so aus, als würden Sie sich hier nicht wohler fühlen als ich.»

Roadrunner ließ sein Glas nervös zwischen den Fingern wandern.

«Könnte angehen.»

«Irgendwelche Fortschritte bei den E-Mails?»

«Nein.» Misstrauisch kniff er die Augen zusammen. «Machen Sie jetzt etwa auf guter Cop?»

Gino lächte. «Nein, ich bin immer der böse Cop. Aber ich bin eigentlich gar nicht im Dienst. Von nun an bekommen Sie alle Ihren persönlichen Polizeischutz mit freundlicher Unterstützung des Police Department von Minneapolis. Und wir springen nur in diesem Moment ein, bis Leute für die Spätschicht eingeteilt worden sind.»

Roadrunner schien zu erschrecken. «Sie meinen ... wir werden beschattet?»

Gino zuckte freundlich mit den Achseln. «Überwachung, Schutz ... sehen Sie es, wie Sie wollen. Auf jeden Fall dient es zu Ihrer aller Sicherheit.»

Einen Moment lang sah Roadrunner ihn unschlüssig an. Dann seufzte er und sagte: «Okay. Ich denke, das leuchtet ein, zumindest vom Standpunkt eines Cops.»

«Einen anderen Standpunkt hab ich nicht. Und Sie ... müssen Sie sich des öfteren auf diesen Veranstaltungen rumtreiben?»

«Ziemlich oft. Dank Mitch und Diane, verstehen Sie?»

«Und was halten Sie von den ausgestellten Kunstwerken?»

Er versuchte sich mit einem halbherzigen Achselzucken zu entschuldigen. «He, ich versteh einen Scheiß von Kunst. Auf diesen Ausstellungen komm ich mir immer wie der letzte Idiot vor.»

«Na ja, wenn einer von diesen Leuten Ihnen bei Ihrer Arbeit über die Schulter schauen würde, käme er sich garantiert auch wie ein Idiot vor. Das gleicht sich also aus.»

«Ja, so wird's wohl sein.»

Harley tauchte wie aus dem Nichts auf, was bei seiner Masse umso erstaunlicher zu glauben war. Er nahm zwischen Roadrunner und Gino Aufstellung wie ein Vater, der seinen Sohn vor dem bösen

Schläger aus der Nachbarschaft beschützen will.» «Sie überprüfen uns, Detective?»

«Im Grunde schon. Ich hab gerade zu Roadrunner hier gesagt, dass wir von jetzt an für jeden von Ihnen eine Wagenbesatzung im Einsatz haben.»

Harley sah Gino herausfordernd ins Gesicht. «Also beschützen Sie Grace?»

«Darauf können Sie wetten.»

«Nun, dann kann ich nur hoffen, dass Sie sich dabei besser anstellen als bei der Überwachung der gottverdammten Mall.»

Gino funkelte ihn erbost an. «Für jemanden, der für keinen dieser Morde ein Alibi hat, reißen Sie verdammt weit das Maul auf.»

«Und Sie benehmen sich verdammt selbstgerecht für einen Cop, der es nicht geschafft hat, zwei angekündigte Morde zu verhindern.»

Gino sah in sein Glas, pfiff unhörbar und zählte bis zehn. «Okay, Mann», sagte er schließlich. «Ich hab einen kleinen Mann sitzen, und ich schätze, dir geht es ähnlich. Deswegen hast du wohl vergessen, dass dieser Scheißhaufen von Fall auf eurer Türschwelle nicht weniger stinkt als auf unserer.»

Harley fixierte ihn eine Weile, aber dann ließ er langsam die Schultern sinken und schien zu schrumpfen wie ein Ballon, aus dem die Luft entweicht. «Ich hab nichts vergessen, Detective», sagte er ruhig. «Scheiße, wir werden es nie vergessen. Das ist ja das Problem. Grace fühlt sich noch immer verantwortlich für Atlanta, und jetzt gibt sie sich auch die Schuld für das hier. Wir machen uns große Sorgen um sie, und es ist einfach zum Verrücktwerden. Mein Gott, was für ein verfluchter Schlamassel!»

Gino betrachtete ihn nachdenklich. Es war keine richtige Entschuldigung gewesen, aber auch nicht weit davon entfernt. «Verfluchter Schlamassel. Darauf trinke ich.» Er hob seine Champagnerflöte und bedachte Harley mit einem leichten Kopfnicken, bevor er das Glas leerte. «Wissen Sie was? Diese verdammten Gläser sind viel zu klein.»

Harley nickte. «Rühren Sie sich nicht. Ich weiß, wo die Flaschen aufbewahren.»

Zehn Minuten und fast eine ganze Flasche später kam Gino der Gedanke, dass Harley eigentlich gar kein so übler Kerl war – ja, sie beide schienen sogar eine Menge gemeinsam zu haben. Sie hassten beide die abstrakte Kunst, mochten rosé Champagner und aßen für ihr Leben gern. Auch Roadrunner schien ganz annehmbar zu sein, besonders für so einen Technolulatsch.

Sie standen Schulter an Schulter und versuchten den Sinn eines Gemäldes zu ergründen, auf dem kühne Pinselstriche verzerrt zum oberen Bildrand strebten und dort in Farbklumpen endeten, die wie durchgekaute und in die Länge gezogene schwarze Sahnebonbons aussahen.

«Also, was hat das eurer Meinung nach zu bedeuten?», fragte Gino.

«Will verdammt sein, wenn ich das wüsste», sagte Harley. «Schwarzweiße Scheiße. Ich glaub, das sollen Leute sein.»

«Nein, das sind Wäscheklammern», behauptete Roadrunner mit großer Bestimmtheit.

«Niemals», bestritt Gino in aller Freundlichkeit. «Können nur Leute sein. Seht ihr nicht die Beine? Und diese dicken Farbkleckse am unteren Rand, das sind die Füße. Warum sollte jemand denn auch abstrakte Wäscheklammern malen? Die sind doch an sich schon abstrakt, oder?»

Harley trank den Rest Champagner direkt aus der Flasche. «Schlagendes Argument, Detective.»

«Fragt sich doch, ob diese Sachn überhaupt was zu bedeutn ham», sagte Roadrunner und verschluckte die eine oder andere Silbe. «Was issn, wenn diese ganze moderne Kunst nix als Schmu ist? Was is, wenn die einfach Farbe auf ne Leinwand kippn und hoffn, irgend son pseudointellektueller Kunstkritiker sacht, da steckt 'ne tiefere Bedeutung hinter?»

«Genau meine Meinung», hob Harley gerade an, als im selben Moment eine atemberaubende Blondine in einem engen schwarzen Kleid neben ihm auftauchte und seinen Arm berührte. «Ist das hier Ihre Arbeit?»

Harley musste sich extrem zusammenreißen, damit ihm nicht die Kinnlade herunterfiel. «Äh … nein.»

302

«Oh.» Sie sah sich leicht verlegen um und suchte wohl nach einer unverfänglichen Möglichkeit, ihre peinliche Fehleinschätzung zu überspielen.

«Es ist aber ein, äh ... bewegendes Werk, nicht wahr?», fügte Harley schnell hinzu.

Roadrunner und Gino gaben vor, den Wortwechsel nicht mitzubekommen, grinsten aber beide selbstgefällig.

«Aber ja! Ich finde, es ist unglaublich!», schwärmte die Blondine verzückt. Sie hatte wieder Interesse gefunden. «Wer immer das Bild geschaffen hat, besitzt großes Talent. Und wie würden Sie es interpretieren?»

Harley lehnte sich auf den abgelaufenen Absätzen seiner Motorradstiefel zurück. «Nun, ich halte es ganz einfach für eine treffende bildliche Darstellung der zeitgenössischen Dichotomie zwischen Homogenität und globaler Mannigfaltigkeit.»

Neben ihm beugte sich Roadrunner weit nach vorn und hustete in die Hand, um einen Lachanfall zu unterdrücken. Gino blickte zur Seite.

Die Augen der Blondine leuchteten vor Bewunderung. «Das erkenne ich durchaus auch. Sie wissen schon, dieser Kontrast zwischen dem Schwarz ... und dem Weiß.»

«Sehr richtig. Eine kühne Aussage. Schwarz. Und dann — weiß. Ich denke, da schwingt auch ein Appell gegen die Rassendiskriminierung mit.»

«Ich finde, es sind Wäscheklammern», sagte Roadrunner ruhig und bestimmt.

Die Blondine sah ihn verwirrt an. «Was meinten Sie?»

«Ich sagte, es sind Wäscheklammern. Schwarze und weiße Wäscheklammern», wiederholte Roadrunner.

Sie nickte. «Ich verstehe, worauf Sie hinauswollen. Die Wäscheklammern versinnbildlichen quasi ländliche Artefakte in einer hoch technisierten Welt ...»

«Und ich finde, es sind Menschen mit klitzekleinen Köpfen und großen, dicken, unförmigen Füßen», setzte Gino noch einen drauf.

«Oh-kay. Auch das könnte ich nachempfinden. Die Unterstellung, dass motorische Wirkungsweisen langsam die mentalen Wirkungs-

weisen nichtig machen, als akuter Allgemeinzustand der Mensch-
heit; die Rigidität der Torsi und die Leere des Hintergrunds, die
gemeinsam auf eine spirituelle Lähmung verweisen, welche dem
Leben seinen Sinn nimmt . . .»

«Eine kombinierte Darstellung von Heidentum und Judenchris-
tentum, wie sie in Hoffnungslosigkeit versunken sind.» Harley
nickte weise mit dem Kopf.

Die Blondine sah aus wie von einer göttlichen Erscheinung heimgesucht. «Vielleicht versucht das Bild, mit uns in einen Dialog über
den Zustand spiritueller Verarmung zu treten.»

Ginos Augen füllten sich mit Tränen, so sehr musste er einen
Lachanfall unterdrücken. Er blickte wieder in sein leeres Glas. «Mein
größtes Problem ist im Moment die Tatsache, dass ich alkoholisch
verarmt bin. Wenn Sie mich bitte entschuldigen wollen?» Er drehte
sich um und fahndete nach der Frau mit dem Tablet. Roadrunner
überdachte seine Möglichkeiten und entschied sich, wieder vor der
entfernten Wand Aufstellung zu nehmen.

Auf der anderen Seite der Galerie hatte Magozzi sich entschieden,
Grace erst dann anzusprechen, wenn sie allein war, aber die Hoffnung auf diesen Moment schien sich in diesem Leben nicht mehr erfüllen zu wollen. Das hätte ihn eigentlich nicht überraschen dürfen,
denn schwarzhaarige Schönheiten, die auf Distanz bedacht waren,
besaßen magnetische Anziehungskraft auf die Männer, ob deren Pas-
sion Kunst war, Punk Rock oder die Lektüre alter Ausgaben von Field
& Stream während der Halbzeit. Und wenn jemand nicht im Geringsten ahnte, dass diese besondere Schönheit extrem übellaunig werden
konnte und eine geladene Sig unter der Achsel trug, kam er vielleicht
auf den Gedanken, sie als Freiwild anzusehen.

Sie beobachtete ihn mit völlig unbeteiligter Miene, als er auf sie
zukam. Sie starrten einander kurz an, und dann sagte Magozzi: «Es
gibt da einige Dinge, die ich Sie fragen muss.»

«Ich war allein im Büro. Keine Zeugen. Kein Alibi.»

«Ich weiß. Darum geht es auch nicht.»

«Worum denn?»

Magozzi sah sich um, zögerte. «Es ist nicht so einfach. Ich sollte
eigentlich gar nicht mit Ihnen sprechen.»

304

«Weil ich unter Verdacht stehe?»

«So ähnlich.»

Sie sagte nichts, sondern stand nur da und machte es ihm nicht leichter.

«Darf ich Sie vielleicht nach Hause fahren?», fragte er schließlich. «Wir könnten uns auf dem Weg unterhalten.» Als sie nicht sofort antwortete, fügte er hinzu: «Es ist wichtig.»

Sie dachte einen Moment nach. «Ich hab mein eigenes Auto. Sie könnten mit mir fahren, wenn Sie wollen.»

«Geben Sie mir ein paar Minuten. Wir treffen uns dann unten.»

Magozzi machte einen schnelle Runde durch die Galerie und traf schließlich Gino, der gerade von der Toilette kam. «Ey, Kumpel!» Gino schlug ihm auf die Schulter. «Warst du schon mal pinkeln? Die haben da drin sogar Telefon, auf so einem kleinen Tisch mit krummen Beinen ...»

«Ich fahr mit MacBride nach Hause.»

Gino blinzelte und versuchte eine finstere Miene zu machen, indem er die Augenbrauen senkte, aber das verhinderte der viele Champagner, sodass eine Braue oben blieb und er nur albern aussah.

«Ein Date mit einer Verdächtigen?»

«Es ist kein Date.»

Gino gab sich alle Mühe, das zu schlucken, und sog die Unterlippe ein. «Du willst ihr unter den Rock sehen?»

Magozzi legte eine Hand auf die Augen und schüttelte den Kopf. «Hör zu, Gino, du weißt nicht, wo ich bin, und du weißt auch nicht, was ich tue, okay?»

«Damit hast du verdammt Recht. Ich weiß nicht, was du tust. Und du, weißt du es?»

«Scheiße, nein. Kannst du dir ein Taxi nehmen?»

Gino kippelte auf seinen Absätzen nach hinten und wäre beinahe gefallen, wenn er sich nicht im letzten Moment wieder gefangen hätte. «Na ja, Kumpel, zufälligerweise hab ich gerade mit Angela gesprochen. Sie hat in letzter Minute einen Babysitter gefunden, und in einer Viertelstunde treffen wir uns gleich nebenan auf einen Drink. Das erste echte Date seit der Geburt vom Unfall.»

«Ehrlich?»

«Ehrlich.»

«Du bist ein Glückspilz, Gino.»

«Stimmt.»

Kapitel 37

Magozzi spielte an den Bedienungsschaltern für den Beifahrersitz in Graces Range Rover. Als er schließlich den für die Sitzheizung und auch noch die beste Einstellung für seine Lendenwirbelsäule gefunden hatte, dachte er ernsthaft über eine Karriere als Gigolo nach.

Sie waren zwei Blocks von der Galerie entfernt, als Grace sagte: «Sie lassen mich beschatten.»

Magozzi blickte in den Seitenspiegel und sah den Streifenwagen ungefähr einen halben Block hinter ihnen. «Und so unauffällig, nicht wahr?»

«Nur mich?»

«Sie alle.» Er zählte bis zwanzig und war fast enttäuscht, als sie nicht über ihn herfiel. «Sagen Sie mir nicht, dass Sie es okay finden.»

Grace seufzte und ließ die Handgelenke oben über das Lenkrad rutschen. «Magozzi, ich bin müde. Und wissen Sie was? Viele Dinge kümmern mich schon gar nicht mehr. Also, hatten Sie wirklich vor, über etwas Bestimmtes zu sprechen, oder wollten Sie nur mal bei mir mitfahren?»

«Ich will die richtigen Namen von Ihnen allen erfahren.»

Sie nahm die Auffahrt zur I-94, schoss hinüber auf die äußerste linke Spur und gab Gas. Es dauerte eine volle Minute, bis sie wieder sprach. «Ich nehme an, Tommy ist es bis jetzt nicht gelungen, sich in die FBI-Datenbank zu hacken.»

«Sie wissen verdammt gut, dass er es nicht geschafft hat. Dafür haben Sie nämlich gesorgt.»

Grace sagte nichts.

«Er ist auf die Firewall gestoßen, die Sie eingerichtet haben. Und machen Sie sich gar nicht erst die Mühe, das abzustreiten. Heute morgen haben Sie es getan, als Ihnen klar wurde, dass er es schaffen könnte, das Sicherheitssystem des FBI zu knacken. Also haben Sie für

eine zusätzliche Hürde gesorgt. Sie fahren übrigens viel schneller als
erlaubt.»

«Sie kapieren es einfach nicht, oder?», sagte Grace ruhig. «Wenn
jemand eine Verbindung zwischen dem herstellt, was wir jetzt sind,
und dem, was wir in Atlanta waren, müssten wir allesamt wieder
untertauchen und ganz von vorne anfangen.»

«Weil Sie fürchten, dass Sie vom Atlanta-Mörder gefunden werden.»

«Genau.»

«Aber er hat Sie doch schon gefunden.»

Grace seufzte tief. «Vielleicht. Vielleicht ist es derselbe Kerl, aber
wenn er es nun nicht ist? Wenn es sich jetzt tatsächlich um einen
neuen Irren handelt, der das Game spielt, und wir nur deswegen,
weil wir von der Theorie ausgehen, dass es derselbe ist, unvorsichtig
werden und er uns wieder ausfindig macht? Können Sie uns garantieren, dass es sich um denselben Mann handelt? Dass wir absolut
nichts zu verlieren haben, wenn wir unsere Tarnung auffliegen lassen?»

Magozzi dachte darüber nach. «Nein, garantieren kann ich gar
nichts. Zumindest heute Abend noch nicht. Aber vielleicht morgen.»

«Dann werde ich Ihnen morgen unsere wahren Namen nennen.»

Sie drehte den Kopf und sah ihn an. «Warum ist es Ihnen so wichtig
zu erfahren, wer wir waren, Magozzi? Das damals hatte nichts mit
Hexerei zu tun, und es handelt sich um ganz normale Namen.»

«Dazu komme ich noch.»

«Und wann?»

«Um die Wahrheit zu sagen: Ich lehne mich bereits gefährlich
weit aus dem Fenster. Ihnen Informationen über die laufenden Ermittlungen in einem Mordfall zu geben, entspricht ganz und gar
nicht den Dienstvorschriften.»

Grace sah kurz zu ihm hinüber und dann wieder zurück auf die
Straße. «Es gab einen Durchbruch, oder?»

«Vielleicht.» Er rieb sich die schmerzenden Schläfen. Überarbei-
tung und Champagner waren eine schlechte Kombination. «Wenn
eine Chance besteht, dass Sie etwas darüber wissen, muss ich Sie fragen. Wenn mich mein Instinkt nicht täuscht, würde der Fall dadurch

vielleicht gelöst. Wenn er mich aber täuscht ... Scheiße, daran
möchte ich gar nicht denken.»

«Ich verstehe so gut wie gar nicht, wovon Sie reden.»

«Ich weiß. Ich hoffe, dass Sie mich später besser verstehen. Ich
finde nämlich, dass ich Ihnen zumindest gern in die Augen sehen
würde, wenn ich mich schon so gefährlich weit aus dem Fenster
lehne.»

«Sie erwarten von mir, dass ich Sie in mein Haus bitte?»

«Wir könnten auch woanders halten. Bei einem Café, einer Bar,
wo auch immer.»

Grace schüttelte den Kopf und fuhr weiter in Richtung ihres Hauses.

Während sie den Range Rover in die Garage fuhr, ging Magozzi an
den Bordstein, wo gerade der Streifenwagen vorfuhr und anhielt. Als
der uniformierte Beamte das Fenster hinunterließ, erkannte Magozzi
in ihm Andy Garfield, einen der älteren Streifenpolizisten, der
durchaus alle Fähigkeiten für den Innendienst besaß, aber absolut
kein Interesse hatte, die Straßen zu verlassen.

«Sie ist in einer 55er-Zone 83 gefahren, Magozzi. Wie schnell,
meinst du, fährt sie wohl, wenn kein Cop rechts neben ihr sitzt?»

«Weiß der Himmel. Und wie geht's dir, Garfield?»

«Besser.»

«Hab gehört, dass Sheila großes Glück hat.»

«Ja. Wir hatten eine Woche lang Scheißangst, aber es war nur eine
Zyste.»

«Gino hat es mir erzählt. Und wir haben ein Glas drauf getrunken.» Als er Graces Stiefel auf dem vorderen Weg hörte, blickte er
über die Schulter. «Ich werde eine Weile da drin sein. Halt dich
wacker hier draußen, okay?»

«Worauf du dich verlassen kannst.»

Oben am Eingang öffnete Grace gerade die Tür mit ihrer Schlüsselkarte, als Magozzi hinter sie trat. «Garfield bewacht Sie heute
Nacht. Ein guter Mann.»

«Soll ich mich deswegen besser fühlen?»

«Ich weiß nicht. Ich fühl mich deswegen jedenfalls besser.»

Als sie die Festungstür geknackt hatte, wartete dahinter schon ein

Drahthaarwesen und führte mit heraushängender Zunge einen Steppkanz auf. Seine Hundemiene wechselte von höchster Freude zu furchtbarem Entsetzen, als er bemerkte, dass Grace nicht allein war, aber überraschenderweise lief er nicht davon. Er hielt nur ein wachsames Auge auf Magozzi, der sich größte Mühe gab, nur langsame und berechenbare Bewegungen zu machen.

«Das ist also der Hund, der Angst vor Fremden hat? Im Moment kommt er mir gar nicht so vor.»

Grace beugte sich hinunter und zauste sein Fell. «He, Charlie.» Sie sah Magozzi wieder an. «Ich schätze, er kann sich noch an Sie erinnern. Oder zumindest an Ihren Geruch. Denkt sich wahrscheinlich, wenn Sie nochmals eingeladen wurden, dürften Sie wohl ziemlich harmlos sein. Natürlich ist ihm nicht bewusst, dass Sie weder das erste Mal noch jetzt eingeladen wurden. Sonst hätte er vermutlich ganz anders reagiert.»

«Was ist denn mit seinem Schwanz passiert?»

«Ich weiß nicht. Er war ein Streuner.»

Magozzi kniete sich hin und streckte langsam die Hand aus. «He, Charlie. Ist ja alles okay.»

Charlie studierte die ihm angebotene Hand aus der Entfernung und streckte dann vorsichtig die Nase aus. Sein Schwanzstummel wedelte ein paar Mal hin und her.

«Er wedelt mit mir mit dem Stummelschwanz zu.»

Grace verdrehte die Augen. «Sie hören sich ja aufgeregt an.»

«Meine Ansprüche sind im Verlauf der letzten Woche erheblich gesunken.»

Grace hängte ihren Staubmantel in einen Wandschrank, sah Magozzi einen Moment lang an und streckte schließlich die Hand nach seinem Mantel aus. Er starrte kurz auf die Hand, überrascht von dieser unerwarteten Geste der Höflichkeit, und hatte in Rekordzeit seinen Mantel abgelegt. «Sie geben sich ja erstaunlich gastfreundlich, wenn Sie müde sind.»

Sie seufzte nur, hängte seinen Mantel ebenfalls weg und ging dann den Flur hinunter in Richtung Küche. Charlie hastete hinter ihr her, und auch Magozzi folgte, aber mit erheblich mehr würdevoller Zurückhaltung, wie er fand.

«Setzen Sie sich, wenn Sie möchten», sagte Grace.

Magozzi zog einen Stuhl am Küchentisch zu sich heran und sah dann mit größter Verblüffung zu, wie Charlie auf den Stuhl gegenüber kletterte und darauf fast wie ein Mensch Platz nahm.

Grace entschied sich, stehen zu bleiben und sich an den Frühstückstresen zu lehnen. Magozzi konstatierte, dass sie sich nur auf hoher Warte wohl fühlte, sowohl moralisch als auch sonst.

«Okay, Magozzi. Ich sehe Ihnen in die Augen. Reden Sie.»

Er holte tief Luft und atmete langsam wieder aus. Dann lehnte er sich so weit zum Fenster hinaus, wie es nur ging. «Lassen Sie mich einige Namen herunterrasseln, und Sie sagen mir, ob sie Ihnen etwas bedeuten.»

«Ach, du meine Güte! Assoziationsspielchen.»

«Sagt Ihnen der Name Calumet etwas?»

«Backpulver», sagte sie, ohne mit der Wimper zu zucken. «Hab ich bestanden?»

«Nein, durchgefallen. Wie steht es mit Kleinfeld?»

«Nichts. Was bedeutet Calumet?»

«Eine Kleinstadt in Wisconsin.»

«Wisconsin ist doch ein Bundesstaat, oder?»

Magozzi schmunzelte. «Sie können ja richtig witzig sein. Weiß das sonst noch jemand?»

«Sie ganz allein.»

«Wie steht es mit Brian Bradford?»

Sie zögerte keine Sekunde. «Nichts.»

«Sicher?»

Grace musterte ihn einen Moment. «Jetzt kommen wir der Sache näher, stimmt's?»

Magozzi nickte.

«Ich habe noch nie einen Brian Bradford gekannt. Ja, überhaupt noch keinen Bradford.»

«Keine Chance, dass einer Ihrer Freunde damals in Atlanta diesen Namen getragen hat?»

Sie zog einen Stuhl hervor, setzte sich und sah ihm direkt in die Augen. «Keine. Absolut keine. Und das müssen Sie mir schon glauben, Magozzi. Ich gebe Ihnen mein Wort darauf.»

Magozzi atmete voller Enttäuschung aus. Ihm war gar nicht klar gewesen, wie viel Hoffnung er darauf gesetzt hatte, dass MacBride den Namen kannte. Das merkte er erst jetzt, als diese Hoffnung plötzlich zerrann.

«Dieser Brian Bradford – ist er der Mörder?», fragte Grace leise.

«Wir vermuten es. Er wuchs in Saint Peter's auf ...»

Grace bekam große Augen.

«... und wir denken, dass er zur selben Zeit wie Sie an der Universität in Atlanta studiert haben könnte.»

«Mein Gott.» Sie schloss die Augen. Unwillkürlich griff sie nach ihrem Halfter, ließ aber die Hand dann wieder in den Schoß sinken.

«Es ist derselbe Mörder.»

«Es sieht immer mehr danach aus. Wir arbeiten noch an einigen Punkten und versuchen, eine Bestätigung für seine Anwesenheit in Atlanta zu erhalten. In Saint Peter's bekam man von der Universität die Bitte um eine Abschrift seines Diploms. Unsere Leute sind inzwischen dort unten und prüfen die Immatrikulationslisten.»

Die Glockentöne aus einem anderen Zimmer klangen sanft und harmonisch, aber Grace schreckte auf und hielt den Atem an.

«Was ist passiert?»

«E-Mail», flüsterte sie und starrte an ihm vorbei den Flur hinunter.

«Von ihm?»

«Das weiß ich nicht.» Sie klang hilflos.

«Sehen Sie sich die Mail an, solange ich hier bin.»

Sie sah ihn an wie jemand, der gerade aufs Schafott gehen soll, und führte ihn dann den Flur entlang in ein winziges Büro, wo sie sich vor einen Computer setzte. Er sah ihr über die Schulter, als sie ihre Mailbox öffnete. Eine E-Mail war eingetroffen und zwar mit derselben Betreffzeile wie zuvor: «Vom Killer».

Sie sah ihn über die Schulter an. «Ich hasse das hier, Magozzi.»

Sie atmete tief durch und klickte auf «Öffnen». Diesmal erschienen weder rote Pixel noch eine modifizierte Oberfläche, sondern eine simple Textnachricht füllte den Bildschirm.

Ich bin enttäuscht von dir, Grace.
Du kannst nicht einmal dein eigenes Game spielen.
Und wenn man bedenkt, dass ich direkt bei
dir auf dem Hinterhof bin.

Magozzi hatte die Waffe gezogen und war zur Hintertür hinaus, bevor Grace die Nachricht ganz gelesen hatte.

Der Hinterhof war leer. Grace hatte bereits das Flutlicht eingeschaltet, bevor er die drei Stufen zum Rasen hinter sich hatte, aber er sah
nichts als einen einsamen Baum, zwei Holzsessel und einen massiven
Holzzaun, der aus Haus grenzte und so hoch war, dass man nicht
ohne weiteres hätte darüberklettern können. Er rief mit seinem
Handy die Einsatzzentrale an, wurde zu Garfield durchgestellt und
rasselte Instruktionen herunter, während er den Zaun Zentimeter für
Zentimeter nach Kratzern am Holz, Fußabdrücken und dergleichen
untersuchte.

Als er ins Haus zurückkam, saß Grace verkrampft auf einem Lehnstuhl im Wohnzimmer. Sie hatte Charlie auf dem Schoß und ihre Sig
in der rechten Hand, den Finger schussbereit am Abzug. Magozzi
fand, sie bot das traurigste Bild, das er je gesehen hatte.

«Mein Gott, Grace», sagte er, verblüfft, dass ihm ihr Vorname her-
ausgerutscht war. Wenn es sie gehört hatte, ließ sie sich dennoch
nichts anmerken, aber vielleicht war es ihr ja auch egal.

«Nichts, stimmt's?», fragte sie gefasst.

«Die Leute von St. Paul kämmen das Viertel durch, mit Streifenwagen und zu Fuß, aber sollte er heute Abend hier gewesen sein, ist
er wahrscheinlich schon längst wieder weg. Ich geh erst mal durchs
ganze Haus.»

«Hab ich schon gemacht.»

«Herrgott nochmal!»

«Es ist mein Haus, Magozzi.»

«Ich werd trotzdem mal nachsehen.»

Sie zuckte apathisch mit den Achseln.

Als er zurückkam, hatte sie sich immer noch nicht vom Fleck
gerührt.

«Wollen Sie die ganze Nacht mit der Waffe in der Hand dort sitzen?»

«Es wäre nicht das erste Mal.»

Magozzi fuhr sich mit den Fingern durchs Haar, sah sich im Zimmer um und setzte sich dann in eine Couchecke.

Grace warf ihm einen neugierigen Blick zu. «Was machen Sie da?»

Er sah sie nicht einmal an. «Ich bleibe hier.»

«Das ist nicht nötig.»

«Trotzdem bleibe ich hier.»

Kapitel 38

Es war noch dunkel, als Halloran und Bonar das steile Stück Autobahn bei Hudson hinunterfuhren und über die Brücke, die den St. Croix River überquerte, Minnesota erreichten. Inzwischen fuhr Halloran, und in Anbetracht dessen, dass er nur ungefähr eine Stunde hatte schlafen können, fühlte er sich ziemlich gut und aufgekratzt, als würden sich sämtliche Probleme schon bald in Wohlgefallen auflösen.

Auf dem Beifahrersitz schlief Bonar wie ein Baby, und Halloran musste unwillkürlich daran denken, wie sie beide das letzte Mal quer durch den Bundesstaat in die Twin Cities gefahren waren, zwei Kisten Bier im Kofferraum und zwei Karten für das Springsteen-Konzert im Handschuhfach. Damals waren sie junge Burschen gewesen, Bonar hatte gut fünfzig Kilo weniger gewogen, und die Welt hatten sie noch durch die rosarote Brille gesehen.

Dann überfiel ihn der Gedanke, was Danny Peltier damals wohl gemacht haben mochte – sich wahrscheinlich beim Skaten die Knie aufgeschürft –, und danach brauchte er mindestens zehn Minuten, bis er das Bild des toten Danny aus dem Kopf bekommen hatte.

Minneapolis trug entscheidend dazu bei, als er über die Innenstadtausfahrt die 94 verließ. «He, Bonar.» Er knuffte eine massige Schulter, und Bonar schlug sofort die Augen auf. Er blickte klar und konzentriert, keine Spur von jenem schlaftrunkenen Übergangsstadium, in dem der Intelligenzquotient eines jeden Erwachsenen vor der ersten Tasse Kaffee irgendwo zwischen null und fünfzig zu taumeln scheint. Bonar brauchte nie länger als einen einzigen Herzschlag, um aus dem Tiefschlaf heraus hellwach zu sein, munter und zu allem bereit.

«Was sagst du dazu?» Er grinste, als er sich vorbeugte und zur Windschutzscheibe hinausschaute. «Die haben extra für uns das Licht angelassen.»

Die Stadtsilhouette hatte sich sehr verändert, seit sie das letzte Mal hier gewesen waren. Ein Dutzend neue Gebäude ragten steil aus dem Herzen der Innenstadt auf, Säulen aus weißem und goldenem Licht, die mit dem alten IDS-Turm um die größtmögliche Himmelsnähe wetteiferten.

Halloran hatte Minneapolis stets als junge Großstadt gesehen, eine weibliche Stadt, hübsch und schicklich und korrekt, sehr darum bemüht, nicht aufdringlich zu sein. Jetzt sah es so aus, als sei sie erwachsen geworden, und er fragte sich, ob sein Gefühl wohl noch zutreffen möchte.

«Ist sehr viel größer geworden seit damals.»

Bonar griff nach der Thermosflasche, die zwischen seinen Füßen auf dem Boden stand. «Du sagst es. Krebsgeschwüre der Landschaft, das sind diese Großstädte, und in der Natur dieser Krankheit liegt, dass sie sich immer weiter ausbreitet. Möchtest du Kaffee?»

«Ach, komm, sieh nur all die Lichter. Sieht doch hübsch aus. Und ja, ich möchte Kaffee.»

Bonar griff nach dem Conoco-Plastikbecher im Halter und sah angestrengt hinein. «Hast du da 'ne Kippe reingeworfen?»

«Nein, ganz bestimmt nicht.»

«Da ist aber was drin.» Er öffnete das Fenster und kippte die Kaffeereste aus. «Möchte nicht wissen, was das war.»

Sie kamen an einem Bankgebäude mit einem Thermometer vorbei, das minus sechs Grad anzeigte, aber an der kalten Luft gemessen, die ins Auto blies, hielt Halloran das für reichlich optimistisch. Er hatte mal gehört, dass sämtliche Thermometer in Minnesota um fünf Grad zu hoch geeicht waren, damit die Bevölkerung nicht geschlossen auswanderte. «Machst du bitte das Fenster wieder zu? Man erfriert ja.»

Wie ein Hund streckte Bonar seine Nase zum Fenster hinaus und
atmete tief ein, bevor er es wieder schloss. «Gibt heute noch Schnee.
Kann man riechen.» Er reichte Halloran den gefüllten Kaffeebecher
und schenkte sich auch etwas ein. Nicht dass er das Koffein brauchte.
Er trank das Zeug eigentlich nur des Geschmacks wegen, doch das
war in diesem Fall ein grober Fehler. Nach dem ersten kleinen
Schluck musste er sich schon schütteln. «Mein Gott, schmeckt der
schauderhaft.»

«Was erwartest du? Er ist von der Tankstelle, nicht von Starbucks.»

«Ich hätte eigentlich gedacht, dass ein Mann mit Knarre besseren
Kaffee besorgen könnte, sogar an einer Tankstelle. Wo sind wir
eigentlich? In welcher Straße?»

«Hennepin.»

«Weißt du eigentlich, wohin du willst?»

«Klar. City Hall.»

«Und da findest du auch hin?»

«Ich hab mir gedacht, ich fahr einfach so lange rum, bis ich hin-
gefunden hab.»

Bonar kramte in seiner Hemdtasche, zog ein zigmal gefaltetes
Stück Papier hervor und strich es auf seinen breiten Oberschenkeln
glatt.

«Was ist das denn?»

«Plan vom Zentrum mit Wegweiser zur City Hall. An der nächsten
Ampel fährst du rechts.»

«Wo hast du den her?»

«Aus Marjories Computer.»

Halloran schaltete die kleine Speziallampe zum Kartenlesen ein
und warf einen Blick auf das Stück Papier. Es sah wie eine richtige
Karte aus. «Ist ja irre.»

«Ja, irre. Du gibst einfach ein, wo du bist und wohin du willst.
Und, Bingo, er druckt dir eine Karte und den kürzesten Weg aus.
Echt cool, oder?»

«Ich weiß nicht so recht. Verdirbt einem doch irgendwie den ganzen Spaß.»

Sie parkten am Ende einer Reihe von Streifenwagen auf der mittleren Spur einer Seitenstraße, die breiter war als die breiteste Straße

in Calumet. Dann gingen sie um das Backsteingebäude herum, das einen ganzen Straßenblock einnahm, und betraten es durch die Vordertür. Ein Uniformierter mit müden Augen zeigte ihnen, welchen Korridor sie zum Morddezernat entlanggehen mussten.

Für diese frühe Stunde waren schon reichlich viele Leute unterwegs, wie Halloran fand, und sie sahen samt und sonders müde aus. Alle, denen sie begegneten, nickten höflich, beäugten aber ganz kurz auch ihre braunen Uniformen mit jenem argwöhnischen Polizisten-blick, der besonders ihren Waffen galt.

Als sie den Bereich des Morddezernats betraten, beugte sich Bonar zu Halloran und flüsterte: «Niemand hat uns angehalten. Wenn du dich als Cop verkleidest, kannst du hier reinmarschieren und den ganzen Laden übernehmen.»

«Und was willst du damit?», fragte Halloran und sah sich in dem winzigen, nichts sagenden Empfangsraum um. In einer Wand befand sich ein Fenster mit einer verschiebbaren Glasscheibe. Durch das Glas konnte er einen Blick auf den größeren Raum dahinter werfen, auf die grauen Metallschreibtische, die unschönen Wände und die abgeteilten Nischen eines Großraumbüros, das ausschließlich der anstehenden Arbeit diente.

Eine überaus stämmige schwarze Frau, die sich gerade von einem schweren Wintermantel befreite, erschien auf der anderen Seite der Verglasung und betrachtete sie kurz von oben bis unten, bevor sie die Scheibe zur Seite schob. «Halloran, richtig?», sagte sie, und der erkannte ihre Stimme vom Telefon.

«Sheriff Mike Halloran und Deputy Bonar Carlson, Kingsford County, Wisconsin.» Sie legten beide ihre Dienstausweise auf die Ablage und öffneten sie, damit man die Fotos sehen konnte. «Und Sie müssen Gloria sein. Sie und ich haben gestern ziemlich häufig miteinander gesprochen, wenn ich mich nicht irre.» Er lächelte sie an.

«Mm-hm. Bin nicht mehr so oft von ein und demselben Mann angerufen worden, seit Terrance Beluda fürchtete, er hätte mich angebufft. Bonar. Was soll denn das für 'n Name sein?»

«Ein norwegischer», sagte Bonar, noch immer ziemlich entgeistert wegen ihrer Bemerkung über eine unfreiwillige Schwanger-schaft.

«Ha! Ich dachte, ich hätte sie schon alle gehört. Und ihr findet,
Schwarze haben komische Namen. Kommt rein, Jungs. Setzt euch
irgendwo hin, und ich sag Leo Bescheid.»

Sie ließ sie durch die innere Tür herein, die sich auf Knopfdruck
öffnete, und griff zum Telefon. Ein Dutzend Augenpaare hob sich
von der Arbeit und musterte die beiden Cops aus der Provinz ab-
schätzig. Halloran kam sich vor wie ein Grundschüler, der die Schule
hatte wechseln müssen und jetzt vor seinen neuen Klassenkameraden
stand. «Morgen.» Er nickte demjenigen zu, der dicht vor ihnen saß,
einem ziemlich fertig aussehenden Mann mit ausgeprägtem Adamsapfel, schmuddeligem Bart und einer schwarzen Wollmütze, die auf
der Stirnseite von Motten angefressen war.

«Und wieso reden Sie mit Abschaum wie dem da?», fragte Gloria
tadelnd, als sie zu ihnen trat.

«Abschaum? Ich dachte, er wär ein verdeckter Ermittler.» Halloran drehte sich um und lächelte ihr verlegen zu. Dann konnte er gerade noch den Impuls unterdrücken, nach seiner Sonnenbrille zu
greifen. Ihr Kleid war karminrot mit kürbisförmigen Applikationen
in grellem Orange. Ein Wunder, stellte er fest, denn irgendwie trug
sie es so, dass es ihr stand.

«Meine Güte, ihr Jungs seid wirklich vom Lande, was? Sieht ganz
so aus, als müsste die gute alte Gloria euch unter die Fittiche nehmen.»

Bonar schaukelte auf den Absätzen nach hinten, lächelte und
sagte: «Gepriesen sei der Herr.»

Braune Augen funkelten ihn an, blickten dann aber sofort wieder
milder drein. Halloran bemerkte das und schüttelte den Kopf. Was
auch immer Bonar zu einer Frau sagte, und nur selten ließ er dabei
ein Fettnäpfchen aus, in seinem Gesicht lag etwas – Sanftheit, Unschuld oder was immer –, was die Frauen veranlasste, ihm so gut wie
alles zu verzeihen.

«Leo ist auf dem Weg. Sie haben die Kugel doch hoffentlich dabei,
oder?»

Halloran tätschelte seine Brusttasche und musste im selben Moment daran denken, wie Sharons Hand dasselbe getan hatte.

«Also, ich könnte Sie beide sofort von jemandem ins Labor brin-

gen lassen, aber wenn Sie wollen, können Sie auch hier auf glühen-
den Kohlen sitzen, bis er kommt.»

«Wie wär's, wenn Sie uns, solange wir auf Detective Magozzi
warten, auf den neuesten Stand brächten, was den Fall betrifft?»

Sie zog eine sorgfältig gezupfte Braue in die Höhe. «Sie sprechen
mit einer Sekretärin, nicht mit einem Cop.»

Bonar grinste sie an, und Halloran gab ihr zehn Sekunden, bis sie
loslegen würde.

«Nun ...»

Irrtum. Fünf Sekunden.

«Möchten Sie wissen, was ich darf oder was ich wirklich
weiß?»

Bonars Grinsen wurde breiter. «Was Sie wirklich wissen. Aber am
liebsten möchte ich erfahren, wie Sie ihr Haar zu diesen vielen kleinen Zöpfen flechten.»

Gloria wandte sich Halloran zu und verdrehte die Augen. «Hat
dieser Mann in seinem Leben schon jemals eine schwarze Frau gesehen?»

«Glaub ich nicht.»

Kapitel 39

Nach Magozzis Meinung war es egal, ob man arm war oder ein Mil-
lionär. Es gab einige wenige grundlegende Freuden, die dem Menschen von der Kindheit bis ins Alter zuteil werden konnten, und eine
davon war, gleich beim Aufwachen guten Kaffee zu riechen, den jemand gemacht hatte.

Er öffnete die Augen und sah an die Decke von Grace MacBrides
Wohnzimmer. Die Lamellen einer der Jalousien waren nicht ganz ge-
schlossen, und daher zierte ein Muster aus Lichtstreifen die Decke.
Aus irgendeinem Grund erfüllte ihn das mit Optimismus.

Eine andere Decke wärmte ihn, eine mit Daunen gefüllte Stepp-
decke, die er nicht bemerkt hatte, als er gestern Nacht eingeschlafen
war. Er hob eine Ecke an und hielt Ausschau nach der marineblauen
Wolle, an die er sich erinnerte. Dann setzte er sich auf und blickte

durch den gewölbten Türrahmen in die leere Küche. Sie hatte ihn
zugedeckt, als er schlief. Sie war vor ihm aufgestanden und hatte
Kaffee gekocht. Irgendwann hatte sie auch noch eine zweite Decke
über ihn gelegt, damit ihm nicht kalt wurde. Diese Gewissheit versetzte seinem Herzen einen Stich.

Er fand sie auf dem hinteren Grundstück. Charlie saß auf einem
der beiden Holzsessel, Grace auf dem anderen. Sie hatte sich fest in
einen weißen Frotteemantel eingehüllt, ihr dunkles Haar war noch
nass und kringelte sich über den Kragen, Dampf stieg von ihrem Kaffeebecher auf, den sie in der linken Hand hielt. Die rechte steckte tief
in der Bademanteltasche, und sogar aus der Entfernung konnte er die
Umrisse ihrer Waffe unter dem Stoff erahnen. Ein Schlauch schlängelte sich zum Stamm des Magnolienbaumes, und das Plätschern des
Wassers klang in der Stille des Morgens wie Musik. Aber verdammt
kalt war es.

«Hier draußen erfriert man ja», sagte er, als er vorsichtig die Hin-
tertreppe hinunterging, um den frischen Kaffee in seinem Becher
nicht zu verschütten. Er konnte seinen Atem in der kalten Luft sehen,
und das gefrorene Gras knisterte unter seinen Schuhsohlen.

Charlie verdrehte den Kopf und grinste ihn an. Auch seinen Atem
konnte man sehen.

«Ziehen Sie lieber Ihr Jackett an», ermahnte ihn Grace, ohne sich
umzusehen.

«Hab ich bereits getan.» Magozzi hockte sich neben Charlies Stuhl
und kraulte das drahtige Fell hinter den Hundeohren. Charlie seufzte
und schmiegte den Kopf in Magozzis Hand. «Der Kaffee ist phantas-
tisch.» Er sah zu Grace hinüber und stellte fest, dass sie ihn anlächelte. Dieses Lächeln hatte er bislang bei ihr noch nicht gesehen,
und es vermittelte ihm das Gefühl, etwas richtig gemacht zu haben.

«Was ist?»

«Sie haben Charlie nicht von seinem Stuhl vertrieben.»

«Wieso auch? Es ist doch sein Stuhl.»

Wieder lächelte Grace.

«Und ich hätte ihn ja vertrieben, aber ich fürchtete, er würde mir
den Arm abbeißen.» Er blickte hinunter auf die wilde Bestie, die ihm
inbrünstig die Hand leckte, und für eine Sekunde sah er das urame-

rikanische Genrebild von Mann, Frau, Haus und Hund vor sich, als
sei es Realität und als passe er in dieses Bild. «Sie sollten sich nicht
allein hier draußen aufhalten», sagte er unvermittelt, und schon war
Graces Lächeln verschwunden.

«Das hier ist mein Hinterhof, mein Garten. Mein Haus.» Sie sah
ihn einen Moment fast böse an und löschte damit aus, dass er gerade
noch eine Kleinigkeit richtig gemacht hatte. Er hätte ebenso gut den
Hund mit einem Fußtritt vom Stuhl vertreiben können. Nur dass er
den Hund wirklich gern hatte. Schließlich seufzte sie und sah wieder
hinüber auf die Magnolie. «Außerdem musste ich meinem Baum
Wasser geben.»

Magozzi schlürfte seinen Kaffee und bemühte sich, die Lektion zu
verarbeiten und ein Fazit daraus zu ziehen: Lege Grace MacBride niemals nahe, ihre Gepflogenheiten zu ändern, damit sie nicht auf
ihrem Hinterhof niedergemetzelt wird. Er konzentrierte sich mit
aller Kraft darauf, den Beschützerinstinkt zu unterdrücken, der allen
Männern wohl schon zu Eigen gewesen war, als sie noch in Höhlen
wohnten. Ohnehin ein dämlicher Instinkt, dachte er, dem die evolu-
tionäre Modifikation entgangen war, die dann auch Frauen mit großen Handfeuerwaffen in ihren Bademanteltaschen einbezogen hätte.
Er sah hinunter auf die Pfütze, die sich um den Stamm der Magnolie
bildete, und glaubte, ein ungefährliches Gesprächsthema entdeckt
zu haben. «Ist vielleicht schon ein bisschen spät im Jahr dafür,
oder?»

Grace schüttelte den Kopf, sodass ihre dunklen, vor Kälte schon
fast starren Locken über den weißen Bademantel strichen. Mit ihrem
nassen Haar hätte sie nicht hier draußen sein sollen, aber darauf
würde Magozzi sie bestimmt nicht ansprechen. «Es ist nie zu spät,
Bäume zu wässern. Auf jeden Fall nicht, bis der Boden gefroren ist.
Wohnen Sie in einem Haus?»

«Wie ein normaler Mensch.»

«Auf mich hat er es nicht abgesehen. Noch nie.»

Guter Gott, sie wechselte das Gesprächsthema so schnell, dass
Magozzi Mühe hatte, ihr zu folgen. Offensichtlich blieb ihr das leider nicht verborgen.

«Deswegen habe ich auch keine Angst, allein hier draußen zu

sein», erläuterte sie. «Er will mich nicht umbringen. Er will nur, dass ich – aufhöre.»

«Womit?»

Sie zuckte nur mit den Achseln. «Das versuche ich schon seit Jahren herauszufinden. Der Profiler, der in Atlanta hinzugezogen wurde, meinte, die Absicht des Killers sei ‹psychologische Emaskulation›, was auch immer das heißen soll. Dass er das Gefühl habe, ich besäße eine Art von Macht über sein Leben, die er zu eliminieren versuche, und dass meine Ermordung dafür offenbar nicht ausreiche.»

«Interessant.»

«Finden Sie? Ich hab das immer für Psychologengeschwafel gehalten. Niemand besitzt noch Macht, wenn er tot ist.»

«Märtyrer haben Macht.»

«Oh.» Ihre Lippen formten bei dem Laut einen Kreis und blieben einen Augenblick so. «Das ist wahr.»

«Tote Geliebte.»

«Tote Geliebte?»

Magozzi nickte. «Ja, sicher. Nehmen Sie ein Liebespaar – jedes beliebige –, ganz am Anfang, wenn alles noch neu und aufregend ist, verstehen Sie? Und nehmen wir mal an, der Mann stirbt, bei einem Autounfall, im Krieg, wie und wo auch immer, ohne die Chance bekommen zu haben, alt zu werden oder dickbäuchig oder unaufmerksam – mit wem haben wir es dann zu tun? Mit einem toten Geliebten. Die einflussreichsten Menschen der Welt. Mit ihnen kann niemand mithalten.»

Grace wandte sich ihm zu, stirnrunzelnd, aber gleichzeitig auch lächelnd. «Persönliche Erfahrung?»

«Nein, das nicht. Was meine Ex betrifft, konnte ich mit ihren lebendigen Liebhabern nicht mithalten.»

Sie streckte die Hand nach Charlie aus und streichelte dessen Hals.

«Ich hab heute Morgen schon mit den anderen gesprochen und erzählt, was gestern Abend geschehen ist.»

Dass Magozzi zusammenzuckte, entging ihr nicht.

«Ganz ruhig, Magozzi. Ich hab die anderen nicht nach Brian Bradford gefragt, denn wenn ich ihn nicht kenne, dann werden sie ihn auch nicht kennen. Jedenfalls haben sie Angst um mich und wollen, dass wir wieder verschwinden.»

«Wollen Sie das auch?»

Sie überlegte eine Weile und machte dann eine ausholende Handbewegung, die den Zaun einschloss, die extremen Sicherheitsmaßnahmen, zehn Jahre angstvoller Wachsamkeit, die Magozzi nicht nachvollziehen konnte. «Ich will, dass es vorbei ist. Ich will, dass es endlich aufhört.»

Sie schreckten beide auf, als das Handy in seiner Tasche quäkte.

Er stand auf, zog es aus der Tasche und öffnete es. «Magozzi.»

«Guten Morgen, Detective.»

Magozzi war verwirrt. Nur Cops riefen ihn auf seinem Handy an, und er konnte sich nicht erinnern, dass ihm je einer einen ‹guten Morgen› gewünscht hätte.

«Hier ist Lieutenant Parker, Atlanta Police Department.» Schon die gedehnte Aussprache von ‹Lieutenant› hatte verraten, woher er kam.

«Ja, Lieutenant. Haben Sie etwas für uns herausbekommen?»

«Nichts, was für einen Freudentanz reichen würde, fürchte ich. Laut Mrs. Francher – sie ist für die Zulassungen verantwortlich, und sie hat den ganzen Abend mit mir an dieser Sache gearbeitet – wurde ein Brian Bradford zwar an der Universität zugelassen, aber sie kann keine Unterlagen darüber finden, dass er sich auch tatsächlich eingeschrieben hat.»

«Oh.» Magozzi legte seine ganze Enttäuschung in diese eine Silbe. «Na ja, jedenfalls vielen Dank für —»

«Halt! Nun mal langsam, Detective. Da ist nämlich noch etwas Merkwürdiges. Also, wenn ein zugelassener Student sich nicht immatrikuliert, dann hat die Uni einen Platz frei, den sie mit einem anderen Studenten besetzt. Sonst wäre ja im Wohnheim ein nicht genutztes Bett frei, und man hätte in den Seminarräumen einen leeren Stuhl ...»

«Okay. Richtig.»

«Doch das war in diesem Fall nicht so.»

Magozzi runzelte die Stirn. «Kapier ich nicht.»

«Mrs. Francher ging es ebenso. Also hat sie die Zahlen verglichen – Zulassungen und Anmeldungen der Studienanfänger. Die stimmten überein. Absolut.»

Magozzi schloss die Augen und versuchte sich zu konzentrieren. Er wartete, dass sein Gehirn ansprang. Weg mit der Frau, dem Hund, dem Morgenkaffee, der flüchtigen Illusion von Normalität. Zurück zur Denkweise eines Cops. «Also war er dort. Nur nicht als Brian Bradford.»

Lieutenant Parker sagte: «So haben wir uns das auch gedacht. Wenn er nämlich seinen Namen zwischen Zulassung und Anmeldung ganz legal änderte, würde der Name Brian Bradford in den Unterlagen der Uni nicht erscheinen, aber die Anzahl der Studenten würde dennoch stimmen.»

«Er müsste seine Zulassung aber doch nachweisen, oder? Die Dokumente vorweisen, bevor er sich immatrikulieren dürfte? Sonst konnte ja jeder hergelaufene Joe oder Pete von der Straße kommen, Brian Bradfords Diplomabschrift und das Ergebnis seines Reifetests vorlegen, um . . . »

«Sehr richtig. Aber das bedeutet nicht, dass die Dokumente gültig waren, und Mrs. Francher ist sich nicht hundertprozentig sicher, ob die Universität solche Sachen damals schon intensiv geprüft hat. Für Sie habe ich die bundesstaatlichen Unterlagen eingesehen, für alle Fälle. Kein Brian Bradford hat in Georgia je einen Namensänderung beantragt.»

«Okay, okay, einen Moment . . . » Magozzis Stirn bekam Falten, so angestrengt dachte er nach. Aber kurz darauf glättete sie sich wieder. «Also bliebe uns ein Name auf der Immatrikulationsliste, der dort nicht hingehört. Ein Name, der sich nicht auf der Zulassungsliste wiederfindet. Und das wäre unser Mann.»

Lieutenant Parker seufzte am anderen Ende der Leitung. «Aber genau das ist auch unser Problem. Die Anzahl der Studienanfänger betrug in jenem Jahr über fünftausend, und es würde noch nicht mit Computern gearbeitet. Wir reden also von dicken Papierstapeln, von zwei Listen mit jeweils über fünftausend Namen, und die sind noch nicht mal alphabetisch geordnet. Die Namen wurden in die Listen eingetragen, wenn die Sachbearbeiter Zeit dazu hatten. Die Listen müssen jetzt von Hand miteinander verglichen werden, Name für Name.»

Auch wenn man alle die Namen weglässt, die unzweifelhaft weiblich
sind ...»

«Geht nicht. Könnte nämlich beides sein.»

Kurzes Schweigen. «Wissen Sie was, Detective? Manchmal kann
ich absolut nicht verstehen, warum die Leute meinen, Südstaatler
seien exzentrisch. Teufel auch, wir sind hier unten damit beschäftigt,
Alligatoren von Golfplätzen zu vertreiben, während ihr Jungs da
oben all die wirklich interessanten Fälle kriegt.»

Magozzi schmunzelte. «Die Person wurde aber in Atlanta geboren ... Geht es Ihnen jetzt besser?»

«Und ob. Der Ruf des Südens ist wieder hergestellt. Werden Sie
mich anrufen, wenn alles vorbei ist, Detective, und mir die ganze
Geschichte erzählen, damit ich am achtzehnten Loch Gesprächsstoff
habe?»

«Darauf gebe ich Ihnen mein Wort, wenn Sie mir diese Listen
noch heute Morgen faxen.»

«Es könnte da ein paar Datenschutzprobleme geben. Deswegen
muss ich erst mal rückfragen.»

Magozzi holte tief Luft und gab sich alle Mühe, mit fester Stimme
zu sprechen. «Er hat in weniger als einer Woche sechs Menschen
ermordet, Lieutenant.»

Ein leiser Pfiff war zu hören. «Ich werde hier Dampf machen,
Detective. Geben Sie mir Ihre Faxnummer.»

Magozzi gab ihm die Nummer, klappte das Handy zu und blickte
zu Grace hinüber. Sie saß schweigend da und beobachtete ihn.

«Deswegen fiel mir zu dem Namen nichts ein», sagte sie leise. «Es
hätte irgendwer sein können.»

Magozzi sah traurig in seinen leeren Kaffeebecher.

«Diese Listen von der Universität – bei denen könnten wir Ihnen
vielleicht helfen. Wir haben da Analyse-Software, mit der man leichter abgleichen kann ...»

Er schüttelte den Kopf. «Ich muss jetzt fahren. Ich möchte aber
nicht, dass Sie heute allein bleiben.»

«Wir sind im Loft. Wir alle.»

«Okay.» Er wandte sich ab, um zu gehen, drehte sich jedoch noch
einmal um und blickte zurück. «Danke für die Extradecke.»

Fast hätte sie gelächelt, doch dann neigte sie den Kopf wie ein Kind, das einen Erwachsenen einzuschätzen versucht, und er hätte im Leben nicht lesen können, was in ihren Augen stand. «Haben Sie je gedacht, dass ich es sei, Magozzi?»

«Nicht eine Sekunde lang.»

Kapitel 40

Gloria musterte Magozzi von oben bis unten, als er ins Büro kam. Er rieb sich das Kinn und spürte die Bartstoppeln, die inzwischen vierundzwanzig Stunden alt waren.

«Das ist mein Macho-Look.»

«Hmm. Hast du wohl in deinen Klamotten geschlafen, Leo?»

«Da hast du tatsächlich Recht.»

«Das nenn ich einen Macho. Übernachtet das erste Mal bei einer Frau seit seiner Scheidung und zieht sich lieber gar nicht aus.»

Magozzi sah sie gespielt aufgebracht an. «Gibt es noch irgendwas in meinem Leben, von dem du nichts weißt?»

«Gibt es. Ich weiß nicht, warum du bei der ersten Übernachtung bei einer Frau seit deiner Scheidung deine Sachen nicht ausgezogen hast.»

«Es war keine Übernachtung. Es war Beschattung, Schutz, Befragung ... ach, zum Teufel. Wo hast du Kingsford County hingeschickt?»

«Die sind im Raum der Spezialeinheit mit Gino, der es — wenn ich das anmerken darf — geschafft hat, zu duschen, sich zu rasieren, sich umzuziehen und trotzdem noch vor dir hier zu sein. Du hast da so komische krause Haare auf deinem Jackett.»

Magozzi sah an sich hinunter und wischte über das Revers. «Sie hat einen Hund.»

«Sieht so aus, als hättest du mehr Glück beim Hund gehabt als bei der Frau.»

«Sehr witzig. Hör mal, niemand benutzt heute das Faxgerät, okay? Und wenn ich niemand sage, dann meine ich: absolut keiner. Ich erwarte ein langes Fax aus Atlanta, und ich möchte nicht, dass die ein

Besetzzeichen hören, wenn sie gerade versuchen, uns etwas zu schi-cken.»

«Wie lang?»

«Ich weiß nicht, Lang. Hol mich, sobald es durchkommt.» Ma-gozzi verließ das Morddezernat und ging die Treppe hinauf zum Sit-zungsraum der Spezialeinheit.

Ganz kurz sah er sein Spiegelbild in der verglasten oberen Hälfte der Tür, fand, dass er aussah wie ein Mafiagangster, und wandte dann seine Aufmerksamkeit den anwesenden Polizisten zu. Gino, Sheriff Halloran und sein Deputy standen vor der großen Tafel mit den Fotos der Opfer und der Tatorte. Die Männer hatten die Hände in den Taschen und sahen recht betreten aus.

Der Sheriff war eine Überraschung: hoch gewachsen, dunkelhaa-rig, mit scharfsinnigem Blick und ganz und gar nicht der blonde, gutmütige Typ vom Lande mit Schmerbauch, den Magozzi sich vor-gestellt hatte. Nach seiner Schulterbreite zu urteilen, beschäftigte er sich aber damit, in seiner Freizeit 50-Kilo-Heuballen durch die Gegend zu werfen. Der Deputy war kleiner und entsprach eher dem Klischee. Angesichts dessen Weihnachtsmannwampe musste sich Gino ja beinahe grazil vorkommen.

Als Magozzi die Tür öffnete, blickte Gino in dessen Richtung und sagte: «Da kommt er ja. Und was hab ich gesagt? Groß, dunkel, ein so richtig fies aussehender Typ.» Dabei deutete er auf Magozzi.

«Klein, blond, reizender Bursche.» Er presste den Daumen auf die eigene Brust. «Genau wie Sie beide. Ich sag's Ihnen, es ist, als wären wir zwei Zwillingspaare, die man durcheinander gemischt hat. Wie in dem Film mit Lily Tomlin und – wer war das denn noch?» Er kratzte sich am Kopf.

«Bette Midler», bot der Deputy an.

«Ja, genau die, Magozzi, darf ich dir Mike Halloran und Bonar Carlson vorstellen. Normalerweise sieht mein Partner ein bisschen besser aus.»

Bonar Carlson ergriff Magozzis Hand. «Ich finde, Sie sehen sehr nett aus.»

«Danke.»

Sheriff Halloran deutete mit einer ruckartigen Kopfbewegung auf

seinen Deputy. «Ich wollte ihn gar nicht mitbringen, aber ich musste mich zwischen ihm und einer schönen Frau entscheiden.»

«Dann blieb ja keine andere Wahl.» Magozzi schüttelte ihm die
Hand.

«Ganz und gar nicht. Wie ich höre, haben Sie die Nacht mit einer
ihrer Verdächtigen verbracht.»

«Schätze, es gibt nur in der Äußeren Mongolei zwei oder drei
Leute, die bis jetzt noch nicht davon gehört haben.»

Gino sagte: «Nichts ist unmöglich. Sie hat wieder eine E-Mail gekriegt, hm?»

«Yeah. Tommy ist dran oder war es zumindest letzte Nacht.»

«Er ist noch immer dabei und hockt über seinen Maschinen wie
ein irrer Gnom. Ich glaube, er war nicht mehr zu Hause, seit diese
Sache angefangen hat. Seine Augen gehen inzwischen getrennte
Wege.»

«Und, Sheriff, hat Gino Sie auf den letzten Stand gebracht?»

«Im Grunde ...»

«... brauchte ich das gar nicht», mischte sich Gino ein. «Gloria
hatte ihnen schon alles erzählt, bevor ich hier ankam, einschließlich
deiner Unterhosengröße. Die Kugel haben wir rüber ins Labor geschickt. David ist auf dem Weg hierher. Er kümmert sich dann sofort
darum.» Er sah stirnrunzelnd auf die Tafel, an der man Leichenhal-
len- und Tatortfotos des Opfers aus der Mall angebracht hatte. «Das
ist unser Mädel von gestern. Marian Siskel, zweiundvierzig Jahre alt,
und sie war – du wirst es nicht glauben – beim Sicherheitsdienst der
Mall und saß vor den Monitoren der hauseigenen Überwachungs-
anlage. Sie hatte gerade ihre Schicht beendet und anscheinend beschlossen, beim Schlussverkauf von Nordstrom's noch ein paar Sachen anzuprobieren, bevor sie sich auf den Heimweg machte. Die
Kriminaltechniker haben tonnenweise Spuren aus dem Umkleideraum, in dem es sie erwischt hat. Haben gesagt, sie brauchen zehn
Jahre, bis sie sich da durchgearbeitet haben.»

Magozzi betrachtete die neuen Fotos und verglich die Aufnahme
der toten Frau am Tatort mit dem gestellten Bild aus dem Computerspiel. Die Ähnlichkeiten waren unheimlich. Sein Blick wanderte zum
nächsten Foto aus dem Game – eine Frau in einem Malerkittel, die

zusammengesunken unter der Wandtafel in einem Klassenzimmer lag. Halloran folgte seinem Blick.

«Ist das die Nächste?», fragte er.

Magozzi nickte. «Nur wird es nicht so weit kommen. Zumindest nicht heute. Der Gouverneur hat alle Schulen schließen lassen.»

«Und die Tatorte verraten Ihnen gar nichts?»

«Nichts Brauchbares. Auf die Weise kriegen wir ihn nie.»

Der Sheriff bewegte die breiten Schultern unter seiner Jacke, als wolle er eine Last abschütteln. «Montag beerdigen wir unseren Deputy», sagte er ernst, und Magozzi erkannte im selben Moment, dass es der Tod des Deputys war, der auf ihm lastete, und dass diese Last wahrscheinlich viel zu schwer war. «Ich würde Dannys Eltern wirklich gern sagen können, dass diese Sache erledigt ist.»

«Wir werden uns größte Mühe geben», sagte Magozzi.

Deputy Bonar Carlson betrachtete die rechte Seite der Tafel mit den zukünftigen Tatorten. «Das ist ja richtig übel.»

«Es sieht aber viel besser aus, als es war, bevor Sie angerufen haben», sagte Magozzi. «Wenn die Kugel, die Sie aus der Kleinfeldt-Frau rausgeholt haben, zu der passt, die wir bei dem gestrigen Opfer gefunden haben, stehen die Chancen ziemlich gut, dass Brian Bradford unser Mann – oder unsere Frau – ist, und ich denke, dann könnte sich alles andere recht schnell zusammenfügen.» Er berichtete ihnen von dem Anruf aus Atlanta.

«Fünftausend Namen?» Gino sah ihn ungläubig an.

«Mehr», korrigierte Magozzi.

«Toll», sagte Gino genervt. «Noch mehr Listen. Da wird die Truppe begeistert sein.»

«Die Registrierungsliste war immer nur eine ziemlich weit hergeholte Möglichkeit. Aber bei diesen ist es anders. Hier ist er drauf», sagte Magozzi. «Da muss er drauf sein.»

«Sehr viel hängt ja wohl davon ab, ob die Züge auf den Kugeln übereinstimmen», sagte Halloran.

«So gut wie alles hängt davon ab», stimmte Magozzi zu.

«Fast hätte ich's vergessen.» Gino hob zwei schwere Kartons mit Ausdrucken vom Schreibtisch. «Tommy hat sich schließlich doch noch in die FBI-Akte gehackt. Siebenhundert Seiten insgesamt.»

«Meine Güte», sagte Magozzi. «Gibt es Kurzfassungen?»

«So richtig nicht. Aber ich hab mal reingeschaut. Es gibt da einen zehnseitigen Index der Zeugen, die sie verhört haben. Sieht aus, als wär's halb Atlanta, aber zumindest in alphabetischer Reihenfolge.»

«Gelobt sei das in der analen Phase stecken gebliebene FBI», kommentierte Magozzi. «Ich nehme an, ein Brian Bradford befand sich nicht auf der Liste.»

«Natürlich nicht.»

Als sie das Gebäude verlassen wollten, sah Magozzi eine weitere Person in braunem Hemd, die den Flur entlangging. Er nahm an, es sei einer der neuen Deputies von Hennepin County, der ihm bisher noch nicht begegnet war. Sicher war er jedenfalls, dass er niemals einen Officer vergessen hätte, der seine Uniform auf diese Weise ausfüllte.

«Ach, du liebe Zeit», sagte Deputy Carlson, als er und Sheriff Halloran abrupt stehen blieben und entgeistert die Frau anstarrten, die auf sie zukam. Sie hatte kurzes dunkles Haar und kluge braune Augen, die eigentlich nur auf den Sheriff blickten.

«Morgen, Sheriff, Bonar», sagte sie, als sie so dicht herangekommen war, dass Magozzi das Abzeichen von Kingsford County auf ihrer schweren Jacke erkennen konnte. «Stimmen die Kugeln überein?»

Halloran blinzelte, als sei sie eine Fata Morgana, öffnete den Mund, um etwas zu sagen, was wahrscheinlich unprofessionell gewesen wäre, aber entschied sich dagegen. «Detective Magozzi, Detective Rolseth, darf ich Ihnen Deputy Sharon Mueller vorstellen? Sie hat die Verbindung zu Saint Peter's aufgedeckt.»

Sie nickte ihnen kurz zu. «Und was ist jetzt mit den Kugeln?»

Deputy Carlson stöhnte. «Mein Gott, Sharon, sind Sie unter Wölfen groß geworden? Begrüßen Sie die netten Detectives. Schütteln Sie ihnen die Hand. Tun Sie wenigstens so, als seien Sie zivilisiert.»

Sie warf Bonar einen wütenden Blick zu und schüttelte dann ganz kurz Magozzis und danach auch Ginos Hand. «Okay. Und sagt mir jetzt jemand was über die Kugeln?»

«Sie sind gerade erst im Labor gelandet», erläuterte Magozzi.

«Wir werden angerufen, sobald man etwas gefunden hat. Wir wollten gerade einen Happen frühstücken.»

«Gute Idee. Ich bin am Verhungern. Was ist da in den Kartons?»

Gino verlagerte die Kartons mit den Ausdrucken auf die rechte Hüfte. «Offene FBI-Akte zu einem Fall, in den die Monkeewrench-Leute vor Jahren verwickelt waren. Leichte Frühstückslektüre.»

«Gott, wie ich es hasse, FBI-Akten zu lesen», nuschelte Sharon vor sich hin und eilte dann unvermittelt auf den Ausgang zu, im Schlepptau vier Männer, die sich sputen mussten, um ihr zu folgen.

Gino grinste, denn er ging gerne hinter einer gut aussehenden Frau her. Magozzi und Bonar folgten, und als letzter in der Reihe schüttelte Halloran den Kopf, denn er fragte sich, wann, zum Teufel, Sharon wohl schon FBI-Akten gelesen haben mochte und was, zum Teufel, sie in Minneapolis zu suchen hatte.

Sie hatte die Tür fast erreicht, als zwei Männer in Anzügen auf sie zugestürmt kamen. Der größere von beiden führte die Attacke an, und seine langen Beine schienen den Korridor gleichsam zu fressen. Hätte er einen großen runden Schild, wäre der Mann als Wikinger durchgegangen, dachte Magozzi. Dann betrachtete er den jüngeren Mann mit dem grimmigen Gesicht, der sich beeilte, nicht den Anschluss zu verlieren, andererseits aber sorgsam darauf bedacht war, ehrerbietig einen Schritt Abstand zu halten. Stumm, ein gehorsamer Kampfhund.

«Oh-oh», flüsterte Gino. «Heute haben sie aber den Oberschlips geschickt.»

«Magozzi! Roseth!»

Magozzi blieb widerstrebend stehen und wartete. In dem größeren Mann hatte er bereits zuvor Paul Shafer erkannt, den Special Agent, der das FBI-Büro in Minneapolis leitete. «He, Paul, wusste gar nicht, dass Sie tatsächlich auch mal Ihr Büro verlassen. Was gibt's?».

Shafer war zuallererst FBI, dann Norweger und schließlich Mensch. «Das hier.» Er schwenkte einen dünnen, offiziell wirkenden Schnellhefter. «Sie bekommen die Akte, wir kriegen den Namen der Person, deren Fingerabdrücke Sie überprüfen ließen.»

Magozzi erstarrte ganz kurz und zwang sich dann, die Schultern sinken zu lassen. «Ach, Scheiße.» Er blickte auf den Schnellhefter und

seufzte tief. «Verdammt auch, Paul, sind Sie wirklich sicher, dass Sie
mir die Akte nicht einfach so geben wollen, sagen wir im Geist der
kollegialen Zusammenarbeit zwischen Strafverfolgungsbehörden?»

Shafer antwortete ungerührt: «Wir bekommen den Namen, Sie
bekommen die Akte. Anders läuft es nicht.»

«Nun, da gibt es ein Problem. Wir haben nämlich eigentlich so
richtig gar keinen Namen.»

«Wie bitte?»

Magozzi tat verlegen. «Ja, ich weiß, wie es sich anhört, aber Sie
müssen auch verstehen, in jener Nacht, als der Mord auf dem Raddampfer geschah, da haben wir wie die Wahnsinnigen Fingerabdrücke genommen. Es waren Hunderte von Leuten dort, wissen Sie?
Und die uniformierten Beamten waren völlig überfordert damit, von
allen Leuten, die ja schließlich nach Hause wollen, die Abdrücke zu
bekommen, und ... Na ja, die Jungs waren gehetzt und mit den Nerven runter, und manche von ihnen waren auch noch Grünschnäbel.
Als wir uns dann schließlich nochmal alle angesehen haben, die wir
zur Überprüfung weitergeleitet haben, fanden wir ein paar Ab-
druckkarten ohne Namen. Wie zum Beispiel die, an der Sie so interessiert sind.»

«Was?»

Gino nickte missmutig. «Sie glauben, nur Sie sind sauer? Wir wissen nicht einmal, welcher Cop die Abdrücke genommen hat, und
das heißt, wir können niemanden deswegen am Arsch kriegen.
Mann, ich kann nur hoffen, dass uns da nicht einer der zehn Meist-
gesuchten durch die Lappen gegangen ist.»

Aus Shafers blauen Augen schossen Blitze. Er blickte von Magozzi
zu Gino, und man hörte förmlich das Räderwerk in seinem Hirn
mahlen, solange er noch überlegte, ob er wohl zum Narren gehalten
wurde. «Das ist doch große Scheiße, Magozzi.» Er kaufte es nicht so
ohne weiteres ab, aber Magozzi konnte sich durchaus vorstellen, dass
ihm der Gedanke, das Police Department von Minneapolis hätte derartigen Mist gebaut, so sehr gefiel, dass er es eigentlich gern geglaubt hätte.

«Ich könnte mir doch einen Namen ausdenken», bot Magozzi an.
«Würden Sie mir dann die Akte überlassen?»

Shafers Augen verengten sich argwöhnisch. «Wenn Sie nicht wissen, zu welcher Person die Abdrücke gehören, dürfte die Akte Sie nicht im geringsten interessieren.»

Magozzi nickte. «Ja. Sie haben Recht. Ich hab mich da wohl verrannt.»

Shafer sah ihn einen Moment lang finster an und richtete dann seinen Argwohn auf Halloran und dessen Leute, die daneben standen und alle das gleiche Pokergesicht machten. «Irgendwas in Wisconsin los, wovon ich wissen sollte?»

Magozzi und Gino tauschten nervöse Blicke aus. Wenn Shafer herausfand, dass sie im Monkeewrench-Fall eine Verbindung zwischen zwei Bundesstaaten untersuchten, würde das FBI im Handumdrehen übernehmen, und alles Taktieren wegen der Fingerabdrücke wäre für die Katz gewesen. Verdammt, Halloran konnte es ja nicht wissen, aber sie hätten daran denken müssen, ihn vorzuwarnen, keine Silbe darüber zu verlieren, was er hier zu tun hatte. Aber wer konnte schon mit einem solchen Hinterhalt rechnen?

Scheiße, Scheiße, Scheiße, dachte Magozzi und hielt den Atem an, gefasst darauf, dass Halloran jeden Moment loslegte und von den Kleinfeldts schwadronierte, von der Kugel im Labor, der Verbindung zur Saint Peter's School. Fast wäre er vor Schreck aus der Haut gefahren, als der Sheriff mit einem schnellen Schritt auf Shafer zuging und die Hand ausstreckte.

«Sheriff Halloran, Sir, sowie die Deputies Carlson und Mueller aus Kingsford County in Wisconsin.» Er griff nach Shafers Hand und hätte sie beinahe vom Gelenk geschüttelt. Dabei hatte er das bauernschlaueste Grinsen aufgesetzt, das Magozzi je außerhalb eines Kinos gesehen hatte. «Höchst erfreut, Sie kennen zu lernen, Sir. Viele Bundesbeamte verirren sich nicht zu uns Hinterwäldlern. Höchstens im Fernsehen. Also, das hier ist ein Fest für uns.»

«Ah ...»

«Die Detectives hier wollten uns gerade bei einem verzwickten kleinen Fall unterstützen, mit dem wir uns daheim plagen, aber ich sehe, dass wir zu keiner schlechteren Zeit kommen konnten. Bonar, Sharon, geben Sie dem Mann die Hand.»

Verdammt nochmal, dachte Magozzi, der ein Schmunzeln unter-

drücken musste. Der Kerl kriegt später einen dicken Kuss. Er sah zu
Gino hinüber, musste aber ganz schnell den Blick wieder abwenden,
bevor sie beide einen Lachanfall bekamen.

Sharon drückte Shafers Hand mit schüchtern gesenkten Augen,
und dann trat Bonar in den Ring und gab sich ehrfürchtig wie ein
Elvis-Fan in Graceland.

«Deputy Bonar Carlson, Sir. Es ist mir ein Vergnügen, Sir.»

Shafer versuchte sich an einem Lächeln, aber das Ergebnis war
eher kümmerlich. FBI-Agenten waren nicht darauf gedrillt, mit
Groupies umzugehen. «Danke schön, die Freude ist ganz meinerseits
… Moment mal.» Aufgeregt drehte er sich zu Sharon um. «Haben
Sie Sharon Mueller gesagt? Die Sharon Mueller? Die Profile des Miss-
brauchs?»

Alle stutzten zweimal und sahen Sharon an, die sich ein wenig
wand und gequält lächelte. «Das stimmt.»

«Ist ja ein Ding.» Paul Shafer strahlte sie an. «Ich muss schon
sagen, die Freude ist ganz auf meiner Seite. Man bedient sich Ihrer
Arbeit in Quantico, müssen Sie wissen. Hab selbst letzten Sommer ein
Seminar dazu besucht. Sie haben einige überkommene Vorstellungen
total auf den Kopf gestellt.»

«Ja, also …»

«Magozzi.» Shafer wandte sich ihm zu. «Lassen Sie sich einen Rat
geben. Nachdem Sie diesen Leuten die benötigte Hilfe haben zuteil
werden lassen, lassen Sie die Frau hier in die Monkeewrench-Unter-
lagen sehen, bevor sie wieder abreist. Sie ist außerhalb des FBI eine
der größten Koryphäen in der Erstellung von Täterprofilen, die wir
haben, und Sie könnten weiß Gott jede kompetente Hilfe gebrauchen, die Sie kriegen können.»

«Werde ich auf jeden Fall machen.» Magozzi lächelte verbindlich.
«Wir haben nicht die geringsten Probleme damit, unsere Erkennt-
nisse mit anderen Behörden zu teilen.»

Bei dieser Stichelei verengten sich Shafers Augen ein wenig, und
dann machten er und sein Kampfhund kehrt und verschwanden.

«Arschgeigen», knurrte Gino in dem Moment, als die Tür hinter
ihnen zuging. «Hast du diesen mickrigen Schnellhefter gesehen, den
sie uns als ihre Akte andrehen wollten?»

Magozzi sah Sharon leicht verwirrt an. «Sie sind vom FBI?»

«Nein … na ja, manchmal berate ich die Leute dort.» Ihr Blick huschte seitlich zu Halloran, der seinen Mund nicht wieder zubekam.

«Und wessen Name gehört jetzt tatsächlich zu den Fingerabdrücken, derentwegen sich die Jungs so aufregen?», fragte Bonar.

Magozzi und Gino sahen einander an. «Der Name von einem Partner bei Monkeewrench», sagte Magozzi schließlich.

Bonar neigte den Kopf, wartete kurz und sagte dann: «Okay.»

Kapitel 41

Sie saßen in einer großen runden Nische im hinteren Bereich des Diners und tranken Kaffee, während Magozzi und Gino sich darin abwechselten, die gesamte Ermittlung von Beginn an zu skizzieren, und das eher noch für Sharon als für Halloran oder Bonar, die ja schließlich von Gloria umfassend bedient worden waren.

Es war schon sehr eigenartig, dachte Magozzi, dass er das Gefühl hatte, schon seit ewigen Zeiten mit diesem Fall zu leben, und es dann kaum fünf Minuten dauerte, alles darzulegen, was er wusste.

Alle verstummten, als eine Kellnerin, die auf die sechzig zuging, mit roter Perücke und in grasgrüner Uniform eilfertig ankam und ihnen genug Cholesterin auftischte, um eine Footballmannschaft umzubringen: Würstchen, Speck, Spiegeleier, Pfannkuchen, die in Butter schwammen — und das allein auf Bonars Teller. Magozzi sah auf seinen trockenen Muffin mit schwarzem Kaffee hinunter und erwog Selbstmord.

«Du liebe Güte, Mister FBI-Mann, viele Bundesbeamte verirren sich nicht zu uns Hinterwäldlern», intonierte Gino im Singsang trotz der Waffel, an der er kaute. «Mann, Halloran, ich dachte, ich sterbe.»

«Na ja, normalerweise verirren sich wirklich keine zu uns.» Halloran zuckte leger mit den Achseln, aber dann verfinsterte sich seine Miene, und er sah Sharon an, die links neben ihm saß. «Das dachte ich natürlich nur so lange, bis ich heute entdecken musste, dass eine von denen für mich arbeitet.»

«Ach, hören Sie doch auf, Halloran.» Sharon jagte einen Klumpen
Rührei über ihren Teller und stach schließlich hemmungslos auf ihn
ein. «Ich hab doch gesagt, dass ich nicht für die arbeite. Als sie mich
wollten, hab ich abgelehnt. Ab und zu berufen sie mich als Berate-
rin, und die zahlen gut, während die Besoldung von unserem
County weiß Gott nicht besonders ist. Also erstell ich denen ein Profil. Was ist schon dabei?»

Gino lehnte sich zurück. «Das FBI hat Sie angeworben?»

«Die werben doch jeden an.» Nach einem Achselzucken sah sie
Halloran direkt an, kaute kurz an ihrem Toast und sagte: «Das Drei-
fache von dem, was ich in Kingsford bekomme, ein Monat bezahlter
Urlaub im ersten Jahr, im Jahr darauf schon sechs Wochen und
obendrein ein Haus.»

«Ein Haus?» Gino machte große Augen. «Alle Achtung, die müssen ja schwer hinter ihnen her sein. Und warum haben Sie nicht
angenommen?»

Sie seufzte und legte ihre Gabel auf den Tisch. Dann beugte sie
sich zu Gino und eröffnete ihm vertraulich: «Weil mir mein Job gefällt, und außerdem bin ich in meinen Boss verliebt.»

Bonar wäre beinahe an seinem Kaffee erstickt. Magozzi grinste
und sah Halloran an. Der blickte mit puterrotem Gesicht stur geradeaus.

«Bleibt das Gefühl unerwidert?», fragt Gino im Plauderton, ohne
die anderen zu beachten.

«Keine Ahnung. Er hat sich wohl noch nicht entschieden.»

«So was Dummes aber auch.»

Halloran schloss die Augen. «Um Himmels willen, Sharon, was
soll . . .»

Magozzi erlöste ihn. Der Mann war zweifellos von Frauen überfordert, und Magozzi wusste aus eigener Erfahrung, wie man sich
fühlte, wenn es einem so erging. «Okay, kommen wir wieder zu
dem Übeltäter zurück, hinter dem wir her sind. Haben Sie im Haus
der Kleinfelds etwas gefunden, was mit dem Kind zu tun hat? Vielleicht sogar Fotos, Baby-Tagebücher, irgendwas dergleichen?»

«Nicht einen Fetzen», wetterte Bonar. «Die hatten das Kind aus
ihrem Leben getilgt, als sei es tot.»

«Aber klug ist er», sagte Halloran. Dabei machte er sich über einen Stapel Erdbeerpfannkuchen her. «Intelligenzquotient von 163, als er das letzte Mal getestet wurde.»

«Wo hast du denn das her?», fragte Bonar.

«Ich hab nochmal in Saint Peter's angerufen, als ich gestern auf Leos Rückruf wartete, und mit einer Nonne gesprochen, die damals zusätzlich als so eine Art Vertrauenslehrerin fungiert hat. Ich war eigentlich auf der Suche nach etwas, was wir zur Identifizierung hätten gebrauchen können, ein Muttermal zum Beispiel, aber auch besondere Interessen oder ein Hobby, dem er vielleicht noch immer nachgeht. Dann hätten wir für die Suche jedenfalls einen Anhalts-punkt. ...»

«Ein guter Gedanke», sagte Gino.

«... aber ihr fiel nichts ein. Nur dass er bei jedem Test, den sie mit ihm machten, absolute Spitzenergebnisse erreichte. Außerdem sei er ein guter Junge gewesen, den sie wirklich gemocht hatte.» Er stellte seine Tasse ab. «Und dass er traurig gewesen sei. Das hat sie jeden-falls gesagt.»

Gino schob seinen leeren Teller beiseite. «Lassen Sie mich bloß zufrieden mit dieser Scheibe. Genau das ist es, was am Ende einer von diesen Widerlingen, die sich Verteidiger nennen, vor den Ge-schworenen aufbauschen wird. Der ganze Mist von wegen Täter als bedauernswertes Opfer – der Typ konnte doch gar nichts dafür, dass er all die Menschen abknallen musste, denn schließlich wurde er mit all diesen Titten und Eiern und Pimmeln geboren ...»

«Gino», unterbrach Sharon sanft. «Er ist kein Mörder, weil er Zwitter ist, und es gibt im ganzen Land keinen Sachverständigen für geistige Zurechnungsfähigkeit, der im Sinne der Verteidigung mit einem solchen Argument aufwarten würde.»

«Oh ja? Wie beruhigend.»

«Gemäß der beschränkten Studien, über die wir verfügen, steht ziemlich klar fest, dass Zwitter zur Passivität neigen und nicht ag-gressiv reagieren, wenn das Leben ihnen übel mitspielt, sondern fast immer jegliche Feindseligkeit nach innen richten, gegen sich selbst. Sie sind Menschen, Gino, das ist alles. Aber wie alle Men-schen sind sie denselben genetischen Ausrutschern und Beeinflussungen durch ihr Umfeld unterworfen, die unter Umständen einen Soziopathen schaffen. Dennoch konnte ich keinen einzigen Fall finden, in dem ein Zwitter des Mordes überführt worden wäre, und, ehrlich gesagt, mit fällt keine andere statistisch erfassbare Gruppe in unserem Land ein, die das für sich in Anspruch nehmen könnte. Diese Person mordet nicht deswegen, weil sie Zwitter ist, sondern sie ist ein Mörder, der zufällig auch noch Zwitter ist.»

Offenbar nicht überzeugt murrte Gino: «Mag ja sein, aber das heißt noch lange nicht, dass nicht einer von diesen schleimigen Anwälten versuchen wird, daraus Kapital zu schlagen.»

«Kümmern Sie sich nicht weiter um ihn», warf Magozzi ein. «So ist er, seit man O. J. hat laufen lassen.»

Sharon machte Platz auf dem Tisch. «Haben Sie was dagegen, wenn ich mal in die Akte schaue?»

«Nur zu», sagte Magozzi und reichte ihr einen der schweren Kartons.

Sie nahm den Deckel ab und blätterte sehr schnell durch die Ausdrucke. «Keiner Ihrer Zeugen konnte mit Bestimmtheit sagen, ob es ein Mann oder eine Frau war?»

Gino schüttelte den Kopf. «Beim Jogger gab es ja gar keine Zeugen — er war der erste, erschossen nach Einbruch der Dunkelheit auf einem Pfad am Fluss. Eine Menge Bäume, jede Menge Deckung, man hätte dem Täter schon auf die Füße treten müssen, um seine Existenz zu ahnen. Das zweite Opfer war das junge Mädchen auf dem Friedhof, das auf der Statue …»

Sharon verzog das Gesicht, während sie weiter in den Seiten blätterte. Anscheinend bediente sie sich der Schnelllesemethode. «Davon hab ich gelesen. Sehr unheimlich.»

«Sie hätten dabei sein sollen. Da wären Ihnen die Eier geschrumpft …» Gino hielt inne. «Scheiße, war das schon sexuelle Belästigung?»

Sharon sah auf und zwinkerte ihm zu.

«Jedenfalls schließt der Friedhof bei Sonnenuntergang, und es geschah sehr weit drinnen auf dem Gelände. Mitten in der Nacht befinden sich dort nicht viele Trauernde. Wir haben die Spur des Opfers

bis zum Busdepot zurückverfolgt, aber auch dort hatten wir kein
Glück. Niemand konnte die junge Frau identifizieren, geschweige
denn mit einer anderen Person in Zusammenhang bringen.»

Magozzi sagte: «Bei dem ermordeten Mann auf dem Flussdamp-
fer gab es eine mögliche Kontaktperson. Weniger als eine Stunde bevor er ermordet wurde, besuchte er ein Restaurant in der Nähe. Eine
Kellnerin sah ihn dort mit jemandem auf der Straße, nachdem er gegangen war, meinte, es könnte auch eine Frau gewesen sein, aber
mochte sich letztlich doch nicht festlegen. Von der Kleidung her
hätte es Mann oder Frau sein können.»

Gino lehnte sich zurück und seufzte. «Die einzigen also, die den
Mordschützen ganz sicher gesehen haben, waren gestern im Ein-
kaufszentrum — Cops dazu noch —, und auch die konnten keine defi-
nitiven Angaben machen. Wer immer es war, er steckte in einem dieser großen bauschigen Steppmäntel mit Kapuze. Nicht die geringste
Chance, irgendetwas genau zu erkennen.»

«Wow!» Sharon schüttelte den Kopf und sog Luft zwischen den
Zähnen ein. «Da haben Sie vier Morde und keinen einzigen Augen-
zeugen. Wissen Sie, wie selten das vorkommt?» Sie tippte auf das
Blatt, das sie gerade gelesen hatte. «Und wie es aussieht, war es damals in Georgia genau dasselbe.»

«Ebenso in Wisconsin», sagte Halloran grimmig. «Wenn es dieser
Brian Bradford war, hat er elf Menschen umgebracht, von denen wir
wissen, und nicht die geringste Spur hinterlassen. Wir wissen nicht
einmal, ob wir nach einem Mann oder einer Frau oder sogar nach
beidem suchen.»

Sharon sagte: «Ich würde meinen, es ist eine Frau.»

Magozzi zog die Brauen in die Höhe. «Wieso?»

«Nur so ein Gefühl. Er würde natürlich immer das sein wollen,
was sein Körper sagt, und nur weil die Sexualorgane beider Geschlechter vollständig entwickelt waren, bedeutet das noch nicht,
dass die Hormonproduktion nicht für das eine Geschlecht eher vor-
eingenommen sein könnte als für das andere. Mehr Östrogen, und er
möchte gern eine Frau sein; mehr Testosteron, lieber ein Mann. Aber
da beides gleich ausgeprägt ist, vermute ich — psychologisch betrachtet —, dass er das Gegenteil dessen sein möchte, was seine Eltern

für ihn vorsahen, und die haben ihn ja schließlich als Jungen gekleidet in der Schule abgeliefert.»

«Hm.» Gino sann kurz darüber nach und sah dann Magozzi
selbstgefällig an. «Da hast du es. Wahrscheinlich eine Frau, und das
bedeutet: wahrscheinlich Grace MacBride, wie ich dir ja schon die
ganze Zeit sage.»

Bonars dichte Brauen zogen sich abrupt über seiner Nase zusammen und schienen sich dort zu verhaken. Fasziniert sah Magozzi zu
und fragte sich, ob der Deputy sie wohl je wieder voneinan-
der lösen können. «Sie haben ein ungutes Gefühl, was MacBride betrifft?», wollte Bonar von Gino wissen und schnappte sich dabei ein
übrig gelassenes Stück Toast von Sharons Teller.

«Ich weiß nicht. Sie ist jedenfalls vermurkst genug, wenn ihr mich
fragt», sagte Gino. «Sie hat ihr Haus gesichert wie die Bank of America, sie hat immer eine Knarre dabei, und sie hasst Cops.»

«Klingt nach der Hälfte aller Amerikaner», merkte Halloran an.

«Und mit ‹vermurkst› hat das sowieso nichts zu tun’», meldete
sich Sharon zu Wort. «Wenn sie nach dem, was ihr in Georgia passiert ist, etwa nicht versuchen würde, sich zu schützen, dann wäre das
erst recht verdächtig.»

Gino spitzte die Lippen und dachte auch darüber nach. «Verdammt, Leo, was bist du für ein dämlicher Hund. Ein besseres Argument dafür, dass MacBride nicht der Killer ist, hab ich bis jetzt nicht
gehört, und dir ist das nicht eingefallen. Aber weißt du was? Damit
sind die anderen Freaks ja vielleicht auch aus dem Schneider. Sie alle
hielten sich nämlich für Zielscheiben des Georgia-Mörders, und deswegen sind auch sie alle bewaffnet, und vermutlich haben sie sich
ähnlich verbarrikadiert wie MacBride.»

«Aber dadurch wird doch niemand als Verdächtiger ausgeschlossen, oder?», fragte Bonar. «Wenn zum Beispiel einer von ihnen der
Mörder wäre und die restlichen vier hätten Angst vor dem Killer,
dann würde er doch tunlichst auch vorgeben, Angst zu haben.»

Gino stöhnte und fuhr sich mit beiden Händen von der Stirn abwärts übers Gesicht. «Wir drehen uns doch ständig im Kreis.» Sein
Handy klingelte, und er zog es aus der Tasche. Er lauschte einen Moment und sagte: «Danke, David.» Dann klappte er das Handy wieder

zu und streckte beide Daumen in die Höhe. «Die Kugeln passen perfekt.»

Alle atmeten hörbar durch.

«Verdammt», nuschelte Halloran. «Es ist tatsächlich der Bursche.
Was meint ihr dazu?»

«Und …», Gino stand auf und fischte Scheine aus seiner Brieftasche, «… außerdem kommen gerade zwei Milliarden Faxseiten
von der University of Georgia durch.»

«Was kommt da aus Georgia?», fragte Sharon.

Magozzi war ebenfalls schon auf den Beinen und warf ein paar
Geldscheine auf den Tisch. «Zwei Listen von der dortigen Uni, ungefähr fünf- bis sechstausend Namen auf jeder Liste. Brian Bradford
befindet sich nämlich auf der Liste mit den Zulassungen, hat sich
aber nicht offiziell immatrikuliert. Dennoch stimmt die Anzahl der
Studenten.»

Zwei Sekunden lang dachte Sharon darüber nach. Dann sprang sie
ebenfalls auf und stopfte die Ausdrucke zurück in die Kartons. «Er
hat seinen Namen geändert. Wurden die Gerichtsakten überprüft?»

«Ja. Hat man in Atlanta gemacht. Keine Unterlagen darüber, dass
ein Brian Bradford in Georgia eine Namensänderung beantragt hat.
Aber vielleicht hat er es ja auch nicht offiziell getan. Könnte ja auch
einfach die Akten an der Uni manipuliert haben.»

Sie klappte den Kartondeckel zu und kramte in ihrer Taschen nach
Kleingeld. «Ja, kann sein. Und auch in New York nichts?»

Gino und Magozzi sahen einander verdutzt an, und dann griff
Magozzi nach seinem Handy. Er gab Tommy Espinozas Nummer ein
und blickte zu Gino, während das Telefon läutete. «Wir sollten mehr
Frauen einstellen.»

Bonar grinste nur und wollte Sharon den Kopf tätscheln. Sie stieß
seine Hand weg.

Kapitel 42

Tommy rief Magozzi an, als der noch im Auto saß und mit Gino zur City Hall zurückfuhr. Namensänderungen in New York wurden vom jeweiligen County registriert und nicht staatenweit. Einige der Counties waren vor so langer Zeit noch nicht computerisiert gewesen. Es würde also einige Zeit in Anspruch nehmen.

«Mach auf jeden Fall weiter», trug Magozzi ihm auf.

«Kein Glück?» Gino fuhr zu schnell um die Kurve an der City Hall und musste dann Kunststücke am Lenkrad vollbringen, um einer Kamera-Crew von Channel 10 auszuweichen, die über die Straße ging. Oder vielleicht versuchte er auch, die Leute umzufahren; Magozzi war sich da nicht sicher.

Er sagte Gino, was er von Tommy erfahren hatte. «Solange er noch nichts gefunden hat, müssen wir die Ochsentour machen und die beiden Listen für Namen vergleichen.»

Gino fuhr mit kreischenden Reifen die Parkplatzrampe hoch und prüfte im Rückspiegel, ob Halloran noch hinter ihnen war. «Siehst du? Sharons Idee, in New York nachzufragen, hat uns nicht das Geringste gebracht. Also brauchen wir doch nicht mehr Frauen einzustellen.»

«Ein Trost. Wenn es so weit kommt, dass in dieser Stadt noch mehr bewaffnete Frauen rumlaufen, werd ich wohl nach Florida ziehen müssen.»

«In Florida tragen alle Frauen Waffen.»

«Mag sein, aber die meisten sind älter als ich. Und daher dürfte ich schneller ziehen können als die.»

«Machst du Witze? Überleg doch mal. Die alten Schachteln da unten haben doch nichts besseres zu tun, als den ganzen Tag im Seniorenzentrum zu sitzen und das schnelle Ziehen zu üben. Wenn du mich fragst: Florida ist der gruseligste Staat im ganzen Land.»

Tommy Espinoza hatte den winzigen abgeteilten Büroraum, in dem eine furchtbare Unordnung herrschte, jetzt schon seit vierundzwanzig Stunden nicht mehr verlassen. Von Zeit zu Zeit überkam ihn das Gefühl, von Erschöpfung übermannt zu werden, und seine Augen fühlten sich an wie blutende Wunden, aber der Nervenkitzel der

341

Jagd sorgte immer wieder für den notwendigen Adrenalinausstoß. Es geschah nur höchst selten, dass der eigene Boss (der dazu Ge-setzeshüter war) seinem Untergebenen (der ebenfalls im Dienste des Gesetzes stand) befahl, im Rahmen der Pflichterfüllung etwas Illegales zu tun. Und sich in Dateien des FBI zu hacken war definitiv illegal.

Das war das erste High gewesen. Das zweite hatte sich eingestellt, als er die zusätzliche Firewall durchbrochen hatte, die er von den Mon-keewrench-Leuten eingerichtet worden war, um ihm den Zugang zu verwehren. Die war gut gewesen. Zum Teufel, die war erstaunlich gewesen, aber, bei Gott, er hatte sie geknackt, und vom Grinsen dar-über tat ihm immer noch das Gesicht weh.

Die ganze Arbeit hatte länger gedauert, als sie hätte dauern dürfen, denn er musste besondere Vorsicht walten lassen und mit Rücksicht auf das Police Department von Minneapolis seine einzelnen Schritte verschleiern. Es war schon schlimm genug, wenn irgendein x-belie-biger Computerfreak sich in die Datenbänke einer Bundesbehörde hackte, aber die Cops selbst? Er mochte gar nicht darüber nachden-ken, welche Folgen es wohl haben würde, wenn es ihnen je gelingen sollte, seinen unerlaubten Ausflug in J. Edgar Hoovers geheiligte Ge-filde bis zur City Hall zurückzuverfolgen.

Einer Namensänderung nachzuspüren war ein Kinderspiel im Ver-gleich zu der FBI-Datei. Langweilig und zeitraubend vielleicht, aber dennoch ein Kinderspiel.

In alphabetischer Reihenfolge nahm er sich County für County vor, und jetzt war er bei D. Er tippte Delaware, gab seine Suchpara-meter für Brian Bradford ein, lehnte sich zurück und wartete.

Gloria sammelte immer noch Seiten aus dem Faxgerät zusammen, als Magozzi, Gino und die Truppe aus Kingsford County ins Mord-dezernat kamen. Auf einem Tisch ganz in der Nähe drohte bereits ein dicker Papierstapel.

«Ihr solltet bloß hoffen, dass unser Fax nicht den Geist aufgibt», sagte sie zu Magozzi, ohne den Kopf zu heben. «Da liegen schon fünfzig oder sechzig Seiten drüben auf dem Tisch. Die waren mit ‹Zulassung› gekennzeichnet. Jetzt kommt die nächste Ladung, die schimpft sich ‹Immatrikulation›. Willst du mir vielleicht mal erklären, was das für ein Mist sein soll?»

«Kein Mist, sondern vielleicht die Rettung.» Magozzi sah zu, wie das Faxgerät eine mit einfachem Zeilenabstand bedruckte Seite ausspuckte, die randvoll mit Namen war. «Irgendwo auf der Zulassungsliste befindet sich ein Brian Bradford. Als er sich jedoch immatrikulierte, nannte er sich bereits anders. Wir müssen jetzt die beiden Listen vergleichen und den Namen auf der Immatrikulationsliste finden, der nicht auf der Zulassungsliste steht.»

«Gütiger Gott.» Gloria schüttelte den Kopf, sodass ihre Zöpfchen vibrierten. «Bevor wir das geschafft haben, gehen wir doch in Rente. Ihr meint also, dieser Brian Bradford ist der Mordschütze?»

«Das vermuten wir.»

Sheriff Halloran nahm eine der Seiten vom Tisch in die Hand und kniff die Augen zusammen. «Mann, ist das eine winzige Schrift. Was schätzen Sie, wie viele Namen stehen auf einer Seite?»

Sharon quetschte sich neben ihn, um es sich anzusehen. «Mindestens hundert.»

Auf einem der Schreibtische läutete ein Telefon. Es hörte nicht auf, bis Gino hinging und sich meldete. Jetzt erst sah sich Magozzi aufmerksam um. Hinten in einer abgetrennten Nische saß Johnny McLaren mit einem Telefon am Ohr; ansonsten war der Raum menschenleer. «Wo, zum Teufel, sind denn alle?»

Gloria warf ihm einen ungnädigen Blick zu. «Könnte nicht schaden, wenn du ab und zu mal den Funk abhören würdest. An der 37th gibt es einen ganz üblen Familienstreit — ein Typ, der seine Ex und drei Kinder mit der Schrotflinte bedroht — und dazu noch so ungefähr eine Million Notrufe. In unserer Stadt brodelt es heute wie im Hexenkessel. Ständig rufen Leute an, die bewaffnete Fremde gesehen haben wollen.»

«Scheiße. Ich brauche aber Helfer, die an diesen Listen arbeiten.»

Gloria blickte über die Schulter auf die Besucher aus Kingsford County. «Wären das da keine Helfer? Können Leute aus Wisconsin eigentlich lesen?»

Bonar trat grinsend vor. «Ich kann lesen, wenn ich neben Gloria sitzen darf.»

Sie verbiss sich das Lächeln unter orangefarbenen Lippen und beschäftigte sich wieder mit dem Faxgerät.

Gino kam an den Tisch, sein Handy ans Ohr gepresst. Er sah auf die Listen und schnitt eine Grimasse. «Himmel, sind das viele Namen. Das kann ja ewig dauern.»

Magozzi fragte: «Mit wem redest du da eigentlich?»

«Becker. Er hat Garfield bei der Beschattung von MacBride abgelöst. Sie ist jetzt im Büro von Monkeewrench, wie die anderen anscheinend auch. All unsere Wagen parken draußen, sieht aus wie 'n verdammter Polizeikongress ... ja, Becker, ich bin noch dran.» Er hörte kurz zu und verdrehte dabei die Augen. «Okay, okay, bleiben Sie da, zusammen mit einem weiteren Wagen. Schicken Sie den Rest nach Hause ... großer Gott, Becker, ist mir doch egal, suchen Sie einfach einen aus.» Er klappte das Handy zu. «Mann, was für ein Korinthenkacker. Wer ist dieser Becker eigentlich?»

«Den kenn ich auch nicht.»

«Hört sich an wie 'n Zwölfjähriger. Hat bei den Monkeewrench-Leuten nachgefragt. Die bleiben alle an Ort und Stelle, bis auf Cross. Also hab ich einen Wagen dort gelassen, um ihn zu überwachen, und Becker bleibt beim Lagerhaus.»

«In Ordnung. Für diese Listen brauchen wir auf jeden Fall zusätzliche Hilfe. Meinst du, du kriegst jemanden dazu, die Kaffeetanten von da unten herzuschicken, damit sie uns helfen?»

Gino war sofort Feuer und Flamme. «Ich wette, die bringen sogar Kaffee mit.»

«Da bin ich sicher.»

Bonar blickte mit angewidertem Gesicht auf den Becher, den er mit Kaffee aus der schmutzigen Kanne des Morddezernats gefüllt hatte. «Kann nur hoffen, dass die nicht für diese Brühe verantwortlich sind.»

«Ach, Bonar.» Gino schenkte ihm ein wohlwollendes Lächeln. «Komm mit, mein Sohn. Ich werde dich in den Himmel führen. Und im Gegensatz zur verbreiteten Meinung befindet sich der ganz unten ...»

Sharon blätterte in dem Papierstapel auf dem Tisch. «Sie meinen also, Sie haben genug Hilfe bei den Listen?», fragte sie Magozzi.

«Sind Sie irgendwo verabredet?»

«Na ja, ich dachte ... Sie lassen die gesamte Monkeewrench-Crew überwachen, stimmt's?»

«Ja, seit gestern Abend.»

«Um die Leute zu schützen, oder weil sie verdächtig sind?»

«Beides.»

«Besteht vielleicht die Möglichkeit, dass ich die Leute mal besuche und kurz mit ihnen rede, um mir ein besseres Bild zu machen ...?»

Magozzi sah sie fragend an. «Sie meinen, Sie können einen Zwischenfall auf Anhieb erkennen?»

Sie schüttelte ungeduldig den Kopf. «Natürlich nicht. Aber ich verstehe mich ganz gut darauf, Psychopathen zu erkennen. Hab schließlich über zweihundert davon für meine FBI-Abhandlung interviewt.»

Magozzi sah über ihren Kopf hinweg zu Sheriff Halloran, der sich alle Mühe gab, seine Beunruhigung zu verhehlen. «Sie ist Ihr Deputy – also ist es Ihr Bier, Sheriff.»

Hallorans Kiefer mahlten, und seine Stirn bekam tiefe Falten. Er sag Magozzi an, nicht Sharon. «Ich hab diese Woche schon einen Deputy verloren. Deswegen bin ich nicht gerade scharf darauf, einen weiteren in Gefahr zu bringen, wenn es nicht unbedingt nötig ist.»

«Ich geh nur kurz rein und bin dann gleich wieder weg», sagte Sharon. «Und Sie haben doch noch andere Beamte vor Ort, oder?»

Magozzi nickte. «Direkt draußen vor dem Gebäude.»

«Was Ihnen verdammt wenig nützen wird, wenn Sie drinnen mit einem Killer eingeschlossen sind», sagte Halloran.

Sie schloss die Augen und seufzte. «Erstens weiß ich mich durchaus zu wehren, und zweitens haben Sie doch gehört, dass Gino sagte, sie sind alle dort versammelt. Alle fünf. Auch wenn einer oder eine von ihnen tatsächlich der Mordschütze ist, wird er oder sie bestimmt nicht wagen, vor allen anderen einen Cop niederzuschießen. Besonders nicht, da draußen ja noch mehr Cops postiert sind.»

Hallorans Miene verdüsterte sich, aber sein Blick blieb fest. «Es gibt keinen Grund, dass Sie da hingehen.»

«Tatsächlich nicht? Ich dachte, Sie haben uns hierher gebracht, damit wir nach dem Mörder fahnden.»

«Sie jedenfalls sind nicht von mir hierher gebracht worden», gab ihr Halloran zu bedenken.

Sharon sah zu ihm auf. Ihre Augen blitzten, und das Kinn streckte sie trotzig vor. «Na gut, aber ich kann nur hoffen, dass Sie mich nur schützen wollten oder sonst etwas Bescheuertes im Sinn hatten, denn ich bin für die Bürger von Kingsford County als Deputy nicht sonderlich von Nutzen, wenn mein Vorgesetzter mich nicht auf die Straße lässt, weil er Angst hat, ich könnte mir den großen Zeh verstauchen.»

«Wir kriegen ihn doch mit Hilfe die Listen!» fauchte Halloran mit hochrotem Gesicht.

Die lauten Stimmen hatten McLarens Aufmerksamkeit erregt. Auf der anderen Seite des Raums beugte er sich grinsend über seinen Schreibtisch weit nach vorn und hielt den Telefonhörer an die Brust gepresst, um nur nicht durch einen lästigen Notruf daran gehindert zu werden, sich daran zu weiden, wie direkt vor seiner Nase die Fetzen flogen. Er sah zu Magozzi hinüber und ließ die roten Augenbrauen vibrieren.

Auch Gloria schien ihren Spaß zu haben. Sie schaukelte auf ihren Plateauabsätzen vor und zurück, strahlte Sharon an, als sei sie ihr über alles geliebtes Kind, und obwohl sie die Polizistin niemals lauthals mit «Yeah, baby, right on!» angefeuert hätte, weil das genau der Spruch war, den die Leute von einer schwarzen Frau erwarteten, stand in ihrem Gesicht geschrieben, dass sie genau das dachte.

Magozzi andererseits fühlte sich ausgesprochen unbehaglich. Konfrontationen zwischen zwei Cops waren schlecht; Konfrontationen zwischen Mann und Frau waren der reine Horror, und diese Konfrontation war sogar beides. Er beschloss, einzugreifen und die Auseinandersetzung sofort zu beenden. «Okay, hören Sie zu, Sie beide ...»

Sharons Kopf wirbelte herum.

Oder vielleicht sollte er sie doch beide allein damit fertig werden lassen?

«Hören Sie, Mike.» Sharon widmete sich jetzt wieder Sheriff Halloran. «Auch wenn wir aus diesen Listen einen Namen erfahren, heißt das nicht, dass wir auch schon den Mordschützen haben. Er hätte seinen Namen seither schon ein Dutzend Mal ändern können, und es könnte Tage dauern, die Spur von damals bis jetzt zu verfolgen, besonders wenn es einer der Partner von Monkeewrench ist. Diese Leute sind uns Lichtjahre voraus, wenn es darum geht, Computerdateien zu manipulieren. Aber wenn ich nur ein wenig Zeit mit ihnen verbringen und die richtigen Fragen stellen könnte, wäre es mir vielleicht möglich, etwas zu entdecken, einen von ihnen zu durchschauen oder eine Erinnerung an jemanden zu wecken, den sie in Georgia kannten.»

Sheriff Halloran versuchte, sie zornig anzusehen, aber Magozzi fand, dass er höchstens hilflos wirkte. Der arme Kerl. Und auch Sharon empfand wohl Mitleid mit ihm, denn ihre Stimme wurde sanfter. «So was ist doch meine Arbeit, Mike. Und ich bin gut darin. Das wissen Sie sehr wohl.»

Halloran erinnerte sich daran, was er Danny Peltier auf dem Weg zu den Kleinfeldts gesagt hatte: Sharon sei seine beste Vernehmungsbeamtin. Auf seltsame Weise schienen die Dinge jetzt zusammenzufallen, und das bereitete ihm Magenschmerzen.

Plötzlich überraschte sie der Klang völliger Stille, und Magozzi merkte, dass ihr Faxgerät nicht mehr arbeitete. «Bitte sag mir, dass es nicht den Geist aufgegeben hat», flehte er Gloria an.

Sie zog den Stapel Seiten aus dem Korb und sah sich die Nummer auf der letzten Seite an. «Nein. Die Monsterschau der Studentennamen ist gelaufen.» Sie legte die Seiten zu dem Stapel auf dem Tisch, und in dem Moment kamen Gino und Bonar mit sämtlichen Gerätschaften ins Büro, um Kaffee zu machen. Eine lange Reihe Frauen folgte ihnen, und die blickten sich mit großen Augen um wie eine Schar von Grundschülern auf einem Klassenausflug.

«Und, Mike?», fragte Sharon hastig, weil sie eine Antwort wollte, bevor die Aufregung um die vielen Neuankömmlinge ihm eine Ausrede bot, seine Entscheidung aufzuschieben.

«Ich komme mit Ihnen.»

Sie schüttelte entschlossen den Kopf. «So wird das nichts. Ich werde aus niemandem eine Information hervorlocken, wenn im Hintergrund einer lauert. Sie würden die Leute zu sehr einschüchtern.»

«Ich würde sie einschüchtern?»

«Ich werde eine Weste anziehen. Ich werde ein Mikro tragen und es nicht abschalten. So können Sie jedes Wort mithören.»

Halloran sah sie an und nahm Sharon, den Cop, wahr, in der unförmigen braunen Uniform mit den Handschellen und der Reizgaspatrone und der großen Waffe, mit der sie schneller und besser schießen konnte als sonst jemand aus seiner Truppe. Aber vor seinem geistigen Auge sah er Sharon im roten Kleid, klein und voller Hoffnung, mit Rosenwasser auf den Lippen. «Ich komme mit Ihnen», sagte er, und als sie den Mund aufmachte, um nochmals zu protestieren, fügte er hinzu: «Aber ich werde draußen warten.»

Nachdem Sharon und Halloran sich zum Lagerhaus von Monkeewrench aufgemacht hatten, betrachtete Magozzi seine neuen Arbeitskräfte und bedauerte im selben Moment, dass er die beiden hatte gehen lassen. Gino und Bonar hatten fünfzehn Datentypistinnen von unten mitgebracht, und die standen jetzt flüsternd und kichernd auf einem Haufen und waren in dieser fremden Umgebung unsicher und nervös.

Ihr Verhalten änderte sich jedoch schlagartig, als Gino ihnen erklärte, was getan werden musste, und noch bevor er seine Ausführungen beendet hatte, schleppten die Frauen Stühle an den Tisch in der Nähe des Faxgerätes, teilten die Seiten der Immatrikulationsliste auf und organisierten sich wie eine Armee von Ameisen, die ein gemeinsames Ziel eint.

Gino, stets einfühlsam genug, um zu wissen, wann er überflüssig war, trat neben Magozzi und sagte: «Das hier klappt.»

«Sieht so aus.» Magozzi beobachtete, wie eine der Frauen Bonar schon fast bemutterte: Sie setzte ihn auf einen Stuhl, reichte ihm einen Stapel Papier und stellte einen dampfenden Kaffeebecher neben seine rechte Hand. Bonar trank einen Schluck, simulierte einen ekstatischen Ohnmachtsanfall und wurde für seine Mühe mit einem Tätscheln belohnt.

«Ich hab unterwegs mit Tommy gesprochen. Er hat ein paar Suchläufe durch die FBI-Dateien gestartet, um die richtigen Namen der Freaks herauszubekommen, sodass wir die eventuell zuerst auf der

Liste abchecken können. MacBride hat er auf Anhieb gefunden, da
sie wohl der Dreh- und Angelpunkt war. Die übrigen sind einfach
nicht zu identifizieren. Es gibt zwar massenhaft Gespräche mit Zeugen und Freunden, aber keine physischen Merkmale, sondern nur
Namen.»

Magozzi sah aus dem Augenwinkel zu ihm hinüber, versuchte
nicht zu fragen, aber konnte schließlich doch nicht mehr an sich halten. «Also, verdammt, sag schon, wie heißt sie wirklich?»

Gino reichte ihm ein kleines, zusammengefaltetes Stück Papier.
Magozzi faltete es auseinander, sah es sich an und reagierte mit
einem Stirnrunzeln. «Niemals.»

«Kein Witz. Jane Doe. Tommy hat das zurückverfolgt bis zu ihrer
Geburtsurkunde. Das ist tatsächlich ihr richtiger Name. So ungefähr
das Traurigste, was ich je gehört hab.»

Magozzi holte tief Luft, schüttelte darauf den Kopf und gab Gino
das Stück Papier zurück. «Lass das erst mal durchchecken. Ich muss
Monkeewrench anrufen und Bescheid sagen, dass Sharon auf dem
Weg ist.»

Gino nickte. «Ruf bei der Einsatzleitung an, wenn du schon dabei
bist, damit die Becker einweihen. Sonst erschießt er sie noch, bevor
sie an der Tür ist.»

Kapitel 43

Roadrunner saß an seinem Arbeitstisch im Loft und knabberte an einem Twinkie. Ein deutliches Zeichen dafür, dass er an diesem Tag
schlecht drauf war, hätte es nicht geben können. Nicht nur hatte
er zum ersten Mal in fünfzehn Jahren verschlafen, sondern als er
schließlich doch noch das Bewusstsein wiedererlangt hatte, ging es
einher mit rasenden Kopfschmerzen und einem so verkorksten Magen, dass er an Kaffee nicht einmal denken mochte. Die Schuld daran
schrieb er dem Champagner zu und schwor dem Zeug für den Rest
seines Lebens ab.

Sogar Annie, die gewöhnlich als Letzte im Büro erschien, war ihm
an diesem Morgen zuvorgekommen. Und jetzt rauschte sie in einem

braunen Ensemble aus Satin heran, das von oben bis unten mit Samt-
bordüren und blattförmigen Applikationen in Herbstfarben verziert
war. Sie hatte einen Becher mit Kaffee und eine weiße Bäckertüte dabei. Den Kaffee stellte sie vor ihm ab. «Hier, wach langsam auf,
Dornröschen.» Argwöhnisch betrachtete sie seine schwammartige
gelbe Frühstücksschnitte. «Ich dachte, du hast gesagt, die Firma
Hostess bringt das reine Gift auf den Markt?»

Schuldbewusst legte er den Twinkie beiseite. «Das stimmt auch,
aber ich war hungrig. Im Food and Fuel gibt's keine große Auswahl
an Food, und ich hatte nicht die Zeit, woanders einzukaufen.» Er beäugte ihre Aufmachung. «Du siehst aus wie ein Baum.»

«Mit dieser Ehrlichkeit findet du nie eine Frau.» Sie kramte in der
Tüte und klatschte ihm eine Kirschtasche auf den Tisch. «Wenn du
dich eh mit Zucker und Fett vergiften willst, dann verzichte wenigstens auf die Konservierungsstoffe. Wusstest du etwa nicht, dass die
Russen Twinkies benutzt haben, um Stalin zu konservieren?»

Roadrunner grinste sie hinterlistig an und griff zur Kirschtasche.
«Danke, Annie. Du siehst aus wie ein hübscher Baum.»

«Nein, nein – zu wenig, zu spät.»

«Wo sind denn die anderen alle?»

«Harley ist mal eben runter zur Liquor World, um was Alkoholisches gegen seinen Kater zu besorgen. Grace ist mit ihm gegangen.»

«Wie geht es ihr?»

Annie klickte mit der Zunge gegen die Zähne. «Okay, glaub ich, in
Anbetracht der Umstände. Aber sie will nicht weg.»

Roadrunner reagierte bestürzt. «Aber wir müssen hier weg. Darüber waren wir uns alle einig.»

«Wir waren uns einig, Grace war nur einverstanden, dass wir uns
treffen und darüber reden, sonst nichts. Sie wird hier nicht wegge-
hen, Roadrunner. Sie will diesmal nicht davonlaufen.»

«Mann, Annie, er steht doch bereits vor ihrer Hintertür. Daran
gibt es doch keinen Zweifel, oder? Das ist der Kerl – er ist wieder da.
Und schon ganz schön nah. Großer Gott, sie darf nicht bleiben.»

«Beruhige dich. Ich hab mit Mitch gesprochen. Er ist auf dem
Weg hierher. Wenn wir alle beisammen sind, finden wir schon einen
Weg, sie zu überreden.»

Ein paar Minuten später kam der Aufzug angerumpelt, und Mitch stieg aus. Er blickte wirr in die Gegend und sah schlimmer aus, als man ihn je gesehen hatte.

«Mein Gott, Mitchell, was ist denn mit dir los?», fragte Annie.

Mit offenem Mund starrte er sie an. «Soll das ein Witz sein? Meinst du abgesehen davon, dass ein Killer hinter Grace her ist, die Firma kurz vor dem Bankrott steht und wir alle verschwinden müssen, um irgendwo wieder ganz von vorne anzufangen?»

«Genau – abgesehen davon.»

Mitch ließ sich auf einen Stuhl fallen und schlug die Hände vors Gesicht. «Mist. Ich hab Diane erzählt, dass wir überlegen, von hier fortzugehen, und sie ist ausgerastet. Ihr könnt euch vorstellen, was das für sie bedeuten würde, oder? Sie müsste zu malen aufhören. Sie hat gerade den Höhepunkt ihrer Karriere erreicht, ihre Bilder hängen überall auf der Welt, und jetzt soll sie auf einmal vom Erdboden verschwinden und das alles aufgeben?»

Sie blieben einen Moment lang stumm. Roadrunner war es, der schließlich das Wort ergriff. «Weißt du, Mitch ... du musst doch gar nicht mitkommen. Du bist verheiratet. Du hast Verpflichtungen, die wir anderen nicht haben. Für dich sollte deine Familie an erster Stelle stehen.»

Mitch sah ihn entgeistert an. «Das hier ist meine Familie. Ist schon immer meine Familie gewesen. Wenn Grace geht, wenn ihr anderen geht, gehe ich auch.» Er presste die Handballen in die Augen. «Ich fass es einfach nicht, was das alles für eine verfluchte Scheiße ist. Ich sollte eigentlich gar nicht hier sein. Ich hab Diane versprochen, heute nicht herzukommen. Ich hab ihr mein verdammtes Wort gegeben. Und kaum war sie zur Galerie gefahren, hab ich mich davongeschlichen wie ein kleiner Junge, VERDAMMT!»

«Nun beruhige dich doch, Mitch», sagte Roadrunner. «Sonst kriegst du noch einen Herzschlag.»

«Das Glück hab ich bestimmt nicht. Jedenfalls kann ich nicht lange bleiben. Ich muss vor Diane wieder zu Hause sein. Wo sind eigentlich Grace und Harley?»

Der Fahrstuhl wurde gerufen und machte sich auf den Weg nach unten. «Das sind sie», sagte Annie. Und bevor sie hier oben ankommen, solltest du wissen, dass Grace gesagt hat, sie will nicht fortge-hen.»

Eine Art Vollversammlung wie diese hatten sie schon einmal gehabt, erinnerte sich Grace. Nur standen damals die anderen um ihr Krankenhausbett in der Psychiatrie des Atlanta General. Sie war noch jung gewesen, vor Angst fast durchgedreht und gleichzeitig weit weggetreten durch die Tranquilizer, die aus dem Tropf in ihre Vene rannen. Das Bild, wie Libbie Herold auf der anderen Seite der Wandschrank-tür verblutete, wollte ihr einfach nicht aus dem Kopf gehen. In jenem damaligen Zustand wäre sie wahrscheinlich gehorsam mit Hitler in seinen Bunker gegangen, wenn er es ihr aufgetragen hätte.

Doch diesmal war es anders. Diesmal war sie einfach nur müde. Sie wollte, dass es vorüber war, so oder so.

«Scheiße, Grace, diesmal ist es anders!» Harley tigerte um ihre Stühle, die im Kreis aufgestellt waren, und schlug mit seiner kräfti-gen Faust in die Hand, sodass sich die tätowierten Drachen auf sei-nen Armen zu bewegen schienen. «Er ist total auf dich fixiert. Er war auf deinem Hinterhof, um Gottes willen! Diesmal bist du sein Ziel, siehst du das denn nicht?»

«Genau deswegen brauche ich ja diesmal nicht davonzulaufen, Harley. Diesmal ist es mein Risiko, ganz allein meins.»

«Grace.» Roadrunner beugte sich auf seinem Stuhl vor und ergriff ihre Hände mit langen, knochigen Fingern. «Wir könnten doch für kurze Zeit verschwinden, bis sie ihn geschnappt haben, und dann kommen wir sofort zurück. Es wäre doch nicht für immer.»

Grace drückte seine Finger und lächelte. «Wenn ich verschwinde, verschwindet er auch, genau wie letztes Mal. Und dann werde ich vielleicht weitere zehn Jahre ständig über die Schulter schauen müs-sen, bevor er mich von neuem findet und alles von vorne losgeht. Die Cops sind doch schon ziemlich dicht dran. Geben wir ihnen noch ein oder zwei Tage.»

«Die Cops sind hilflos!», sagte Roadrunner. «Sie waren überall in der Mall verteilt, und was ist geschehen? Und was ist mit dem Rad-dampfer? Du hättest sehen sollen, wie viele Leute sie dort im Einsatz hatten, und die haben Scheißdreck genützt.»

Harley hörte mit seinem Gerenne auf und sah Roadrunner an.

«Willst du damit etwa sagen, du warst unten auf dem Raddampfer-anleger, als der Typ ermordet wurde?»

Roadrunner sah ihn gereizt an. «Offenkundig doch wohl nicht, denn sonst hätte ich den Killer ja gesehen. Als ich ankam, waren die Cops und die Sicherheitsleute schon längst dort.»

«Du blödes Arschloch, bist du denn durchgeknallt? Ist dir klar, was die wohl gedacht hätten, wenn du ihnen unter die Augen ge-kommen wärst?»

«Ich wollte nur sicher gehen, dass sie alles unter Kontrolle hatten, mehr nicht! Ich wollte nicht, dass noch jemand stirbt!», schrie Road-runner, und einen Moment lang hatte es den Anschein, als würde er in Tränen ausbrechen.

Grace tätschelte seine Hand und lächelte ihm zu.

Als Magozzi später anrief, um Grace mitzuteilen, dass Deputy Sha-ron Mueller auf dem Weg war, befand sich Mitch in seinem Büro und sammelte Büroarbeit zusammen, die er mit nach Hause nehmen wollte, Annie war auf der gegenüberliegenden Straßenseite, um in einem italienischen Feinkosladen einen Imbiss für alle zu holen, und die anderen arbeiteten konzentriert an der einzigen Aufgabe, die ihnen noch blieb – der Zurückverfolgung der E-Mails.

Es zischte, als Harley sein zweites Bier öffnete. «Wir werden das Dreckschwein schon kriegen», versprach er seinem Monitor.

Kapitel 44

Halloran saß am Steuer des Streifenwagens, lauschte auf das Gepras-sel aus dem Funkgerät und kam sich vor wie eine gespannte Feder, die gleich durch die Windschutzscheibe schnellen würde.

Kaum war die Lagerhaustür hinter Sharon zugefallen, hatte das Funkgerät ausgesetzt, und er war augenblicklich in Panik geraten. Er war aus dem Wagen gesprungen und über die Straße zu dem Polizei-wagen gerannt, der dort parkte. Dem blonden Bengel am Steuer, der ungefähr zehn Jahre zu jung aussah, um eine Uniform zu tragen, hatte er einen Höllenschreck eingejagt.

«Ach ja», sagte Becker nach Hallorans hastiger Erklärung. «In einigen dieser alten Gebäude haben wir immer wieder Schwierigkeiten mit dem Empfang. Irgendeine Art Metall, das man benutzt hat,
um den Beton zu verstärken, stört unsere Funkgeräte. Müsste aber
aufhören, sobald sie oben angekommen ist, wo es Fenster gibt.»

Jetzt wartete er also und zählte im Stillen die Sekunden wie ein
Junge, der herausbekommen möchte, wie weit ein Gewitter noch
entfernt ist. Sie würde einen Kontrollgang durch die Großgarage im
Erdgeschoss machen, das war klar, aber wie lange, verdammt nochmal, dauerte das? Sie war jetzt schon drei Minuten und vierzig Sekunden da drinnen.

Sharon hatte den Schalter des Funkgeräts an ihrer Schulter auf
«On» gestellt, bevor sie aus dem Wagen gestiegen war, und auf dem
Weg zur Gegensprechanlage neben der großen Lagerhaustür hatte
sie Halloran sagen hören: «Ich kann hören, wie du atmest.»

Etwas wie ein leichter elektrischer Schlag – erschreckend, aber
ganz und gar nicht unangenehm – war durch ihren Körper gefahren,
als er das gesagt hatte. Bei der Erinnerung an das Gefühl musste sie
lächeln.

Sie hatte bemerkt, wie das Funkgerät verrückt spielte und dann
aussetzte, kaum dass die Tür sich hinter ihr geschlossen hatte, und
sie nahm an, dass ihr ungefähr fünf Minuten blieben, die Garage zu
überprüfen und nach oben zu gelangen, bevor Halloran sich mit
Waffengewalt Zutritt verschaffte.

Zwei Jahre lang hatte sie an ihm nichts anderes wahrgenommen
als die wahrscheinlich nur gespielte Gleichgültigkeit eines Mannes,
der sich größte Mühe gab, seine wahren Gefühle strengstens unter
Kontrolle zu behalten. Aber während der letzten paar Tage hatte sie
diese Gleichgültigkeit aufgebrochen und den Höhlenmenschen in
ihm geweckt. Völlig unerheblich, dass sie wahrscheinlich schneller
ziehen konnte als dieser Mann, besser schießen und härter kämpfen,
egal welcher Größenunterschied zwischen ihnen bestand. Halloran
spürte den instinktiven Zwang, sie beschützen zu müssen, und Sharon empfand das urtümlich menschliche Bedürfnis, ihn gewähren
zu lassen. Und genau so, stellte sie sich vor, musste es auch sein.

Irgendetwas an der Garage gefiel ihr nicht, obwohl sie sich den

Grund dafür nicht erklären konnte. Der Raum war hell erleuchtet, makellos sauber und absolut frei von dunklen Ecken und Winkeln. Sie konnte so gut wie jeden verdammten Zentimeter einsehen, ohne sich von der Stelle zu rühren, und es gab nicht den geringsten Grund zu vermuten, dass sich noch jemand hier unten befand. Aber dennoch hatte sie ein ungutes Gefühl.

Sie hielt den Atem an und lauschte in die Grabesstille.

Nichts.

Vor der rückwärtigen Wand parkten zwei Autos: ein Range Rover und ein Mercedes, beide stumm, beide dunkel. Ein Mountainbike und eine große Harley lehnten ganz in der Nähe auf ihren schrägen Ständern.

Sie ging in die Hocke und schaute unter den Wagen hindurch. Dabei kam sie sich schon ziemlich albern vor, aber als sie wieder aufgestanden war, tat sie etwas noch Albereres. Zum ersten Mal in ihrem Leben öffnete sie außerhalb eines Schießstandes ihr Halfter, zog die große Neun-Millimeter heraus und lud durch. Das unverkennbare Geräusch hallte in dem großen leeren Raum wider, und schon das war ihr ein wenig peinlich.

Vorsicht ist besser als Nachsicht, sagte sie sich und ließ den Blick langsam über die ganze Länge der Rückwand schweifen, während sie darauf zuging. Mittendrin befand sich ein Lastenaufzug, der rumpelnd nach unten gekommen war, als sie die Garage betreten hatte. Die Innenbeleuchtung ließ erkennen, dass die Aufzugskabine hinter dem hölzernen Gitter leer war.

In der linken hinteren Ecke befand sich eine Tür mit der Aufschrift TREPPE. In der rechten Ecke befand sich eine weitere Tür mit einem schwarzgelben Schild, das vor Hochspannung warnte.

Die Autos zuerst, sagte sie sich, dann die Türen, und warum, zum Teufel, hab ich jetzt feuchte Hände?

Grace starrte stumpfsinnig auf den Bildschirm des Computers, denn die Pfade aus den Logdateien, die flimmernd über den Monitor liefen, versetzten sie in einen fast hypnotischen Zustand.

Der weibliche Deputy aus Wisconsin, der von Magozzi zu ihnen geschickt worden war, hatte gerade von unten angerufen. Grace hatte eine Weile mit ihr gesprochen und sie dann per Fernbedienung eingelassen und auch den Aufzug hinuntergeschickt.

Mitch kam aus seinem Büro, beladen mit seiner Aktentasche und seinem Laptop. Sein Jackett hatte er zusammengerollt unter den Arm geklemmt. Er blieb am Schreibtisch von Grace stehen und legte ihr die Hand auf die Schulter. «Ich hau ab. Alles okay bei dir?»

Sie legte die Hand auf seine und lächelte ihn an. «Ich komm schon zurecht. Fahr du nur nach Hause und kümmer dich um Diane.»

Mitch sah sie lange an, schenkte ihr wie immer allein mit seinem Blick alles, was er zu geben hatte. «Du weißt, Grace», sagte er so leise, dass es niemand sonst hörte, «wenn du deine Meinung änderst und doch fortgehen möchtest, dann werde ich an deiner Seite sein. Davon kann mich nichts abhalten. Gar nichts.»

Diese Erinnerung an die erste Liebe, an die sich Männer anschei-nend ihr Leben lang klammern, hatte immer zwischen ihnen mitge-schwungen. Aber gewöhnlich war Mitch nicht so direkt und offen, und so fühlte sich Grace ein wenig unbehaglich. «Das weiß ich doch. Fahr jetzt nach Hause, Mitch.»

Er sah sie noch einen Augenblick an und wandte sich dann zum Fahrstuhl.

«Der soll gerade den Deputy abholen, den uns Magozzi schickt», erinnerte sich Grace. «Aber sie müsste gleich hier sein.»

Mitch schüttelte den Kopf. «Ich nehm die Treppe. Bis dann, Leute.» Er winkte Roadrunner und Harley zu, die jedoch konzen-triert auf ihre Monitore starrten und nur die Hand zum Abschied hoben.

Unten in der Garage quietschten Sharons Gummisohlen auf dem Betonboden, als sie an der offenen Tür des Lastenaufzugs vorüber-hastete.

Sie schätzte, dass sie drei Minuten gebraucht hatte, die Autos zu überprüfen und sich die von einem Vorhängeschloss gesicherte Tür mit dem Hochspannungsschild anzusehen, und langsam wuchs ihre Besorgnis, dass Halloran die Nationalgarde zu Hilfe rief, bevor sie die Treppe checken und nach oben gelangen konnte, wo das Funk-gerät hoffentlich wieder funktionierte.

Ihre Waffe hatte sie noch immer gezogen, aber langsam verflüchtigte sich ihre Unsicherheit, und ihre Hände hatten aufgehört zu schwitzen. Wenn man nur all seine Sinne bewusst aktivierte, verriet jeder geschlossene Raum von ganz allein, ob er leer war, und nachdem sie die Autos überprüft und die nur in der Vorstellung existierenden Schreckgespenster vertrieben hatte, meldeten all ihre Sinne laut und deutlich, dass sie hier unten in der Garage absolut allein war.

Sie war noch ungefähr drei Meter von der Tür zum Treppenhaus entfernt, als diese plötzlich aufging und ein Mann hervorgeschossen kam, aber gleich darauf beim Anblick ihrer Waffe erstarrte. Es wirkte schon fast komisch. «Oh, mein Gott. Bitte nicht schießen!»

Sharon entspannte sich. «Sorry.» Sie lächelte leicht verzagt und sah nach unten, um ihre Waffe wieder ins Halfter zu stecken. «Ich bin Deputy Sharon Mueller ...», begann sie. Dann blickte sie auf und sah nur noch Augen. Da wusste sie, dass sie gerade den größten Fehler ihres Lebens begangen hatte.

Ihre beiden Hände zuckten gleichzeitig, die eine zum nutzlosen Funkgerät an der Schulter, die andere zum Halfter, und die ganze Zeit dachte sie, so verrückt es sein mochte: *Siehst du, Halloran? Ich hab dir doch gesagt, ich könnte etwas entdecken. Ich hab dir doch gesagt, dass ich in solchen Sachen gut bin ...*

... und ihre Hände bewegten sich noch, zu schnell, um sie zu erkennen, zu langsam, um noch von Nutzen sein zu können. Und dann hörte sie einen leisen Knall und spürte gleich darauf, dass etwas oberhalb der Schutzweste in ihren Hals biss, verdammt, oberhalb dieser nutzlosen Scheißweste, und dann sprudelte es auch schon warm und feucht hervor und lief über ihr Hemd, und ihr rechter Zeigefinger krümmte sich ins Leere, wollte abdrücken, wieder und wieder und wieder, aber da war nichts.

Magozzi eilte den Korridor hinunter zu Tommys Büro, öffnete die Tür und rutschte auch gleich auf einer leeren Chipstüte aus. «Heilige Scheiße, Tommy, das hier ist ja ein Minenfeld. Was hast du denn?».

Tommy deutete mit einem Finger auf den Monitor vor sich. «Einen Namen. D. Emanuel. Das ist unser Junge.»

«Das ist Bradford?»

Tommy grinste und rieb sich den Buddhabauch. «Kannst du deinen Arsch drauf wetten. Zuerst hab ich das Country gecheckt, in dem
die Saint Peter's School ist, und dann wollte ich eigentlich alphabetisch vorgehen, bis ich mir überlegt hab, dass ein Junge aus der High
School doch nicht allzu weit fahren würde. Also hab ich mir die benachbarten Counties vorgenommen und wurde gleich beim zweiten
fündig. Livingston County. Brian Bradford hat am Tag nach dem
achtzehnten Geburtstag seinen Namen in D. Emanuel ändern lassen.»

Magozzi griff nach dem Telefon und wählte das Morddezernat.

«Kein Vorname?»

«Nein. Nur D.» Er deutete auf einen weiteren Monitor. «Ich lass
gerade für New York und Georgia eine Suche nach D. Emanuel laufen. Vielleicht kommt da ja was.»

«Gino!» Magozzi bellte in den Hörer. «Der Kerl hat seinen Namen
in D. Emanuel ändern lassen. Sucht danach in den Listen.» Er legte
gerade auf, als Tommy verdutzt auf einen der Monitore schaute.

«Also, das ist ja sehr seltsam.»

«Was?»

«Ich hab eine Heiratsurkunde für D. Emanuel in Georgia. Aber das
kann doch nicht stimmen.» Er beugte sich vor, als würde die größere
Nähe zum Monitor die Information einleuchtender machen. «Dieser
D. Emanuel hat einen James Mitchell geheiratet ... das muss also ein
anderer sein.»

Magozzi wirkte angespannt und wie erstarrt. «Muss es nicht,
nein.»

«Gleichgeschlechtliche Ehen in Georgia? Das glaub ich nicht.»

«Brian Bradford ist ein Zwitter.»

Tommys Kinnlade klappte nach unten. «Du willst mich doch ver-
scheißern. Warum hast du mir das nicht früher erzählt?»

«Wir haben es niemandem gesagt.»

Tommy sah kopfschüttelnd auf den Bildschirm. «James Mitchell.
Den Namen hab ich schon irgendwo gesehen.»

«Der ist verbreitet wie Sand am Meer.»

«Nein, ich meine kürzlich. Warte einen Augenblick. Das muss in

der FBI-Akte gewesen sein. An was anderem hab ich doch nicht
gearbeitet.» Er rutschte hinüber an eine andere Tastatur und fing
hektisch zu tippen an.

Das Telefon läutete, und Magozzi schnappte sich den Hörer.

«Das ist er, Leo. D. Emanuel war auf der Immatrikulationsliste,
aber nicht auf der Liste der Zulassungen. Das ist der Kerl. Jagt
Tommy den Namen schon durch den Computer?»

«Ja, wir arbeiten dran. Ich halt dich auf dem Laufenden.»

Kapitel 45

«Roadrunner, Harley?», sagte Grace leise. «Ich hab gerade wieder
eine Nachricht bekommen.»

Harley und Roadrunner stürzten an ihren Arbeitstisch und blickten über ihre Schulter auf den Monitor.

«Mach sie auf, Grace», sagte Harley.

Nach einem Mausklick erschien eine einzige Zeile auf dem Bildschirm:

ICH HABE DAS NICHT TUN WOLLEN

«Gütiger Himmel», flüsterte Roadrunner. «Was soll das denn bedeuten?»

Plötzlich erlosch das Licht im Büroraum, und der Monitor flackerte. Die E-Mail verschwand und wurde ersetzt durch einen blauen
Schreibtischhintergrund. Ein paar Sekunden später baute sich auf
dem Monitor eine schematische Darstellung der Stromversorgung
auf.

«Warnung vor Stromausfall», sprach Roadrunner das Offensichtliche aus.

«Sehr nützlich», sagte Harley. «Als wüssten wir nicht schon, dass
der Strom ausgefallen ist.»

«Da wird angezeigt, dass das Hauptkabel keinen Saft kriegt», sagte
Grace. «Und was genau soll das bedeuten?»

«Das heißt, es hat wahrscheinlich irgendwo an einer großen Fernleitung einen Ausfall gegeben», sagte Harley. «Scheiße. Das kann eine Weile dauern.»

Er ging an die Fenster und öffnete die Jalousien, als würde das etwas nützen. Die Sonne hatte sich nämlich hinter einer schwarzen Wolkenwand versteckt, die nicht so aussah, als würde sie bald verschwinden. «Scheiße, der dunkelste Tag des Jahres, und wir sitzen ohne Strom da.»

«Warum springt denn der Generator nicht an?», fragte Grace. «Ich dachte, wir hatten ihn so eingerichtet, dass er automatisch übernimmt.»

Harley zuckte die Achseln. «Wer weiß? Wir haben das Ding seit seiner Installation nicht ein einziges Mal benutzt, geschweige denn warten lassen. Das ist wie mit einer Autobatterie – benutz sie oder vergiss sie. Ich geh mal runter und seh nach. Roadrunner, für wie lange reichen die Batterien bei den Computern?»

«Ungefähr zwei Stunden.»

«Ich melde der Stromgesellschaft den Ausfall und mache Sicherungskopien von unseren Festplatten», sagte Grace. «Und ihr Jungs könntet versuchen, den Generator anzuschmeißen.»

«Wo, zum Teufel, ist denn dieser Generator überhaupt?», fragte Roadrunner.

«Im Generatorraum in der Garage.»

Man sah Roadrunner seine Ratlosigkeit an.

Harley verdrehte die Augen. «Ist dir vielleicht irgendwann einmal die Tür mit dem großen gelben Hochspannungsschild aufgefallen ... ist auch egal. Dir ist einfach nicht zu helfen. Also komm, sehen wir unten nach.»

«Aber der Aufzug ist doch auch elektrisch.»

Harley seufzte ungeduldig. «Die Treppen, Roadrunner.»

Widerstrebend ging Roadrunner ins dunkle Treppenhaus und setzte seine Füße langsam und vorsichtig von Stufe zu Stufe. Aber je weiter sie nach unten kamen, desto dunkler und gruftähnlicher wurde das Treppenhaus, und er wurde immer nervöser.

«Verdammt», schnauzte Harley plötzlich. Seine Stimme hallte in dem Sarkophag aus Beton wider, und Roadrunner wäre vor Schreck fast gestorben.

«WAS?!», schrie er.

Harley blieb stehen, um sich ein großes, klebriges Spinngewebe aus dem Bart zu klauben. «Spinnen. Tut mir Leid, Buddy, ich wollte dich nicht erschrecken. Ist aber auch schwer, all deine Phobien im Kopf zu behalten.»

«Willst du mir etwa erzählen, dass all das hier für dich unheimlich ist?», fragte er aufgebracht.

«Mehr als unheimlich, keine Sorge.»

«Ich kann jedenfalls verdammt nichts sehen», beschwerte sich Roadrunner. Er griff nach oben und schlug gegen eines der dunklen Lämpchen, die an der Wand angebracht waren, als könne er es durch seinen Zorn zum Leuchten bringen. «Und was ist mit denen hier? Sind das nicht diese Glühdinger, die angeblich immer ableiben?»

«Ja, aber diese Glühdinger brauchen Batterien, und wenn man die Batterien nicht auswechselt, dann hören die Dinger schließlich zu glühen auf», sagte Harley, als spräche er mit einem Dreijährigen.

«Wir brauchen eine Taschenlampe. Warum haben wir eigentlich keine mitgenommen?»

«Weil wir bescheuert sind. Aber komm ja nicht auf die Idee, von mir zu verlangen, nochmal nach oben zu laufen und eine zu holen. Geh einfach weiter. Irgendwo da unten ist ein Deputy, und Cops haben doch immer diese Monsterdinger mit der Leuchtkraft von fünf Trillionen Kerzen dabei.»

Roadrunner musste plötzlich niesen, und das so laut und oft, dass er sich mit diesem Anfall ohne weiteres für das Guinness-Buch der Rekorde qualifiziert hätte.

«He, Mann, alles in Ordnung?», fragte Harley, als der Anfall endlich vorüber war.

Roadrunner schniefte und ging dann weiter. «Ja. Aber hier sollte mal jemand sauber machen», sagte er durch die noch immer verstopfte Nase. «Hier gibt es ja genug Pollen, um einen Garten anzulegen.»

Harley knurrte unwillig, als er mit der Profilsohle seines Motorradstiefels an der Kante einer Stufe hängen blieb. Als er nach dem Geländer griff, um sich daran festzuhalten, fühlte er etwas Pelziges. «Scheiße!», schrie er, riss seine Hand zurück und presste sie an die

Brust. «Fass bloß nichts an. Ich glaub, ich hab gerade eine Ratte angegrabbelt.»

Roadrunner musste abermals niesen. «Dieser Raum ist hermetisch abgeschlossen. Wenn es einer Ratte dennoch gelungen sein sollte, hier einzudringen, wäre sie inzwischen tot.»

«So? Und was sonst ist pelzig, so groß wie Rhode Island und hat einen Herzschlag?»

«Wahrscheinlich nur ein Sporengeflecht.»

«Was soll denn das für'n Scheiß sein?»

«Weiß ich auch nicht. Das Zeug, das mich zum Niesen bringt.»

«Das redest du dir doch nur ein, Roadrunner.»

«Wir hätten eine Taschenlampe mitnehmen sollen.»

«Halt endlich die Klappe. Scheiße, wo ist denn nur die Tür?»

«Wenn du nervös bist, fuchst du ziemlich oft.»

«Wer ist hier nervös?»

Ein metallisches Scheppern ertönte, als Roadrunner mit der Stahltür kollidierte. «Autsch.»

«Gut gemacht. Du hast die Tür gefunden.»

Roadrunner drückte gegen die Stahlstange, und die Tür öffnet sich zur Garage, in der es sogar noch dunkler war als im Treppenhaus.

«Deputy Mueller?», rief Harley. Nur das Echo antwortete ihm.

«Deputy? Sind Sie hier unten?» Nur Stille.

«Wenn sie hier wäre, würde sie doch nicht stumm in der Dunkelheit sitzen, um uns aus dem Hinterhalt zu überfallen», sagte Roadrunner.

«Gutes Argument. Sie ist nicht hier unten. Ist wahrscheinlich verschwunden, als das Licht ausging. Wir müssen das jetzt im Dunkeln schaffen.» Er hielt inne und rief sich den Plan der Garage vor Augen. «Okay, der Generatorraum liegt genau gegenüber, auf der anderen Seite der Garage», sagte Harley. «Halt dich an meinem Hemd fest, und wir tasten uns an der Wand entlang.»

Roadrunner umklammerte Harley wie ein Ertrinkender und schlurfte blind hinter ihm her. «Pfui. Der Boden ist ganz glitschig. Verlierst dein Bock schon wieder Öl?»

«Mein Bock hat noch nie Öl verloren. Okay, wir sind da.» Er kramte in seiner Jackentasche, zog einen Schlüsselring hervor und

tastete auf der Suche nach dem kleinen Schlüssel für das Vorhängeschloss alle ab. «Ich würde zu gerne wissen, warum wir ein Vorhängeschloss am Generatorraum haben. Als wenn jemand kommt, um
einen Metallblock von tausend Kilo Gewicht zu klauen.»

Schließlich fand er den richtigen Schlüssel und öffnete die Tür.
Ihre Augen brauchten eine Weile, um den Klotz von Generator in
der Ecke zu ahnen. Sie arbeiteten sich zu ihm hinüber und versuchten, seine Einzelteile mit den Fingerspitzen zu enträtseln.

«Also, wonach soll ich suchen?», fragte Roadrunner.

Harley kratzte sich am Bart. «Prüf die Anschlusskabel, die Verbindungen und sag mir dann, ob du irgendwelche Knöpfe findest. Ich
glaub, das Ding hat so eine Art Neustart-Schalter.»

Roadrunner griff blindlings ins Leere und bekam sehr schnell ein
lose baumelndes Kabel zufassen, das den Eindruck machte, irgendwo hinzugehören, nur wo? Beim Werkunterricht in der High School
war er zwei Jahre hintereinander durchgefallen, bevor ihm ein frus-
trierter Lehrer schließlich eine ausreichende Zensur gegeben hatte,
weil Roadrunner ihm geholfen hatte, mit dem neuesten Modell eines
Kay-Pro-Computers umzugehen.

Als er sich mit aller Vorsicht um den Generator herumgetastet
hatte, um das Kabel besser anfassen zu können, stieß sein Kopf
schmerzhaft gegen ein sehr spitzes Metallobjekt an der Wand.

«Auuu», kreischte er, taumelte rückwärts und hielt sich den Kopf.

«Was bist du blöd für ein Trottel. Eines Tages wirst du dich noch
umbringen.»

«He, es ist stockdunkel, okay?»

«Wogegen bist du gestoßen?»

Roadrunner streckte die Hand aus und ertastete die Metallkante,
an der er sich gestoßen hatte. «Es ist ... ein Metallkasten. An der
Wand.»

«Das ist der Verteilerkasten. Jetzt können wir das Problem vielleicht lösen.»

«Darum hab ich auch erst mal den Kopf dagegen gehauen.»

Harley drängte sich neben Roadrunner und griff nach dem Kasten.

«Okay. Ich hab ihn.» Er öffnete den Deckel und fingerte darin herum. «Scheiße, ich seh überhaupt nichts, aber einer der Schalter zeigt

in einer anderen Richtung. Kann ich einen tödlichen Schlag kriegen, wenn ich das hier tue?»

Ein Klicken ertönte, und plötzlich flammte das Licht auf. «JA!», rief Harley wie ein Sieger.

«Gott sei Dank ...»

Und dann schlug die Tür mit einem ohrenbetäubenden metallischen Klang zu.

«Scheiße!», rief Roadrunner in Panik.

«Keine Sorge, Mann. Die Tür schließt nicht automatisch.» Er ging hinüber und fasste nach dem Griff.

Vor dem Generatorraum hängten zwei Hände in Handschuhen das Vorhängeschloss in die Haspe und ließen es zuschnappen.

Kapitel 46

Magozzi hing über Tommys Schulter und atmete ihm in den Nacken.

«Warum dauert das denn so lange?»

«Die Datei hat 700 Seiten. Und ist gerade erst gestartet ...»

Einer der Computer zirpte. Tommy schob Leo sanft zurück und rollte mit seinem Stuhl an einen Nebentisch. «Monkeewrench hat gerade wieder eine Nachricht bekommen.» Mit zusammengekniffenen Augen las er vor, was auf dem Monitor stand: «Ich habe das nicht tun wollen.› Mann, was soll das denn heißen?»

«Wer weiß?», wollte Magozzi schon sagen, aber da ertönte ein schrilles Alarmzeichen. «Scheiße, was ist los?»

Tommy starrte konzentriert auf den Monitor, wo unter der Nachricht eine Zeile aus Buchstaben und Zahlen in kurzen Abständen aufleuchtete und wieder erlosch. «Verdammt», flüsterte er und drehte sich mit weit aufgerissenen Augen zu Leo um. «Verdammt, Leo, da sind keine Firewalls. Es handelt sich um eine direkte Verbindung. Diese Nachricht kam von einem der Monkeewrench-Computer.»

Magozzi verharrte einen kurzen Moment bewegungslos, und in seinen Ohren dröhnte es. «Was sagst du da?»

«Der Kerl ist dort, Leo. In diesem Augenblick.»

Harley benutzte seine Schulter als Rammbock. Die Tür bewegte sich scheppernd in ihrem Metallrahmen, machte aber nicht den Eindruck, noch in diesem Jahrhundert nachgeben zu wollen. «Gottverdammt!»

«Ich dachte, du hast gesagt, sie schließt nicht automatisch.»

Harley rannte nochmal gegen die Tür. «Darf sie eigentlich auch nicht.»

«Harley, gib's auf. Eine Metalltür kriegst du nie aufgebrochen.»

«Eine bessere Idee?»

«Hast du dein Handy dabei?»

«Roadrunner, wir befinden uns in einer Betonzelle unter der Erde. Da funktioniert kein Handy.»

«Ich hab aber gerade in einem Film gesehen, wie so ein Typ in einem Untergrundbunker im Irak während ‹Desert Storm› telefoniert hat, und dessen Handy funktionierte.»

«Da siehst du mal, wie wir von Hollywood beschissen werden.»

Er packte den Türknauf und rüttelte völlig frustriert daran.

«Harley?»

«Ja, was ist?»

«Blute ich? Ich meine – sehr?»

Harley drehte sich um und sah, wie Roadrunner seinen Kopf nach der Stelle abtastete, mit der er gegen den Verteilerkasten geprallt war.

«Du hast eine rote Beule auf dem Kopf, so groß wie ein Hühnerei, und die wird langsam blau, aber Blut ist da nicht.» Er folgte Roadrunners besorgtem Blick. Der Betonfußboden vor ihnen war von blutigen Fußspuren bedeckt.

Von ihren Fußspuren.

«Gütiger Gott, Harley. Das da draußen war gar kein Öl», flüsterte Roadrunner.

Und plötzlich begriffen sie – der Strom, der nicht hätte ausfallen dürfen, aber es dennoch tat; die Tür, die sich nicht hätte schließen dürfen, aber es doch tat. Harley zog seinen .357er Magnum und richtete ihn auf den Türknauf.

«SCHEISSE! WAS HAST DU DÄMLICHES ARSCHLOCH VOR?!», schrie Roadrunner. «Du kannst doch in einem kleinen Betonraum nicht auf eine Stahltür schießen. Das reißt uns in Fetzen!»

«Weiß ich!» Harleys Hand zitterte, und Roadrunners Blicke folgten der Revolvermündung, die hin und her schwankte. «Weiß ich
doch», wiederholte er, diesmal im Flüsterton, und als er sich zu
Roadrunner umdrehte, schluchzte er. «Er ist hier, Roadrunner. Und
Grace ist da oben allein.»

Und dann hörten sie, wie der Fahrstuhl losfuhr. Nach oben.

«Grace!»

«Magozzi, sind Sie es?»

«Vertrauen Sie mir, Grace?» Er rannte durch das Großraumbüro,
wich den Schreibtischen aus, stieß jeden beiseite, der ihm in die
Quere kam, und hielt sein Handy so fest ans Ohr gedrückt, dass es
ihm noch tagelang wehtun würde.

«Nein, ich vertraue Ihnen nicht.»

«Tun Sie es, Grace. Denn davon hängt jetzt Ihr Leben ab. Also geht
es nicht anders. Der Killer ist in Ihrer Nähe. Hauen Sie ab! Verschwinden Sie auf der Stelle von dort! Noch in dieser Sekunde ... so
ein verfluchter gottverdammter Mist!»

«Was?» Hinter ihm rang Gino nach Luft.

«Ich hab sie verloren.»

«Gottverdammter Mist», fluchte Gino ebenfalls. Dann waren sie
auch schon auf dem Korridor, auf der Treppe nach unten, rasten zur
Vordertür, weil die näher an ihrem Wagen war, rannten die Modera-
torin von Channel 10 um, hätten beinahe auch eine Fernsehkamera
mitsamt Stativ umgerissen und stießen die Tür mit einem solchen
Schwung auf, dass Magozzi für einen kurzen Moment fürchtete, die
Scheibe würde zersplittern.

In derselben Sekunde, als sie unterbrochen wurden, hatte er schon
die Wahlwiederholung gedrückt, und bei Monkeewrench klingelte
das Telefon, wieder und wieder.

Grace stand wie angewurzelt an ihrem Schreibtisch, das Telefon ans
Ohr gepresst, die Augen vor Schreck weit aufgerissen und den Blick
starr auf den Lastenaufzug auf der anderen Seite des Lofts gerichtet.
Sie hörte, dass die Kabine nach oben kam, und sie konnte durch das
Holzgitter sehen, wie die Kabel sich bewegten.

«Magozzi?» flüsterte sie hektisch ins Telefon und hörte nichts als tödliche Stille.

Vertrauen Sie mir, Grace?

Ihre Hand zitterte so sehr, dass der Hörer auf der Tischplatte tanzte, als sie ihn ablegen wollte.

Der Killer ist in ihrer Nähe! Hauen Sie ab! Verschwinden Sie auf der Stelle von dort!

Sie hörte, wie ihr Herz schlug, als wolle es ihre Brust sprengen, sie hörte das Summen der Computer und das selbstvergessene Zwitschern eines Vogels vor dem Fenster.

Aber lauter als alles andere hörte sie den Lastenaufzug, der nach oben kam.

Lauf weg! Versteck dich, verdammt! Sie ging hinter dem Schreibtisch auf die Knie und befand sich blitzartig wieder in Georgia, vor zehn Jahren in jenem Wandschrank, wo sie das tat, was FBI Special Agent Libbie Herold ihr aufgetragen hatte. Auch damals hatte sie ihr Herz schlagen hören, und es waren auch noch andere Geräusche da gewesen: das flinke Patschen von Libbies nackten Füßen auf dem Holzfußboden, die Zehen noch nass von der Dusche; das Knarren einer Bohle auf dem Korridor; und schließlich ein *snick, snick* aus der Türöffnung zum Schlafzimmer. Durch die staubigen Lamellen sah sie Libbies bloße Beine irgendwie schlotternd ins Blickfeld kommen, und dann öffnete blitzendes Metall ihre Oberschenkel zu zwei lächelnden Lippenpaaren, aus denen sich Blut auf den Boden ergoss und eine große Lache bildete. Und während all dessen hatte Grace nicht einen Laut von sich gegeben, sondern nur mit vor Schreck geweiteten Augen in ihrem lachhaften Versteck gekauert und darauf gewartet, dass sie an die Reihe kam. Sie hatte nichts unternommen, um Libbie zu helfen, sie hatte nichts getan, um sich zu retten. *Nichts getan.*

Lauf weg und versteck dich. Es war ein tief verwurzelter Instinkt, der überdies so stark war, dass er im Bruchteil einer Sekunde das strapaziöse und umfassende Training der letzten zehn Jahre zunichte gemacht hatte. Die Kurse in Selbstverteidigung, das Bodybuilding, die Schießübungen — all das erwies sich jetzt als nutzlos, denn Grace kauerte am Boden, wie sie es vor zehn Jahren getan hatte, wartete, tat nichts.

Wie jedes Beutetier versuchte sie, sich möglichst klein zu machen, presse die Arme an den Körper, überkreuzte sie und spürte plötzlich ihre Waffe. Ihr fiel wieder ein, wer sie war. Was sie aus jenem zerbrochenen jungen Mädchen im Wandschrank gemacht hatte.

Sie blickt über die Schulter zum Fenster, das zur Feuerleiter führte. Noch konnte sie es schaffen. Zum Fenster hinaus, die Leiter hinunter, bis sie auf der Straße in Sicherheit war ...

Diesmal nicht. Sie schloss ganz kurz die Augen und wandte sich dann wieder dem Aufzug zu. Er war schon fast ganz oben. Zu spät, um an ihm vorbei zur Treppe zu rennen, aber Zeit genug, die Sig aus dem Schulterhalfter zu ziehen und durchzuladen; Zeit genug, um zu Annies Schreibtisch zu spurten, dahinter in Deckung zu gehen, die Waffe fest in beide Hände zu nehmen und auf der glatten Tischoberfläche in Anschlag zu bringen.

Wenn du schießt, besteht darin deine ganze Welt, hatte der Ausbilder ihr immer wieder eingetrichtert. *Die Hand, in der du die Waffe hältst, dein Ziel und der Weg dazwischen. Sonst existiert nichts.*

In jener Welt hatte sie sich hundertmal befunden, tausendmal, hatte so oft fünfzehn Schuss hintereinander abgefeuert, die auf der Scheibe so dicht beieinander lagen, dass sich sämtliche Einschusslöcher überlappten. Komischerweise hatte ihr der ohrenbetäubende Lärm auf dem Schießstand die einzigen Momente inneren Friedens beschert, wenn die Welt um sie herum ihre Konturen verlor und schließlich ganz verschwand, sodass nur noch der schmale, scharf ins Auge gefasste Weg existierte, der ihre ganze Aufmerksamkeit verlangte.

Sie spürte, wie sich dieser Frieden auch jetzt einstellte, als sie den Druck auf den Abzug langsam verstärkte und nichts sah als ihre Waffe und das Gitter der Aufzugstür.

Sie atmete durch die Nase ein, nicht durch den Mund, und wartete mit makabrer Ruhe darauf, zum ersten Mal einen Menschen zu töten.

Als er bei Rot auf die Hennepin abbog, fuhr Magozzi so schnell, dass der Ford mit dem Heck ausbrach. Fußgänger und Radfahrer stoben vor den heulenden Sirenen und quietschenden Reifen in alle Richtungen auseinander. Gino saß auf dem Beifahrersitz, eine Hand auf das Armaturenbrett gestützt, und brüllte die Adresse des Lagerhauses in sein Sprechfunkgerät, orderte ein Team für den Noteinsatz und zusätzliche Kräfte zur Unterstützung, denn eine Beamtin werde vermisst.

Sharon Mueller antwortete nicht auf Funkrufe.

Der obere Teil des Aufzugs wurde für Grace sichtbar, dann das Innere, und als er auf derselben Höhe war wie der Fußboden des Lofts, kam er mit einem Schlag zum Stehen.

Mit ihm blieb auch Graces Herz stehen und zerbrach gleich darauf in eine Million Stücke. In ihren Ohren hörte sie es splittern, und sie spürte, wie die vielen Teile von innen gegen ihre Rippen prallten.

Es war kein Killer im Aufzug. Nur Mitch, der zusammengesackt an der Seitenwand lehnte und mit blinden blauen Augen auf seine gespreizten Beine starrte. Der Armani war von Blut besudelt. Die Seite seines Kopfes, die ihr zugewandt war, existierte gar nicht mehr, war von innen nach außen gekehrt, als habe ihm jemand das Ohr rausgerissen wie einen Korken unter Druck, sodass sein wunderbares Hirn heraussspritzte.

Nein, nein, nein, Grace spürte, dass ein klagender Schmerzensschrei aus ihr hervorzubrechen drohte, und wusste, dass es ihr Ende bedeuten würde, wenn sie das geschehen ließe.

Sie wandte den Blick ab von den verkrallten starken Händen, die sie so zärtlich berührt hatten, von den toten Augen, die sie einmal und für immer geliebt hatten, und sie spürte, wie Hass sie erfüllte.

Sie bewegte sich leise, schnell und fast ohne dass ihre Stiefel über den Boden kratzten, als sie um den Schreibtisch kroch, vorbei am Fahrstuhl — Nur nicht hinsehen! — zur Treppe, den Arm ausgestreckt mit der Waffe, die ihr den Weg wies.

Die Tür öffnete sich schnell, aber Grace war schneller: Auf ein Knie gesunken, hielt sie den Atem an und verstärkte den Druck auf den Abzug, bis sie das letzte Quäntchen Widerstand vor dem Abfeuern spürte …

… und dann trat Diane zur Tür herein und erstarrte, als sie in die Mündung von Graces Waffe blickte.

Sie hatte einen dicken Trainingsanzug an und trug ihre Lauf-schuhe. Eine Leinentasche hing über ihrer Schulter. Ihr blondes Haar hatte sie zum Pferdeschwanz hochgebunden, ihr Gesicht war gerötet und zu einer angstvollen Grimasse verzerrt. «Ich ... ich ... ich ...»

Grace sprang auf die Füße, packte Dianes Arm und zerrte sie zur Wand. Unablässig richtete sie dabei ihren Blick und ihre Waffe auf die Tür zum Treppenhaus, die langsam zufiel. «Verdammt nochmal, Diane ...», zischte sie dich an deren Ohr, «... hast du einen von den anderen gesehen? Harley? Roadrunner? Annie?»

Grace hatte das Gefühl, dass Diane, die ein kehliges, aber durch-dringendes Geräusch von sich gab, neben ihr zusammenbrach. Eine Sekunde lang wandte sie den Blick von der Tür und sah, dass Diane mit offenem Mund auf Mitchs Leiche im Aufzug starrte und dabei sehr schnell atmete.

«Sieh nur, was du getan hast, Grace», wimmerte sie. «Sieh doch, was du getan hast.»

Grace zuckte zusammen, als sei ihr ins Gesicht geschlagen worden, blickte auf ihre Waffe und verstand, was Diane denken musste. «Um Himmels willen, Diane, das war ich doch nicht!», flüsterte sie ver-zweifelt, zerrte Diane auf ihre andere Seite, sodass sie zwischen ihr und dem grausigen Ding im Aufzug stand. «Hör mir zu, wir haben keine Zeit, unten ist ein weiblicher Deputy, hast du die gesehen?»

Diane bewegte den Kopf. Um an Grace vorbei in den Aufzug zu sehen. Ihre Augen blickten wie besessen und waren so weit aufgeris-sen, dass ihr Blau von weißen Rändern umgeben war.

Grace rüttelte an Dianes Arm. «Sieh da nicht hin, Diane, sieh mich an!»

Die leeren blauen Augen richteten sich langsam auf Grace, kläg-lich, resigniert, so zerstört wie der Kopf von Mitch. «Was?», fragte sie teilnahmslos.

«Hast du unten jemanden gesehen?»

Dianes Kopf bewegte sich auf und ab. «Weiblicher Cop.» Sie schien krampfhaft schlucken zu müssen. «Sie ist tot ... furchtbares Blutbad ...»

«Mein Gott.» Grace schloss ganz kurz die Augen. «Was ist mit den anderen? Harley, Annie ...?»

Diane schüttelte verständnislos den Kopf.

Großer Gott, dachte Grace, sie zuckt mit keiner Wimper. Ich weiß, wohin sie treibt. Ich bin ebenfalls schon einmal an diesem Ort gewesen. Sie kniff Dianes Arm so kräftig, dass die Frau vor Schreck nach Luft rang und zurückzuckte.

«Du hast mir wehgetan.» Es begann wie ein schmerzerfülltes Flüstern und steigerte sich zu einem furchtbaren Wutgeschrei: «Du hast mir wehgetan MIR WEHGETAN MIR WEHGETAN ...»

Grace holte mit der freien Hand aus und schlug Diane auf den Mund. Sie drückte die Frau gegen die Wand und zischte ihr ins Gesicht: «Tut mir Leid. Aber es musste sein. Und nun hör mir zu. Ich muss nach unten. Ich muss Harley und Roadrunner finden. (Und, lieber Gott, bitte mach, dass Annie nicht auch dort ist, lass sie bitte draußen sein, in Sicherheit, irgendwo in einer Schlange in einem Restaurant, ungeduldig und sauer und impertinent und lebendig ...) Verstehst du mich, Diane? Ich muss nach unten, und ich kann dich nicht hier oben allein lassen. Du musst mit mir kommen, immer schön hinter mir bleiben, in Ordnung? Ich werde nicht zulassen, dass dir etwas geschieht, das verspreche ich.»

Denn diesmal hatte sie eine Waffe, und, bei Gott, diesmal war sie gerüstet. Niemand würde mehr für das zweifelhafte Privileg, ein Freund von ihr zu sein, mit seinem Leben bezahlen müssen.

«Wir können nicht gehen, Grace.»

«Wir müssen aber. Es wird ja nicht lange dauern.» Grace dachte schnell, redete schnell, merkte, wie die kostbaren Sekunden verrannen, verfluchte ihre Vorstellungskraft, Harley und Roadrunner und Annie irgendwo da unten liegen und verbluten zu sehen, während die verfluchte dämliche selbstsüchtige Diane hier oben ... Sie riss sich zusammen und holte tief Luft, um die notwendige Wut von Diane zu lösen und auf den Killer zu richten.

«Komm schon, Diane. Es ist Zeit zu gehen», sagte sie wohlüberlegt. «Das hast du mir einmal gesagt, weißt du noch? Und du hattest Recht. Erinnerst du dich?»

Diane blinzelte. «Im Krankenhaus.»

«Genau. Ich war im Krankenhaus, und du hast mir gesagt, dass wir manchmal bestimmten Dingen aus dem Weg gehen müssen.»

Dass alles gut würde, wenn ich einfach ginge. Und das haben wir auch getan, weißt du noch...?»

«Aber...» Diane sah sie hilflos an. «So hab ich es aber nicht gemeint. Wir sollten nicht alle gehen.»

Grace ahnte, dass es da wohl einen winzigen Haken gab. «Was?»

«Du warst diejenige, die gehen sollte. Ich nicht, Mitch nicht, nur du allein, aber dann sind doch alle gegangen, alle mussten Grace folgen, und ich musste auch gehen, und siehst du jetzt, was du angerichtet hast?» Sie weinte inzwischen hemmungslos. Sie kramte in ihrer Tasche nach einem Papiertaschentuch, holte aber eine .45er mit Schalldämpfer hervor und presste Grace die Mündung gegen die Brust.

Kapitel 47

Magozzi biss sich in die Innenseite der Wange, als er die Kurve in die Washington auf zwei Rädern nahm, und schmeckte Blut, während er eine Ewigkeit wartete, bis alle vier Räder den Straßenbelag wieder fanden. Dann erst trat er hart auf die Bremse.

Sie schleuderten zur Seite, bis sie schließlich direkt vor dem Lagerhaus zum Stehen kamen und gerade noch sahen, wie Halloran, der breitbeinig vor der kleinen grünen Tür stand, sein ganzes Magazin auf das Türschloss leerte und Schrapnell unter Höllenlärm in alle Richtungen durch die Gegend flog. Der Kofferraumdeckel eines Fahrzeugs des Minneapolis Police Department, das auf der anderen Straßenseite parkte, stand weit offen, und ein junger Officer lief mit einer Schrotflinte und einer Brechstange zu Halloran.

Magozzi und Gino waren aus ihrem Wagen gesprungen, bevor dieser nach der Vollbremsung zu schaukeln aufgehört hatte. Sie ließen die Türen offen stehen und rannten zur Tür. Magozzi packte den Lauf der Schrotflinte und drückte ihn nach unten, bevor Halloran schoss. «Nein, die Tür ist aus Stahl! Warte auf den Rammbock!»

Halloran sah ihn nur hektisch an, griff nach der Brechstange und hämmerte sie in den Spalt, wo die Stahltür auf den stählernen Türrahmen traf.

Magozzi erstarrte sekundenlang, gelähmt vor Hoffnungslosigkeit, und horchte auf den Chor der Sirenen, die aus allen Richtungen näher kamen. «Die Feuerleiter», sagte er plötzlich und rannte schon an die Seite des Gebäudes, bevor er die Wörter ausgesprochen hatte. «Nimm du die Vorderseite!», rief er über die Schulter Gino zu, als der Kühlergrill eines Feuerwehrfahrzeugs an der Ecke sichtbar wurde.

Eine Minute für den Rammbock, dachte er. *Vielleicht zwei. Es wird alles gut gehen. Es wird alles gut gehen ...*

Sein Handy klingelte, als er schon auf der Feuerleiter stand, und dann schrie ihm Tommy ins Ohr. «Leo! Ich hab's! Es ist Mitch Cross! James Mitchell ist Mitch Cross, und D. Emanuel ist seine Frau!»

Magozzi polterte die Metallstufen hinauf und warf sein Handy übers Geländer.

Alle Luft war auf einen Schlag aus Graces Lungen entwichen, als hätte die .45er auf ihrer Brust sie hinausgepresst.

Sie war also doch noch nicht gerüstet gewesen. Ihre eigene Waffe war nach rechts gerichtet, zeigte noch immer auf die Tür zum Treppenhaus, und trotz des Schocks und ihrer Furcht dachte sie: *Sie könnte mir zwei Kugeln ins Herz schießen, bevor ich die Sig herumgerissen hätte ...*

Diane sah aus den leeren und seelenlosen Augen an, in die Sharon Mueller in jenen letzten Sekunden geblickt hatte, bevor die Kugel ihren Hals traf. Augen, wie Grace sie noch nie gesehen hatte. Als sie die .45er hervorgeholt hatte, war Diane ruhiger geworden. «Ich hab heute die große Knarre genommen», sagte sie gefasst. «Ich mag die .22er lieber, aber ich wollte sichergehen. Mit der .22er muss man nämlich richtig dicht rangehen und präzise schießen.»

Es dauerte lange, bis es ihr bewusst wurde. Ja sicher, die stets so korrekte Diane, die sich so zimperlich anstellte, wenn es um Waffen ging, und die nur im Ausnahmefall laut wurde, hatte ihr eine .45er auf die Brust gesetzt, aber erst in dem Moment, als sie die .22er erwähnte, war Grace klar geworden, dass sie der Monkeewrench-Killer war.

«Oh nein.» Ihre Lippen, die sich geschwollen und trocken anfühlten, formulierten unwillkürlich Zweifel, und ihr Verstand schien aussetzen zu wollen. «Du? Du hast all diese Menschen ermordet? Mein Gott, Diane, warum?»

«Na, vermutlich zur Selbsterhaltung.»

«Aber ... du kanntest diese Menschen doch gar nicht. Sie waren doch nichts als Profile. In einem Computerspiel, um Gottes willen. Es *war doch nur ein Game.*»

Jetzt lächelte Diane sogar, und dieses Lächeln flößte Grace so große Furcht ein, dass ihre Knie beinahe nachgegeben hätten. «Das genau ist es ja. Ich wusste, du würdest es verstehen. Eigentlich hab ich das Game umgebracht und keine realen Menschen.» Ihre Augen verengten sich ein wenig. «Mitch hat versucht, dir das Spiel auszureden, aber du wolltest einfach nicht auf ihn hören, stimmt's? Hast du überhaupt eine Vorstellung, was der Mann deinetwegen durchmachen musste?»

«Du hast Menschen ermordet, weil Mitch *das Game nicht gefiel?*»

«Grace, mach dich bitte nicht lächerlich. Es war viel mehr als das. Das Game war dabei, uns zu zerstören. *Es war das Ende von allem!*» Sie hielt einen Moment inne, neigte den Kopf ein wenig und lauschte. Grace hörte es ebenfalls. Eine Sirene. In der Ferne. Auf dem Weg nach hier – oder woanders hin? Diane schien das gar nicht zu kümmern, und das machte Grace umso mehr Angst.

«Jedenfalls», fuhr Diane in aller Ruhe fort, «musste ich dem Einhalt gebieten, bevor Spieler die fünfzehnte Ebene erreichten. Cops spielen auch solche Games, verstehst du? Was wäre passiert, wenn einige von ihnen in Atlanta dein kleines Mordszenario gesehen und dann Fragen gestellt hätten?»

Bei dem Versuch, Sinn hinter dem Wahnsinn zu finden, überschlugen sich Graces Gedanken und blockierten sich gegenseitig.

«Wovon redest du denn da?»

«Mord Nummer fünfzehn, Grace. Du hast ihnen alles offen gelegt. Ein halbes Dutzend Dienststellen und Hunderte von Cops bekamen nicht heraus, wer der Mörder von Atlanta war, und du hast es ihnen mit einem kleinen Scheißhinweis in deinem kleinen Scheißspiel verraten. Vielen Dank, Grace, dass du beinahe mein Leben ruiniert hättest. Es leuchtet ja wohl ein, dass ich das Game stoppen musste, bevor jemand darauf stieß. Und das habe ich getan. Hab ein paar Leute

umgelegt, und du hast das Game aus dem Netz genommen, genau
wie ich es von dir erwartet hatte. Aber dann schickten diese dämlichen Cops deine Fingerabdrücke zum FBI, und dadurch wurde man
wieder auf die Morde in Atlanta aufmerksam. Langsam brach alles
auseinander.»

Noch mehr Sirengeheul. Viel mehr, und sie waren nahe. Diane
zuckte nicht mit der Wimper.

*Vielleicht hört sie die Sirenen ja gar nicht. Bring sie dazu, dass sie hinhört.
Was war mit Mord Nummer fünfzehn? Von welchem Hinweis redet sie? Nein,
vergiss es. Im Moment ist es unwichtig. Versuch einfach nur, sie abzulenken, damit du die Sig ganz langsam bewegen kannst, vorsichtig, Zentimeter für Zentimeter ...*

«Die Polizei kommt, Diane. Hör doch, die Sirenen.»

«Ach, mach dir darum keine Sorgen. Das gehört alles zum Plan.
Möchtest du wissen, wie der Plan aussieht? Er ist wirklich genial. Ursprünglich hatte ich heute natürlich nur vor, dich zu töten. Ich wollte
selbstverständlich nicht alle umbringen, denn dann würde es ja kein
Monkeewrench mehr geben und Mitch wäre unglücklich, aber ...
Du weißt ja, wie es ist. Immer wieder kommen einem Leute in die
Quere.» Sie verzog ärgerlich das Gesicht. «Wie diese Polizistin da
unten. Die hat alles ruiniert. Was, zum Teufel, hatte sie hier eigentlich zu suchen? Wusstest du, dass sie aus Wisconsin kam? Ich hab das
auf dem Abzeichen an ihrem Hemd gesehen.» Sie tippte sich mit
dem Zeigefinger an die Lippen, als rätselte sie über etwas, aber dann
erhellte sich ihr Gesicht von einem Moment zum anderen. «Egal, bis
die Cops es geschafft haben, in dieses Gebäude einzudringen — und
ich sollte mich an dieser Stelle bei dir für das ausgezeichnete Sicherheitssystem bedanken, Grace —, hab ich mich in die notwendige
Hysterie gesteigert. Ich glaube, ich krieg das gut hin. Hab ja auch
geübt. Und dann brauche ich ihnen nur noch zu erzählen, dass du
ausgerastet bist und angefangen hast, die Leute umzubringen, bis
ich dich in Notwehr erschießen musste. Glaub mir, die FBI-Typen
werden begeistert sein. Die wollten doch immer schon am liebsten
glauben, dass du in Georgia die Mörderin warst. Jetzt können sie
sicher sein und ihre verflixte Akte schließen. So sind alle glücklich
und zufrieden.»

Ihr Blick schoss hinüber zum Aufzug, wanderte wieder zurück, und dann verdunkelte sich ihr Miene. «Na ja, nicht rundum glücklich. Ich bin stinksauer, Grace, dass du mich gezwungen hast, Mitch umzubringen.»

Deine Schuld, Grace. Alles deine Schuld.

«Er hat dich geliebt», flüsterte Grace, und plötzlich wurde die Sig furchtbar schwer, und ihr Arm wurde immer lahmer. Hatte sie ihn noch ein ganz klein wenig weiter in Richtung Diane bewegt? Sie war nicht sicher. «Wie konntest du ihn nur umbringen?»

Dianes Augen wurden zu Schlitzen, und Grace suchte nach Wut, Hass, irgendeinem Anzeichen von menschlichem Gefühl, aber in ihnen war nur Verärgerung zu lesen. «Aber es war nicht meine Schuld. Er hätte nämlich gar nicht hier sein dürfen. Er hatte es mir versprochen. VERSPROCHEN. Er lief mir direkt in die Arme, gerade als ich die Polizistin niedergeschossen hatte, und dann musste ich ihm natürlich den Plan erläutern, und natürlich wollte er nicht, dass ich seine teure Grace tötete.»

Und in einem so normalen Plauderton, dass Grace die Härchen auf dem Arm zu Berge standen, fügte sie hinzu: «Wir hatten den schlimmsten Streit unserer Ehe, Grace. Den absolut schlimmsten. Er wollte mich umbringen, mich, seine eigene Ehefrau, nur um mich davon abzuhalten, dich zu töten. Glaubst du mir das?»

Ja, Grace glaubte es. Mitch hätte alles für sie getan. Alles. Sie versuchte sich vorzustellen, wie es wohl für ihn gewesen sein mochte, zu erfahren, dass die Frau, mit der er seit zehn Jahren eine Ehe führte, eine Mörderin war. Aber er hatte doch mit ihr zusammengelebt, verdammt. Wie konnte man so lange mit jemandem zusammenleben, ohne so etwas zu merken?» «Ich versteh nicht, wie du es all die Jahre vor ihm verbergen konntest.»

Diane reagierte verwirrt. «Wovon redest du?»

«Georgia.»

«Ach, Grace! Du glaubst, ich hab all die Leute in Georgia umgebracht? Mein Gott, ist das komisch. Warum hätte ich das tun sollen, um Gottes willen? Mitch hat sie umgebracht.»

Grace sah sie entgeistert an. Sie hörte irgendwo draußen Schüsse, eine ganze Menge Schlüsse, schnell hintereinander, aber ihr Gehirn

weigerte sich, das Gehörte weiterzuverarbeiten. «Das ist doch verrückt. Mitch hätte niemals …», wollte sie sagen, und Diane lachte
nur leise und freudlos.

«Es war gewiss nicht das Klügste, was je getan hat, aber in
jenen Tagen hatte er auch keinen klaren Kopf. Ich nehme an, er war
auf die aberwitzige Idee gekommen, er müsse nur alle Leute in deiner Umgebung umbringen, damit du dich ihm an den Hals werfen
würdest. Das klappte natürlich nicht, und deswegen musste er sich
damit zufrieden geben, nur dein … wie soll ich sagen? Dein bester
Freund zu sein?»

Grace nickte wie betäubt.

«Zufällig folgte ich ihm an jenem Tag, als er diesen Johnny Soundso tötete, mit dem du ausgegangen warst – also, ich kann dir sagen, wenn das keine Ironie des Schicksals ist: Vor zehn Jahren lief ich
ihm in die Arme, nachdem er jemanden umgebracht hatte; heute
Morgen lief er mir über den Weg, nachdem ich jemanden getötet
hatte. Ha! So schließt sich der Kreis.»

Ihre Augen schienen nur noch verschwommen zu sehen, und sie
schien sich in ihren Gedanken zu verlieren, bevor sie abrupt wieder
aufmerksam wurde. «Jedenfalls hatte ich mir Mitch bereits als den
Mann ausgesucht, den ich einmal heiraten würde, und deswegen lief
alles perfekt. Ich bekam den Ehemann, den ich wollte, und er bekam
eine Ehefrau, die nicht gegen ihn aussagen konnte.» Sie rümpfte angewidert die Nase. «Und alles wäre bestens gewesen, wenn das FBI
dich nicht zusammen mit Libbie Herold in diesem abgelegenen
Haus eingeschlossen hätte. Ich kann dir versichern, Grace, es hat ihm
den letzten Rest Beherrschung geraubt, dass er nicht mehr an dich
herankam. Ich persönlich glaube ja, dass er damals ein wenig
psychotisch gewesen sein muss, höllisch besessen davon, dich zu
‹retten›. Das konnte ich ihm absolut nicht ausreden. Und da hat er
dann die Halskette verloren.»

«Halskette?»

Nervös drückte Diane Grace die .45er fester auf die Brust.
«Grace, denk doch mal nach! Die Halskette. Dein kleiner Scherz mit
den Tanga-Badehosen!»

Und da schaltete Grace. Im Computerspiel, fest umklammert von der Hand des Mordopfers fünfzehn, und im wirklichen Leben all die Jahre während der Zeit am College um Mitchs Hals. Immer aber unter seinem Hemd oder Pullover, damit niemand den Anhänger mit der Tanga-Gravur sah.

«Der Idiot hat sie verloren, als er die FBI-Agentin tötete, was aber kein Problem war, bis du das verdammte Halsband in dein verdamm-tes Game aufgenommen und das dann ins gottverdammte Internet gestellt hast. Und wenn die Cops von Atlanta das sehen, werden sie sich daran erinnern, dass die Kette genau ist wie die, die sie in ihrer Asservatenkammer aufheben. Und rate mal, was dann passiert? Die kommen hierher und stellen Fragen, zum Beispiel, wie du eigentlich auf diese Idee gekommen bist. Da sagst ihnen dann, ach ja, ich hab Mitch mal genau so eine Kette geschenkt, als wir auf dem College in Atlanta waren, und das war's dann, Ende der Geschichte. Libbie hat ihm nämlich eine Schnittwunde verpasst. Sein Blut war überall am Tatort. Und heutzutage bei den DNS-Analysen ...»

Grace hörte kaum mehr hin. Verstand, Körper, Geist – alles wie betäubt. Die Wut, auf die sie gezählt hatte, der Hass, der sie erfüllt und stark gemacht hatte, sie waren von einer Welle der Hoffnungs-losigkeit davongespült worden.

Es war also alles umsonst gewesen. Ja, sogar albern, wenn sie darüber nachdachte. All die Sicherheitsmaßnahmen, um sich vor einem Killer zu schützen, der bei jedem Schritt des Weges an ihrer Seite gewesen war. All die überwachsame Paranoia, der Argwohn ge-genüber jedem fremden Gesicht, während sie zu blind, ja, zu dumm gewesen war, um die Wahrheit hinter einem der Gesichter zu sehen, die sie am besten zu kennen glaubte.

Die Sig wurde schwerer, und die Muskeln in ihrem ausgestreck-ten Arm verkrampften sich. Warum hielt sie die Waffe überhaupt noch fest? Sie würde niemals die Chance bekommen, sie zu benut-zen.

Plötzlich drangen laute Geräusche von unten herauf. Etwas Gro-ßes, das aufprallte, Metall auf Metall, immer wieder.

Dianes Augen flackerten. «Ach, du liebe Güte. Die Kavallerie macht Ernst. Ich schätze, wir sollten hier oben lieber zum Ende kom-men. Was, zum Teufel, machst du da eigentlich?»

Grace blinzelte etwas verwirrt.

«An deinem Hals, verdammt! Was machst du da an deinem Hals?»

In dem Moment fühlte sie es, zwischen ihren Fingern. Während die Hand mit der Waffe immer weiter nach unten gesunken war, war die andere langsam hinauf zu der Kette gekrochen, die sie unter ihr T-Shirt geschoben hatte. Jetzt zog sie das Kreuz hervor, das Jackson ihr geschenkt hatte. Es war keine bewusste Geste. Man ging nicht durch ein Leben wie das von Grace und bewahrte sich den Glauben an einen Talisman, ob nun religiöser oder sonstiger Art. Doch als sie das Kreuz berührte, sah sie den Jungen mit seinen braunen Augen ernst zu ihr aufblicken und hörte wieder, wie er sie beschwor, die Kette zu tragen. Er glaubte. Vielleicht hatte sie deswegen nach dem Kreuz gegriffen; um die Verbindung zu jenem Rest Vertrauen herzustellen, den das Leben ihm noch nicht ausgetrieben hatte.

Vertraust du mir, Grace? Als sei sie ihm das schuldig, denn obwohl er ihr niemals hätte trauen dürfen, hatte er es dennoch getan ...

Was für ein kostbares Gut es doch war, das Vertrauen. Aber auch ein zerbrechliches. Vertrauen war es, was Jackson ihr wirklich geschenkt hatte. Jackson und Harley und Annie und Roadrunner und Charlie, und sogar Magozzi, der ihr ganz und gar nicht hätte trauen dürfen, aber es dennoch tat ...

«Da ist nichts. Nur ein Kreuz. Siehst du?»

Diane trat schnell einen Schritt zurück, und Grace konnte zum ersten Mal seit Stunden — so kam es ihr zumindest vor — wieder frei atmen, ohne den Druck der .45er auf der Brust.

Diane starrte wie hypnotisiert auf das Kreuz, das in Graces Hand hin und her schwang und dabei funkelte, weil es das Licht reflektierte, das durch die Loftfenster fiel. «Ich hatte auch mal so eins», flüsterte sie und fasste sich an den Hals, wo sie etwas zu fühlen glaubte, was nur in ihrer Einbildung existierte. «Die Äbtissin hat es mir gegeben, aber ... ich glaub, ich hab es weggeworfen.»

Sie hatte sich in eine für Grace absolut unzugängliche Erinnerung verloren, war für einen Sekundenbruchteil abgelenkt durch etwas, was sich hinter ihren starren Augen abspielte. Und in dieser Sekunde spürte Grace die Hitze eines Adrenalinstoßes, der sie die Hand mit

der Waffe wieder heben ließ, sah dann, dass sich die Tür zum Treppenhaus ganz, ganz langsam öffnete; sah, wie eine Frau in blutiger
brauner Uniform auf dem Bauch vorwärts robbte, eine Waffe in zitternden Händen, deren Mündung wegkippte, immer weiter, bis die
Waffe scheppernd auf den Holzfußboden fiel, weil der Frau dann
doch die Kräfte versagten …

In der nächsten Sekunde blinzelte Diane, wandte sich abrupt der
Frau auf dem Boden zu, und schneller, als Grace dem folgen konnte,
richtete Diane den .45er auf die Tür, während sich die Sig immer
weiter hob, und dann schien das Loft unter ohrenbetäubenden Sal-
ven zu explodieren.

Diane wurde zur Seite geschleudert und fiel. Dabei krachte ihr
Kopf mit einem Geräusch auf den Boden, das noch ewig in Abträu-
men nachwirken würde. Da war Blut, eine Menge Blut, und es floss
aus so vielen Wunden in Dianes Kopf und Körper, dass Grace überhaupt nichts mehr verstand.

Sie sah verwirrt auf die Sig Sauer, die sie in der Hand hielt. Sie
hatte doch nur einmal geschossen. Oder zweimal? Gewiss aber nicht
öfter, denn dafür war gar keine Zeit gewesen, und außerdem hatte
sie die Waffe doch nur langsam gehoben, kaum über Bodenhöhe,
und sie konnte ja auch erkennen, wo die Kugeln das gebohnerte
Ahorn aufgerissen und zersplittert hatten.

Er kam hinter Annies Schreibtisch langsam aus der Hocke hoch,
um sie nicht zu erschrecken, die Waffe noch immer fest in beiden
Händen, aber nach unten gerichtet.

«Magozzi», flüsterte Grace und wiederholte: «Magozzi.»
Es war nichts als sein Name. Er hatte ihn sein Leben lang begleitet, aber ihn jetzt von Grace MacBride zu hören, versetzte ihm einen
Stich ins Herz. «Und Halloran», sagte er mit einem Blick zur Treppenhaustür.

Grace folgte dem Blick und sah einen großen Mann in brauner
Uniform, der sich über die blutende Frau beugte, seine Hand auf
ihre Wunde am Hals presste und dabei weinte wie ein Kind.

Grace hörte durch den Aufzugsschacht lautes Geschrei aus dem
Treppenhaus. Und dann machte ihr Herz einen Sprung, als sie drei
Stimmen heraushörte, die laut ihren Namen riefen.

«Danke, danke», flüsterte sie unwillkürlich, noch als sie ihre Waffe fallen ließ und hinüberlief, um der verwundeten Frau zu helfen, ohne auf die Tränen zu achten, die ihr übers Gesicht liefen. Sie dachte an Annie und Harley und Roadrunner, die alle lebten, Gott sei Dank; sie dachte an Jackson und Magozzi, an den Mann namens Halloran und die blutende Frau, auf deren Wunde er seine Hand presste – an all die Menschen, die sie schließlich doch noch gerettet hatten.

Gino und Magozzi standen vor dem Lagerhaus am Bordstein und sahen zu, wie der Notarztwagen zum Hennepin County General davonraste. Er wurde von drei Eskorten begleitet, deren Blaulichter und Sirenen auf Hochtouren arbeiteten; zwei Wagen der Polizei von Minneapolis vorneweg und Bonar im Streifenwagen aus Wisconsin hinterher. Halloran hatte darauf bestanden, bei Sharon mitzufahren. Die Sanitäter waren so unklug gewesen, ihm zu sagen, es täte ihnen zwar Leid, aber er könne in ihrem Notarztwagen nicht mitfahren, und Halloran hatte keinen Ton dazu gesagt. Er hatte nur seine Waffe gezogen und auf sie gezielt, sodass die Sanitäter schleunigst ihre Meinung geändert hatten.

«Die Sanis meinen, es sieht nicht gut aus», sagte Gino.

«Hab's gehört.»

«Wie viele Cops kennst du, die sich mit einer solchen Wunde all diese Treppen hinaufgeschleppt hätten.»

«Ich würde gern glauben, dass die meisten es täten.»

Gino schüttelte den Kopf. «Ich weiß nicht. Das war jedenfalls stark.»

Magozzi nickte. «Beide waren sie stark. Halloran sprang zur Tür herein und hatte fast sein ganzes Magazin leer, bevor ich einen zweiten Schuss abgeben konnte.»

Gino seufzte. «Ich werde wohl meine Meinung zu Provinz-Cops aus Wisconsin überdenken müssen. Aber was war eigentlich mit MacBride los? Warum ist sie wie der Teufel hinter der Bahre herge-rast?»

Magozzi schloss die Augen und dachte daran, wie Grace neben der Bahre hergelaufen war, als man sie durch die Garage geschoben hatte, wie sie sich das Kruzifix vom Hals gerissen und die Kette dann Sharon hektisch ums Handgelenk gewickelt hatte.

Ist sie katholisch?, hatte einer der Sanitäter Grace gefragt. Ich weiß nicht! Aber geben Sie acht, dass ihr niemand die Kette abnimmt.

«Sie hat getan, was sie konnte, Gino.»

«Hm.» Gino drehte sich um und sah hinüber zu Grace, Harley, Roadrunner und Annie, die zusammen in der Nähe der Tür standen und aussahen wie Menschen, die den Schrecken eines Krieges entkommen waren. «Ich frag mich nur, ob sie nach der Geschichte hier eine richtige Macke hat.»

Magozzi blickte über die Schulter zu Grace. Sie war unter den Armen ihrer Freunde beinahe begraben, aber sah fast sofort zu ihm hinüber, als habe er ihren Namen gerufen. «Glaub ich nicht», sagte er.

Kapitel 48

Für Ende Oktober war es ein heißer Tag, über 25 Grad. Der Himmel war wolkenlos und so blau, dass es schmerzte.

Es war *Pomp and Circumstance*, dachte Halloran, es war diese Musik, die Beerdigungen von Cops so gottverdammt traurig machte. Milwaukee hatte Dudelsackpfeifer geschickt, und die wehklagten jetzt an Stelle aller Männer und Frauen in Uniform, die das nicht durften, weil es sich nicht geziemte.

Hunderte waren gekommen. Gott, wie viele Gestalten in Braun und Blau. Auf Hochglanz poliertes Messing funkelte im Sonnenlicht und schmückte die herbstlich ausgetrockneten sanften Hänge, auf denen Grabsteine sprossen.

Abgesehen von den Nummernschildern aus Wisconsin hatte er welche aus einem Dutzend Bundesstaaten in der Autokolonne gesehen, die feierlich gemessen die zwei Meilen von der St. Luke's Catholic Church zum Friedhof von Calumet zurücklegte.

Er studierte die Gesichter, die dem Grab am nächsten waren, und sah seine eigenen Leute strammstehen. Viele von ihnen weinten hemmungslos. Das hatten die Dudelsäcke nicht an ihrer statt tun können.

Hallorans Augen blieben trocken, als seien die Tränen, die er in jenem Lagerhaus in Minneapolis vergossen hatte, sein letzter Vorrat gewesen.

Es war jetzt fast vorüber. Die Fahne war gefaltet und überreicht worden, man hatte Salut geschossen, von dem ein Schwarm Amseln vom benachbarten Feld aufgescheucht worden war, und jetzt klagte das Horn und schickte die traurigen Klänge der vertrauten Abschiedsmelodie *Taps* in die bedrückende Stille dieses herrlichen Herbsttages. Er hörte, wie Bonar sich neben ihm leise räusperte.

Es dauerte über eine halbe Stunde, bis alle Trauergäste gegangen waren. Halloran und Bonar saßen auf einer Steinbank unter einer großen Pappel. Einige wenige Blätter hielten sich noch starrsinnig in den Kronen, Gold vor dem blauen Hintergrund.

«Es war nicht deine Schuld, Mike», sagte Bonar nach langem Schweigen. «Du darfst trauern, aber du darfst dich nicht schuldig fühlen. Du konntest nichts dafür.»

«Bitte nicht, Bonar.»

«Okay.»

Father Newberry kam den Abhang hinunter auf sie zu. Er schien fast zu schweben, und sein schwarzer Talar strich über das vertrocknete Gras. Er lächelte entrückt, wie es alle Priester taten, wenn sie jemanden unter die Erde gebracht hatten. Als ob sie den Toten nur auf eine lange Reise verabschiedet hätten statt ins Nichts, wie Halloran glaubte. Sadistische Mistkerle.

«Mikey», sagte der sadistische Mistkerl freundlich.

«Hallo, Father.» Halloran sah dem Priester kurz in die Augen, blickte aber sofort wieder zu Boden, wo er zu seinen Füßen eine Ameise entdeckte, die einen Grashalm hinaufkletterte.

«Mikey», wiederholte der Priester noch freundlicher, aber Halloran mochte nicht aufblicken. Er wollte nicht getröstet werden. Er verweigerte jeden Trost.

Bonar bedachte Father Newberry mit einem hilflosen Achselzucken, und durch ein Nicken deutete der Priester an, dass er verstand. «Mikey, ich dachte, du solltest etwas wissen. Die Schlüssel, die du auf der Wache vergessen hast, an dem Tag, als Danny getötet wurde … »

Halloran zuckte zusammen.

»... die passten nicht zur Vordertür der Kleinfeldts.«

Halloran verharrte einen Augenblick ganz still, ließ die Worte auf sich einwirken und hob dann langsam den Kopf. »Was soll das heißen?«

Das Lächeln des Priesters war schwach, flüchtig. »Also, ich glaube, ich hab dir doch erzählt, dass die beiden alles der Kirche vermacht haben. Gestern habe ich deshalb die Schlüssel aus deinem Büro abgeholt und bin da rausgefahren, weil ich einiges erledigen wollte« – seine Finger tasteten über seine Brust und schlossen sich dann um das reich verzierte Kruzifix, das dort hing –, »und was ich dann erlebte, war höchst seltsam. Keiner passte. Mikey. Ich hab es wieder und wieder probiert, aber keiner der Schlüssel passte zur Vordertür. Ich hab in deinem Büro angerufen. Zwei von deinen Deputies werden morgen nochmal mit mir hinfahren, aber das wird auch nichts ändern. Der richtige Schlüssel ist einfach weg.«

»Das versteh ich nicht.«

Father Newberry seufzte. »Die Kleinfeldts waren Menschen, die in ständiger Angst lebten. Vielleicht trugen sie niemals einen Hausschlüssel bei sich. Wahrscheinlich haben sie ihn irgendwo auf ihrem Grundstück versteckt. Obwohl ich an allen nahe liegenden Stellen nachgeschaut habe, konnte ich ihn nicht finden. Ich nehme an, er wird schon irgendwann auftauchen. Worauf es aber ankommt, Mikey, ist die Tatsache, dass du die Vordertür nicht hättest aufschließen können, selbst wenn du an die Schlüssel gedacht hättest. Danny wäre trotzdem an die Hintertür gegangen. Verstehst du?«

Halloran sah den Priester lange durchdringend an, ließ den Blick aber wieder sinken und fand die dämliche Ameise, die dämliche Ameise, die kostbare Momente ihres kurzen Lebens damit verschwendete, denselben verdammten Grashalm hinauf- und wieder hinabzuklettern.

Verdammt nochmal, er hatte so viele Fehler gemacht. Die Liste der »Was wäre gewesen, wenn ...« schien endlos zu sein und niederschmetternd. Was wäre gewesen, wenn er Sharon die Zustimmung verweigert hätte, zum Lagerhaus zu fahren? Was, wenn er sie hätte gehen lassen, sich aber geweigert hätte, draußen zu bleiben? Was wäre gewesen, wenn er selbst anstelle von Danny an die Hintertür gegangen wäre? Was, wenn er einfach eins der verdammten Fenster eingeschlagen hätte und sie dann beide vorne ins Haus geklettert wären?

Aber, was Danny betraf, konnte er zumindest das allerschlimmste «Was wäre gewesen, wenn ...» von der Liste streichen. Und wenn ich nun an die Schlüssel gedacht hatte? Halloran, das hätte gottverdammt nichts geändert. Dieses Wissen brachte ihm eine gewisse Erlösung. Daran klammerte sich Halloran, und als er sich dann schließlich wieder auf seine Stimme verlassen konnte, sagte er: «Ich danke Ihnen, Father. Ich danke Ihnen sehr, dass Sie mir das gesagt haben.»

Der alte Priester stieß einen Seufzer der Erleichterung aus.

Bonar stand auf und drückte den Rücken durch, sodass sein mächtiger Bauch vorragte wie der Bug eines Schiffs. «Ich bringe Sie zu Ihrem Wagen, Father.»

«Dank dir, Bonar.» Als sie ein Stück den Abhang hinaufgegangen und außer Hallorans Hörweite waren, flüsterte er: «Erzählst du mir, was in Minneapolis geschehen ist? Bisher krieg ich ja immer nur Bruchstücke zu Gehör.»

«Wenn Sie versprechen, jeden Bekehrungsversuch zu unterlassen.»

Bonar erzählte ohne Unterbrechung während des Anstiegs, als sie anschließend hinuntergingen in die kleine Senke und auch noch, als sie die letzte Anhöhe erklommen, wo Father Newberrys Wagen nahe am Eingang parkte. Er berichtete ihm alles wahrheitsgemäß, denn es widerstrebte ihm, den Mann zu beleidigen, indem er ihm eine geschönte Version bot. Schließlich öffnete er die Wagentür und sah zu, wie der Priester mit düsterer Miene Platz nahm, die Hände auf das Lenkrad legte und tief seufzte.

«So viel Trauriges», sagte Father Newberry. «So viel mehr, als ich erwartet hätte.» Er berührte wieder sein Kruzifix und sah dann Bonar in die Augen. «Fährst du mit Mikey zurück nach Minneapolis?»

«Am Spätnachmittag.»

«Würdest du Deputy Mueller bitte ausrichten, dass ich für sie gebetet habe?»

«Sie konnte gestern schon wieder ganz gut sprechen. Der Doc sagt, es braucht seine Zeit, aber sie wird wieder ganz gesund.»

betet.»

Bonar schmunzelte. «Ich werde ihr sagen, sie hat das alles einem katholischen Priester zu verdanken. Dann verschrumpeln ihr vor Schreck die Kronjuwelen.» Er seufzte und blickte den Hügel hinab zu der Stelle, wo Halloran gerade von der Steinbank aufstand. «Es war eine schöne Messe, Father. Wirklich sehr schön. Sie haben ihn stilvoll verabschiedet.»

«Danke dir, Bonar.» Father Newberry streckte die Hand nach dem Griff aus, um die Tür zu schließen, aber Bonar hielt sie offen.

«Father?»

«Ja, Bonar?»

«Ich hab da eine Frage ... wenn wir Beweismittel aktenkundig machen, dann sind wir dabei äußerst genau. Nehmen wir zum Beispiel einen Ring mit Schlüsseln. Da schreiben wir nicht einfach ‹ein Schlüsselring›, sondern wir führen genau auf, wie viele Schlüssel es sind und was für welche, also zum Beispiel Hausschlüssel, Autoschlüssel, Schlüssel zu einem Vorhängeschloss und so weiter.»

«Tatsächlich?»

«Ja, tatsächlich. Und deswegen hab ich gedacht, wenn die Deputies morgen da rausfahren, dann werden sie doch alle Schlüssel am Ring mit den Angaben in der Kladde vergleichen, nicht wahr? Nämlich, um sicher sein zu können, dass keiner verloren gegangen ist oder so.»

«Oh.» Der Priester sah unverwandt zur Windschutzscheibe hinaus. Seine Miene war absolut undurchdringlich. «Das ist sehr interessant, Bonar. Hab vielen Dank für die Information. Ich hätte nie gedacht, dass die Polizei derart ... »

«Genau arbeitet?»

«Richtig.»

Bonar richtete sich auf und schloss die Wagentür. Dann lächelte er noch einmal zum offenen Fenster hinein. «Bei Schlüsseln ist es immer schwer, den Verbleib zu kontrollieren. Ich würde wetten, ich hab eine Million Schlüssel zu Hause in meiner Schublade mit dem Krimskrams. Und bei mindestens der Hälfte davon wüsste ich niemals, wozu die eigentlich gut waren.»

Father Newberry wandte den Kopf und sah Bonar direkt in die Augen. «Genau so eine Schublade habe ich auch bei mir im Pfarrhaus.»

«Hätte ich mir fast gedacht.»

Bonar stand auf der Straße und sah dem Wagen nach, der ein wenig schlingerte, als sei der Fahrer unsicher und überfordert von der Last, die er sich aufgebürdet hatte. Und Bonar dachte, der Priester habe in seinem langen Leben noch nie eine so große Sünde begangen, aber auch noch nie so viel Gutes bewirkt.

«He, Bonar.» Halloran war plötzlich an seiner Seite.

«Wie geht's dir?»

Halloran holte tief Luft und blickte zurück, den Hügel hinunter, wo Danny Peltiers Grab lag. «Besser. Viel besser.»

Kapitel 49

Am Montag, dem Tag von Danny Peltiers Begräbnis, fuhren Magozzi und Gino nachmittags noch ins Krankenhaus, um Sharon zu besuchen.

Abgesehen von den dunklen Ringen unter ihren Augen hatte ihre Haut beinahe dieselbe Farbe wie der weiße Verband um ihren Hals, und sie strahlte jene verhaltene Ruhe aus, die Überlebenden zu eigen ist, die noch nicht ganz unter die Lebenden zurückgefunden haben. Aber als sie die Augen öffnete, fand Magozzi, dass sie grandios aussah.

«Ich hab mich schon gewundert, wann ihr Jungs auftauchen würdet.» Sie schmunzelte.

«Da sehen Sie mal, was Sie so mitkriegen», murrte Gino. «Wir waren während der ganzen Zeit, die Sie auf der Intensivstation lagen, immer mal wieder hier. Ebenso wie die Leute von Monkeewrench.»

«Wirklich? Und warum ist keiner wiedergekommen, als ich schließlich aufgewacht war?»

Magozzi lächelte. «Machen Sie Witze? Halloran hat die Tür hier bewacht wie ein Kampfhund einen Autofriedhof. Wir mussten warten, bis er unseren Bundesstaat verlassen hatte, bevor wir uns einschleichen konnten, um eine Aussage von Ihnen zu bekommen. Sind Sie dafür fit genug?»

«Klar. Bin noch ein bisschen heiser, aber zumindest spuck ich kein Blut mehr. Das war echt fies.»

Gino zog einen Stuhl ans Bett. «Der Doc sagt, in einer Woche kommen Sie schon raus.»

«Ja, ich hab unverschämt viel Glück gehabt. Wenn es ein größeres Kaliber als .22 gewesen wäre, würde ich wohl jetzt nur aus dem Jenseits mit Ihnen reden können.»

«Da haben Sie wohl verdammt Recht», sagte Gino. «Die .22er ist wahrscheinlich das Erste gewesen, was Diane in ihrer Handtasche zu fassen bekam. Aber ich begreife nicht so recht, warum sie Ihnen nicht eine zweite Kugel verpasst hat, sodass Sie hinüber gewesen wären.»

Sharon drehte den Kopf zu Magozzi. «Ist er immer so feinfühlig?»

«Meistens, ja.»

«Na ja, ich glaube, das hatte sie vor, aber da tauchte Mitch auf. Er hat mir wohl das Leben gerettet.»

«Das haben Sie wirklich noch mitgekriegt?», fragte Magozzi.

«Ja, ich hab ja immer mal wieder das Bewusstsein erlangt. Und sie war schon jenseits von Gut und Böse, als sie ihm rundheraus sagte, sie sei gekommen, um Grace umzubringen. Wussten Sie, dass er da seine Waffe auf sie richtete? Er hätte seine eigene Frau erschossen, um zu verhindern, dass sie Grace umbrachte. Also knallte sie ihn ab, bumm. Hat ihn direkt neben mir weggepustet. Und danach war ich wieder eine Weile weggetreten.»

Gino nickte. «Nun, während Sie im Land der Träume waren, schleppte sie Mitchs Leiche in den Aufzug, schaltete den Strom ab und stellte den Generator auf Handbetrieb, damit er nicht automatisch ansprang. Das veranlasste Harley und Roadrunner, nach unten zu gehen, und zwar im Dunkeln — weswegen die beiden auch von Ihnen nichts gesehen haben. Schließlich hat sie die beiden im Generatorraum eingeschlossen und ist dann nach oben gegangen, um Grace zu erledigen.»

«Da bin ich wieder zu mir gekommen, als nämlich die Treppenhaustür zuging. Ich hörte Stimmen und wusste, dass sie oben bei MacBride war. Also hab ich mich auch nach oben begeben.»

Gino verdrehte die Augen. «Nett ausgedrückt – Sie sind blutend wie ein angestochenes Schwein im Dunkeln eine Treppe hinaufge-krochen. Das war der Hammer, Lady.»

«Na ja, bin aber nicht dazu gekommen, die Mörderin festzu-nageln.»

Magozzi trat ans Bett und nahm ihre Hände. «Sie waren un-glaublich. Sie haben Grace das Leben gerettet.» Er berührte mit dem Daumen das silberne Kruzifix, dessen Kette ihr Handgelenk fest umschloss wie ein Armband.

«Weiß gar nicht, wo das hergekommen ist, und loshaken kann ich das verdammte Ding auch nicht.»

«Lassen Sie es einfach noch ein paar Tage dran.» Magozzi musste lächeln und bemerkte sehr wohl, wie müde sie aussah, wenn man sie aus der Nähe betrachtete. «Möchten Sie sich jetzt vielleicht lieber ausruhen?»

«Scheiße, nein, ich möchte mich nicht ausruhen, sondern ich will wissen, was los ist.»

Gino lächelte. Mein Gott, wie er Cops liebte. Schief sie nieder, bring sie fast um, schick sie für ein oder zwei Tage ins Koma, und trotzdem wachen sie auf als Cops, und zuerst wollen sie wissen, was passiert ist. «Die Bösen sind tot», sagte er.

«Kommen Sie schon, Gino . . . »

«Es geht jetzt ziemlich schnell über die Bühne. Das Haar, das Ihr Gerichtsmediziner fand, beweist, dass Diane Cross in Calumet in der Kirche war, und die Blutanalyse der Kleinfeldts ist inzwischen auch da. Sie war tatsächlich deren Kind und hatte sie verfolgt, seit sie aus Saint Peter's raus war.»

«Und fand sie schließlich auch.»

«Fand sie, brachte sie um und signierte mit ihrem neuen Nach-namen», sagte Magozzi. «Wir vermuten, dass es bei den Kreuzen, die sie ihnen in die Brust schnitt, ebendarum ging.»

«Mit der Geschichte mach ich meinen Doktor», sagte Sharon.

«Sie hat sich operieren lassen, stimmt's?»

«Ja», sagte Gino. «In der Woche nach seinem achtzehnten Ge-

burtstag legt sich Brian Bradford unters Messer, lässt sich ein paar
überflüssige Teile entfernen und ändert seinen Namen in D. Emanuel, was übrigens auch der ursprüngliche Name der Äbtissin war,
bevor man sie beförderte: Schwester Emanuel. Dann schreibt sich
Brian, inzwischen die flotte Diane, an der University of Georgia ein,
Hauptfach Computerwissenschaft für besonders begabte Studenten,
was die ausgezeichneten Firewalls erklärt, mit denen die E-Mails ab-
gesichert waren, die sie Grace schickte. Dann wirft sie ein Auge auf
Mitch Cross, der damals noch James Mitchell war – Mist, ich hasse
diesen Fall, denn alle haben eine Million verschiedene Namen, und
einer von ihnen hat sogar zwei Geschlechter.»

Sharon schloss die Augen und lehnte sich ins Kopfkissen zurück.
«Aber sie war nicht der Schlitzer in Georgia. Das war Mitch.»

«Genau. Wie sich rausstellt, hat Diane dem Burschen zehn Jahre
lang den Arsch gerettet. Hat ihn mit ihrem Alibi von der Verdächti-
genliste der Atlanta-Morde geholt und ihn dann nochmal gerettet,
indem sie das Computerspiel stoppte, weil der Hinweis auf die Halskette drohte alles auffliegen zu lassen.»

Sharons Lider flatterten. «Das versteh ich nicht. Die Cops müssten Grace doch schon in Atlanta nach der Halskette gefragt haben.»

«Na ja, es gab massenweise, und ich meine massenweise, Spuren
und Hinweise am Tatort – immerhin war es ein Studentenwohn-
heim, und sämtliche Bewohner hatten das eine oder andere hinterlassen. Als man das alles geprüft hatte und endlich dazu kam, die
unentbehrlichen Zeugen zu befragen, waren ebendie spurlos verschwunden. Alle fünf wurden seither vom FBI gesucht, damit sie
verhört werden konnten.»

«Deswegen kriegten die vom FBI auch einen Anfall, als Sie Mac-
Brides Fingerabdrücke überprüfen ließen.»

«Genau.»

Sharon gähnte und schloss wieder die Augen. «Ich kann Ihnen
nur eins sagen: Die Wurzel allen Übels ist der Penis. Die ganze Sache
begann damit, dass Mitch vor zehn Jahren krankhaft auf MacBride
fixiert war und anfing, allen Konkurrenten die Kugel zu geben.»

Gino grinste. «Ja, aber wirklich interessant ist, dass es wahrscheinlich nicht das erste Mal war.»

Sharons Augen öffneten sich weit. «Was soll das heißen?»

Magozzi sagte: «Als wir seinen wirklichen Namen herausgefunden hatten, öffneten sich weitere Akten. Seine Eltern starben bei einem verdächtigen Häuserbrand, als er dreizehn war. Die Abteilung für jugendliche Straftäter interessierte sich für ihn, konnte aber nichts beweisen. Dann wurde er einbestellt, weil er einem Mädchen aus der High School unentwegt aufgelauert hatte, und einen Monat später wurden ihr Freund und ihr Bruder tot aufgefunden. Erstochen.»

«Mein Gott», flüsterte Sharon.

«Ja», sagte Gino. «Wieder gab es keine Beweise, aber es sieht immerhin so aus, als wäre MacBride nicht die erste Frau, von der er besessen war.»

Sharon drückte sich auf den Ellbogen hoch, verzog das Gesicht und sah Magozzi an. «Haben Sie MacBride das schon erzählt?»

«Sie weiß, dass Mitch für die Morde in Georgia verantwortlich war. Ich war dabei, als Diane ihr das erzählt hat. Aber von allem andern weiß sie nichts.»

«Das müssen Sie ihr aber sagen.»

«Irgendwann werden wir das auch tun. Wir wollten es aber langsam angehen —»

«Nein. Sie müssen es ihr jetzt sagen. Verstehen Sie denn nicht? Zehn Jahre lang hat sie die Schuld an den Morden in Georgia getragen. Sie glaubt, dass der Kerl ausschließlich ihretwegen gemordet hat, dass sie es war, die sozusagen ein Monster geschaffen hat. Und jetzt muss sie unbedingt erfahren, dass dahinter eine andere Geschichte steht, dass Mitch schon lange bevor sie ihn kennen lernte einen Schaden hatte.»

Sie ließ sich auf ihr Kissen zurückfallen und schloss erschöpft die Augen. «Gehen Sie und sagen Sie es ihr, Magozzi.»

Der Abend dämmerte bereits, als Magozzi am Bordstein vor Graces Haus hielt. Jackson tollte mit Charlie auf dem Rasen. Er sprang auf, als Magozzi den Weg hinaufkam, und Charlie begrüßte ihn, indem er mit dem Kopf gegen sein Bein stieß und winselte. Magozzi hockte sich hin und kraulte den Hund hinter den Ohren. Dabei sah er zu Jackson auf.

«Wie geht's ihr?»

Jackson reagierte mit einem Zucken seiner schmalen Schultern.

«Ich weiß nicht. Sie sagt nicht viel. Die anderen sind vor kurzem gegangen, aber sie kommen wieder. Wenn die da sind, geht's ihr gleich besser.» Er rollte besorgt mit seinen Augen und sagte zu Magozzi: «Sie hat noch immer große Angst. Das verstehe ich nicht. Es ist doch alles vorbei, oder?»

Magozzi nickte und erhob sich. «Es wird noch eine Weile dauern. Du passt auf sie auf?»

«Darauf kannst du deinen weißen Arsch verwetten.»

Es dauerte lange, bis Grace die Tür öffnete. Er horchte auf die metallischen Geräusche, bis alle Riegel zurückgeschoben waren, und dann öffnete sie die Tür einen Spalt weit und schaute hinaus.

Ihr dunkles Haar war offen und zerzaust, fiel trostlos um ihre Schultern, und es tat ihm weh, ihr in die Augen zu sehen. Sie trug den weißen Bademantel, der für diese Tageszeit völlig unpassend war. Die Umrisse der Sig beulten die Tasche des Bademantels aus. Er fragte sich, ob sie die Waffe wohl je würde ablegen können.

«Darf ich reinkommen?», fragte er, und er war schon drauf und dran, ihr zu sagen, dass es Dinge gab, die er ihr erzählen musste, Dinge, die ihr helfen würden, dass vielleicht sogar er ihr helfen könnte, wenn sie ihm auch nur ansatzweise die Chance dazu geben würde –

Sie stand nur da und sah ihn an, und er konnte nicht in ihren Augen lesen, aber er hatte einen furchteinflößenden Flashback, und jener Abend wurde wieder lebendig, an dem sie ihm die Tür vor der Nase zugeschlagen hatte, weil er ein Cop war, weil sie sich ständig stritten, weil er unlösbar mit einem Albtraum in Verbindung stand, den sie einfach nicht hinter sich lassen konnte.

Lass sie einfach los, sagte er sich.

Ja, genau.

«Ich gehe nicht weg, Grace.»

Ihre Augenbrauen hoben sich ganz leicht.

«Nein. Ich werde nicht gehen. Ich gehe nicht weg, bevor Sie nicht mit mir gesprochen haben, und wenn Sie mich nicht hereinlassen, dann werde ich eben auf der Stufe vor Ihrer Tür sitzen bleiben, bis ich hundert Jahre alt bin. Und Sie handeln sich damit einen Strafzettel wegen Verunreinigung des Vorgartens ein.»

Sie neigte ihren Kopf ein wenig, kaum mehr als einen Zentimeter, aber etwas veränderte sich in ihrem Blick, als würde vielleicht ein ganz kleines Lächeln von irgendwo hinter ihrer Stirn hinausfinden auf ihre Lippen.

«Kommen Sie rein, Magozzi.»

Sie nahm seine Hand und führte ihn hinein. Die Tür ließ sie weit offen stehen.

Philip Kerr

«Ein glänzender, erfindungsreicher Thriller-Autor.»
Salman Rushdie

Alte Freunde – neue Feinde
Ein Fall für Bernhard Gunther
Roman. 3-499-22829-7

Im Sog der dunklen Mächte
Ein Fall für Bernhard Gunther
Roman. 3-499-22828-9

Feuer in Berlin
Ein Fall für Bernhard Gunther
Roman. 3-499-22827-0

Gesetze der Gier
Roman. 3-499-22145-X

Esau
Roman 3-499-22480-1

Das Wittgensteinprogramm
Roman. 3-499-22812-2

Game over
Roman. 3-499-22400-3

Der Plan
Roman. 3-499-22833-5

Der zweite Engel
Roman
3-499-23000-3

Der Tag X
USA 1960: John F. Kennedy ist Präsident, und der Kalte Krieg droht heißzulaufen. Schlechte Zeiten für die Mafia, deren Geschäfte auf Kuba nicht mehr gut gehen. Castro muss weg – schließlich kann man in Amerika alles kaufen, auch einen Killer ...

3-499-23252-9

B 16/1

Petra Hammesfahr

«Spannung bis zum bitteren Ende» Stern

«Es gehört zu den raffinierten Konstruktionen von Petra Hammesfahr, dass dann doch alles ganz anders sein könnte» Marie Claire

Lieferbare Titel:

Merkels Tochter
Roman 3-499-23225-1

Roberts Schwester
Roman 3-499-23156-5

Das letzte Opfer
Roman

Das Geheimnis der Puppe
Roman 3-499-22884-X

Der gläserne Himmel
Roman 3-499-22878-5

Der Puppengräber
Roman 3-499-22528-X

Der stille Herr Genardy
Roman 3-499-23030-X

Die Chefin
Roman 3-499-23132-8

Die Mutter
Roman 3-499-22992-7

Die Sünderin
Roman 3-499-22755-X

Lukkas Erbe
Roman 3-499-22742-8

Meineid
Roman 3-499-22941-2

3-8052-0700-X

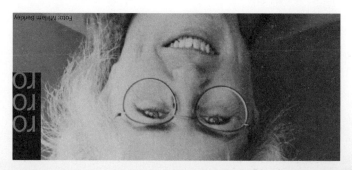

Laurie R. King

«Wenn es eine neue P. D. James gibt, dann ist es Laurie R. King.» The Boston Globe

Die Feuerprobe
Roman

Anne Weaverly, Professorin für Theologie, führt ein Doppelleben. Das FBI schleust sie als Undercover-Agentin in verdächtige Sekten ein. Denn sie scheut kein Risiko – sie fürchtet den Tod nicht, sondern fordert ihn geradezu heraus ...

3-499-23130-1

Ein Fall für Sherlock Holmes und Kate Russell:

Die Apostelin
Roman 3-499-22182-9

Die Gehilfin des Bienenzüchters
Roman 3-499-13885-9

Das Moor von Baskerville
Roman 3-499-22416-X

Ein Fall für Kate Martinelli und Al Hawkin:

Die Farbe des Todes
Roman 3-499-22204-3

Die Maske des Narren
Roman 3-499-22205-1

Geh mit keinem Fremden
Roman 3-499-22206-X

Wer Rache schwört
Roman 3-499-22926-X

B 17/1

Wolf Haas

«Wolf Haas schreibt die komischsten und geistreichsten Kriminalromane.» Die Welt

Auferstehung der Toten
Roman
«Ein erstaunliches Debüt. Vielleicht der beste deutschsprachige Kriminalroman des Jahres.» (FAZ)
Ausgezeichnet mit dem Deutschen Krimi-Preis '97.
3-499-22831-9

Der Knochenmann
Roman
Wieder ein Fall für den unnachahmlichen Privatdetektiv Brenner.
3-499-22832-7

Komm, süßer Tod
Roman
Ausgezeichnet mit dem Deutschen Krimi-Preis '99, erfolgreich verfilmt.
3-499-22814-9

Silentium!
Roman
Ausgezeichnet mit dem Deutschen Krimi-Preis 2000. 3-499-22830-0

Ausgebremst
Der Roman zur Formel 1
3-499-22868-8

Wie die Tiere
Roman
Der beste Freund des Hundes ist der Pensionist – und das Kleinkind sein natürlicher Feind ... «So wunderbar, dass wir beim Finale weinen müssten, hätten wir nicht schon alle Tränen vorher beim Lachen verbraucht.» (Die Zeit)

3-499-23331-2

B 13/1

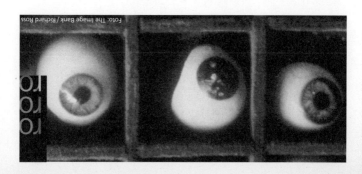

Deutschsprachige Literatur bei rororo

Ecstasy, die Nibelungen und die große weite Welt

Alexa Hennig von Lange
Relax
Roman. 3-499-22494-1

«Relax» ist ein Drogenroman, ein Flug durch ein Wochenende. Und es ist eine Liebesgeschichte: cool und komplett unmoralisch, schreiend komisch und doch wunderbar anrührend. «Alexa Hennig von Lange – die Antwort der Literatur auf die Spice Girls.» (Die Zeit)

Andreas Altmann
Einmal rundherum
Geschichten einer Weltreise
3-499-22931-5

Thommie Bayer
Das Herz ist eine miese Gegend
Roman. 3-499-12766-0

Thor Kunkel
Das Schwarzlicht-Terrarium
3-499-23151-4

Moritz Rinke
Die Trilogie der Verlorenen
Stücke. 3-499-22777-0

Die Nibelungen
Nachwort von Peter von Becker

Rinke ist in seiner Neubearbeitung den Fallstricken der Deutschtümelei mit feiner Ironie entgangen. Seine Fassung vermeidet brachiale Neuinterpretationen, sie besinnt sich vielmehr auf die ursprünglichen Erzählstränge.

3-499-23202-2

B 35/1